Das Schwert des Saladin

Gerhard Konzelmann

Das Schwert des Saladin

Edition Weitbrecht

CIP-Titelaufnahme der Deutschen Bibliothek

Konzelmann, Gerhard:
Das Schwert des Saladin / Gerhard Konzelmann. –
Stuttgart; Wien: Ed. Weitbrecht, 1990
ISBN 3 522 70530 0

Die Umschlaggestaltung besorgte Reichert Buchgestaltung
in Stuttgart.
Gesetzt von der Utesch Satztechnik GmbH in Hamburg.
Reproduktionen von Die Repro in Tamm.
Gedruckt und gebunden von Clausen & Bosse in Leck.

5 4 3 2

Durch das Westtor verläßt der Gläubige nach dem Gebet die Moschee der Omaijaden in Damaskus. Er geht durch die kurze Kolonnade, deren vier Säulen, zwölf Meter hoch, aus römischer Zeit stammen.

Hat der Gläubige den steinernen Bogen hinter sich gelassen, der den Säulengang abschließt, wendet er sich nach links dem Khan al-Gumruk zu, der alten Karawanserei *Zum Zoll*. Für einen Augenblick schaut er auf den Kuppelbau des Mausoleums, das die Gebeine des Salah ed-Din birgt, doch er läßt das Heiligtum rechts liegen. Sein Ziel befindet sich in den Gassen der Suks, des Marktes. Der Mann, der zuvor seine Seele in der Moschee gereinigt hat, tritt durch eine schmucklose Tür.

Wem sich die Tür öffnet, der betritt einen Saal, über dem sich eine Kuppel wölbt. Durch kleine Fenster fällt das Licht auf Glaskugeln unterschiedlicher Größe, die dicht unter der Kuppel an einem Gestell aus Holzstäben hängen. Die Kugeln brechen das Licht, lassen es zersprühen in Regenbogenfarben. In wechselndem Spiel blitzen die bunten Lichtpunkte auf den weißen Kacheln der Wände und den schwarzbraun gemusterten Fliesen des Fußbodens. In der Mitte des Saals steht ein Wasserbecken aus Marmor. Nur wenige Zentimeter hoch springt eine Fontäne auf. Der Strahl zerteilt sich in Tropfen, die plätschernd zurückfallen in das Marmorbecken. Kaum ein anderes Geräusch als das der Tropfen ist zu hören. Der Gläubige, der durch die Türe eingetreten ist, schweigt. Der Mann, der ihn empfängt, stellt keine Frage. Die Wünsche des Gastes sind in diesem Raum bekannt.

Ein Diener, der sich vorsichtig und somit fast lautlos bewegt, bringt dem Gast, der sich in einer Nische auf Teppichen niederläßt, in einer winzigen Tasse Kaffee, der stark nach dem Gewürz Kardamom schmeckt. Hat der Gast das Täßchen mit einem Schluck geleert, wird er in den nächsten Raum gewiesen, der eher einem Gang ähnelt und dessen Boden mit Teppichen ausgelegt ist. Der Gläubige legt seine Kleider ab. Dann umschlingt er seine Lenden mit einem knielangen Handtuch, das ein Diener bereitgehalten hat. Durch eine hölzerne Tür wird der zögernde Gast nun vom Diener in den nächsten Raum geleitet. Sein Zögern ist verständlich, denn die Dampfwolken, die den Eintretenden umfangen, sind sehr heiß.

Wenig ist von der Größe und von der Struktur des Raumes zu erkennen. Die heißen Schwaden rauben die Sicht. Der Gast nimmt wahr, daß nackte Gestalten auf flachen Bänken sitzen, und er läßt sich ebenfalls nieder.

Durch die kleinen Fenster an der Decke dringt nur wenig Licht ein. Von allen Seiten strömt zischelnd und fauchend Dampf aus vibrierenden Kupferröhren. Vom ersten Moment des Aufenthalts im Dampfbad rinnt dem Gast der Schweiß aus allen Poren. Der Gast verfällt in eine Stimmung der Apathie.

Doch ehe ihn das Gefühl zu beschleichen beginnt, nichts sei mehr wichtig in seiner Existenz, wird der Gast von einem Diener energisch aufgefordert, den Dampfraum zu verlassen. Dieser Diener ist so nackt wie der Gast – bis auf einen rauhen Handschuh, den er über die rechte Hand gezogen hat. Damit reibt er die Haut des Gastes so gründlich ab, daß keine Spur mehr zurückbleiben kann von irdischem Schmutz. Der, dessen Körper so durch dampfende Hitze und Abreibung gereinigt ist, wird weitergeführt in eine Halle mit einem gewaltigen Wasserbecken. Stufen führen den Gast in das blauklare Wasser. Nach dem Schock der Hitze folgt jetzt das Erschrecken durch Kälte. Wer schon abgehärtet ist, der wagt einige Schwimmzüge. Wer an den raschen Wechsel von heiß und kalt nicht gewöhnt ist, der verläßt das Becken rasch, um sich in einer Wärmekammer zu erholen.

Damit ist der Weg durch das Dampfbad aber noch nicht abgeschlossen. Der Gast wird nun einem Masseur übergeben, der den Gepeinigten durch seine Kunst wieder mit dem Leben aussöhnt. Öl, gepreßt aus Oliven, die in den Gärten von Aleppo wuchsen, wird über den Körper gegossen und sanft in die Haut gerieben. Ist der Schock von Hitze und Kälte abgeklungen, beginnt die Stunde der Ruhe. Da mag es geschehen, daß sich im *Raum der Kühle und Stille* Muffaq Hamami neben den Gast setzt, um von der Geschichte dieses Dampfbades zu erzählen. Manchmal beginnt er mit diesen Worten: »Allah, der Herr über alle Geschöpfe, hat es in seiner Güte eingerichtet, daß die Menschen Lust zur Reinlichkeit empfinden. Und er hat dafür gesorgt, daß sich dem Menschen die Möglichkeit bietet, Seele und Leib zu reinigen. Überliefert ist das Wort des Propheten – Allah gebe ihm Heil für alle Zeiten –, das da lautet: *Zu jedem Augenblick kann Allah, der Allerbarmer, dich zu sich rufen. Gedenke, daß du im Zustand der Reinheit vor Allah treten sollst.* Der Gläubige beherzt diese Worte und folgt ihrer Weisung. Und Nur ed-Din, der gewaltige Held und Herrscher über Syrien, hat gesagt: *Im heißen Dampf des Bades erleben wir, wie sich die Hölle ins Paradies verwandelt.* Derselbe Nur ed-Din war es, der dieses Dampfbad hat erbauen lassen, und es trägt seither seinen Namen *Hamam Nur ed-Din.*«

Gewöhnlich endet mit der Nennung des Namens seines Bades die Erzählung des Muffaq Hamami. Doch wenn der Erzähler spürt, daß ein Gast mehr erfahren will über Nur ed-Din und über das Hamam, das Nur ed-Dins Namen trägt, spricht er weiter: »Meine Familie ist damals von Nur ed-Din zum Meister über dieses Hamam eingesetzt worden. Seither heißt unsere Sippe ›Hamami‹. Keine Familie in Damaskus kann so weit wie wir auf ihre Wurzeln zurückblicken. Wir kennen den Tag, an dem wir unseren Namen Hamami bekamen. Es war am neunten Tag des Monats Safar im Jahre 549. Eben hatte Nur ed-Din nach einer Belagerung von lediglich einer Woche Damaskus erobert. Damals war die Zeit, als das große islamische Reich der Kalifen zerfiel. Wer Ehrgeiz besaß und Verwegenheit, der konnte sich einen Zipfel des islamischen Gebiets erobern. Zu denen, die nach ihrem Glück griffen, gehörte Abu Al-Qasim Mahmud Ibn Imadadin Zengi Ibn As Sonqur. Niemand gebrauchte seinen wahren Namen. Wer ihn ansprach, der nannte Ibn al-Malik al-Adil. Er selbst liebte es, als Nur ed-Din bezeichnet zu werden. An jenem neunten Tag des Monats Safar im Jahre 549 befahl Nur ed-Din, der Eroberer von Damaskus, daß zwei Einrichtungen in der Stadt geschaffen werden: das Dar al-Hadith als Ort der Lehre unseres Propheten, den Allah mit ewigem Segen bedenke, aber auch als Ort der Gelehrsamkeit überhaupt, und das Hamam, in dem wir uns befinden. So gedachte der gewaltige Herrscher über Damaskus die Möglichkeit für die Pflege von Seele und Körper seiner selbst und der Männer seines Hofes zu schaffen. Den Frauen blieb das Dar al-Hadith verschlossen, nicht aber das Hamam. Heute ist es keiner Frau erlaubt, das Hamam aufzusuchen.

Damals aber befand Nur ed-Din, daß auch die Frauen seines Haushalts ein Recht auf Sauberkeit ihres Leibes besäßen. Mein Stammvater – zum Meister des Hamam ernannt und mit dem Namen Hamami ausgezeichnet vor anderen – hatte dafür zu sorgen, daß Eunuchen die Frauen im Dampfbad bedienten. Mein Stammvater erfuhr durch die Eunuchen alles, was die Frauen im Hamam sprachen. Und ihm selbst war es vergönnt zu hören, was der Herrscher und dessen Ratgeber sprachen. Der erste der Sippe Hamami behielt sein Wissen lange für sich. Erst als er sein Amt als Wächter des Hamam an seinen Sohn abgeben mußte, erzählte er, was geschehen war während der zwanzig Jahre, als Nur ed-Din in Damaskus herrschte, bis zu der Zeit, als Salah ed-Din der Mächtige wurde in Syrien. Von Mund zu Ohr und wieder zum Mund ging die Erzählung von der Historie des Dampfbades. Der erste und der zweite Hamami haben kein Wort aufgeschrieben, aus Sorge, Unbefugte könnten Geheimnisse lesen. Die Gefahr war groß, daß Betroffene oder deren Nachfahren Angst hatten vor dem Wissen um Intrigen und Verbrechen, das sich in meiner Sippe angesammelt hatte. Erst der dritte Hamami hat begonnen, all das aufzuschreiben, was ihm erzählt worden ist. Ein großer Stapel Blätter ist erhalten. Nie haben die Historiker davon erfahren. Sie hätten alles überarbeiten müssen, was sie über Nur ed-Din und Salah ed-Din geschrieben hatten. Heute aber fragt niemand mehr nach den alten Geschichten – nicht einmal mein Sohn will etwas von ihnen wissen!«

Ein tiefer Seufzer schließt diese Rede des Muffaq Hamami ab. Die Stunde der Ruhe im *Raum der Kühle und Stille* ist für den Gast zu Ende. Er zieht sich an und verläßt das Hamam Nur ed-Din. Sein Weg zurück in die Stadtgegend der Omaijaden-Moschee führt ihn vorüber an dem Gebäude, das *Maristan Nur ed-Din heißt.* Maristan ist eine persische Bezeichnung für Krankenhaus. Genau so, wie das Maristan Nur ed-Din im Jahre 1154 christlicher Zeitrechnung gebaut worden ist, steht es heute in der Altstadt von Damaskus. Reich verziert mit Säulen und Ornamenten ist die Fassade. Um einen Innenhof gruppieren sich Räume, in denen einst Kranke versorgt wurden. In unserer Zeit werden dort junge Männer in der Kunst des Koranrezitierens unterrichtet.

Wenige Meter vom Maristan Nur ed-Din entfernt erhebt sich

das Mausoleum des Nur ed-Din, ein schlichter, zweistöckiger Bau, der das Grab des einstigen Herrschers von Damaskus umgibt. Auch hier wird heute das Wissen um die Lehren des Koran vermittelt.

Der Gast denkt an die Worte des Hamami, als er an der Kolonnade am Westtor der Omaijaden-Moschee vorübergeht und schon bald vor einem Bau aus Quadersteinen steht, der die Gebeine des Salah ed-Din schützt, den die Ungläubigen *Saladin* nennen. Eine Kuppel krönt das Gebäude mit dem Grab des legendären Widersachers der Kreuzritter, der ritterlich, ehrenhaft und doch auch listenreich und rücksichtslos gewesen sein soll. Der deutsche Kaiser Wilhelm II. hat Salah ed-Din derart verehrt, daß er im Jahre 1898 dem Grab eine Marmorhülle gestiftet hat, die bis heute Bewunderung erregt.

Auch der Gast erliegt dem Zauber dieses Mausoleums. Sein Wunsch wächst, mehr von Nur ed-Din und Salah ed-Din zu erfahren, die beide hier in Damaskus und so nahe beieinander den Eintritt in Allahs Paradies erwarten. Ruhmreichere Gestalten als Nur ed-Din und Salah ed-Din, das wurde dem Gast bewußt, kennt die Geschichte Arabiens kaum – den Propheten Mohammed ausgenommen. Und so treibt den Gast nicht nur der Wunsch nach Reinheit und Reinlichkeit am folgenden Tag in das Hamam Nur ed-Din zurück. Er will erfahren, welche Eigenschaften und welche Taten es waren, durch die beide Herrscher einst über andere erhoben wurden.

Muffaq Hamami ist keineswegs überrascht, den Gast wiederzusehen. »Mich freut das Interesse am Hamam. Wenn du willst, gebe ich dir die Blätter, die ein Vorfahre einst mit Worten beschrieben hat. Im Namen Allahs, des Allmächtigen und Allerbarmers, lies, wie das *Hamam Nur ed-Din* seinen Anfang nahm!« So geschah es, daß durch die Geschichten der ersten Männer der Hamami-Sippe die Wahrheit bekannt wurde über Nur ed-Din und Salah ed-Din.

Die Geschichte des Ältesten der Sippe Hamami

Die Ankunft in Damaskus

Mit dem Arzt Ibn al-Dakhwar al-Umran war ich nach Damaskus gekommen. Er hatte noch den Zusatznamen al-Israïli, doch den wollte der Arzt nicht mehr benutzen, denn er hatte nicht die Absicht, im jüdischen Viertel der Stadt zu wohnen, das südöstlich der Großen Moschee der Omaijaden lag und aus ärmlichen Häusern in engen Gassen bestand. Ibn al-Dakhwar al-Umran hatte sich das hohe Ziel gesetzt, Leibarzt des künftigen Mächtigen in Syrien zu werden. Dazu war der gelehrte Mann ein beachtliches Risiko eingegangen, denn Nur ed-Din, auf dessen Aufstieg Ibn al-Dakhwar al-Umran alle Hoffnung setzte, war in jenen Tagen lediglich Regent der kleinen Stadt Aleppo.

Warum er an den guten Stern des Nur ed-Din glaubte, hatte mir der Arzt mit diesen Worten verraten: »Wer nicht nur darauf achtet, was geschieht, oh Ibn al-Qasim al-Gauzi, sondern auch bemerkt, wie etwas geschieht, der kann den Willen Allahs, des Lenkers allen Geschehens, ablesen. Da hatte es also dem Herrn aller Dinge gefallen, den Vater des Nur ed-Din zu sich ins Paradies zu holen, damit der Sohn zum Ruhme des Islam wirken konnte. Geschehen war dabei dies: Der Vater, der Herrscher über Aleppo war, hatte entdeckt, daß einer seiner Eunuchen Wein aus dem herrschaftlichen Becher getrunken hatte. Er befahl, daß man den Eunuchen entkleide und mit Ruten schlage. Diese Demütigung erregte den Zorn des Eunuchen. Er schämte sich nämlich, seine Verstümmelung zeigen zu müssen, denn sie war wenig kunstfertig ausgeführt. Und so konnte er schließlich seine Wut nicht mehr zügeln. Allah, der Erhabene, verhinderte es nicht, daß der Eunuch seinen Herrn während der nächsten Nacht mit einem Dolch erstach. Nun hatte die Stadt Aleppo keinen Herrscher mehr. Doch da waren zwei Söhne bereit, die Erbfolge anzutreten. Merke, oh Abu al-Qasim al-Gauzi, wie Allah, der Erhabene, seinen Willen kundtat: Der Erstgeborene ritt hinaus vor die Stadt, um sich dort von den Hauptleuten der Reitertruppe zum Herrscher ausrufen zu lassen. Der Zweitgeborene aber sah, daß die Leiche des Vaters unbestattet im Schlafgemach lag. Da blinkte ihm der Ring des Toten, das Symbol der Herrschaft, ins Auge. Er griff nach seiner Klinge und schlug den Ringfinger ab. Da hatte er den Herrschaftsring in der Hand. Entschlossen, ihn nie wieder abzutreten, streifte er ihn sich selbst über den Finger. Den Erstgeborenen aber, der hinaus vor die Stadt geritten war, fragten die Hauptleute, ob er sich als Eigentümer des Symbols der Macht ausweisen könne. Als der betroffen zugeben mußte, den Ring nicht zu besitzen, schickten ihn die Hauptleute fort. Es war Allahs Wille, daß der Zweitgeborene künftig bestimme. Sein Name ist Nur ed-Din. Das Geschehen lehrt uns, daß Allah, der Allerbarmer, dem hilft, der sich selbst hilft – so wie es der Prophet, dem Allah Heil verleihe, verkündet hat.«

Da hatte ich den Namen Nur ed-Din zum ersten Mal gehört. Seltsam berührte mich, daß Ibn al-Dakhwar al-Umran, von dem ich wußte, daß er nicht an Allah glaubte, mit solchem Respekt von dem Propheten, dem Allah seinen ewigen Segen zuteil werden lasse, sprach. Mein Wissen um Menschen und Dinge war gering. In Mosul war es gewesen, daß ich in einer Ecke der Marktgasse saß und auf ein Zeichen wartete. Was hatte Allah, der Erhabene, mit mir im Sinn? Da fiel der Blick eines Mannes, der aussah wie jemand, der die Welt versteht, auf mich. Es erwies sich, daß er einen Diener suchte, und so ging ich, Ibn al-Qasim al-Gauzi, mit dem Arzt Ibn al-Dakhwar al-Umran von Mosul weg nach Damaskus.

Die Stadt am Baradafluß war damals, ehe sie von Nur ed-Din erobert wurde, unbedeutend. Kaum eine Spur des Glanzes war übriggeblieben vom einstigen Mittelpunkt des Kalifenreiches der Sippe Omaija. Erhalten war die Moschee der Omaijaden, doch sie bildete nicht das Zentrum der Stadt, denn Damaskus war zu jener Zeit eine geteilte Stadt: Im westlichen Teil, in der Gegend des Marktes, lebten die Moslems; zwischen der Moschee und dem Fluß Barada standen die Häuser der Christen; südöstlich der Moschee befand sich das Viertel der Juden. Unsichtbare Zäune trennten diese Stadtgebiete. Moslems, Christen und Juden haßten einander. Niemand fühlte sich stark genug, den Haß zu zügeln.

Am meisten waren in jenen Jahren die Christen in Damaskus geächtet. Moslems und Juden waren gegen die Kreuzesanbeter, weil deren Verbündete die christlichen Franken waren, die aus ihren dem Teufel verfallenen Ländern gekommen waren, um auch die wahren Gläubigen zu zwingen, das Kreuz anzubeten. Diese Franken,

Allah verfluche sie zum Sturz in die heißeste Hölle, hatten einige Monate vor unserer Ankunft versucht, Damaskus zu erobern. Ich hörte zu, als der Korangelehrte Sibi Ibn Asakir meinem Herrn, dem Arzt Ibn al-Dakhwar al-Umran, erzählte, was vorgefallen war. Genau hatte ich mir beim Hören die Worte des Gelehrten eingeprägt.

»Es war die Zeit der Früchte gewesen. Ausgehungert stiegen die Franken herunter vom wüsten Gebirge, das Antilibanon heißt, ins fruchtbare Tal des Barada. Die Franken aßen so viel von dem, was auf den Bäumen wuchs, daß sie vom Durchfall geplagt wurden. Viele der Kreuzesanbeter wurden krank, und manche starben sogar. Trotzdem belagerten die fränkischen Ritter die Stadt. Ganz allmählich zog Hunger ein in Damaskus. Da versammelten sich Männer, Frauen und Kinder in der Großen Moschee. Sie weinten und flehten zu Allah, dem nichts entgeht, was auf der Erde geschieht. Und Allah erhörte die Gebete. Wir sahen von der Mauer aus, daß mit den Kreuzesanbetern ein großer Priester mit langem Bart gekommen war. Die Franken machten alles nach, was der Priester sagte. Am zehnten Tag nach der Ankunft des christlichen Heeres vor den Mauern von Damaskus bestieg der Bärtige einen Esel. Er hatte sich ein Kreuz um den Hals gehängt, auch der Esel trug ein Kreuz um den Hals. Zwei weitere Kreuze hielt der Priester in den Händen. Um ihn standen alle christlichen Reiter und Soldaten. Der Priester rief zu uns auf der Mauer hinauf: ›Der Messias hat mir versprochen, daß ich heute Damaskus erobere!‹ In diesem Augenblick rissen unsere Bewaffneten die Tore der Stadt auf und griffen den verfluchten Kreuzesanbeter an im Namen Allahs, des Lenkers aller Schlachten. Einer der Unsrigen stürzte auf den bärtigen Priester zu und schlug ihm den Kopf ab. Der verwegene Moslem tötete auch den Esel. Es wurde ein Tag des Schlachtens, wie ihn in Damaskus noch niemand erlebt hatte. Die Moslems töteten zehntausend der Franken. Die Gläubigen verbrannten alle Kreuze.«

Das war die Erzählung von Sibi Ibn Asakir, einem rechtgläubigen Mann, der gewohnt war, nichts als die Wahrheit zu sprechen. Daß Allah, der die Gläubigen in der Not nie verläßt, die Kreuzesanbeter derart bestraft hatte, war der Grund, warum sie in Damaskus verachtet waren, damals, als mein Herr und ich die Stadt erreichten.

Den glanzvollsten Sieg aber, zu dem kein Schwertstreich nötig war, erlebte ich, der Diener des Arztes Ibn al-Dakhwar al-Umran, selbst.

Wie mein Herr vorausgesagt hatte, zog der Held Nur ed-Din in Damaskus ein. Es war der sechste Tag des Monats Safar im Jahre 549. Moslems und Juden wollten ihn, der bisher nur in Aleppo regiert hatte, zum Herrscher über sich haben. Die Kreuzesanbeter aber, die in der Stadt geduldet wurden, hatten zu schweigen. Und Nur ed-Din zog nicht ohne Trophäen in Damaskus ein. Er hatte während seines Zuges zur Stadt ein Heer der Franken vernichtet. An Seilen und Ketten gebunden wurde das Fußvolk und die Hauptleute der Kreuzesanbeter auf den Platz vor dem Westtor geführt. Auf Wagen wurden die Köpfe der gefallenen Christen herbeigekarrt. Eine unübersehbare Menge der Bewohner von Damaskus, – auch ich war unter ihnen – strömte durch das Tor hinaus, um die Schmach der Franken zu erleben und um den herrlichen Sieger zu feiern. Sie priesen Allah, den Allerbarmer, der den Moslems einen Triumph geschenkt hatte. Als der Jubel abgeklungen war, da stellten sich Dichter unter die Menschen, um sie durch Lieder zu unterhalten.

Das Ohr des Nur ed-Din haben die Lieder wohl nicht erreicht, denn er schritt gleich bei der Ankunft durch die Menge der Jubelnden hindurch, um Damaskus zu betreten. Er wollte sich nicht feiern lassen. Noch in jener Stunde gab er bekannt: Wer zu den Gelehrten zu zählen sei, gleichgültig auf welchem Gebiet auch, der sei gebeten, zu ihm in die Zitadelle zu kommen. Da fühlte sich mein Herr, der Arzt Ibn al-Dakhwar al-Umran, aufgefordert, vor Nur ed-Dins Angesicht zu treten, und ich begleitete ihn.

Die Zitadelle des neuen Herrschers war damals ein eher ärmlicher Steinbau direkt am Baradafluß. Nur ed-Din ließ ihn wenig später abreißen und großzügiger neu erbauen. Als wir, mein Herr und ich, die Zitadelle betraten, da waren bei uns Rechtsgelehrte, die sich in den Gesetzen des Propheten, dem Allah Segen verleihen möge, auskannten; da waren blinde Geistliche, die jeden Vers aus dem Koran aufsagen konnten; da war ein Gelehrter, der den Gang der Gestirne zu deuten wußte; ein anderer gab an, er habe in Indien gelernt, Zahlen zu addieren, die mit den zehn Fingern nicht mehr zu begreifen seien. Mein Herr aber war der einzige Arzt in diesem Kreise gelehrter Männer. Nur ed-Din winkte ihn herbei.

Was der Herrscher fragte und was Ibn al-Dakhwar al-Umran antwortete, ist tief in mein Gedächtnis gegraben. Der große Nur ed-Din wollte wissen: »Wie ist der Tod beschaffen?«

Da zögerte mein Herr nicht mit der Antwort: »Oh Beherrscher der Gläubigen! Du weißt mehr als ich und stellst mich auf die Probe. Ich weiß dir nur zu sagen, daß Allah, als er den Todesengel schuf, ihn mit einer Million Schleier verhüllte. Die Größe des Todesengels ist gewaltiger als der Umfang der Erde und aller Himmel. Der Todesengel vermag die Erde umzuwenden, wie der Mensch ein Geldstück aus Silber umdreht. In seinen Händen hält er siebzigtausend Ketten, und jede der Ketten ist eintausend Jahre lang. Ihm dürfen sich die Engel nicht nähern. Sie wissen nie, wo sich der Todesengel aufhält. Sie hören auch nie seine Stimme. Als Allah, der Erhabene, dem Todesengel befahl, über die anderen Engel hinwegzufliegen, fielen sie für tausend Jahre in Bewußtlosigkeit. Als sie wieder erwachten, da fragten die Engel Allah, den Allerbarmer: ›Hast du, Herr, etwas Mächtigeres geschaffen als den Todesengel?‹ Da war die Antwort: ›Ich habe ihn erschaffen. Ich bin mächtiger als er. Doch jedes Geschöpf wird den Todesengel zu spüren bekommen!‹«

Als mein Herr nun schwieg, erhob Nur ed-Din seine Stimme: »Oh, sage mir, Ibn al-Dakhwar al-Umran, wie geschieht es, daß der Todesengel an den Menschen herantritt?«

Da antwortete mein Herr: »Wenn der Todesengel erscheint, sieht ihn der Sterbende als erschreckende Gestalt. Die Seele des Sterbenden sagt dann: ›Wer bist du, oh übermächtige Erscheinung, und was willst du?‹ Darauf hört der Sterbende eine gewaltige Stimme, die ruft: ›Ich bin der Todesengel, der dich aus dieser Welt fortbringen wird. Ich mache deinen Sohn zu einem Waisen, dein Weib zu einer Witwe, dein Eigentum zum Erbe anderer.‹ Wenn der Sterbende diese Worte hört, wendet er sein Gesicht zur Wand. Doch auch dort sieht er den Todesengel vor sich stehen. Wohin der Sterbende auch den Kopf dreht, immer steht die erschreckende Gestalt des Todesengels vor ihm. Der Engel wird sprechen: ›Erkennst du mich nicht? Ich bin der Engel des Todes, der die Seele deines Vaters mit sich forttrug, während du bei ihm standest und ihm nicht helfen konntest. Heute nehme ich deine Seele fort. Deine Söhne werden es sehen und werden dir nicht helfen können. Ich habe schon Menschen ausgelöscht, die mehr Söhne besaßen als du und mehr Reichtümer. Ich erfülle, was Allah, der über alles Erhabene, im Koran sagt: *An jenem Tag können weder Söhne noch Reichtümer etwas nützen*!«

Da wollte Nur ed-Din wissen: »Weißt du auch, oh Ibn al-Dakhwar al-Umran, wann der Todesengel an den Menschen herantritt?«

Die Antwort meines Herrn war: »Das Wissen um das Ende der Frist eines Menschenlebens ist allein bei Allah. Bei ihm ist verzeichnet, wann diese Frist abgelaufen ist. Die Aufzeichnungen betreffen auch die Krankheiten und die Art des Todes. Geht die Zeit eines Menschen ihrem Ende entgegen, wird durch Allah dem Todesengel ein Zeichen gegeben. Alles, was geschieht, ist bestimmt durch Allah, der Erbarmen mit uns hat.«

Nur ed-Din unterbrach durch eine Handbewegung die Rede meines Herrn und sagte das: »Steht nicht in der Sure Al-Rahman des hochheiligen Koran das Wort *Alles, was auf Erden existiert, ist hinfällig*? Wie aber ist es da um die Arbeit des Arztes bestellt? Ist sein Bemühen nicht gegen Allah, den Allmächtigen, gerichtet, der den Tod zum Ziel des Lebens bestellt hat?«

Auf diese Frage wußte mein Herr zu antworten: »Oh Beherrscher der Gläubigen! Die Überlieferung berichtet, der erhabene Prophet, dem Allah Heil spenden möge, habe den Menschen fünf tödliche Gifte genannt – und fünf Gifte *gegen* den Tod. Diese Überlieferung lehrt uns also, daß der Tod beschleunigt, aber auch verzögert werden kann. Tödliche Gifte sind der Besitz von Gütern, die Hartherzigkeit, die üble Rede, das Festklammern am irdischen Leben und der sinnlose Zeitvertreib. Als Gegengifte, die dem Leben förderlich sind, werden bezeichnet: Das Gebet, das Geben von Almosen, der Gehorsam gegenüber den Geboten Allahs, des Allmächtigen, die vernünftige Arbeit, die Enthaltsamkeit. Meine Aufgabe besteht darin, dem Kranken diese Gegengifte zu empfehlen. Fühlt sich jemand nicht mehr gesund, verlange ich zunächst Enthaltsamkeit. Ich prüfe, ob der Kranke zuviel Nahrung zu sich genommen hat, ob er dem Wein ergeben ist. Enthaltsamkeit bringt in vielen Fällen Besserung. Die Zweite Sure des Heiligen Buches sagt: *Eine bestimmte*

Anzahl von Tagen sollt ihr fasten. Es ist gut, wenn ihr die Fastentage einhaltet. Verherrlicht Allah dafür, daß er euch auf den rechten Weg führte! Seid dankbar dafür! Einhaltung der Gebote Allahs, dessen also, der alles weiß, führt zu einem Leben, das dem Körper verträglich ist, das ihn nicht belastet. Das Geben von Almosen aber befreit das Gewissen. Jeder von uns fühlt sich belastet durch das, was er begangen hat. Geben wir von unserem Eigentum an Arme ab, dann weicht das Gefühl der Schuld. Das Gebet aber gibt Kraft zur Genesung. Durch das Gebet finden wir Zuflucht bei Allah, dem Allerbarmer, der die Zuneigung des Kranken zu lohnen weiß. In der Koransure Al-Zumar wird uns gesagt: *Derjenige, dessen Brust sich dem Islam geöffnet hat, der wandelt im Lichte seines Herrn.* Hat der Kranke meine Ratschläge befolgt, wird er ein Genesender sein. Dann verlange ich vernünftige Arbeit von ihm, die sein Gemüt ablenkt, die ihn vergessen läßt, an Krankheit zu denken.«

Als mein Herr, der Arzt Ibn al-Dakhwar al-Umran, nun schwieg, da sagte auch Nur ed-Din zunächst kein Wort. Schließlich brach der Beherrscher der Gläubigen das Schweigen und fragte: »Wie, oh Wissender um die Verbindung von Seele und Körper, bewahrst du die Anfälligen vor Krankheit?«

Die Antwort meines Herrn war: »Oh Beherrscher der Gläubigen, mir ist nicht gegeben die Macht, den Todesengel fernzuhalten, so daß er nie auf einen Menschen zutritt. Doch Allah, der Herr über alle Wesen, hat sich selbst Barmherzigkeit zum Gesetz vorgeschrieben. Die Sechste Sure des Heiligen Buches gibt dem Menschen die Sicherheit, daß der Erhabene jede Nacht, wenn der Körper schläft, die Seele zu sich ruft. Wichtig ist also für den Gläubigen, daß er die Stunden der Nacht für den Schlaf nützt, daß der Schlaf tief ist und nicht durch böse Säfte des Körpers gestört wird. Denn nur, wenn der Mensch ohne schwere Träume im Schlaf versunken ist, kann die Seele den Weg zu Allah finden. Die Säfte des Körpers müssen also gereinigt werden. Dies kann geschehen in der besonderen Art eines Bades, das den Körper in heißen Dampf taucht. Dieses Bad soll der Gläubige aufsuchen, wenn er in der Moschee seine Seele gereinigt hat. Allah, der Allmächtige, wird den Gläubigen mit tiefem Schlaf belohnen. Er wird seine Seele zu sich rufen und wird sie prüfen und wird entscheiden, ob sie ohne Schuld ist. Wenn die Seele die Prüfung durchlaufen hat, ohne daß sie den Zorn Allahs erregt hat, wird der Gläubige beim Erwachen sagen können, er habe in der Nacht einen gesunden Schlaf gehabt und er fühle sich wohl. Der Prophet, dem Allah ewiges Heil spenden möge, hat verkündet: *Wenn Allah Gutes in euren Seelen bemerkt, wird er euch dafür belohnen. Er wird eure Schuld vergeben!* Des weiteren ist das Wort überliefert: *Wenn den Menschen ein Übel befallen hat, weil Allah sein Angesicht von ihm abgewandt hat, kann der Mensch erreichen, daß Allah ihn wieder mit Gnade bedenkt.* Dann kann der Mensch sagen: ›Das Übel ist wieder von mir genommen!‹«

Mein Herr, der Arzt Ibn al-Dakhwar al-Umran, schwieg. Da unterbrach Nur ed-Din die Stille, als er sprach: »Würdest du, der Kenntnisse besitzt von der Krankheit an Seele und Leib, ein solches Bad für mich einrichten lassen?«

Da wartete mein Herr nicht lange mit seiner Antwort. »Beherrscher der Gläubigen! Deine Frage ehrt mich Unwürdigen. Befiehl, und es geschieht!«

So kam es, daß das Hamam Nur ed-Din gebaut wurde. Es entstand nicht dort, wo bald darauf die Zitadelle erneuert und vergrößert wurde. Die Baumeister, die Verantwortung trugen für die Arbeiten an der Festung des Nur ed-Din, fürchteten, die Feuer, die im Hamam unter den Dampfkesseln geschürt werden mußten, könnten Brände entfachen in der Zitadelle. So wurde ein freier Platz beim Markt ausgesucht. Dort wurden die Feuergewölbe gemauert, die Kessel zusammengeschmiedet, die Dampfrohre in das Gemäuer eingefügt. Den Plan zum Dampfbad, Ähnliches hatte es in Damaskus bisher nicht gegeben, hatte mein Herr gezeichnet. Er sorgte auch dafür, daß ich, Ibn al-Qasim al-Gauzi, Aufseher des Hamam Nur ed-Din wurde. Ich trug fortan den Namen Hamami. Er wurde bald schon gebraucht, um unsere ganze Sippe zu bezeichnen.

Frauen für den Beherrscher der Gläubigen

Der Besuch des Hamam blieb zunächst Nur ed-Din und seinem Hofstaat vorbehalten. Der Herrscher selbst kam zweimal in der Woche, jeweils am Tag vor und am Tag nach dem wöchentlichen

Feiertag. Die Ratgeber, die Korankenner seines Haushalts und die Kommandeure der Truppen teilten die übrigen Wochentage unter sich auf. Am wöchentlichen Feiertag blieb das Hamam geschlossen.

Ganz selbstverständlich war, daß ausschließlich Männer das Dampfbad benützten. Auch in der Zitadelle hielt sich keine Frau auf. Der Beherrscher der Gläubigen war zwar klug in Staatsgeschäften und erfahren in Kriegsdingen, aber den Umgang mit Frauen hatte Nur ed-Din gemieden. Er hatte, noch jung an Jahren, die Franken besiegt und die Bewohner von Damaskus für sich gewonnen, doch zu seinem Haushalt gehörte keine Frau. Mein Herr, der Arzt, der sich Gedanken um die Gesundheit des Beherrschers der Gläubigen machte, sah Anlaß, rasch Abhilfe zu schaffen. Er kam zu mir in das Hamam, um mit mir seine Absicht zu besprechen.

»Höre«, so begann Ibn al-Dakhwar al-Umran seine Rede, »es wird Zeit, daß sich unser Herr Nur ed-Din an Frauen erfreut, so wie es vom Propheten, dem Allah ewiges Heil zuweise, in der Zweiten Sure des Heiligen Buches verkündet worden ist: *Die Frauen sind euer Acker. Geht auf euren Acker, wie und wann ihr wollt.* Auch unser Herr hat das Bedürfnis, Äcker zu bestellen. Ich weiß es wohl. Die Frauen sind auch Freudenspender für Könige und Fürsten, doch ist dabei vielerlei zu bedenken. Leichtfertig darf derjenige nicht handeln, der dem Herrscher Frauen zuführen will. Kennst du, oh Hamami, die Geschichte vom König, der nicht heiraten wollte? Gerne will ich sie dir erzählen.«

Da ließ sich Ibn al-Dakhwar al-Umran dazu herab, mir zu berichten, was sich einst am Euphrat zugetragen hatte: »Dort regierte einmal ein mächtiger König. Glanz strahlte er aus über sein Land. Er war schön wie ein wolkenloser Tag im Mai. Da lag nur ein Schatten auf ihm: Er wollte sich nicht vermählen. Es war ihm nämlich geweissagt worden, Frauen würden gerade ihm nur Unfrieden bringen. So entschloß er sich, allein zu bleiben. Doch Einsamkeit ist für niemanden gut – auch nicht für einen König. Er regierte ohne Eifer und Tatkraft, weil er schon tagsüber wußte, daß er auch die nächste Nacht wieder lustlos auf seinem Lager zubringen würde. Der wichtigste Ratgeber, es war sein Wesir, glaubte zu wissen, daß es seinem Herrn helfen würde, wenn er sich wenigstens mit einer Bettgenossin vergnügen könnte. Dem Alleinsein war leicht abzuhelfen. Der Sklavenmarkt in Basra war reich beliefert mit schönen Frauen aus Indien, Persien, aus dem Kaukasus. Der Wesir ritt selbst nach Basra, um das Angebot zu prüfen. An Ort und Stelle hielt er ein Mädchen aus Äthiopien, dunkelhäutig, mit wohlgeformten langen Beinen und spitz zulaufenden Brüsten, für sinnenlustig und damit geeignet, dem König die Langeweile zu vertreiben. Die junge Frau wurde an den Hof des Königs geholt. Sie wurde sorgfältig gewaschen und vom Körperhaar befreit. Dann hatte sie sich ins Bett des Königs zu legen.«

»Die Spuren der Nacht«, so fuhr der Arzt Ibn al-Dakhwar al-Umran seine Erzählung fort, »ließen keinen Zweifel daran, daß sich der König vergnügt hatte. Doch seine Laune besserte sich deshalb keineswegs. Seine Tatkraft steigerte sich nicht. Er freute sich auch nicht auf die Stunden der Dunkelheit. Und bald schon war der jungen Frau anzumerken, daß ihre Mühe in der Nacht nicht mehr die gewünschte Wirkung zeigte: Mürrisch verließ sie in der Frühe das Schlafgemach. Es dauerte nicht mehr lange, und es war zu hören, daß drinnen gestritten wurde. Da dachte sich der Wesir, er habe dem König die falsche Frau zugeführt, und er machte sich erneut auf den Weg zum Sklavenmarkt in Basra. Ein Sklavenhändler zeigte ihm ein Mädchen aus Ägypten. Es hatte nicht die langen Beine der Äthiopierin und keine aufreizend zugespitzten Brüste. An diesem Mädchen aus Ägypten waren die Glieder rundlich. Ihre Augen aber ließen Demut und Hingabe erkennen. Der Wesir zahlte den geforderten Preis und brachte das Mädchen an den Hof des Königs. Auch diese Frau wurde sorgfältig gebadet und am Leib enthaart. Daß sie den König für sich gewinnen konnte, das war am nächsten Morgen dem Laken des Lagers anzusehen. Doch es geschah, was bei der Äthiopierin vorgefallen war: Die Tage des Königs verliefen freudlos, die junge Frau wurde mürrisch, und schließlich stritten sich König und Sklavin, weil sie ihm vorwarf, sein Glied fülle ihren Schoß nicht aus. Der König fand bald Grund zu glauben, die Weissagung, Frauen würden ihm nur Unfrieden ins Haus bringen, erweise sich als richtig.«

Ibn al-Dakhwar al-Umran winkte einen Diener herbei, der bereitstand, eine Tasse gewürzten Kaffees zu servieren, und erzählte, nachdem er getrunken hatte, weiter: »Ein drittes Mal begab sich der getreue Wesir zum Sklavenmarkt nach Basra. Er suchte diesmal eine Frau, die zwar sinnliche Gaben besaß und durch ihren Körper bezaubern konnte, die jedoch auch noch nach der körperlichen Vereinigung den Mann zu beschäftigen verstand. Er fand eine Frau aus Persien, deren Körper reif und voll Harmonie war. Sie stammte von einem Vater ab, der sich seinen Lebensunterhalt als Geschichtenerzähler verdient hatte. Ihm hatte sie von Kindheit an mit wachen Sinnen zugehört. Die Frau besaß ein Wissen von Geschichten, wie sonst kaum jemand zwischen dem heiligen Fluß Indiens und dem Libanongebirge. Diese Frau aus Persien erwarb der Wesir. Nachdem die Perserin gebadet und durch Enthaarung völlig nackt gemacht worden war, teilte auch sie mit dem König das Lager. Am Morgen öffnete sich die Tür des Schlafgemachs erst spät, denn die Frau wußte eine Geschichte zu erzählen, die den König fesselte. Und in der Tat war der Herrscher tagsüber besser gelaunt. Er zeigte Eifer und Tatkraft. Um so erstaunlicher war es, daß auch diese Frau schon nach wenigen Tagen mürrisch wurde und daß es Streit gab in der Kemenate des Königs. Der Wortwechsel dauerte nie lange, da die Frau verständig genug war, den König durch eine Geschichte zu besänftigen. Es sah so aus, als ob es gelungen wäre, den Herrscher für immer mit einer Frau zu verbinden«, meinte Ibn al-Dakhwar al-Umran. »Doch darin lag der Irrtum des Wesirs. Der König wollte sich immer weniger an der Frau erfreuen, doch er wollte von Tag zu Tag mehr von ihren Geschichten hören. Es blieb nicht aus, daß die Diener im Palast über den Herrscher und sein Verhältnis zu Frauen redeten – und letztlich auch darüber zu spotten begannen. Seine Neigung, so wurde gesagt, wende sich den Phantasiegestalten der Märchen zu und sperre sich gegen die Berührung wirklicher Frauen. Es blieb dem König nicht verborgen, daß über ihn abschätzig geredet wurde, und er sah Anlaß, noch stärker an die Wahrheit der Weissagung zu glauben. Die Folge war, daß der König auch die Märchenerzählerin von seinem Lager verbannte.«

Nach einer Weile erzählte der Arzt weiter. »Der Wesir sah keine Hoffnung mehr. Schon war im Lande zu spüren, daß der König keine Kraft mehr besaß zu regieren. Er weigerte sich, neue Gesetze zu erlassen, und die bestehenden Vorschriften wurden, da niemand Kontrolle ausübte, kaum mehr beachtet. Rechtlosigkeit brach über das Land herein. Niemand erhielt noch den gerechten Lohn für seine Arbeit. So ließ auch der Eifer der Handwerker nach. Hoffnungslosigkeit breitete sich aus. Da aber geschah es, daß ein Sklavenhändler aus dem fernen Reich China auf seinem Wege nach Damaskus mit den Frauen, die er bei sich führte, in der Residenzstadt des Königs Rast hielt. Das Gerücht ging um, ihm gehörten tausend Jungfrauen, und eine sei schöner als die andere. Am Hof des Königs erzählte man sich, der Glanz einer der Jungfrauen übertreffe die Reize aller anderen. Ihr Gesicht habe vom Mond die Reinheit übernommen und lasse darauf schließen, ihr Leib sei strahlend wie Silber.

Auch dem König kam das Gerede zu Ohren. Er fragte den Wesir, was er von dieser eigenartig schönen Jungfrau wisse. Der Wesir antwortete: ›Ich habe sagen hören, ihre Schenkel seien silbrig wie die schmale Sichel des neuen Mondes am Himmel. Der Sklavenhändler, der sie besitzt, ist der Meinung, er kenne sich aus auf dem Gebiet der Frauenkörper, doch sei ihm nie Ähnliches begegnet.‹ Diese Auskunft des Wesirs machte den König neugierig. Er überlegte, ob diese Frau sich wirklich von den anderen unterscheide. Brachte sie ihm, wenn er sich auf sie einließe, neue Enttäuschung? Schmerzen der Seele wollte er sich künftig ersparen, das hatte er sich vorgenommen. Doch je weniger er an die Frau, von der alle sprachen, denken wollte, desto mehr waren seine Gedanken von der Unbekannten gefangen. Als seinen Gedanken die Fesseln unerträglich wurden, befahl er, den Sklavenhändler aus dem fernen Reich China samt der Schönen in den Palast einzuladen. Kaum hatte der König die Frau gesehen, war er ihr verfallen!«

Ibn al-Dakhwar al-Umran unterbrach seine Erzählung, um einen weiteren Schluck Kaffee zu trinken, und meinte dann nachdenklich: »Jetzt ist der für uns entscheidende Punkt der Geschichte erreicht, denn von nun an verlief damals alles anders als zuvor: Der König wagte es nicht, diese Sklavin nach dem Kauf entkleiden zu lassen. Sie ging von sich aus mit einer Dienerin ins Bad, denn sie mußte sich nach der langen und beschwerlichen Reise reinigen. Von einer Enthaarung war gar nicht die Rede. Sie nahm die Gewänder an, die für sie bereitgelegt wurden. Bekleidet trat sie dem König wieder entgegen.

Er wollte sie umarmen, doch in aller Höflichkeit wahrte sie Abstand. Sie aß mit dem König zu Abend. Sie erzählte ihm vom Reiche China und wurde nicht müde, ihn mit Wein und Gebäck zu bedienen. Aufs Lager aber begleitete sie ihn nicht. Der König dachte auch nicht daran, sie zu bedrängen. Er begriff allmählich, daß er diese Frau liebte. Keine der anderen hatte je sein Gemüt bewegt. Er hatte sich auch nie gefragt, ob die Frauen, die seine Lust gewesen waren, ihn geliebt hatten. Doch genau die Frage, ob auch er geliebt werde, war nun für ihn wichtig geworden. Für das Land hatte sich nichts geändert«, sagte Ibn al Dakhwar al-Umran. »Der König regierte auch weiterhin nicht. War er tagsüber nicht mit der Schönen zusammen, dann dachte er über sie nach und über die Art und Weise, wie er sie doch noch gewinnen könnte. Der Wesir, dem der Zustand des Landes Sorgen bereitete, hatte einen Einfall. Er sprach zu dem verliebten Herrscher: ›Oh Augapfel des Glücks, dem die schönste Frau der Welt Gesellschaft leistet! Du bist doch mit Pferden erfahren, und du weißt, wie der kundige Reiter ein unwilliges Füllen zu zähmen versteht. Hast du ein junges, unberittenes Pferd im Stall, dann führe es in ein Gehege und ein bereits gezähmtes Tier dazu, das sich bereitwillig das Zaumzeug anlegen läßt. Vor den Augen des wilden Pferdes besteigst du das zahme Pferd und reitest es nach deinem Vergnügen. Bald schon gibt auch das wilde Pferd seinen Widerstand auf und läßt sich reiten. So müßte es doch auch mit der Frau gelingen, die sich deinem Willen verweigert.‹

Der König besaß nur geringe Lust zu diesem Spiel, doch er folgte dem Rat des Wesirs. Dieser hatte bereits vorgesorgt: Am Abend, als die letzte Mahlzeit des Tages vorüber war, als sich der König und die Schöne auf Kissen gesetzt hatten, um sich zu unterhalten, da erklangen Saitentöne, und eine Tänzerin trat auf, deren Körper nur von den zwei Schleiern umweht wurde, die sie in Händen hielt. Ihre Bewegungen waren sinnlich und offenbarten alle Reize. Der Tanz dauerte etwa so lange, wie ein gläubiger Mann braucht, um die einhundertundsiebzig Verse der Vierten Sure des Heiligen Buches, die Sure *Die Weiber*, zu sprechen. Dann glitt die Tänzerin auf die Kissen neben dem König nieder. Die Schleier flatterten zu Boden. Die Frau öffnete sich zum Liebesspiel – und der König ließ sich zögernd darauf ein. Ihm war der Koranvers eingefallen: *Tauschet nicht Gutes gegen Schlechtes!* Doch er wollte dem Rat des Wesirs folgen. Die Schöne jeoch sah dem Geschehen nicht zu. Sie verdeckte ihr Gesicht mit einem Tuch und versenkte sich in ein Gebet. Der Rat des Wesirs war wohl schlecht gewesen.«

Mit diesen Worten unterbrach Ibn al-Dakhwar al-Umran seine Erzählung. »Vielleicht aber bewirkte er doch Gutes, denn am nächsten Abend fragte die Schöne: ›Wie kommt es, daß du mir tagsüber Wein, der mit Honig gewürzt ist, zu trinken gibst, und des Nachts Wein, in den Essig gegossen wurde? Habe ich verdient, was du mir vor Augen führst? Ich bin vertraut mit dem, was zwischen Mann und Frau vorgeht. Mir ist auch bekannt, daß eine solche Frau wie die, mit der du dich gestern abgegeben hast, kein Kind bekommen kann – dafür ist gesorgt worden. Wisse aber, daß andere Frauen, die fruchtbar sind, im Kindbett sterben können und daß dies sogar häufig geschieht! Davor habe ich Angst. Ich bin sicher, daß wir ein Kind bekommen würden, wenn wir uns in Lust vereinigten. Vielleicht würde es leben, und ich würde sterben. Doch ich lebe gern und fürchte den Tod. Dies ist der Grund, warum ich dir verschlossen bin, obgleich ich es nicht sein mag. Denn wisse auch, daß ich dich liebe und den Drang verspüre, dir den Schatz meines Schoßes zu öffnen.‹ Wie die Geschichte zu Ende geht, kannst du dir denken, oh Hamami«, sagte Ibn al-Dakhwar al-Umran. »Der König gestand ihr, daß er an die Weissagung geglaubt habe, die Frauen würden ihm allesamt nur Unfrieden bringen. Sie hätten ihm wohl Unfrieden gebracht, aber nur, solange er nicht geliebt habe. Nun, da er liebe, vergesse er die Weissagung. Da begriff die Schöne das Verhalten des Königs, und auch sie war bereit, nicht an die dunklen Seiten des Schicksals einer Frau zu denken, sondern dem Augenblick zu leben, der Stunde der Liebe. In dieser Nacht jubelten die Nachtigallen, die auf Rosenknospen im Garten saßen, besonders hell.«

Ich hatte schon verstanden, was mein Herr mich mit seiner Erzählung lehren wollte, aber er sprach weiter.

»Wir lernen aus dieser Geschichte, oh Hamami, daß es nicht damit getan ist, irgendwelche Frauen für Nur ed-Din zu suchen, die ihm nur während weniger Nächte Freude machen. Wir müssen die eine finden, die den Beherrscher der Gläubigen liebt, die nur für ihn bereit ist, ihr Goldschloß zu öffnen. Auf dem Sklavenmarkt werden wir sie nicht entdecken, und wenn wir ehrlich sind, so müssen wir sagen, daß aus der Staatskasse nicht das Geld zu haben ist, um eine Frau wie die silberschenklige Schöne kaufen zu können. Nur ed-Din wird nie auf den Gedanken kommen, für eine Frau Geld auszugeben. Er selbst verfügt auch nicht über eine entsprechende Summe, die man einem Fürsten von Ansehen rings im Land als Gegenleistung für die Überlassung einer Tochter anbieten könnte. Ich habe sagen hören, ihm gehörten drei Ladengewölbe in Homs. Sie sind Eigentum der Familie aus der Zeit, als noch kein Familienmitglied vom Ehrgeiz getrieben war, irgendwo herrschen zu wollen. Es ist kein Geheimnis, daß Nur ed-Din, der Beherrscher der Gläubigen, eigentlich aus niederem Stande stammt. Sein Vater hatte nur rechtzeitig begriffen, wie das Schicksal beim Schopfe zu packen ist. Mit Glück war dem Vater das kleine Nest Aleppo zugefallen. Mit Glück hatte Nur ed-Din sich Damaskus angeeignet. Das Problem ist nun, für ihn eine Frau zu finden, mit der eine Dynastie begründet werden kann. Von sich aus wird keiner der Fürsten einen Boten schicken, um zu fragen, ob Nur ed-Din bereit sei, sein Schwiegersohn zu werden. Schließlich ist sein Ansehen noch immer nicht so gefestigt unter den Herrschenden. Er gilt als Emporkömmling bei den Mächtigen zwischen Mesopotamien und dem Mittelmeer. Zwar hat Nur ed-Din ein fränkisches Heer geschlagen, doch er hat keine Reichtümer für seinen Staat erobert. Wir werden ihm, oh Hamami, eine Frau aus der Stadt Damaskus besorgen müssen, ein schlichtes Mädchen, das ihn liebt, und das er lieben kann. Schwierig wird unsere Aufgabe sein. Wir werden Zeit dazu brauchen. Aber ich habe wenigstens schon einen Plan.«

Der Arzt Ibn al-Dakhwar al-Umran schwieg jetzt wieder. Er dachte nach, so lange etwa, wie ein gläubiger Mann braucht, um die sieben Verse der Ersten Sure des Heiligen Buches zu sprechen. Dann sagte er: »Nur ed-Din hat selbst gesagt, er sei nichts anderes als der Schatzmeister der Gläubigen. Er verwalte für die Untertanen, was er in die Hand bekomme. Gebe er Geld für sich aus, dann sei ihm der Sturz ins Höllenfeuer sicher. Die Zitadelle baut er mit dem Geld, das die Gläubigen als Steuer bezahlen. Die Zitadelle hat ihren Sinn für alle Bewohner der Stadt. Droht Gefahr, dann ist sie der

Mittelpunkt der Verteidigung. Auch dieses Hamam ist mit Geld aus Steuereinnahmen gebaut worden. Da galt auch die Begründung, es handle sich um Allgemeingut. Das Hamam wird auch uns nützlich sein. Wir müssen Nur ed-Din dazu bringen, daß er das Dampfbad für alle öffnet! Auch für die Frauen. Es wird eine Weile dauern, bis die Frauen Zutrauen zu uns haben werden. Nach einem halben Jahr aber werden alle kommen, die keine Ursache haben, ihren Leib vor anderen Frauen zu verbergen. Viele werden stolz darauf sein, ihre Schönheit zeigen zu dürfen. Dann, oh Hamami, werden wir Gelegenheit haben zu prüfen, welche Frau würdig ist, das Lager mit Nur ed-Din zu teilen, um den Samen für einen Erben zu empfangen.«

Der Arzt verließ das Hamam und eilte in die Zitadelle zu Nur ed-Din. Er traf den Beherrscher der Gläubigen dabei an, wie er Befehle für einen Feldzug seiner Reiter nach Ägypten erteilte. Unser Herr hatte sich zum Krieg entschlossen. Zwei Gründe hatten ihn dazu bewogen: Zu seiner Überraschung hatte der christliche König von Jerusalem, sein Name war Amalrich, ein Bündnis geschlossen mit dem Kalifen in Cairo. Nur ed-Din war davon benachrichtigt worden, daß tausend fränkische Johanniterritter von Jerusalem aus in Richtung Nil aufgebrochen waren, um dort die Macht des islamischen Kalifen zu stärken. Der zweite Grund war wohl gewichtiger: Unser Herr hatte begriffen, daß er erst dann Bedeutung erlangen würde unter den Mächtigen, wenn es ihm gelungen war, Reichtümer zu erobern. Wenn irgendwo, dann waren Gold und andere Schätze am Nil zu holen! Dort herrschte Wohlstand. Ihn in die Hand zu bekommen, war für Nur ed-Din Anlaß, seinen Heerführer Schirkuh mit zweitausend Reitern nach Ägypten zu senden.

Wäre es dem Arzt nicht gelungen, dem Beherrscher der Gläubigen die Entscheidung abzuringen, das Hamam zu öffnen für alle Bewohner der Stadt Damaskus, die in der Lage waren, Eintrittsgeld zu bezahlen – also auch für die Frauen –, so wäre das Dampfbad während langer Monate nur schlecht besucht gewesen. Viele der bisherigen Besucher, vor allem die Hauptleute der Truppen, befanden sich auf dem Ritt nach Cairo. So war die Zitadelle leer geworden von Männern, die Zeit hatten, einmal in der Woche das Hamam zu besuchen. Und Nur ed-Din wollte sich, während sich seine Männer in Gefahr befanden, jeglichen Vergnügens enthalten.

So blieb auch er dem Hamam fern. Da war die Gelegenheit günstig, die Tore für die Menschen der Stadt zu öffnen. Der Eintritt kostete allerdings für jeden, Mann oder Frau, einen Dinar. Davon konnte eine Handwerkerfamilie eine Woche lang leben.

Da der Hof keine Besuchstage mehr beanspruchte, konnte ich frei über die Öffnungszeiten verfügen. Am Freitag blieb das Hamam allerdings weiterhin geschlossen. Die sechs Wochentage teilte ich so auf: Viermal stand das Hamam den Männern zur Verfügung und zweimal den Frauen. Es zeigte sich allerdings, daß an den Frauentagen die Räume über Wochen hin nahezu leer blieben. Die Dienerinnen, die ich eigens für die weiblichen Kundinnen eingestellt und eingearbeitet hatte, waren meist unbeschäftigt. Dennoch wies mich Ibn al-Dakhwar al-Umran zurecht, als ich den Männern, die sofort nach Öffnung in großer Zahl gekommen waren, alle Besuchstage reservieren wollte. Der Arzt sagte: »Oh Hamami, vergiß den Plan nicht, den ich verfolge!«

So hielt ich weiterhin das Bad für die Frauen offen.

Der König von Jerusalem

Als sich die Reitertruppe, die Nur ed-Din nach Ägypten geschickt hatte, etwas mehr als einen Monat auf dem Marsch befand, kam Ibn al-Dakhwar al-Umran zu mir ins Hamam. Er sprach: »Seltsames geschieht! Da reiten die fränkischen Ritter durch Sinai, und sie erreichen Bilbais, die erste Stadt ihres Verbündeten, des Kalifen der Fatimiden. Sie kommen in diese Stadt aber nicht als Freunde: Sie plündern Bilbais und erschlagen die Bewohner. Sogar die Christen, die in Bilbais leben, werden getötet. Das ganze Land am Nil ist mit Schrecken überzogen!«

Auf diese Worte hin drängte es mich, den Arzt zu fragen: »Oh Weiser, der du nicht nur über die Säfte des Körpers Bescheid weißt, sondern auch über den Gang der Geschichte, die Allah lenkt, der über allem steht, sage mir, dem noch Ungelehrten, wer sind die Franken, die plündern und töten?«

Da antwortete Ibn al-Dakhwar al-Umran: »Es war vor zwei Generationen, daß die Franken zum ersten Mal in das Gebiet der

Ostküste des Mittelmeers einfielen. Ihre Absicht war, Jerusalem zu erobern, um fortan am Grab ihres Propheten Jesus, den sie Sohn Gottes nennen, beten zu können. Sie sind der Meinung, daß jedem das ewige Heil zuteil werde, der am Zug nach Jerusalem teilnimmt. Hunderte starben auf dem langen Weg über die Gebirge, durch reißende Gewässer und ödes Land. Doch es waren Tausende, die den ersten Franken folgten, darunter durchaus edle Ritter. Viele aber waren Abenteurer, Entwurzelte und flüchtige Verbrecher. Als sich das erste Jahrtausend der christlichen Zeitrechnung seinem Ende zuneigte, da erreichten die fränkischen Horden tatsächlich Jerusalem, die Stadt, die durch den Propheten, dem Allah ewiges Heil zuweise, in der Siebzehnten Sure des Heiligen Buches besonders geehrt wird. Die Franken eroberten die Stadt, und – Schande über sie! – töteten jeden, der ihnen vor das Schwert lief. Alle Reichtümer Jerusalems wurden geplündert. Die Franken waren deshalb so erfolgreich, weil sich auf der Seite der wahren Gläubigen niemand befand, der das Banner des Islam den Kämpfern vorangetragen hätte. Den Franken gelang es so, ein eigenes Reich zu gründen: das Königreich Jerusalem. Grausam waren die Herren dieses Reiches und voller Hinterlist. Sie baten die wahren Gläubigen um Gewährung von Waffenstillstand und hielten sich dann nicht an die Bedingungen. Sie schlossen Verträge und brachen sie. Ihr Zeitvertreib war es, denen, die an den Propheten glaubten, die Köpfe abzuschlagen. Damals, zwei Menschenleben ist es her, als Jerusalem den Ungläubigen in die Hände fiel, hat der Dichter Abu al-Muzaffar al-Abiwardi ergreifende Verse geschrieben, die ich vor wenigen Tagen erst in einem Buch in der Zitadelle fand. Ich habe die Verse Nur ed-Din vorgelesen. Sie lauten:

Das Verbrechen hat uns Tränen ins Auge getrieben.
Für Mitleid ist im Herzen kein Raum geblieben.
Der Mann kämpft schlecht, der Tränen vergießt.
Besser ist, daß Haß die Pforten der Rache aufschließt.

Das Feuer aus den Schwertern sprühe!
Das Glück der Gläubigen im Kampf erblühe!
Oh, schlaft nicht, Moslems, in der Bäume Schatten!
Vertreibt die Franken, diese Ratten!

Als er diese Worte gesprochen hatte, wartete Ibn al-Dakhwar al-Umran einen Augenblick und sagte dann: »Der Aufruf des Abu al-Muzafar al-Abiwardi blieb damals ungehört. Nie kam es zum gemeinsamen Kampf der wahren Gläubigen. Jeder der islamischen Fürsten stritt für sich. Wer mutig war, dem gelang es, Widerstand zu leisten. Die Herren von Damaskus wehrten sich mit Erfolg gegen die Franken. Als die Kampfkraft in dieser Stadt zu erlahmen drohte, traf gerade rechtzeitig Nur ed-Din vor den Mauern ein. Auf ihm ruht jetzt die Hoffnung der wahren Gläubigen. Kurz bevor er aufbrach von Aleppo, um Damaskus zu seiner Hauptstadt zu machen, war es ihm gelungen, den fränkischen Ritter Raimund von Antiochia gefangenzunehmen und köpfen zu lassen. Den Schädel, peinlich sauber poliert und von einem silbernen Gehäuse umgeben, schickte Nur ed-Din damals als Geschenk dem Kalifen von Bagdad zum Zeichen seiner Ergebenheit. Seither fürchten die Franken Nur ed-Din.«

Da fragte ich den Arzt nach dem Herrscher der Franken, der ein Bündnis geschlossen hatte mit dem Kalifen in Cairo: »Was hat ihn bewogen, Freund zu sein eines Beherrschers der Gläubigen?«

Die Antwort war: »Wisse, daß man diesen Amalrich den *König mit den Weiberbrüsten* nennt. Er soll derart fett sein, daß er wie eine dicke Frau aussieht. Sein eigentliches Gebrechen aber ist, daß er stottert. Um dies zu verbergen, hat sich der König von Jerusalem angewöhnt zu schweigen. Manche hohen Herren seines Königreichs werfen ihm vor, er lebe mit einer nahen Verwandten in einem blutschänderischen Eheverhältnis und sei deshalb nicht würdig, König zu sein über das für die Christen heiligste Reich der Welt. Eines muß man Amalrich lassen: Er ist ein guter Feldherr, und er ist auch in der Lage, über den Tag hinaus zu denken. Oberflächlich betrachtet sieht es so aus, als ob nur ein Schwachsinniger auf den Gedanken kommen könnte, seine Reitertruppe, die doch zur Verteidigung Jerusalems wichtig ist, dem Kalifen am Nil zu unterstellen, damit er seine Herrschaft im eigenen Land absichern kann. In Wahrheit ist dieses Bündnis mit dem Kalifen ein kluger Schachzug. Die Herrschaft der Fatimiden am Nil ist derart angeschlagen, daß sie schon bald zerbrechen muß. Wer wird dann der Erbe sein? Nur zwei Monarchen sind mächtig genug, die Zitadelle von Cairo zu erobern: Nur ed-Din und Amalrich. Einer von beiden wird Herr über das reiche Land Ägypten sein.«

An wessen Sieg er wirklich glaubte, das verschwieg mir Ibn al-Dakhwar al-Umran an jenem Tag. Doch von diesem Zeitpunkt an wollte ich mehr wissen von dem, was in Ägypten vorging. Ich besaß reiche Möglichkeiten, meine dürftigen Kenntnisse zu erweitern, denn in das Hamam kamen viele Männer, die zunächst mit dem Feldherrn Schirkuh ausgezogen waren, dann aber wieder vom Nil nach Damaskus zurückgerufen worden waren. Einer von ihnen war Mahmud Ibn Kharadscha, ein Verwaltungsbeamter.

Als er eines Tages im *Raum der Kühle und Stille* auf einem Kissen ausruhte, redete ich ihn an: »Oh, sage mir, Mahmud Ibn Kharadscha, worin unterscheiden sich die Herren am Nil von unserem Herrn Nur ed-Din?«

Ich hatte eigentlich befürchtet, daß der Hofbeamte mich unwillig zurückweisen würde, doch er antwortete freundlich: »Oh Hamami, der Prophet – Allah schenke ihm ewige Gnade – sagte: *Gepriesen sei derjenige, der Fragen stellt, der sein Wissen erweitern will, denn Allah hat uns den Verstand gegeben, damit wir lernen.* Wisse also, daß die Regierenden am Nil von sich sagen, sie seien direkte Nachkommen von Fatima, der jüngsten Tochter des Propheten, den Allah für immer segnen möge. Die Regierenden dort behaupten, sie seien deshalb besonders gesegnet, denn sie gehörten zum *Haushalt des Propheten*, den Allah erhöhen möge. Sie nennen sich Fatimiden. Es ist jetzt vier Generationen her, da ergriff ein später Nachfahre der Fatima, er hieß Ubaid Allah, die Macht am Nil. Er nannte sich fortan Kalif. Seine Nachkommen eroberten ganz Nordafrika. Auch Jerusalem fiel in ihre Hände. Dort zerstörten sie die Kirche, die angeblich das Grab von Jesus, dem Propheten der Christen, birgt. Diese Tat der Fatimiden ist schuld daran, daß die Franken in derart großer Zahl in unser Land einbrachen. Sie sind gekommen, um das Grab ihres Propheten zu schützen. Und jetzt sind die Franken dabei, eben jenen Fatimiden zu helfen, die das Grab ihres Propheten geschändet haben. Der Teufel weiß, wie der Verstand der Franken beschaffen ist.«

Als Mahmud Ibn Kharadscha diese Worte gesprochen hatte, legte er sich zurück auf sein Kissen. Offenbar hatte er nun Lust zu schlafen. Ich breitete eine Decke über ihm aus und verließ den Raum.

Bald trafen gute Nachrichten vom Feldzug des Schirkuh bei uns ein. Amalrich war zwar nach der Erstürmung der Stadt Bilbais und nach der Ermordung aller Bewohner mit seinen Rittern weitergezogen und hatte Cairos südliche Vorstadt Fostat erreicht, die allerdings von den Fatimiden selbst in Brand gesteckt worden war, zum Zeichen, daß die Mächtigen am Nil Amalrich nicht mehr als ihren Bündnispartner anerkennen wollten. Zu erfahren war auch durch meine Kunden im Hamam, der fatimidische Kalif Al-Adil habe durch einen Boten ein eigenartiges Geschenk an Nur ed-Din übersenden lassen: das Haupthaar aller seiner Haremsfrauen. Zu hören war auch, das Geschenk sei von einem Schreiben des Kalifen begleitet gewesen. Dies sei der Wortlaut: *Dieses Angebinde weihen dir, oh edler Nur ed-Din, die Sklavinnen meines Serails. Sie erflehen für mich deine Barmherzigkeit.*

Dann erfuhr ich über Wochen hin nichts von den Ereignissen am Nil. Da Nur ed-Din dem Hamam fernblieb, wurden auch die Höflinge vom schlechten Gewissen befallen, wenn sie sich in meinem Bad vergnügten. Die Bewohner der Stadt aber suchten das Hamam in immer größerer Zahl auf, und allmählich gab es auch Beschäftigung für die weibliche Bedienung: Frauen aus Damaskus wollten die Erfahrung machen von Hitze und Kälte, vom Erschrecken aller Nerven und vom Segen der Ruhe.

Die ersten Frauen, die sich im Hamam sehen ließen, waren allerdings Christinnen, waren junge Mädchen aus Franken, Sklavinnen, die von umherziehenden Händlern verkauft worden waren. Die Gnade Allahs, der über alles gepriesen sei, hatte es gewollt, daß das Heer des Schirkuh auf seinem Wege zum Nil in den Randgebieten des Königreichs Jerusalem Beute eingetrieben hatte. Die Franken aus den überfallenen Dörfern waren, sofern sie überlebt hatten, jenen Sklavenhändlern gegen Goldstücke übergeben worden. In jener Zeit war es noch eine Besonderheit, einen Franken als Sklaven zu halten oder der Herrin des Hauses eine junge Christin als Dienerin zu schenken. Während der Monate, als Schirkuh Ägypten unterwarf, kostete eine schöne Christin noch gut tausend Dinare. Diese Mädchen waren es, die von ihren Herrinnen ins Hamam geschickt wurden, damit sie die ersten Erfahrungen machten an einem Ort, wo Nacktheit selbstverständlich war. Die Frauen der Franken, dies hatte sich herumgesprochen, waren in bezug auf Nacktheit nicht so zimperlich wie die Frauen aus den Haushalten der Moslems – hatte doch der Prophet, dem Allah ewiges Heil spenden möge, den wahren Gläubigen befohlen, ihre Frauen verhüllt zu halten. Als dann die Sklavinnen ihren Herrinnen erzählten, es sei das pure Vergnügen, ein Dampfbad zu nehmen, da wagten es nach und nach auch die Frauen, die Gläubige waren, ihre Männer darum zu bitten, ihnen den Besuch des Hamam zu erlauben.

Alle diese Besucher waren mir willkommen, doch von ihnen war nichts zu erfahren über die Ereignisse in der Zitadelle. Auch die Siege des Feldherrn Schirkuh waren kein Thema, über das sich die Badenden im *Hamam Nur ed-Din* unterhielten.

Aber eines Tages war mein Gönner, der Arzt Ibn al-Dakhwar al-Umran, wieder da. Monatelang hatte er mich ohne Nachricht gelassen. Jetzt erfuhr ich von ihm, daß auch er in Ägypten gewesen war, geschickt von Nur ed-Din, damit er sich um die Leiden des Feldherrn kümmere. Schirkuh hatte immer geprahlt, sein Leibesumfang sei ein Zeichen seiner Stärke, nun aber hatte er an Atemnot gelitten. In einer Nische des Hamam, die ich während der letzten Monate allein für mich eingerichtet hatte, erzählte mir Ibn al-Dakhwar al-Umran, was er in Ägypten erlebt hatte.

»Höre, oh Hamami! Als ich Schirkuh sah, da erschrak ich. Nur schwer bekamen seine Lungen noch Luft. Sie waren vom Fett beengt. Es war jedoch ganz sinnlos, ihm zu empfehlen, weniger zu essen. Schirkuh konnte seine Lust, Honiggebäck in sich zu stopfen, nicht mehr zähmen. Als ich ihm sagte, er möge sich mehr bewegen, da lachte er mich aus und meinte, in Ägypten hätten es sich Menschen von Stand längst abgewöhnt, auf ihren Beinen zu gehen. Die Sänfte sei das Zeichen der Erfolgreichen. Wer Geld und Ansehen besitze, der lasse sich in der Sänfte tragen. Das Ergebnis dieser Art zu leben war, daß der Feldherr Schirkuh schon lange sein Pferd nicht mehr bestiegen hatte. Er bot ein unwürdiges Bild. Doch als ich so mit ihm redete und darüber nachsann, wie seine Atemnot zu heilen wäre, da bemerkte ich einen jungen Mann, schlank und hochgewachsen, mit energischen Gesichtszügen. Zuerst dachte ich, er wäre der erste der Diener des Feldherrn Schirkuh, doch dann spürte ich, daß dieser junge Mann eigentlich die Zügel in der Hand hielt. Auf ihn hörten die Hauptleute der Truppe, von ihm erwarteten die Höflinge Befehle, von seinen Augen wurden die Wünsche abgelesen. Er sorgte jedoch sehr geschickt dafür, daß Schirkuh nicht von dem Gefühl beschlichen wurde, er sei überflüssig. Der junge Mann benahm sich in Gegenwart des Feldherrn respektvoll. Schirkuh hatte wohl auch nicht den Verdacht, der Untergebene handle zu eigenmächtig und untergrabe die Autorität des Oberbefehlshabers. So unauffällig, wie das nur möglich war, erkundigte ich mich nach dem Namen dieses einflußreichen Mannes. Mir wurde gesagt, er heiße Salah ed-Din. Ich glaube, oh Hamami, daß wir diesen Namen nicht vergessen sollten.«

Das Erdbeben

Den Worten des Arztes Ibn al-Dakhwar al-Umran war zu entnehmen, daß unser Herr, Nur ed-Din, nun als Beherrscher des Landes am Nil gelten konnte. Schirkuh hatte im Namen Nur ed-Dins gesiegt. Es war damit zu rechnen, daß viele Beamte und Kommandeure wieder nach Damaskus zurückkehrten, daß also das Hamam erneut für den Haushalt des Nur ed-Din gebraucht wurde. Das würde dazu führen, daß ich die Öffnungszeiten für die Bewohner der Stadt einschränken mußte. Ibn al-Dakhwar al-Umran aber hatte einen Plan, der nur gelingen konnte, wenn die Frauen aus der Stadt ungehindert Zutritt hatten. Die Rückkehr zum früheren Zustand kündigte sich jedoch bereits an: Der Arzt hatte mir von Nur ed-Din zu sagen, die Höflinge und der Herrscher selbst seien entschlossen, die alten Badegewohnheiten wieder aufzunehmen.

Als ich eines Tages in meiner Nische saß und darüber nachdachte, wie das Bad sowohl dem Haushalt des Nur ed-Din als auch der wachsenden Zahl der Kunden aus der Stadt zur Verfügung stehen könnte, da geschah etwas derartig Beängstigendes, daß ich fast den Verstand verlor. Zuerst zeigten sich Kringel auf der Oberfläche meines Kaffees. Dann zitterte die Tasse mit zartem Klingen. Da bemerkte ich, daß das Tischchen nicht mehr stillstand – seine vier

Beine tanzten in winzigen Sprüngen. Ich spürte, wie sich der Boden bewegte. Fugen zwischen den Fliesen brachen auf. Risse klafften plötzlich in der Wand. Steinbrocken stürzten von der Decke. Unter geringem Geräusch hatte sich all dies vollzogen. Doch jetzt waren Schreie zu hören aus dem Raum, in dem der Dampf Hitze erzeugte. Ich sprang auf und eilte zur Tür jenes Raumes. Doch bevor ich die Türe erreicht hatte, wurde sie aufgestoßen. Nackte Gestalten, Männer, drängten sich hindurch. Einige brüllten vor Schmerz. Ich konnte noch nicht erkennen, warum. Es war mir unmöglich, den Dampfraum zu betreten. Jeder behinderte jeden. Ich weiß nicht mehr, wie lange es gedauert hatte, bis ich endlich prüfen konnte, was die Männer aus dem Heißraum getrieben hatte.

Doch dann sah ich die Veränderung: Bisher war aus den Düsen oben an den Wänden Dampf ausgetreten – nun aber spritzte aus dem Mauerwerk kochendheißes Wasser. Die Rohre waren offenbar gebrochen. Die Männer, die sich im Heißraum aufgehalten hatten, waren verbrüht worden. Aber der Aufenthalt im Vorraum bedeutete nun keineswegs die Rettung für sie. Als sich die Bodenfliesen erneut gegeneinander verschoben, da war dieser Vorgang mit einem seltsamen Ächzen verbunden. Mit Schrecken nahm ich wahr, daß dieses Geräusch von der Decke kam. Sie bestand aus einem Gefüge von Balken und Steinen. Die Ordnung von Holz und Stein war gestört: Steinblöcke begannen sich aus der Verankerung zu lösen. Stürzten sie herunter, würden sie viele von uns erschlagen. Obgleich ich nicht mehr meiner Sinne mächtig war, wußte ich doch einen Ausweg: Sicherheit bot nur das Gewölbe über dem Becken des kalten Wassers. Dies aber bedeutete, daß wir alle noch einmal durch den Raum des Dampfes mußten. Zeit, Erklärungen abzugeben, hatte ich nicht. Ich weiß nicht mehr, wie es mir gelungen ist, die Männer noch einmal in die Hölle zu jagen. Ich erinnere mich nur, daß sie mir folgten. Zum Glück war der Druck aus den Röhren gewichen. Ohne erneute Verbrühung kamen die Männer, und ich auch, in Sicherheit.

Wir standen alle im kalten Wasser und starrten zur Decke. Keiner von uns gab auch nur einen Laut von sich. Schrecklich war die Stille. Hier und da rieselte Staub aus den Fugen zwischen den Mauerblöcken. Die unheimlichen Erscheinungen aber wiederholten sich nicht. Nun wurde uns erst bewußt, daß wir ein Erdbeben erlebt hatten.

Wie benommen hielten wir es noch lange im kalten Wasser aus. Allmählich bewirkte die Kälte, daß die Sinne wieder lebhaft wurden. In mir wuchs der schreckliche Gedanke, die Heizrohre könnten geborsten sein, und wir würden dem Feuer nicht mehr entkommen.

Diese Sorge war jedoch grundlos. Wir gingen zurück durch den Heißraum und kamen zu der Kammer, wo die Kleider der Kunden lagen. Keine der Decken war herabgestürzt, doch waren Mauerbrocken auf die Hemden und Umhänge der Männer gefallen. Eine dicke Schicht Staub bedeckte die Kleider, die Tische, die Bänke. Wenig befand sich noch am alten Platz. Die Gewalt der Erdstöße mußte die Möbel in die Luft gehoben haben. Ich fragte die im Staub wühlenden Männer, ob irgend jemand gefährliche Verbrühungen erlitten habe, ob einer der Kunden einen Arzt brauche, doch keiner hörte auf mich. Alle suchten ihr Eigentum zusammen, zogen sich an und verließen das Hamam.

Auch ich trat vor das Haus. Eine große Menschenmenge schob sich durch die enge Marktgasse. Jeder drängte den anderen vorwärts, niemand hatte ein Ziel. Viele schrien, andere heulten, manche stießen dumpfe Schmerzlaute aus. Unter der Türe des Hamam stehend, konnte ich erkennen, daß Hausfassaden heruntergebrochen waren. Aus den Fenstern einiger Gebäude stieg Rauch auf. Vereinzelt war auch Flammenschein zu sehen. Da fiel mir auf, daß die Luft trübe und der Himmel über der Gasse grau und dämmrig war, obgleich der Abend noch längst nicht begonnen hatte. Ich erlitt einen Hustenanfall, ausgelöst durch den Staub.

Da dachte ich plötzlich an einen Satz aus der Zweiundzwanzigsten Sure des Heiligen Buches: *Er hält den Himmel, daß er nicht auf die Erde falle.* Da hatte doch offenbar an jenem Tag der Himmel einstürzen wollen. Allah jedoch hatte den Zusammenbruch des himmlischen Gewölbes verhindert.

Damaskus, die Hauptstadt des Nur ed-Din, war damals schlimm verwüstet worden. Auch die Zitadelle war schwer beschädigt. Vor allem aber hatte das Unglück die Häuser des Marktes getroffen. Durch die Beherztheit einiger Händler hatte eine Feuersbrunst verhindert werden können. Es war ihnen gelungen, die Brände rasch zu löschen, die durch Risse in Herden und Öfen entstanden waren. *Allah ist gegen die Menschen gütig und barmherzig.* Wieder einmal hatte sich dieses Wort des Propheten, dem Allah Heil spenden möge für alle Zeit, bestätigt.

Während der folgenden Tage war zu erfahren, daß nicht allein in Damaskus die Erde gebebt hatte, sondern im ganzen syrischen Land. Der Arzt Ibn al-Dakhwar al-Umran, der einen Tag nach dem Unglück kam, um nachzusehen, ob auch das Hamam beschädigt worden war, erklärte mir sein Verständnis von diesem Vorgang so: »Oh Hamami, der Prophet, den Allah segnen möge, hat uns befohlen zu ergründen, was auf Erden geschieht. Der Grund dafür, daß die Erde bebte, muß in der Erde selbst zu finden sein, in gewaltigen Spannungen zwischen verschiedenen Erdmassen vielleicht. Doch wir wissen in Wahrheit nichts vom Innern der Erde. Die Menschen nehmen an, das Beben der Erde sei eine Strafe Allahs, und sie suchen nun nach der Ursache des Zorns des Erhabenen. Ich fürchtete, sie kämen auf den Gedanken, das Hamam erzürne Allah, weil sich hier auch Frauen unverhüllt aufhalten, wenn sie sich auch nicht in der Öffentlichkeit zeigen. Doch mit dieser Furcht befand ich mich im Irrtum. Das wäre vielleicht so gewesen, wenn die Erde nur hier, in dieser Stadt, gebebt hätte. Doch in ganz Syrien war der Boden unsicher geworden. Man sucht also nach einem Grund, der das ganze Land betrifft. Mancher Verständige hier in der Stadt ist nun der Meinung, das Verhalten Nur ed-Dins sei die Ursache für Allah, den Erhabenen, das Land Syrien, das Nur ed-Din gehört, zu züchtigen. Der Herrscher habe Allahs Vorschrift, der Mann solle sich mit einem Weib zusammentun, nicht beachtet. Aber Nur ed-Din habe überhaupt noch nie eine Frau angesehen!«

Dann spann Ibn al-Dakhwar al-Umran seinen Plan weiter, den er mir schon angedeutet hatte. »Oh Hamami, du selbst hast mir gesagt, die jungen Frauen aus Damaskus hätten schon in beachtlicher Zahl das Hamam besucht. Ich nehme an, du hast dir von deinen Dienerinnen berichten lassen, ob sich Frauen von auffälliger Schönheit unter deinen Kundinnen befunden haben!«

Ich antwortete dem Arzt: »Oh Wissender, nie habe ich es mir erlaubt, einen Blick zu werfen auf das, was mir verboten ist. Kein Mann soll die Frau eines anderen betrachten. Ich habe mir jedoch sagen lassen, eine Frau komme immer wieder, deren Leib ahnen läßt, was den Gläubigen im Paradies erwartet. Ihre Augen! Sie sind dunkel und voll Glanz. Gleitet der Blick abwärts, dann findet er Vergnügen an einem schlanken Hals, an Schultern, die weiß sind wie Alabaster. Die Brüste sind ebenfalls weiß, blaue Äderchen aber ziehen ein feines Netz darüber, fast wie ein Schleier. Die Krönung der Brüste sind die Spitzen in der Mitte eines kleinen Hofes. Bezaubernd ist der Anblick, wenn sich Wassertropfen über diese Brüste ihren Weg bahnen, wenn sie wie Perlen zum Nabel rollen. Dort verweilen die Wassertropfen, dann vereinigen sie sich mit vielen anderen im Schoß jener Frau, der völlig haarlos ist. Die Beine sind wie zarte Säulen, die von oben nach unten abnehmen. In der Bewegung regen sie die Phantasie an. Sinnverwirrend ist das Muskelspiel: Die Form der Beine verändert sich, wenn die Frau schreitet, wenn sie geht, wenn sie sitzt. Ruht die Frau, auf dem Rücken liegend, und winkelt sie dabei ihre Beine leicht an, dann ist zu spüren, daß sie auf einen Mann wartet, der bereit ist, in sie einzudringen. Manches Mal berührt sie sich selbst ganz sacht an einer Stelle mit dem Finger. Dies geschieht so zärtlich, daß diese Berührung nicht ihre Lust erregt. Sie drückt damit eher ihre Sehnsucht aus. Und Seltsames ist dabei zu beobachten! Kleine dunkle Punkte, die auf ihrem weißen Bauch zwei Figuren bilden, bewegen sich auf und ab und hin und her. Wäre der Grund, auf dem sich diese Punkte befinden, dunkel und wären die Punkte selbst hell, so könnte man sagen, es handle sich um Sternbilder. Die Male auf dem Bauch sind wohl nichts anderes als eine Laune des Schöpfers, denn ohne ihn bestünde ja kein Sandkorn auf dieser Welt. Auf jeden Fall ist das Spiel der kleinen Bauchmale höchst unterhaltend.«

Da unterbrach mich Ibn al-Dakhwar al-Umran mit einem erstaunten Ausruf. »Dies alles, oh Hamami, wurde dir berichtet? Deine Kenntnis der Einzelheiten verwundert mich! Du weißt, daß diese Frau Male auf dem Bauch trägt. Hast du dir nicht doch vielleicht eine Möglichkeit geschaffen, unbemerkte Blicke auf die badenden Frauen zu werfen? Dies darf nicht geduldet werden. Der Anstand gebietet, daß die Frauen im Bad unter sich bleiben können und unbeobachtet sind. Doch in diesem Fall frage ich dich nicht weiter. Ich glaube, es gibt Wichtigeres zu besprechen. Ich denke da an diese Punkte, an diese Male auf dem Bauch der Frau. Erinnerst du dich, oh Hamami – oder besser ausgedrückt: Hat man dir, oh ehrenwerter Wächter über Anstand im Bad, davon berichtet, wie diese Punkte angeordnet sind?«

Ich wußte, daß der Arzt überzeugt war, ich hätte durch die Vorhänge in den Dampfraum und in die Ruhekammer geblickt, und trotzdem hielt ich den Schein aufrecht, ich hätte die gute Sitte nicht verletzt. Ich sprach: »Oh Ibn al-Dakhwar al-Umran! Ich habe mir wohl berichten lassen, wie die Punkte einander zugeordnet sind. Gerne zeichne ich dir ihre Lage auf.«

In meiner Nische lag immer eine Schiefertafel bereit mit einem Stück Kreide, darauf vermerkte ich, wenn einem Kunden ein besonderer Dienst zu berechnen war. Nun drückte ich mit der Spitze des Kreidestücks Punkte darauf – große und kleinere. Neun Punkte waren nötig für die Darstellung der Male auf der rechten Bauchseite der Frau. Neun Punkte brauchte ich auch, um anzudeuten, wie die Male auf der linken Bauchseite zueinander geordnet waren.

Der Arzt schaute sich die Punkte nur kurze Zeit an, dann zog er Linien. Er verband die neun Punkte der rechten Bauchhälfte miteinander und betrachtete dann aufmerksam das Ergebnis. Nach einer Zeit des Schweigens sagte er: »Du hast recht, oh Hamami, mit dem Gedanken, es handle sich um Sternbilder. Dies ist ganz ohne Zweifel das Sternbild des Löwen!«

Dann verfuhr Ibn al-Dakhwar al-Umran auf gleiche Weise mit den Punkten der linken Bauchseite. Er brauchte nicht lange, um das Sternbild zu erkennen. »Das ist die Jungfrau!« rief er aus. »Löwe und Jungfrau sind zwei Sternbilder des gewölbten Himmels, und sie liegen zudem auch noch unmittelbar nebeneinander. Löwe und Jungfrau! Die Bedeutung sehe ich wohl. Der Löwe stellt die Stärke dar und die Jungfrau das nachgebende Element. Ich sehe in den Malen ein Vorzeichen, das wir in keinem Fall unbeachtet lassen dürfen! Der Allmächtige, ohne den nichts geschieht zwischen Himmel und Erde, weist uns darauf hin, daß Löwe und Jungfrau eine Einheit bilden sollen. Der Schöpfer will die Vereinigung dieser Jungfrau mit dem Löwen – und damit kann allein Nur ed-Din gemeint sein. Dieses Mädchen ist nach dem Willen des Allerbarmers die Frau unseres Herrn. Wer, oh Hamami, ist diese junge Frau?«

Die Antwort fiel mir leicht. »Gepriesen sei der Mächtige des Himmels und der Erde, der dir Weisheit verliehen hat! Allah kennt am besten alle Geheimnisse. Der Name der Frau ist Hajat al-Nufus, und sie ist die einzige Tochter des Abu Musa al-Nufus, der Kaufmann ist hier in der Stadt. Aus Cairo ist Abu Musa al-Nufus mit seiner Tochter hierhergezogen. Seit einigen Wochen gibt er ihr die Erlaubnis, das Hamam zu besuchen. Der Vater hat allerdings verlangt, daß außer der Dienerin sich niemand gleichzeitig mit Hajat al-Nufus im Bad aufhalten darf. Diesen Wunsch haben wir strikt beachtet!«

Da rief der Arzt aus: »Wenn es denn Allahs Wille ist, daß die beiden, Nur ed-Din und Hajat al-Nufus, zusammenkommen, dann wird er auch den Weg dazu weisen. Liebe entsteht aus Qual, die wiederum erzeugt wird von der Sehnsucht. Diese jedoch entspringt und wächst nur durch Trennung von jemand, der Gefühle der Liebe geweckt hat. Wenn es uns gelingt, im Gemüt des Nur ed-Din das Bewußtsein der Liebe zu wecken, werden Qual und Sehnsucht helfen, Nur ed-Din in die Arme von Hajat al-Nufus zu treiben. Sie, so sagtest du, oh Hamami, ist bereit für einen starken Mann. Nur ed-Din aber denkt nicht an Frauen. Wir müssen seine Gedanken in diese Richtung lenken. Vergiß nicht, oh Hamami, daß es darum geht, die Menschen in Syrien von dem Gedanken abzubringen, für jedes Unglück im Land trage der Herrscher die Schuld, weil er sich weigert, eine Frau in seinen Haushalt aufzunehmen. Von Nur ed-Din wird erwartet, daß er wie ein Mann handelt. Sorgen wir dafür!«

Ibn al-Dakhwar al-Umran verließ das Hamam, ohne mich aufzuklären, wie er Nur ed-Din beeinflussen wolle. Tage gingen vorüber, ohne daß ich von den Absichten des Arztes erfahren hätte. Hajat al-Nufus kam einige Male in das Dampfbad. Längst waren ja die Schäden ausgebessert. Ich hatte sogar einen zweiten Saal des heißen Dampfes einrichten lassen. Ich war für Hof und Untertanen gerüstet. Die Kunden hatten sich alle wieder eingefunden – also auch Hajat al-Nufus. Um die Wahrheit zu sagen, habe ich mir nie die Gelegenheit entgehen lassen, ungesehen ihren Leib zu beobachten. Schlitze in den Faltenwürfen der Vorhänge öffneten mir den Blick. Unbemerkt konnte dies deshalb geschehen, weil sich keine anderen Kundinnen im Bad befanden. Die Dienerin aber half mir – sie stand ja in meinen Diensten.

Ein Rätsel für den Beherrscher der Gläubigen

Drei Wochen waren vielleicht vergangen, da trat Ibn al-Dakhwar al-Umran wieder durch den Eingang des Hamam. Er war ganz auffällig guter Laune. Den Grund erzählte mir der Arzt sogleich. Er sagte: »Ich hatte den Dichter Schawahi gebeten, Rätselverse zu reimen. Diese Verse sind ihm recht gut gelungen. Heute morgen habe ich die Worte so vor mich hingesagt, als ich in der Zitadelle neben Nur ed-Din saß. Er unterhielt sich gerade mit einem Bittsteller, als er mein Gemurmel wahrnahm. Der Herr sprach: ›Was, oh Ibn al-Dakhwar al-Umran, bedeutet dein leises Gerede?‹ Ich tat so, als wären meine Worte nur von geringer Bedeutung gewesen, aber Nur ed-Din fragte weiter: ›Was, oh Mann des Wissens und der Gelehrsamkeit, hast du gesprochen? Es ist nicht möglich, daß ein Mann wie du Sinnloses redet.‹ Da antwortete ich: ›Verse habe ich aufgesagt, die ich kürzlich hörte vom Dichter Schawahi. Die Verse haben ein Rätsel zum Inhalt.‹ Da wandte sich Nur ed-Din ganz mir zu. Er bestand darauf, daß ich die Rätselverse spreche – und ich begann:

Ein Wunder hat Allah geschehen lassen.
Mit sieben Sinnen ist es nicht zu erfassen:
›Die Sterne sind dunkel, der Himmel ist hell!
Die Jungfrau ist willig, der Löw' ist zur Stell'.‹

Doch er scheint nichts zu wissen von dieser Beute.
Sicher ist, daß sie ihn hoch erfreute.
Der Löwe sieht nicht, was die Sternbilder weisen:
Das Glück ist nahe, du brauchst nicht zu reisen.

Nimmst du die Jungfrau und zeugst du das Kind,
Die Wege zur Zukunft dir sicher sind.
Die Sterne sind dunkel, der Himmel ist weiß!
Für Allahs Absicht ist dies der Beweis.

Ein zweites Mal hat Nur ed-Din diese Verse hören wollen. Das Rätsel, das in den Versen steckte, reizte unseren Herrn. Er hat die Worte wiederholt: *Die Sterne sind dunkel, der Himmel ist weiß!*

Dann hat Nur ed-Din gesagt: ›Ich nehme an, darin steckt das Geheimnis. Ich will das Rätsel lösen!‹«

Der Arzt berichtete, es sei schwierig gewesen, die Ungeduld des Herrschers zu zügeln. »Er wollte sofort einen Hinweis haben, der ihm die Lösung ermöglicht hätte. Ich habe diese Andeutung gemacht: Die Lösung ist im Hamam zu suchen und zu finden!«

Nur ed-Din war seit Beginn des Feldzugs seiner Truppen gegen Ägypten nicht mehr im Dampfbad gewesen. Es war nun anzunehmen, daß er bald schon seine Besuche wieder aufnehmen würde, um der Rätsellösung auf die Spur zu kommen. Für den Fall, daß Nur ed-Din seinen Besuch ankündigen ließe, gab mir Ibn al-Dakhwar al-Umran diese Anweisung: »Nenne als Zeit, zu der das Hamam frei sei, die Stunde, in der sich Hajat al-Nufus dort aufhält. Führe den Herrscher aus dem Dampfbad, das nur dem Haushalt des Herrschers vorbehalten ist, in den *Raum der Kühle und Stille*, wenn die junge Frau dort ruht. Die Dienerin mag auf ihre Art – sie kennt wohl die Mittel – dafür sorgen, daß Hajat al-Nufus dann von leichtem Schlummer umfangen ist. Doch ihre Sinne dürfen nicht betäubt sein. Sie soll Freude empfinden, sich selbst zu berühren.«

Ich fühlte Angst in mir aufsteigen vor der Verwirklichung der Absicht des Arztes. Wir lockten Nur ed-Din in eine Falle, die seine Seele und seinen Leib gefangennehmen sollte. Mißlang der Plan, dann würde Nur ed-Din wohl unsere Absicht durchschauen. Meine Sorge war, der Mächtige könnte in Zorn geraten, könnte mich in den Kerker werfen lassen.

Nur wenige Tage später brachte mir ein Bote aus dem Haushalt des Nur ed-Din die Nachricht, der Herr über Syrien wolle die frühere Gewohnheit wieder aufnehmen, das Hamam zu besuchen. Ich sagte dem Boten einen Zeitpunkt, zu dem sich niemand sonst im Dampfbad aufhalten würde, und versprach auch, den Herrn vorzüglich zu bedienen. Als der Bote das Hamam verlassen hatte, da stand mir der Sinn nach einem Gebet, und ich sprach Worte der Achtzehnten Sure des Heiligen Buches:

»Von keiner Sache sage: ›Morgen will ich etwas Bestimmtes tun‹, ohne hinzuzufügen: ›So Allah will‹. Wenn du diese Worte aber vergessen hast, so erinnere dich Allahs, des Allerbarmers, und sprich:

›Es ist dem Allmächtigen ein Leichtes, daß er mich leitet und daß er mich handeln läßt, wie es seinem Gedanken entspricht.‹ Allah kennt die Geheimnisse der Himmel und der Erde. Sieh und höre nur auf ihn. Sieh, die Menschen haben außer ihm keinen Beschützer, allein bei ihm ist der richtige Rat zu finden. Denen, die an Allah glauben, sind die Gärten Edens bestimmt, welche von Wasserläufen durchströmt werden. Geschmückt werden diejenigen, die glauben, mit goldenen Armbändern und bekleidet mit grünen Gewändern von feiner Seide, mit Gold und Silber durchwirkt. Ruhen sollen sie auf weichen Polsterkissen. Welch herrliche Belohnung! Und welch ein süßes Lager.«

Auf diese Weise getröstet von den Worten des Propheten, dem Allah ewiges Heil spenden möge, wartete ich den vereinbarten Tag und die Stunde ab, die Nur ed-Din ins Hamam führen sollte.

Der Herrscher verabschiedete die Männer, die ihn begleitet hatten, vor dem Gebäude und trat ein. Er sagte zu mir: »Hamami, höre! Ich bin nicht nur gekommen, um meinen Leib zu reinigen, sondern vor allem, um ein Rätsel zu lösen. Was ich hier finde, das soll mir Wege in die Zukunft öffnen. *Die Sterne sind dunkel, der Himmel ist weiß.*«

Ich benahm mich so, als ob ich die Worte von Nur ed-Din nicht begriffe. Er entkleidete sich in einem Gemach, das für ihn hergerichtet war, und verbrachte dann die vorgeschriebene Zeit in der Glut des heißen Dampfes. Darauf folgten der Schreck des kalten Bades und die Abreibung durch den rauhen Handschuh.

Mit klopfendem Herzen führte ich Nur ed-Din schließlich weiter in den *Raum der Kühle und Stille*. Er fragte mich noch beim Eintritt: »Oh Hamami, wann finde ich die Lösung des Rätsels, dessen wichtigster Satz lautet: *Die Sterne sind dunkel, der Himmel ist weiß*?«

Dann sah Nur ed-Din die schlummernde Hajat al-Nufus. Vom ersten Augenblick an verzauberte ihn das Bild, das sie bot. Er trat auf sie zu und kniete nieder. Da weitete sich meine Brust wieder, die sich angstvoll zusammengekrampft hatte. Ich hielt es für klug, den Raum zu verlassen.

Da fielen mir diese Worte des Propheten ein, dem Allah das höchste Maß an Heil zuerkennen möge: *Geht ein in Frieden und Sicherheit. Entfernen wollen wir allen Haß aus ihrer Brust, und brüderlich sollen sie auf Ruhekissen einander gegenübersitzen. Sie sollen keine Müdigkeit empfinden.*

Was im *Raum der Kühle und Stille* wirklich geschah – ich weiß es nicht. Wieviel Zeit verging, ist mir ebenfalls nicht bewußt. Hajat al-Nufus kam zuerst aus der Kammer, in der sie ihre Kleider aufbewahrt hatte. Sie verabschiedete sich höflich und verließ das Haus ohne ein weiteres Wort. Wenig später stand Nur ed-Din in meiner Nische. Der Ausdruck seines Gesichts wirkte gelöst. Als ich ihn zum Ausgang geleitete, sagte er: »Oh Hamami, der Sinn der Worte *Die Sterne sind dunkel, der Himmel ist weiß* ist mir deutlich geworden!«

Mit Spannung erwartete ich den Besuch des Arztes, der alles eingefädelt hatte. Ich mußte bis zum folgenden Tag warten. Dann aber erfuhr ich, Nur ed-Din habe Boten ins Haus des Kaufmanns Abu Musa al-Nufus geschickt. Der Vater der jungen Frau sei dann in die Zitadelle gekommen und vom Herrscher mit hohen Ehren empfangen worden. Die Hochzeit sei vereinbart. Sie finde schon in wenigen Tagen statt. Als dann Nur ed-Din und Hajat al-Nufus ihre Vermählung feierten, da trafen Pakete bei mir im Hamam ein. Sie enthielten das Geschenk des Herrschers: Vorhänge, da die bisherigen offenbar mürbe und durchlöchert gewesen seien.

Nur ed-Din und Hajat al-Nufus betraten nie mehr das Hamam. Von Ibn al-Dakhwar al-Umran hörte ich Wochen später, daß die beiden ihr Glück gefunden hatten. Der Herrscher habe zu ihm, dem Arzt, gesagt: »Der weiße Himmel wölbt sich bereits. Die dunklen Sternbilder wachsen.«

Zufriedenheit herrschte damals in Damaskus. Als die Erde noch einmal bebte, allerdings schwächer als im Jahr zuvor, behauptete niemand mehr, die Lebensweise des Nur ed-Din sei schuld daran. Diesmal war es ein Paar, das Aufsehen erregte, ja sogar Ärgernis. Dieser Mann und diese Frau waren die ersten Liebenden, die gemeinsam das Hamam besuchten, um dort ihr Vergnügen zu finden. Ich konnte den beiden den Aufenthalt im *Hamam Nur ed-Din* nicht verbieten, denn auf meine Anfrage am Hof des Herrschers, ob die gemeinsame Anwesenheit dieses unverheirateten Paares im Dampfbad gegen die guten Sitten verstoße, wurde mir durch meinen Beschützer, Ibn al-Dakhwar al-Umran, mitgeteilt, die Verantwortlichen in der Zitadelle hätten keinen Grund, Einwände zu erheben. Schließlich seien die betroffenen Personen keine Moslems, sondern Christen.

Der Mann und die Frau waren nach Damaskus geflohen. Über das Libanongebirge waren sie geritten. In Beirut hatten sie zuvor gelebt. Der Mann war Andronikos Komnenos, ein Verwandter des Kaisers von Byzanz. Seine Erscheinung war ungewöhnlich: Groß, schlank, von schöner Gestalt. Trotz seines Alters von nahezu fünfzig Jahren strahlte Andronikos Komnenos Jugendlichkeit aus. Die Leute in Damaskus sagten, er sei ein gewaltiger Held im Bett und habe das Lager mit mehr als hundert Damen der feinsten Art in allen Städten der Ungläubigen im Gebiet zwischen Byzanz und dem christlichen Königreich Jerusalem geteilt. Dieser Andronikos Komnenos, so erzählten sich die Kaufleute auf dem Markt, sei nacheinander Truppenführer, Statthalter in Kilikien, Raubritter, Gesandter, Verschwörer, Erfinder von Belagerungsmaschinen und Ratgeber des Kaisers von Byzanz gewesen. Vor allem aber galt er als geübter Verführer schöner Jungfrauen und erfahrener Witwen. Er habe, so wußten die Kaufleute genüßlich zu berichten, mit Absicht immer zwischen Witwen und Jungfrauen gewechselt.

Derzeit schenkte er seine Gunst wieder einer Witwe, einer Frau aus der eigenen Sippe. Sie hieß Theodora und war mit dem Mächtigen von Akkon am Mittelmeer verheiratet gewesen. Andronikos Komnenos hatte Theodora kennengelernt, als er im Auftrag des christlichen Königs Amalrich die Grafschaft Beirut verwaltete. Ihm war von Theodora und deren reifer Schönheit erzählt worden. Neugierig geworden durch die preisenden Worte christlicher Ritter, die von Akkon nach Beirut gekommen waren, hatte Andronikos sein Pferd bestiegen, um in der hundert Kilometer entfernten Stadt die Witwe zu verführen. Nach der ersten gemeinsamen Nacht hatte sie eingewilligt, ihm nach Beirut zu folgen. Daß sie aus derselben Sippe stammten und daher eng miteinander verwandt waren, kümmerte keinen der beiden. Das Oberhaupt der Sippe aber, der Kaiser von Byzanz, erregte sich derart über das Verhalten von Andronikos und Theodora, daß er von Amalrich verlangte, das Paar auszuliefern. Die Leute in Damaskus erzählten sich, der Kaiser habe das Zusammenleben sogar blutschänderisch genannt. Noch ehe Amalrich die

Bitte des Kaisers erfüllen konnte, verließen Andronikos und Theodora die Stadt Beirut heimlich in der Nacht. Sie überraschten alle mit der Wahl ihres Zufluchtsortes: Sie, die Christen, suchten Schutz bei Nur ed-Din, dem Moslem! Zu hören war in der Stadt, der Herrscher sei sehr stolz darauf, einen nahen Verwandten des christlichen Kaisers in Damaskus beherbergen zu können.

Nur ed-Din hatte Anweisung gegeben, jeder Wunsch des Paares sei zu erfüllen. Andronikos und Theodora fanden eine geräumige Wohnung in derselben Straße, in der das Hamam lag. So war es kaum verwunderlich, daß die beiden auf das Dampfbad aufmerksam wurden. Sie schickten schon bald eine Dienerin zu mir, die sich erkundigen sollte, zu welcher Stunde des nächsten Tages das Hamam allein für das Paar geöffnet werden könne. Die Dienerin legte auch gleich einen Betrag von zehn Dirham auf das Tischchen in meiner Nische. Mit der Begründung, der nächste Tag sei allein den Frauen vorbehalten, bat ich die Dienerin, sie möge ihrer Herrschaft sagen, ich sei sehr geehrt, ihren Wunsch zu hören, und würde ihn sicher auch zu einem späteren Zeitpunkt erfüllen. So hatte ich die Möglichkeit, die Obrigkeit in der Zitadelle erst einmal zu fragen, ob es Andronikos und Theodora gestattet werden dürfe, das Hamam zu ihrer Lust zu besuchen.

Da keine Einwände erhoben wurden, ließ ich dem Paar mitteilen, an einem bestimmten Tag zu einer bestimmten Stunde sei das Hamam für andere Kunden geschlossen. Als die beiden bei mir eintrafen, wurde mein Blick sofort von dieser Frau angezogen.

Sie war groß und durchaus üppig. Doch nicht ihre Gestalt war ungewöhnlich für mich, sondern ihre lebhafte Art, sich zu bewegen. Waren die Frauen der Moslems scheu, zumindest bei ersten Begegnungen, so blickte diese Christin fast herausfordernd um sich. Sie musterte mich und die Hamam-Dienerin, die für sie bereitstand. Ohne sich zu zieren, ließ sie sich in den Raum führen, in dem die Kleider abgelegt wurden. Andronikos ging hinter Theodora. Er war tatsächlich groß. Die Leute in der Stadt hatten also die Wahrheit gesagt. Doch die Größe machte nicht seine Besonderheit aus: Zart und kraftvoll zugleich wirkte sein sehniger Körper. Als er alle Kleider ausgezogen hatte, war allerdings zu sehen, warum die Frauen ihm in so großer Zahl verfallen waren.

Zusammen mit der Dienerin wollte ich die beiden in den Dampfraum führen. Plötzlich bemerkte Andronikos, daß ich und das Mädchen neben mir Tücher um die Lenden trugen. Mit den Worten »Bei uns ist es nicht üblich, im Bad Kleider zu tragen!« riß er mir den Schurz weg und wies auch das Mädchen an, sein Tuch abzulegen. Mit Erstaunen sah Andronikos, daß die Haare der Dienerin auf dem Schoß abrasiert waren, und auch ich war als Aufseher des Hamam bei mir selbst auf größte Reinlichkeit bedacht und hielt deshalb jene Körpergegend frei von Haaren.

Andronikos rief aus: »Bei meiner Seele! Dies wird Aufsehen erregen am Hof des Königs von Jerusalem und auch beim Kaiser in Byzanz. Die Ritter und ihre Damen werden meinem Beispiel folgen.«

Und er verlangte von mir, daß ich ihn rasiere. Seife, um Schaum zu erzeugen, und das Rasiermesser lagen bereit, und so war die Haut um seine Männlichkeit schon bald so glatt wie bei mir. Dann forderte Andronikos auch Theodora auf, die er *Dama* nannte, sich auf die Bank zu legen, um sich das Schamhaar entfernen zu lassen. Sie zögerte keinen Augenblick. Der Gedanke, am Mittelpunkt des sinnlichen Vergnügens ganz nackt zu sein, gefiel ihr wohl. Sobald der Wunsch des Andronikos zur Zufriedenheit erfüllt war, ließ sich das Paar ins Dampfbad führen.

Als die Zeit des Schwitzens abgelaufen war, geleitete ich Andronikos und Theodora zum Becken des kalten Wassers. Hier hatte nun ich Grund, erstaunt zu sein: Beide, der Mann und die Frau, schwammen, als ob sie Wassertiere wären! Sie bewegten sich mit großer Behendigkeit in dem Wasser, das einem Mann gewöhnlicher Größe, wenn er steht, bis zur Brust reicht. Sie tauchten unter und versanken dabei nicht. Sie fingen und umarmten sich. Sie hatten miteinander großes Vergnügen. Jeder andere, der bisher in das Becken gestiegen war, war mühsam darin gewatet. Ich muß gestehen, es gefiel mir sehr, die beiden Körper im Wasser zu sehen. Andronikos rief mir zu, er werde mir demnächst auch das Schwimmen beibringen. Daß jetzt die rechte Zeit nicht dazu war, konnte ich trotz des aufgepeitschten Wassers gut erkennen. Das Paar wartete offenbar nicht darauf, von mir und von der Dienerin mit dem rauhen Handschuh abgerieben zu werden. So ließen wir die beiden allein.

Länger als man benötigt, um die 488 Verse der Zweiten und der Dritten Sure des Heiligen Koran zu sprechen, dauerte es, bis Andronikos und Theodora angekleidet zu mir in die Nische traten. Sie machten einen überaus fröhlichen Eindruck. Andronikos sagte zum Abschied: »Oh Hamami, gerne werden wir wiederkommen. Das Dampfbad brauchen wir nicht, doch das Schwimmbecken macht uns Spaß!«

Das christliche Paar gehörte fortan zu meinen besten Kunden. Es bezahlte gut für die Gunst, die Räume ganz allein benutzen zu dürfen. Dennoch war diese Kundschaft nicht das reine Glück für mich, denn viele Bewohner der Stadt Damaskus sahen fortan im Hamam den Ort der Unzucht, badete doch dort das christliche Paar, das nicht vor Allah einen Ehebund geschlossen hatte, in völliger Nacktheit. Doch solange Nur ed-Din seine schützende Hand über mich hielt, konnte mir nichts geschehen.

Die Geister des Bösen

Die Monate vergingen in Ruhe für mich. Ich stand spürbar unter dem Schutz des Mächtigen dieser Stadt. In der Zitadelle wurde dem Herrscher ein Sohn geboren. Damit schien die Zukunft der Dynastie des Nur ed-Din nach dem Willen Allahs gesichert.

Doch bald schon legte sich ein Schatten auf das Gemüt des Herrn, wie ich von Ibn al-Dakhwar al-Umran erfuhr. Er kam zu mir und sagte: »Der Feldherr Schirkuh ist am Nil gestorben. Gegen alle Ratschläge hat er nicht aufgehört, riesige Mahlzeiten mehrmals am Tage zu verschlingen. Allah hat es nun gefallen, dieser Sucht ein Ende zu bereiten.«

Ich unterbrach den Arzt mit der Frage: »Wer, oh Wissender, wird künftig die Befehle Nur ed-Dins, des Herrn über uns, in Ägypten ausführen?«

Die Antwort war: »Du wirst dich an den jungen Mann erinnern, den ich in Schirkuhs Kreis gesehen hatte. Er hat die Gewalt des Befehls an sich gerissen. Salah ed-Din ist sein Name. Er ist der Neffe des toten Schirkuh.«

Ich fragte weiter: »Soviel ich weiß, ist die Macht des Hauses der

Fatimiden am Nil noch nicht ganz gebrochen. Steht das Haus der Fatima auf seiten des Salah ed-Din?«

Ibn al-Dakhwar al-Umran sprach nach Augenblicken der Überlegung: »Keine Macht mehr hat das Haus der Fatima, und dennoch hat sich der junge Mann zum Großwesir der Fatimiden ernennen lassen. Ein Rätsel ist diese Angelegenheit für mich. Ich vermute, Salah ed-Din will damit zeigen, daß er unabhängig sein will von Nur ed-Din. Ich hoffe, es bricht keine Zeit des Krieges und des Unglücks an. Allah, der Allmächtige und Allerbarmer, möge den Schrecken fern von uns halten!«

Wenige Tage später ließ Nur ed-Din in der Stadt verkünden, er sei damit einverstanden, daß fortan Salah ed-Din das syrische Heer in Ägypten kommandiere. Dabei muß man wissen, daß der Herrscher diesen jungen Mann überhaupt nicht kannte. Doch Nur ed-Din hatte begriffen: Schirkuh, der Feldherr und Statthalter, konnte nur durch Salah ed-Din ersetzt werden. Dieser hatte während der letzten Lebensmonate des Schirkuh alle Fäden der Macht in die Hand bekommen.

Schreckliches wußte Ibn al-Dakhwar al-Umran zu erzählen, als er zwei Wochen nach unserem letzten Gespräch wieder einmal das Hamam betrat. »Oh Hamami«, so begann er fast weinend, »ich habe eben einen Mann zu versorgen gehabt, dessen Körper fürchterlich zugerichtet war. Bei Allah, dem Allerbarmer, der Anblick dieses Gepeinigten hat mich erschüttert. Er lag nackt und festgebunden auf der Reckbank im Keller der Zitadelle. Stricke, die an Walzen befestigt waren, zogen seine Hände qualvoll über den Kopf. Die Beine waren gefesselt und weit gespreizt. Er ist in dieser Lage peinlich verhört worden. Nur ed-Din hatte befohlen, den Mann so lange zu foltern, bis er die Wahrheit spräche. Durch unerträgliche Schmerzen sollte er zum Geständnis gebracht werden. Du, Hamami, lebst in diesem Bad und weißt nicht, was den Menschen oft angetan wird. Auch Nur ed-Din läßt foltern – vielleicht weniger als andere Herrscher, doch es genügt, was da in der Zitadelle geschieht. Das Verfahren ist einfach: Werden die Walzen der Reckbank durch eine Handkurbel gedreht, so spannen sich die Fesseln, und der Leib wird entsetzlich gestreckt. Das ist schon oft, fast täglich, geschehen im *Keller der Schmerzen*. Meist gesteht der Gepeinigte rasch sein

Vergehen, und die Seile werden wieder entspannt. Ist der Gefolterte besonders hartnäckig, dann hält einer der Schergen dem Mann eine brennende Fackel zwischen die Beine. Noch ehe die Haut des männlichen Gliedes die Hitze wirklich zu spüren bekommt, brüllt der Betroffene, vor Angst sich aufbäumend, sein Geständnis. Oft genug habe ich dabeisein müssen, denn die Folterordnung, die Nur ed-Din selbst erlassen hat, schreibt die Anwesenheit eines Arztes vor. Unser Herr, der oft edel denkt, will durch die Folter wohl die Wahrheit erfahren, aber er will nicht, daß der Gefolterte zum Krüppel wird. Doch diesmal war alles anders. Man hatte mich gerufen, aber erst, als schlimme Verletzungen geschehen waren. Die Schergen hatten die Fesseln derart streng angezogen, daß die Gelenkkugeln aus ihren Fassungen gesprungen waren. Grausig war anzusehen, wie die Männlichkeit des Unglücklichen nur noch aus einer Brandwunde bestand. Zum Glück war der Mann bewußtlos. Helfen konnte ich ihm kaum. Wenn er überhaupt am Leben bleibt, wird er ein Krüppel bleiben, der nie mehr bei einer Frau Befriedigung finden kann!«

Da fragte ich den Arzt: »Weißt du, der durch die Güte Allahs auch dem Unglücklichsten helfen kann, was es war, was der Mann gestehen sollte?«

Ibn al-Dakhwar al-Umran gab mir diese Antwort: »Nur wenig haben mir die Folterer gesagt, ehe sie den *Keller der Schmerzen* verließen. Der Mann soll im Jordantal gefangen worden sein, als er auf dem Weg war vom Nil nach Jerusalem. Daß er aus Cairo komme, hatte er gleich gestanden, auch daß er zum König der Ungläubigen wolle. Der Umweg durch das Jordantal machte ihn verdächtig. Er ist nicht auf der Küstenstraße geritten, wie das jeder Reisende tut, der nichts zu verbergen hat. Er gab an, er sei vom Anführer der schwarzen Leibwache des Salah ed-Din nach Jerusalem geschickt worden. Der Name jenes Anführers sei Al-Mutanem al-Khalifa. Die Leibwachen hätten genug von der strengen Ordnung, die Salah ed-Din eingeführt habe. Vorbei sei die Zeit, da sie ihre Löhnung bekommen hatten, ohne zum Dienst gerufen worden zu sein. Allgemein, so sagte der Gefangene bereitwillig aus, habe sich Unzufriedenheit am Hof des Salah ed-Din ausgebreitet. Sein Auftrag sei, den Herrschenden im Königreich Jerusalem mitzuteilen, daß die

Unzufriedenen Hilfe erwarteten vom christlichen Heer. Al-Mutanem al-Khalifa wollte den König in Jerusalem wissen lassen, den Rittern, die das Kreuz trügen, stünden die Tore der Stadt im Niltal offen, wenn sie die Rebellion der Leibwachen und deren Freunde unterstützen würden.«

Ich fragte Ibn al-Dakhwar al-Umran, der eben seiner Erzählung ein Ende setzen wollte: »Warum, oh Weiser der Heilkunst, wurde der Mann, der doch freiwillig so viel gestand, so unbarmherzig gefoltert?«

Der Arzt antwortete: »Offenbar hat unser Herr der Aussage nicht geglaubt. Er war wohl der Meinung, Salah ed-Din selbst habe den Mann nach Jerusalem geschickt, um eine Verschwörung einzuleiten, die gegen Nur ed-Din gerichtet ist. Der Zorn unseres Herrn muß überaus furchterregend gewesen sein. So wurde der Mann aus Cairo über alle Maßen gequält.«

Wir wurden von Kunden unterbrochen, die das Hamam besuchen wollten. Ich begrüßte die Männer und wies ihnen Diener zu. Dann kam ich zu Ibn al-Dakhwar al-Umran zurück. Dieser war eben von den Kissen aufgestanden. Er sagte zum Abschied: »Was geschehen ist, ist ein Zeichen dafür, daß Nur ed-Din dem Salah ed-Din nicht traut. Mißtrauen aber führt zu Unglück. Ich spüre, wie die Geister des Bösen sich in Damaskus ausbreiten.«

Dieses Gespräch hatte stattgefunden, als der Mond mit voller Scheibe über der Stadt stand. Es war erneut etwa zur Zeit des Vollmonds, da hörte ich eines Abends klagende Stimmen von der Marktstraße her, die am Hamam vorbeiführt. Es waren Frauen, die mit leisem und doch durchdringendem Ton jammerten. Da von den Dienern und Dienerinnen niemand zur Hand war, der sich hätte draußen kundig machen können, trat ich selbst vor das Haus. Nahezu dunkel war die Straße. Wenige Pechfackeln brannten an Hausecken und Wegkreuzungen. Gespenstisches ging vor: An die Hauswände gedrückt schlichen Frauen ganz langsam die Straße entlang. Sie hatten auch ihre Kopftücher über die Gesichter gezogen. Starr hielten sie die Köpfe so, daß die Augen auf die Mauern gerichtet waren. Ihr Jammern glich einem Gesang, der sich mit wenigen Tönen begnügte. Ich sprach eine der Frauen an und fragte nach dem Grund ihres Jammers, doch ich erhielt keine Antwort.

Ein guter Nachbar, ein Kaufmann, der eben seinen Laden schloß, sah meine Verwunderung und sagte: »Oh Hamami, wisse, es sind schlimme Nachrichten angelangt aus Cairo. Es wird von einem Aufstand berichtet. Nubier und Abessinier, die zur schwarzen Leibwache des Salah ed-Din gehören, sind – so sagt man – in der Nacht über unsere Reiter und Fußtruppen hergefallen. Im Schlaf habe die Unseren der Tod ereilt. Kaum einer sei am Leben geblieben. Die Frauen, die da jammern, sind die Verwandten der Kämpfer des Salah ed-Din am Nil. Ihre Klage gilt den Toten.«

Waren es erst nur zehn Frauen, so zogen bald Hunderte durch die Marktstraßen. Die eindringlichen Jammertöne wurden immer schriller. Als die Pechfackeln heruntergebrannt waren, bewegte sich der Zug der Frauen in der Dunkelheit ziellos hin und her. Während der ganzen Nacht beklagten die Jammernden den Tod ihrer Männer oder Söhne. Wer in den Häusern an der Straße wohnte, fand keinen Schlaf: Die Schreie der Frauen hielten uns alle wach.

Gegen Morgen – die ersten Strahlen des Sonnenlichts brachen in die Markstraßen herein – kam ein Reiter. Er hielt sein Pferd direkt vor dem Hamam an. Es war ein Herold des Nur ed-Din. Als er den Frauen, die eben wieder durch die Straße vor meinem Haus zogen, Ruhe gebot, da gehorchten sie ihm lange nicht. Dann endlich hörten sie ihm zu, und er konnte im Namen des Nur ed-Din verkünden: »Oh Volk von Damaskus! Ein Übeltäter, der sich Al-Mutanem al-Khalifa nennt, ein schwarzer Teufel aus dem Inneren Afrikas, hat die Hand erhoben gegen Salah ed-Din, den Statthalter unseres mächtigen Herrn Nur ed-Din. Es hat Allah, dem Allmächtigen und Allerbarmer, gefallen, dem Statthalter die Geistesgegenwart zu geben, rechtzeitig die Gefahr zu erkennen. Dem Teufel Al-Mutanem al-Khalifa war es gelungen, fünfzigtausend Aufrührer gegen Salah ed-Din zu führen. Doch Salah ed-Din ist Sieger geblieben. Tot sind die Verbrecher. Überlebt aber haben die syrischen Kämpfer am Nil. Es lebe Nur ed-Din! Er ist das Vorbild für alle Männer, die Streiter sind für den wahren Glauben!«

Nun war kein Laut des Jubels zu hören. Der Jammer schlug nicht um in Erleichterung. Das Gesicht zur Wand gewendet, schlichen die Frauen jetzt in ihre Häuser zurück. Als die Sonne aufgegangen war, begann in Damaskus ein Tag wie jeder andere.

Während ich überdachte, was in der Nacht geschehen war, mußte ich an den Gefolterten denken, von dem mir Ibn al-Dakhwar al-Umran erzählt hatte. Das, was er gestanden hatte, war die Wahrheit gewesen. Der Gepeinigte hatte gesagt, Al-Mutanem al-Khalifa habe ihm den Auftrag gegeben, den christlichen Herrscher in Jerusalem um Unterstützung für den Aufstand zu bitten. Die Verschwörung war nun zerschlagen worden. Das Mißtrauen unseres Herrn aber war unberechtigt gewesen. Salah ed-Din war also kein Verräter, der sich mit den Ungläubigen zusammenrottete. Die Nacht des Jammers war eingemündet in einen Morgen ruhiger Sicherheit. Ich hoffte, daß noch viele solcher Tagesanbrüche folgen würden.

Vater des scharfen Messers

Meine Hoffnung erfüllte sich. Die Tage vergingen ohne Aufregung. Abwechslung ins Hamam brachten Andronikos und Theodora, die fast in jeder Woche einmal zum Schwimmen kamen. Die beiden hatten nichts dagegen, daß ich zuschaute, wie ihre Leiber durch das glitzernde Naß glitten. Dabei konnte ich die Schwimmbewegungen genau beobachten und mir einprägen. Hatten Andronikos und Theodora das Becken verlassen, versuchte ich, wie das Paar im Wasser zu schweben. Ich ruderte mit den Armen und stieß mit den Beinen zu. Doch selten gelang es mir, das Becken zu durchqueren. Eigentlich war ich immer froh, wenn ich wieder mit den Füßen auf dem Boden stehen konnte, und wenn ich dann Wasser ausspie, das mir in Mund und Hals gedrungen war, fragte ich mich, ob es wirklich Allahs Wille sei, daß der Gläubige schwimme, oder ob diese Kunst nicht vielleicht doch den Ungläubigen und auf ewig Verdammten vorbehalten sei.

Als ich mich wieder einmal mühte, die Bewegungen nachzuahmen, die Andronikos und Theodora mit Leichtigkeit ausführten, sah ich, daß Ibn al-Dakhwar al-Umran durch die Tür trat. Bei ihm war ein Mann, den ich bisher nie gesehen hatte. Weil ich meinem Gönner, dem Arzt, sehr verpflichtet war, beeilte ich mich, das Wasser zu verlassen, um ihn zu begrüßen. Zuvor aber legte ich meinen Lendenschurz an, der bei der Treppe lag, die aus dem Wasser führte.

Ich sprach zu meinem Gast: »Allah, der Einzige, Mächtige und Ewigdauernde, führt euch hierher, um seinem und eurem Diener Freude zu machen!« Ich geleitete die beiden Männer zu meiner Nische im Vorsaal. Dort nahmen wir auf Kissen Platz. Mir stand es nicht zu, als erster zu sprechen, und deshalb wartete ich auf die Worte, die der Arzt wohl zu sagen hatte.

Ich brauchte nicht lange zu schweigen, denn Ibn al-Dakhwar al-Umran war zu sehr darauf bedacht, mir zu berichten, daß ihm Außergewöhnliches gelungen sei. Er sprach: »Erstaunen wird dich ergreifen, oh Hamami, über die Wunder, die dem Gläubigen gelingen können, wenn er sich auf die Hilfe des Allerbarmers stützt! Du wirst dich erinnern, daß ich dir von dem Mann erzählte, der im Keller der Zitadelle so ganz ohne Gnade gepeinigt worden ist. Die Ereignisse, die dann später am Nil geschahen, erwiesen den Gemarterten als Mann, der auch unter Schmerzen die Wahrheit spricht. Unser Herr mußte erkennen, daß der Reiter, der im Jordantal gefangengenommen wurde, tatsächlich auf Befehl des Al-Mutanem al-Khalifa nach Jerusalem unterwegs gewesen war, und nicht im Auftrag des Salah ed-Din. Dem Gefangenen nicht geglaubt zu haben: Das bedauert Nur ed-Din jetzt sehr. Sein Gewissen zwang ihn zu handeln. Er ließ mich in die Zitadelle kommen. Kaum betrat ich den Raum, der neuerdings für Audienzen vorbehalten ist, da fragte mich Nur ed-Din, was aus dem Mann geworden sei, dessen Leib so schrecklich zerschunden wurde. Den Sinn der Frage konnte ich zunächst nicht verstehen, und so zögerte ich mit der Antwort. Nur ed-Din redete sofort weiter: ›Oh Ibn al-Dakhwar al-Umran, du solltest bedenken, daß du mir eine Freude machen würdest, wenn du mir sagen könntest, jener Gemarterte sei noch am Leben.‹«

In einem Ton, als habe er mir ein Geständnis zu machen, setzte der Arzt den Bericht fort: »Nun hatte ich tatsächlich jenen Mann damals aus den Fesseln der Reckbank gelöst. An sein Überleben glaubte ich aber nicht. Ich ließ ihn in ein Tuch hüllen. Die Schergen waren froh, als ich ihnen befahl, den Geschundenen in meine Wohnung zu tragen. So brauchten sie an den Fall nicht mehr zu denken. Ich aber konnte den Körper benutzen, um mehr über die Beschaffenheit des Innern eines Menschen zu erfahren. In den Büchern ist viel darüber zu lesen, aber stimmte das alles auch? Ist es so, daß das Herz aus zwei Kammern besteht, die keine Verbindung miteinander haben? Da sind noch Rätsel offen. Die wollte ich mit Hilfe jenes Körpers lösen, der noch nicht tot und nicht in Verwesung übergegangen war. Doch als ich dem Mann den Brustkorb mit einem scharfen Messer öffnen wollte, da bemerkte ich, daß seine Augen, die bisher ausdruckslos und starr gewesen waren, allen meinen Bewegungen folgten. Diese Augen jagten mir Entsetzen ein. Ich warf das Messer weg und floh aus dem Raum. Als ich wenig später den Mut fand, zurückzukehren, waren die Augen wieder ohne Leben. Die Kraft, den Körper zu öffnen, hatte ich nun nicht mehr. Der Drang war plötzlich spürbar, dem Mann zu helfen. In absonderlicher Stellung standen seine Arme ab. Meine Versuche, die Armkugeln wieder in ihre Fassungen zurückgleiten zu lassen, schlugen fehl. Ich hob das Messer auf und begann mit dessen Hilfe, die Schultergelenke freizulegen. Schmerzen empfand der Mann offenbar nicht. Es gelang mir tatsächlich, Knochen, Sehnen und Muskeln wieder in die richtige Ordnung zu bringen. Dann verband ich die Wunden, die ich geschnitten hatte. Auf einmal war es mir, als ob mich die Augen wieder anblickten – aber diesmal mit einem Ausdruck der Dankbarkeit. Nun untersuchte ich den Unterleib des Mannes. Seine Männlichkeit war derart verbrannt, daß ärztliche Kunst nicht ausreichte, sie zu retten. Mit der Erfahrung dessen, der im Lauf der Zeit mehr als einen Mann zum Eunuchen gemacht hatte, handelte ich.«

Noch ehe Ibn al-Dakhwar al-Umran Einzelheiten darüber erzählen konnte, wie er den Gepeinigten in einen Eunuchen verwandelt hatte, unterbrach ich seine Rede: »Oh Vater des scharfen Messers, dem es gelingt, Menschen zu verändern, sage mir, was hast du zum Beherrscher der Gläubigen gesprochen?«

Der Arzt antwortete bedächtig: »Oh Hamami, vor dem Beherrscher der Gläubigen wurde mir bewußt, daß ich durch die Führung Allahs, des Allmächtigen, wahrhaft richtig gehandelt hatte. So konnte ich zu Nur ed-Din sprechen: ›Herr, ich habe deinen edlen Sinn bedacht, der an Güte jeden Sterblichen überragt. So habe ich dafür gesorgt, daß der Gefolterte am Leben blieb. Dem Mann konnte ich zwar die Männlichkeit nicht retten – doch er ist weiterhin ein Mensch. Als Eunuch wird er euch nützliche Dienste leisten. Allerdings unterscheidet er sich in einem von anderen Menschen: Der Schrecken der Folter hat ihm die Sprache geraubt für immer. Sprechen können nur noch seine Augen. Wer diese Augensprache versteht, der kann sich mit ihm verständigen. Seine Augen waren es, die mir gesagt haben, daß er mit dem Namen einverstanden ist, den ich ihm gegeben habe: Er heißt nun Abd'Allah. Damit ist ausgedrückt, daß er Diener sein will des Allmächtigen und Allerbarmers.‹«

Da sprach ich zu Ibn al-Dakhwar al-Umran: »Ich kenne deine Weisheit, oh Arzt für Leib und Seele. Du hast damit sicher die Antwort gegeben, die unserem Herrn Nur ed-Din gefallen hat. Ich nehme auch an, daß er dir den Mann geschenkt hat, dem du das Leben gerettet hast. Sicher habe ich auch recht, wenn ich sage, du habest den Mann mitgebracht. Er sitzt neben dir!« Dann wandte ich mich dem Begleiter des Ibn al-Dakhwar al-Umran zu und sagte: »Ich begrüße dich im Hamam, oh Abd'Allah!«

Meine freundlichen Worte bewirkten sofort eine Veränderung in den Augen meines Gastes. Nun leuchteten sie, als ob sich im Augapfel ein Licht befände. Ich nahm Strahlen wahr, die von diesen Augen ausgingen und die in mir ein Gefühl der Wärme erzeugten.

Der Arzt bemerkte mein Erstaunen. Er sagte: »Oh Hamami, was du wahrnimmst, ist Wirklichkeit und kein Zauber. Wenn der Mensch alle sprachliche Ausdruckskraft verloren hat, erhalten die Augen besondere Fähigkeiten. Bedenke, daß mein Lehrer der berühmte Arzt Abu Ali al-Husayn Ibn Abd'Allah Ibn Sina war. Sein Wissen bestand in der Erkenntnis, daß das Wesen des Menschen aus dessen Seele besteht, die danach drängt, sich anderen Seelen mitzuteilen. Während der Mann gefoltert wurde, sind der Seele durch Schmerzen und Schrecken fast alle gewöhnlichen Fähigkeiten geraubt worden, sich auszudrücken. Seine Seele gibt nun den Augen Leuchtkraft!«

Als sich der Bann gelöst hatte, von dem ich befallen gewesen war, fragte ich: »Oh Herr, der auch Geschicke zu lenken versteht, was wird nun das Schicksal dieses Abd'Allah sein?«

Die Antwort des Arztes war: »Der Beherrscher der Gläubigen sah keine Möglichkeit der Verwendung in seinem eigenen Haushalt. Ich glaube, er wollte Abd'Allah nicht in der Zitadelle bei sich haben. Sein Gewissen mag dabei mitgesprochen haben. So hat unser Herr Nur ed-Din entschieden, daß Abd'Allah mir gehöre. Doch du, oh

Hamami, weißt, daß ich keinen eigenen Haushalt führe. So kam ich auf den Gedanken, ihn dir zu überlassen, solange er dir von Nutzen sein kann. Im Hamam soll er leben und arbeiten – wenn du, der Aufseher über das Bad, damit einverstanden bist!«

Wie unter Zwang blickte ich Abd'Allah ins Gesicht, und wieder waren es seine Augen, die meine Sinne gefangennahmen. Das Leuchten gab mir ein Zeichen, und ich verstand ganz ohne Worte, daß Abd'Allah bleiben würde, daß er nicht nur zum Diener Allahs, sondern auch zu meinem Diener werden wollte.

Ich sprach: »Gern, oh Ibn al-Dakhwar al-Umran, nehme ich dein ehrendes Angebot an. Abd'Allah kann mir gute Dienste im Hamam leisten. Du selbst, oh Erforscher der Leiden des Körpers, hast mir befohlen, niemanden im Bad zu beschäftigen, dessen Körper ich mir nicht daraufhin angesehen hätte, ob er von Krankheiten befallen sei. Da Abd'Allah aber aus deiner Behandlung kommt, erspare ich mir diese Mühe!«

Der Arzt, sichtlich enttäuscht, daß ich seine Arbeit nicht würdigen wollte, entgegnete: »Oh Hamami, vergiß nicht das Wort des Propheten, dem Allah ewiges Heil schenken möge, das da lautet: *Hat jemand Besonderes vollbracht, darf er erwarten, daß man beachtet, was er getan hat, und daß man ihn lobe!* Deshalb, Abd'Allah, lege deine Kleider ab und zeige, wie ich dich durch die Hilfe Allahs verändern konnte!«

Daß Abd'Allah bereit war, sich nackt zu zeigen, war seinen Augen anzusehen. Langsam verstand ich, in diesem Augen zu lesen und Stufen des Ausdrucks zu erkennen zwischen eisiger Kälte der Ablehnung und der Abwehr und der Wärme zustimmender Gefühle. Keine Anzeichen von Furcht und von Scham waren in den Augen zu erkennen, als Abd'Allah das lange Hemd und schließlich auch die weiten Hosen von seinem Leib zog. Sofort war mein Blick auf seinen Schoß gerichtet. Abd'Allah sah dort tatsächlich wie eine Frau aus, deren Schamgegend vom Haar befreit worden ist. Eine Furche teilte die sonst völlig glatte Haut. Als Abd'Allah die Beine leicht spreizte, war zu erkennen, daß der Arzt die Natur vollkommen nachgebildet hatte. Der Schoß erinnerte an einen reifen Pfirsich, dessen Haut samten schimmert. Von der schmalen Hüfte aufwärts war Abd'Allah wie ein Mann gestaltet: ausladend, kräftig und muskulös. Da war kein Ansatz der Brüste zu sehen. In diesem Körper lebten offenbar eine männliche Hälfte und ein weiblicher Unterleib in Harmonie miteinander. Dem Arzt war wohl ein Wunder gelungen.

Mein Erstaunen erfreute Ibn al-Dakhwar al-Umran. Er sagte: »Oh Hamami, mit Abd'Allah wirst du für Mann und Frau den richtigen Diener im Hamam haben. So wie du werden alle Kunden diesen Leib bewundern. Im übrigen: Ich glaube, du brauchst jemanden, der dir hilft, die Frauen zu bedienen. Ich habe eine Überraschung für dich: Deine bisherige Dienerin war bei mir, um sich untersuchen zu lassen. Sie ist schwanger – von dir!«

Diese Neuigkeit traf mich nun völlig unvorbereitet. Ich hatte der Dienerin – ihr Name war Murdjana – zwar des Nachts, wenn die Luft kühl war, erlaubt, mit mir unter der schützenden Decke zu schlafen, und wir hatten auch manches Vergnügen miteinander gehabt, doch der Gedanke, ernsthafte Folgen könnten daraus entstehen, hatte mich nie beunruhigt.

Jetzt aber mußte ich zu diesen Folgen stehen. Dem Kadi Ishaq al-Mosuli, der zu meinen Kunden zählte, schilderte ich am nächsten Tag, was vorgefallen war. Er setzte sich zu mir in die Nische und fragte, welche Frauen bisher zu meinem Haushalt zählten. Ich sagte der Wahrheit gemäß, ich sei allein mit dem Arzt Ibn al-Dakhwar al-Umran nach Damaskus gekommen. Da erklärte der Kadi Ishaq al-Mosuli, Murdjana sei, wenn ich es wünsche, von nun an meine rechtmäßige Frau. Zuvor aber sei noch zu bedenken, was der Prophet, dem Allah ewiges Heil spenden möge, an Regeln aufgestellt habe für den, der an Verheiratung denke. »Die wichtigste Regel, oh Hamami, ist diese: *Nehmt keine Götzendienerin zur Frau, bis sie gläubig wurde. Ja, eine gläubige Sklavin ist besser als eine freie Götzendienerin, auch wenn sie euch noch so sehr gefällt. Die Götzendiener werden schuld sein, wenn ihr dem Höllenfeuer ausgeliefert werdet. Allah aber zeigt den Weg zum Paradies und zur Vergebung aller Sünden.*«

Der Kadi fragte mich darauf: »Du, oh Hamami, der du diese Worte des uns Leitenden gehört hast, weißt du, ob deine Dienerin Murdjana keine Götzendienerin ist, keine, die das Kreuz anbetet? Wie ist sie in dein Haus gekommen?«

Meine Antwort war diese: »Oh Kadi, der du die Gesetze des

Erhabenen, des Allmächtigen und Allerbarmers kennst! Dir ist nicht verborgen, daß dies Hamam dem Arzt Ibn al-Dakhwar al-Umran gehört. Er hat auch für Diener und Dienerinnen gesorgt. Mir ist bekannt, daß er Murdjana auf dem Sklavenmarkt gekauft hat. Als er sie brachte, habe ich nicht gefragt, ob sie Gläubige ist oder Christin, oder ob sie gar nichts weiß vom Erhabenen, der die Welt lenkt. Doch ich habe sie beobachtet: Sie betet fünfmal am Tag die Erste Sure des Heiligen Buches!«

Da fiel mir der Kadi ins Wort: »Damit, oh Hamami, sind meine Bedenken ausgeräumt. Wer die Erste Sure des Heiligen Buches betet, der spricht das Bekenntnis zu Allah, dem Allbarmherzigen, dem Herrn aller Weltenbewohner. Murdjana gilt als Gläubige! Doch du sagst, sie sei auf dem Sklavenmarkt gekauft worden. Dies bedeutet, das Murdjana ihrem Käufer gehört, und der ist Ibn al-Dakhwar al-Umran. Für dich trifft in diesem Fall die Anweisung der Vierten Sure des Heiligen Buches zu. Dort ist zu lesen: *Wer nicht Vermögen genug besitzt, um freie, gläubige Frauen heiraten zu können, der nehme gläubige Sklavinnen. Doch heiratet sie nur mit Einwilligung ihres Herrn.*«

»Um den Fall beurteilen zu können«, so sprach der Kadi weiter, »muß ich wissen, ob Ibn al-Dakhwar al-Umran dir einen Vorwurf gemacht hat, als er sagte, Murdjana sei von dir schwanger.«

Ich antwortete, da sein kein Wort des Vorwurfs zu hören gewesen. Freudig bewegt meinte der Kadi darauf: »Preise dich glücklich, oh Hamami, Allah hat dir Murdjana als Frau zugedacht! Die Zweite Sure des Heiligen Buches sagt, was du allerdings zu tun hast, ehe du dich an der Frau erfreuen darfst. Ich muß dir alle Regeln sagen, auch wenn vieles für dich gar nicht gilt. Höre trotzdem das Gebot Allahs: *Weiht zuvor eure Seele Allah durch Gebet, durch Almosen oder durch ein gutes Werk.* Der Prophet, den Allah mit ewigem Heil bedenke, hat auch gesagt, wann du dich deiner Frau enthalten sollst: *Die Zeit der monatlichen Reinigung bringt euch Schaden. Darum bleibe der Frau während dieser Zeit fern. Kommt den Frauen nicht nahe, bis sie sich wieder gereinigt haben. Haben sie sich jedoch gereinigt, mögt ihr zu den Frauen gehen. Allah liebt die Gläubigen und die Reinen.*«

Dann fragte mich der Kadi Ishaq al-Mosuli: »Hamami, weißt

du, was du zu beachten hast, wenn in deinem Sinn der Entschluß reift, dich von deiner Frau zu trennen?«

Da ich zögerte, eine Antwort zu geben, sagte der gesetzeskundige Kadi: »Es steht in der Zweiten Sure des Heiligen Buches geschrieben: *Wer beabsichtigt, sich von seiner Frau zu trennen, der soll es vier Monate lang bedenken. Tritt der Mann von seiner Absicht dann zurück, so ist Allah versöhnlich und barmherzig. Besteht der Mann aber auf seinem Willen zur Ehescheidung, so vernimmt Allah diesen Willen auch. Die geschiedene Frau muß dann, ehe sie über sich verfügen kann, noch so lange warten, bis sie dreimal ihre monatliche Reinigung hatte. Sie darf nicht verheimlichen, was Allah in ihrem Leibe geschaffen hat: sofern sie an Allah und an das Jüngste Gericht glaubt. Es ist besser, daß der Mann, wenn die Frau schwanger ist, sie wieder bei sich aufnimmt und daß sie sich miteinander in verständnisvoller Güte versöhnen und sich wieder vereinigen. Die Entscheidung des Mannes zählt dabei jedoch allein. Allah ist mächtig und weise!*«

Damit war der Kadi noch nicht am Ende seiner Erklärung. Er sprach weiter: »Meine Pflicht als Wissender um die Gesetze Allahs ist es, oh Hamami, dir zu sagen, welche zusätzliche Verordnung Allah, der Allerbarmer und Allmächtige, den Männern zur Beachtung anbefohlen hat: *Zweimal ist es dem Manne erlaubt, sich von einer Frau zu trennen. Dann müßt ihr die Frau endgültig behalten oder mit Vermögen ausreichend entschädigen. Es ist nicht erlaubt, etwas von dem zu behalten, was ihr dieser Frau zuvor geschenkt habt. Es sei denn, daß beide Teile fürchten, die Gebote Allahs nicht erfüllen zu können. Dies sind die Vorschriften Allahs, übertretet sie nicht. Wer sie übertritt, gehört zu den Frevlern. Trennt sich der Mann zum dritten Mal von der Frau, so darf er sie nicht wieder nehmen. Oder sie müßte zuvor einen anderen Mann geheiratet und auch dieser sich von ihr getrennt haben. Dann ist es keine Sünde, wenn sie sich erneut vereinigen. Das sind die klaren Vorschriften Allahs, die er den Menschen bekanntmachte und die verständlich sind. Treibt mit Allahs Gebot nicht euren Spott!*«

Der Kadi sprach ohne Einhalt weiter: »Wenn das Kind, das nun durch Allahs Güte im Leib der Frau heranwächst, geboren ist, so ist dies zu beachten: *Die Mutter soll ihre Kinder zwei volle Jahre lang säugen – wenn der Vater will, daß die Säugung die volle Zeit dauere. Der Vater des Kindes ist verpflichtet, der Mutter Nahrung und Kleidung nach seinem Gutdünken zu geben. Niemand ist aber gezwungen, mehr zu geben, als er besitzt. Weder Vater noch Mutter sollen hierzu der Kinder wegen gezwungen werden. Soll das Kind vor der Zeit von zwei Jahren entwöhnt werden, so begeht niemand dadurch ein Verbrechen. Wenn ihr wollt, so könnt ihr auch eine Amme für das Kind nehmen, wenn ihr nicht geizig seid mit dem Lohn, den sie haben will. Fürchtet Allah, denn ihr wißt, daß Allah alles sieht, was ihr tut!*«

Der Kadi Ishaq al-Mosuli beherrschte die Gesetze, die der Prophet, den Allah für alle Zeit segnen möge, erlassen hatte, und er redete voll Begeisterung und schnell. Er sagte: »Ehe du, oh Hamami, die Ehe eingehst mit Murdjana, mußt du wissen, was zu geschehen hat, wenn dein Leben endet. Die Vorschrift besagt: *Stirbt ein Mann und hinterläßt er Frauen, so ist ihnen der Unterhalt zu gewähren für ein ganzes Jahr. Sie sollen nicht gezwungen sein, aus dem Haus zu gehen. Verlassen sie das Haus allerdings freiwillig, so trifft den Mann keine Schuld. Allah ist der Allmächtige und weise! Auch für den Unterhalt der geschiedenen Frauen müßt ihr nach Billigkeit sorgen. Gläubige Männer beachten dieses Gebot! Allahs Befehl ist eindeutig! Ihr habt ihn zu begreifen!*«

Nach diesen Worten stand der würdige Kadi auf und verabschiedete sich. Doch ehe er das Hamam verließ, mahnte er: »Laß es mich wissen, oh Wächter dieses Bades, wenn du entschlossen bist, Murdjana zu heiraten, damit ich dann dem Gesetz entsprechend handle. Allah segne deine Entscheidung!«

Die vielen Regeln, die zu beachten waren, hatten meine Neigung vermindert, eine rechtlich gültige Ehe einzugehen. Niemand konnte mich dazu zwingen – auch Murdjana nicht. Außerdem hatte sie bisher kein Wort über ihre Schwangerschaft gesagt. So vergaß ich den Gedanken, diese Frau an mich zu binden, langsam wieder. Das Vergessen fiel mir leicht, denn während der nächsten zwei Wochen war das Hamam überaus gut besucht. Die Ursache dafür war, daß nach Damaskus viele Fremde gereist waren, die bei den Beschneidungsfeiern für den Sohn des Nur ed-Din und der Hajat al-Nufus, sein Name war as-Salih Ismaïl, anwesend sein wollten. Viele Männer kamen ins Hamam, weil sie in ihrer Heimat nie eine ähnliche Einrichtung gesehen hatten. Der Andrang der Männer zwang mich, die wöchentliche Zahl der Badetage für Frauen zu verringern. So wurde Murdjana entlastet.

Froh war ich in diesen Tagen, daß Abd'Allah sich als überaus eifrig erwies. Er lernte seine Pflichten als Hamamdiener kennen, und er wußte bald schon, welche Handgriffe wichtig sind für eine entspannende Behandlung der Kunden. Seine körperliche Eigentümlichkeit bot den Besuchern noch einen zusätzlichen Reiz. Abd'Allah konnte ohne Scheu sowohl an den Badetagen der Männer als auch an denen der Frauen seinen Dienst versehen. Daß beide Geschlechter in Abd'Allah vereinigt waren, lockte eine Menge Kunden an.

Beunruhigende Nachrichten

Die Feierlichkeiten, die das Leben in Damaskus zwei Wochen lang bestimmt hatten, fanden allerdings ein rasches Ende. Außergewöhnliches ging vor. Das wurde mir klar, als an einem Badetag der Männer von einer Stunde zur anderen die Kunden fernblieben. Gespenstisch war die Leere in den Hallen und im Wasserbecken. Als der Abend hereinbrach, schickte ich Murdjana auf die Straße, damit sie sich umhörte, ob etwas geschehen war, was die Männer und Frauen verstörte. Insgeheim befürchtete ich, die Pest wäre ausgebrochen, und die Bewohner von Damaskus wären im Begriff, in die Wüste zu fliehen, um dort, in der trockenen Luft, der fürchterlichen Krankheit zu entkommen.

Es dauerte nicht lange, und Murdjana kam ins Hamam zurück. Sie überbrachte mir die Nachricht, Nur ed-Din sei schwer erkrankt, und man rechne in der Zitadelle mit seinem baldigen Tode. Aus Banyas sei er eben zurückgekehrt, wo er mit ganz besonderen Gästen in den Gärten an der Jordanquelle den Höhepunkt der Beschneidungszeremonien feiern wollte. In Banyas habe ihn aber ein starkes Fieber gepackt. Eilig habe er sich zurück nach Damaskus tragen lassen. Mehr hatte Murdjana nicht erfahren können.

Am nächsten Tag trat überhaupt niemand über die Schwelle des

Hamam. Als ich auf die Straße ging, fühlte ich, daß die Stadt des Nur ed-Din in abwartende Trauer gefallen war. Viele der Läden in den Marktstraßen waren geschlossen. Nur die Händler der Gewölbe, in denen Brot und Gemüse verkauft wurden, hatten die Brettertore aufgemacht. Lediglich das Nötigste wurde eingekauft. Überfüllt aber waren die Moscheen von betenden Männern, die zu Allah flehten, er möge in seiner Gnade Nur ed-Din noch unter den Lebenden belassen. Auch ich vollzog die vorgeschriebenen Gebete und ging dann mit bedrücktem Gemüt in meine Nische im Hamam zurück.

In jener Nacht erklärte mir Murdjana, daß sie ein Kind erwarte. Schon vor drei Wochen habe sie den Arzt Ibn al-Dakhwar al-Umran aufgesucht, weil die monatliche Reinigung ausgeblieben sei. Der Arzt habe dann ihre Befürchtungen bestätigt. Murdjana hat mich, als wir dann beieinander lagen, nicht gebeten, sie zu heiraten.

Ein einziger Kunde besuchte am Tag darauf das Hamam. Sein Name war Qalat Dschabar. Er hatte ein Jahr lang als Kommandeur eines Reiterverbandes am Nil befehligt und war nach Damaskus zurückgekehrt, weil er, wie er mir sagte, den Schmutz von Cairo nicht mehr ertragen konnte. Als er im *Raum der Kühle und Stille* auf einer hölzernen Bank ausruhte, meinte Qalat Dschabar: »Glaube mir, oh Hamami, die Stadt am Nil stinkt. Die Menschen dort werfen den Abfall achtlos auf die Straße. Du gehst auf Küchenresten, auf menschlichem Kot und über verendete Tiere. In der Hitze fault der Dreck. Wir Syrer fühlen uns dort unsauber, weil wir dauernd Schmutz anpacken müssen. Im Nil zu baden haben wir uns selbst verboten, weil das Wasser als ungesund gilt. Eine Wohltat wäre es, wenn wir in Cairo ein Hamam hätten wie dieses hier. Wir haben schon alle von deinem Bad gehört. Ich bin sicher, daß auch Salah ed-Din darüber Bescheid weiß. Eines Tages, oh Hamami, läßt er dich an den Nil kommen!«

Als ich bescheiden abwinkte, meinte Qalat Dschabar: »Allah sei mein Zeuge, daß sich alles so verhält, wie ich es sage. Nicht ohne Grund bin ich zunächst ins Hamam gekommen, noch ehe ich meine Vorgesetzten in der Zitadelle aufgesucht habe.«

Daß Nur ed-Din krank in der Zitadelle lag, das wußte mein Gast bereits. Er murmelte vor sich hin, er ahne sehr wohl, warum der

Herr über Syrien vom Tode bedroht sei. »Das ist der Fluch des letzten Fatimiden!« Mein Ausdruck des Erstaunens brachte ihn nicht dazu, mir den Sinn dieser Worte zu deuten. Erst als ich ihn bedrängte, sagte Qalat Dschabar: »Wisse, oh Hamami, daß ein Befehl in Cairo eintraf, den Nur ed-Din unterzeichnet hatte. Salah ed-Din wurde angewiesen, dafür zu sorgen, daß beim Freitagsgebet nicht mehr der Name des El-Adid ed-Din Allah genannt werde als einer von denen, die dem besonderen Schutz des Allmächtigen unterstellt sein sollen.«

Qalat Dschabar sah wohl meinem Gesicht an, daß ich nichts mit dem Namen anzufangen wußte, denn er sagte: »El-Adid ed-Din Allah ist der eigentliche Beherrscher der Gläubigen am Nil. Er nennt sich Kalif. Verehrt wird er, weil die Gläubigen überzeugt sind, er stamme von Fatima ab, der Tochter des Propheten – dem Allah ewiges Heil spenden möge. Salah ed-Din ist zwar in Wahrheit der Fürst über alle Menschen am Nil, doch er muß sich in Cairo benehmen, als ob er die Herrschaft des El-Adid ed-Din Allah anerkenne. Schwierig zu verstehen ist das Verhältnis der Mächtigen untereinander. Nur ed-Din ist zwar in Wahrheit der Fürst über alle Menschen in Damaskus, doch er muß sich hier so benehmen, als sei der Kalif von Bagdad der Beherrscher aller Gläubigen. Um sich Ärger mit dem Kalifen von Bagdad zu ersparen, hat Nur ed-Din angeordnet, daß der Name dieses Kalifen überall, also auch in Cairo, vor allen anderen beim Gebet gepriesen werde. So kam die Anweisung an Salah ed-Din zustande, den Namen des Fatimidenkalifen aus dem Gebet zu streichen. Dies aber konnte sich jener Kalif El-Adid ed-Din Allah nicht gefallen lassen: Er verfluchte Nur ed-Din im Namen der Fatima und wünschte dem jetzt Mächtigen in Damaskus, daß er bei lebendigem Leibe verfaule!«

»Wir Bewaffneten hatten dem Befehl des Nur ed-Din Nachdruck zu verleihen.« Mit diesen Worten setzte Qalat Dschabar, der eben vom Nil nach Damaskus heimgekehrt war, seinen Bericht fort. »Wir drohten jedem Prediger Prügel an, wenn er nicht bereit war, den Kalifen von Bagdad über alles zu preisen und den Namen des Kalifen der Fatimiden zu verschweigen. Ich zog mit einer Handvoll Berittener von Moschee zu Moschee, von Gebetsraum zu Gebetsraum. Kein einziger Ort, wo das Freitagsgebet gesprochen wird, durfte vergessen werden. Es gelang uns tatsächlich, alle Prediger zu überzeugen, es sei besser für sie, den Namen El-Adid ed-Din Allah am folgenden Freitag nicht mehr zu nennen. Wir brauchten keine Gewalt anzuwenden. Die Masse der Gläubigen strömte zur Stunde des Gebets an uns Berittenen vorbei durch die Tore der Moscheen. Da war kein lauter Aufschrei zu hören, als der Kalif von Bagdad gepriesen wurde und nicht der bisherige Beherrscher der Gläubigen. Die Menschen dachten, die Namensänderung sei wohl der Wille Allahs.«

Da fragte ich den Gast: »Oh, sage mir, Qalat Dschabar, was geschah mit dem Kalifen aus dem Hause der Fatima, der von Allah besonders ausgezeichneten Tochter des Propheten, dem der Allmächtige Segen für alle Zeiten spenden möge?«

»Er starb an jenem Freitag, gerade zu der Stunde, als sein Name in den Moscheen verschwiegen wurde. Allah, der Allerbarmer, hat ihn zu sich geholt. Ich fürchte, auch Nur ed-Din wird sterben, denn der Fluch wirkt, den El-Adid ed-Din Allah im Namen der Fatima ausgestoßen hat. Er wirkt auch nach dem Tode des letzten Fatimiden.«

Ich wollte noch wissen, ob auch Salah ed-Din in Gefahr sei. Qalat Dschabar entgegnete: »Salah ed-Din hat nur den Befehl des Nur ed-Din befolgt, doch er ist jetzt der Nutznießer. Er ist nicht mehr dem Kalifen der Fatimiden unterstellt – und der Kalif von Bagdad lebt weit entfernt vom Nil. *Sultan* nennt sich Salah ed-Din jetzt. Hinter schwarzen Fahnen reitet er durch Cairo. Und er sagt: ›Es steht in Allahs ewigem Buch geschrieben, daß die schwarzen Fahnen die Menschen auf den rechten Weg führen werden, denn sie wurden einst schon von der Familie des Propheten, dem Allah den Platz neben sich für immer zuweisen möge, vor allen anderen bevorzugt!‹«

»Oh Qalat Dschabar!« rief ich aus, von einer Ahnung bedrückt, »wenn der Fluch des Fatimiden Nur ed-Din tötet, dann wird Salah ed-Din von Cairo aus Syrien beherrschen! Dann wird er Damaskus vergessen, die Zitadelle wird verlassen sein!« Ich war dabei, hinzuzufügen: »Und das Hamam auch!« Doch ich sprach diese Worte nicht aus.

»Er kann Cairo der herrlichen Stadt Damaskus nicht vorziehen.

Cairo stinkt vor Schmutz. Damaskus aber ist rein wie das Licht des Mondes!«

Da war plötzlich eine weibliche Stimme zu hören. Sie drang durch die dichten Vorhänge, die den *Raum der Kühle und Stille* abschirmten. Es war Murdjana, die sagte: »Du, der du mir fremd bist, kennst du nicht die Worte von Maarat an-Nuban, die Cairo loben und die da lauten: *Was bedeutet der vollkommene Leib der Geliebten im Vergleich zu Cairo? Wer diese unter allen berühmte Stadt sah, der kann sie nie wieder vergessen. Wer an die Nacht denkt, in deren Dunkel der steigende Nil seinen fruchtbaren Schlamm über das Land ausbreitet, der setzt den mit Wein gefüllten Becher wieder ab. Wer gesehen hat, wie die untergehende Sonne die Stadt in einen leuchtenden Mantel hüllt, der wird die schönsten Sklavinnen verlassen und vergessen, um für ewig an den Ufern des Nils zu leben.*«

Erstaunt fragte Qalat Dschabar: »Wem, oh Hamami, gehört diese Stimme, die mein Herz bezaubert?«

Ich antwortete: »Dies ist Murdjanas Stimme. Sie ist Dienerin im Hamam.«

Da wollte Qalat Dschabar das Mädchen kennenlernen. Dies konnte ich dem Kunden allerdings nicht gestatten. So verließ der Mann wenig später betrübt das Hamam.

Als ich am Abend das Wachslicht neben dem Kissenlager ausblies, hatte ich das Gefühl, Murdjana, die neben mir lag, wollte etwas fragen und traute sich nicht. Da forderte ich sie auf zu sagen, welcher Kummer sie bewege.

Schließlich sprach sie mit leiser Stimme: »Oh Herr, du hast die Freuden meines Leibes genossen, und ich bin dankbar dafür. Wenn du willst, Gebieter, dann bleibe ich für immer bei dir. Wenn du mich aber fortgeben willst, dann trenne ich mich von dir. Bald wird es sichtbar sein, daß mein Leib fruchtbar ist. Leicht wird es für dich sein, mich Schwangere zu verkaufen. Doch ehe du dich entscheidest, sollst du erkennen, daß ich dir eine meiner Fähigkeiten bisher verschwiegen habe: Ich besitze reiche Kenntnis in allem, was Dichtkunst betrifft. Frage mich jetzt nicht, wo ich diese Kenntnis empfangen habe. Ich habe heute Worte des Dichters Maarat an-Nuban aufgesagt. Andere Verse dieses Meisters lauten:

Das höchste Vergnügen bergen die Lieder,
Zur Stunde, wenn sich der Tag beugt nieder.
Wenn der Unruhige ruhig wird, und lebhaft der Träge.
Wenn Körper und Geist harren der Pflege.

Wenn Wärme im Schlummer
Besänftigt den Kummer.
Dann erwachen für Verse die Sinne.
Dann hält die Seele wohl inne,

Auf ihrem Weg, dem Tode entgegen.
Dann ist sie reif, zu empfangen den Segen
Des Mächtigen, der über uns wacht.
Gestern und heute – in jeder Nacht.

Bestürzt hörte ich zu. Ich hatte nicht geahnt, daß in Murdjanas Gedächtnis solche Verse bewahrt waren, nie war mir der Gedanke gekommen, daß sie so begabt war, diese Worte zu sprechen. Jenes erste Gedicht, das ich aus ihrem Munde vernommen hatte, wollte ich mir merken, und ich bat sie, die Worte noch einmal zu sagen – und beim zweiten Hören fand ich sie noch schöner.

Als sie geendet hatte, sagte ich ihr, daß ein Raum in meinem Haus ihr immer vorbehalten sei. Der Gedanke, bei mir bleiben zu können, machte Murdjana wohl glücklich, denn sie schlief beruhigt neben mir ein.

Der Tag brach an, und ich erkundigte mich bei den Nachbarn, ob sie Neuigkeiten wüßten aus der Zitadelle. Doch jeder, den ich nach dem Zustand des kranken Nur ed-Din fragte, zuckte mit den Achseln. Wenn ich etwas erfahren wollte vom Schicksal des Herrschers, konnte mir nur Ibn al-Dakhwar al-Umran helfen, der Arzt des Mächtigen der Zitadelle. Doch er wurde offenbar am Krankenbett gebraucht, denn eine Woche lang betrat er das Hamam nicht.

Als Ibn al-Dakhwar al-Umran dann endlich doch über die Schwelle meiner Nische im Hamam trat, da erkannte ich ihn zunächst kaum wieder. Schmal war sein Gesicht geworden, und noch schmächtiger wirkte seine Gestalt. Seit mehr als einer Woche hatte der Arzt nicht Zeit gefunden, sich zu rasieren. Ein grau-schwarzer

Bart stand auf Backen und Kinn. Da ich sah, daß er müde war, stellte ich ihm keine Frage. Als er etwa so lange neben mir gesessen hatte, wie der Gläubige benötigt, um die neunundsiebzig Verse der Koransure *Der Allbarmherzige* zu sprechen, begann er zu reden: »Oh Hamami, ich bin gekommen, um mich, wenn Allah es will, bis zum Abend auszuruhen. Ich weiß nicht mehr, wie viele Tage und Nächte ich am Krankenbett ausgeharrt habe. Wie lange ist es her, daß unser Herrscher krank geworden ist? An einem Morgen ist er gefunden worden, auf dem Gebetsteppich zusammengebrochen, in einem kleinen Raum, in den er sich zurückzog, wenn er mit Allah sprach. Das ist ein Raum ohne Fenster, einer Schlupfhöhle gleich. Hier muß ihn ein Hustenanfall derart geschüttelt haben, daß er Atembeschwerden bekam. Auch hat wohl sein Herz nicht mehr gleichmäßig geschlagen. Die Ohnmacht umhüllte seinen Geist. Die Höflinge stritten sich eben, als ich zu Nur ed-Din trat: Die einen wollten, daß er liegenbliebe, bis die Sinne wieder klar würden, die anderen waren der Meinung, der Kranke müsse an die kühle Luft gebracht und mit kaltem Wasser bespritzt werden. Ich sagte: ›Tragt unseren Herrn schnell in einen hellen Raum mit einer hohen Decke und mit weiten Fenstern!‹ Dies geschah. Ich glaubte daran, daß das richtige Maß von Licht und Luft Körper und Geist wiederbeleben würde. Doch ich mußte lange warten!«

Im Verlauf der Erzählung hatte der Arzt immer langsamer gesprochen. Er kämpfte gegen den Schlaf – und unterlag schließlich. Ich bettete Ibn al-Dakhwar al-Umran zurecht und verließ meine Nische.

Das Hamam war menschenleer. Obgleich kein Kunde kam, hielt ich die Dampfkessel beheizt, denn es konnte ja zu jeder Stunde geschehen, daß ein hochgestellter Mann die Pforte öffnete, weil er geruhte, das Bad zu benützen. Als ich sah, wie der Dampf ganz nutzlos den Röhren in der Wand entwich, da kam mir der Gedanke, einmal selbst die feuchte Hitze zu genießen. Ich entkleidete mich und setzte mich mitten in die heißen Dampfwolken. Zum ersten Mal erlebte ich den Genuß, regungslos und ohne Gegenwehr zu fühlen, wie der eigene Wille einschlief, wie alle Muskeln ihre Spannkraft verloren. Immer hatte ich im Dampfraum zu arbeiten gehabt. Ich hatte den Raum nur betreten, um Kunden zu dienen, jetzt aber war ich mein eigener und einziger Kunde. Schade war nur, daß Murdjana nicht gegenwärtig war, um mich zu massieren. Doch ich wagte es nicht, laut nach ihr zu rufen. Meine Stimme hätte Ibn al-Dakhwar al-Umran wecken können. Der Arzt aber brauchte den Schlaf.

Als ich glaubte, genug geschwitzt zu haben, begab ich mich zum Becken des kalten Wassers. Ohne lange zu zögern, glitt ich hinein und begann, Schwimmbewegungen auszuführen. Ich hatte Fortschritte gemacht in der Kunst der mühelosen Fortbewegung im Wasser. Jede Gelegenheit hatte ich benützt, meine Fertigkeit weiter zu steigern.

Als ich meinen Körper eben durch einen kräftigen Stoß der Beine in dem Becken vorantrieb, hörte ich vom Beckenrand die Stimme des Arztes, der laut sagte: »Diese Kunst, oh Hamami, kannst du nur von einem Christen gelernt haben, denn nur die Ungläubigen vertrauen sich derart dem Wasser an! Ich glaube, Andronikos war dein Lehrmeister. Aber wie kann es geschehen, daß du nicht meinen Schlaf bewachst, sondern dich im Wasser vergnügst, als seist du ein Edler der Ungläubigen?«

Eilends stieg ich aus dem Wasser, trocknete mich ab und warf ein Tuch um den Leib. Der Arzt wollte wieder zurück auf die Kissen in meiner Nische. Das Alleinsein hatte ihn aufgeweckt.

Es drängte ihn, mir weiterzuerzählen, was in der Zitadelle geschehen war, nachdem man Nur ed-Din bewußtlos aufgefunden hatte: »Fieber quälte ihn während der ersten Nacht. Der Herr sprach ohne Bewußtsein. Ich hörte ihn flüstern: ›Bei Allah! Nie habe ich mir angeeignet, was Eigentum der Gläubigen ist. Drei Ladengewölbe gehören mir in Homs. Das ist mein ganzes Eigentum. Mein Vater hat sie erworben, nicht ich!‹ Seine Fiebergedanken kreisten wohl darum, ob er Allah mit reinem Gewissen gegenübertreten könne. Sein Gemüt prüfte, ob es durch irgendein Unrecht belastet war. Immer wieder muß sich sein getrübtes Bewußtsein mit den drei Ladengewölben in Homs befaßt haben, denn immer, wenn er davon sprach, trat ihm in Strömen der Schweiß auf die Stirn. Er sagte manchmal ganz laut: ›Nehmt sie doch, wenn ihr wollt! Mein Herz hängt nicht daran!‹ Es war beängstigend zu erleben, wie sich das Gewissen dieses Mannes peinigte«, sagte Ibn al-Dakhwar al-Umran. »Klang das Fieber etwas ab, dann sprach er für sich heilige Texte – etwa diesen: *Wer unrechtmäßig Eigentum an sich genommen hat, der wird im Höllenfeuer sitzen. Wem dort der Aufenthalt zugewiesen ist, der wird, als Elender des Feuers, von Allah Hilfe durch Regen erflehen. Dann werden schwarze Wolken aufziehen, und die Elenden werden glauben, Allah habe tatsächlich Hilfe geschickt. Doch alsdann werden glühende Steine auf sie herniederregnen, auf ihre Köpfe fallen und in sie eindringen. Dann werden sie Allah durch tausend Jahre hindurch um Hilfe bitten. Also werden wieder schwarze Wolken aufziehen und die Elenden werden ausrufen: ›Allah hilft uns!‹ Doch sofort werden Schlangen, die so groß sind wie die Schwänze von Kamelen, herniederregnen. Beißen sie einen Elenden, so wird das Schlangengift eintausend Jahre lang in ihm bleiben. Dies ist gesagt zur Warnung der Gläubigen!* Oh Allah! Laß mich nicht zu den Elenden gehören, sondern zu den Gläubigen, die gewarnt sind!«

Die Freuden des Paradieses

Die Erzählung von den Gewissensqualen des Nur ed-Din bewegte die Seele des Arztes. Seine Nerven, das war deutlich zu spüren, waren aufs äußerste gereizt. Hastig sprach Ibn al-Dakhwar al-Umran weiter: »Ich wußte um keine Medizin, die dem Kranken hätte helfen können. Schlaf allein war heilsam, und Schlaf fand er nur, wenn er nicht mehr von der Vision der Hölle gemartert wurde. Die furchtbaren Schreckensbilder schwanden meist tagsüber aus seinem Gemüt. Dann fand er Ruhe. Allerdings durfte ich es nie wagen, ihn zu verlassen. Auch wenn er schlief, hatte ich neben seinem Lager zu sitzen. Wenn er aufwachte, wollte er mit mir reden und Fragen stellen. Hatte er früher schon mit mir vom Tode gesprochen, so wollte er jetzt wissen, was die Gelehrsamkeit vom Tag des Jüngsten Gerichts weiß. Ich gab ihm diese Auskunft: ›Oh Herr, geschrieben steht im Heiligen Buch: *Im Namen Allahs, des Allbarmherzigen! Wenn die Sonne zusammengefaltet wird, und wenn die Sterne vom Himmel herabstürzen, wenn die Berge nicht mehr an ihrem Platz bleiben, wenn sogar schwer trächtige Kamelstuten von den Männern nicht mehr versorgt werden, wenn die wilden Tiere sich zusammenrotten und die Meere in Flammen aufgehen, wenn die Seelen wieder zu ihren Körpern zurückkehren, und wenn das Buch der guten und bösen Taten aufgeschlagen wird, und wenn der Himmel weggezogen und das Höllenfeuer entfacht wird und das Paradies herbeikommt, dann wird jede Seele wissen, was sie getan hat. An diesem Tag wird die Erde die Toten ausspeien. Zuvor wird die Erde in ihren Gründen erbeben. Der Mensch wird sich fragen, warum geschieht dies? Aufgeteilt in Gruppen werden die Bewohner der Erde, in Gute und Böse. Alle werden sehen, was sie an Gutem und Bösem getan haben. Nicht eine Tat, und habe sie auch nur das Gewicht eines Staubkorns, wird vergessen sein. An diesem Tage werden die Menschen wie taumelnde Motten sein. Die Menschen aber, bei denen die Waage des Gerichtes von guten Werken schwer ist, werden in das Paradies eingehen. Deren Waagschale aber leer ist, werden in den Feuerschlund der Hölle gestürzt werden.*«

Der Arzt unterbrach seine Erzählung für einen Augenblick, dann sprach er mit leiser Stimme weiter: »Oh Hamami, es wäre besser gewesen, ich hätte diese Worte aus der Einhundertsten Sure für mich behalten, denn sie erinnerten unseren Herrn an die Hölle. Das Fieber, das abgeklungen war, stieg wieder an. Die Stirn des Nur ed-Din bedeckte sich mit Schweiß. Dann fiel der Herr in unruhigen Schlaf. Auch meine Gedanken verwirrten sich im Halbschlummer. Bilder aus der Hölle und aus dem Paradies mischten sich. Ich träumte von einem riesigen Baum, der Schatten spendet über eine unermeßliche Fläche, und als ich erwachte, wußte ich sofort, daß dieser Traum auf einer Überlieferung beruhte. Hatte doch Abu Hurayra, der Begleiter des Propheten, mit dem ewiger Friede sei, berichtet, als Offenbarung sei gesagt worden: *Ein Baum steht im Paradies, und ein Reiter kann einhundert Jahre lang im Schatten dieses Baumes reiten, und er wird den Schatten doch nie verlassen.*«

Da blickte mir Ibn al-Dakhwar al-Umran ins Gesicht und sprach: »Erstaunt war ich, oh Hamami, daß offenbar auch Nur ed-Dins Gedanken von der Hölle abgelassen und sich dem Paradies zugewandt hatten, denn er fragte mich: ›Wenn meine Waagschale gefüllt ist mit guten Taten, und wenn dann die Tür zum Paradies sich für mich öffnet, was werde ich zuerst erleben?‹

Meine Antwort war: ›Bei Allah, dem Allerbarmer, du wirst eine Wasserquelle sehen, in die wirst du hineinsteigen. Wenn das Wasser deinen Bauch umspült, dann werden dir das Gift der Welt und aller Kot und Urin aus dem Leib geschwemmt. Erreicht das Wasser deine Brust, dann wird alles, was sich noch an Bösem in dir befindet, irdischer Neid und Haß, fortgespült werden. Dann wirst du ganz in das Quellwasser tauchen. Da verschwinden die Spuren des Alters. Jugendglatt wird die Haut. Deine Schönheit wird erstrahlen!‹ Da fragte mich Nur ed-Din: ›Wozu muß ich schön sein, wenn ich das Paradies betrete?‹ Ich erwiderte: ›Es steht geschrieben, daß der Gläubige beim Eintritt ins Paradies von einem jungen Mädchen umarmt wird. Diesem Mädchen soll der Mann an Schönheit gleichen. Es wird sprechen: Du bist mein Geliebter, und ich werde dich auf ewig lieben. Du wirst mit dem Mädchen in den Garten eintreten.‹ Die Neugier des Nur ed-Din war erwacht. Er wollte mehr wissen vom Paradies. Ich gab eine ermunternde Antwort: ›Oh Beherrscher der Gläubigen! Der Prophet, den Allah mit Heil im Übermaß versehe, hat gesagt, daß dem Gläubigen beim Eintritt in den Garten des Glücks ein Haus gehöre, in dem sich siebzig Ruhebetten befinden. Auf jedem Ruhebett liegen siebzig Bettdecken; auf jeder Bettdecke liegt ein Mädchen, das siebzig Gewänder trägt. Diese Gewänder sind so fein gesponnen, daß ihr Leib genau zu erkennen ist. Würde nur ein einziges Haar der Frauen des Paradieses auf die Erde fallen, so würden die Menschen im Glück vergehen.‹ Glaube mir, oh Wächter des Bades«, so setzte Ibn al-Dakhwar al-Umran seine Rede fort, »auf dem Gesicht des Kranken war bereits ein Schimmer des Glücks zu erkennen. Weiteres wußte ich ihm vom Paradies zu sagen: ›Beherrscher der Gläubigen! In einer anderen Überlieferung sprach der Prophet, der Friede Allahs sei mit ihm, dies über die Frauen im Garten der ewigen Freude: *Aus vier Farben hat Allah ihre Gesichter geschaffen: Aus Weiß, Grün, Gelb und Rot. Ihre Körper erschuf er aus Bernstein, Kampfer, Moschus und Safran. Ihr Haar auf dem Haupt ist aus roher Seide geschaffen. Am Leibe aber sind sie ohne jegliches Haar. Von den Zehen bis zu den Knien bestehen sie aus Safran und anderen duftenden Stoffen. Aus Moschus ist ihr Körper von den Knien bis zu den Brüsten geformt. Aus Bernstein sind sie geschaffen von den Brüsten bis zum Hals.*

Kampfer bildet den Leib zwischen Brüsten und Kopf. Auf ihren Brüsten ist der Name des Mannes geschrieben, dem sie gehören. Da ist auch auf den Brüsten zu lesen: Wem ich Vergnügen bereite, der möge sich nicht scheuen, doch er bleibe im Gehorsam gegenüber Allah, dem Allmächtigen. Zehn Armreifen aus Gold tragen sie an jedem Handgelenk. Zehn Ringe schmücken jeweils ihre Finger. An jedem Fußgelenk blinken zehn Fußreifen aus Gold, Juwelen und Perlen.‹«

»Und dann, oh Hamami, erzählte ich dem Beherrscher der Gläubigen, was Abu Hurayra, dem Allah seine Gunst schenken möge, als Wort des Propheten, den Allah ewig segne, überliefert hat: ›Die Menschen im Garten des ewigen Glücks wachsen an Schönheit mit jedem Tag. Sie werden dabei nicht älter. Dem Mann ist im Paradies die Kraft von einhundert Männern gegeben. Er gebraucht sein Glied zum Vergnügen eine bestimmte Zeitspanne des Tages und der Nacht, so wie es die Männer auf der Erde auch tun. Einen Samenerguß aber kennen die Männer im Paradies nicht.‹ Dann wollte der Beherrscher der Gläubigen noch wissen, ob im Garten des ewigen Glücks auch Speisen gereicht werden, ob die Menschen dort trinken. Ich antwortete ihm: ›Oh Beherrscher der Gläubigen! Wer sich als Freund Allahs im Paradies aufhält, der wird an Speisen essen, was er sich nur wünscht. Wenn er sich nach einem Essen sehnt, dann wird befohlen, ihm die Speisen zu reichen. Alsdann wird man ihm siebzig Teller und siebzig Becher aus Gold, Perlmutter und Rubin bringen, und auf jedem Tisch werden eintausend Goldteller stehen. Auf jedem der Teller befinden sich solche Speisen, die von keinem Feuer berührt und von keinem Koch gekocht worden sind. Sie sind auch nicht in kupfernen Kesseln oder in anderen Töpfen zubereitet worden. Allah spricht nur *Werde und sei!* – und es geschieht sein Wille ohne jegliche Anstrengung. Die Nahrung des Menschen, der sich im Garten des Glücks aufhält, wird nie zu Ende gehen. Sie wird nicht einmal an Menge abnehmen!‹«

Als der Arzt in seiner Erzählung von seiner Rede an den Beherrscher der Gläubigen innehielt, um Atem zu holen, da fragte ich ihn: »Oh Mann des Wissens und der Wissenschaft! Zog denn unser Herr Trost für die Zukunft aus deinen Worten? Munterten sie ihn tatsächlich auf?«

Da antwortete mir der Arzt: »Du hast recht, oh Hamami, mit diesem Zweifel! Der Beherrscher der Gläubigen meinte lächelnd: ›Sprechen die Überlieferungen, von denen du berichtest, die Wahrheit, oder sind sie nur Märchen, die den Sinn des Zuhörers erheitern sollen?‹ Ich aber sagte unserem Herrn: ›Oh mein Herr und Gebieter, erlaube mir, dem Geschöpf, das weit unter dir steht, daß ich deinen Glauben stärke! In der Dreiundvierzigsten Sure des Heiligen Buches ist dem wahrhaft Gläubigen Sicherheit gegeben. Dort steht geschrieben: *Oh, meine Diener! Euch wird am Tag des Jüngsten Gerichts weder Furcht noch Trauer befallen. Ihr, die ihr an unsere Zeichen geglaubt habt und Moslems gewesen seid, ihr geht ein ins Paradies, in Ehren und glückselig. Goldene Schüsseln und Becher werden die Runde machen, und ihr werdet dort finden, was eure Seele nur wünschen und euer Auge ergötzen kann. Dies ist das Paradies, welches ihr zum Erbteil bekommt für das, was ihr getan habt. Dort sollt ihr Früchte im Überfluß haben, von welchen auch ihr genießen mögt.*‹ Als ich nach diesen Worten des Propheten, Allah gebe ihm ewiges Heil, schwieg, da bemerkte ich, daß Nur ed-Din ohne Fieberschauer und ohne Ängste dalag. Seine Augen fielen ihm zu, und er schlief ein. Da glaubte ich, es sei Zeit, endlich einmal die Zitadelle zu verlassen. So kam ich zu dir, oh Hamami.«

Der Schwung seiner Erzählung war erlahmt. Die Müdigkeit besänftigte seinen Geist. Ibn al-Dakhwar al-Umran sank in sich zusammen. Ich sorgte noch dafür, daß er gelöst auf den Kissen lag. Dann verließ ich meine Nische, die nun des Arztes Schlafraum war. Aus seinen Worten konnte ich schließen, daß der Beherrscher der Gläubigen dem Schatten des Todesengels entkommen war, daß er bald wieder wirklich herrschen würde über Syrien und Ägypten. Die gute Nachricht mußte ich bald verbreiten in der Stadt Damaskus. Dann aber war damit zu rechnen, daß sich das Hamam wieder füllte. Die Kunden würden nachholen, was sie versäumt hatten. Ich ging also daran, die Dampfkessel so aufzuheizen, daß das Hamam länger als sonst üblich geöffnet bleiben konnte.

Die ersten, die sich als Besucher anmeldeten, waren Andronikos und Theodora, das christliche Paar, das nur das Becken des kalten Wassers benützen wollte – aber dies sollte wie immer gemeinsam geschehen können. Es war mir gerade noch möglich, ehe die Höflinge der Zitadelle ihre Vorrechte beanspruchten, den beiden eine Badezeit zuzuteilen.

Andronikos und Theodora hatten auch dieses Mal nichts dagegen, daß ich zuschaute, wie ihre nackten Leiber durch das Wasser glitten, wie sie sich jagten, umarmten, losließen, wie sie auseinander und dann wieder aufeinander zu schwammen. Das Schauspiel war reizvoll und überaus sinnlich. Daß ich davon nicht unberührt blieb, war mir anzusehen, denn ich durfte ja bei der Bedienung der beiden keinen Lendenschurz tragen. Meine Erregung störte Andronikos und Theodora keineswegs, und mir verschaffte sie lustvolle Spannung.

Nach einiger Zeit fühlten sich die beiden ausgekühlt, und sie baten höflich darum, den Dampfraum benützen zu dürfen. Als sie sich dort aufwärmten und zu schwitzen begannen, sagte Andronikos: »Oh Herr des Bades, das uns Vergnügen bereitet, denke nicht, wir hätten das Hamam während langer Tage vergessen. Ich muß dir sagen, oh Hamami, wir hatten Angst! Wir stehen allein unter dem Schutz des Nur ed-Din. Solange er herrscht über Damaskus, sind wir sicher, nicht ausgeliefert zu werden an den christlichen König von Jerusalem oder an den Kaiser von Byzanz, der mit mir verwandt ist. Wäre Nur ed-Din gestorben, hätte unserer Freiheit ein bitteres Ende gedroht. Die Herren der christlichen Staaten wollen Theodora von mir trennen, und sie wollen mich als Blutschänder bestrafen. Ich frage dich: Kann Blutschande sein, was so schön ist?«

Andronikos legte sich zurück auf die Bank. Eine Antwort hatte er wohl nicht von mir erwartet. Ich wollte eben den Dampfraum verlassen, da sprach Andronikos mich wieder an: »Veränderungen wird es ohnehin bald genug geben in Damaskus. Man hört viel vom Ehrgeiz des jungen Salah ed-Din in Cairo. Er wird sich wohl kaum noch lange der Aufsicht des Nur ed-Din unterwerfen. Dann aber gibt es Krieg zwischen Salah ed-Din und Nur ed-Din, zwischen Cairo und Damaskus. Mir ist berichtet worden, die Herren im christlichen Königreich warteten nur darauf, daß sich die islamischen Heere gegenseitig ausbluten. Daß dies geschieht, ist meine größte Sorge, denn dann siegen diejenigen, die mich und Theodora der Blutschande anklagen. Ich glaube, unsere Zeit des Glücks hat eine Frist, die bald schon abläuft.«

Was Andronikos gesagt hatte, beschäftigte meine Gedanken, während ich dafür sorgen mußte, daß die beiden das Hamam verließen, denn ihre Badezeit war abgelaufen. Für den Rest des Tages gehörte das Bad den Höflingen. Umgetrieben von den Worten des Andronikos hatte ich den dringenden Wunsch, mit Ibn al-Dakhwar al-Umran zu reden. Ich dachte bei mir, er müsse erfahren, welche Gefahr drohte. Dann beruhigte ich mich wieder, weil wohl anzunehmen war, daß die Männer, die in der Zitadelle zu Rate gezogen wurden, Bescheid wüßten über die Vorgänge in der Welt. Ich hatte meine Ungeduld zu zügeln, denn es war die Art des Arztes, nie das Hamam zu betreten, wenn die Höflinge anwesend waren.

Am folgenden Tag betrat er meine Nische. An seinem Gesichtsausdruck war seine Zufriedenheit zu bemerken. Er brauchte es mir nicht erst zu sagen: Der Gesundheitszustand des Beherrschers der Gläubigen hatte sich weiter gebessert.

Kaum hatte sich der Arzt auf den Kissen niedergelassen, berichtete ich Ibn al-Dakhwar al-Umran, was Andronikos gesagt hatte. Nachdenklich saß mein Gast neben mir. Der Gedanke an die Gefahr eines Krieges unter den Moslems schien ihn zu beschäftigen.

Ich wurde eben von dem Gefühl beschlichen, es sei wohl besser, den Schweiger allein zu lassen, da sagte er: »Du, oh Hamami, hast mich auf eine Idee gebracht. Zu dir kommen Männer, die über vielfältige Vorgänge Bescheid wissen, die Absichten und Pläne kennen, die dem Beherrscher der Gläubigen bisher zu seinem Schaden verborgen blieben. Gelingt es dir, Männer zum Reden zu bewegen, die Geheimnisse kennen, dann wird es dir zum Vorteil ausschlagen, wenn du dein Wissen an mich weitergibst. Der Islam, oh Wächter über Männer und Frauen, die bei dir Einheit der Körper und Vergnügen suchen, ist bedroht durch Streit unter Moslems und durch unerbittliche Feindschaft der fränkischen Ritter. Du, oh Hamami, wirst helfen, die Bedrohung abzuwenden! Du wirst alles, was die Männer im Hamam reden, aufschreiben. Die Blätter wirst du dann mir übergeben!«

Da unterbrach ich Ibn al-Dakhwar al-Umran mit diesem Einwurf: »Schreiben, das ist nicht so recht meine Sache! Ich habe aber ein gutes Gedächtnis, und da werde ich mir eben merken, was die Männer sagen!«

Dem Arzt war es recht. Als er dieses Mal das Hamam verließ, küßte er mich auf die Wangen. Nie zuvor war dies geschehen.

Die List des Arztes

Wenn ich Ibn al-Dakhwar al-Umran von Nutzen sein wollte, mußte sich im Hamam etwas verändern. Es war bisher ein Bad, in dem sich Männer und Frauen den Leib reinigen und in dem sie auch Gifte aus ihrem Innern hinausschwemmen konnten. Das Bad diente der Gesundheit der Kunden. Die einzigen, die das Hamam für ihr Vergnügen nutzten, waren Andronikos und Theodora. Wollte ich erreichen, daß auch andere Männer und Frauen mein Haus betraten, um eine vergnügliche Zeit zu verbringen, so war ich gut beraten, den Kadi Ishaq al-Mosuli zu fragen, ob es rechtens sein, daß den Menschen der beschwerliche Weg durch das irdische Leben erleichtert werde. Der Kadi gehörte zu meinen ständigen Kunden, und so fiel es mir leicht, ihn zu fragen.

Der Kadi Ishaq al-Mosuli antwortete mir: »Oh Mann, der über Sitte und Anstand im Hamam wacht, du hast recht, daß du wissen willst, ob es das Wort des Propheten, dem Allah für ewig Heil spenden möge, zuläßt, daß die Männer das Hamam aufsuchen, weil sie Lust dazu haben, und nicht nur, weil sie sich reinigen wollen. Höre, oh Hamami, was dazu gesagt werden muß! Der Prophet, Friede sei ewig mit ihm, hat gesagt, daß den Gläubigen erlaubt ist, was nicht ausdrücklich verboten wurde. Verboten ist die Hurerei. Die Dreiundzwanzigste Sure des Heiligen Buches gibt die Richtschnur. Da steht geschrieben: *Glücklich sind die Gläubigen, welche sich vor fleischlicher Berührung hüten bei anderen Frauen als ihren eigenen. Berührt werden dürfen eigene Frauen und Sklavinnen, die ihr erworben habt. Dieses ist nicht strafbar. Wer aber nach anderen Frauen außer diesen lüstern ist, der ist ein Übertreter des Gesetzes.* Mehr brauche ich dir nicht zu sagen, oh Hamami. Auch im Hamam darf jeder nur die Frau berühren, die ihm zu eigen ist. Nicht verboten ist also, daß jemand in deinem Hause mit einer Frau zusammen ist, auf deren Körper er nach dem Recht Besitzanspruch erheben kann. Zu gestatten wäre es also, wenn der Mann bei dir im Hamam eine

Frau aufsuchen würde, die sein Eigentum ist. Denke darüber nach, oh Wächter des Bades! Hüte dich aber – gleichgültig, was im Hamam getrieben wird –, Wein auszuschenken. Was aus dem Wirt, der Wein ausschenkt, und aus dem Weintrinker am Tag des Jüngsten Gerichtes wird, das hat für uns Ubai Ibn Ka'ab aus dem Munde des Propheten, dem Allah ewiges Heil spenden möge, gehört: *Wenn der Tag kommt, werden dem Weinwirt und dem Weintrinker Krüge um den Hals gehängt. Der Geruch des Weines wird aus ihrem Munde entströmen. Dieser Geruch belästigt alle, die zum Tag des Jüngsten Gerichts versammelt sind, derart, daß sie sich bei Allah über den stinkenden Atem beklagen. Dann werden die Weinwirte und die Weintrinker ins Feuer geworfen. Eintausend Jahre lang werden sie ausrufen: Wehe, daß wir unserem Durst nachgegeben haben! Doch sie werden nicht erhört. Keine Linderung ihres Leidens durch einen Trunk wird gewährt. Sie bleiben im Feuer eingekerkert.* Du, Heizer des Feuers unter den Dampfkesseln des Hamam, weißt, was Feuer bedeutet und welche Schmerzen es bewirken kann. Du kannst die Leiden beurteilen. Deshalb halte den Wein fern aus dem Hamam!«

Nachdem mich der Kadi Ishaq al-Mosuli so beraten hatte, fragte er noch, ob ich mich für die Heirat mit meiner Dienerin Murdjana entschieden hätte. Er meinte, die Geburt des Kindes müsse doch unmittelbar bevorstehen. Damit hatte der Kadi recht. Angesichts der Veränderungen, die ich im Hamam vollziehen wollte, hielt ich es nun für gut, eine rechtmäßige Frau im Hause zu haben. So bat ich den Kadi, er möge mich und Murdjana rechtlich zusammenfügen. Dies geschah noch zur gleichen Stunde. Wenige Tage später wurde mein Sohn geboren. Er bekam den Namen Mahmud. Da ich den Sippennamen al-Gauzi trug, lautete der volle Name meines Sohnes Mahmud al-Gauzi.

Bald nach der Beschneidungsfeier, die im Hamam stattfand, konnte ich meinem Freund Ibn al-Dakhwar al-Umran zum ersten Mal von Nutzen sein. Drei islamische Kaufleute, die auf der Reise waren von Beirut nach Bagdad und Basra, besuchten das Dampfbad. Sie hatten bisher noch nie die belebende Einwirkung von Hitze und Kälte auf ihre Körper genossen und saßen am Ende des Baderituals im *Raum der Kühle und Stille* beieinander.

Sie redeten darüber, daß ihnen auf dem Weg, der über das Libanongebirge führt, Ansammlungen von christlichen Reitern aufgefallen waren, die wohl den Befehl hatten, auf andere Reitergruppen zu warten. Die Herren seien überaus schweigsam gewesen. Doch einer der Diener habe ihnen noch nachgerufen, es sei klug, in Damaskus nicht lange haltzumachen. Mehr wollte aber auch der Diener nicht sagen.

Die Kaufleute waren sich nun nicht einig, ob hinter den Worten des Dieners eine ernsthafte Bedrohung der Stadt zu vermuten war. Einer der dreien meinte, es sei doch wohl ungewöhnlich, daß Reiter des christlichen Königreiches an der Straße nach Damaskus lagerten. Die Absicht sei doch wohl, die Stadt anzugreifen. Ein anderer sagte, er glaube auch an den Angriffsplan, denn die Zeit sei jetzt ja wohl dafür günstig – Nur ed-Dins Krankheit habe Begehrlichkeiten geweckt bei den christlichen Herren von Jerusalem.

Hinter den Vorhängen versteckt, die Nur ed-Din mir vor längerer Zeit geschenkt hatte, konnte ich hören, was die drei sagten. Die Vorhänge waren dicht gewoben, doch sie hielten die Worte nicht auf. Die Decke des Raums bestand zudem aus einem Gewölbe, das den Schall eigentümlich verstärkte und dafür sorgte, daß die Worte gerade dort besonders gut verstanden wurden, wo ich mich befand. So konnte ich vernehmen, daß der dritte der Kaufleute sagte, er zweifle daran, daß das christliche Heer angreifen werde, denn er habe weit und breit nichts von Belagerungsmaschinen gesehen. Solches Gerät werde doch wohl jeder benötigen, der die Stadt einnehmen wolle. Ihm entgegnete wiederum der erste, daß ein Überraschungssturm ja vielleicht auch erfolgreich sein könne, und dazu brauche man keine Maschinen. Die drei Kaufleute waren sich schließlich einig, es sei wohl doch besser, Damaskus schon bald zu verlassen.

Als ich diese Worte vernommen hatte, schickte ich meinen Diener Abd'Allah in die Zitadelle. Er sollte Ibn al-Dakhwar al-Umran bitten, möglichst rasch zu mir ins Hamam zu kommen. Tatsächlich brauchte ich nicht lange zu warten, bis der Arzt in meine Nische trat. Ich erzählte ihm, was ich gehört hatte.

Sein Gesicht nahm besorgte Züge an. Dann sagte er: »Wenn Kaufleute Sorge empfinden, dann hat dies meist einen Grund. Sie spüren Gefahren und haben Erfahrung in der Beurteilung von Anzeichen bedenklicher Entwicklungen. Es ist möglich, daß König Amalrich sein christliches Ritterheer gegen Damaskus führen will. Vielleicht ist der König mit Salah ed-Din verschworen. Auszuschließen ist auch dies nicht.«

Der Arzt erhob sich, murmelte noch Worte, die andeuteten, so habe er sich die Zusammenarbeit zwischen ihm und mir vorgestellt, dann trat er auf die Straße hinaus.

Ich aber machte mir Gedanken, wie ich es bewirken könnte, in Zukunft noch mehr von den Kunden zu erfahren. Wichtig war wohl, die Fremden, die sich nur kurz in Damaskus aufhielten, dafür zu gewinnen, das Hamam zu besuchen, denn nur sie wußten, was in der Welt vor sich ging.

Es zeigte sich, daß auch Ibn al-Dakhwar al-Umran Gedanken nachhing, wie der Sack des Wissens der Durchreisenden zu öffnen wäre. Schon am anderen Tag – das Hamam war den Frauen vorbehalten – schlich er sich durch die Tür. Er sprach mich mit diesen Worten an: »Oh Hamami, ich weiß, daß für einen Mann jetzt nicht die Stunde ist, sich hier aufzuhalten. Doch ich muß mit dir reden. Die Gefahr für die Stadt wächst immer mehr. Der Beherrscher der Gläubigen muß es rechtzeitig erfahren, wenn sich in Cairo, in Bagdad, in Jerusalem Verschwörer zusammenrotten, um unserem Herrn Nur ed-Din zu schaden. Allein die Reisenden können uns Hinweise geben. Darum ist es nötig, diese Fremden ins Hamam zu locken. Du mußt die Besitzer der Häuser, die den auswärtigen Kaufleuten Unterkunft bieten, veranlassen, daß sie ihre Gäste auf das Bad hinweisen, das imstande ist, Vergnügen zu spenden. Die Kaufleute sollten durchaus auch Gespielinnen erwarten dürfen. Du mußt bieten, was sonst nirgendwo erlaubt ist.«

Da erzählte ich dem Arzt, daß ich mit dem Kadi Ishaq al-Mosuli, dem Wissenden der Rechtsgelehrsamkeit, darüber gesprochen hatte, wie den Männern der beschwerliche Weg durch das irdische Leben zu erleichtern sei.

Da war mein Zuhörer ganz begierig zu erfahren, wie jenes Gespräch verlaufen sei. Ich sagte zu Ibn al-Dakhwar al-Umran: »Der allwissende Kadi machte mich vertraut mit den Worten der Dreiundzwanzigsten Sure des Heiligen Buches, die da lauten: *Glücklich sind die Gläubigen, welche sich vor fleischlicher Berührung hüten bei anderen Frauen als ihren eigenen. Berührt werden dürfen eigene Frauen und Sklavinnen, die ihr erworben habt. Dieses ist nicht strafbar.«*

Da unterbrach mich der Arzt mit dem Ausruf: »Oh Hamami, dies ist die Lösung! Du bietest den Kunden, die als fremde Kaufleute für einige Tage in Damaskus weilen, eine Sklavin zum Kauf an. Sie steht ihm dann nur im Hamam zur Verfügung. Dies muß eine Bestimmung der Kaufabmachung sein. Der Fremde, der Vergnügen sucht, wird deshalb darauf eingehen, weil nur du ihm zusagen kannst, daß du am Tage seiner Abreise die Sklavin zurücknimmst und dem Kunden drei Viertel des ursprünglichen Kaufpreises wieder erstattest. Durch diese Regelung ist der Fremde, wenn er Damaskus wieder verläßt, nicht damit belastet, eine Sklavin mitzunehmen, deren Vorzüge er ausführlich genossen hat. Klug müssen diese Frauen sein, ohne klug auszusehen. Sie haben den Fremden zum Reden zu bringen über sich und den Ort, von dem er kommt. Sie sollen sich alles merken, was sie zu hören bekommen. Aber sie dürfen es sich nicht anmerken lassen, daß ihr Gedächtnis arbeitet. Es liegt bei dir, oh Hamami, Sklavinnen zu kaufen, die für unseren Zweck geeignet sind!«

Sobald der Arzt das Hamam wieder verlassen hatte, machte ich mir Gedanken über das, was er gesagt hatte.

Einfach war es nicht, seine Anweisungen auszuführen. Kluge Sklavinnen zu finden war schon schwierig. Frauen der klugen Art waren am ehesten unter den Christinnen aufzuspüren. Sie mußten jedoch auch die Sprache der Männer verstehen, deren Worte sie sich merken sollten.

Die Kaufleute, die in Damaskus Rast machten, waren entweder Christen, die unter sich die Sprache der Ungläubigen, der Franken, benützten, oder Moslems aus Mosul und Basra, die sich in der Sprache der Gläubigen unterhielten. Christliche Sklavinnen, die verstehen konnten, was in den Worten der Gläubigen und der Ungläubigen gesagt wurde, erschienen mir als die geeigneten Frauen für unseren Plan. Ich nahm mir vor, während der nächsten Tage mit Sklavenhändlern, die sich in der Stadt aufhielten, zu reden.

Das Christenheer vor Damaskus

Meine Absicht konnte ich jedoch nicht verwirklichen. Tatsächlich war Gefahr aufgezogen: Damaskus wurde vom christlichen Heer belagert.

Murdjana war auf den Markt gegangen, um Fladenbrot für die Morgenspeise einzukaufen, als sie einem Haufen aufgeregter Männer begegnete, die in lauten Schreien den Allmächtigen aufforderten, er möge die ungläubigen Hunde in die Hölle verdammen. Die Männer zogen zur Zitadelle. Auf dem Weg dorthin schlossen sich ihnen Frauen und Halbwüchsige an. Auch Murdjana lief mit, weil sie sehen wollte, was die Ursache des Aufruhrs war. Nach der Rückkehr ins Hamam erzählte sie mir: »Wir alle rannten zur Mauer über dem Baradafluß. Da sahen wir, daß am jenseitigen Ufer Zelte aufgeschlagen waren. Davor flatterten Fahnen mit dem Kreuzeszeichen. Unübersehbar war die Menge der Bewaffneten zwischen, vor und hinter den Zelten. Den Fluß herunter kamen zu Fuß und zu Pferd weitere Gruppen an. Ich weiß nicht, wie viele Zehntausende da draußen unterwegs sind!«

Als ich dann später zur Zitadelle eilte, um ebenfalls über die Mauer zu schauen, da waren die Bewaffneten des christlichen Königs dabei, den Belagerungsring um Damaskus zu schließen. So weit der Blick reichte, war zu erkennen, daß Laufgräben ausgehoben und Brücken über den Fluß geschlagen wurden. Ganz offensichtlich war die Zahl der Feinde draußen vor der Stadt übermächtig. Mit Gedanken, die mich vor der Zukunft schaudern ließen, ging ich zurück ins Hamam.

Die Säle und Gewölbe des Bades waren leer. Es war für die Bewohner von Damaskus nicht der Tag, den Körper zu pflegen.

Um die Mittagszeit aber besuchte mich Ibn al-Dakhwar al-Umran. Er sprach: »Was die drei Kaufleute gesagt hatten, das hat sich als wahr erwiesen. Dank deiner Aufmerksamkeit habe ich Nur ed-Din warnen können. Er befindet sich außerhalb der Stadt und sammelt ein Ersatzheer. Wir werden ausharren, bis er vor den Mauern erscheint. Hoffentlich bleibt er nicht zu lange im Norden Syriens, denn die Franken sind gut für den Sturmangriff vorbereitet. Wir hatten nämlich eines nicht gewußt: Die Ritter des Königs von

Jerusalem führten auch Belagerungsmaschinen mit sich! Doch ich bin nicht gekommen, um dir zu sagen, wie es um uns steht, sondern um deine Gedanken in eine andere Richtung zu lenken: Vieles, oh Hamami, würden wir dem geben, der uns sagen könnte, was Salah ed-Din in Cairo denkt und plant!«

Da blühte also noch immer der Argwohn, Salah ed-Din würde sich mit Amalrich, dem König von Jerusalem, verbünden. Ich konnte zunächst nichts unternehmen, um in Erfahrung zu bringen, ob die Sorge vor einem Verrat Salah ed-Dins berechtigt war oder nicht, denn es waren ja keine Besucher ins Hamam gekommen. Die Händler auf dem Markt boten von Tag zu Tag weniger Lebensmittel feil. Es stellte sich heraus: Die Berater des Nur ed-Din hatten zwar dafür gesorgt, daß sich in ausreichender Zahl Bewaffnete in der Zitadelle befanden, doch um die Beschaffung von Mehl, Öl und Fleisch hatten sie sich nicht gekümmert. So lag die Versorgung der Belagerten mit Nahrung allein in den Händen der einheimischen Kaufleute. Die aber waren darauf aus, die Verknappung der Waren zu ihren Gunsten zu nutzen. Sie sorgten für wohldosierten Mangel, der die Preise in die Höhe trieb. Sich Mahlzeiten zu beschaffen, damit waren die Männer und Frauen von Damaskus beschäftigt.

Der Glaube, die Mauern von Damaskus würden der Belagerung widerstehen, schwand mit jedem Tag. In den Häusern wuchs die Unsicherheit, denn – gleichgültig, ob es dunkel oder hell war – die Belagerer schleuderten mit ihren Katapulten flammende Geschosse in die Stadt. Diese Feuerbündel fielen auf die Holzdächer und entzündeten das Gebälk. Zwar waren die Bewohner der Häuser rasch mit Kübeln voll Wasser zur Hand, um die Brände zu löschen, doch breitete sich in Damaskus die panische Angst davor aus, daß man der flammenden Geschosse nicht mehr Herr werden, daß eine Feuersbrunst nicht verhindert werden könnte.

Da das Hamam an einem jener Tage des Feuers nicht besucht wurde, schickte ich Abd'Allah aufs Dach mit dem Auftrag, für mein Haus den Ausbruch eines Brandes zu verhindern. Ich stand eben im letzten Schimmer des Abendsonnenscheins, der in die Gasse fiel, vor der Tür und blickte besorgt auf die gegenüberliegenden Läden und auf die Stockwerke und Dächer darüber, da traten Andronikos und Theodora zu mir.

Der christliche Edelmann sagte: »Oh Hamami, der Allmächtige – deiner oder meiner – beschütze dein Haus! Allenthalben sind Brände ausgebrochen in der Stadt. Wir sind durch Straßen gegangen, in denen dichter Rauch steht. Bei dir wollen wir das Elend für heute abend vergessen. Fällt die Stadt den Belagerern in die Hände, dann werden wir, die Blutschänder, gesucht und gefaßt. Schnell ist dann die alte Rechnung unter Verwandten beglichen. Die Sieger werden uns töten. Deshalb laß uns ein, oh Abu Mahmud! Dein Gott sorge dafür, daß dein Sohn glücklichere Zeiten erlebt!«

Ich öffnete dem Paar die Tür und ließ die beiden ins Hamam eintreten. Sie benahmen sich wie immer: Sie entkleideten sich, durchquerten den Raum des Dampfes, ohne dort zu verweilen, und sprangen, allem Anschein nach vergnügt, ins kalte Wasser. Der Raum mit dem Wasserbecken lag im Dunkeln, da ich noch keine Lichter angesteckt hatte, und dennoch waren die nackten weißen Leiber leicht silbrig leuchtend im Wasser zu erkennen. Ich setzte mich, wie häufig schon, wenn die beiden anwesend waren, auf den Beckenrand und sah dem Mann und der Frau zu. Plötzlich kam mir ein Gedanke, und ich wagte es, Andronikos anzusprechen. Ich sagte: »Oh Herr, halte ein. Du bist in schlimmer Gefahr, und es ist in deinem Sinne, wenn wir alles unternehmen, damit Nur ed-Din siegt. Alles hängt davon ab, ob Salah ed-Din sein Glück dadurch versucht, daß er sich mit dem König von Jerusalem verbündet, um dann gemeinsam mit Amalrich Syrien aufzuteilen und um Ägypten für sich selbst behalten zu können. Die Herren in der Zitadelle sind bereit, viel an denjenigen zu zahlen, der ihnen sagen kann, wo sich Salah ed-Din derzeit befindet und wie er sich verhält.«

Während meiner Worte war Andronikos zu mir an den Beckenrand geschwommen. Er legte seine Arme darüber und meinte nach einer Zeit des Nachdenkens: »Sag den Herren, die in der Zitadelle auf Nachricht von außen warten: Kommt der schwatzhafte Vogel nicht von selbst, dann muß man ihn sich einfangen! Einige tapfere Männer aus dem Heere des Islam machen einen Ausfall durch das Tor am Baradafluß, der eben wenig Wasser führt. Die Männer durchwaten den Fluß und stürzen sich auf die Zelte des Hauptquartiers, die sich dort befinden. Sie töten nur, wenn es sich nicht vermeiden läßt. Der Befehl an sie lautet, so viele Gefangene wie nur möglich mit sich zurückzuschleppen. Üblich ist es, solche Gefangene zu foltern, bis sie ein Geständnis ablegen, das dann meistens doch falsch ist. Werden sie unter Qualen gezwungen, über den Aufenthalt von Salah ed-Din oder gar über dessen Beziehungen zum christlichen Heer Aussagen zu machen, dann werden sie lügen, um den Schmerzen zu entgehen. Gibst du ihnen aber Gelegenheit, aus freien Stücken unter sich zu reden, und stellst du dich geschickt an, wirst du die Wahrheit erfahren. Mein Rat ist: Gib dem Vogel, der schwatzen soll, einen leichten Käfig! Die christlichen Hauptleute, die eingefangen werden, müssen hier in den hohen, weiten Sälen und Gewölben des Hamam untergebracht werden – bei Bewachung selbstverständlich. Man gebe ihnen Gelegenheit, auch das Bad zu nutzen. Du wirst sehen, oh Hamami, wie rasch du erfährst, was Nur ed-Din von Nutzen sein kann! Das Hamam wird derzeit ohnehin gemieden. Es steht frei für den Zweck, den ich genannt habe.«

Ich stand auf vom Beckenrand und war überzeugt, daß der Rat gut war.

Dies war offenbar auch die Meinung der Verantwortlichen in der Zitadelle, die von den Worten des Andronikos auf dem Umweg über Ibn al-Dakhwar al-Umran erfuhren, denn nur fünf Tage später lagerten im Vorsaal des Hamam vierzehn christliche Hauptleute, die entwaffnet worden waren, und fünf Männer aus dem islamischen Heer, die stark bewaffnet waren. Der Hauptmann der Moslems hauste bei mir in der Nische. Als Grund für die Unterbringung der Gefangenen im Hamam wurde gesagt, hier, mitten in der Stadt, sei ihre Sicherheit am ehesten zu gewährleisten.

Die Zeit des Schreckens

Schon gleich am nächsten Tag zeigten die Ungläubigen Neugier. Sie wollten erfahren, was für ein Gebäude das war, in dem sie gefangengehalten wurden. Einer unter ihnen verstand wohl die Sprache von uns Gläubigen. Ihm zeigte ich die Räume des Hamam. Ein Bewaffneter ging ständig hinter uns. Der Sprachgewandte wiederum berichtete den anderen, was er gesehen hatte.

Nach drei weiteren Tagen sagte ich zu dem Christen, der unsere Sprache beherrschte: »Oh Feind der wahren Gläubigen, es wäre nicht im Sinne des Schöpfers aller Dinge und aller Wesen, euch die Benutzung der Einrichtung zu verwehren, die zur Sauberkeit des Leibes dient. Ich werde das Dampfbad anheizen lassen. Wenn genügend Dampf ausströmt, werde ich dich und die anderen deines Glaubens einladen, das Hamam, das ein Geschenk Allahs ist an diejenigen, die sein Wort hören, zu benützen. Abd'Allah wird euch zeigen, wie der Vernünftige den Wechsel von Hitze und Kälte zum Wohl von Geist und Körper auszunützen vermag.«

Noch am selben Nachmittag saßen die vierzehn Ungläubigen im Dampfraum, im Wasserbecken und schließlich im *Raum der Kühle und Stille*. Sie hatten mit dem Schweiß Gifte aus dem Körper getrieben und sich durch das kalte Wasser gereinigt. Rot war ihre Haut, als sie auf den Ruhebänken lagen.

Nun war die Zeit gekommen, daß die List Früchte tragen sollte. Hinter den Vorhängen warteten ich und ein Diener, der geübt war im Gebrauch der Sprache der christlichen Ritter. Ich verließ mich darauf, daß die Eigenart des Gewölbes auch diesmal den Schall der Worte verstärkte. Dies geschah tatsächlich, doch ich verstand nichts von dem, was die Gefangenen unter sich sprachen. Aus dem Gesichtsausdruck des Mannes, der mit mir hinter dem Vorhang lauschte, konnte ich jedoch entnehmen, daß ihre Unterhaltung ohne Wert für die Verantwortlichen in der Zitadelle war. Plötzlich aber veränderte sich seine Miene, und ich bemerkte, daß er den Atem anhielt, um besser hören zu können. Nur ein einziges Wort konnte ich auffassen aus dem Schwall von Lauten, die hinter den Vorhang drangen: das Wort *Montreal.* Mehrfach wurde es ausgesprochen, doch es blieb für mich ohne Bedeutung. Nach und nach verebbte das Gespräch. Die Männer im *Raum der Kühle und Stille* schliefen ein.

Der dichte Vorhang gestattete mir und dem Diener die unbemerkte Rückkehr in meine Nische. Ich wunderte mich keineswegs, daß dort schon Ibn al-Dakhwar al-Umran auf uns wartete. Er wollte sofort erfahren, was die christlichen Hauptleute gesagt hatten.

Es zeigte sich, daß der Mann, der mit mir gelauscht hatte, ein Vertrauter des Arztes war. Er berichtete: »Oh du Erfahrener, der

Fäden der Wahrheit verknüpft, um den Weg zu erkennen, den der Allerbarmer der Gläubigen weist! Einer der Gefangenen versuchte, die anderen mit der Bemerkung zu trösten, der Sieg des christlichen Heeres werde sich bald vollziehen, denn aus dem Süden nahe ganz sicher Verstärkung. Als Grund für die Zuversicht gab er an, Salah ed-Din, dessen Namen er anders ausspricht als wir – er sagte *Saladin* –, habe einige Wochen lang die christliche Burg Montreal am Salzmeer belagert. Vor wenigen Tagen aber sei er abgezogen in Richtung Cairo. Entscheidend sei, so meinte dieser Hauptmann des christlichen Königreichs, daß Saladin die Belagerung von Montreal gerade zu dem Zeitpunkt abgebrochen habe, als er hörte, daß Nur ed-Din in Damaskus vom christlichen Heer eingeschlossen sei. Die Gefangenen hatten dann alle ihre Überzeugung ausgedrückt, der islamische Herr über Cairo habe seinen Oberherrn in Damaskus im Stich gelassen. Die Folge sei nun, daß sich die starke Besatzung von Montreal beteiligen könne am Sturm auf die Stadt des Nur ed-Din.«

Ibn al-Dakhwar al-Umran empfand diesen Bericht als schlimme Nachricht. Der Arzt meinte, sie bestätige den Verdacht, Salah ed-Din mache gemeinsame Sache mit dem Feind. Getrieben von Sorge verließ er das Hamam, um in die Zitadelle zurückzukehren.

Tage und Nächte des Schreckens brachen an für Damaskus. Der Regen der flammenden Geschosse nahm kein Ende. Abd'Allah verrichtete treue Dienste auf dem Dach. Es gelang ihm, alle aufflackernden Feuer zu ersticken. Brannte ein Haus der Nachbarschaft nieder, löschte Abd'Allah die Funken, die auf das Dachgebälk des Hamam niedersprühten. Bald war das Badhaus das einzige Gebäude in unserer Marktstraße, das keinen Brandschaden aufwies. Ständig lag eine Wolke verräucherter Luft über der Stadt. Schlimmer aber war, was die Männer um Nur ed-Din zu erdulden hatten. Manches Mal, wenn die Anspannung in der Zitadelle nicht mehr auszuhalten war, kam Ibn al-Dakhwar al-Umran ins Hamam, das auch weiterhin die gefangenen Hauptleute beherbergte.

Der Arzt erzählte: »Wir hören von Sonnenaufgang bis Sonnenuntergang die Geräusche, die uns anzeigen, daß im Boden unter der Zitadelle Gänge gegraben werden. Wir können genau feststellen, wie weit diese Gänge schon vorgetrieben worden sind. Ganz sicher sind das Stollen, in die wohl bald Pulver gebracht wird. Schlimmer als die Gewißheit, daß schon bald aus dem Boden unter uns Feuer hochschießen wird, um den Beherrscher der Gläubigen und uns alle zu verschlingen, ist das Gefühl, den Grabenden ausgeliefert zu sein. Wir hören sie und können nichts gegen sie unternehmen. Der Herrscher wird krank, wenn er noch weitere Tage und Nächte das Geräusch der Schaufeln und Äxte im Fels hören muß!«

Ibn al-Dakhwar al-Umran achtete sehr darauf, daß keiner der Gefangenen verstehen konnte, was er sagte. Er zeigte auch seine Gefühle nicht, denn keiner der Ungläubigen sollte erkennen, wie sehr die Männer des Islam in Not geraten waren.

Ich aber konnte dem Arzt seine Verzweiflung ansehen. Da er mir leid tat, sagte ich: »Vielleicht weiß Andronikos wieder Rat. Er ist mehr als wir alle in Gefahr, wenn sich die Kämpfer in der Zitadelle und in der Stadt Damaskus nicht mehr verteidigen können. Ich werde nach ihm schicken und ihn um Hilfe bitten.«

Andronikos kam schnell. Als ich ihn um Rat fragte, sprach er: »Ihr Herren, deren Stadt mir Gastfreundschaft erweist, wisset, ein schwatzhafter Vogel, der gesprochen hat, ist neugierig. Gebt ihm einen anderen schwatzhaften Vogel in den Käfig, und ihr werdet bald Neues erfahren!«

Wir konnten Andronikos nicht bewegen, mehr zu sagen. Rasch verließ er das Hamam wieder. Ibn al-Dakhwar al-Umran aber hatte begriffen, was gemeint war.

So geschah es, daß bereits am folgenden Tag vier weitere gefangene Christen in meine Gewölbe gebracht wurden. Allerdings hielten wir die Neuankömmlinge zunächst abseits von den anderen. Sie sollten nicht mit denen reden, die schon länger bei uns waren. Nach einigen Stunden bereits merkte ich, daß auch die vier zuletzt Gefangenen neugierig waren auf das Hamam, und so gab ich bald die Erlaubnis für eine erneute Benützung des Dampfbades und des Kaltwasserbeckens, und zwar für die zwei Gruppen gemeinsam.

Der Mann, der die Sprache der Ungläubigen beherrschte, und ich befanden uns dann, als die Männer ins Bad geführt wurden, wieder am günstigen Platz hinter den Vorhängen. Wir konnten hören, daß die vier Neuen überschwenglich begrüßt wurden. Doch erst im *Raum der Kühle und Stille* wurden Fragen gestellt und

Antworten gegeben. Da wollten die Gefangenen der ersten Gruppe wissen, was sich draußen im christlichen Lager seit ihrer Gefangennahme ereignet hatte. Sie erfuhren von einem der vier Männer diese Neuigkeit: »Daß Salah ed-Din die Belagerung der Burg Montreal aufgegeben hatte, brachte ihm Ärger in Cairo ein. Der eigene Vater, Nadschm ed-Din Ayub, machte ihm Vorwürfe. Er, Nadschm ed-Din Ayub, betrachtete den Herrn über Damaskus noch immer als den Beherrscher aller Gläubigen. Der alte Vater schickte den Sohn samt allen Reitern aus Cairo zurück in den Kampf. Die Sorge des Königs Amalrich ist jetzt, daß Salah ed-Din in Richtung Damaskus unterwegs ist, um die Stadt zu entsetzen.«

Als mir der Mann, der die Sprache der Ungläubigen verstand, den Inhalt der Gespräche mitgeteilt hatte, da wußte ich, daß wir diesmal gute Nachrichten an Ibn al-Dakhwar al-Umran weitergeben konnten. Die Hauptleute des christlichen Heeres waren nicht mehr sicher, daß die Belagerung zu ihren Gunsten enden würde!

Die Entschlossenheit des Königs Amalrich, Nur ed-Din zu vernichten, schien allerdings ungebrochen zu sein. Ohne Unterlaß warfen die Katapulte der Belagerer flammende Geschosse auf die Hausdächer des Marktviertels. Zwar konnte immer wieder die Feuersbrunst verhindert werden, doch die Auswirkung des langandauernden Beschusses war schließlich die nahezu völlige Einäscherung des Mittelpunkts der Stadt. Verbrannt waren die hölzernen Dächer und Wände der meisten oberen Stockwerke. Nur die Fundamente aus Stein waren übriggeblieben. Zwischen den Ruinen hausten verängstigte Menschen. Die Sonne bekamen sie nicht mehr zu sehen, da dicke Rauchschwaden über der zerstörten Stadt lagen. Längst waren die Häuser rings um das Hamam in Flammen zusammengesunken. Das Gebäude des Bades aber stand noch nahezu unversehrt.

Die gefangenen Hauptleute bildeten inzwischen mit uns – mit mir, Murdjana und Abd'Allah – eine Gemeinschaft in der Not. Auch die achtzehn Ungläubigen hielten Wache auf dem Dach, denn sie wollten ebenfalls nicht, daß das Hamam abbrannte. Sie zeigten dabei kaum Angst, getroffen zu werden. Als weniger mutig erwiesen sich die Wachen, die verhindern sollten, daß die Christen entflohen. Sie hielten sich im Erdgeschoß auf, im Schutz der Gewölbe.

Selten fand sich jetzt der Arzt im Hamam ein. Wenn er kam, erzählte er von den Geräuschen im Boden unter der Zitadelle. Die Grabenden mußten bald zur Mitte des Zitadellengrundrisses vorgestoßen sein.

Ibn al-Dakhwar al-Umran sagte: »Wir wissen, daß den Ungläubigen ein Mann aus China hilft, der die Geheimnisse des Pulverblitzes kennt.« Mit der Sprengung sei während der nächsten Tage zu rechnen.

Da äußerte ich ganz vorsichtig diesen Vorschlag: »Oh Mann, der Einfluß besitzt und dem die Sicherheit des Beherrschers der Gläubigen am Herzen liegt! Unser Herr Nur ed-Din darf nicht länger in der Zitadelle bleiben. Dort ist die Gefahr zu groß, daß er bei der Sprengung durch einstürzende Gewölbe erschlagen wird. Allein hier im Hamam kann er sicher ausharren, bis Salah ed-Din die Truppen der Ungläubigen von den Mauern unserer Stadt vertreibt. Wir bringen den Beherrscher der Gläubigen in den vorderen Räumen unter, für die achtzehn Gefangenen lassen wir das Wasser im Becken ab. Sie werden sich mit diesem Platz für den Rest der Belagerungszeit begnügen müssen!«

Es blieb Nur ed-Din kein anderer Ausweg übrig. Er mußte die Zitadelle verlassen. So wurde der Beherrscher der Gläubigen mein Gast im Hamam. Als schwacher und gebeugter Mann trat er über die Schwelle. Ein grauer, ungepflegter Bart bedeckte Backen und Kinn. Zu Fuß war er gegangen, umgeben von Wachen, auf dem Weg von der Zitadelle bis zu meinem Gebäude. Es erstaunte mich nicht, unseren Herrn in einem Umhang zu sehen, der mit Asche bedeckt war.

Ehe der Beherrscher der Gläubigen zu reden begann, mußte er sich räuspern. Dann sagte er: »Oh Wächter des Bades, der du mir zu Lebensglück verholfen hast! So betrete ich wieder dein Hamam, doch diesmal als ein Flüchtender, der einer Gefahr ausweicht. Ich danke dir, daß du mir zu sicherem Boden verhilfst, der nicht plötzlich aufreißen und mich verschlingen kann.«

Ich warf mich vor Nur ed-Din auf den Boden und bat ihn, das Hamam als sein Eigentum anzunehmen. »Es wäre meine Pflicht, oh Beherrscher der Gläubigen, dir ein reinigendes und Körper sowie Geist ermunterndes Bad anzubieten. Du weißt jedoch, daß Ungläubige in dieses Haus als Gefangene gebracht wurden. Ihnen ist die Badehalle als Unterkunft zugewiesen. Du wirst verzeihen, daß du mit Männern unter einem Dach leben mußt, die nicht an die heilige Offenbarung des Propheten, den Allah für immer segne, glauben wollen.«

Mit dem Beherrscher der Gläubigen war auch Ibn al-Dakhwar al-Umran in mein Haus getreten. Der Arzt wies mich an, in die Nische andere Kissen zu legen, die noch nicht von mir benützt waren. Ich mußte jedoch sagen, daß nirgends im Haus frische Leinentücher für das Lager des Herrn zu finden waren. Nur ed-Din nahm vorlieb mit dem, was er vorfand. Er war auch zufrieden mit der Speise, die Murdjana ihm vorsetzte. Am ersten Abend seines Aufenthaltes im Hamam aß der Beherrscher der Gläubigen – wie wir alle – Tomatenhirse. Murdjana hatte Zwiebeln und Tomaten fein zerhackt und zu einem groben Brei gerührt. Dann waren Hirse und dieser Brei mit Salz und Gewürzen aufgekocht worden. Eine geriebene Knoblauchzehe und Butter hatten das Gericht schmackhaft gemacht.

Düster waren unsere Gefühle. Die qualmenden Pechfackeln an den Wänden gaben ein trübes Licht. Niemand sprach davon, doch jeder dachte daran, daß im nächsten Augenblick eine Detonation die Luft erschüttern konnte. Ich war überzeugt, den Sprengmeistern der Ungläubigen mußte es gelungen sein, eine gewaltige Menge Pulver im Stollen unter der Zitadelle zu verstecken. Das Warten, ohne etwas unternehmen zu können, betrübte die Gemüter.

Niemand sprach etwas, bis der Beherrscher der Gläubigen meinte, er wolle mit einem der fränkischen Hauptleute reden. Ich wußte, daß einer die Sprache von uns Gläubigen beherrschte. Sein Name war Tankred. Ihn ließ ich zu Nur ed-Din in die Nische kommen.

Der Mann bewies Respekt und Höflichkeit. Er kniete nicht nieder vor dem Beherrscher der Gläubigen, doch er verbeugte sich tief. Nur ed-Din wies ihn durch Zeichen an, auf den Kissen Platz zu nehmen.

Da fragte der Beherrscher der Gläubigen den Fremden: »Sage mir, der du aus dem Frankenland weit gereist bist, um Krieg gegen meine Stadt zu führen, wie ist die Ordnung bei euch Franken? Welche Macht besitzt euer König?«

Die Antwort des Ungläubigen war: »Oh Herr, der du hochgestellt bist und dennoch dieses Haus mit Gefangenen teilst, du weißt selbst, wie rasch der Mensch von der Höhe stürzen kann. Wir gönnen deshalb unserem König nur wenig an Höhe. Er trägt die Krone und hat zu schweigen. Nur wir Ritter haben einen hohen Rang und eine bevorzugte Stellung. Wir fällen Urteile und Entscheidungen. Nur unsere Meinung zählt.«

Die Belagerung von Damaskus

Mit Bestürzung stellte ich am Morgen fest, daß auch der christliche Ritter Tankred gleich neben dem Beherrscher der Gläubigen bei uns in der Nische geschlafen hatte. Leicht hätte er Nur ed-Din töten und entfliehen können. Daß nichts derartiges geschehen war, erklärte ich mir damit, daß wir ja alle Gefangene in dieser Stadt waren. Damaskus befand sich im Todeskampf – und wir alle auch. Über Nacht war durch Türritzen und Fensteröffnungen Rauch ins Hamam gedrungen. Jeder hustete und klagte über Schluckbeschwerden. Als ich die Tür öffnete, sah ich, daß die Luft vor dem Haus graubraun war. Ich konnte kaum die Brandruinen auf der anderen Straßenseite erkennen. Als ich zu den Marktgewölben lief, in denen sonst Fleisch verkauft wurde, fiel mir auf, daß mir niemand begegnete. Die steinernen Gewölbe waren unversehrt, doch die hölzernen Häuser darüber waren zu Asche geworden. Verkohlte Balken waren die letzten Reste der Wohnungen reicher Kaufleute. Das einzige Geräusch, das ich hörte, war ein Knistern in den Balken. Einst war das Leben laut gewesen in der Marktgasse, jetzt herrschte Totenstille, die nur gestört wurde durch jenes gespenstische Knistern.

Die Rauchschwaden um die Gewölbe bewegten sich kaum. Da war kein Lufthauch zu spüren. Bald war das Brennen in meinem Hals derart unerträglich, daß ich dem Hustenreiz nachgeben mußte. Mein ganzer Körper schüttelte sich. Das Würgen in den Lungen schlug sich auch auf den Magen. Hätte ich an jenem Morgen etwas gegessen gehabt, mein Magen hätte die Speise jetzt wieder von sich gestoßen. Ich mußte dennoch etwas Eßbares besorgen für Nur ed-Din und alle anderen, die aus der Zitadelle ins Hamam umgezogen waren. Die Gefangenen waren bis vor zwei Tagen noch aus der Küche der Hofhaltung des Beherrschers der Gläubigen versorgt worden, doch dann hatte niemand mehr Speisen für die Ungläubigen gebracht. Für sie mußte ich also auch Brot, Fleisch und Gemüse finden.

Ich stand vor dem Gewölbe, in dem ich jede Woche einmal Hammelfleisch eingekauft hatte. Das Tor aus Holz war verschlossen. Getrieben von Neugier zog ich einen der Torflügel auf. Schwarzer Rauch quoll mir entgegen. Schon wollte ich den Torflügel wieder zuschieben, da sah ich am Boden Körper liegen. Trotz des stinkenden Qualms betrat ich das Gewölbe. Ich bückte mich, um zu sehen, wer da liege. Ein unvorstellbarer Schreck durchfuhr mich: Da lag der Fleischverkäufer, leblos. Offenbar war er am Rauch erstickt. Weiter drinnen im Gewölbe sah ich weitere menschliche Leiber. Dort brannte auch noch Feuer. Da ich glaubte, ersticken zu müssen, floh ich aus dem Gewölbe. Ich riß das Tor beim Nachbarn des Fleischverkäufers auf – und sah auch hier nur Leichen. Vielleicht ein Dutzend tote Menschen lagen eng beisammen.

Vom Entsetzen gejagt rannte ich den Weg zurück. Das Hamam sah ich erst, als ich unmittelbar vor dem Tor stand. Mir wurde bewußt, daß kein anderes Gebäude im Marktviertel erhalten geblieben war. Rasch trat ich ein und ging zu meiner Nische hinüber. Dort saß, in sich zusammengefallen, der Beherrscher der Gläubigen.

Ich sprach ihn an: »Höre, oh Herr über Damaskus! Du herrschst über eine Stadt der Toten. Die Bewohner sind im Rauch erstickt und verbrennen jetzt. Schuld daran, daß der Rauch verbrannter Moslems zum Himmel aufsteigt, sind die Ungläubigen. Der Zorn Allahs treffe die fränkischen Hunde, die uns vernichten wollen!«

Nur ed-Din aber schwieg.

Um die Mittagszeit drang ein Geräusch von draußen in das Hamam ein, das uns, je länger es dauerte, immer stärker beunruhigte. In weiter Entfernung schien ein riesiger Hammer gegen eine Steinmauer zu schlagen. Mit jedem Schlag zitterte der Boden unseres Gebäudes für einen Augenblick.

Nur ed-Din wußte sofort, was die Ursache des Geräusches war. »Bei Allah, dem Allmächtigen! Die Ungläubigen setzen einen Rammbock ein, um in unsere Stadtmauer eine Bresche zu schlagen!

Warum stehen keine Bogenschützen auf der Mauer, um die Männer am Rammbock durch einen Pfeilhagel zu vertreiben? Wie kommt es, daß keiner meiner Hauptleute es für nötig hält, mich, den Beherrscher der Gläubigen, wissen zu lassen, was an der Mauer vorgeht? Bin ich nicht mehr der Herr über Damaskus?«

Wir wußten nichts zu sagen. Es sprach auch keiner aus der kleinen Gruppe, die Nur ed-Din aus der Zitadelle ins Hamam geleitet hatte. Alle, der Beherrscher der Gläubigen und wir Untertanen, hörten auf die Schläge, die von der Mauer her dröhnten.

Nach langem Schweigen sprach der Arzt Ibn al-Dakhwar al-Umran zu Nur ed-Din: »Oh Herr über Leben und Tod in Damaskus! Ich habe die Herzschläge gezählt, die zwischen jedem Donner in mir pochen. Mal sind es dreihundertundsechzig, mal sind es vierhundertundzehn. So lange dauert es also, bis der Rammbock jeweils zum Schlag bereit ist. Aber wie viele Schläge wird es brauchen, bis unsere Mauer bricht?«

Je länger sich der Tag hinzog, desto mehr wuchs das Gefühl des Unbehagens, das ich im Magen spürte. Erst als sich ein feiner Duft von frischgebackenem Brot in die verräucherte Luft im Hamam mischte, da begriff ich, daß ich ganz einfach Hunger hatte. Murdjana war es, die dafür sorgte, daß wir für eine Weile Rauch und Brand vergaßen und damit auch das Elend, das draußen herrschte. Sie war dabei, einen Teig aus Mehl und Wasser zu dünnem Fladenbrot zu backen.

Am Abend war der Widerschein des Feuers aus der Stadt fahler. Ganz zart war der Hauch roter Farbe unterschiedlicher Schattierung an der Wand. Schwächer wurde auch der Gestank nach Rauch. Die Gedanken aber wurden keineswegs friedlicher, denn in gleichmäßigem Abstand dröhnte der Schlag des Rammbocks und brachte Luft und Boden zum Erzittern.

Auf einmal aber war im Hamam eine Stimme zu hören, die auf eine schlichte und langsame Weise diese Worte sang:

Damaskus war eine blühende Stadt,
Von Wasser reich durchflossen.
Wer in ihren Mauern gewohnet hat,
Der hat einst das Leben genossen.

Glücklich, wer damals an Allah gedacht,
Wer nicht nur dem Tage gelebt,
Über den nun der Allmächtige wacht,
Wenn der Boden unter uns bebt.

Was einst uns lieb war, was einst uns teuer,
Das liegt nun vor uns als Asche und Glut:
Die Schönheit der Stadt, verzehrt von Feuer.
Der Sinn der Gläubigen ist erfüllt von Wut!

Unser Fleh'n ergeht an den Herrn der Welt:
Heil und Rettung ist in seiner Hand!
Wir bitten, daß es ihm gefällt,
Die Stadt zu bewahren und das Land.

Als die Verse verklungen waren, wartete jeder auf den nächsten Schlag des Rammbocks. In das schreckliche Dröhnen hinein fragte Nur ed-Din: »Wer hat die Verse gesungen?«

Meine Antwort war: »Die Stimme, oh Beherrscher der Gläubigen, gehört meiner Frau Murdjana. Sie besitzt die Gabe, im Augenblick Verse zu dichten und eine Weise dafür zu erfinden. Ich kenne das Lied selbst nicht, das sie eben gesungen hat. Es ist wohl entsprungen aus der Stimmung der Not dieser Tage.«

Da sagte Nur ed-Din: »Oh Hamami, eine wunderbare Gabe hat deine Frau Murdjana. Ich möchte den Tag erleben, an dem sie diese Gabe im Frieden nutzen kann.«

Kaum waren diese Worte gesprochen, da sprang die Tür des Hamam auf, und Andronikos trat herein. Der christliche Adelige hatte früher sehr auf seine Kleidung geachtet: Die Stoffe seiner Umhänge waren immer von der feinsten Art gewesen. Jetzt hatte er ein graues Tuch um sich geschlungen. Es war bedeckt mit Dreck und Asche. Zum ersten Mal sah er jetzt den Beherrscher der Gläubigen. Er warf sich vor Nur ed-Din nieder und sprach: »Oh Gütiger, der mein Leben gerettet hat! Froh bin ich, dir selbst danken zu können! Ich komme zu dir mit zwei guten Nachrichten. Bitte frage mich nicht, woher ich sie habe. Nur soviel darf ich sagen: Noch habe ich Freunde am Hof des Königs von Jerusalem – auch wenn sie nicht gerade zahlreich sind. Ich habe erfahren, daß im Augenblick keine Gefahr mehr besteht für deine Zitadelle. Der Meister des Feuers, der aus China stammt, hat das Pulver zwar gezündet, doch es hat nur gebrannt, ohne seine zerstörerische Kraft zu entwickeln. Man hat mir gesagt, es habe daran gelegen, daß eine zu große Menge Pulver in den Gang unter der Zitadelle gebracht worden war. Ich bin keiner von denen, die Bescheid wissen um die Kunst, das teuflische Pulver wirkungsvoll zu entzünden. Doch ich glaube verstanden zu haben, daß das Pulver langsam verbrannte, weil im langen und engen Gang die Luft ausging. So entstand kein Schaden an der Zitadelle. Der nutzlose Brand des Pulvers muß gestern stattgefunden haben. Trotzdem bitte ich dich, die Zitadelle noch zu meiden. Man kann nicht ausschließen, daß der Meister des Feuers seinen Fehler gutzumachen versucht. Wichtiger noch ist für dich wohl diese Nachricht, die mir über die Stadtmauer zugekommen ist: Salah ed-Din ist von Süden her im Anmarsch! Dies erklärt, warum die Belagerer jetzt den Fall der Stadt erzwingen wollen. Schlägt der Rammbock eine Bresche in das Bollwerk, dann soll sofort der Sturm auf Damaskus beginnen. Wenn Salah ed-Din zu spät kommt, ist sein weiter Marsch umsonst gewesen. Wir können nur beten, daß die Mauer standhält. Ich bete zu meinem Gott, und du, oh Nur ed-Din, bete zu deinem Gott Allah! Meine Hoffnung ist, dir mit meinen Nachrichten einen guten Dienst erwiesen zu haben als Zeichen meiner Dankbarkeit!«

Ohne darauf zu warten, daß der Beherrscher der Gläubigen zu ihm sprach, stand Andronikos auf und entfernte sich aus dem Hamam. Gerne hätte ich ihn gefragt, wie und wo er die Tage der flammenden Geschosse überlebt habe. Auch wollte ich wissen, wie es der schönen Frau Theodora ergangen war. Doch es blieb mir keine Gelegenheit, Andronikos anzusprechen.

Als ich mich wieder dem Beherrscher der Gläubigen zuwandte, war ich überrascht, daß auf seinem Gesicht keine Spur einer freudigen Erregung zu erkennen war. Er schien gefaßt auf die Entscheidung zu warten, die von Allah gefällt werden würde.

Erst als sich die Stimme der Murdjana im Nebenraum wieder hören ließ, zeigte Nur ed-Din, daß er wahrnahm, was geschah. Die Worte, die Murdjana sang, lauteten:

Das Flehen hat Allah vernommen.
Den Gläubigen steht er bei!
Zurück ist die Hoffnung gekommen.
Allah sprach einfach: Es sei!

So wurden die mächtigen Mauern verschont.
Weil das Pulver im Berge versprühte.
Unsere Bitten zu Allah wurden belohnt.
Die Zitadelle nicht verglühte!

Nun hoffen wir, daß Salah ed-Din weiß,
Er muß Nur ed-Din widmen sein Leben.
Denn Allah will den raschen Beweis
Seiner Kraft und Herrlichkeit geben.

Worte und Weise waren verhallt, da sah ich erst, daß der Beherrscher der Gläubigen weinte. Einige hundert Pulsschläge lang waren die Donnerschläge des Rammbocks nicht zu hören gewesen. Doch jetzt zitterten Luft und Boden erneut.

Der Arzt rief: »Oh Beherrscher der Gläubigen! Wir müssen die Hauptleute in der Zitadelle wissen lassen, daß die Gefahr, die Zitadelle werde gesprengt, jetzt geringer ist! Sie müssen vor allem auch erfahren, daß sich Salah ed-Din nähert. Mit jeder Stunde, in der die Mauer verteidigt werden kann, steigt die Aussicht auf Rettung. Ich mache mich auf den Weg zur Zitadelle!«

Sofort erklärte ich mich bereit, den Arzt zu begleiten.

Wir verließen das Hamam und mußten schon nach wenigen Metern über verbrannte Balken steigen, die auf die Straße gestürzt waren. Wir sahen viele Tote. Die Menschen waren von Balken und Quadern erschlagen worden, als die Häuser zusammenbrachen. Es war Nacht, und wir waren ohne Fackeln vom Hamam weggegangen, doch konnten wir unseren Weg erkennen. Deutlich sahen wir die Hindernisse und stolperten deshalb nicht. Die Donnerschläge wurden immer lauter. Wir vermuteten, daß der Rammbock, der die Mauer bearbeitete, nahe der Zitadelle aufgestellt war. Die zunehmende Lautstärke zeigte uns an, daß die Festung nicht mehr fern sein konnte.

Auf einmal blieben wir wie angewurzelt stehen. Wir sahen, vom Mondlicht beleuchtet, die Zitadelle. Die Überraschung war deshalb so groß, weil wir niemals zuvor von einer Stelle aus, die so nahe beim Hamam lag, die Zitadelle hatten sehen können, denn Häuser hatten die Aussicht verdeckt. Doch sie gab es jetzt nicht mehr.

Ich hörte, daß Ibn al-Dakhwar al-Umran Worte flüsterte, und ich verstand, daß er betete. Auch ich sprach einige Worte – die Erste Sure des Koran. Wir befanden uns jetzt an der Stelle der Stadtmauer, wo der Rammbock schon bald die Bresche schlagen konnte. Erschrocken sahen wir, daß einige der Mauerblöcke schon nach innen gedrückt waren. Unerträglich war hier der Donner, wenn das Werkzeug der Ungläubigen, das wohl riesig sein mußte, gegen die Mauer rammte.

Kein Mensch war an diesem Ort zu sehen. Offenbar stand niemand zur Verteidigung bereit. Wir suchten eine der steinernen Treppen, die hinaufführten zur Mauerkrone. Oben angekommen, blickten wir hinunter zum Fluß Barada. Was wir sahen, erfüllte uns mit Schrecken. Hunderte von Pechfackeln beleuchteten die Belagerungsmaschine, die gewaltige Ausmaße hatte. Sie bestand aus einem hölzernen Gerüst, das durch Seile einen Baumstamm in waagrechter Lage hielt, der gewiß vierzig Schritt lang war. An der Spitze betrug sein Umfang mehr als drei Schritt. Diese Spitze war mit Metall beschlagen. Männer, die wohl Sklaven waren, bewegten den Baumstamm, der in den Seilen frei schwingen konnte. Sie zogen ihn weit von der Mauer weg und schleuderten ihn dann mit Schwung gegen die Quadersteine. Ich konnte die Männer nicht zählen, es müssen vielleicht hundert gewesen sein. Sie trugen nur Lendenschurze. Ihre Oberkörper glänzten schweißnaß im Fackelschein. Angst, von der Mauer mit Pfeilen beschossen zu werden, hatten sie nicht. Da stand kein einziger Verteidiger auf der Mauerkrone. Rasch stiegen wir, noch ehe wir bemerkt wurden, von der Mauer herunter. Den Grund, warum kein Kämpfer mehr gegen den Feind bereitstand, konnten wir nur in der Zitadelle erfahren!

Nach wenigen Schritten hatten wir das gemauerte Bauwerk erreicht, das mit dem Stadtwall verbunden war. Der Eingang zur Zitadelle war verriegelt. Doch als wir uns durch Klopfen bemerkbar gemacht hatten, wurde geöffnet. Der Bewaffnete, der die Riegel des schweren Tores aufzog, kannte den Arzt Ibn al-Dakhwar al-Umran. Die beiden sprachen hastig miteinander. Ich verstand nichts von dem, was geredet wurde. Die Gänge im Innern der Festung waren eng. Im Schein der Fackeln erkannte ich, daß kurze Seitengänge zu größeren Räumen führten. Da saßen und kauerten Männer. Sie schienen fast alle zu schlafen. Der Bewaffnete und der Arzt ließen von ihrem Wortwechsel ab, als wir drei vor einer stählernen Tür ankamen. Ein anderer Bewaffneter hielt dort Wache. Auf ihn redete der Arzt nun ein. Mich beachtete niemand. Erst als ich hinter dem Arzt durch die Tür gehen wollte, schaute mich der Wachhabende mißbilligend an und stieß mich zurück. So stand ich verloren im Gang und wartete darauf, daß der Arzt zurückkäme.

Ich hatte Zeit, mich umzusehen. Da gingen verhüllte Gestalten eng an die Wand gedrückt durch die Gänge. Ihrer Scheu nach zu urteilen, mußte es sich um Frauen handeln. Ich hatte schließlich den Eindruck, daß sich ein beachtlicher Teil der Familien aus der belagerten Stadt in die Zitadelle geflüchtet hatte. Was ich sah, beeindruckte mich. Die Festung besaß große Säle, in denen einige tausend Menschen Zuflucht finden konnten. Diese Räume waren alle überfüllt. Gestank lag über allem. Übelkeit befiel mich, und ich ging rasch zurück zu der Tür, hinter der Ibn al-Dakhwar al-Umran verschwunden war.

Lange mußte ich warten, bis der Arzt wieder heraustrat auf den Gang. Wortlos packte er mich am Arm und zog mich fort. Wir verließen die Zitadelle. Unser Weg zum Hamam war vom Mond beleuchtet, der jetzt höher stand als zuvor. Rasch durcheilten wir trotz der Ruinenhindernisse die Straßen.

Der Beherrscher der Gläubigen war wach bei unserem Eintritt in die Nische. Er gab ein Zeichen, das uns erlaubte, Platz zu nehmen. Dann forderte Nur ed-Din den Arzt auf zu sprechen.

Ibn al-Dakhwar al-Umran sprach: »Oh Beherrscher der Gläubigen, Allah schenke dir einen Ausweg aus der Bedrängnis. Du mußt erfahren, daß sich die Männer, Frauen und Kinder deiner Stadt in der Zitadelle befinden. In den Häusern wohnen tatsächlich nur noch die Toten. Du regierst wirklich nur noch die Toten, denn in der Zitadelle, bei den Lebenden, ist Kadi Ishaq al-Mosuli der Mächtige. Mit ihm habe ich gesprochen. Er sagt, er handle im

Namen Allahs. Auf deiner Seite, oh Beherrscher der Gläubigen, steht er nicht mehr. Ich brauchte dem Kadi nicht zu sagen, daß Salah ed-Din unterwegs sei in Richtung Damaskus. Das war dem Ishaq al-Mosuli längst bekannt. Mit Hochmut im Gesicht sprach er zu mir: ›Es war uns recht, daß du Nur ed-Din aus der Zitadelle ins Hamam geholt hast. So wurden wir ihn los. Wir warten auf Salah ed-Din, den wir als unseren Herrn verehren! Mit ihm sind wir uns einig!‹ Ich wies den Kadi darauf hin, daß vor Salah ed-Din wohl die Ungläubigen in die Stadt eindringen würden. Seine Antwort war: ›Wen treffen die Ungläubigen dann in Damaskus an, wenn sie endlich die Mauerbresche geschlagen haben? Allein Nur ed-Din und dich! Euch werden sie gefangen wegführen! Die Zitadelle können sie nicht so schnell erobern. Sie müssen erneut ihr Belagerungsgerät ansetzen. Doch ehe sie in die dicken Mauern der Zitadelle eine Bresche schlagen, wird Salah ed-Din die Belagerer vernichten. Wir fühlen uns sicher!‹« Nach diesen Worten schwieg der Arzt.

Auch Nur ed-Din schwieg. Alle, die sich in der Nische des Hamam befanden, wußten, daß sie verloren waren. Da sprach Nur ed-Din mit leiser Stimme zu Ibn al-Dakhwar al-Umran: »Oh Überbringer schlechter Nachrichten! Lange schon wollte ich dich fragen, warum du verschweigst, daß du auch al-Israïli heißt! Bist du Jude oder bist du Moslem?«

Diese Frage überraschte den Arzt ganz offensichtlich. Als er sich wieder gefaßt hatte, antwortete er: »Wisse, oh Beherrscher der Gläubigen, daß ich dir den Namen al-Israïli nicht verschwiegen habe, denn ich habe ihn abgelegt, als ich nach Damaskus kam, in der Absicht, dir zu dienen. Ich trug den Namen nicht mehr und brauchte ihn deshalb auch nicht anzugeben. Daß ich jüdischer Abstammung bin, ist richtig, doch mein Glaube ist der Islam. Lange, ehe ich Damaskus zum ersten Mal betrat, habe ich das Bekenntnis zu Allah ausgesprochen, und zwar aus Überzeugung. Ich konnte nicht länger an den Gott der Rache glauben. Erschreckt hatte mich bei geistlichen Studien ein lehrreicher Bericht im Babylonischen Talmud, der da lautet: *Als Rabban Jochanan erkrankte, traten seine Schüler ein, um ihn zu besuchen. Als er sie sah, begann er zu weinen. Seine Schüler sagten zu ihm: Du Leuchte Israels, du Säule und starker Hammer, warum weinst du? Er sagte zu ihnen: Wenn sie mich vor einen König aus Fleisch und Blut führten, dessen Zorn kein ewiger Zorn ist, wenn er über mich zürnt, dessen Fessel keine ewige Fessel ist, wenn er mich fesselt, den ich mit Worten besänftigen und mit Geld bestechen könnte – würde ich dennoch weinen. Jetzt aber, da sie mich vor den König über die Könige der Könige führen, vor den Heiligen, gelobt sei er, der lebt und bleibt für die Ewigkeit der Ewigkeiten, dessen Zorn ein ewiger Zorn ist, wenn er über mich zürnt, dessen Fessel eine ewige Fessel ist, wenn er mich fesselt, den ich nicht mit Worten besänftigen und mit Geld bestechen kann – sollte ich da nicht weinen?* Wenn ein weiser und gottesfürchtiger Mann wie Rabban Jochanan weinen muß, da es ihm beschieden ist, vor Gott zu treten, muß dieser Gott schrecklich, furchteinflößend und ein Feind des Menschen sein. So dachte ich damals. Immer deutlicher wurde mir: Allah, der Allerbarmer, ist für den Verstand eines Arztes schon eher begreifbar. So betete ich künftig das Bekenntnis zu Allah. Und obgleich ich den Glauben meiner Väter abgelegt habe, ist meine jüdische Vergangenheit den Kranken, die ich zu heilen habe, von Nutzen. Du, oh Beherrscher der Gläubigen, wirst dich erinnern, daß du mich um Auskunft gebeten hattest über den Tod und den Todesengel. Ich mußte dir sagen, daß die Lebensfrist eines Menschen bei Allah aufgezeichnet ist. Das Heilige Buch lehrt uns, Allah habe schon vor Ewigkeit in seinem himmlischen Buch festgelegt, ob Krankheiten den Menschen befallen, ob sie sich wieder von ihm lösen oder ob sie zum Tode führen. Du, oh Herr, hast mich damals auch gefragt, wie es mit der Arbeit des Arztes bestellt sei, die ja gegen Allahs Fristsetzung ankämpfe. Damals hatte ich nicht den Mut, dir zu sagen, daß sich meine Erinnerung an den jüdischen Gott in meiner Arbeit auswirkt. Der Gott, an den ich früher geglaubt habe, hat sich nicht schon vor Ewigkeit festgelegt, wann das Leben eines Menschen zu enden hat. So vergesse ich die Lehre von der Vorherbestimmung und glaube daran, daß ich Gott durch meine Bemühungen beeinflussen kann. Allah, der Erhabene, wird mir verzeihen, wenn ich von einem Irrglauben befallen bin. Mein Lehrer, der von Kind an Moslem gewesen war, pflegte zum Himmel zu blicken, wenn er eine Medizin verordnete, und dabei zu lächeln. Er hat mir einmal gesagt, er sei fest überzeugt gewesen, Allah, der Allerbarmer, habe ihm dabei entgegengelächelt.«

Nach einer kleinen Spanne des Schweigens fragte Nur ed-Din: »Oh Mann kluger Gedanken, sage mir, wer dein Lehrer einst war!«

Der Arzt antwortete: »Sein Name war Abu Ali al-Husayn Ibn Abd'Allah Ibn Sina. Wer von ihm redet, der nennt ihn nur Ibn Sina. Auch die Ungläubigen respektieren diesen Arzt. Sie gaben ihm den Namen Avicenna. Er stammt aus der Gegend von Buchara. Er wurde ein Mann des umfassenden Wissens. Bei einem Gewürzhändler hatte er gelernt, mit indischen Zahlen zu rechnen. Dann wurde er zum Korankenner ausgebildet. Daraus entwickelte sich wiederum seine Kenntnis des islamischen Rechts. Die Religion führte Ibn Sina zur Philosophie. Die Beschäftigung mit der Wissenschaft des menschlichen Geistes gab ihm die Anregung, sich mit dem menschlichen Körper zu befassen. So wurde Ibn Sina Arzt.«

Da sagte Nur ed-Din: »Oh Ibn al-Dakhwar al-Umran, du vermagst mir sicher zu sagen, worin die Besonderheit der Heilkunst deines Lehrers bestand.«

Der Arzt erwiderte: »Oh Beherrscher der Gläubigen! Ibn Sina lehrte mich, daß das Wesen des Menschen von der Seele bestimmt wird. Diese Seele wirkt im Körper des Menschen, und sie bedient sich des Körpers, obgleich sie selbst völlig unkörperlich ist. Sie nimmt teil an den Sinneswahrnehmungen der Augen, Ohren und der tastenden Organe. Die äußere Welt beeinflußt also die Seele. Sie kann leiden, krank werden. Wird sie aber krank, dann wird dadurch wiederum der Körper beeinflußt. Er wird ebenfalls krank. So lernen wir dies: Ist ein Mensch von einem Übel befallen, müssen wir die Ursache in der Seele suchen.«

Der Gedanke an die Seele bewegte offensichtlich das Gemüt des Beherrschers der Gläubigen.

Er fragte: »Sage mir, oh Mann, der das Wesen des Menschen begriffen hat, kann die Seele auch unabhängig vom Körper bestehen?«

Der Arzt gab diese Antwort: »Die Seele besteht weiter, auch wenn der Körper gestorben ist. Dies lehrt Ibn Sina.«

Da wollte Nur ed-Din wissen: »Ist es also die Seele, die nach dem Tode auf das Jüngste Gericht wartet und nicht der Körper, der ohnehin zu Staub verfällt?«

Der Arzt sprach: »Ibn Sina hat zu mir, oh Beherrscher der Gläubigen, gesagt, die Auferstehung des Körpers sei ein Glaubensgrundsatz, der nicht der Wirklichkeit entspreche. Dies, oh Herrscher, war seine Meinung. Rechne sie mir nicht zu!«

Der Retter

Gespannt hatte ich den Worten der beiden zugehört. Doch jetzt fiel mir auf, daß der Rammbock Luft und Boden nicht mehr erzittern ließ. Ich machte den Beherrscher der Gläubigen auf meine Beobachtung aufmerksam. Bedächtig sagte er: »Dies, oh Hamami, kann dreierlei bedeuten: Entweder haben die Ungläubigen die Geduld verloren, und sie ziehen ab, oder Salah ed-Din hat sie draußen vor der Mauer besiegt, oder sie waren erfolgreich im Bemühen, die Mauer zum Einsturz zu bringen. Höre, Hamami! Begib dich hinaus, und erforsche, was geschehen ist!«

Mit klopfendem Herzen befolgte ich den Befehl. Es war noch immer Nacht. Der Himmel war jetzt völlig dunkel, da der Mond verschwunden war. Einige Schritte ging ich stolpernd auf der von den Trümmern der Häuser bedeckten Straße, da sah ich eine gespenstische Erscheinung. Von der Mauer her bewegten sich schwankende Lichter auf mich zu. Zuerst sah ich nur Lichtpunkte, dann erkannte ich Fackeln, doch schließlich wurden Gesichter deutlich, die vom Fackelschein beleuchtet waren. Gestalten waren zu erkennen, Männer, die Rüstungen trugen und Schwerter. Die Gruppe zählte vielleicht dreißig Bewaffnete. Alle bewegten sich langsam voran. Die verkohlten Balken auf der Straße waren ihnen Hindernisse. In der Mitte der Männer ging einer, der hatte sich einen bestickten Mantel umgeworfen. Er war offenbar eine hochgeachtete Gestalt!

Ich machte mir weniger Gedanken darum, wer sich in der Nacht in der ausgestorbenen Stadt fortbewegte – meine Sinne waren damit beschäftigt zu erraten, was wohl das Ziel der nächtlichen Wanderung war. Plötzlich wußte ich, wohin die Gruppe wollte: Es gab nur noch ein unzerstörtes Haus in der Marktgegend, und das war das Hamam! Diese Bewaffneten begaben sich zu meinem Haus! Dort aber befand sich Nur ed-Din. Er war in Gefahr!

In meiner Nische angekommen, warf ich mich vor dem Beherrscher der Gläubigen nieder. In großer Hast rief ich: »Oh Herr, Fremde nähern sich diesem Haus, Männer, die Waffen tragen! Wer sie sind, weiß ich nicht! Nur wenig Zeit bleibt uns zu deiner Rettung!«

Ich wollte eben zur Tür eilen, um sie zu verriegeln, da sagte Nur ed-Din mit fester Stimme: »Bleib, oh Hamami! Wenn Allah, der Allmächtige und Allerbarmer, will, daß ich in dieser Nacht sterbe, wird das Türschloß den Mörder nicht hindern, einzutreten. Ist dies die Stunde des Todesengels? Wenn Allah es so beschlossen hat, dann bin ich bereit, den Todesengel zu empfangen!«

Diese Worte waren noch nicht ganz ausgesprochen, da wurde an die hölzerne Türe geklopft. Doch dieses Klopfen klang nicht nach Bedrohung. Ich blickte auf den Beherrscher der Gläubigen – Erstaunen war seinem Gesicht abzulesen, und er gab mir schließlich ein Zeichen, die Tür zu öffnen.

Die Fackelträger traten als erste ein. Sie stellten sich in der Vorhalle an der Wand entlang auf. So hell wie jetzt war noch nie ein Raum im Hamam gewesen. Dann aber stand der Mann im bestickten Mantel vor uns. Die Bewaffneten wahrten respektvollen Abstand. Der hochgeachtete Mann trug selbst kein Schwert. Überraschung zwang uns alle zum Schweigen. Ich schaute zu den Bewaffneten hinüber und sah, daß bei einigen die Umhänge blutverschmiert waren. Die Männer kamen also aus dem Kampf.

Da trat Nur ed-Din aus der Nische in den Saal. Als der hochgestellte Fremde den Beherrscher der Gläubigen sah, warf er sich vor ihm nieder und sprach: »Oh Herr über Syrien und Ägypten! Ich bin dein Diener Salah ed-Din. Gekommen bin ich, um dir zu huldigen, um dir dein Land Ägypten zu Füßen zu legen!«

Ungläubig blickte Nur ed-Din auf den Knienden, der sich eben anschickte, ihm, dem Beherrscher der Gläubigen, die Schuhe zu küssen. Nur ed-Din beugte sich zu Salah ed-Din hinunter und sagte: »Ich habe lange auf dich gewartet!« Der Beherrscher der Gläubigen ergriff Salah ed-Din am Umhang und zog ihn zu sich empor. Dann umarmten sich die beiden.

Von den Begleitern erfuhren wir, der Kampf an der Mauer gegen die Ungläubigen sei von kurzer Dauer gewesen. Allerdings, so sagten die Kämpfer, sei ihr Angriff gerade noch rechtzeitig erfolgt, denn einige Quaderblöcke der Stadtmauer seien schon aus dem Gefüge gebrochen worden. Salah ed-Din sei dann als erster durch die Bresche geschritten. Vom ersten Augenblick an sei es sein Ziel gewesen, sich dem Beherrscher der Gläubigen zu Füßen zu werfen.

Es war auch zu hören, daß die Berater des Salah ed-Din genau Bescheid gewußt hatten über den Aufenthaltsort des Beherrschers der Gläubigen. Sie hatten auch erfahren von der Meuterei des Kadi Ishaq al-Mosuli. Einer der Bewaffneten sagte: »Ehe der Morgen graut, ist der Widerstand in der Zitadelle gebrochen. Er wird erlahmen, wie die Kampfkraft der Ungläubigen erloschen ist. Wenn sich die Sonne von ihrem Lager erhebt, wird der Kopf des Kadi vor dem Beherrscher der Gläubigen liegen!«

Da fiel mir ein, daß sich im Hamam christliche Ritter befanden, und ich sprach zu Salah ed-Din: »Herr! Ungläubige waren es, die dem Beherrscher der Gläubigen in schweren Tagen treu geholfen haben. Gib ihnen Freiheit und Geleit, damit sie ungeschoren ihr Königreich erreichen können.«

So geschah es. Der Ritter Tankred und die siebzehn anderen Hauptleute des christlichen Heeres konnten sich noch am Morgen jenes Tages auf den Weg machen.

Nur ed-Din und Salah ed-Din warteten nicht ab, daß ihnen der Kopf des ungetreuen Kadi gebracht würde. Voll Ungeduld wollten sie selbst erleben, was in der Zitadelle geschah. Sie und ihre Begleiter gingen zu Fuß dorthin. Im Sonnenlicht war der Gang durch die Straßen unbeschwerlicher. Nur ed-Din sah jetzt allerdings auch zum ersten Mal das Ausmaß der Zerstörung seiner Stadt.

Ruhe zog ein ins Hamam. Die Nische gehörte wieder mir und Murdjana. Wir beseitigten, zusammen mit Abd'Allah, die Spuren, die unsere Gäste der vergangenen Tage hinterlassen hatten. Wir verwandelten das Massenquartier zurück in ein Dampfbad. Die Feuerkessel wurden beheizt, und das Kaltwasserbecken wurde gefüllt. Wir wußten zwar, daß wir auf Kunden aus der Stadt nicht zu rechnen brauchten, da Damaskus selbst kaum mehr bewohnt war, doch da war die Hoffnung, das Hamam werde von Männern und Frauen der Hofhaltung von Nur ed-Din und Salah ed-Din besucht.

Der erste, der aus der Zitadelle zu mir kam, war Ibn al-Dakhwar al-Umran. Er raubte mir zunächst alle Hoffnung auf glückliche Zeiten. Der Arzt berichtete von der Grausamkeit, mit der die Sieger die Anhänger des Kadi Ishaq al-Mosuli dafür bestraft hatten, daß sie sich von Nur ed-Din abgewandt hatten. Die Männer, die sich in der Zitadelle um den Kadi geschart hatten, waren so lange verstümmelt worden, bis sie verbluteten. Furchtbar seien die Schreie derer gewesen, denen Ohren, Nase und die Männlichkeit abgeschnitten wurden. Nur ed-Din habe immer wieder die blutige, schreckensvolle Rache verbieten wollen, doch Salah ed-Din habe verlangt, jeder, der Nur ed-Din im Stich gelassen habe, müsse ein schmerzhaftes Sterben erleiden. »Dieser junge Mann ist weit grausamer als alle Kalifen der Historie«, meinte Ibn al-Dakhwar al-Umran. »Ich glaube aber, diesmal läßt er seine Opfer noch mehr leiden als sonst, weil er so seine eigene Schuld sühnen will. Salah ed-Din selbst hatte den Beherrscher der Gläubigen verraten. Erst auf Drängen seines Vaters hat er sich dann zur Treue entschlossen. Er will durch das Blut der anderen das eigene Gewissen besänftigen!«

Ich fragte den Arzt: »Was geschieht mit den Frauen und Kindern in der Zitadelle und mit den Männern, die einfach nur hinter die festen Mauern geflohen waren?«

Die Antwort war: »Wer sich nicht ausdrücklich zum Kadi bekannt hat, der darf überleben. Die geflüchteten Familien werden bald schon in die Stadt zurückkehren. Doch ihre Häuser sind verbrannt. Sie haben keine Zukunft. Für dich aber habe ich vom Beherrscher der Gläubigen eine gute Nachricht: Du sollst an der Beute beteiligt werden, die Allah, der Allgewaltige, uns vor der Mauer hat zukommen lassen. Was die Ungläubigen bei der Flucht vor Salah ed-Din in ihrem Lager hinterlassen haben, wird aufgeteilt unter denen, die treu zu Nur ed-Din gehalten haben. Ich habe für dich die Wahl getroffen. Du wirst geprägtes und gemünztes Gold erhalten, damit das Hamam ausgebaut werden kann, und sechs junge und begehrenswerte Frauen, die Sklavinnen im Hamam werden sollen.«

Als diese Worte gesagt waren, küßte ich meinem Gönner beide Hände und dankte ihm.

Er aber sagte: »Noch etwas habe ich für dich erreicht. Nur ed-Din gestattet, daß eine Wache das Hamam vor Eindringlingen schützt. Vergiß nicht, daß die Stadt zerstört ist, daß die Bewohner kein

Dach über dem Kopf haben. Sie werden neidvoll auf dieses Haus blicken. Sie werden versuchen, deine Tür aufzubrechen und das Haus zu stürmen. Davor will der Beherrscher der Gläubigen dich bewahren. Allah schenke dir Glück und seinen besonderen Segen!«

Diese Bitte des Arztes an den Allerbarmer löste in mir ein überwältigendes Glücksgefühl aus. Das waren gute Aussichten für das Hamam.

Als der erste Tag nach der Aufhebung der Belagerung sich der Nacht zuneigte, baten Andronikos und Theodora darum, eingelassen zu werden. Höflich fragten sie mich, ob die Umstände günstig seien für ein gemeinsames Bad. Ich erwiderte, es befinde sich derzeit niemand im Hause außer Murdjana und Abd'Allah. Da freute sich das Paar. Beide legten in der Vorhalle ihre Kleider ab. Bei diesem Besuch allerdings hatten sie zuerst Lust auf ein Dampfbad. Sie fühlten beide wohl das Bedürfnis nach umfassender Reinigung. Sie wollten auch mit dem rauhen Handschuh abgerieben werden, und so bediente ich Andronikos, während Murdjana sich um Theodora bemühte. Als die Prozeduren der Reinigung und der Entspannung beendet waren, fand das Paar wieder sein Vergnügen im kalten Wasser.

Es dauerte lange, bis Andronikos und Theodora den *Raum der Kühle und Stille* aufsuchten. Dort hatte ich den Mut zu fragen, wie sie die Tage der Belagerung überstanden hatten.

Andronikos erzählte: »Du weißt, oh Hamami, daß es nichts Schlimmeres für uns hätte geben können als einen Sieg des christlichen Heeres. Ich wollte deshalb meinen Teil dazu beitragen, daß Damaskus nicht vom König von Jerusalem erobert wurde. Nun hatte mir Nur ed-Din, der Erhabene, ein Haus am Baradafluß als Wohnung zuweisen lassen. Unsere Außenwand zum Fluß hin ist Teil der Stadtmauer. Die Wellen des Barada umspülen diese Wand. Sie hat an der Wasseroberfläche eine Öffnung, eine Art Tür. Im Innern des Hauses führt eine Steintreppe hinunter vom Wohngeschoß zu dieser Öffnung. Als das christliche Heer die Stadt mit Feuer beschoß, da brannte auch der hölzerne Teil unseres Hauses ab. Doch das Gewölbe um die Treppe herum blieb vom Feuer unberührt. Dort hausten wir. Not litten wir nicht, denn ich fand eine Möglichkeit, um Nahrung zu besorgen. In fast jeder Nacht stieg ich durch die Maueröffnung ins Wasser. Der Barada ist an jener Stelle gerade so tief, daß ich schwimmen muß, wenn ich ans andere Ufer will. Mein Kleiderbündel hatte ich mir im Nacken festgebunden. Verließ ich das Wasser, dann streifte ich mir den trockenen Umhang über. Mit Absicht schlich ich mich in ärmlicher Kleidung ins Lager des christlichen Heeres. Dort setzte ich mich zu denen, die müde waren vom Lastenschleppen, vom Ausheben der Laufgräben. Von ihnen erfuhr ich ohne Mühe, was ich wissen wollte. Und da an gekochtem Fleisch und an Brot kein Mangel war, hatte ich, wenn ich zurückschwamm zu Theodora, von beidem immer eine ausreichende Menge in meinem Kleiderbündel.

So beschaffte ich also Eßbares und gewann Kenntnisse über die Kriegslage. Nun verstehst du auch, oh Hamami, wie mir das Wissen um den Pulverbrand unter der Zitadelle und über den Anmarsch des Salah ed-Din zugekommen ist.«

Andronikos bekam Lust, noch einmal im kalten Wasser zu baden. Nackt, wie er war, hob er die ebenfalls nackte Theodora auf und trug sie an den Rand des Beckens. In hohem Bogen warf er die Frau ins Wasser.

Dann wollte er wissen, wie weit sich meine Fertigkeit im Schwimmen entwickelt hatte. Ich trug ohnehin keinen Lendenschurz, wenn ich das Paar im Bad zu bedienen hatte, und so stieg ich ohne Zögern in das Becken. Ich zeigte dem Ungläubigen, daß auch ein Gläubiger schwimmen kann.

Ehe Andronikos und Theodora das Hamam verließen, bat ich die beiden in meine Nische. Dort sprach ich: »Oh Herr, der es versteht, sich wie ein Fisch im Wasser zu bewegen! Ich brauche deinen Rat. Weil ich Nur ed-Din bei mir aufgenommen habe, als er nicht länger in der Zitadelle bleiben konnte, werde ich an der Kriegsbeute beteiligt. Gemünztes Gold läßt er mir zukommen und sechs junge Frauen, die Sklavinnen im Hamam werden sollen. Was mache ich am besten mit dem Gold und den Frauen? Auch das Gold soll ich zum Nutzen des Bades verwenden. Gib mir einen Rat, was ich tun soll!«

Lange überlegte sich Andronikos seine Antwort. »Du hast den Arzt Ibn al-Dakhwar al-Umran zum Beschützer. Er wiederum hat Nur ed-Din wichtige Dienste geleistet. Nur ed-Din wird das

Hamam fördern. Du mußt nur bedenken, daß ihn die Jahre und die Last des Herrschens verbraucht haben. Der nächste Beherrscher der Gläubigen wird Salah ed-Din heißen. Wenn du dich mit ihm gut stellst, ist deine Zukunft gesichert. Salah ed-Din ist einsam hier in Damaskus. Er besitzt zwar Frauen in Cairo, hier aber verfügt er nicht über einen Harem. Du mußt ihm diesen Mangel ausgleichen. Nimm deshalb die Goldmünzen und kaufe die zwei Hausruinen, die sich an das Hamam anschließen. Auf diesen Grundstücken baust du ein zweites Dampfbad, schöner und vornehmer als dieses. Sechs Ruheräume wirst du einrichten und mit üppigen Kissen versehen. Jeder der sechs Frauen, die dir zugeteilt werden, gibst du dort einen der Räume zur ständigen Wohnung. Dann mußt du jemanden finden, der Salah ed-Din darauf hinweist, daß es im zerstörten Damaskus ein Haus gibt, das ihm die Bequemlichkeit bieten kann, die seiner erhabenen Stellung entspricht. Allein Nur ed-Din kann dieser Jemand sein, der dein Haus dem Salah ed-Din empfiehlt. Wie es dir gelingt, den Herrn über Damaskus zu veranlassen, für dich zu werben, vermag ich nicht zu sagen.«

Ich war sofort überzeugt, daß Andronikos recht hatte. Konnte ich Salah ed-Din für das Hamam gewinnen, hatte ich ausgesorgt. Auf lange Zeit durfte ich nicht damit rechnen, daß Männer und Frauen aus der Stadt wohlhabend genug sein würden, um für den Besuch im Hamam so viel bezahlen zu können, daß sich das Geschäft für mich lohnte. Über ausreichendes Geld verfügten künftig allein der Beherrscher der Gläubigen und die Männer seiner Umgebung. Andronikos sagte: »Wichtig ist, daß die Frauen, die du aus der Beute erhältst, wirklich jung und gutaussehend sind. Du mußt sie dir genau anschauen. Günstig ist es, wenn sich ihre Leiber voneinander unterscheiden. Eine sollte dicke Schenkel haben wie die Mädchen von Aleppo. Dem Auge gefällig sind auch die langen Beine der Frauen aus Asmara. Glücklich ist, wer abwechseln kann zwischen dem knabenhaften Körper einer Frau aus dem Süden des Sudan und den üppigen Formen einer Bewohnerin des Libanongebirges. Nicht vergessen darfst du die prallen Hinterbacken der Frauen vom Nil und die flachen Rundungen der Jungfrauen aus dem Kaukasus. Doch was rede ich! Du wirst Frauen erhalten, die sich im Lager des christlichen Heeres befunden haben. Die Auswahl wird wohl nicht so groß sein. Achte, oh Hamami, auf die Vielfalt der Körperformen. Allerdings sei auch auf der Hut, die Sklavinnen zu sehr prüfen zu wollen, wenn du sie Salah ed-Din anbieten wirst. Je weniger Augen den Schoß der Frauen gesehen haben, desto anziehender wirken diese Bewohnerinnen des Hamam auf den, der ihre Reize letztlich genießen soll. Verbinde also Sorgfalt mit Zurückhaltung!«

Ich dankte Andronikos für seine Ratschläge und versprach ihm dann, daß er immer ein bevorzugter Gast im Hamam sein werde.

Er wiederum versicherte, daß er darüber nachdenken werde, wie die Einrichtung des Hamam noch gefälliger gestaltet werden könnte. Er sagte zum Abschied: »Du mußt, oh Hamami, noch viel mehr als bisher an das Vergnügen deiner Kunden denken.«

Das neue Dampfbad

Gleich am nächsten Morgen suchte ich die Nachbarn, denen die Grundstücke gehörten, die ich zur Erweiterung des Hamam benötigte.

Ich besaß zwar die Goldmünzen noch nicht, die mir versprochen waren. Ich wußte nicht einmal, wie viele ich bekommen würde. Doch ich mußte rasch handeln, wenn ich dem Rat des Andronikos folgen wollte.

Einen der Grundstücksbesitzer fand ich sofort: Er stocherte mit einem Stecken in der Asche seines Hauses, getrieben von der Hoffnung, irgendwelche Stücke seines Besitzes hätten die Feuersbrunst überstanden. Er war ein Weber, der zarte Gewebe gefertigt hatte. Seine Erzeugnisse waren zu feinstem Staub verbrannt. Seine Verzweiflung war so groß, daß er nicht mehr an sein Handwerk und vor allem nicht mehr an sich selbst glaubte. Die Goldsumme, die ich ihm anbot, war ihm recht. Den anderen Nachbarn aber fand ich nicht. Niemand aus seiner Familie ließ sich bei der Hausruine blicken. Ich würde in diesem Fall Geduld benötigen.

An diesem Abend sang Murjana wieder. Zum ersten Mal seit dem Ende der Belagerung hörte ich wieder eine Melodie in meinem Hause. Sie war neu. Auch die Verse hatte ich noch nie vernommen:

Das Elend stolz zu überwinden,
Ist uns von Allah aufgetragen.
Den neuen Morgen zu verkünden,
Das wollen wir von heut' an wagen.

Durch Allahs Güte leben wir.
Der Krieg ist ausgestanden.
Wir schlagen unsere Wurzeln hier,
Wo wir Allahs Gnade fanden.

Herr Nur ed-Din sei auch gepriesen!
Er war uns Schild und Schutz.
Er hat den rechten Weg gewiesen.
Dem Ungläubigen zum Trutz!

Nur mein Sohn Mahmud, der neben Murdjana in der Nische lag, hatte keine Freude an diesem Lied. Er weinte. Später, als sich Mahmud beruhigt hatte, fanden Murdjana und ich wieder einmal zusammen.

Es erwies sich, daß die Wachen vor dem Hamam nicht gebraucht wurden. Die Obdachlosen verließen die Zitadelle erst nach und nach. Die Not artete nicht in Gewalttätigkeiten aus. Niemand in Damaskus wurde erschlagen. Jeder kümmerte sich um seinen ärmlich gewordenen Besitz. Die Familien verwandelten die Ruinen in bescheidene Hütten. Wirklich gebaut wurde allein auf dem Grundstück, das ich von meinem Nachbarn erworben hatte. Der Bau des neuen Hamam machte Fortschritte. Das dazu nötige Geld war mir, als Anteil an der Kriegsbeute, inzwischen aus der Hofkasse des Nur ed-Din ausbezahlt worden. Die einzige Schwierigkeit für mein Bauvorhaben bestand darin, daß der Besitzer des zweiten Nachbargrundstücks nicht zu finden war. Sollte das neue Hamam wirklich großzügig angelegt werden, erstreckte sich seine Grundfläche weit über den Boden, den der andere Nachbar besaß. Es mußte rasch eine Lösung gefunden werden.

Mein Beschützer, der Arzt Ibn al-Dakhwar al-Umran, der auf eine rasche Vollendung des Baus drängte, wußte einen Ausweg. Er meinte: »Die Zerstörung der Stadt hat eine neue Rechtslage geschaffen. Viele Menschen sind umgekommen, und andere sind verschollen. Der Beherrscher der Gläubigen muß eine Vorschrift erlassen, die alle Besitzverhältnisse neu regelt. Seit heute vormittag haben wir wieder einen Kadi. Ibrahim al-Homsi ist sein Name. Er muß die Angelegenheit in die Hand nehmen. Er soll hierher ins Hamam kommen. Abd'Allah soll uns bedienen!«

Der neue Kadi folgte bereitwillig der Einladung. Einen Tag später schon genoß er Hitze und Kälte im Hamam. Er betrachtete mit Wohlgefallen die Besonderheit, die Abd'Allah auszeichnete. Genau ließ er sich erklären, wie der Unterleib des Abd'Allah sein männliches Zeichen verlor und weiblich wurde. Der Kadi war ein noch jüngerer Mann und offenbar dem sinnlichen Erleben aufgeschlossen.

Nachdem der Kadi und der Arzt heißen Dampf und kaltes Wasser überstanden hatten, lagen beide auf Kissen im *Raum der Kühle und Stille*. Ich setzte mich zu ihnen.

Eine Frist des Schweigens verstrich, dann sprach Ibn al-Dakhwar al-Umran: »Oh Gelehrter, der Recht vom Unrecht zu trennen vermag, höre von einem Rechtsproblem, das allenthalben die Männer in der Stadt beschäftigt. Auch dir, oh Kadi, wird nicht verborgen bleiben, wenn du durch Damaskus gehst, daß aus Trümmern wieder Häuser entstehen und daß es aber auch Ruinen gibt, die vollends verrotten. Ist es nicht so, oh Kadi, daß uns die Sechste Sure des Koran vorschreibt, der Mensch solle nichts verkommen lassen, weil Allah die Verschwender nicht liebt?«

Der Kadi, der noch nicht den wahren Sinn der Worte erkannte, antwortete: »Du hast recht, oh Mann, der dazu berufen ist, Verrottung vom Menschen fernzuhalten! Der Prophet, dem Allah ewigen Segen spenden möge, hat bestimmt, der Mensch habe sein Eigentum zu bewahren.«

Daraufhin sprach Ibn al-Dakhwar al-Umran: »Aber sagte der Prophet, den Allah segnen möge, nicht auch, der Mensch habe die Pflicht, die Erde nach seinem Willen zu gestalten?«

Die Antwort des Kadi war: »Vergiß nicht, oh Gelehrter, der das Leben auf der Erde wichtig nehmen muß, daß auch geschrieben ist: *Wahrlich, dieses irdische Leben ist ein Scherz, ein Spiel. Nur die künftige Wohnung des Paradieses ist wahres Leben.* Die Siebenundfünfzigste Sure des Heiligen Buches sagt es: *Das irdische Leben ist Getändel. Das Verlangen nach Reichtum gleicht dem Sehnen des Bauern nach Regen. Fällt der Regen, dann blüht das Land auf – um dann doch wieder dürr und welk zu werden.«*

Da erkannte Ibn al-Dakhwar al-Umran, daß er auf diese Weise dem Kadi nicht deutlich machen konnte, was er wollte. Er sagte deshalb: »Der Beherrscher der Gläubigen hat, wie du selbst weißt, Grund, dem Hamami eine Gunst zu erweisen. Er hat ihm genügend Goldmünzen auszahlen lassen, daß er das Hamam erweitern kann. Auch wird er Frauen bekommen, die zu unserem Vergnügen bereit sein werden. Du, oh Kadi, hast sicher bemerkt, daß das Hamam durch einen Anbau erweitert werden soll. Ein Grundstück aber, das zur Erweiterung gebraucht wird, kann nicht gekauft werden, weil der Besitzer nicht zu finden ist. Oh Kadi, die Tür des Hamam wird dir immer offenstehen, wenn du dem Hamami hilfst, auf rechtmäßige Weise der neue Eigentümer des jetzt herrenlosen Bodens zu werden.«

Keine drei Tage waren vergangen, da wurde in Damaskus ein Gesetz verkündet, das vorschrieb, jeder Besitzer eines Grundstücks habe sich innerhalb kurzer Frist mit Dokumenten, die seinen Besitz bestätigen, beim Kadi Ibrahim al-Homsi in der Zitadelle einzufinden. Das Gesetz bestimmte weiter, daß jedes Grundstück, das nicht von einem Besitzer beansprucht werde, in das Eigentum des Beherrschers der Gläubigen übergehe, der dann darüber nach eigenem Gutdünken verfügen könne. Den Bewohnern von Damaskus wurde auch eine Begründung für das Gesetz mitgeteilt: *Der Beherrscher der Gläubigen fühlt sich gegenüber Allah verpflichtet, dafür zu sorgen, daß Eigentum nicht verrottet, sondern zum Wohl der Allgemeinheit genutzt wird.* So hatte Nur ed-Din die Voraussetzung dafür geschaffen, daß ich das Grundstück, das ich dringend zur Erweiterung des Hamam benötigte, zugesprochen bekam. Ich hatte dafür an die Hofkasse nur einen Dinar zu bezahlen. Eigentümer wurde ich allerdings nicht. Der Boden wurde mir zur kostenlosen Nutzung in Erbpacht übertragen.

Nun hinderte mich nichts mehr, den Bau in Eile ausführen zu lassen. Trotzdem wurde Sorgfalt auf die Baustoffe verwendet. Die gemusterten Fliesen ließ ich eigens in Bagdad anfertigen. Die dortigen Keramikmeister beherrschten die Kunst, die Tonplatten vor dem

Brennen mit Farbe aus Grünspan zu bemalen. Andronikos hatte mir den Rat gegeben, die Fliesen in Bagdad zu bestellen. Von diesem Freund des Hamam erhielt ich viele gute Hinweise. Andronikos veranlaßte mich auch, eine besondere Kammer vor der Halle des großen Wasserbeckens einzurichten, die so beschaffen war, daß Wasser von der Decke rieselte. Der Kunde, der eben im heißen Dampf geschwitzt hatte, konnte sich hier den Schweiß vom Körper spülen lassen.

Andronikos erklärte den Vorteil so: »Niemand will im Schweiß des anderen schwimmen. Wer jetzt ins Becken des kalten Wassers steigt, der hat keine Schweißperlen mehr auf seiner Haut.«

Innerhalb weniger Wochen entstand das zweite, größere und großzügigere Hamam. Gleichzeitig aber wurde das alte Bad erneuert. Ich hatte die Absicht, das bisherige Hamam weiterhin den Höflingen und den Bewohnern der Stadt zu öffnen, die neue Einrichtung aber dem künftigen Beherrscher der Gläubigen vorzubehalten.

Die Sinne des Salah ed-Din mußten noch für das Badevergnügen gewonnen werden. Ich machte mir Gedanken, wie dies zu erreichen sei. Die entscheidende Anregung kam wieder von Andronikos, der erfahren war in den Künsten der Verführung.

Ich hatte ihm Gelegenheit gegeben, zusammen mit Theodora das Kaltwasserbecken des neuen Hamam zu erproben. Es war länger, breiter und tiefer als das Becken des alten Hamam. Von einer gewissen Stelle an mußte man tatsächlich schwimmen können, wenn man sich darin vergnügen wollte: Vom Einstieg an senkte sich der Boden beständig. Das Paar zeigte sich außerordentlich zufrieden mit der Beschaffenheit des Beckens. Andronikos lobte mich sehr, als er und Theodora, beide waren außer Atem geraten, am Beckenrand saßen. Ich erzählte dann, daß es meine Absicht sei, den Neubau ganz für Salah ed-Din bereitzuhalten, da ich der Meinung sei, er werde bald schon in Damaskus der mächtigste Mann sein. Das schönere der Hamame sollte diesem Gebieter den Harem ersetzen, den er in Cairo zurückgelassen hatte. Ich verschwieg den beiden auch nicht, daß das Hamam zu diesem Zweck von schönen Frauen bewohnt sein sollte. Ich sagte, mein Problem sei derzeit, Salah ed-Din dazu zu veranlassen, Besitz von der Stätte zu nehmen, die ihm so viel Vergnügen bieten könnte.

Andronikos erleichterte mein Gemüt mit dieser Erwiderung: »Glaube mir, oh Hamami, auf dein Haus eigens hinzuweisen ist überflüssig. Jeder weiß, daß es das Hamam gibt, denn das Gebäude ist nicht zu übersehen. Niemand hat in Damaskus schöner und vor allem auffälliger gebaut als du. Bedenke doch, ringsum sind die Häuser noch vom Brand zerstört. Wer über die Stadt hinblickt, der sieht das Bad. Und war Salah ed-Din nicht schon einmal hier, damals, als er sich Nur ed-Din beugte? Du kannst, oh Hamami, damit rechnen, daß auch Salah ed-Din von der Neugier getrieben wird. Er wird den Neubau besichtigen wollen. Dann aber kommt es allein darauf an, seine Sinne zu fesseln, damit es nicht beim einmaligen Besuch bleibt. Das beste wäre, wenn du ihm ganz allein die Auswahl der Frauen, die hier im neuen Hamam ihre Bleibe haben sollen, überlassen könntest. Er würde diejenigen auswählen, die ihm gefallen. Und was ihm gefällt, lockt ihn auch immer wieder an!«

Andronikos behielt recht. Es dauerte nicht lange, und Ibn al-Dakhwar al-Umran überbrachte mir die Bitte des Salah ed-Din, den prächtigsten Neubau in Damaskus besichtigen zu dürfen. Gemeinsam waren der Arzt und ich allerdings der Meinung, man müsse Salah ed-Din noch eine kleine Frist warten lassen, um die Spannung der Neugier ansteigen zu lassen. Ibn al-Dakhwar al-Umran wollte dafür sorgen, daß der Beherrscher der Gläubigen die Auswahl der sechs Sklavinnen aus der doppelten Anzahl erlaubte. Salah ed-Din sollte dann das Vergnügen dieser Auswahl überlassen werden.

Der Tag kam, an dem Salah ed-Din das neue Hamam betrat. Ich warf mich vor ihm auf den fliesenbedeckten Boden der geräumigen Vorhalle nieder und sprach: »Oh mein Gebieter! Du ehrst deinen Diener durch deinen Besuch! Du allein schenkst diesem Haus Glanz. Betrachte es als dein Eigentum!«

Salah ed-Din gab mir rasch das Zeichen, das mir gestattete, aufzustehen. Er blieb nicht lange in der Vorhalle, sondern durchschritt die Räume und ließ sich dabei den Zweck und Sinn erklären. Er bemerkte die mit Kissen und Pfühlen ausgestatteten luftigen Kammern, die zu den Freuden der Liebe einluden. Nach den Frauen, die den Mann dort erwarten sollten, fragte er allerdings nicht. Er sah den Dampfraum, der an jenem Tag noch nicht mit Hitze erfüllt war, und den Raum, in dem Wasser von der Decke rieselte. Salah ed-Din gab zu, noch nie etwas Derartiges gesehen zu haben. Er zeigte sein Erstaunen über das große Becken des kalten Wassers. Dann aber wunderte er sich darüber, daß am anderen Beckenrand ein großer Vorhang von der Decke bis zum Boden herabhing. Salah ed-Din fragte, was sich dahinter verberge.

Ich antwortete: »Oh Gebieter!« Der Vorhang verhüllt das reine Vergnügen. Zwölf Geschöpfe, den Planeten an Schönheit gleich, warten darauf, von dir angeblickt zu werden. Dir allein ist es vorbehalten, ihre Reize zu entdecken. Aus zwölf Geschöpfen sollst du, oh Herr, sechs auswählen. Diese sechs sollen dir hier immer zu Diensten sein. Meine Frau Murdjana steht hinter dir, um deine Wahl für mich zur Kenntnis zu nehmen. Ich gehe hinaus, oh edler Salah ed-Din!«

Als ich den Raum des Kaltwasserbeckens verließ, trat Murdjana ein. Sie war vom Kopf bis zu den Füßen verhüllt.

Als Salah ed-Din das Hamam betreten hatte, da war eben der mittägliche Gebetsruf des Muezzin zu Ende gewesen, als er mein Haus verließ, stand der abendliche Ruf bevor.

Erst nach dem letzten Gebet des vergehenden Tages konnte mir Murdjana erzählen, was im Raum des kalten Wassers vorgegangen war. »Oh mein Mann, der mir die Ehre hat zuteil werden lassen, mich als Ehefrau ins Haus zu nehmen! Alles ist abgelaufen, wie du es plantest. Als du den Raum verlassen hattest, sorgte ich dafür, daß sich der große Vorhang öffnete. Der Blick des Gebieters Salah ed-Din auf die zwölf Frauen war frei. Noch trugen sie ihre Umhänge, wie das von dir angeordnet war. Der Reihe nach ließen die Mädchen ihre weiten Umhänge fallen. Wie du es ihnen eingeschärft hattest, übereilten sie die Entkleidung nicht. Schließlich standen sie alle nackt mit dem Rücken zu Salah ed-Din. Da ich mich seitlich hinter ihm befand, konnte ich ihn gut beobachten. Ich ließ ihm viel Zeit dafür, seine Augen über die Rückseiten der Frauen gleiten zu lassen. Dann rief ich ihnen zu, sie sollten sich, eine nach der anderen, umdrehen. So konnte Salah ed-Din die zwölf Mädchen von vorne sehen. Ich wartete lange, bis ich ihn ansprach. Ich sagte schließlich: ›Oh Gebieter! Der Beherrscher der Gläubigen hat die Güte, sechs der zwölf Frauen dem Hamam zu schenken. Ehre du den Beherrscher der Gläubigen dadurch, daß du die Auswahl triffst. Dein Auge soll die Schönheit aller messen, damit du dann entscheiden kannst, welche sechs vor den anderen bevorzugt werden.‹ Meine Worte hörte Salah ed-Din mit Würde an. Kein Wort kam über seine Lippen. Ich mußte seine Gedanken erraten. Ich glaubte erkennen zu können, daß sich seine Augen besonders eindringlich auf eines der Mädchen richteten, dann noch auf ein anderes. Ich befahl den Nackten, sich wieder der Reihe nach langsam zu drehen, damit Salah ed-Din die Körper von allen Seiten betrachten konnte. Als er alle noch einmal von vorne sah, da wußte er, welche er am schönsten fand. Doch er beeilte sich keineswegs damit, mir die Entscheidung mitzuteilen. Sein Blick blieb weiterhin auf die jungen Frauen gerichtet. Plötzlich aber winkte er mich zu sich. Mit leiser Stimme sagte er: ›Von rechts die zweite, fünfte, sechste, achte, neunte und die elfte!‹ Dann verließ er den Raum. Aus Sorge, die Zahlen vielleicht zu vergessen, ließ ich rasch die betreffenden Frauen zur Seite treten.«

Ich fragte: »Wie sind die Mädchen beschaffen, die Salah ed-Din ausgewählt hat?«

Meine Frau antwortete: »Groß sind die Unterschiede zwischen den sechs Leibern! Dicke Schenkel hat die eine, lange Beine hat eine andere; die nächste ist von der Art der Knaben; wieder eine hat üppige Brüste, prall sind die Hinterbacken der fünften Frau und flach sind die der sechsten. Von großem Reiz sind sie alle!«

Während Murdjana sprach, fiel mir der Ratschlag des Andronikos ein, wie Frauen in einem Harem beschaffen sein müssen: ›Eine sollte dicke Schenkel haben wie die Mädchen von Aleppo. Dem Auge gefällig sind die langen Beine der Frauen aus Asmara. Glücklich ist, wer abwechseln kann zwischen dem knabenhaften Körper einer Frau aus dem Süden des Sudan und den üppigen Formen einer Bewohnerin des Libanongebirges. Nicht vergessen darfst du die prallen Hinterbacken der Frauen vom Nil und die flachen Rundungen der Jungfrauen aus dem Kaukasus.‹

Offenbar hatten Salah ed-Din und Andronikos denselben Geschmack.

Salah ed-Dins Sinne waren wohl entflammt für die Mädchen. Die Frage war, ob er sich entschlossen hatte, sein Vergnügen im

Hamam zu suchen. Er war gegangen, ohne zu sagen, daß er wiederkommen werde. Der Gedanke, Salah ed-Din könne die Reize der Mädchen vergessen, beunruhigte mich. Mir blieb nichts anderes übrig, als auf den Besuch des Ibn al-Dakhwar al-Umran zu warten.

Frauen für Salah ed-Din

Der Arzt besuchte mich noch am selben Abend. Er sprach: »Oh Hamami! Der Plan gelingt! Salah ed-Din will, daß die sechs Mädchen ihm vorbehalten bleiben. Er verlangt, daß sie so vorbereitet werden, wie das für Sklavinnen eines Harems üblich ist. Ich habe aber noch eine andere Botschaft für dich aus der Zitadelle. Ich weiß nicht, ob du sie als gute Nachricht empfinden wirst: Du kannst auch die anderen sechs jungen Frauen behalten!«

Ich begriff zunächst gar nicht, was der Arzt gemeint hatte. Mich beschäftigte der Wunsch des Salah ed-Din, die Frauen, wie das üblich sei, vorzubereiten. Ich hatte bisher nie Erfahrungen gesammelt mit Sklavinnen eines Harems, und deshalb fragte ich Ibn al-Dakhwar al-Umran: »Wie, oh welterfahrener Mann, soll ich die Frauen für Salah ed-Din vorbereiten lassen?«

Er antwortete: »Ich werde dir einen Eunuchen schicken, der diese Aufgabe übernimmt!«

Nun hatte ich sechs Mädchen, die im alten Hamam unterzubringen waren. Ohne Beschäftigung wären sie nutzlos. Ich erinnerte mich daran, daß der Kadi Ishaq al-Mosuli, den Allah wegen Untreue den Teufeln überlassen möge, zu mir gesagt hatte: »Verboten ist die Hurerei. Berührt werden dürfen eigene Frauen und Sklavinnen, die ihr erworben habt.« Dies sei, so hatte er mich gemahnt, das Gesetz, das der Prophet, dem Allah ewiges Heil zumessen möge, erlassen hatte. Als Ausweg hatte der Kadi mir empfohlen, dafür zu sorgen, daß die Frau, die einem Mann zu Diensten stehen soll, ihm als rechtmäßiges Eigentum gehört – und sei es auch nur für eine bestimmte Zeit. Wenn ich mich nicht dem Vorwurf aussetzen wollte, im Hamam werde Hurerei getrieben, mußte ich die Vorschriften befolgen, die der Gesandte Allahs – Heil über ihn! – den Menschen verkündet hatte.

Ich war mit diesen Überlegungen beschäftigt, als Ibn al-Dakhwar al-Umran meine Nische betrat. Die Worte sprudelten geradezu aus seinem Munde. »Oh Hamami! Der Franke Fulko, ein angesehener Mann unter den christlichen Rittern, hat eine Botschaft an den Beherrscher der Gläubigen gesandt. Diese Botschaft lautet, er sei bereit, eine hohe Summe zu bezahlen, wenn ihm seine Tochter, die sich bei ihm im Lager vor Damaskus befunden habe, wieder zurückgegeben werde. Er habe selbst gesehen, wie sie von islamischen Kämpfern entführt worden sei. Leider habe er, da er in ein Gefecht verwickelt war, seiner Tochter nicht helfen können.«

Ibn al-Dakhwar al-Umran hatte mir von Nur ed-Din auszurichten, er, der Beherrscher der Gläubigen, wünsche, daß die Tochter des Franken Fulko gegen ein Lösegeld freigelassen werde.

Da befiel mich sofort die Sorge, das Mädchen könnte zu jenen Frauen zählen, die Salah ed-Din für sich ausgesucht hatte. Ich rief Murdjana in die Nische. Sie hatte mehr von den Mädchen zu Gesicht bekommen als ich, und so fragte ich sie, ob sie wohl erkannt habe, daß sich unter den Mädchen eine Christin befinde.

Murdjana antwortete zögernd, eine noch junge Frau habe eine sehr weiße Haut. Die anderen seien sicher alle von Eltern gezeugt worden, die im Lande Arabien, am Nil oder im Reiche Asien lebten.

Sofort wollte ich wissen, ob das weißhäutige Mädchen zu Salah ed-Dins Auswahl gehöre. Zu meiner großen Erleichterung antwortete Murdjana, die weiße Haut habe dem Herrn wohl gar nicht gefallen.

Ibn al-Dakhwar al-Umran sprach aus, was auch ich dachte: »Dann wird es leicht sein, den Willen des Beherrschers der Gläubigen zu erfüllen. Wenn du, oh Hamami, damit einverstanden bist, werde ich das Mädchen gleich in die Zitadelle mitnehmen.«

Ich hatte nichts dagegen einzuwenden, denn ich konnte mir auch ausrechnen, daß sich Nur ed-Din als großzügig erweisen würde. Einen Teil des Lösegelds würde er mir wohl zukommen lassen. Ich dankte Allah, dem Allmächtigen und Allerbarmer, daß er mich vor einer großen Verlegenheit bewahrt hatte.

Am anderen Morgen trat sehr früh ein großgewachsener Mann ein, den ich sofort als Eunuchen erkannte. Er sagte, sein Name sei Ibrahim an-Nasawi, und er stehe im Dienste des Herrn Salah ed-Din.

Ihm sei die Aufsicht über die sechs Frauen übertragen, die sein Herr ausgesucht habe. Ihm sei auch aufgetragen, sie so vorzubereiten, wie das für Sklavinnen eines Harems üblich sei. Mir lag die Frage auf der Zunge, auf welche Art er seinen Auftrag erfüllen wolle, doch ich wagte es nicht, die Worte auszusprechen.

Ibrahim an-Nasawi verlangte, daß ihm Murdjana als Gehilfin zur Verfügung stehe. So konnte ich von ihr später erfahren, wie der Eunuch im Hamam die sechs ausgewählten Frauen vorbereitet hatte.

Murdjana erzählte mir nur dies: »Er hat die Körper von allen Haaren befreit. Alles, was er dazu brauchte, hatte er unter seinem Umhang mitgebracht. Ich mußte ihm helfen, flüssiges Wachs auf die behaarten Körperstellen zu träufeln. Der Eunuch hielt die Frauen dabei fest – so lange, bis das Wachs hart geworden war. Mit einem Ruck riß er dann das harte Wachsstück ab. Da blieb kaum ein Härchen zurück. War noch eines zu sehen, zupfte er es mit einem kleinen spitzen Zängchen aus. Ohne Schmerzen ging dies alles nicht ab. Doch das Schreien und Kreischen war bald vorüber. Ich mußte die Mädchen dann ins Dampfbad führen. Dort wurden sie gründlich gereinigt. Ibrahim an-Nasami bereitete inzwischen die nächste Prozedur vor. Im *Raum der Kühle und Stille* stellte er sechs der Ruhebänke so nebeneinander auf, daß ein Abstand zwischen ihnen blieb. Auf den Bänken legte er Schnüre bereit – auch sie hatte er mitgebracht. Mich schickte er fort, um ein Kohlebecken zu holen, in dem sich Glut befinden sollte. Es dauerte allerdings einige Zeit, bis ich gefunden hatte, was er brauchte. Überrascht war ich, als ich ihm das Kohlebecken brachte. Die sechs jungen Frauen lagen bäuchlings festgebunden auf den Bänken. Ein festes Kissen unter dem Bauch sorgte dafür, daß die rückwärtigen Backen nach oben gerichtet waren. Der Eunuch nahm mir das Becken ab und steckte ein Metallstück in die Glut, das aussah wie eine Dinarmünze. Da konnte ich mir denken, was er vorhatte! Bevor mich Übelkeit erfaßte, verließ ich den *Raum der Kühle und Stille*. Während ich zu dir, oh mein Mann, völlig von Sinnen entfloh, hörte ich Schreie des Entsetzens und des Schmerzes. Ich kann nicht mehr zu diesem Eunuchen zurück!«

Es gelang mir, Murdjana zu beruhigen. Sie mußte sich unbedingt wieder hinüberbegeben ins neue Hamam. Der Eunuch durfte nicht den Eindruck haben, wir würden mißbilligen, was er tat. Außergewöhnlich war es offenbar nicht. Dem Herrn einer Sklavin stand es völlig zu, den Körper der Frau, die ihm gehörte, durch Brandmale zeichnen zu lassen. Widerwillig ging Murdjana durch die Tür, die das alte mit dem neuen Hamam verband.

Ich hatte wieder Zeit, darüber nachzudenken, wie mir die Frauen, die Salah ed-Din nicht ausgewählt hatte, Nutzen bringen konnten. Ich dachte bei mir, es könne gelingen, Männer wie den neuen Kadi Ibrahim al-Homsi für den Erwerb einer Frau zu gewinnen. So würde er dazu gebracht werden, auf Dauer Kunde zu werden. Meine Sorge war ohnehin geringer geworden, denn eine der Frauen, die weißhäutige, die eine Tochter des Franken Fulko war, hatte ich an den Beherrscher der Gläubigen zurückgegeben. Es waren also nur noch fünf Mädchen, die im alten Hamam eine Bleibe hatten. Murdjana mußte so bald als nur möglich die Sklavinnen auf ihre Pflicht vorbereiten, den Männern Vergnügen zu bieten. Ich wollte aber nicht nachahmen, was Murdjana im neuen Hamam beobachtet hatte. Keine sollte ein Mal aufgebrannt bekommen.

Weit entfernt war ich noch in meinen Gedanken von einer Lösung meiner Schwierigkeiten, als wie gerufen Ibn al-Dakhwar al-Umran meine Nische betrat. Ganz ungeduldig war er zu erfahren, was der Eunuch unternommen hatte. Ich erzählte ihm, was mir Murdjana berichtet hatte. Seine Frage war sofort: »Oh Hamami, kannst du mir sagen, wie das Mal aussieht, das der Eunuch in das Fleisch der Frauen gebrannt hat?«

Ich wußte ihm darauf keine Antwort zu geben. Ich mußte den Arzt auf die Rückkehr Murdjanas vertrösten. Die Zeit des Wartens benützte ich, um meinen Beschützer zu fragen, wie ich die fünf Frauen, die als mein Eigentum galten, zu behandeln hätte.

Der Arzt erklärte: »Oh glücklicher Besitzer schöner Frauen, wisse, daß der Prophet, den Allah mit Segen überhäufe, von uns verlangt, daß wir auch Sklavinnen gut behandeln. Doch auch im Heiligen Buch ist gesagt, daß wir sie züchtigen, wenn sie Strafe verdient haben. Der kluge Mann, der sich spätere Züchtigungen einer Frau ersparen will, schlägt sie gleich bei ihrer Ankunft in seinem Haus. So weiß sie, wer der Herr ist und was sie zu leiden hat, wenn sie sich seinem Willen nicht fügt. Sie lohnen es dir nicht, oh Hamami, wenn du unterläßt, was von dir als Besitzer der Sklavinnen erwartet wird!«

Ich dankte Ibn al-Dakhwar al-Umran für seinen guten Rat. Inzwischen war von Abd'Allah in kleinen Tassen süßer Tee serviert worden. Der Arzt und ich schlürften das Getränk und schwiegen.

Da wurde mein Gegenüber plötzlich von einem Gedanken beunruhigt. Seinem Gesicht war dies anzumerken. Endlich sprach er: »Oh Wächter über die Frauen des Hamam! Wir haben vergessen zu prüfen, ob die sechs Mädchen, die sich Salah ed-Din ausgesucht hat, Jungfrauen sind oder nicht! Der Herr hat selbstverständlich angenommen, daß sie noch unberührt sind. Er wird uns mit ewiger Ungnade bestrafen, wenn er auch nur eine entdeckt, die bereits einem Mann gehört hat. Wahrscheinlich wird sein Zorn eher dich ganz allein treffen. *Du* hast ihn auswählen lassen. *Du* hast ihn aufgefordert, alles als seinen Besitz zu betrachten. Er wird sagen, der Hamami habe ihm eine Frau auf das Lager gelegt, die schon ein Ungläubiger genossen hatte. Betrüger wird er dich nennen. Ist dann der Kadi Ibrahim al-Homsi voll Mißgunst gegen dich erfüllt, wird er – um Salah ed-Din einen Gefallen zu tun – anordnen, daß dir der Kopf abgeschlagen werde wegen betrügerischer Mißachtung des Herrenrechts. Ich weiß nicht, oh Hamami, ob Allah dir jetzt in deiner Not helfen wird. Glaubst du, die Ungläubigen haben die Mädchen, die in ihrem Kriegslager lebten, unberührt gelassen?«

Da zog tiefe Betrübnis in mein Herz. Dem Arzt, der Vertrauen bei Hofe genoß, die Frage zu stellen, warum er mich nicht zuvor schon darauf hingewiesen habe, daß Salah ed-Din das Recht habe, bei Geschenken die Unversehrtheit zu verlangen, kam mir gar nicht in den Sinn. Auf den Kissen zusammengesunken, dachte ich an mein bitteres Schicksal. Die Stille in der Nische wurde endlich durch Murdjana unterbrochen, die aus dem neuen Hamam zurückkehrte. Sie sah Ibn al-Dakhwar al-Umran und wollte wieder durch den Vorhang hinaus in die Halle schlüpfen, doch ich ergriff sie am Arm und hielt sie zurück. »Erzähle uns, was du gesehen hast!«

Sie sprach: »Als ich unbemerkt zurückeilen wollte in den *Raum der Kühle und Stille*, da war der Eunuch nicht zu sehen. Die sechs Mädchen aber waren noch auf den Bänken festgebunden. Ihr

Schluchzen schüttelte die Körper. Die Luft im Raum roch nach verbranntem Fleisch. Wiederum packte mich Übelkeit, doch ich zwang mich zur Beherrschung.«

Da wurde Murdjanas Bericht durch den Arzt unterbrochen: »Hast du das Zeichen gesehen, das den Frauen eingebrannt worden ist? Wie sah es aus?«

Murdjana sprach: »Oh Mann, der Zeichen zu deuten versteht! Es war gut zu erkennen, da die Hinterbacken der Mädchen erhöht lagen. Auf der rechten Backe war das Mal zu sehen. Es stellt ein Schwert dar, ein gekrümmtes Schwert mit breiter und kurzer Klinge.«

»Ein Krummschwert ist es also!« warf Ibn al-Dakhwar al-Umran ein. »Ein Krummschwert, das eher kurz als lang ist, hat einst auch der Prophet getragen, dem Allah für ewige Zeiten Heil spenden möge. Es ist das untrügliche Zeichen für herrschaftliche Macht. Das Krummschwert also ist Salah ed-Dins Siegel! Nirgends hatte er es bisher gezeigt. Die Frauen tragen es als erste an ihrem Körper. Noch ist es damit vor den Augen der Welt verborgen. Doch das Zeichen ist gesetzt, ist lebendigem Fleisch eingebrannt. Von nun an wird es Salah ed-Din gebrauchen. Im Verborgenen zunächst. Bald aber auch schon offen. Das Siegel des Krummschwerts wird in Zukunft viele Menschen brennen – dazu braucht es nicht erst glühend gemacht zu werden!«

Murdjana ließ erkennen, daß sie noch etwas mitzuteilen habe. Ich gab ihr ein Zeichen, das ihr erlaubte zu sprechen. Sie sagte: »Da der Eunuch fernblieb, wagte ich es, meinem Gefühl nachzugeben. Ich streichelte einige der Frauen. Durch ein Zeichen von Zuneigung wollte ich sie über die Schmerzen hinwegtrösten. Ihre Leiber aber bebten weiterhin. Ich versuchte auch, sie zum Sprechen zu bewegen. Nacheinander drehten sie alle ihre Köpfe zu mir. Jede sagte einige Worte der Klage. Was mich erstaunte: Fünf der Frauen konnte ich verstehen, weil sie Wörter benutzten, die den unseren ähnlich sind. Eines der Mädchen aber redete in einer Sprache, die mir ganz fremd ist. Diese eine, davon bin ich überzeugt, gehört nicht zu den Völkern, mit denen wir vertraut sind!«

Die Stimme des Arztes war voll Sorge, als er sagte: »Laß mich wissen, oh Murdjana, besitzt diese Frau eine weiße Haut? Ist sie schlank oder plump?«

Murdjana ließ sich einen Augenblick Zeit, ehe sie antwortete: »Ihre Haut ist nicht hell, sie ist bräunlich. Als plump kann man die Frau nicht bezeichnen. Ihre Beine sind lang. Ich fragte sie nach ihrem Namen. Sie aber verstand mich wohl nicht. Da trat auch der Eunuch wieder ein, und ich durfte nicht länger Mitleid für die Frauen zeigen. Ibrahim gab mir zu verstehen, daß die Frauen noch gefesselt liegenbleiben müßten. Werde jetzt die Haut der Hinterbacken durch Bewegung der Beine verschoben, dann könne das Brandsiegel eine häßliche Form annehmen. Dies müsse vermieden werden. So entließ mich der Eunuch Ibrahim.«

Der Arzt schwieg lange. Dann sagte er: »Vielfältig kann uns das Unglück verfolgen. Wenn es uns vernichten will, dann ist dieses Mädchen die Tochter des fränkischen Ritters Fulko. Wir hatten unter den Mädchen eine weißhäutige Frau gefunden und waren zufrieden damit. Ich nahm sie mit in die Zitadelle, und von dort ist sie zu Fulko ins christliche Königreich geschickt worden. Gesprochen hat mit ihr niemand, und sie hat sich gefügt. Wir werden es bald schon erfahren, ob der Ritter Fulko in ihr seine Tochter erkennt. Ist dies nicht der Fall, wird er die Frau zurückschicken und verlangen, daß ihm die rechte Tochter übergeben wird. Trifft die Weißhäutige wieder bei dir ein, dann müssen wir annehmen, daß sich die wahre Tochter im neuen Hamam befindet. Und sie trägt jetzt das Siegel des Krummschwerts auf der rechten Hinterbacke! Sie ist Eigentum des Salah ed-Din!«

Ibn al-Dakhwar al-Umran hatte zuletzt laut und erregt gesprochen. Als sich sein Gemüt beruhigt hatte, verlangte er von Murdjana, daß sie noch einmal in den *Raum der Kühle und Stille* gehe. Sie sollte dort in der Nähe der Mädchen bleiben, um mit denen insgeheim zu reden, deren Sprache sie verstünde. So könnte es ihr vielleicht gelingen, von ihnen etwas über die Herkunft der einen zu erfahren. Dann sagte der Arzt: »Oh Murdjana, du würdest an deinem Mann ein gutes Werk vollbringen, wenn du aus dem neuen Hamam die löbliche Nachricht mitbringen könntest, die sechs Mädchen seien noch unberührte Jungfrauen. Du fragst sie einfach, und vielleicht erhältst du eine Antwort. Wenn Allah, der Erhabene, es will, dann sind alle Mädchen Jungfrauen – und die Tochter des Ritters Fulko befindet sich nicht unter ihnen.«

Mein Beschützer konnte nicht abwarten, bis Murdjana ihren Auftrag erfüllt hatte. Er mußte zum Beherrscher der Gläubigen in die Zitadelle.

So war ich wieder allein mit meinen Gedanken. Die Zeit drängte, da sich die Anfragen der Höflinge, die wissen wollten, wann das Hamam geöffnet werde, von Tag zu Tag häuften. Morgen, um die Mittagsstunde, so nahm ich mir vor, wird die Tür offenstehen für Männer des Hofes. Da fiel gleich wieder ein Schatten über meine Gedanken. Die Erinnerung daran wurde wach, daß der Prophet, dem Allah Heil spende, gesagt hat: *Oh, ihr Gläubigen, sagt nicht, morgen werde ich dieses oder jenes unternehmen, ohne die Worte hinzuzufügen: Sofern es der Wille Allahs ist!*

Erst spät am Abend kam Murdjana aus dem neuen Hamam zurück. Sie war dabeigewesen, als Salah ed-Din eigens gekommen war, um zu prüfen, ob das Einbrennen des Krummschwertsiegels gelungen war. Ehe der Herr das Hamam wieder verließ, hatte er angeordnet, die Mädchen seien loszubinden und in ihre Kammern zu bringen.

Da bot sich für Murdjana Gelegenheit, mit denen zu reden, die sich in der Sprache der Gläubigen auszudrücken verstanden. Über das Mädchen, mit dem sich Murdjana nicht verständigen konnte, war von den anderen nichts zu erfahren. Sie wußten nur, daß diese eine im christlichen Lager nicht zu den Sklavinnen gezählt hatte. Sie sei wohl eine freie Frau gewesen. Mit ihnen zusammen sei sie auf jeden Fall nicht gefangengenommen worden.

Wie Ibn al-Dakhwar al-Umran dies gewünscht hatte, waren die Mädchen auch gefragt worden, ob sie noch unberührt seien. Von den fünf Frauen, mit denen sie reden konnte, erhielt Murdjana die Antwort, ihre Jungfräulichkeit sei den christlichen Rittern versprochen gewesen, die als erste durch die Bresche in der Mauer von Damaskus gestiegen wären.

Das Heer des Königs von Jerusalem habe jedoch nicht gesiegt, und so seien sie unberührt geblieben. Da das sechste Mädchen nicht zur Gruppe der Sklavinnen gehört hatte, wußten die anderen über deren Beziehung zu Männern nichts zu sagen. Murdjana sagte, sie selbst habe es nicht gewagt, Gewißheit durch Augenschein zu erlangen.

Der Handel mit dem Kadi

Am anderen Morgen wurde das Hamam wieder eröffnet. Es füllte sich an jedem Tag der Woche. Zweimal innerhalb von sieben Tagen war das Dampfbad den Frauen und viermal den Männern vorbehalten. Groß war der Zulauf. Wir drei – ich, Murdjana und Abd'Allah – waren vollauf beschäftigt, die Kunden zu betreuen. Die Gegenwart beschäftigte uns. Da blieb wenig Zeit, an Gefahren der Zukunft zu denken.

Als dann Salah ed-Din, ganz in meinem Sinne, im neuen Hamam sein Vergnügen fand, hielt sich Murdjana viele Stunden am Tag dort auf, um dem Eunuchen Ibrahim an-Nasawi zu helfen. Sie brachte bald schon die beruhigende Neuigkeit mit, der Herr habe seine Freude auch an jener Frau gefunden, mit der sie nicht hatte sprechen können. Die Spuren, die auf den Lager zurückblieben, bewiesen deutlich, daß das Mädchen bis dahin Jungfrau gewesen war. Damit war eine Angst von meinem Herzen genommen. Auch dem Arzt war diese Nachricht angenehm. Die Sorge, der Ritter Fulko werde die weißhäutige Frau zurückschicken und eine andere als Tochter einfordern, verflog im Verlauf der Zeit. Offenbar hatte der Ritter Fulko bekommen, was er gewollt hatte.

Noch immer war das Problem mit den fünf Frauen nicht gelöst, die mir von Nur ed-Din geschenkt worden waren und die bei mir im beachtlich erweiterten alten Hamam lebten. Für mein eigenes Vergnügen brauchte ich sie nicht, da mir Murdjana genügte. Um Kundschaft anzulocken, benötigte ich sie auch nicht, denn das Hamam war ohnehin jeden Tag überfüllt. Doch die Lösung fand sich mit Hilfe des Kadi Ibrahim al-Homsi.

Er sagte eines Tages zu mir: »Oh Hamami, du hast mich vor einiger Zeit um Rat gefragt, als es schwierig für dich war, ein Grundstück zu erwerben. Ich habe dir geholfen. Du hast mir daraufhin versprochen, daß ich immer Zutritt haben würde zum Hamam, ohne je bezahlen zu müssen. Dieses Versprechen hältst du ein, und ich bin dir dankbar dafür. Mein Wunsch, oh Hamami, übersteigt vielleicht das Maß der Güte eines Menschen. Ich weiß, daß du vom Beherrscher der Gläubigen junge Frauen zum Geschenk bekommen hast. Mein Wunsch ist, bei einer dieser Frauen dein

Teilhaber zu sein. Wisse, daß ich ohne Frau und ohne Familie bin. Ich scheue die Last eines eigenen Haushalts. Um Geld geht es dabei nicht, sondern um die Belastung durch Haus und Hof, durch Kinder und Dienerschaft. In der Zitadelle lebe ich im Haushalt des Beherrschers der Gläubigen. Da ist es nicht möglich, sich zur Nacht eine Frau auf das Lager zu holen. Hier bei dir aber stört das niemanden. Du hast in der Nacht geschlossen. Ich aber möchte dein Gast sein, den du verwöhnst!«

Da sprach ich: »Wie, oh Mann, der die Gesetze kennt, soll dies geschehen können? Du weißt besser als ich, in welcher Sure des Koran der Prophet, dem Allah Segen in Hülle spende, den Gläubigen befohlen hat, die Hurerei zu meiden. Es würde deinem und meinem Heile schaden, wenn ich bei Nacht die Tür des Hamam geöffnet ließe, damit du Zugang zu einer Frau haben kannst, die mein Eigentum ist. Der Ausweg ist: Ich gebe dir die schönste als Ehefrau, und sie gehört dir!«

Er wollte einen Einwand machen, doch ich ließ den Kadi Ibrahim al-Homsi gar nicht zu Wort kommen, sondern sprach: »Ich weiß, was du sagen willst, oh Mann, der du die Last des eigenen Haushalts fürchtest! Ich antworte dir gleich. Du gehst eine Ehe auf Zeit ein. Sie ist gültig, solange du daran festhalten willst. Wenn du spürst, daß die Last durch sie größer wird als das Vergnügen, das sie dir bereitet, dann gib mir die Frau ohne zu zaudern zurück. Du wirst allerdings verstehen, daß Kosten anfallen, für die ich entschädigt werden muß. Die Frau lebt im Hamam. Sie ißt und trinkt. Sie muß bekleidet werden. Ihre Schönheit vermindert sich in der Zeit, da die Frau dir gehört. Für diese Wertminderung werden wir einen Preis festsetzen. Oh Kadi, der du weißt, wie Geschäfte abgeschlossen werden, du wirst mir recht geben, daß meine Forderung billig ist.«

Ibrahim al-Homsi nickte, doch er sagte nichts. So wurde mir nicht deutlich, ob er bereit war, mein Angebot anzunehmen. Er stand auf von der Ruhebank und verschwand. An diesem Tag begegnete er mir nicht mehr.

Als das Hamam geschlossen wurde, fiel mir ein, daß ich selbst die Mädchen noch nie richtig angesehen hatte, ich kannte nicht einmal ihre Namen. Jetzt aber wollte ich dringend wissen, wie mein Eigentum beschaffen war. Die Dunkelheit war hereingebrochen und mußte durch Fackeln erhellt werden. Zusammen mit Abd'Allah steckte ich sie im Saal des Kaltwasserbeckens an die Wand. Dann bat ich Murdjana, die Mädchen herbeizuholen.

Es dauerte einige Zeit, bis sie eintraten, und als ich die fünf jungen Frauen sah, da wußte ich auch den Grund dafür: Sie waren bereits entkleidet, und sie hatten sich die Haare gekämmt. Murdjana befahl ihnen nun, sich in einer Reihe aufzustellen. Da hatte ich also die Mädchen vor Augen, die Salah ed-Din nicht ausgesucht hatte. Ich befand, daß auch sie von großem Reiz waren. Für Salah ed-Din mußte die Auswahl sehr schwer gewesen sein. Eines der Mädchen war groß und langbeinig, ein anderes hatte breite Hüften, die einluden zum Vergnügen der Lust. Die dritte der Frauen besaß große, aber feste Brüste. Die vierte zeichnete sich durch eine ungewöhnliche Vertiefung des Nabels aus. Die fünfte Frau zog den Blick durch ihre Schultern und den weißen Hals an.

Jede der fünf Frauen konnte die Sinne eines Mannes reizen. Kunden waren wohl leicht zu finden, die Geld dafür bezahlen würden, einen der Körper zu besitzen. Ich fragte das Mädchen ganz links in der Reihe, wie es heiße.

Die Antwort war: »Mirjam.«

Sie verstand also meine Sprache, und deshalb fragte ich weiter: »Sage mir, oh Mirjam, wo ist die Stadt, die deine Heimat ist?«

Da sagte sie: »Die Stadt, in der ich aufwuchs, heißt Makalla und liegt im Lande Hadramaut!«

Da fragte ich die nächste nach Namen und Heimat.

»Mein Name ist Marija. Cairo am Nil ist die Stadt, in der ich geboren wurde.«

Ich wollte wissen: »Wenn du Marija heißt, gehörst du zu den Ungläubigen?«

Sie sprach: »Mein Beherrscher der Gläubigen ist der Papst der Kopten. Wir verehren das Kreuz.«

Diese Marija erschien mir klüger als die andere Frau, die ich befragt hatte.

Meine Neugier war gereizt, doch ich mußte erst die Befragung fortsetzen. Dschamila hieß die dritte. Sie wußte nicht, woher sie stammte, sondern nur, daß sie im Hause des Königs von Jerusalem als Sklavin gelebt hatte.

Da kam mir wieder in den Sinn, daß die Frauen, die mir Nur ed-Din aus seiner Kriegsbeute geschenkt hatte, Sklavinnen waren, die den Siegern nach der Eroberung von Damaskus hätten übergeben werden sollen. Nur eine hatte nicht dazugehört: die Tochter des christlichen Ritters Fulko. Doch sie befand sich ja wieder wohlbehalten und unberührt bei ihrem Vater.

Die vierte Frau gab Antwort, noch ehe ich sie gefragt hatte: »Mein Name ist Laila, oh Herr! Ich bin in einem Dorf im Osten des Libanongebirges geraubt worden. Mein Dorf liegt dort, wo der Fluß Litani seinen Weg ändert und von da an dem Meere zufließt.«

Das fünfte der Mädchen sagte: »Ich werde Ochaïra gerufen. Aus Täbriz stamme ich, aus dem Gebirge des Reiches Persien!«

Als die Fünfte gesprochen hatte, da wurde mir bewußt, daß vier der fünf Sklavinnen, die ich in meinem Hause hielt, rechtgläubige Frauen waren. Nur eine zählte zu den Kreuzesanbetern. Ich stellte mir selbst die Frage, ob es mir erlaubt sei, rechtgläubige Frauen als mein Eigentum zu betrachten. Diese Frage mußte ich mit dem Kadi bereden, ehe ich weiter über die Mädchen verfügte. Am Hofe von Nur ed-Din hatte sich offenbar niemand darum gekümmert, ob die Gefangenen an Allah, den Allmächtigen und Allerbarmer, glaubten oder nicht. Man hatte sie als Beute angesehen, die kein Recht auf sich selbst besaß, die weiterverschenkt werden konnte. Ich hatte plötzlich keine Lust mehr, mir die nackten Körper anzusehen, und verließ den Saal des Kaltwasserbeckens. Zu Murdjana sagte ich: »Überprüfe du, ob es sich um Jungfrauen handelt. Darüber müssen wir auf jeden Fall Bescheid wissen!«

Der Kadi Ibrahim al-Homsi ließ nicht lange auf sich warten. Der Gedanke, sinnliches Vergnügen zu erreichen, ohne die Last eines Haushalts auf sich nehmen zu müssen, lockte ihn ins Hamam. Kaum saß er in meiner Nische auf den Kissen, redete er davon, daß er gern bereit sei, mein Angebot anzunehmen. Er wünsche, sich mit einer meiner Sklavinnen auf ein Jahr zu verbinden. Von sich aus sprach er über den Preis, den er für ein reizvolles Mädchen ausgeben wolle: Er hielt hundert Dinare im Monat für angemessen. Ich entgegnete ihm: »Oh Mann, der weiß, was rechtens ist! Reden wir erst über den Preis, wenn du die Ware gesehen und geprüft hast! Da ist allerdings eine Schwierigkeit. Vier von den fünf Sklavinnen, die mir gehören, sind rechtgläubige Frauen. Sie glauben an Allah, den Allerbarmer. Nur eine gehört zu den Kreuzesanbetern. Ist es dem Gläubigen erlaubt, eine rechtgläubige Frau zu verkaufen, und sei es auch nur auf Zeit?«

Der Kadi dachte eine kurze Weile nach und sagte dann: »Oh Hamami, der du darauf bedacht bist zu erfüllen, was uns der Prophet, dem Allah Heil in großem Maße schenken wolle, vorschrieb! In der Vierten Sure des Heiligen Buches ist dies geschrieben: *So ihr fürchtet, ungerecht zu sein gegen Ehefrauen, lebt mit Sklavinnen, die ihr erworben habt.* In derselben Sure findet der Gläubige diese Anweisung: *Wer aber nicht Vermögen genug besitzt, um freie, gläubige Frauen heiraten zu können, der nehme gläubige Sklavinnen.* Wenn es nun, oh Hamami, dem Recht entspricht, daß ein Mann eine gläubige Sklavin erwirbt, dann muß es auch dem Recht entsprechen, daß eine gläubige Sklavin verkauft wird – das eine ist ohne das andere nicht möglich. Du siehst also, unserer Abmachung steht nichts im Wege. Du kannst mir mit ruhigem Gewissen die Ware zeigen, die du mir zum Kauf anbietest!«

Als der Kadi mir die Sorge genommen hatte, das Recht zu verletzen, dachte ich darüber nach, welche der Frauen ich ihm anbieten sollte. Ich stellte sie mir vor, wie ich sie gesehen hatte: Mirjam, das langbeinige Mädchen; Dschamila, die große und feste Brüste besaß; Laila, die durch ihren Nabel die Sinne reizte; Ochaïra, deren Schultern und Hals aus Alabaster geformt zu sein schienen.

Um Zeit für weitere Überlegungen zu gewinnen, stellte ich dem Kadi diese Frage: »Oh Mann, der du dem höchsten Vergnügen entgegensiehst, warum willst du dich nur für ein Jahr binden? Du wirst dich beklagen, wenn du danach deine Nächte allein verbringen mußt!«

Der Kadi aber änderte seine Meinung nicht. Er nannte mir den Grund: »Oh Hamami, ich stehe an der Schwelle des Alters. Die Kraft wird nachlassen. Ich nehme an, daß es sich innerhalb von drei Monaten herausstellen wird, ob ich noch die Stärke habe, ein Kind zu zeugen. Nach einem Jahr wird das Kind geboren sein. Tritt dieses glückbringende Ereignis ein, dann werden wir zwei erneut eine Absprache treffen müssen, denn in der Zweiten Sure steht geschrieben: *Die Mutter, und das gilt auch für die geschiedene Frau, soll ihre Kinder zwei volle Jahre lang säugen, wenn der Vater das will. Dem Vater des Kindes obliegt es, die Mutter mit Nahrung und Kleidung zu versorgen.* Damit, oh Hamami, ist gesagt, daß der Vater über Kind und Mutter verfügt. Der Vater aber bin in diesem Fall ich!«

Für einen Augenblick überlegte ich, ob es wohl klug sei, sich mit einem Kadi in einen Handel einzulassen, doch dann sagte ich mir, daß ich auf diese Weise überhaupt erst erführe, welche Hindernisse einem Geschäftsabschluß dieser Art im Wege stehen. So entschloß ich mich, dem Kadi Ibrahim al-Homsi die Sklavin Dschamila vorzuführen, die im Haushalt des Königs von Jerusalem gelebt hatte. Dort war sie jedoch nie mit einem Mann zusammen gewesen, denn Murdjana hatte mir versichert, Dschamila sei, genauso wie die vier anderen Sklavinnen, noch Jungfrau.

Am selben Tag noch durfte der Kadi den nackten Körper sehen, den er auf Zeit kaufen konnte. Ich war nicht dabei, als Murdjana dem Mädchen Dschamila befahl, vor Ibrahim al-Homsi den Umhang abzulegen. Ich wollte ihm das Gefühl geben, von diesem Augenblick an bekomme kein anderer Mann diese Frau mehr zu Gesicht. Murdjana berichtete mir dann, dem Kadi habe die Ware gefallen. Er sei in die Zitadelle gegangen, um den Kaufvertrag auf Zeit niederzuschreiben, damit er auch von mir bestätigt werden könne.

Eine Nacht verstrich noch, dann war Ibrahim al-Homsi rechtmäßiger Ehemann der Sklavin Dschamila. Niemand brauchte davon etwas zu wissen. Der Vorgang ging keinen Menschen in Damaskus etwas an. Das Leben des Kadi verlief fortan sehr geregelt: Tagsüber war er in der Zitadelle, um Urteile zu fällen und Rechtsentscheidungen zu treffen; die Nächte verbrachte er im Hamam. Er behielt weiterhin sein Zimmer in der Zitadelle, das er abends auch immer aufsuchte, ehe er sich zu Dschamila begab. Das einzige, was auffiel, war, daß der Kadi nun weit mildere Urteile sprach als zuvor. Selbst der Beherrscher der Gläubigen wunderte sich. Ihm war hinterbracht worden, die Folterkammer in der Zitadelle werde so gut wie nicht mehr gebraucht. Als Mann von Verstand wußte er, daß hinter einer derartigen Veränderung meist der Einfluß einer Frau zu suchen war. Er ließ deshalb den Kadi beobachten, und bald wurde ihm berichtet, Ibrahim al-Homsi verbringe die meisten Nächte im

Hamam. Der Beherrscher der Gläubigen konnte sich leicht ausdenken, was den Kadi ins Hamam zog.

Auch einigen Männern blieb der Sachverhalt nicht verborgen. Zwar besaß der Kadi nur wenig Freunde in der Stadt, doch da waren zumindest drei Männer, mit denen er sich manchmal getroffen hatte, zu einem Spiel, das, wie er mir selbst einmal gesagt hatte, die Kraft der Gedanken beanspruchte. Im Hamam war das Spiel unbekannt. Ich weiß nur soviel davon, daß die Spielfiguren Könige, Damen und Bauern darstellten. Der Kadi war stolz darauf gewesen, ein guter Spieler zu sein. Daß Ibrahim al-Homsi den Wettstreit um Könige, Damen und Bauern nun zu vernachlässigen begann, ärgerte seine Freunde.

Einer von ihnen, sein Name war Abd'al-Hamid, besaß seinen Laden in derselben Marktstraße, in der sich mein Haus befand. Er handelte mit außerordentlich feinen Stoffen. Sie wurden von Kunden gekauft, die anspruchsvoll waren und die es gewohnt waren, auch zu außergewöhnlicher Zeit bedient zu werden. Der Laden des Abd'al-Hamid war spät am Abend noch geöffnet. Das Licht einer Pechfackel wies den Weg zu ihm. War kein Kunde im Laden, blickte der Stoffhändler manchmal hinaus auf die schwach beleuchtete Straße. Bei einer solchen Gelegenheit hatte er bemerkt, daß der Kadi nachts vorbeiging, ohne in den Laden einzutreten. Als sich der Vorgang wiederholte, hatte Abd'al-Hamid den Verdacht, Ibrahim al-Homsi bevorzuge andere Spielpartner. Eines Tages folgte der Händler dem nächtlichen Wanderer und erfuhr so, daß der Kadi das Hamam aufsuchte. Als in der folgenden Nacht dasselbe geschah, entschloß sich Abd'al-Hamid, mit mir zu sprechen. Er wollte von mir wissen, ob der Kadi sich im Hamam mit anderen zum Spiel treffe. Ich sagte dem Stoffhändler, ich dürfe keine Auskunft darüber geben, was irgend jemand in meinem Hause treibe. Wenn er wirklich erfahren wolle, was das Leben des Kadi verändert habe, so müsse er ihn in der Zitadelle aufsuchen, um ihn selbst zu fragen.

Dies geschah dann wohl auch. Davon berichtete mir wiederum der Kadi. Er sprach: »Oh Hamami! Es blieb mir nichts anderes übrig, als dem Händler Abd'al-Hamid mein Geheimnis zu verraten. Vor meinen Richterstuhl ist er getreten und hat zornig geklagt, ich hätte ihn, ohne das Recht dazu zu haben, aus der Liste meiner

Freunde gestrichen. Um ihn zu beruhigen, versprach ich, ihm zu erzählen, warum ich Nacht für Nacht das Hamam besuche. Dies tat ich, sobald der letzte Kläger den Saal des Gerichts verlassen hatte. Ich merkte, daß dem Händler gefiel, was ich berichtete. Und so bin ich jetzt hier bei dir, oh Bewahrer schöner Frauen, um dich zu bitten, auch meinem Freund, dem Stoffhändler, eine Frau auf ein Jahr zu verkaufen. Auch er will, daß diese Frau im Hamam bleibt.«

Ich erfüllte die Bitte des Kadi und verkaufte dem Stoffhändler Abd'al-Hamid das Mädchen Mirjam auf Zeit. Meine Wahl war richtig gewesen: Wie mir Murdjana, der wieder die Vorstellung der nackten Frau übertragen war, berichtete, war Abd'al-Hamid von den langen und schlanken Beinen der Mirjam aus der Stadt Makalla im Lande Hadramaut beeindruckt gewesen.

Der Stoffhändler, das zeigte sich bald, konnte sein Geheimnis auch nicht für sich behalten. Er kam nach zwei Tagen schon zu mir, um für seinen Spielfreund Hassan Kailani um eine Frau auf Zeit zu bitten. Dieser Mann war Schreiber in der Zitadelle und für seinen großen Einfluß bei Hofe bekannt. Er war sehr zufrieden, als Mudjana ihm die nackte Laila aus dem Tal des Litaniflusses zeigte. Die ungewöhnliche Vertiefung des Nabels ließ Hassan Kailani in Lust entbrennen.

Nur einen Tag dauerte es, bis der Schreiber mich fragte, ob ich noch über weitere Sklavinnen verfüge, denn Mahmud Beshir, der das Grundbuch der Stadt verwalte, und Mustafa Riad, der oberste der Hauptleute in der Zitadelle, wollten seinem Beispiel folgen.

Meine Antwort lautete: »Oh Mann, der Papier durch Schriftzeichen zu beleben vermag! Zwei junge Frauen sind mir noch geblieben. Ochaïra heißt die eine, sie stammt aus Täbriz im Reiche Persien. Marija heißt die andere. Am Nil ist sie geboren. Sie ist allerdings Kreuzesanbeterin und wird wohl damit nicht für ein Geschäft mit einem Gläubigen taugen, steht doch geschrieben *Nehmt keine Götzendienerin zur Frau.*«

Hassan Kailani erwiderte rasch: »Dann hat eben Mustafa Riad auf eine andere Gelegenheit zu warten. Wenn Ochaïra, das Mädchen aus Täbriz, noch unberührt ist, dann wird sie Mahmud Beshir bekommen!«

So ging die Sklavin mit den Schultern und dem Hals, die aus Alabaster geformt zu sein schienen, für ein Jahr in den Besitz des Schreibers der Stadt Damaskus über. Von den zwölf Frauen, die mir der Beherrscher der Gläubigen geschenkt hatte, war mir nun noch eine geblieben – und sie war eine Ungläubige. Sie war mein Eigentum. Mir konnte sie wohl nicht verwehrt bleiben. Doch die Sklavin mit den breiten Hüften reizte mich damals nicht.

Der Tod

Eine Zeit des Glücks war für mich angebrochen. Das Hamam blühte. Bei Tag füllten entweder die Bewohner der Stadt Damaskus oder die Höflinge das Dampfbad und den Raum des kalten Wasserbeckens. In der Nacht gehörte das Haus des alten, umgebauten Hamam den vier angesehenen Männern und ihren Frauen, die eigentlich meine Sklavinnen waren. Die vier Paare hatten jeweils einen getrennten Platz für einen eigenen kleinen Haushalt. Auch der Bereich meiner Nische in der Vorhalle war erweitert worden. Ich lebte dort mit Murdjana zusammen. Abd'Allah, der von Ibn al-Dakhwar al-Umran zum Eunuchen gemacht worden war, und Marija, die Koptin vom Nil, schliefen in eigenen Nischen, in die man von der Vorhalle her eintreten konnte.

Das neuerbaute Hamam betrat ich nicht. Dort war allein Salah ed-Din der Herr. Dafür, daß er über Haus und Frauen verfügen durfte, bezahlte er mich gut. Die einzige, die dort drüben freien Zugang hatte, war Murdjana. Zusammen mit dem Eunuchen Ibrahim versorgte sie die Frauen. Zur Reinigung der weiten Räume bediente sich Murdjana einiger Dienerinnen, die nicht im Hause wohnten.

Murdjana erzählte mir, was sie im Haushalt des Salah ed-Din sah und hörte. So erfuhr ich, daß der Herr seine Gunst nicht gleichmäßig auf die sechs Frauen verteilte. Er bevorzugte ganz offensichtlich die Frau, die nicht mit unseren Worten sprechen konnte. Es war Murdjana bisher nicht gelungen, zu erfahren, wer sie war.

In jener Zeit des Glücks, als das Hamam blühte, geschah es manchmal, daß ich an Murdjanas poetische Gabe dachte. Doch sie sang nicht mehr. Es lag vielleicht daran, daß uns das Haus zu keiner

Stunde des Tages und der Nacht allein gehörte. Doch auch wenn Murdjana nicht sang, war ich überaus zufrieden mit ihr. So war ich keineswegs überrascht, als sie mir eines Tages sagte, sie erwarte wieder ein Kind. In meine Freude mischte sich der Gedanke, Murdjana bald schon zu schonen. Die Arbeit bei den Frauen des Salah ed-Din konnte ihr wohl nicht mehr lange zugemutet werden.

Nach einiger Zeit fiel mir auf, daß Ibn al-Dakhwar al-Umran mich schon länger nicht mehr besucht hatte. Ich dachte darüber nach, ob es Gründe geben könnte, die ihn vom Hamam abhielten, doch ich fand keine. Froh war ich, als der Arzt dann doch wieder über die Schwelle meiner Nische trat. Die Heiterkeit meines Gemüts schwand allerdings rasch, als ich ihm ins Gesicht sehen konnte.

Ibn al-Dakhwar al-Umran sprach: »Du wirst dich erinnern, oh Hamami, daß man einst den Beherrscher der Gläubigen fast tot auffand, zusammengebrochen auf seinem Gebetsteppich in einem Raum der Zitadelle, in dem sich kein Fenster befand. Ein Hustenanfall hatte damals Nur ed-Din niedergeworfen. Gleiches hat sich jetzt wiederholt. Gestern war das geschehen. Nur für kurze Zeit ist der Beherrscher der Gläubigen heute nacht aufgewacht aus der Besinnungslosigkeit. Da hat er zu mir gesagt: ›Ich muß mich vor dem Gericht verantworten! Vor dem Gericht Allahs, des Allmächtigen und Allerbarmers!‹ Ich aber sagte zum Beherrscher der Gläubigen: ›Oh Herr, du magst in Ruhe auf jenen Tag warten. Erinnerst du dich, daß du einmal vor einem irdischen Gericht erschienen bist, ohne daß man dich dazu hätte überhaupt auffordern dürfen? Ein Mann hatte dich angeklagt, du hättest ihm Land weggenommen. Du und auch der Kadi wußten, daß diese Anklage falsch war. Du bist aus freien Stücken gekommen, um dich zu rechtfertigen. Der Kadi mußte den Fall verhandeln, und jeder erkannte, wie schuldlos du, oh Herr, warst. Du hattest damals die Gnade, dem Mann, der dich beschuldigt hatte, ein weiteres Stück Land zu schenken. Allah wird diese Handlung aufwiegen gegen eine andere, die ich nicht kenne, die jedoch dein Gewissen belastet!‹ Mit diesen Worten war es mir offenbar gelungen, das Gemüt des Beherrschers der Gläubigen zu erhellen, denn er lächelte. Doch dann fiel er in die Ohnmacht zurück.«

In diesem Augenblick erinnerte ich mich, daß mir damals um

die Zeit, als Nur ed-Dins Krankheit zum ersten Mal ausbrach, Murdjana gesagt hatte, sie erwarte ein Kind. Nun war der Beherrscher der Gläubigen wieder erkrankt – und wieder war Murdjana schwanger. Ich begriff aber auch, daß die Zeit des ruhigen Glücks bald vorüber sein würde. Beklommen fragte ich den Arzt: »Oh Kundiger der Heilkunst, der du dem Kranken den Kampf mit dem Todesengel erleichterst, wann wird der Beherrscher der Gläubigen wieder vom Krankenlager aufstehen können?«

Der Arzt antwortete: »Nie mehr! Ich bin gekommen, um mit Salah ed-Din zu sprechen. Niemand in der Zitadelle außer mir weiß, daß die Sinne des Nur ed-Din nicht mehr erwachen können. Der künftige Beherrscher der Gläubigen soll von mir erfahren, daß Allah ihn schon bald zum Mächtigen ernennen wird!«

So schickte ich Murdjana hinüber in das neue Hamam, damit sie Salah ed-Din bitte, er möge den Arzt als Überbringer wichtiger Nachricht empfangen. Sie kam rasch zurück, um Ibn al-Dakhwar al-Umran zu Salah ed-Din zu geleiten.

Nur wenige Augenblicke saß ich allein auf den Kissen meiner Nische, da stand Andronikos vor mir. Ich bat ihn, sich zu setzen.

Meine Frage, ob ich ihm Tee anbieten dürfe, blieb unbeantwortet. Die Gedanken des Andronikos waren nicht durch Höflichkeiten abzulenken.

Er sprach: »Höre, oh Hamami! Ich weiß, daß die Herrschaft über die Gläubigen bald in andere Hände übergehen wird. Da kann ein Problem aufbrechen, das der neue Beherrscher der Gläubigen kennen sollte. Denke zurück an die Zeit, als der Ritter Fulko Lösegeld anbot, wenn seine Tochter aus der Gefangenschaft entlassen werden würde. Du, oh Hamami, hast damals auf die weißhäutige Frau verzichtet und hast sie Nur ed-Din zurückgegeben, damit sie zum Ritter Fulko auf den Weg gebracht werden konnte. Du und Ibn al-Dakhwar al-Umran, ihr hattet das ungute Gefühl, es könne sich dabei vielleicht doch nicht um die Tochter des Fulko gehandelt haben. Doch als die Zeit verging, minderte sich euere Sorge, denn Fulko ließ nichts von sich hören. Du, oh Hamami, sollst wissen, daß jene weißhäutige Frau nicht die Tochter des christlichen Ritters war! Er hat die Frau jedoch behalten, weil er glaubte, in einem Streit mit den Mächtigen in Damaskus zu unterliegen. Er fühlte sich hintergangen, doch er beherrschte seinen Zorn. Nach einigen Tagen schon betrachtete er näher, was ihm aus Damaskus zugeschickt worden war – und für das er Lösegeld bezahlt hatte. So geschah es, daß ihm das Mädchen, das deine Sklavin gewesen war, mehr und mehr gefiel. Fulko hat sie geheiratet, und sie haben schon einen gemeinsamen Sohn. Seine Tochter aber hat der Ritter nicht vergessen, wenn er auch keinen Anspruch mehr auf sie angemeldet hat. Er ließ nach ihr forschen, und der Zufall half ihm. Sprach er mit Männern, die sich im wiederaufgebauten Damaskus auskannten, so wußten sie nur einen Ort, wo eine Sklavin von Schönheit untergebracht sein konnte: das Hamam. Ihnen war auch nicht verborgen geblieben, daß Salah ed-Din einen Teil des Hamam mit Frauen bewohnte. Jetzt war nur noch jemand zu finden, der hinter die Mauern dieses Harems blicken durfte. Du weißt, oh Hamami: Murdjana hatte Dienerinnen gesucht, die täglich das neue Hamam reinigen sollten. Sie stieß bei der Suche auf eine Frau, die bei einem Händler verschuldet war, der wiederum dem Ritter Fulko dankbar sein mußte. Diese eine Frau versteht sowohl die Worte der Christen als auch die Worte der Moslems. Im Verlauf von Wochen hatte sie immer wieder Gelegenheit, die Sklavinnen anzusprechen. Da entdeckte sie, daß eine davon tatsächlich die Tochter des christlichen Ritters war. Diejenige, mit der ihr euch nicht verständigen könnt, ist der leibliche Sproß des Fulko. Der Ritter weiß, daß sich seine Tochter im Harem des Salah ed-Din befindet. Er weiß sogar, an welcher Stelle ihres Leibes sie das eingebrannte Siegel des Krummschwerts trägt.«

Da fragte ich Andronikos: »Sage mir, oh Mann, der du weißt, was hinter Haremsmauern und was bei den Rittern geschieht, wird aus der Sache erneut Krieg um unsere Stadt entstehen?«

Er antwortete: »Es herrscht Ruhe derzeit zwischen Kreuz und Halbmond. Wird Salah ed-Din Herrscher über Damaskus, wird der Kampf wieder entflammen. Dann wird Fulko, der ein mutiger Mann ist, zum rasenden Löwen. Fulko wird den Mann töten wollen, der das Siegel des Krummschwerts in den Leib seiner Tochter hat brennen lassen. Dabei wird den Ritter auch das schlechte Gewissen treiben, seine Tochter im Stich gelassen zu haben – zugunsten jener weißhäutigen Frau, die einst dir gehört hatte. Diese Frau, die Salah ed-Din Nacht für Nacht auf sein Lager holt, hat Fulko zusammen mit einer Frau gezeugt, die er in einem Dorf am Jordan geraubt hatte. Die Mutter ist das, was du, oh Hamami, eine Ungläubige nennst!«

Am Abend jenes Tages kam eiligen Schrittes Ibn al-Dakhwar al-Umran in das Hamam. Ohne mich zu grüßen, sprach er: »Laß dem Herrn Salah ed-Din sagen, daß ich eine wichtige Nachricht für ihn habe! Schicke sofort Murdjana hinüber in seinen Harem!«

Murdjana war die einzige von uns, der es erlaubt war, die Räume drüben im neuen Hamam zu betreten. Sie war auch sofort zur Stelle und ging rasch durch die Tür, die beide Gebäude verband. Nach wenigen Minuten kam sie zurück und kündigte das Erscheinen des Salah ed-Din an.

Seine Stimme machte uns erst auf seine Gegenwart aufmerksam. Sie veranlaßte den Arzt und mich, die wir auf Kissen saßen, schnell aufzustehen.

Salah ed-Din sagte: »Bei Allah, dem Allerbarmer und Allmächtigen, es muß sich um eine wichtige Nachricht handeln, wenn Ibn al-Dakhwar al-Umran, der als besonnen gilt, die Kunst der Höflichkeit vergißt. Es ist nicht üblich, daß man mich kommen läßt!«

Da warf sich der Arzt zu Boden. Er preßte seine Stirn auf die Fliesen, als er sagte: »Verzeih mir, oh Beherrscher der Gläubigen!« Dann schwieg Ibn al-Dakhwar al-Umran, verharrte aber weiterhin in seiner Haltung der Demut.

Stille herrschte in der Vorhalle, bis Salah ed-Din sprach: »Ich habe verstanden. Nur ed-Din ist tot!« Er gab dem Arzt das Zeichen, aufzustehen.

Dieser sagte: »Unser Herr ist ohne Qualen in das Paradies eingegangen. Er wird bereits dem Propheten, den Allah segnen möge, begegnet sein. Er wird auch schon Abu Bakr, den Wahrhaftigen und Aufrechten, gesehen haben, den Kampfgefährten des Propheten, der von Allah geheiligt wird. Abu Bakr hat gesagt: *Der gerechte Fürst ist der Schatten Allahs auf Erden, und er ist ein Zeichen der Barmherzigkeit Allahs! Wer sich treu zu ihm verhält, den stellt Allah unter den Schatten seines Thrones, an dem Tag, an dem es keinen anderen Schatten gibt. Wer den gerechten Fürsten verrät, den verläßt Allah am Tage der Auferstehung!* Dein Diener hat

Nur ed-Din treulich nach Kräften gedient. Nun, da Nur ed-Din tot ist, verfüge du über mich. Bedenke, daß Abu Bakr, der Wahrhaftige und Aufrechte, auch gesagt hat: *Dem gerechten Fürsten rechnet Allah für jeden Tag das Werk sechzig frommer Männer zu, die Allah in Ergebenheit anbeten.*«

Die Stunde brach an, zu der Ibrahim al-Homsi, der Kadi, das Hamam zu betreten pflegte, um die Sklavin Dschamila aufzusuchen, die seine Ehefrau war. Beim Betreten der Vorhalle sah er Salah ed-Din und stutzte. Er hörte Ibn al-Dakhwar al-Umran diese Worte sagen: »Oh Beherrscher der Gläubigen, der Prophet, dem Allah ewiges Heil spenden möge, hat gesagt: *Und die Kämpfer für den Islam führt Allah auf den richtigen Wegen.* Er hat auch gesagt: *Und die unter den Menschen, die vergeben, Allah, der Erhabene, liebt sie!* Nimm von mir, oh Beherrscher der Gläubigen, die erste Huldigung an! Sei ein starker Kämpfer des Islam, vergiß aber auch nicht zu vergeben!«

Der Kadi hatte nichts gewußt vom Tod des Nur ed-Din. Doch er begriff schnell, was geschehen war. Auch er warf sich auf den Boden. Salah ed-Din ließ ihn nicht lange in dieser Haltung. Im Aufstehen sprach der Kadi: »Oh Beherrscher der Gläubigen! Der Islam ruht auf fünf Pfeilern: Auf dem Bekenntnis, es gibt keinen Gott außer Allah. Auf der Einhaltung des Gebetes. Auf der Zahlung des gesetzlichen Zehnten. Auf dem Fasten im Monat Ramadan. Auf der Wallfahrt zum Heiligen Haus. Meine Aufgabe ist es, dich, oh Beherrscher der Gläubigen, auf den Islam zu verpflichten, der Richtschnur sein soll für alle deine Entscheidungen. Wenn du selbst die Pfeiler des Islam als deine Stütze betrachtest, wird der Segen Allahs, des Allmächtigen und Allerbarmers, deine Herrschaft tragen!«

Salah ed-Din dankte dem Kadi für diese Huldigung. Dann forderte er den Kadi und den Arzt auf, sich mit ihm in die Zitadelle zu begeben. Als Salah ed-Din das Hamam verließ, war er fest davon überzeugt, kein anderer sonst werde Nachfolger des Nur ed-Din, ihm allein werde noch in dieser Nacht die Macht gehören.

Wieder einmal plagte mich die Sorge um die Zukunft. Die Frage war, ob Salah ed-Din in der Nachfolge des Nur ed-Din seine Residenz in Damaskus behalten wollte oder ob er Cairo vorzog als

Sitz des Beherrschers der Gläubigen. Würde der Hof an den Nil verlegt werden, wäre das Hamam zur Bedeutungslosigkeit verurteilt, denn es würde zum Dampfbad der Männer und Frauen von Damaskus. Glanzvolle Augenblicke wären in seinen Mauern nicht mehr zu erwarten. Wenn also Salah ed-Din und der ganze Hof des Beherrschers der Gläubigen Damaskus verließen, welches Schicksal wäre dem Harem bestimmt, was würde mit den sechs Frauen geschehen, die zu diesem Harem gehörten und die ja eigentlich mein Eigentum waren? Während ich über die ungewisse Zukunft nachdachte, nahm ich aus der Ferne dumpfe Trommelwirbel wahr. Zwischen diesen bedrohlich klingenden Tönen lag immer ein Abstand der Stille. Doch ganz allmählich näherte sich der Wirbel dem Markt und dem Hamam.

Da vernahm ich auch, daß der Wirbel die Umrahmung für eine Proklamation bildete. Ich wurde neugierig und trat aus der Türe meines Hauses auf die Straße. Dunkel war es. Die Nachbarn blieben alle in ihren Häusern. Ich wartete ganz allein auf den Mann, der uns allen wohl Wichtiges zu sagen hatte. Auch er war von Dunkelheit umgeben. Da war keiner, der ihm eine Fackel voraustrug.

Als der Trommler nahe war, verstand ich, was er verkündete: »Im Namen Allahs, des Allgewaltigen und Allerbarmers, höret alle: Der Name des Beherrschers der Gläubigen ist Malik as-Salih Ismaïl. Er ist der Sohn unseres Herrn Nur ed-Din, der in das Paradies des Allmächtigen eingegangen ist. Seid alle gehorsam dem Beherrscher der Gläubigen, Malik as-Salih Ismaïl!«

Ich folgte dem Trommler durch die ganze Straße, um noch zweimal die Proklamation zu hören. Meine Sinne schienen betäubt zu sein. Als ich wieder in meiner nur schwach beleuchteten Nische saß, überfiel mich ein derartiges Grausen, daß ich an allen Gliedern zitterte. Unvorstellbares mußte geschehen sein. Am Abend hatte Salah ed-Din das Hamam verlassen im sicheren Bewußtsein, ihm sei jetzt die Macht zugefallen – und eben hörte ich, daß ein anderer, der Sohn des Nur ed-Din, sich ungestraft Beherrscher der Gläubigen nennen durfte. Welches Schicksal war an diesem Abend dem Salah ed-Din zugedacht worden? Spät war es bereits geworden, als mir bewußt wurde, daß keiner der Männer, die im Hamam Wohnrecht hatten bei den Frauen, die sie auf Zeit geheiratet hatten, an diesem

Abend in das Haus eingetreten war. Daß der Kadi wohl an einem solchen Tag verhindert war, seine Frau aufzusuchen, konnte ich verstehen. Aber auch Hassan Kailani, der Schreiber in der Zitadelle, war ferngeblieben, und Mahmud Beshir, der Verwalter des Grundbuchs von Damaskus. Nicht einmal Abd'al-Hamid, der Stoffhändler, hatte sich blicken lassen. Als ich dies bedachte, kroch Angst über meine Seele.

An Schlaf war während jener Stunden nicht zu denken. Nun war für mich die Zukunft völlig ins Dunkel getaucht. Die Hälfte der Nacht war wohl längst vorüber, als die Flamme der Pechfackel in der Nische unruhig flackerte. Jemand mußte in die Vorhalle getreten sein. Die Angst lähmte mich nahezu, dennoch blickte ich durch den Vorhang. Da stand Ibn al-Dakhwar al-Umran vor mir. Nur das fahle Gesicht war zu sehen. Die Gestalt umhüllte schwarzes Tuch. Der Arzt drängte mich zur Seite und trat ein. Sein Schweigen war nur kurz. »Oh Hamami! Allah, der Allmächtige, hat sich gegen Salah ed-Din entschieden. Du wirst dich erinnern, daß der Kadi und ich Salah ed-Din zur Zitadelle begleiteten. Es war schon dunkel, doch das Tor war von Fackeln hell erleuchtet. Und verschlossen war es! Salah ed-Din rief: ›Öffnet dem Beherrscher der Gläubigen!‹ Drinnen aber rührte sich nichts. Noch einmal ließ sich Salah ed-Din mit lauter Stimme vernehmen: ›Öffnet dem Beherrscher der Gläubigen!‹ Sein Gesicht wurde finster, als noch immer keine Antwort zu hören war. Endlich erklang eine Stimme, wohl von einer der Zinnen. Wir verstanden diese Worte: ›Der Beherrscher der Gläubigen ist Malik as-Salih Ismaïl, der Sohn des toten Herrn Nur ed-Din!‹ Da wurde Salah ed-Din von Wut gepackt. Er schlug mit seinem Schwert gegen das Tor und schrie: ›Ein Kind als Beherrscher der Gläubigen – ein Kind!‹ Die Antwort war: ›Diesem Kind führt der Emir Ibn al-Muqqadam die Hand, bis es, durch Allahs Gnade, volljährig sein wird. Die Mutter dieses Kindes hat den Emir gebeten, die Regentschaft zu übernehmen!‹ Salah ed-Din gab dem Kadi und mir zu verstehen, daß der Wortwechsel zu nichts führe. Er wollte sich nun zu den Kämpfern begeben, die ihn vom Nil her begleitet hatten. Er war ja ihr Befehlshaber. Doch wie sollte er aus der Stadt hinausgelangen zum Lager jener bewaffneten Verbände? Es rächte sich nun, oh Hamami, daß Salah ed-Din im Hamam immer ohne

Wachen gelebt hatte. Nicht einmal ein Pferd hatte er bei sich. Ein Befehlshaber, der zu Fuß geht, macht auf niemanden Eindruck. Salah ed-Din spürte, daß er nahe davor war, lächerlich zu wirken. Als er sich vom Tor abwandte, sagte er zum Kadi und zu mir: ›Bei Allah, sie werden sagen: Er hat sich mit Frauen herumgetrieben, die nicht die Seinen waren! Der Frau des Nur ed-Din hat mein Leben mißfallen. Sie weiß gut zu bestrafen!‹«

Ich unterbrach den Arzt und fragte: »Oh Mann, der du Zeuge warst, wie das Schicksal zuschlagen kann! Wo befindet sich Salah ed-Din? Ist er in Gefahr?«

Ibn al-Dakhwar al-Umran antwortete: »Er hält sich versteckt im Gewölbe eines Hauses, das noch nicht wieder aufgebaut ist! Lange kann er nicht dort bleiben! Ich bin zu dir gekommen, um dich, den Freund des Salah ed-Din, zu bitten, uns aus der Stadt zu bringen. Nur Salah ed-Din und mich! Wo sich der Kadi befindet, wissen wir nicht. In der Dunkelheit hat er sich von uns getrennt!«

Die Flucht des Salah ed-Din

Es blieb mir nicht lange Zeit zu überlegen. Wenn ich an meine eigene Lage dachte, war ich gezwungen, Salah ed-Din zu helfen. Meine Hoffnung galt nicht mehr dem morgigen Tage oder den Stunden, die der nächsten Nacht folgten, sondern den nächsten Jahren. Salah ed-Dins Stern war gesunken, doch daß er wieder hell erstrahlen würde, dessen war ich mir sicher. Ich setzte auf das Glück dieses Mannes. So sprach ich zu Ibn al-Dakhwar al-Umran, der nun selbst in großer Gefahr war: »Oh mein Beschützer während glücklicher Jahre! Andronikos, der Ungläubige, der in Damaskus Gastrecht genießt, bewohnt ein Haus an der Stadtmauer. Es besitzt einen Ausgang, der zu den Wassern des Barada führt. Nur dort wird es dem Herrn gelingen, die Stadt unbemerkt zu verlassen. Das Wasser fließt an dieser Stelle langsam, aber es ist tief. Ich nehme an, daß Salah ed-Din die Kunst des Schwimmens nicht beherrscht.«

Ibn al-Dakhwar al-Umran nickte. »Du weißt, oh Hamami, Salah ed-Din gehört zu den Herren der Wüste, die es gewöhnt sind, rasch die sandigen Ebenen auf dem Pferderücken zu durchqueren, doch sie haben Scheu vor den wenigen Bächen Arabiens. Ich selbst gehöre auch zu denen, die sich dem Wasser nicht anvertrauen. Doch du, Hamami, kannst schwimmen, und dein Lehrmeister war jener Andronikos, der am Baradafluß wohnt. Euch beiden muß es gelingen, Salah ed-Din wohlbehalten ans andere Ufer zu bringen!«

Er forderte mich auf, mit ihm zu kommen. Ich schlug mir ein schwarzes Tuch um Haupt und Schultern und folgte ihm. Wir erreichten schnell das Gewölbe, in dem Salah ed-Din versteckt war. Mit ihm zusammen eilten wir zu dem Haus, in dem Andronikos und Theodora wohnten. Der Verwandte des Kaisers von Byzanz ließ uns eintreten. Mit ausgesuchter Höflichkeit begrüßte er Salah ed-Din. Andronikos erklärte sich sofort bereit, dem Gefährdeten zu helfen. Wir stiegen die Treppe hinunter zu dem kleinen Tor, das auf den Fluß Barada hinausführte.

Während des kurzen Weges sagte Andronikos: »Oh, künftiger Herr über die Gläubigen! Ich werde schwimmen, und du wirst dich auf meinen Rücken legen und dich an mir festklammern. Der Hamami wird mit uns schwimmen und dabei deine Kleider auf dem Kopf tragen!«

Da überraschte uns Salah ed-Din mit dieser Antwort: »Oh Freund, dem wir viel verdanken! Wisse, daß auch ich zu schwimmen gelernt habe. Eine der Frauen, die mir der Hamami anvertraut hat, spricht nicht unsere Sprache. Doch ich verstehe, was sie sagt. Eine Ungläubige ist sie. Doch gerade die Frauen der Christen haben Fertigkeiten, die überraschen. Diese eine schwamm wie ein Fisch im Becken des Hamam. Im Wasser hat sie Lust in mir erregt. Wenn ich sie fangen wollte, mußte ich schwimmen lernen. Sie hat mir die Kunst beigebracht. Sie ist die Tochter des Ritters Fulko, der ein Feind der Gläubigen ist. Sie aber liebt mich – und ich liebe sie! Ich habe die Absicht, zunächst ihren Vater aufzusuchen. Solange Nur ed-Din mächtig war in Damaskus, habe ich mich davor gehütet, die Herren des christlichen Königreichs als Freunde zu gewinnen. Aber nun, da ich zum Flüchtling geworden bin in dieser Stadt, wende ich mich an Fulko. Vielleicht gelingt es mit seiner Hilfe, ein Bündnis zwischen dem christlichen Königreich und mir zu schließen.«

Während dieser Worte begann Salah ed-Din, seine Kleider auszuziehen. Dann schnürte er sie zu einem Bündel zusammen.

Da sagte ich: »Oh Beherrscher der Gläubigen! Wenn das so ist, warum nimmst du die Tochter des Ritters Fulko nicht mit zu ihrem Vater? Daß du sie liebst und sie dich liebt, das kann dir nur von Vorteil sein!«

Salah ed-Din hielt inne und sprach zu mir: »Du hast recht, oh Hamami! Ich will sie mitnehmen!« In aller Eile zog Salah ed-Din sich wieder an. Er gab uns diese Anweisung: »Ich gehe zum Hamam zurück. So rasch als nur möglich werde ich wieder hier sein. Ihr bringt inzwischen den Arzt, der nicht schwimmen kann, über den Fluß. Wenn ihr das geschafft habt, wartet hier auf uns!« Nach diesen Worten verschwand Salah ed-Din in der Dunkelheit.

Die Angst vor dem Wasser, das im Finstern lag, war dem Gesicht des Ibn al-Dakhwar al-Umran abzulesen. Doch als er sah, daß Andronikos und ich uns auszogen, folgte er unserem Beispiel. Andronikos stieg zuerst aus dem kleinen Tor und tauchte ins Wasser. Er befahl dem Arzt, ebenfalls ins Wasser zu gleiten und sich sofort an seinem Oberkörper festzuklammern. Dies geschah, und die beiden entschwanden zum anderen Ufer, das nur etwa dreißig Schwimmzüge entfernt lag.

Ich hatte mir die Kleider des Ibn al-Dakhwar al-Umran auf den Kopf gebunden und schwamm den beiden nach. Da ich bisher nur im Becken des kalten Wassers geübt hatte, war ich an das Schwimmen in der Strömung des Flusses nicht gewöhnt, auch wenn sie keineswegs heftig war. Froh war ich, daß ich bald eine Sandbank unter meinen tastenden Zehen spürte. So konnte ich einen Teil des Barada zu Fuß durchqueren. Ich war einige Schritte flußabwärts abgetrieben und mußte Andronikos und den Arzt erst suchen. Als ich sie fand, kleidete sich Ibn al-Dakhwar al-Umran bereits wieder an.

Andronikos drängte darauf, daß ich sofort mit ihm zum Haus am gegenüberliegenden Ufer zurückkehrte. Er sagte: »Der leichte Wind des Morgens weht bereits. Spürst du seine Kühle? Salah ed-Din muß durch den Fluß, noch ehe die Dämmerung den Himmel rot färbt.« Dann ließ er sich ohne Geräusch mit dem Kopf voraus ins Wasser fallen.

Ich stieg lieber behutsam in den Fluß.

Im Haus warteten wir eine Zeitspanne, die etwa so lange dauerte, wie ein gläubiger Mann braucht, um die Siebte Sure des Koran zu sprechen. Die ersten Glitzer des Tageslichts huschten über den Wasserspiegel, als Salah ed-Din und die Frau die Treppe zum kleinen Tor herunterkamen. Ohne zu zögern, legten beide ihre Kleider ab. Andronikos und ich waren ohnehin noch nackt. Wir kümmerten uns um die Kleidungsstücke, verknoteten sie zu handlichen Bündeln. Keiner von uns vieren sprach ein Wort. Mit verstohlenen Blicken suchte ich zu erkennen, ob die Frau eine Schönheit war. Sie stand mit dem Rücken zu mir, und so konnte ich im Licht der Fackel das eingebrannte Zeichen des Krummschwerts sehen. Als sie sich umdrehte, bemerkte ich, daß die Tochter des christlichen Ritters Fulko schwanger war.

Andronikos und ich begleiteten das Paar durch das Wasser zum anderen Ufer. Wir beide trugen die Kleiderbündel auf dem Kopf. Als sich Salah ed-Din und die Frau unter den Bäumen und Büschen anzogen, da lag fahles Morgenlicht über dem Fluß. Salah ed-Din, Ibn al-Dakhwar al-Umran und die Frau machten sich auf den Weg, um die Zelte der Reiter zu suchen, die mit Salah ed-Din von Cairo gekommen waren. Mit einer Begleitung von nur wenigen Männern wollten sie dann weiterreiten zum Ritter Fulko ins christliche Königreich. Ohne Worte des Abschieds gingen wir auseinander.

Bei der Rückkehr ins Hamam fand ich Murdjana in der Nische vor. Sie hatte die letzten Stunden der Nacht in Unruhe verbracht, denn sie hatte entdeckt, daß ich nicht im Hause war, und konnte sich meine Abwesenheit nicht erklären. Murdjana hatte nichts erfahren von den Vorgängen in der Zitadelle. Sie hatte auch weder das Trommeln noch die Proklamation gehört, die den Namen des neuen Beherrschers der Gläubigen verkündete. Ich mußte ihr alles erzählen.

Die Ereignisse überraschten Murdjana, und sie sprach: »Als wahr erweist sich wieder einmal das Wort des Propheten, den Allah mit Heil überschütten möge: ›Des Menschen Wille zählt nichts vor dem Willen des Allmächtigen!‹ Was Salah ed-Din gewollt hatte, war Allah gleichgültig. Allah hat entschieden.«

Dann sagte sie: »Daß Salah ed-Din schwimmen kann, überrascht mich übrigens keineswegs. Ich sah ja auch, wie die Frau, die nicht unsere Sprache spricht, im großen Becken des kalten Wassers den fünf anderen Frauen des Salah ed-Din das Schwimmen beibrachte.

Da hatte ich auch bemerkt, daß die Tochter des Ritters Fulko schwanger ist.«

Zu meiner Erleichterung blieben wir während der folgenden Tage verschont von Schnüfflern. Niemand kam in das Hamam, um sich nach dem Verbleib von Salah ed-Din zu erkundigen. Der Tod des Nur ed-Din wirkte sich auf die Zahl der Badbesucher nicht aus. Und daß ein Kind, Nur ed-Dins Sohn Malik as-Salih Ismaïl, Beherrscher der Gläubigen geworden war, wurde eher als eine Episode im Gang der Geschichte angesehen. Die Kunden des Hamam waren fast alle der Meinung, Salah ed-Din werde bald schon das Kind ablösen.

Allerdings war aus den Gesprächen auch die Furcht zu erkennen, der Kampf um die Macht könne erneut die Zerstörung der Stadt zur Folge haben.

Bald war fast alles wieder wie früher. Der Kadi Ibrahim al-Homsi lebte nächtens wieder mit der Sklavin Dschamila zusammen. In jener Nacht des Todes von Nur ed-Din hatte er sich von Salah ed-Din getrennt, dem er doch kurz zuvor noch gehuldigt hatte. Er war untreu geworden, als zu erkennen war, daß die Witwe des Toten, Hajat al-Nufus, mit aller Kraft die Nachfolgefrage gelöst hatte.

Der Kadi war einfach davongeschlichen und hatte schon bald darauf dem jungen Malik as-Salih Ismaïl seine Huldigung dargebracht. Sein wahrer Herr aber war nun der Emir Ibn al-Muqqadam.

Auch Abd' al-Hamid, der Stoffhändler, vergnügte sich wieder im Hamam. Die Sklavin Mirjam bezauberte weiterhin seine Sinne. Hassan Kailani, der Schreiber in der Zitadelle, war einige Tage lang besorgt gewesen, er werde durch die neuen Mächtigen aus dem Amt gejagt. Doch als er Schreiber bleiben durfte, da gab es für ihn keinen Grund mehr, der Sklavin Laila fernzubleiben. Ungern hätte er auf den Anblick der ungewöhnlichen Vertiefung ihres Nabels verzichtet.

Mahmud Beshir, der Grundbuchverwalter der Stadt, hatte sein Amt ebenfalls behalten dürfen. Damit war Mahmud Beshir weiterhin in der Lage, mir für seine Unterkunft im Hamam und für die Überlassung der Sklavin Ochaïra aus Täbriz monatlich hundert Dinare zu bezahlen.

Der Handel mit dem Oberbefehlshaber

In jenen Tagen erschien Mustafa Riad bei mir, der unter Nur ed-Din der Oberste der Hauptleute in der Zitadelle gewesen war. Mustafa Riad hatte nach dem Tod des Beherrschers der Gläubigen den Emir Ibn al-Muqqadam und die Witwe des Toten unterstützt. Er hatte die Proklamation des jungen Malik as-Salih Ismaïl vorgeschlagen. Mustafa Riad war nun nicht nur Befehlshaber in der Zitadelle, ihm unterstanden jetzt alle Bewaffneten Syriens. Er kam in das Hamam, wie andere Männer auch, um den Leib zu reinigen und um die Seele zu entspannen. Doch ich merkte, daß er ein Anliegen hatte.

So erleichterte ich ihm den Beginn des Gesprächs, indem ich sagte: »Oh Mächtiger über alle Schwerter Syriens! Ich bin noch heute betrübt, daß ich einst keine Sklavin mehr besaß, die ich dir hätte auf Zeit als Frau überlassen können!«

Er antwortete: »Meine Betrübnis ist schwerer, oh Hamami! Ich sehe, daß meine Freunde, die mit mir zuvor im Spiel Vergnügen gefunden hatten, nun einem weit anregenderen Zeitvertreib nachgehen. Mit mir selbst zu spielen aber macht keinen Spaß. Vielleicht kannst du mir doch helfen, jemanden zu finden, mit dem ich spielen kann?«

Da war es an mir zu sprechen: »Oh, der du über mehr Kraft verfügst als alle anderen. Dir beizustehen ist mir oberste Pflicht. Doch bedarf es dazu besonderer Anstrengung und spitzfindiger Überlegung. Dein Freund, der Schreiber Hassan Kailani hat dir sicher berichtet, daß mir nur *eine* Sklavin noch geblieben war, Marija, die Kreuzesanbeterin. Wenn ich sie dir zur Frau gegeben hätte, wären wir beide, du und ich, dem ewigen Höllenfeuer verfallen. Vor der ewigen Verdammnis habe ich dich also bewahrt. Das Mädchen Marija befindet sich noch immer hier im Hamam. Ich habe sie dir eigens vorbehalten in der Hoffnung, es werde sich ein Weg finden, der es gestattet, sie dir zur Frau auf Zeit zu geben. Nun weiß ich nicht, ob sie dir gefällt, oh Mustafa Riad. Komm heute abend zurück ins Hamam, wenn die Kunden das Bad verlassen haben. Du sollst Marija ganz ohne Hülle sehen dürfen!«

Mustafa Riad nicht zu helfen, wenn er einen Wunsch hatte, das konnte ich mir nicht leisten. Er gehörte nun zu den mächtigsten

Männern Syriens. Leicht konnte er durchsetzen, daß mein Haus geschlossen würde. Er brauchte nur die Anklage zu erheben, in diesem Haus sei mit der Huldigung für Salah ed-Din Hochverrat verübt worden. Ich mußte dafür sorgen, daß er mir dankbar zu sein hatte. So geschah es, daß am Abend der Oberbefehlshaber aller Bewaffneten Syriens im Hamam hinter einem Vorhang stand, um Marija zu beobachten, die unter Murdjanas Aufsicht nackt das Dampfbad benutzte, wie ihr das jede Woche einmal zugestanden wurde. Niemand sonst war anwesend – auch ich nicht. Doch ich konnte mir vorstellen, wie der weibliche Körper, von Dampfwolken umhüllt, auf Mustafa Riad wirkte.

Daß ich mich nicht irrte, erfuhr ich bald schon aus dem Munde des Oberbefehlshabers. Er kam zu mir in die Nische und sagte: »Oh, du glücklicher Besitzer einer Perle weiblicher Schönheit! Ich muß dieses Mädchen Marija besitzen, und wenn Höllenqualen auf mich warten!«

Während er mir nun wortreich die Reize dieser Christin schilderte, überlegte ich, wie ihm zu helfen sei. Mein erster Eindruck von dieser Marija war gewesen, daß sie klüger sei als die anderen vier Frauen. Darauf baute ich meinen Plan auf. Als Mustafa Riad eben die breiten Hüften der Marija beschrieb, unterbrach ich ihn: »Mir scheint, ich weiß, wie dir geholfen werden kann. Habe die Güte, oh Herr über die Tapferen Syriens, und besuche mich morgen wieder in meiner Nische! Ich hoffe, dann gute Nachricht für dich zu haben!«

Er dankte mir von Herzen und verließ vergnügt das Hamam.

Am Abend bat ich Murdjana, Marija zu mir zu bringen. Im Beisein von Murdjana sprach ich zu der Sklavin, der Kreuzesanbeterin, die Koptin war: »Sage mir, oh Mädchen, das mein Eigentum ist, wie verhält sich das Oberhaupt deiner Religion, wenn es jemandem gelingt, einen Moslem zu bewegen, das Kreuz anzubeten?«

Ihre Antwort war: »Unser Papst wird sagen, daß derjenige ein heiliges Werk vollbracht hat, der eine Seele erretten konnte. Er wird zu den Heiligen gezählt werden.«

Ich fragte weiter: »Ist es für dich selbst erstrebenswert, als Heilige zu gelten?«

Darauf sagte sie: »Ein großes Opfer würde ich dafür bringen, von unserem Papst als Heilige bezeichnet zu werden!« Da rief ich: »Das kannst du erreichen! Ehe ich dir aber erkläre, wie dies möglich ist, mußt du mir sagen, ob es dir dein Papst erlaubt, zur Errettung einer Seele auch eine List anzuwenden?«

Sie brauchte nicht lange zu überlegen. »Oh Herr über meinen Körper! Die List wird Verzeihung finden, wenn sie zum Erfolg führt. Erlaube mir, daß ich dich frage, was du mit diesem Gespräch bezweckst.«

Ich sprach: »Oh Marija, ich kenne einen Mann, der alles daransetzen will, um dich zu besitzen. Er ist ein Mächtiger in dieser Stadt, und er will dich zur Frau haben. Da seine Sinne entflammt sind, wirst du ihn lenken können. Mehr brauche ich dir nicht zu sagen. Es wird die Zeit kommen, da er auch mächtig sein wird in deiner Heimat am Nil. Da wird es für die Menschen deines Glaubens von Nutzen sein, wenn ein Mächtiger Verständnis für sie besitzt. Dieses Verständnis zu wecken, das soll deine Aufgabe sein! Doch um überhaupt auf diesen Mächtigen einwirken zu können, mußt du mit ihm als Ehefrau verbunden sein. Um wiederum dies zu erreichen, hast du eine List anzuwenden: Du erklärst, daß du an Allah glaubst. Damit ist die Vorschrift erfüllt, daß der Moslem nur eine Frau nehmen soll, die sich zu Allah bekennt. Ich habe dir erklärt, was du für dein Volk erreichen kannst. Doch vielleicht brauchst du Zeit, um deine Gedanken zu ordnen?«

Eine Weile sprach keiner in meiner Nische. Marija war es dann, die das Schweigen brach. »Es ist dein Geheimnis, oh Herr, der über mich verfügen kann, wie es möglich ist, daß die Sinne eines Mannes für mich entflammt sind, da mich doch kein Mann hier gesehen hat außer dir. List ist erlaubt, wenn sie dem Glauben Nutzen bringt. Das Bekenntnis zu Allah ist jedoch eine List, die der Sünde zuzurechnen ist, auch wenn sie sich als nützlich erweisen sollte. Daß ein Leben ohne jede Sünde allerdings auch die Seele zerstören kann, das habe ich während meines Alleinseins hier begriffen. Ich habe über den Sinn meines Lebens in dieser Gefangenschaft im Hamam nachgedacht. Er ist mir verborgen geblieben. Mein Gott hat mir keine Antwort gegeben. Im Gebet habe ich ihn angefleht, er möge mir an genau diesem Tag ein Zeichen setzen, daß ich seinen Willen begreife. Dies ist ganz offenbar durch deine Worte geschehen. Zeit, um meine Gedanken zu ordnen, brauche ich nicht: Ich werde das Bekenntnis zu Allah ablegen!«

Am anderen Tag schon trafen sich Mustafa Riad, der Oberbefehlshaber über alle Bewaffneten Syriens, der Kadi Ibrahim al-Homsi und Marija, meine Sklavin aus dem Land am Nil. Sie sprach die Worte der Ersten Sure des Heiligen Koran und hatte sich damit zu Allah bekannt. Daraufhin erklärte Mustafa Riad, der einen überaus glücklichen Eindruck machte, er erkenne Marija als seine Ehefrau an. Daß er sie nur für ein Jahr an sich binden wollte, sprach der Oberbefehlshaber nicht aus – doch der Kadi wußte Bescheid. Mit mir aber hatte Mustafa Riad zuvor einen Vertrag abgeschlossen, der den Zeitraum für die Gültigkeit der Ehe und die Höhe der Summe regelte, die Mustafa Riad jeden Monat an mich zu zahlen hatte. Ich hatte zweihundert Dinare verlangt, und er hatte gar nicht erst zu handeln versucht. Von nun an war auch er einer der nächtlichen Gäste im Hamam. Das Haus stand fortan unter seinem Schutz.

Friedliche Tage in Damaskus

Die Regierungszeit des jungen Malik as-Salih Ismaïl erwies sich als glückbringend für Damaskus. Der erfahrene Emir Ibn al-Muqqadam, der ja in Wahrheit die Zügel in Syrien führte, sorgte für innere Ordnung im Staate, für Sicherheit der Handelswege, für Gerechtigkeit im Zollwesen. Syrien suchte keinen Streit damals. Der Emir erklärte ausdrücklich im Namen des Malik as-Salih Ismaïl, Syrien sei mit niemandem verfeindet. So standen auch die Grenzen zum christlichen Königreich offen.

Nur einem mißfiel diese Tatsache: Andronikos, der christliche Edelmann, hatte Nutzen gehabt von den Spannungen zwischen Jerusalem und Damaskus. Ihm war die Aufenthaltserlaubnis gewährt worden – zusammen mit seiner Verwandten Theodora –, weil er im christlichen Königreich verfolgt worden war. Nun aber konnte es ihm leicht geschehen, daß er zur Belastung wurde für die Regierenden in Damaskus, die Ärger vermeiden wollten in ihrer Beziehung zum König von Jerusalem. Andronikos durfte auch nicht hoffen, seine Hilfe bei der Flucht des Salah ed-Din bliebe auf die Dauer verborgen. Die Mächtigen in der Zitadelle wußten davon, auch wenn sie bisher geschwiegen hatten.

Für Andronikos bestand die Gefahr, daß er ausgewiesen werden würde. Noch immer aber gehörte er zu denen, die in Damaskus am meisten wußten von dem, was außerhalb Syriens vor sich ging. Dies bewies mir Andronikos etwa ein halbes Jahr nach der Flucht des Salah ed-Din.

Wochenlang hatte sich das Paar nicht im Hamam sehen lassen. Eines Tages erschien jedoch eine Dienerin, die den Wunsch von Andronikos und Theodora zu übermitteln hatte, daß ihnen das Bad zu einer bestimmten Stunde vorbehalten werde. Ich wartete voll Vorfreude auf die beiden, denen ich die Kunst des Schwimmens zu verdanken hatte. Andronikos und Theodora benahmen sich dann wie immer: Sie legten ihre Kleider ab und schritten umschlungen durch den Raum des Dampfes. Ich folgte ihnen, wie sie das von Anfang an gewollt hatten, ohne Lendenschurz. In der Kammer des von der Decke rieselnden Wassers blieben sie stehen. Die sanft fallenden Tropfen auf der Haut zu spüren bereitete ihnen Vergnügen. Dann aber sprangen Andronikos und Theodora in hohem Bogen mit dem Kopf voraus in das Becken des kalten Wassers. Neidgefühle erfaßten mich, als ich sah, wie vollkommen die beiden ihre Körper beherrschten. Geschmeidig glitten die nackten Leiber durch das Wasser. Sie verbanden Lust und körperliche Bewegung.

Ich dachte eben darüber nach, daß die Ungläubigen ihren Körpern mehr Beachtung schenkten als die Gläubigen, daß sie ihre Muskeln zu stärken verstanden, da schwamm Andronikos auf mich zu. Er hielt sich am Beckenrand fest und sagte: »Oh Hamami, ich erinnere mich, daß du vorsichtig in den Baradafluß gestiegen bist, damals, als Salah ed-Din das andere Ufer erreicht hatte. Wenn du willst, bringe ich dir den Sprung bei, der dich mit Anmut ins Wasser gleiten läßt!«

Bald stand Andronikos neben mir am Beckenrand. Er bog meinen Oberkörper nach vorne und befahl mir, die Arme vorzustrecken. Dann sollte ich mich nach vorne fallen lassen. Hoch spritzte das Wasser auf, als ich plump hineinfiel. Doch Andronikos hatte Geduld mit mir. Er machte es vor, wie der Springende sich mit den Beinen Schwung gibt, wie er den Körper in die Luft schnellen läßt. Dank seiner Mühe machte ich Fortschritte. Schließlich wurde ich müde durch die große Anstrengung. Ich ließ mich am Beckenrand nieder. Da setzte auch er sich. Theodora aber blieb noch im Wasser.

Nach einigen Augenblicken sagte Andronikos: »Oh Hamami, wichtige Nachricht hat mich erreicht! Salah ed-Din war in Jerusalem. Mit dem Ritter Fulko hat er sich gut verstanden. Dieser hat schließlich sogar darüber gelacht, daß seine Tochter das Zeichen des Krummschwerts auf der rechten Hinterbacke trägt. Er ist nur der Meinung, seine Tochter, die übrigens Gwendolyn heißt, müsse die einzige Frau sein, die derart ausgezeichnet ist. Salah ed-Din schickt dir seinen Gruß, verbunden mit dem Wunsch, du mögest seinen Haushalt im neuen Hamam auflösen. Die fünf Frauen, die dort leben, gibt er dir wieder zurück. Sie sind ja ohnehin dein Eigentum. Salah ed-Din läßt dir durch mich auch Geld zukommen. Der Betrag ist beachtlich. Er entschädigt dich vollauf. Nur eines, oh Hamami, solltest du beachten: Das eingebrannte Krummschwertzeichen auf den Körpern der fünf Frauen darf niemand zu sehen bekommen. Doch damit ist es nicht getan! Die Zeichen sollen verschwinden. Wenn dies nicht anders möglich ist, dann töte die Frauen! Um dir die Wahrheit zu sagen: Salah ed-Din hat gegenüber Fulko den heiligen Eid geleistet, daß dessen Tochter Gwendolyn wirklich die einzige sein wird, die das Krummschwert auf ihrem Leibe trägt!« Nach diesen Worten sprang Andronikos in anmutigem Bogen zu Theodora ins Wasser.

Es dauerte noch eine Stunde, bis das Paar das Hamam verließ. Andronikos sagte zum Abschied: »Wenn du Hilfe benötigst in dieser heiklen Angelegenheit, oh Hamami, dann laß mich das wissen! Denke daran: Salah ed-Din würde es dir nie verzeihen, wenn du seinen Wunsch nicht erfüllst – und mir ebenfalls nicht. Das Mildeste, was uns dann geschehen kann, ist, daß er auch uns beiden das Mal des Krummschwerts aufbrennen läßt, zum Zeichen, daß wir seine Sklaven sind!«

Als Andronikos und Theodora gegangen waren, trat Murdjana in die Nische. Sie sah, daß ich nachdachte und wollte wissen, was vorgefallen war. Als sie alles erfahren hatte, meinte sie: »Es gibt keinen Grund, um überstürzt zu handeln. Das neue Hamam ist verschlossen, und so bekommt niemand die fünf Frauen zu sehen.

Sie wissen nicht, was mit ihrem Herrn geschehen ist. Sie haben allerdings bemerkt, daß er eine Frau mit sich genommen hat, die nicht unsere Sprache beherrscht. Zwei der Frauen sind übrigens schwanger.«

Murdjanas Worte hatten mich einerseits beruhigt und andrerseits in neue Unruhe gestürzt. Sie hatte recht, es brauchte vorläufig nichts unternommen zu werden. Doch die Schwangerschaft der beiden Frauen bedeutete eine große Schwierigkeit: Gläubige Frauen, die ein Kind erwarten, zu töten, das verbot eine Vorschrift des Propheten, den Allah mit ewigem Heil segnen möge. Salah ed-Din aber sah die Tötung der Frauen wohl als die für ihn beste Lösung an.

In jener Nacht mußte ich die Nachbarsfrauen um Hilfe bitten, denn Murdjana gebar meinen zweiten Sohn. Um den Propheten, den Allah segne, zu ehren, gab ich ihm den Namen Mohammed. Nach dem Morgengebet dankte ich Allah auf Knien dafür, daß es kein Mädchen war.

Als ich einige Stunden geschlafen hatte und alles, was vor sich gegangen war, noch einmal überdachte, fiel mir ein, daß Andronikos gesagt hatte, Salah ed-Din sei in Jerusalem gewesen. Mit keinem Wort hatte er angedeutet, wo sich Salah ed-Din jetzt befand. Es war wohl anzunehmen, daß er nach Cairo geritten war, um seine Macht am Nil abzusichern. Dort befand sich auch sein Heer. War ihm Ägypten treu geblieben, konnte er schon bald daran denken, den Kriegszug nach Damaskus ins Auge zu fassen. So lange blieb mir sicher Zeit, um die Erfüllung des Wunsches, den mir Andronikos von Salah ed-Din übermittelt hatte, hinauszuzögern. Schade war nur, daß ich das große Hamam nicht für meine Kunden nutzen konnte. Es wurde weiterhin allein von den fünf Frauen bewohnt, die sich Salah ed-Dins Rückkehr ersehnten.

Daß die Handelswege sicher und die Grenzen offen waren, führte dazu, daß viele Händler nach Damaskus kamen. Immer noch war das Hamam für die Fremden eine Einrichtung, die ihnen anderswo nicht zur Verfügung stand. Die Männer drängten sich zeitweilig am Eingang, denn ich konnte sie wegen der Überfüllung nur nach und nach einlassen. Wieder einmal blühte das Geschäft, auch ohne daß ich den Kunden Anreiz durch Frauen bot. War Badetag der Männer, durfte sich keine Frau im Hamam sehen lassen. Niemand sollte mir nachsagen können, in meinem Hause werde Hurerei getrieben.

Eines Abends, als das Hamam schon eine Stunde geschlossen war, kam Mustafa Riad, der Oberbefehlshaber der Bewaffneten Syriens, in meine Nische, als ich eben eine Schüssel mit Reis und Hammelfleischbrocken vor mir stehen hatte. Ich lud Mustafa Riad ein, mit mir zu essen.

Er antwortete: »Ich bin gern dein Gast, oh Hamami!«

Da sprach ich die Worte der Höflichkeit: »Mein Haus ist dein Haus!«

Er dankte mir und setzte sich nieder. So griff jeder von uns beiden mit der Hand in die Schüssel, um Reis und Fleisch zum Mund zu führen. Mit Tomaten und Zwiebeln war das Mahl von Murdjana köstlich gewürzt worden.

Die Schüssel war halbleer, da sprach Mustafa Riad: »Oh Hamami, der du Gäste in großer Zahl in deinem Hause begrüßen kannst, zu dir kommen Männer, die weit gereist sind, die vieles zu erzählen wissen.« Ich brauchte dem Oberbefehlshaber, der unentwegt weiterredete, gar nicht mehr zuzuhören – ich wußte, was er wollte. Nach Neuigkeiten aus dem christlichen Königreich und aus Cairo stand sein Sinn, deshalb sollte ich die Erzählungen der weitgereisten Männer belauschen und meinem Gedächtnis einprägen, damit ich wiedergeben könnte, was gesprochen worden war. Dieser Wunsch des Mächtigen war mir nicht neu, denn schon einmal war ich aufgefordert worden, den Inhalt der Gespräche meiner Kunden den Herren der Zitadelle mitzuteilen. Noch während Mustafa Riad redete, war ich entschlossen, der Aufforderung auch diesmal Folge zu leisten.

Plötzlich aber wurde ich aufmerksam, denn Mustafa Riad übermittelte mir ein erstaunliches Angebot. »Der Emir Ibn al-Muqqadam hat die Gnade, dir das Recht einzuräumen, in Damaskus einen Sklavenmarkt einzurichten. Seit der Zerstörung der Stadt durch die Brände während der Belagerung gibt es hier keinen Markt mehr, auf dem Sklaven und Sklavinnen erworben werden können. Ein Ort des Angebots und der Nachfrage für Männer und Frauen, die arbeiten oder auch Vergnügen bereiten können, fehlt in Damaskus. Du hast das Talent, einen Sklavenmarkt aufzubauen und zu führen. Der Emir Ibn al-Muqqadam vertraut dir!«

Ich begriff, daß mir ein Geschäft angeboten worden war: Ich hatte Neuigkeiten zu erfassen und weiterzugeben – dafür wurde mir die Möglichkeit zugestanden, mit Menschen zu handeln. Dieses war ein Geschäft, das Reichtum verhieß. Ich überlegte nicht lange, sondern erklärte mich bereit, nach Kräften dem Emir in der Zitadelle zu dienen. Mustafa Riad sollte der Mittelsmann sein. Ihm war jeden Abend alles Wissenswerte aus den Gesprächen der Kunden im Hamam zu berichten.

Aufregende Neuigkeiten

Es zeigte sich, daß der Gedanke, die Kunden zu belauschen, zur rechten Zeit entstanden war. Wichtige Veränderungen kündigten sich an. Ich erfuhr bald schon von der Krankheit des christlichen Königs Amalrich. Sie sei, so hörte ich, während eines Rittes von Tiberias am See Genesareth hinauf nach Jerusalem ausgebrochen. Der Kunde, der mit seiner Kenntnis im Raum des heißen Dampfes prahlte, nannte auch die Art der Krankheit: Die Ruhr habe König Amalrich niedergeworfen. Er sprach von den Ärzten des Königs. Sie hätten Aderlässe verordnet. Doch da sei ein Arzt gewesen, der diese Art der Behandlung verurteilt hätte. Man wisse von diesem Arzt nur, daß er sich zur Zeit des Nur ed-Din in Damaskus aufgehalten habe.

So bedeutend die Neuigkeit von der Erkrankung des christlichen Königs auch war, für mich war der Hinweis auf den Arzt wichtiger. Es mußte sich um Ibn al-Dakhwar al-Umran handeln. Mein ehemaliger Beschützer gehörte also zum Hof in Jerusalem. Diese Erkenntnis verschwieg ich allerdings, als ich am Abend dem Oberbefehlshaber von der Erzählung des Händlers berichtete.

Mustafa Riad ging, als er meine Worte gehört hatte, gar nicht erst in die Kammer der Marija, sondern verließ das Hamam. Ich nahm an, daß er zum Emir Ibn al-Muqqadam in die Zitadelle ging. Ich schlief allerdings noch nicht, da setzte sich Mustafa Riad wieder zu mir auf die Kissen und sprach: »Oh, du Quelle des Wissens von dem, was in fernen Städten geschieht! Spitze deine Ohren bei jeder Unterhaltung, in der vom König Amalrich die Rede ist. Vergiß nicht die geringste Kleinigkeit, die gesagt wird. Viel hängt für uns von dem ab, was du hörst. Wir müssen vor allem erfahren, ob mit Amalrichs Tod zu rechnen ist.«

Doch über Tage hin traf kein Händler aus Jerusalem ein. Offenbar hatte die Krankheit des christlichen Königs Unsicherheit in seinem Reich ausgelöst. Es sah so aus, als ob die Menschen in den Städten blieben und es vermieden, über Land zu reisen. Aber statt dessen war Wichtiges aus Cairo zu erfahren. Da war eine Karawane vom Nil eingetroffen. Die Kamele waren beladen mit Zuckerrohr aus den Pflanzungen des Nildeltas. Bagdad war das Ziel der Karawane. Nun hatte der Karawanenführer Freunde in Damaskus, Händler, die früher Geschäfte mit ihm gemacht hatten. Diese Freunde luden den Mann aus Cairo schon bald nach seiner Ankunft ins Hamam ein, damit er sich nach der langen und staubigen Reise reinige.

Als ihm, während er mit den anderen in Dampfwolken saß, der Schweiß vom Leibe rann, wurde er gefragt, ob sich Salah ed-Din wieder in seiner Stadt Cairo aufhalte.

Die Antwort des Karawanenführers war: »Oh Freunde, die ihr dafür sorgt, daß sich meine Seele in Schweiß auflöst, ich will euch gerne berichten. Als Salah ed-Din zurückkehrte, da geschah dies gerade noch rechtzeitig. Die Anhänger des Geschlechts der Fatimiden waren dabei, die Abwesenheit auszunützen, um das Land wieder fest in ihre Hand zu bekommen. Diese Leute, die sich Schiiten nennen, wollen keinen Herrscher über sich dulden, der nicht zur Familie des Propheten, dem Allah Segen über alle Maßen spenden wolle, gehört, der nicht von diesem Gesegneten abstammt. Salah ed-Din, daran gibt es keinen Zweifel, ist kein Nachkomme des Propheten, dem Allah für ewig seine Gnade zuwenden wolle. Die Schiiten hatten deshalb den Plan gefaßt, Salah ed-Din sofort bei seiner Ankunft in Cairo zu ermorden. Dieser Plan aber war Salah ed-Din schon bei seinem Ritt durch die Wüste verraten worden. Es gelang ihm, mit einer kleinen Gruppe von Bewaffneten unbemerkt die Zitadelle von Cairo zu erreichen. Als er weithin sichtbar, aber unerreichbar für die Verschwörer im Morgenlicht auf der Mauer stand, da jubelte ihm die Bevölkerung zu. Vor allem wir Kaufleute, die mit Karawanen reisen, aber auch die Händler im Suk und alle Handwerker hatten genug von den Fatimiden und ihrer Engstirnigkeit. Sie wollten ihr Land abriegeln und engten damit den Handel ein. Salah ed-Din aber bedeutet Zukunft: Ausweitung seiner Herrschaft und damit Ausweitung des Handels!«

Als dies gesagt war, da unterbrachen die Freunde den Redefluß des Mannes vom Nil. Schon tat es ihm leid, Salah ed-Din gerade in Damaskus derart laut gepriesen zu haben. Es war ihm nicht bewußt gewesen, daß der Herr über Cairo die Stadt am Baradafluß als Flüchtender verlassen hatte.

Die Neugierigen aber wollten erfahren, was mit den rebellischen Fatimidenanhängern geschehen sei. Sie erfuhren dies vom Karawanenführer: »In der Zitadelle hat Salah ed-Din völlig unbehelligt die Ankunft des Hauptteils seiner Reiter abgewartet. So viele, wie wir dachten, waren es gar nicht, doch die Zahl reichte aus, um den Verschwörern deutlich zu machen, daß sie nicht gewinnen konnten. Sie versammelten sich vor der Zitadelle und baten Salah ed-Din um Gnade. Es waren ungefähr hundert Männer. Salah ed-Din ließ sie ergreifen. Er befahl, daß die Zimmerleute von Cairo Holzkreuze fertigten. An diese Kreuze wurden die Verschwörer genagelt. Da hingen sie nun nackt in der Sonnenhitze. Mancher starb erst am dritten Tag.«

Am Abend gab ich die Neuigkeiten, die ich gehört hatte, an Mustafa Riad weiter. Die Nachricht aus Cairo machte ihn offensichtlich bestürzt. Ehe er das Hamam verließ, sagte der Oberbefehlshaber aller Bewaffneten Syriens: »Oh Hamami, Salah ed-Dins Sieg bedeutet, daß er bald schon vor den Toren dieser Stadt stehen wird.«

Drei Tage später verbreitete sich die Meldung in der Stadt, der Herrscher des Staates der Ungläubigen sei in Jerusalem gestorben. Die Neuigkeit war durch Boten an Malik as-Salih Ismaïl überbracht worden. Die bisherigen Berater des nun toten Königs hatten sich entschlossen, die Nachbarländer vom Trauerfall in Jerusalem zu unterrichten. Nach Meinung des Mustafa Riad war dies ein Zeichen, daß die Mächtigen in Jerusalem Verständigung wollten mit den Staaten jenseits der Grenzen des christlichen Königreichs.

Eine Woche war vergangen. Sie hatte Arbeit gebracht, aber keine Neuigkeiten von Bedeutung. Die Kunden im Hamam waren meist Höflinge gewesen oder Frauen und Männer wohlhabender Familien aus der Stadt. Während der sieben Tage war keine Karawane in Damaskus eingetroffen, die Fremde in die Stadt geführt hätte. Der Abend vor dem Fest Al-Adha war angebrochen. Ich hatte die Absicht gehabt, das Dampfbad für die drei Tage des Feierns zu schließen, um wie die meisten Bewohner von Damaskus in die Wäldchen hinauszuwandern, die sich dort ausdehnen, wo der Baradafluß aus den Ausläufern des Antilibanongebirges heraustritt.

Doch an jenem Abend kam der Kadi Ibrahim al-Homsi, noch ehe er die Kammer seiner Frau Dschamila betrat, zu mir in die Nische. Er sprach: »Oh Bewahrer des Hauses der Sauberkeit! Ich weiß, daß du morgen hinausziehen willst, um zusammen mit deiner Frau, dem heranwachsenden Sohn und dem kleinen Kind den Schatten in der kühlen Luft zu genießen, doch ich bitte dich, die Wanderung zum Baradawäldchen zu verschieben. Eine hochgestellte Frau aus der Zitadelle will dich morgen besuchen. Sie kann es nur an diesem Tag wagen, den Haushalt des Herrschers zu verlassen. Die Stadt muß leer sein, wenn sie durch die Straßen geht. Morgen befinden sich die Bewohner von Damaskus am Barada. Um die heiße Mittagszeit wird niemand innerhalb der Mauern unterwegs sein. Die hohe Dame will das Dampfbad benutzen. Gib ihr Murdjana als Dienerin zur Hand!«

Der seltsame Wunsch, am Fest Al-Adha das Hamam besuchen zu wollen, verwunderte mich. Mit Spannung erwartete ich die Mittagszeit. Ich hielt die Tür geöffnet, damit die Dame nicht zu warten brauchte. Der mittägliche Gebetsruf war verklungen, da erschien eine Frau, deren Gesicht verschleiert war. Fünf Dienerinnen begleiteten sie.

Die Frau sprach: »Du, der du die Geheimnisse der Sternbilder Jungfrau und Löwe zu deuten verstehst, wisse, ich bin Hajat al-Nufus, die Tochter des Kaufmanns Abu Musa, die Witwe des Nur ed-Din, die Mutter des Malik as-Salih Ismaïl. Ich weiß, daß du mich einst gesehen hast, wie du mich nie hättest sehen dürfen. Doch du hast dadurch Gutes bewirkt. Deshalb habe ich Vertrauen zu dir! Laß mich und die Frauen, die mit mir sind, erst die Freuden des Hamam genießen, dann möchte ich mit dir, oh Hamami, reden. Murdjana, die alle Schlupfwinkel des Hamams kennt, wird bei uns sein – sie wird darauf achten, daß uns niemand durch geheime

Öffnungen zusieht!« Dann schloß sich die Tür hinter ihr, den Dienerinnen und Murdjana.

Die Hitze des Tages war bereits am Abklingen, als Hajat al-Nufus in Begleitung einer der Frauen den Vorhang meiner Nische zur Seite schob. Ich brauchte sie nicht erst aufzufordern, sich zu setzen.

Sie sah mein Erstaunen und sagte: »Oh Hamami, ich weiß, es entspricht nicht der Sitte, daß die Witwe des Nur ed-Din in die Kammer eines Mannes tritt und sich dort auf die Kissen setzt. Doch das Ungewöhnliche ist durch Ungewöhnliches bedingt. Du, oh Hamami, hast damals durch dein Verhalten dazu beigetragen, daß ich einen Sohn bekam. Es wird dich nicht überraschen, wenn ich sage, daß er in deinem Hause gezeugt worden ist. Du hast also Anteil an ihm. Als Sohn des Nur ed-Din ist Malik as-Salih Ismaïl der rechtmäßige Herrscher über Syrien. Doch er ist noch ein Kind. Ich habe ihm einen erfahrenen Mann zur Seite gestellt, den Emir Ibn al-Muqqadam. Er kennt die Regeln, welche durch den zu beachten sind, der einen Staat führen will, doch der Emir ist ängstlich. Ich fürchte um seine Standfestigkeit. Zwei Feinde bedrohen uns. Zu beiden führt ein Zugang über dich. Da ich dies weiß, komme ich zu dir. In Jerusalem wird Balduin zum König gekrönt. Er ist nur um wenige Jahre älter als mein Sohn. Seine Stiefmutter ist Maria Komnenos. Sie ist verwandt mit Andronikos Komnenos, der bei dir im Hamam Privilegien genießt. Die Barone des christlichen Königreichs wissen, daß Balduin an Aussatz leidet, doch er ist der Sohn des verstorbenen Königs Amalrich. Wen sollten sie sonst als Herrscher über sich und das Land annehmen? Ist Balduin erst Herrscher, könnte Andronikos Komnenos eine Brücke schlagen zwischen Damaskus und Jerusalem. Eine Allianz wäre möglich gegen Salah ed-Din! Nun ist mir allerdings auch bekannt, daß Salah ed-Din dir außerordentlich viel verdankt. Am Hofe war häufig davon die Rede, daß du deshalb bestraft werden solltest. Ich war nie für diese Art von Vergeltung, sondern habe immer daran geglaubt, daß du, oh Hamami, mit deiner Verbindung zu Salah ed-Din eines Tages nützlich sein könntest. Mein Wunsch ist, Salah ed-Din möge begreifen, daß mein Sohn Malik as-Salih Ismaïl als Sohn des Nur ed-Din rechtmäßig regiert – auch über Ägypten, das einst der Feldherr Schirkuh erobert hat. Ich gestehe Salah ed-Din zu, am Nil als Regent herrschen zu dürfen. Doch es muß Ordnung sein zwischen meinem Hause und Salah ed-Din. Wer ihm mitteilen kann, daß ich, die Mutter von Malik as-Salih Ismaïl, zu Verhandlungen bereit bin, der macht sich verdient. Du siehst, oh Hamami, daß die Schlüssel für zwei Tore in deiner Hand liegen. Der eine öffnet den Weg zu Balduin, dem König des christlichen Staates, der andere schließt den Weg auf zu Salah ed-Din. Überlege dir gut, was geschehen soll!«

Als ich die Witwe des Nur ed-Din und ihre Begleiterinnen zur Tür geleitete, war die Abenddämmerung hereingebrochen. Mit Geschick konnte es ihr gelingen, unerkannt in die Zitadelle zurückzukehren, obgleich die Familien, die den Feiertag genossen hatten, auf dem Heimweg vom Baradafluß waren. Ich schaute der Frau nach, bis das Dunkel sie verbarg, dann ging ich in Gedanken versunken zu meiner Nische.

Was Hajat al-Nufus gesagt hatte, beschäftigte mich. Daß sie mir gedroht hatte, war nicht zu überhören gewesen. Ich begann zu verstehen, warum das Hamam nach der Flucht des Salah ed-Din unbehelligt geblieben war und warum Andronikos nie gefragt worden war, ob er und sein Haus am Fluß mit dieser Flucht in Verbindung stünden. Denn ich begriff: Diejenigen, die nach dem Tod des Nur ed-Din mächtig geworden waren in der Zitadelle, brauchten offenbar Andronikos und mich, um sich die Macht zu sichern.

Wohl war mir nicht in meiner Lage: Wenn ich die Erwartungen nicht erfüllte, war ich in Gefahr. Ich wollte nicht daran denken, welches Los mich dann treffen könnte. Die Sorge vor der Zukunft hatte mich wieder einmal gepackt. Ich litt darunter, daß ich den Sinn des Spiels nicht verstand, das sich Hajat al-Nufus ausgedacht hatte. Was wollte sie in Wahrheit erreichen? Die Hauptfiguren waren wohl Salah ed-Din und Balduin, der künftige König von Jerusalem. Die Witwe des Nur ed-Din glaubte, das Spiel beherrschen zu können – durch mich und durch Andronikos. Sollte ein Opfer nötig sein, war sicher vorbestimmt, daß das Schicksal mich treffe.

So reihten sich meine Gedanken ungeordnet an jenem Abend. Manches, was mir durch den Kopf ging, hatte nur wenig Sinn. Die Gedanken waren nichts als Ausdruck meiner Angst vor dem, was geschehen könnte. Es geschah an diesem Abend, daß ich Murdjana zum ersten Mal seit langer Zeit wieder singen hörte. Dies waren ihre Verse:

Der Verstand es nicht erfassen kann:
Ist Allahs Huld verborgen?
Ohne Wert ist, was der Mensch ersann.
Wir wissen nichts vom Morgen.

Wenn Angst in deinem Herzen brennt,
Wenn sie die Sinne dir lähmt,
Dank, daß nur Allah das Morgen kennt,
Daß du dich umsonst gegrämt.

Sehr langsam war die Weise, von der Murdjana die Worte tragen ließ. Sie sang leise, und dennoch wurde ihre Stimme auch durch Mauern vernommen.

Sie lockte den Kadi Ibrahim al-Homsi an, der zusammen mit Dschamila seine Kammer verließ und in die Vorhalle trat. Da verstanden die beiden die Worte besser, die in meiner Nische gesungen wurden:

Vertraue dich dem Allmächtigen an.
Und flehe zu dem Propheten!
Aus Gram wird höchste Wonne dann.
Ins Glück wirst du eintreten.

Nur Allah gibt dir Sicherheit.
Er leitet dich ins Morgen!
Denk' so! Dann wird die Seele weit,
Dann schwinden deine Sorgen!

Ganz leise, aber eindringlich hatte Murdjana diese letzten Verse gesungen. Dann breitete sich Stille aus im Hamam. Zu hören war noch, wie der Kadi und Dschamila in ihr Kammer zurückgingen. Meine Seele hatte sich beruhigt. Bald schon löschte der Schlaf meine Gedanken aus.

Das Brandmal des Krummschwertes

Am Morgen fühlte ich mich frisch und tatkräftig. Ich begegnete dem Oberbefehlshaber aller Bewaffneten Syriens, als er, nach einer Nacht mit der Sklavin Marija, das Hamam verließ. Ich dachte daran, daß er mir die Erlaubnis des Emirs Ibn al-Muqqadam übermittelt hatte, einen Sklavenmarkt in Damaskus zu eröffnen. Ohne daß ich eigentlich diesen Gedanken in meinem Kopf vertiefen wollte, nahm er auf einmal wie von selbst Gestalt an. Ich wußte ganz plötzlich, wo ich diesen Sklavenmarkt eröffnen konnte: Da war doch das neue Hamam, da waren die Säle und Kammern, in denen Salah ed-Din mit seinen Frauen Vergnügen gefunden hatte. Fünf dieser Frauen lebten noch dort. Plötzlich wurde mir bewußt, daß auch dieses Problem noch zu lösen war: Die fünf Frauen trugen das Brandmal des Krummschwerts am Körper. Nur noch eine Frau sollte ja nach dem Willen des Salah ed-Din auf der ganzen Welt zu finden sein, die vom Mal des Krummschwerts geziert war: Gwendolyn, die Tochter des fränkischen Ritters Fulko.

Wie aber konnte ich die Male der fünf anderen Frauen verschwinden lassen? So sehr ich auch darüber nachdachte, mir fiel keine Möglichkeit ein. Das Hautstück jeweils zu entfernen könnte wohl einem geschickten Arzt gelingen, doch hatte sich die Glut des Eisens wohl bis auf das Fleisch durchgebrannt. Brandzeichen wurden ja deshalb auf den Körper der Sklavinnen angebracht, weil sie nie mehr ausgelöscht werden konnten. Den Gedanken, die Sklavinnen zu töten, ließ ich gar nicht erst aufkommen – auch wenn Andronikos der Meinung gewesen war, diese Lösung würde Salah ed-Din sehr behagen. Nach langem Grübeln reifte in mir der Entschluß, die fünf Frauen zu verkaufen, und zwar an Sklavenhändler, die Märkte im Lande Asien belieferten. Je weiter weg die gezeichneten Frauen gebracht wurden, desto besser war es für mich. Zum Glück, so dachte ich bei mir, reicht der Arm des Salah ed-Din nicht über die ganze Welt. Er reichte damals nicht einmal bis Damaskus.

Der Gedanke, daß ich Besitzer eines Sklavenmarktes sein würde, ließ mich nicht mehr los. Das neue Hamam war tatsächlich dafür der geeignete Ort. Doch mehr als ein Jahr war vergangen, seit ich zuletzt durch die Räume drüben gegangen war. Allein Murdjana und die Frauen, die zu putzen hatten, waren befugt gewesen, den Harem des Salah ed-Din zu betreten. Aber jetzt, da ich den Auftrag hatte, den Haushalt aufzulösen, hatte ich Anlaß, hinüber in das neue Hamam zu gehen. Ich nahm Murdjana mit, die sich dort auskannte.

Überrascht war ich von der Größe der Säle und des Kaltwasserbeckens. Die Maße des alten Hamam wirkten im Vergleich kümmerlich. Platz war genügend vorhanden im neuen Gebäude, um die Sklaven gut unterzubringen und um für ihre Sauberkeit und ihr Wohlbefinden sorgen zu können. Die Besichtigung der Räumlichkeiten stimmte mich sehr zufrieden. Jetzt mußte ich mir noch die Mädchen ansehen, die meine erste Ware im Sklavenhandel sein sollten. Murdjana holte die Sklavinnen aus ihren Kammern und hieß sie, sich nackt am Rand des Kaltwasserbeckens aufzustellen. Ich hatte sie noch nie ohne Verhüllung gesehen. Auf den ersten Blick bemerkte ich, daß Murdjana mir richtig berichtet hatte: Zwei der Frauen waren schwanger. Ich erinnerte mich nun, daß Murdjana mir unmittelbar nach Salah ed-Dins Auswahl berichtet hatte, dicke Schenkel habe die eine, lange Beine die andere; die nächste sei von der Art der Knaben; wieder eine andere habe üppige Brüste; prall seien die Hinterbacken der fünften Frau und flach seien die der sechsten. Eine Sklavin mit besonders langen Beinen konnte ich allerdings nicht bemerken. Sie war also die Tochter des christlichen Ritters Fulko gewesen, die mit Salah ed-Din Damaskus verlassen hatte. Die fünf Frauen hatten eines gemeinsam: das Krummschwert als Brandmal.

Da sie alle unsere Sprache beherrschten, konnte ich sie nach Namen und Herkunft fragen. Die Frau mit den dicken Schenkeln hieß Mahbubah und war von den christlichen Rittern in der Stadt Alexandrette geraubt worden, die an der nordöstlichen Ecke des großen Meeres liegt. Mahbubah war schwanger. Umeima nannte sich die knabenhafte Sklavin. Ein Händler hatte sie auf dem Suk Al-Ahwaz an der Grenze des Reiches Persien gekauft und an den Hof des Königs der Ungläubigen verkauft. Ebenfalls aus Persien stammte Duha, die Frau mit den üppigen Brüsten. Sie mußte als Kind schon nach Jerusalem gekommen sein, denn sie erinnerte sich nicht an eine Heimatstadt in Persien. Die vierte der Sklavinnen nannte Shuoha als Namen. Aus Burj Islam war sie als ganz junges Mädchen durch Bewaffnete entführt worden. Sie zeichnete sich durch die prallen Hinterbacken aus. Auch sie erwartete ein Kind.

Als ich die fünfte Frau nach ihrem Namen fragte, gab sie zur Antwort: »Ich heiße Turafa. Meine Eltern lebten in Bangazi an der Küste Afrikas. Piraten hatten uns überfallen. Die Eltern sind dabei getötet worden.«

Das waren also die fünf Frauen, mit denen ich den Sklavenhandel in Damaskus wieder eröffnen konnte. Ich hatte zwar nicht die geringste Ahnung vom Handel mit menschlicher Ware, war aber in einer glücklichen Lage: Das Hamam wurde von einflußreichen und wissenden Männern besucht, die ich um Rat fragen konnte. Dazu gehörte der Marktaufseher Mahjub. Ihn sprach ich mit diesen Worten an: »Oh Kundiger, der weiß, wie Händler und Käufer zufriedenzustellen sind, hilf mir mit gutem Rat! Der erhabene Emir Ibn al-Muqqadam hat mir die Erlaubnis erteilt, einen Sklavenmarkt in der Stadt Damaskus einzurichten. Was habe ich zu tun, damit ich nicht deinen Zorn und den des Allmächtigen errege?«

Mahjub antwortete mir: »Oh Hamami, die Vierte Sure des Heiligen Buches erlaubt es, Sklavinnen zu erwerben. Also kann der Verkauf keine Sünde sein. Wenn der mächtige Emir dir den Handel erlaubt hat, steht es mir nicht an, ihn dir zu verbieten. Wenn du deinen Markt schon bald eröffnen willst, so werde ich morgen kommen, um Geschäftslokal und Ware zu inspizieren. Mein Besuch ist dir doch recht, oh Hamami?«

Den Sinn dieser Frage, die eigentlich gar keine war, verstand ich gut: Der Marktaufseher wies mich darauf hin, daß er für seine Zustimmung entlohnt werden wollte.

Als Mahjub und ich am anderen Tag durch die Säle des neuen Hamam gingen, da drückte ich dem Marktaufseher, als es niemand sehen konnte, hundert Dinare in die Hand – und er war vollauf zufrieden. Er erklärte, das neue Hamam sei geeignet für das vorgesehene Gewerbe. Da die Ware eigentümlich sei und völlig vom Geschmack des Käufers abhängig, sei eine Überprüfung sinnlos. Der Marktaufseher verzichtete also auf einen Besuch in den Kammern der fünf Sklavinnen.

Wir saßen in meiner Nische, als ich zu Mahjub sprach: »Oh

Herr, der du diejenigen kennst, die verkaufen und auch diejenigen, die kaufen wollen. Dir soll die Hälfte des Verkaufserlöses gehören, wenn du für fünf Frauen einen Käufer findest. Er muß sie jedoch alle auf einmal erwerben – und er muß sie weit fort, möglichst ins Land Asien, bringen. Die Spur der Frauen muß sich verwischen! Mehr kann ich dir dazu nicht sagen.«

Und Mahjub wollte auch nicht mehr wissen. Die Aussicht auf die Hälfte des Verkaufserlöses stillte seine Neugier nach den Umständen des Geschäfts. Ich brauchte nur fünf Tage zu warten, dann stand Mahjub in meiner Nische mit einem Mann, der sehr fremdländisch aussah, der jedoch unsere Sprache beherrschte. Er redete allerdings nur sehr wenig. Seine Erscheinung war so beschaffen, daß ich gar nicht die Frage stellte, ob er meine Ware ins Land Asien bringen würde. Er wirkte auf mich so, wie nach meiner Vorstellung ein Mann aus jenem Lande eben wirken mußte. Ich erfuhr aus dem Munde von Mahjub nur, der Name des Fremden sei Scharoch, und er stamme aus der fernen Stadt Masanderan.

Der Käufer wollte die Ware prüfen. Vom Ergebnis des Augenscheins sollte der Preis abhängen. Mir war das Verfahren recht. Ich gab ihm Murdjana mit, und sie gingen beide hinüber ins neue Hamam zu den Kammern der Sklavinnen. Es dauerte ungefähr so lange, wie der Gläubige braucht, um die einhundertundneunundzwanzig Verse der Neunten Sure des Heiligen Buches zu sprechen, dann war der Mann, der sich Scharoch nannte, wieder bei mir.

Er sprach: »Ich habe bei dir, oh Hamami, das Besondere gefunden: Fünf Frauen, die dasselbe Zeichen am Körper tragen. Allein das Mal des Krummschwerts gibt den Sklavinnen ihren Wert. Ich biete dir dreitausend Dinare, und du übereignest mir die fünf Frauen.«

An den Augen des Marktaufsehers konnte ich ablesen, daß ihm der Preis gefiel – und so schlug ich ein. Am Abend desselben Tages war das neue Hamam leer.

Ich glaubte fest daran, daß ich nie befürchten mußte, Salah ed-Din oder der ungläubige Ritter Fulko würden erfahren, daß Gwendolyn eben nicht die einzige Frau war, die das Mal des Krummschwerts am Leibe trug. Als der Marktaufseher seinen Anteil am Verkaufserlös abholte, sagte er mir, Scharoch sei mit der Ware bereits auf dem

Wege zum Großkhan von China. So hatte ich den Kopf frei für die Aufgabe, die mir die Witwe des Nur ed-Din hinterlassen hatte.

Wieder half mir Andronikos, der jede Woche einmal zusammen mit Theodora das Hamam besuchte. Als ich eines Tages die Andeutung machte, das neue Hamam sei derzeit unbewohnt, da bat mich Andronikos darum, ihm und Theodora wieder einmal die Benutzung zu erlauben. Noch ehe Salah ed-Din einst eingezogen war, hatte das Paar die Einrichtung geprüft. Andronikos hatte damals den Rat gegeben, das neue Hamam Salah ed-Din anzubieten. Nun hatte Andronikos Lust, sich dort wieder zu vergnügen. Er wollte unbedingt im größeren und tieferen Kaltwasserbecken schwimmen. Ohne zu zögern, fragte ich ihn, wann er ins neue Hamam kommen wolle. Seine Antwort war: »Von heute an in drei Tagen!«

Ich hatte die Säle für Andronikos und Theodora reinigen lassen. Auch war dafür gesorgt, daß sich im großen Becken frisches Wasser befand. Das Dampfbad hatte ich allerdings nicht anheizen lassen, denn ich wußte, Andronikos und Theodora würden es nicht benutzen. So geschah es dann auch: Die beiden schwammen mit großen Zügen. Sie hatten auch diesmal nichts dagegen, daß ich zuschaute.

Lange mußte ich meine Ungeduld zügeln, bis sich Andronikos zu mir an den Beckenrand setzte und sprach: »Mein Verwandter Balduin ist König geworden in Jerusalem. Doch er ist erst dreizehn Jahre alt. Das Schicksal hat es gewollt, daß sowohl im christlichen Königreich als auch im Lande Syrien Unmündige regieren. Beide, Balduin und Malik as-Salih Ismaïl, sind noch Kinder. Das verbindet sie allerdings auch. Wenn sie sich treffen würden, könnten sie sich vielleicht ganz gut verstehen. Sie haben einen gemeinsamen Feind, und der heißt Salah ed-Din. Der will in Syrien herrschen, und er will das christliche Königreich auslöschen. Nun aber wisse, daß das Kind Balduin einen Vormund hat, den Grafen Raimund von Tripoli. Er war einst vor vielen Jahren bei Mossul in die Gefangenschaft des Nur ed-Din geraten. Das war zu der Zeit gewesen, als Nur ed-Din noch nicht in Damaskus eingezogen war. Der Graf Raimund hat in der Gefangenschaft die arabische Sprache erlernt. Er kennt auch euere Gebete, und er betet sie sogar. Ich weiß, es geht ihm nicht darum, Jerusalem als Heiligtum der Christenheit zu erhalten.

Das Königreich Jerusalem ist für ihn ein Staat wie jeder andere in dieser Welt. Und da der christliche Glaube ihm gleichgültig geworden ist, denkt Graf Raimund von Tripoli daran, das Königreich Jerusalem und Syrien zu vereinigen. Genau gesagt: Der Graf will die Witwe des Nur ed-Din heiraten, um dann die Vereinigung durchzusetzen.«

Da unterbrach ich Andronikos mit der Frage: »Oh Herr, der die Kunst beherrscht, Geheimnisse zu erfahren! Sage mir: Was geschieht dann mit deinem Verwandten, dem König Balduin?«

»Oh Hamami, ihm bleibt wenig Zeit. Er ist aussätzig. Seine Haut ist mit Knoten bedeckt, an einigen Stellen sogar furchtbar zerfressen. Balduin ist, was selten vorkommt, schon als Kind vom Aussatz befallen. Wäre er nicht ein Sproß der königlichen Familie, man hätte ihn vor die Mauern der Stadt Jerusalem gejagt. So ist Graf Raimund von Tripoli der starke Mann. Balduin wird tun, was der Graf will. Du aber, oh Hamami, bist gut beraten, wenn du das, was ich gesagt habe, an Hajat al-Nufus weitergibst, und zwar möglichst bald, denn die Bedrohung durch Salah ed-Din wächst mit jedem Tag!« Andronikos stand vom Beckenrand auf und sprang in hohem Bogen ins Wasser.

Zu meinem Erstaunen wollte schon wenige Tage später auch Hajat al-Nufus, die Witwe des Nur ed-Din, das neue Hamam benutzen. Wie sie erfahren hatte, daß es unbewohnt war, blieb mir ein Rätsel. Nachdem sie sich lange im Dampfbad, im Kaltwasserbecken und im *Raum der Kühle und Stille* aufgehalten hatte, bat sie höflich darum, zusammen mit einer Dienerin in meine Nische treten zu dürfen.

Sie fragte sogleich: »Oh Hamami, kennst du jemanden, der mir das Schwimmen beibringen kann? Das Becken im neuen Hamam ist tief. Wer es benützt, ohne schwimmen zu können, der kommt in Gefahr zu ertrinken!«

Da sagte ich: »Es gibt eine Frau in Damaskus, die weiß, welche Bewegungen nötig sind, um nicht im Wasser zu versinken. Es ist Theodora, die Geliebte des Andronikos!«

Da fuhr die Herrin auf und sagte in barschem Ton: »Sie lebt mit ihm in Blutschande! Wie könnte ich es zulassen, daß sie Gelegenheit bekommt, mich anzufassen!«

Nun war die Zeit gekommen, der Witwe des Nur ed-Din zu berichten, was mir Andronikos erzählt hatte. Ich nahm allen Mut zusammen und begann. Hajat al-Nufus hörte mir zu bis zum Schluß. Als ich schwieg, stand die Witwe des Nur ed-Din auf und verließ das Hamam mit ihren Begleiterinnen, ohne ein Wort zu sagen.

Sie war offenbar nicht beleidigt durch das, was ich entgegnet hatte, denn eine Woche später ließ mir die Herrin ausrichten, sie sei gern bereit, sich durch Theodora in die Kunst des Schwimmens einführen zu lassen. Beide trafen sich im neuen Hamam. Niemand schaute ihnen zu. Keiner hörte, was Hajat al-Nufus und Theodora miteinander zu bereden hatten. Meine Vermittlung wurde nun nicht mehr gebraucht. So erfuhr ich auch nichts mehr. Verborgen blieb mir, ob es eine Annäherung gab zwischen dem Grafen Raimund von Tripoli und der Witwe des Nur ed-Din.

Das Ende des ersten Hamami

Für mich waren Wochen der Ruhe angebrochen. Die Zeit verging im Ablauf der Öffnungstage des Hamam. War das Dampfbad den Frauen vorbehalten, blieb ich ohne Arbeit. Da konnte ich Stunden mit meinem Sohn Mahmud verbringen. Ich erkannte, daß er fast schon zum Mann geworden war. So kümmerte ich mich darum, daß er lernte, was es zu lernen gab. Mahmud ging von nun an Tag für Tag zu einem blinden Geistlichen. Sein Name war Raja al-Nakhai. Aus Kufa stammte er. Nach einem halben Jahr ließ mir der Geistliche sagen, er könne meinen Sohn nichts mehr lehren, da dieser die einhundertundvierzehn Suren des Koran nun auswendig aufzusagen wisse. Das Gedächtnis meines Sohnes sei außergewöhnlich.

Es war gerade in jenen Wochen, als der Unterricht bei Raja al-Nakhai zu Ende ging, daß Mahmud Fragen stellte, die das Hamam betrafen. Er hatte die Besonderheit gespürt, die an diesem Gebäude haftete: Nur zwei Bauten waren in Damaskus derart weitläufig: Der eine Bau war die Zitadelle, der andere das Hamam. Die Fragen meines Sohnes führten dazu, daß ich mich selbst fragte: Wie war das damals, als alles anfing? Bald zwanzig Jahre waren vergangen. So ordnete ich meine Erinnerung. Und ich begann dem Sohn zu erzählen. Ich merkte bald schon, daß er im Gedächtnis behielt, was ich sagte. Je mehr der Sohn in sich aufnahm, desto mehr gab ich mir Mühe, die Wahrheit zu sagen. Die Ernsthaftigkeit, mit der er mir zuhörte, gab mir die Gewißheit, mein Sohn habe es verdient, alles zu erfahren, auch wenn es seine Mutter Murdjana betraf. So widmete ich ihm zwölf Wochen lang die Badetage der Frauen. In diesen zwölf Wochen entstand im Kopf meines Sohnes Mahmud die Chronik des Hamam.

Acht Monate etwa waren vergangen, seit mir Andronikos von der Möglichkeit erzählt hatte, die beiden Reiche Jerusalem und Damaskus zu vereinigen, da wurde mein Gemüt durch ein seltsames Ereignis aufgewühlt: Als ich eines Morgens aufwachte, lag ein Dolch neben meinem Kopf auf dem Kissen. Offenbar wollte mir jemand ein Zeichen geben. Ich fühlte mich bedroht. An jenem Abend gelang es mir, Mustafa Riad, dem Oberbefehlshaber aller Bewaffneten in Syrien, zu begegnen, als er eben das Hamam betrat, um sich für die Nacht zur Sklavin Marija zu begeben. Ich erzählte ihm vom Dolch auf meinem Kissen – und er erschrak.

Hastig zog er mich in eine Ecke des Vorsaals. Seine Stimme überstürzte sich fast, als er sagte: »Dies ist das Zeichen der Haschiyun, daß sie dich hätten umbringen können, wenn sie es gewollt hätten. Der Dolch ist aber auch das Zeichen, daß sie wiederkommen wollen, um dich, oh Hamami, wirklich zu töten!«

Für einen Augenblick waren meine Sinne gelähmt. Dann fragte ich: »Wer wird kommen, um mich zu töten?«

Mustafa Riad antwortete: »Die Haschiyun! Die Ungläubigen, die im Königreich Jerusalem leben, nennen sie die *Assasins*, die Mörder!«

Später am Abend bemerkte ich, daß Mustafa Riad und die Sklavin Marija das Hamam verließen. Dann ging auch der Kadi Ibrahim al-Homsi. Seine Frau auf Zeit führte er mit sich.

So schloß der erste Stapel der Papierblätter ab, die von der Geschichte des *Hamam Nur ed-Din* erzählen. Zum ersten Mal lagen jetzt die Blätter offen, als Spiegel des Vergangenen in unserer Zeit. Wer nach den Worten *Dann ging auch der Kadi Ibrahim al-Homsi. Seine Frau auf Zeit führte er mit sich* nach der Fortsetzung sucht, der spürt einen Bruch in der Erzählung. Eine andere Person führte die Chronik weiter. Der erste Hamami hatte Ibn al-Qasim al-Gauzi geheißen. Was er zu berichten hatte, war hier offenbar zu Ende: Da gab es kein Blatt mehr, das seinen Bericht fortsetzte. Er schloß mit der Morddrohung der Haschiyun.

Aber es sind Blätter vorhanden, einige wenige nur, die allein von seinem Tode berichten. Sie geben wieder, was Murdjana erlebt hatte und was sie hatte in Erfahrung bringen können. Dies ist in Murdjanas Worten auf den Papieren überliefert:

Warum wurde der Hamami Ibn al-Qasim al-Gauzi getötet?

Es dauerte lange, bis ich meine Gedanken ordnen konnte, bis ich überhaupt begriff, was vorgegangen war. Ich hatte in jener Nacht nicht bei ihm geschlafen, sondern in einer Kammer mit dem kleinen Sohn. Als ich am Morgen in seine Nische trat, da lag mein Mann Ibn al-Qasim al-Gauzi auf dem Rücken. Aus seiner Stirn ragte ein Dolch, der weit in das Hirn gestoßen worden war. Blut, es war schon geronnen, bedeckte sein Gesicht. Was ich dann tat, weiß ich nicht mehr. Ich bin wohl wieder aus der Ohnmacht erwacht, als die ersten Kunden ans Tor des Hamam pochten. Abd'Allah, der von seinem Herrn die Erlaubnis holen wollte, das Dampfbad zu öffnen, fand den Toten und mich. Da ließ er das Tor geschlossen. Sobald sich die Leute draußen verlaufen hatten, schlich Abd'Allah hinaus, um den Kadi Ibrahim al-Homsi zu holen. Obgleich der Eunuch nicht sprechen konnte, gelang es ihm, den Kadi zu überzeugen, daß im Hamam Furchtbares geschehen sei. Der Kadi wiederum veranlaßte Mustafa Riad, den Oberbefehlshaber aller Bewaffneten Syriens, mit ihm zu kommen.

»Der Hamami Ibn al-Qasim al-Gauzi ist ermordet worden!« An diese Worte des Kadi erinnere ich mich, denn sie schreckten mich aus meinen Gedanken auf.

Ich hörte darauf Mustafa Riad sagen: »Die Warnung war gegeben worden! Der Hamami wußte, was ihm drohte. Gestern lag ein Dolch auf seinem Kopfkissen. Jemand war völlig unentdeckt in die Nische geschlichen. Sein Auftrag muß wohl gelautet haben, den Hamami zu erschrecken, aber noch nicht umzubringen. Eine Nacht später ist der Mord erfolgt. Gestern abend wollte der Hamami wissen, wer ihn bedrohe. Ich gab ihm diese Auskunft: Die Haschiyun! Die Ungläubigen, die im Königreich Jerusalem leben, nennen sie die *Assasins* – die Mörder!«

Da sprach der Kadi: »Nur wenig wissen wir von den Haschiyun, den Haschischfressern. Sie heißen so, weil sie Haschisch zu sich nehmen, wenn sie zu einer gefährlichen Unternehmung aufbrechen. Die Haschiyun bilden eine verschworene Gemeinschaft. Sie ist begründet worden von einem Mann, der sich Hasan as-Sabah nannte. Er hatte junge Männer angeworben und sie dazu erzogen, auf Befehl zu morden. Ich weiß es nicht, wie es diesem Hasan as-Sabah gelungen ist, den jungen Leuten blinden Gehorsam beizubringen. Bekannt ist nur, daß sie sogar dem Befehl folgen, sich selbst umzubringen. Töten ist ihr Lebensinhalt. Es gibt keinen Zweifel, daß der Hamami Opfer der Haschischfresser wurde. Hatte er je etwas mit dieser Gemeinschaft zu tun gehabt? Nie sprach er davon, und nie habe ich einen Verdacht geschöpft.«

Der Kadi fragte mich: »Murdjana, prüfe dein Gewissen, ob du jemals etwas Verdächtiges bemerkt hast! Möglich ist, daß der Hamami über einen Vorfall Schweigen bewahrt hat, weil irgend jemand ihn dazu gezwungen hat. Wenn du etwas weißt, mußt du es sagen!«

Da spürte ich in mir einen Zwang zu reden, und ich sprach: »Es waren die Tage des Fests al-Fitr, also erst vor drei Wochen. Eigentlich war das Hamam, wie an allen Feiertagen, geschlossen. Doch da war eine Woche zuvor ein Fremder gekommen, der das Hamam für die Zeit des Fests al-Fitr mietete. Mein Mann sprach zu mir nur kurz darüber. Er meinte, die Redeweise des Fremden sei eigentümlich gewesen. Er glaubte, sein Besucher müsse aus Persien stammen.

Die Bezahlung, die der Fremde angeboten habe, sei großzügig. Mehr erfuhr ich zunächst nicht von meinem Mann. Am Abend vor dem Fest sorgte er dafür, daß das neue Dampfbad beheizt wurde. Mir befahl er, Kissen neben das große Kaltwasserbecken zu legen. Dann erst ließ er mich wissen, was während der Nacht beabsichtigt war. Der Hamami sagte: ›Der Fremde wird zehn junge Frauen hierher bringen lassen. Du hast dafür zu sorgen, daß sie sauber gewaschen und wohlriechend sind. Die Frauen legen sich dann, in dünne Schleier gehüllt, auf die Kissen. Was dann geschieht, ist nicht mehr unsere Sache. Wir halten uns fern. Wenn Hurerei geschieht, so sehen wir sie nicht!‹

Als die Dunkelheit hereingebrochen war, standen nach und nach zehn Frauen in schwarzen Umhängen vor dem Tor des Hamam. Sie kamen einzeln und unauffällig. Ich geleitete jede in den Raum, in dem sie ihre Umhänge und Unterkleider ablegten. Dann wuschen sie sich in der Kammer, in der das Wasser von der Decke rieselt. Sobald sie wieder trocken waren, besprühte ich die Körper mit persischem Rosenwasser. Um Mitternacht lagen die zehn Frauen, von durchsichtigem Gewebe bedeckt, auf den Kissen im Raum des großen Kaltwasserbeckens.

Das wäre der Augenblick gewesen, an dem ich mich hätte zurückziehen müssen. Ich benahm mich auch so, als ob ich hinüberginge ins alte Hamam. Doch ich kannte einen Platz, der es einem gestattete, viel zu sehen, ohne selbst gesehen zu werden. Von dort aus waren die zehn Frauen auf den Kissen im Licht der Pechfackeln gut zu erkennen. Nach einiger Zeit bemerkte ich einen Mann, der Weinkrüge neben die Kissen stellte. Er trug auch Becher herbei. Dann allerdings mußte ich lange warten. Aber plötzlich geschah dies: Junge Männer wurden von verhüllten Gestalten hereingetragen, einzeln, nach und nach. Sie waren alle ohne Bewußtsein. Jedem wurde der schwarze Umhang und die Beinkleider ausgezogen. Nackt lagen die Männer schließlich auf dem Boden auf der gegenüberliegenden Seite des Kaltwasserbeckens. Ihr Bewußtsein kehrte langsam wieder zurück. Die verhüllten Gestalten sammelten die Kleider ein und trugen sie aus dem Raum. Gleich darauf verteilten sie Handtücher am Beckenrand. Dann standen sie neben den Nackten und warteten. Einer war wohl der Anführer der Verhüllten. Als die

Nackten kurz vor dem Erwachen waren, gab er ein Zeichen. Da packten die Verhüllten die unbekleideten Leiber an Händen und Beinen und warfen sie ins Wasser. Dies ging überaus rasch vor sich. Als die zehn, aufgeweckt durch das kalte Wasser, aufgeregte Bewegungen machten, um nicht unterzugehen, da befand sich keiner der Verhüllten mehr im Raum.«

Hier unterbrach mich der Kadi Ibrahim al-Homsi: »Oh Murdjana! Es wäre besser gewesen für den Hamami und dich, wenn du uns eher von dieser seltsamen Begebenheit erzählt hättest! Ihr hattet die Haschiyun beherbergt. Sie wurden in eurem eigenen Hause auf den Mordanschlag vorbereitet. Erzähle weiter, was dann geschah, oh Murdjana.«

Da setzte ich fort zu berichten, was ich gesehen hatte: »Oh, würdige Männer, die ihr beurteilen könnt, was vorgegangen ist! Die Nackten, die alle schwimmen konnten, waren überaus lebhaft geworden. Ihnen machte das Wasser Vergnügen. Sie bewegten sich und bespritzten sich nach Herzenslust. Noch hatten sie die Frauen nicht bemerkt. Doch langsam drang Tageslicht durch die Kuppel des Saales. Sichtbar wurden die weiblichen Gestalten, die unter Schleiern auf Kissen lagen. Diese Mädchen hatten sich bisher völlig ruhig verhalten, aber nun, da es Tag wurde, setzten sie sich auf und schauten den nackten Männern zu. Alsbald stiegen die Männer aus dem Wasser. Sie griffen nach den Handtüchern, trockneten sich ab und gingen auf die Kissen zu. In aller Stille wählte jeder der Nackten eine Frau. Da gab es keinen Streit, keine Auseinandersetzung. Als ob jeder gewußt hätte, zu wem er gehörte, fanden sich die Paare. Mit offenen Armen wurden die Männer empfangen, die gleich bereit waren, sich mit den Mädchen zu vereinigen. Ein wildes und doch heiteres Spiel der Körper begann. Ich aber ging auf leisen Sohlen durch einen Gang, den niemand kennt, hinüber ins alte Hamam zu meinem Mann. Er aber wollte nichts von dem wissen, was ich gesehen hatte. Er bereute es bereits, sich auf das Geschäft mit dem Fremden eingelassen zu haben. Vielleicht spürte er, daß das, was im Hamam geschah, für ihn Folgen haben würde. Das Mittagessen, das ich ihm zum Fest al-Fitr zubereitete, schmeckte ihm nicht. Er rührte das gebratene Hammelfleisch kaum an. Fladenbrot, in Auberginenpüree getaucht, stillte seinen Hunger.«

Da fragte mich der Kadi: »Oh Murdjana, ich nehme an, du gingst wieder hinüber in den Saal des Kaltwasserbeckens, war es so?«

Ich antwortete: »Ja, oh Herr! Als der Abend begann, war ich wieder in meinem Versteck. Zu erkennen war, daß die Männer und Frauen inzwischen gegessen hatten. Da standen Platten mit Speiseresten neben den Kissen. Wer für das Essen gesorgt hatte, weiß ich nicht. Überall befanden sich Becher, manche waren umgestürzt. Die Paare hatten wohl auch Wein getrunken. Sie waren wieder dabei, gegenseitig Vergnügen an ihren Körpern zu finden. Doch alles spielte sich sehr viel stiller ab als Stunden zuvor. Es dauerte nicht lange, und die Paare schliefen ein. Eine Fackel nach der andern erlosch an der Wand. Da wurde auch ich müde und ging hinüber zu meinem Kind.«

Der Kadi aber war nicht zufrieden mit diesem Ende meines Berichts. Er fragte ungeduldig: »Oh Murdjana, du hast doch sicher am anderen Morgen wieder nachgeschaut?«

Darauf erwiderte ich: »Oh Mann, dessen Urteil sich jeder zu unterwerfen hat! Als der Schlaf von mir gewichen war, ging ich zurück ins neue Hamam. Zu meiner Überraschung fand ich weder die Frauen noch die Männer vor. Verschwunden waren Speisereste und Becher. Geblieben waren die Kissen. Jemand hatte den Fußboden gereinigt. Die Spuren der Nacht waren getilgt. Eilig ging ich zu meinem Mann, der froh war zu hören, daß der Spuk vorüber war. Die Bezahlung war im voraus erfolgt.«

Wieder herrschte Schweigen in der Nische des Hamami. Der Tote lag noch immer da. Schrecklich war der Dolch anzusehen, der aus seiner Stirn ragte.

Nach langer Zeit hob der Kadi an zu sprechen: »Was ist uns in der Fünfundvierzigsten Sure des Heiligen Buches gesagt? *Die gehorchen, denen ist ein schöner Ort sicher. Frisches Wasser wird es dort immer geben. Wir werden sie mit schönen Jungfrauen vermählen, mit Mädchen, die schöne schwarze Augen haben. Dort können diejenigen, die dem Gesetz Allahs gehorchen, alle Arten von Speisen fordern.* Die Vierundachtzigste Sure läßt uns wissen: *Wer gehorcht, der soll im wonnevollen Paradies leben. Der wird, auf Ruhekissen sitzend, umherblicken. Zu trinken bekommt er vom reinsten Wein, der mit Moschus veredelt worden ist.* Und ich erinnere an die Worte der Achtunddreißigsten Sure des Heiligen Buches: *Für diejenigen, die gehorcht haben aber, ist ein Ort der Seligkeit bereitet. Sie finden dort Jungfrauen mit schwellenden Busen, die gleichen Alters sind mit ihnen.*«

»Ich glaube«, so fuhr der Kadi Ibrahim al-Homsi in seiner Rede fort, »wir haben mit Murdjanas Hilfe das Rätsel lösen können. Wir wissen auch, wie es möglich sein kann, die jungen Männer zu blindem Gehorsam zu erziehen. Die Anführer suchen einen Ort, der so ähnlich aussieht wie die Vorstellung des Gläubigen vom Paradies. Dorthin werden schöne Frauen gebracht, wie sie im Heiligen Buch den Gläubigen zugesagt sind. Junge Männer, von denen eine besondere Tat verlangt wird, erhalten auf einmal eine derart große Menge Haschisch zu schlucken, daß sie bald betäubt sind. Dann werden sie an den Ort des vermeintlichen Paradieses gebracht. Dort nimmt man ihnen die Kleider ab. Hierin unterscheidet sich allerdings der Ablauf des Geschehens von der Schilderung des Paradieses durch den erhabenen Propheten, dem Allah ewiges Heil spenden möge. Im Heiligen Buch wird uns gesagt, diejenigen, die gehorcht haben, würden sich in seidenen Gewändern im Paradies aufhalten. Die jungen Nackten nun, die allesamt kräftige Körper besitzen, erwachen bald aus dem Haschischrausch. Das kalte Wasser macht sie vollends lebendig, und sie genießen einen Tag lang höchste Lust. Dann allerdings wird dafür gesorgt, daß sie wieder in den Rausch verfallen. Wenn sie dann erwachen, befinden sie sich erneut dort, wo sie zuvor gewesen waren. Ihr Anführer sagt ihnen, sie hätten das Paradies geschaut – und würden sie von nun an blind gehorchen, seien ihnen die Freuden des Paradieses auf ewig sicher. So werden junge Männer zum Werkzeug von Verbrechern. Diesmal war der Ort des vermeintlichen Paradieses das Hamam. Du, Murdjana, hast den Mörder des Hamami gesehen. Einer von den zehn Nackten ist in der vergangenen Nacht zurückgekehrt in das Hamam, um die blutige Tat auszuführen.«

Da hatte ich nicht mehr die Kraft, dem Kadi zuzuhören. Der Gedanke beherrschte mich, ich müsse dafür sorgen, daß meine beiden Söhne den toten Vater nicht sähen. Ich ging zu ihrer Kammer hinüber. Dort saß Abd'Allah bei Mahmud und Mohammed. Er, der nicht reden konnte, sprach zu den beiden mit der Glanzkraft seiner Augen. Auf diese wortlose Weise war es Abd'Allah gelungen, den Söhnen mitzuteilen, daß sie keinen Vater mehr hatten. Abd'Allah hatte dies auf seine Art fertiggebracht, ohne in ihren Seelen Schmerz zu erzeugen.

Ich kehrte später in die Nische meines Mannes zurück. Seine Leiche war inzwischen fortgeschafft worden.

Ibn al-Qasim al-Gauzi wurde draußen vor der Stadt beerdigt. Der Kadi hatte dies veranlaßt. Ich erfuhr nicht, ob Nachbarn den toten Körper begleitet hatten. Als Kind schon hatte ich gelernt, daß Frauen zu Hause trauern. Man hatte mir gesagt, schon Aischa, die Frau des Propheten, dem Allah ewiges Heil schenke, sei dem Trauerzug ihres Mannes ferngeblieben. Ich fragte auch nicht, wo die Begräbnisstätte sei, da ich wußte, daß selbst der Prophet, den Allah segnen möge, es verboten hat, daß nach seinem Grab geforscht würde. So verschwand Ibn al-Qasim al-Gauzi aus meinem Leben.

»Oh Murdjana, die vom Erhabenen durch Leid geprüft wird, wenn es dir recht ist, soll das Hamam auch weiterhin geöffnet bleiben.« Mit diesen Worten sprach mich der Kadi an, sobald ich auf den Kissen Platz nahm, auf denen der Hamami bisher gesessen hatte.

»Doch wem, oh Murdjana, gehört es? Das Hamam war rechtmäßiger Besitz deines Mannes. Die Gebäude sind, wenn ich das richtig sehe, völlig schuldenfrei. Die Erbteilung ist daher eine leichte Angelegenheit. Wir folgen der Anweisung der Vierten Sure des Koran, der uns Richtschnur sein soll nach dem Willen Allahs. Da steht geschrieben: *Den Frauen gehört der vierte Teil von dem, was ihr hinterlaßt, wenn ihr kinderlos sterbt. Hinterlaßt ihr aber Kinder, so gehört den Frauen nur der achte Teil eures Nachlasses. Diese Anordnung ist von Allah, dem Allwissenden, Allgütigen.* Sie ist allerdings nur zu befolgen, wenn eine große Verwandtschaft des Toten ebenfalls auf einen Anteil am Erbe wartet. Im Falle des Hamami sind keine Erbberechtigten bekannt außer dir, oh Murdjana, und deinen Kindern. So ist wohl diese Anweisung aus der Vierten Sure verbindlich: *Allah hat folgendes verordnet: Männliche Erben sollen soviel haben wie zwei weibliche. Sind nur weibliche Erben da, und zwar über zwei, so erhalten sie zwei Drittel der Hinterlassenschaft. Ist aber nur eine Erbin da, so erhält sie die Hälfte.*«

Nachdem er diese Koranworte gesprochen hatte, stockte der Kadi und überlegte. Nach einer Weile meinte er: »So einfach ist die Sache nun doch nicht. Die Hälfte steht dir, oh Murdjana, wohl auf keinen Fall zu. Drei Erben sind vorhanden – du und deine Söhne Mahmud und Mohammed. Da ist vor allem die Anweisung zu beachten, daß männliche Erben so viel erhalten sollen wie zwei weibliche. Das heißt, Mahmud und Mohammed erben jeweils doppelt so viel wie du. Das Rechenexempel bereitet keine Schwierigkeit: Du, oh Murdjana, erhältst ein Fünftel des Besitzes deines Mannes. Deine Söhne erben jeweils zwei Fünftel, also das Doppelte dessen, was dir zugesprochen ist. Rechnen wir die Fünftel zusammen, so ergibt dies fünf Fünftel. Damit ist die Erbfrage rechtens geklärt. Nun müssen wir entscheiden, wie wir praktisch verfahren wollen, und das ist weit schwieriger.«

Bisher hatte nur der Kadi Ibrahim al-Homsi gesprochen, doch da befand sich ja auch Mustafa Riad in der Nische, der Oberbefehlshaber über alle Bewaffneten Syriens. Dieser sprach nun: »Oh Kadi, der weiß, wie viele Fünftel der Allmächtige und Allwissende den Gläubigen zugestanden hat! Ich verbringe meine Nächte mit der Sklavin Marija, die meine Frau auf Zeit, aber eigentlich das Eigentum des Hamami Ibn al-Qasim al-Gauzi ist, der nun allerdings nicht mehr lebt. Du, oh Kadi, verbringst deine Nächte mit Dschamila, die deine Frau auf Zeit ist, die jedoch auch dem Hamami gehört. Wie willst du Marija und Dschamila in Fünftel teilen, ohne sie zu verletzen?«

Die Antwort des Kadi ließ nicht lange auf sich warten: »Oh Beherrscher der Schwerter und Lanzen Syriens! Du vergißt, daß wir nicht allein im Hamam leben! Da ist Abd'al-Hamid, der Stoffhändler, der sich Mirjam zur Frau auf Zeit gewählt hat. Da ist Hassan Kailani, der Schreiber in der Zitadelle, der sein Vergnügen bei der Sklavin Laila findet. Denke auch an Mahmud Beshir, den Grundbuchverwalter, der mit Ochaïra verbunden ist. Wenn du, oh Mustafa Riad, genau zu zählen verstehst, dann gehören zum Hamam fünf Frauen, die leicht unter den Erben aufzuteilen wären. Doch wem nützt die Teilung? Die Söhne des verstorbenen Hamami sind noch zu jung, um Sklavinnen zu besitzen. Mahmud, der ältere, ist zwölf Jahre alt. Er weiß noch nicht, was er mit seinem Eigentum beginnen soll. Lassen wir doch beisammen, was zusammen war!

Folgen wir dem Beispiel, das Chadidscha gegeben hat, die erste Frau des Propheten, dem der Erhabene ewiges Heil spenden möge. Als sie Witwe geworden war – das war vor der Ehe mit dem Gesandten Allahs –, da übernahm sie das Handelsgeschäft des Verstorbenen. Chadidscha war allerdings klug. Bald schon vertraute sie sich Mohammed an, einem Mann, der Verstand und Kraft in sich verband. Ich meine, oh Murdjana, du solltest genauso handeln. Als Frau kannst du das Hamam nicht führen. Noch nicht in der vollen Kraft eines Mannes steht dein Sohn Mahmud. Ein Mann muß als oberster Aufseher wirken. Die Vierte Sure des Heiligen Buches sagt dies über Männer und Frauen: *Männer sollen vor Frauen bevorzugt werden, weil sie für die Frauen verantwortlich sind, weil Allah ihnen besondere Vorzüge gab, die Frauen nicht besitzen. Rechtschaffene Frauen sollen gehorsam, treu und verschwiegen sein, damit auch Allah sie beschütze.* Dies sind nicht die Eigenschaften, die den Aufseher über ein Hamam auszeichnen. Wenn das Hamam erhalten bleiben soll, dann muß ein Mann für die Führung gefunden werden! Die Umstände zwingen mich, dich, oh Murdjana, heute schon, am Tag, an dem dein Mann ermordet worden ist, zu fragen, welchem Mann du dich anvertrauen würdest?«

Die Frage traf mich unvorbereitet. Doch ich gab die Antwort rasch. Sie lautete: »Andronikos Komnenos!« Nun waren der Kadi und der Oberbefehlshaber überrascht. Mustafa Riad meinte abfällig: »Ein Ungläubiger! Ein Kreuzesanbeter!«

Der Kadi aber entgegnete: »Oh Mann, von dem Todesmut erwartet wird! Auch du solltest begreifen, daß genau dieser Umstand Schwierigkeiten beseitigen kann. Bedenke: Dem Gläubigen ist es verboten, Hurerei zu unterstützen. Doch seien wir ehrlich, oft genug ist das, was im Hamam Vergnügen bereitet, von Hurerei nicht zu unterscheiden. Den Ungläubigen belastet das Wissen um die Hurerei jedoch überhaupt nicht! Und hat dieser Andronikos nicht schon bisher Veränderungen im Hamam bewirkt, die zeigen, daß er Verständnis für die notwendigen Einrichtungen des Dampfbads besitzt? Erinnere dich, oh Mustafa Riad, an die Kammer, in der das Wasser von der Decke rieselt. Den Einfall dazu hatte Andronikos! Und er hat anderen beigebracht, daß Schwimmen ein vergnüglicher Zeitvertreib sein kann!«

Am nächsten Tag schon betraten Andronikos und Theodora das Hamam in der Absicht, mir Worte des Trostes zu sagen. Zur Verwunderung der beiden war Trost gar nicht nötig. Ich bat sie, in der Nische Platz zu nehmen. Dann schilderte ich die Situation des Hamam, wozu ich im wesentlichen die Worte des Kadi gebrauchte. Allein dessen Bemerkungen über die Vorteile eines Ungläubigen in bezug auf die Hurerei verschwieg ich. Dann sagte ich: »Ein Mann nur kann Beschützer des Hamam sein. Ich und das Hamam, oh Andronikos, unterstellen uns deinem Schutz!«

Er war keineswegs verblüfft, sondern sprach nach einer kleinen Weile: »Ich gestehe, oh Murdjana, daß ich mir das oft schon gewünscht habe! Mein Leben in dieser Stadt hatte bisher wenig Sinn. Mir fehlte eine Aufgabe. Hoch gestellt war ich am christlichen Hofe – und tief bin ich gefallen. Selbst wenn mein Verwandter Balduin nun auf dem Thron des Königreichs Jerusalem sitzt, so kann ich nicht mehr dorthin zurück. Sein Vormund, Graf Raimund von Tripoli, klagt mich weiterhin an, meine Liebe zu Theodora sei blutschänderisch. Wenn er und Hajat al-Nufus ein Paar werden würden, dann müßte ich Damaskus verlassen. Der Graf würde mich hier nicht dulden – mit einer Ausnahme! Wenn ich unangreifbar bin, wird Graf Raimund mich respektieren. Das Hamam könnte mich unangreifbar machen, denn hier ist alles zu erfahren, was in Damaskus und sonst in der Welt vorgeht. Wissen, oh Murdjana, aber macht stark und mächtig! Ich gehorche deinem Wunsch. Ich will Beschützer des Hamam werden!«

Theodora fragte leise: »Auch Beschützer von Murdjana?«

Diese Frage traf mich ins Herz. Als ob er weit entfernt von mir säße, hörte ich die Antwort des Andronikos: »Ich will gern Vater der zwei Söhne Mahmud und Mohammed sein! Es war uns, Theodora, nicht vergönnt, eigene Kinder zu bekommen!«

Theodora sprach: »Willkommen sei Murdjana in unserem Haushalt! Da ich verwandt mit dir bin, Andronikos, können wir nicht heiraten. Nimm sie zur Frau! Ich bin mir deiner Zuneigung sicher!«

Der Kadi Ibrahim al-Homsi, der am Abend das Hamam betrat, um sich zu Dschamila zu begeben, zog den Vorhang der Nische, die ich nun bewohnte, zur Seite, um mich zu fragen, ob ich Zuspruch brauche. Ich antwortete: »Oh Kenner aller Gesetze, die der Allmächtige erlassen hat! Andronikos ist bereit, mich zur Frau zu nehmen, und Theodora, die nicht seine Frau werden kann, stimmt zu. Was muß geschehen, daß dieser Bund geschlossen wird?«

Dem Kadi war seine Freude anzumerken, als er meine Worte vernommen hatte. Er sagte: »Oh Murdjana, die Ungläubigen sind oft sehr verständige Menschen. Du hast eine gute Wahl getroffen. Allah wird versöhnlich darüber hinwegsehen, daß du dich mit einem Ungläubigen verbindest. Vielleicht läßt der Allwissende und Allmächtige sogar ein Wunder geschehen! Du, Murdjana, hast zu warten, bis du sicher bist, daß du nicht schwanger zur Witwe geworden bist. Ist diese Sicherheit gegeben, werde ich dich und Andronikos zusammenführen.«

Nach zwei Monaten geschah es, daß Andronikos in das Hamam einzog. Er wurde mein Mann und Vater meiner Söhne. Theodora aber wohnte weiterhin im Haus am Baradafluß. Wir hatten uns vor der Eheschließung darauf geeinigt, daß Andronikos jede dritte Nacht bei Theodora verbrachte.

Einen Tag, nachdem ich die Frau des Andronikos Komnenos geworden war, kam mein Sohn Mahmud zu mir in die Nische. Er sprach: »Oh Witwe des Hamami Ibn al-Qasim al-Gauzi, du hast mich nicht hinzugezogen, als du über die Zukunft des Hamam entschieden hast. Doch du mußt wissen, daß *ich* allein die Zukunft bin. Dies hat mein Vater so gewollt, denn er hat mir alles erzählt, was jemals im Hamam geschehen war. Er sah in mir seinen Nachfolger. Später einmal wird sich erfüllen, was mein Vater sich gewünscht hat – wenn Allah, der Allmächtige und Allerbarmer, es so will. Gerade zuletzt, vor seinem Tod, hat er sich bemüht, nichts vor mir zu verbergen. Mein Vater hat mir auch von dem Dolch erzählt, den er neben seinem Kopf auf dem Kissen gefunden hatte. Doch er muß mir trotzdem ein Erlebnis verschwiegen haben. Ich hoffe, daß du mir sagen kannst, was er für zu gefährlich hielt, als daß es in meinem Gedächtnis bewahrt würde.«

So erzählte ich meinem Sohn, was vorgegangen war, nachdem ich seinen Vater, einen Dolchstich in der Stirn, ermordet aufgefunden hatte. Je mehr ich sprach, desto leichter wurde mir ums Herz. Ich spürte, daß Mahmud alles, was ich erzählte, in sich aufsog und in seinem Gedächtnis bewahrte.

Die Geschichte des zweiten Hamami

Der geheime Bund

Ich, Mahmud al-Gauzi, behielt tatsächlich alles im Gedächtnis, was meine Mutter mir berichtet hatte, und es fügte sich zu dem, was von meinem Vater, dem ersten Hamami, zu erfahren gewesen war. Von nun an aber wollte ich selbst erfahren, was im Hamam vorgeht. Innerhalb weniger Monate war ich vom Kind zum Mann geworden. Mich wegzuschicken aus dem Haus, das mein Vater gebaut hatte, sollte niemand versuchen wollen! Doch ich hatte auch zu achten, welche Entscheidung meine Mutter getroffen hatte. Da ich mich noch nicht im Hamam nützlich machen konnte, wollte ich mein Wissen erweitern. Ich nahm mir vor, die Kunst des Arztes zu erlernen. Ich glaubte daran, daß ich diese Kunst gerade im Hamam gut gebrauchen könnte. Das *Maristan Nur ed-Din*, das Krankenhaus der Stadt, erschien mir als der geeignetste Ort, um das zu lernen, was ein Heilkundiger wissen muß. Dort wurde ich als Schüler aufgenommen.

Da war ein zweiter Grund, warum ich mir das *Maristan Nur ed-Din* ausgesucht hatte: Ich wollte mich in einem Haus aufhalten, in das viele Menschen kamen, Menschen, die in Not waren und Ungewöhnliches erlebt hatten. Sie konnten mir vielleicht weiterhelfen, denn in Wahrheit wollte ich mich von nun an auf die Suche machen nach den Mördern meines Vaters. Diese Haschiyun waren gewiß nicht spurlos aus der Stadt verschwunden. Zumindest einige von ihnen mußten sich noch innerhalb der Mauern von Damaskus aufhalten. Da sie sich in blindem Gehorsam in Gefahr begaben, war anzunehmen, daß sie auch hin und wieder verwundet würden. Suchten sie Heilung, dann gab es als Ort der Pflege nur das *Maristan Nur ed-Din*. Das Krankenhaus war meine einzige Hoffnung: Dort mußte ich den Ansatz finden zur Entdeckung der Täter.

Fast noch mehr aber war ich getrieben von der Frage, warum gerade mein Vater, der Hamami, Opfer der Haschiyun geworden war. Ich wollte die Täter finden, aber auch die Männer, die den Befehl zum Mord gegeben hatten. Um mich nicht selbst in Gefahr zu bringen, schwieg ich im Maristan und im Hamam über meine wahren Beweggründe, die mich veranlaßt hatten, die Kunst des Arztes zu erlernen.

So wenig ich zunächst meine Mutter Murdjana hatte verstehen können, als sie sich Andronikos zum Beschützer gewählt hatte, so sehr mußte ich nun ihre Wahl billigen: Andronikos wurde zum ausgezeichneten Verwalter des Hamam. Obgleich er ein Ungläubiger war, wurde er von den Kunden geachtet. Meine eigene Abneigung gegen ihn schmolz dahin im Verlauf der Wochen. Ich sah ein, daß er mehr vom Leben wußte und insgesamt klüger war als mein Vater. Ich faßte Vertrauen zu Andronikos.

Eines verwunderte mich allerdings: Über den Mord am ersten Hamami und über die Haschiyun wurde im Hamam nie gesprochen. Einmal hatte ich meine Mutter Murdjana gefragt, ob sie in jener Nacht, als den nackten Männern das Paradies vorgetäuscht wurde, wirklich weder unter den Haschiyun noch unter den jungen Mädchen irgend jemanden erkannt hätte. Die Antwort, die ich erhalten hatte, war ein Nein. Ich hatte weitergefragt: »Hast du, oh meine Mutter Murdjana, irgendeine Besonderheit an den Körpern entdeckt?« Wieder hatte die Antwort nur »Nein!« gelautet.

Bei nächster Gelegenheit wollte ich von Andronikos wissen: »Oh Mann, der über Wissen auf vielen Gebieten verfügt, was ist dir bekannt über die Haschiyun, die von deinesgleichen *Assasins* genannt werden?«

Da sah mir Andronikos in die Augen und sprach: »Ich kann mir denken, daß dich der Zwang innerlich umtreibt, die Mörder deines Vaters zu bestrafen. Doch glaube mir, sie sind zu mächtig! Geheimnisse umgeben ihren Bund. Niemand, der nicht dazugehört, hat je ihre Burg Alamut im Bergland von Khorassan betreten. Der Weg zur Burg Alamut führt durch Schluchten und über schmale Pfade. Nur jemand, der willkommen ist, erreicht das Burgtor. Dort hat Hasan as-Sabah regiert, der Gründer der Gemeinschaft, der von dem Gedanken besessen war, Feinde des Glaubens an Allah hätten es nicht verdient, auf dieser Erde zu leben. Der erste Mordanschlag, in der Burg Alamut ausgedacht, traf den mächtigen Wesir Nizam al-Mulk, der Persien beherrschte. Der Wesir war überzeugt, niemand könne ihm Schaden zufügen, denn seine Leibgarde umgab ihn ständig. Selbst in der Nacht blieb sein Gemach nie unbewacht. Doch eines Morgens fand Nizam al-Mulk beim Erwachen einen Dolch neben seinem Haupt auf dem Kissen liegen. Der Wesir ließ diejenigen köpfen, die ihn in jener Nacht zu bewachen hatten. Er glaubte, so den Verräter beseitigt zu haben. In der folgenden Nacht aber wurde Nizam al-Mulk durch Dolchstiche in die Brust ermordet. Die Mörder sind nie gefaßt worden. Man vermutete damals am persischen Hof, daß die meisten Angehörigen der Leibwache Mitglieder des Bundes der Haschiyun waren. *Warum* Nizam al-Mulk ermordet worden ist, war ebenfalls nie zu erfahren. Der Wesir war keineswegs als Feind des Glaubens an Allah zu betrachten. Ich bin überzeugt, Hasan as-Sabah wollte durch die Ermordung dieses Mächtigen anderen Gewaltigen Schrecken einjagen vor seinem Geheimbund. Absonderlich ist dabei allerdings, daß Nizam al-Mulk und Hasan as-Sabah gemeinsam Schüler des Gelehrten Muwaffaq von Nischapur gewesen waren. Zu ihrem Kreis hat auch der Dichter Omar Khayyam gehört. Muwaffaq, der die Herzen der Menschen zu kennen glaubte, hatte die drei einen Schwur darauf leisten lassen, daß sie einander beistünden in jeder Lage des Lebens. Hasan as-Sabah hat diesen Schwur gebrochen. Daß die Herrschenden fortan vor ihm zitterten, machte Hasan as-Sabah beliebt beim Volk in Stadt und Land. Er konnte sich aussuchen, wen er in den Bund der Haschiyun aufnehmen wollte. Einem Goldschmied aus Persien vertraute er besonders, dessen Name Abu Tahir war. Ihn schickte Hasan as-Sabah nach Syrien, damit er dort für den Bund der Haschiyun Mitglieder anwerbe. Abu Tahir war erfolgreich. Nach einem Jahr schon verfügte er über zahlreiche Haschiyun, die ihm blind gehorchten. Sie töteten die Emire Khalaf Ibn Mulaib und Schanah ad-Daulah. Warum das geschah? Niemand hat je einen Grund erfahren. Der Kalif von Bagdad raffte sich auf, um seine Herrschaft zu retten. Wer der Mitgliedschaft bei den Haschiyun verdächtigt wurde, der mußte damit rechnen, gefaßt und hingerichtet zu werden. Ein Erfolg gegen die Haschiyun gelang dem Kalifen tatsächlich: Dem Abu Tahir konnte der Kopf abgeschlagen werden. Doch für den Führer der Gemeinschaft in Syrien gab es sofort einen Nachfolger. Sein Name war Bahram von Asterabad. Auch er war aus Persien gekommen. Dieser Bahram hatte es sich in den Kopf gesetzt, hier in Damaskus Getreue zu finden. Seltsamerweise war ihm das gelungen. Jene Zeit liegt allerdings lange zurück. Bahram war hier, noch ehe Nur ed-Din Herr über Syrien wurde. Es hätte geschehen können, daß Bahram Damaskus ganz in seine Hand bekam, doch er wurde bei Baalbek von Moslems erschlagen, die wütend darüber waren, daß einer ihrer Emire umgebracht worden war. Bahram wurde dann sofort durch einen anderen Perser ersetzt, der Ismael hieß.«

Erregt unterbrach ich Andronikos mit diesen Worten: »Oh Herr, der du über Kenntnisse verfügst, die anderen ein Geheimnis sind! Sage mir, wie kommt es, daß du derart Bescheid weißt über die Historie dieser Haschiyun?«

Er antwortete: »Du mußt wissen, daß ich zu den Einflußreichen gehörte im Königreich Jerusalem und auch zu denen, die mehr erfuhren als andere. Außerdem bestand rege Verbindung zur Führung der Assasins. Dir, oh Mahmud, wird aufgefallen sein, daß sich unter allen Ermordeten, die ich dir genannt habe, kein einziger Christ befand. Die Assasins, die du Haschiyun nennst, haben immer nur Moslems umgebracht. Das christliche Königreich hat davon profitiert. Warum das so war, blieb auch uns unbekannt. Wir wußten um Mordpläne und um die Personen der Anführer, doch was die Assasins zum Mord trieb, sagten sie uns nie. Jener Ismael, der Befehlshaber der syrischen Assasins, suchte eines Tages Schutz im christlichen Königreich. Wir siedelten ihn und seine Leute bei uns an. Nach einigen Monaten ist Ismael allerdings an Ruhr gestorben. Die Assasins, die ihm gehorcht hatten, zerstreuten sich wieder. Sie bildeten aber weiterhin eine auf geheimnisvolle Art verschworene Gemeinschaft. Hatte sich die Führung einmal vorgenommen, jemanden ermorden zu lassen, so verfolgten die Assasins hartnäckig die Spur des Mannes, der für den Tod bestimmt war.

Ein Mächtiger aus Bagdad, Masud war sein Name, war weit geflohen, bis nach Aserbeidschan, doch dort hat ihn dann der Dolch eines Assasin getroffen. Es waren übrigens besonders die Tempelherren in Jerusalem, die Verbindung hielten zu den führenden Köpfen der Gemeinschaft. Die Tempelherren gaben ihnen Geld. Und da war Raimund von Antiochia, einer der Fürsten des christlichen Königreichs, der mit Ali Ibn Wafa, einem Obersten der Assasins, ein Bündnis einging in der Absicht zu verhindern, daß Nur ed-Din Beherrscher der Gläubigen in Damaskus werde. Dann aber geschah Schreckliches, das uns allen unverständlich blieb. Die

Königin von Jerusalem hatte die Stadt Tripoli besucht. Ihr Aufenthalt war zu Ende, und sie ritt mit großem Gefolge zum Tor der Hafenstadt hinaus. Graf Raimund II. von Tripoli begleitete sie ein Stück des Wegs und wandte sich dann, nach ausgedehnten Gesten des Abschieds, wieder der Stadt zu. Neben ihm ritt Ralph de Merle, einer der fränkischen Ritter. Da brach plötzlich aus einem Gebüsch eine Bande von schwarzgekleideten Männern hervor. Sie waren zwar nur zu Fuß, doch es waren so viele, daß sie die beiden Ritter zu Fall bringen konnten. Raimund II. von Tripoli und Ralph de Merle wurden erdolcht. Als von der Stadt her Berittene eingreifen wollten, war es zu spät. Innerhalb von Augenblicken war der Überfall beendet. Keiner der schwarzgekleideten Männer wurde ergriffen. Wir konnten nur eine Feststellung treffen: Die Assasins hatten sich gegen das christliche Königreich gewandt. Auch der Sinn dieser Morde blieb uns verborgen.«

Da fragte ich: »Wann, oh Herr, der weiß, was früher geschah, wann haben die Haschiyun den Grafen ermordet?«

Andronikos gab zur Antwort: »Oh Mahmud, es war noch vor dem Jahr des gewaltigen Erdbebens. Das war wohl vor deiner Geburt. Die Assasins hatten sich damals in der Burg Schaizar eingenistet, die nach der Zerstörung durch die Erdstöße eigentlich unbewohnbar war. Doch, oh Mahmud, ich bin mit der Geschichte der Assasins noch nicht am Ende angekommen. Zehn Jahre waren vergangen seit dem Mord an dem Grafen, da wurde ein Mann namens Raschid Sinan Herr auf der Burg Alamut, die Mittelpunkt der Gemeinschaft der Assasins ist. Raschid Sinan sah es nun wiederum für richtig an, dem König von Jerusalem ein Bündnis anzubieten. Der Herr der Assasins schickte Gesandte ins christliche Königreich, die offenbar den Auftrag hatten, den Regierenden in Jerusalem das Gefühl zu geben, die Führung der Assasins stünde nahe vor dem Entschluß, zum christlichen Glauben überzutreten. Der König zweifelte zwar an der Bekehrung der Assasins, doch er hatte gegen ein Bündnis nichts einzuwenden. Er stimmte deshalb zu, daß ein Wunsch des Raschid Sinan erfüllt werde: Der Herr über die Bergburg Alamut hatte um die Aufhebung eines Tributs gebeten, den die Tempelherren einigen Dörfern auferlegt hatten, die von Mitgliedern der Gemeinschaft bewohnt wurden. Die Nachgiebigkeit des Königs machte die Tempelherren rasend vor Wut. Der Großmeister dieses Ordens gab dem Ritter Walter de Mesnil den Befehl, die Gesandten aus Alamut auf dem Heimweg zu erschlagen. Der Ritter legte sich mit einigen Männern unweit der Mauern von Tripoli in einen Hinterhalt. Es gelang ihm, den Befehl seines Großmeisters auszuführen. Die Gesandten des Raschid Sinan starben unter den Schwerthieben des Ritters und seiner Helfer. Der König, der sein Bündnis mit den Assasins retten wollte, zwang den Großmeister der Tempelherren, den Ritter Walter de Mesnil ins Gefängnis zu werfen. Doch Raschid Sinan schwieg fortan zu allen Friedensangeboten aus dem christlichen Königreich.«

Nun wollte ich wissen, was denn der Zweck des Bündnisses zwischen den Haschiyun und dem christlichen Königreich gewesen sei, und erfuhr von Andronikos dieses: »Oh Sohn des Hamami, meines Freundes! Der König von Jerusalem hatte das eine Ziel, zu verhindern, daß Nur ed-Din zum mächtigsten Herrscher werde zwischen dem Nil und den Strömen Euphrat und Tigris. Die Assasins wiederum konnten Nur ed-Din nicht verzeihen, daß er in Cairo die Fatimiden nicht länger an der Macht duldete. Die Fatimiden waren schiitisch, glaubten an den Anspruch der Familie des Propheten Mohammed, nur Nachfahren jenes begnadeten Mannes, der einst die Inspiration zum Koran empfangen hatte, dürften regieren. So waren der König von Jerusalem und die Assasins zu Verbündeten geworden.«

Ich hatte viel erfahren von Andronikos – und doch nichts, was mir hätte helfen können, die Mörder meines Vaters zu finden. Der Erzählung entnahm ich nur, daß die Haschiyun mitten unter uns lebten. Sie paßten sich an, änderten ihre Haltung und wechselten ihre Feinde aus, wenn sie nur wollten. Alles, was mir Andronikos berichtet hatte, bewahrte ich in meinem Gedächtnis.

Jeden Morgen fand ich mich im *Maristan Nur ed-Din* ein. Ich hatte dort einen Lehrer gefunden, der bereit war, mir die Geheimnisse der Heilkunst zu entschleiern. Sein Name war Ayub al-Hakim. Er hatte das Krankenhaus im Auftrag Nur ed-Dins eingerichtet. Schon die Wahl des Ortes war ihm überlassen gewesen: Das *Maristan Nur ed-Din* stand am Rande des Marktviertels, nur wenige Schritte von der Zitadelle und von der Moschee entfernt. Es mußte einen

Grund haben, warum Ayub al-Hakim gerade diesen Platz gewählt hatte. Ich wagte es lange nicht, ihn zu fragen.

Erst als ich dem Arzt einige Wochen lang zugeschaut und ihm bei einfachen Fällen auch manchmal geholfen hatte, faßte ich allen Mut zusammen und sagte zu ihm: »Oh, du unübertroffener Meister der Heilkunst! Du hast sicher mit großer Weisheit entschieden, das Maristan gerade hier erbauen zu lassen, fast in der Mitte der Stadt. Ich hoffe, du nimmst es deinem Schüler nicht übel, wenn er sich bei dir erkundigt, welcher Gedanke dich dazu veranlaßt hat!«

Da sprach er: »Wißbegieriger Mahmud! Mich freut es, daß du diese Frage stellst. Wisse also, ich hatte, als mir vom Beherrscher der Gläubigen der Auftrag zum Bau des Maristan erteilt worden war, überall innerhalb der Stadtbefestigung Fleischstücke gleicher Art an Stangen aufhängen lassen. Das Fleisch stammte von Tieren, die gleich alt gewesen und zur gleichen Zeit geschlachtet worden waren. Die Fleischstücke hingen dort von der Mittagsstunde des einen Tags bis zur Mittagsstunde des anderen. Es war die heiße Zeit des Jahres, und so war es selbstverständlich, daß sich das Fleisch unter der Wirkung der Sonnenhitze rasch veränderte. Ich überprüfte dann selbst jedes einzelne Stück. Am frischesten war das Fleisch geblieben, das an einer ganz bestimmten Stelle aufgehängt worden war. Genau dort habe ich das Maristan erbauen lassen! Ich habe natürlich auch darauf geachtet, daß frisches Wasser vorhanden war. In einem sind sich nämlich das Maristan und das Hamam ähnlich: Beide benötigen sehr viel klares Wasser! Sauberkeit, oh Mahmud, ist eines der Geheimnisse der Heilkunst.«

Um das Hamam brauchte ich mich in jener Zeit nicht zu kümmern. Andronikos hielt Ordnung. Die Kunden dankten es durch häufigen Besuch. Eines Abends aber plagte mich die Neugier, und ich sprach zu Andronikos: »Oh, du getreuer Verwalter des Hamam! Sage mir, warum der neue Teil des Hamam immer leer steht? Warum öffnest du es nicht für die Kunden?«

Er antwortete: »Oh Mahmud! Der Mächtige in der Zitadelle, der Emir Ibn al-Muqqadam, hatte deinem Vater die Genehmigung erteilt, einen Handel mit Sklaven einzurichten. Dafür wollte der erste Hamami jene Räume dort drüben verwenden. Er hatte auch schon mit dem Handel angefangen, doch dann ist er getötet worden.

Ich hätte die Genehmigung des Emirs gerne ausgenützt, deine Mutter aber, oh Mahmud, ist dagegen. Sie will nicht, daß Männer und Frauen als Ware verkauft werden. Ich aber meine, wenn wir das Geschäft nicht machen, wird bald ein anderer in Damaskus Sklavenhandel betreiben. Zweifelhaft erscheint mir auch, daß die Genehmigung des Emirs noch lange ihre Gültigkeit behält. Vielleicht siehst du, oh Mahmud, eine Möglichkeit, Murdjana zu überzeugen?«

Ärztliche Kunst

An jenem Abend, als der letzte Kunde gegangen war, betrat Theodora das Hamam. Die Gewohnheit, sich im Wasser zu vergnügen, hatte das Paar nicht aufgegeben.

Als die beiden eben hinübergehen wollten ins neue Hamam, sagte Theodora zu mir: »Du wirst uns ein gerngesehener Badegenosse sein!«

Und Andronikos fügte hinzu: »Du hast dich ohnehin nach der Verwendung des neuen Hamam erkundigt. Es wird nützlich sein, wenn du es dir wieder einmal ansiehst!«

So geschah es, daß wir uns bald zu dritt nackt im Kaltwasserbecken des neuen Hamam aufhielten. Da bestand allerdings ein gewaliger Unterschied zwischen dem Paar und mir: Die beiden schwammen, ich stand im Wasser. Andronikos versprach, mir das Schwimmen beizubringen, so, wie er es auch meinen Vater gelehrt hatte. In der kommenden Woche am selben Tag wolle er damit beginnen.

Ich stieg aus dem Wasser und setzte mich neben dem Becken auf den Boden. Da merkte ich, wie groß das Vergnügen war, den beiden zuzuschauen. Das Licht der Fackeln warf einen roten Schimmer auf das Wasser und ließ zugleich die Körper ganz weiß erscheinen. Zum ersten Mal in meinem Leben empfand ich an jenem Abend bewußt sinnliche Freude.

Andronikos bemerkte dies, als auch er das Wasser verließ, um sich neben mich zu setzen. Er sagte: »Das unterscheidet uns Männer von den Frauen, daß man es uns ansieht, wenn uns jemand gefällt. Und Theodora ist eine sehr reizvolle Frau! Doch, oh Mahmud, habe ich anderes mit dir zu besprechen. Du bist sicher der Meinung, das Hamam sei ein Ort, der den Menschen Sauberkeit beschert und – wie du jetzt selbst erfahren durftest – auch Lust. Doch es erfüllt noch einen anderen Zweck. In seinen Räumen ist viel zu erfahren von dem, was in der Stadt und sonstwo in der Welt geschieht. Die Kunden fühlen sich wohl – und sie reden. Manche sind von weither nach Damaskus gekommen! Sie erzählen anderen, was sie in ihrer Heimat und unterwegs erlebt haben. Dies kann oft von Bedeutung sein für die Mächtigen in der Zitadelle. Daß wir an den Emir Ibn al-Muqqadam weitergeben, was wir erfahren, das mußt du wissen, oh Mahmud!«

Ich hörte die Worte des Andronikos, und ich bewahrte sie auch in meinem Gedächtnis, doch meine Sinne beschäftigten sich mit Theodora, die, auf dem Rücken liegend, auf der Wasseroberfläche schwamm. Andronikos bemerkte, daß ich von Lust gepackt war. Er meinte, es sei doch wohl ganz gut für mich, wenn ich wieder ins kalte Wasser stiege. Ich befolgte seinen Rat und kletterte über die Stufen ins Becken. Er aber sprang in weitem Bogen hinein.

Als sich Andronikos und Theodora verabschiedeten, empfand ich Neid, daß er bei ihr sein durfte. Zugleich aber freute ich mich auf die Abendstunde in einer Woche. Da würde es mir wieder vergönnt sein, Theodoras Körper zu sehen.

Tag für Tag stand oder saß ich im *Maristan Nur ed-Din* neben dem Arzt Ayub al-Hakim. Ich war wie sein Schatten. Auf diese Weise lernte ich, Krankheiten zu erkennen und Mittel gegen sie anzuwenden. Manchmal erschien mir seine Art der Behandlung seltsam, doch der Erfolg gab ihm recht: Die Kranken wurden gesund. Einmal war ich erstaunt, daß Ayub al-Hakim einen Mann, der bei einem Streit durch ein Messer übel zugerichtet worden war, auch noch zur Ader lassen wollte. Als Schüler hatte ich kein Recht, den Meister zu kritisieren, und so sagte ich nichts. Bei mir aber dachte ich, es sei wohl unsinnig, einen Mann bluten zu lassen, der schon genug Blut verloren hatte. Am anderen Tag aber mußte ich zugeben, daß die Wunden des Mannes zu heilen begannen. Der Verletzte fühlte sich wohl.

Es geschah manchmal, daß die Mächtigen des christlichen Königreichs Boten nach Damaskus ins Maristan schickten mit der Bitte, Ayub al-Hakim möge einen Heilkundigen senden, der ein

Mittel kenne, um bestimmte Krankheiten zu behandeln. Ich gehörte noch lange nicht zu denen, die dann nach Jerusalem reiten durften. Diese Ehre fiel meist dem jungen Arzt Tabit zu.

Eines Tages aber kam Tabit entrüstet aus der Hauptstadt des christlichen Königreichs zurück. Nie mehr, so sagte Tabit, werde er in Jerusalem aushelfen. Was er erlebt hatte, schilderte er so: »Sie führten mir einen Ritter vor, der einen Abszeß am Bein hatte, und eine Frau, die an Auszehrung litt. Dem Ritter machte ich ein erweichendes Pflaster, und der Abszeß ging auf und besserte sich. Der Frau verschrieb ich eine Diät und führte ihrer Säftemischung Feuchtigkeit zu. Da kam ein fränkischer Arzt daher und sagte: ›Dieser Arzt aus Damaskus hat doch keine Ahnung!‹ Dann wandte er sich an den Ritter und fragte ihn: ›Willst du lieber mit einem Bein leben oder mit beiden Beinen tot sein?‹ Der Ritter antwortete: ›Lieber mit einem Bein leben!‹ Da sagte der fränkische Arzt: ›Holt mir einen kräftigen Mann und ein scharfes Beil!‹ Der Mann mit dem Beil kam. Ich stand dabei. Der Arzt legte das Bein auf einen Holzblock und sagte zu dem Mann: ›Hau tüchtig zu mit dem Beil, damit das Bein abgetrennt wird!‹ Der kräftige Mann schlug einmal zu, und da das Bein damit nicht abgetrennt war, ein zweites Mal. Ich sah, wie Blut wegspritzte und das Mark des Beines auch. Der Ritter starb auf der Stelle. Da kümmerte sich der fränkische Arzt um die Frau. Er sagte: ›Die da hat einen Dämon im Kopf, der in sie verliebt ist! Schneidet ihr die Haare vom Kopf ab!‹ So wurde die Frau geschoren. Aber die Auszehrung schritt weiter fort. Da sagte der fränkische Arzt einige Tage danach: ›Sie hat immer noch den Dämon im Kopf.‹ Er nahm ein Rasiermesser und schnitt der Frau ein Kreuz in die Kopfhaut. Da wurde sie vor Schmerzen wahnsinnig. Nun fragte ich die Leute, die mich aus Damaskus hatten kommen lassen: ›Braucht ihr mich noch?‹ Sie verneinten, und so ritt ich zurück. Ich hatte ihre Heilkunde kennengelernt!«

Bei uns im Maristan Nur ed-Din wurde jeder Kranke kostenlos gepflegt. Das nötige Geld wurde der Krankenhausverwaltung aus der Kasse der Zitadelle zur Verfügung gestellt. Mangel herrschte im Maristan nicht. Wer um die Mittagszeit am Krankenhaus vorbeiging, der wurde aufmerksam durch die Düfte, die aus der Küche nach draußen drangen. Ausgezeichnet waren insbesondere die gebratenen Hähnchen. Unsere Köche verstanden es, diese Speise besonders saftig auf den Tisch zu bringen.

Als ich Ayub al-Hakim darauf ansprach, sagte er: »Du wirst es kaum glauben, oh Mahmud, doch es gibt Leute, die stellen sich krank und legen sich ins Maristan, nur um unsere Hähnchen essen zu dürfen. Da war vor einiger Zeit ein reicher Kaufmann aus Isfahan in unserer Stadt. Der ging zur Stunde, als Hähnchen gebraten wurden, am Maristan vorüber. Er hatte den Einfall, gerade vor dem Haus eine Schwäche vorzutäuschen, und er wurde dann hereingeholt, in ein Bett gelegt und – da der Schwächeanfall vorüber zu sein schien – auch mit Essen versorgt. Er wünschte sich ein Hähnchen, und er bekam es auch. Drei Tage lang brachte der Kaufmann aus Isfahan es fertig, daß wir ernsthaft an seine Krankheit glaubten. Dann allerdings durchschaute ich ihn. Unter Lachen verabschiedeten wir uns voneinander. Ehe er das Maristan verließ, bezahlte der Kaufmann reichlich für die Verpflegung.«

Meine Zeit war damals ausgefüllt: Tagsüber begleitete ich den Arzt Ayub al-Hakim durch die Krankensäle des Maristan, und abends besprach Andronikos mit mir die Angelegenheiten des Hamam. Ich spürte, daß er mich ganz behutsam in das Geschäft einführen wollte. Es kam mir vor, als ob Andronikos im Grunde seines Herzens überzeugt war, nicht mehr lange in Damaskus bleiben zu können.

Bei einem der abendlichen Gespräche sagte ich: »Oh Herr, der sich Verdienste erworben hat um das Hamam meines Vaters, du bereitest mir Sorgen, denn ich empfinde, daß du denkst, meine Mutter und das Hamam nicht für immer beschützen zu können.«

Da entgegnete Andronikos: »Oh Hamami der Zukunft, du hast recht! Mein Gefühl läßt sich jedoch kaum erklären. Ich weiß nicht, woher mir Gefahr droht. Schon einmal habe ich darüber gesprochen, daß Graf Raimund von Tripoli der Ehemann der Witwe des Nur ed-Din werden könnte. Er haßt mich, weil ich mit Theodora zusammenlebe. Meine Hoffnung war, daß das Hamam mich unangreifbar machen könnte, weil ich hier Wissen erwerbe, das für die Mächtigen wichtig ist. Nun bin ich in dieser Hinsicht nicht mehr so sicher. Ich glaube, Graf Raimund besteht darauf, daß ich als Überläufer, der zu den Moslems geflohen ist, nicht in Damaskus geduldet werde.

Ich weiß, es klingt nicht vernünftig, denn durch die Heirat wird die Feindschaft zwischen Jerusalem und Damaskus hinfällig werden. Doch ich weiß auch, daß Haß unvernünftig handeln läßt. Deshalb mußt du Bescheid wissen über das, was im Hamam vorgeht. Die Zeit könnte kommen, wo die Führung des Hauses deine Aufgabe wird.«

Da sprach ich: »Oh Herr, der das Schicksal bisher zu meistern verstanden hat! Ich hoffe, daß dein Gefühl dich trügt. Doch ich bin bereit, dir stets mit offenem Ohr zuzuhören.«

Andronikos erwiderte: »Oh Mahmud, du weißt, daß dein Vater Sklavinnen, die ihm Nur ed-Din geschenkt hatte, als Frauen auf Zeit an ehrenwerte Männer vergeben hat. Die Fristen sind allesamt abgelaufen. Die Entscheidung muß getroffen werden, was mit Dschamila, Marija, Laila, Mirjam und Ochaïra geschehen soll. Von Dschamila und Ochaïra weiß ich, daß sie schwanger sind. Wir müssen ihre derzeitigen Besitzer, den Kadi und den Grundbuchverwalter, fragen, was sie zu tun gedenken. Erstaunlich ist, daß die hochgestellten Männer derart lange diesen Frauen treu geblieben sind, daß sie Nacht für Nacht in deren Kammern zugebracht haben. Da sind offenbar starke Bindungen entstanden. Wir können über die Frauen nicht verfügen. Wenn wir eine Veränderung wollen, dann schaffen wir Verärgerung. Was ist deine Ansicht, oh Mahmud?«

Ich mußte dem Andronikos sagen, ich sei ratlos. Doch von dieser Stunde an wußte ich, daß das Hamam schwieriger zu verwalten ist als das Maristan. Im Hamam entfalten sich Triebe des Menschen, die schwer zu zügeln sind. Im Maristan wird versucht, den Körper zu beherrschen, damit er geheilt werden kann. Und dennoch erkannte ich auch, daß beide Häuser zusammenhängen. Beide offenbaren, wie eng Leib und Seele miteinander verbunden sind.

Manchesmal vergaß ich fast, daß ein Grund für meinen Aufenthalt im Maristan die Absicht war, eine Spur zu suchen von den Haschiyun. Ich prüfte häufig vor allem bei den jungen männlichen Kranken, ob ihnen der Genuß von Drogen anzumerken sei, doch blieb mein Bemühen völlig erfolglos. Eines Tages fragte ich Ayub al-Hakim: »Oh Meister, der die Wirkung aller Kräuter kennt, ist es zu bemerken, wenn ein Mensch sich öfter an Drogen berauscht hat?«

Da schaute mich der Arzt lange an und antwortete dann mit der

Frage: »Hast du einen Grund, oh Mahmud, dich mit der Wirkung von Drogen zu beschäftigen?«

Seine Stimme erschreckte mich. Sie war scharf und lauernd zugleich. Ich bedauerte, die Frage gestellt zu haben. Ich wußte nicht, welche Art von Argwohn ich in ihm geweckt hatte, doch ich mußte unter allen Umständen eine glaubwürdige Antwort finden, und so sagte ich: »Oh Beherrscher der Kunst, schon aus einem Händedruck Krankheiten ablesen zu können! Du weißt, daß ich aus einem Hamam komme und daß ich es einmal besitzen werde. Manchmal haben wir Ärger, weil es Kunden gibt, die Streit suchen. Sie benehmen sich nicht wie andere, die ihren Leib pflegen wollen. Gibt man sich mit ihnen ab, so ist hin und wieder zu erfahren, daß sie sich Mehl von getrocknetem Haschisch in die Nase gesteckt haben, um ihre Sinne reizbarer zu machen. Wenn es gelingen könnte, solche Kunden zu erkennen und gleich wieder vor die Tür zu setzen, würde der Hamami sich Ärger ersparen!«

Diese Begründung meiner Frage nahm Ayub al-Hakim an. Doch er gab mir keine Antwort, sondern sprach: »Laß uns morgen über Haschisch reden, oh Wißbegieriger!«

Ich war keineswegs betrübt darüber, daß mir der Arzt keine Antwort gegeben hatte, denn bald schon beschäftigten mich Gedanken der Vorfreude: Es war der Tag, für dessen Abend sich Andronikos und Theodora das Hamam vorbehalten hatten. Andronikos hatte versprochen, mir das Schwimmen beizubringen. Ich sorgte selbst dafür, daß die Halle des großen Kaltwasserbeckens durch Fackeln gut beleuchtet war. Dann entkleidete ich mich und setzte mich auf eine Bank, die an einer beheizten Wand stand.

Theodora

Lange brauchte ich auf Andronikos und Theodora nicht zu warten. Nackt betraten sie die Halle. Freundlich begrüßten sie mich. Dann glitten sie fast geräuschlos und ohne zu spritzen mit dem Kopf voraus ins Wasser. Ich blieb auf der Bank sitzen.

Nachdem sie einige Zeit nebeneinander das Becken der Länge nach durchquert hatten, schwamm Andronikos in meiner Richtung zum Beckenrand und sagte: »Jetzt, oh Mahmud, kann der Unterricht im Schwimmen beginnen. Theodora wird ihn dir erteilen!«

Die Frau ließ mir keine Gelegenheit, meine Überraschung zu zeigen. Sie winkte mich in den weniger tiefen Teil des Beckens. Dort zeigte sie mir zunächst mit großer Geduld die Armbewegungen, die ich dann nachahmen mußte. Als ich einmal aufblickte und mit den Augen Andronikos suchte, da bemerkte ich, daß er wohl die Halle verlassen hatte: Theodora und ich waren allein.

Theodora ließ mir keine Gelegenheit, mich auszuruhen. Sie zeigte mir nun die Beinbewegungen. Dazu stützte sie sich mit den Händen auf den Steinstufen ab, die vom Beckenrand zum Beckenboden führten. Sie spreizte die Beine, stieß sie mit Kraft zurück und schloß sie wieder. Als ich glaubte, die Bewegung begriffen zu haben, begann ich zu üben. Dabei schluckte ich eine Menge Wasser. Theodora war zufrieden mit mir. Sie wollte jetzt, daß ich die Bewegungen der Arme und Beine gleichzeitig ausführte. Dazu hatte ich mich bäuchlings ins Wasser zu legen. Sie sorgte dafür, daß ich nicht unterging, indem sie mich mit den Handflächen stützte. Wie zufällig geschah es, daß eine Hand kurze Zeit unter meine Männlichkeit zu liegen kam. Ich war jedoch zu sehr damit beschäftigt, die Bewegungen der Arme und Beine aufeinander abzustimmen, und so konnte diese Berührung nichts Ungewöhnliches auslösen. Die Hand war auch gleich wieder unter meinem Bauch zu spüren. Dann aber kamen meine Bewegungen durcheinander. Ich sank tiefer in das Wasser ein. Es drang mir in Mund und Nase. Ich glaubte, ertrinken zu müssen. Nichts gab mir mehr Halt. Theodoras Hände waren nicht mehr an meinem Bauch. In einem Augenblick großer Angst dachte ich, sie wolle mich umbringen. In dieser kurzen Spanne der Zeit begriff ich plötzlich, daß Theodora Macht besaß über mich und daß ich ihr verfallen war. Ich fühlte den Tod nahen, drohte zu ersticken.

Doch die Furcht vor dem Ende dauerte nicht lange. Der Gedanke an Theodora durchflutete meinen ganzen Körper. Die Berührung von vorher empfand ich erst jetzt als eine Geste der Zärtlichkeit. Ich hatte das Gefühl, meine Männlichkeit schwelle an. Da – ganz plötzlich – wurde ich gerade dort von einer Hand gepackt! Eine andere Hand faßte mich um die Brust. Ich wurde von Theodora aus dem Wasser gehoben, über die Stufen getragen und auf den Beckenrand gelegt. Sie brachte meinen Kopf in eine Lage, die das Wasser aus dem Mund fließen ließ. Dann blies sie aus ihrem Mund Luft in meinen Mund. Als mein Atem ruhiger wurde und auch mein Herz nicht mehr so rasend schlug, da küßte sie mich.

Andronikos sah den Kuß, als er die Halle wieder betrat. Er war nicht mehr nackt, nur noch barfuß. Er hatte sich einen Umhang umgelegt. Theodora und ich aber waren unbekleidet. Ich schämte mich, daß er sehen konnte, wie sehr ich Theodora begehrte. Ich löste mich von ihr und ging aus der Halle. An jenem Abend wollte ich beide nicht mehr sehen.

Am Morgen fand Ayub al-Hakim keine Zeit, mit mir über Haschisch zu reden. Er mußte eine Prüfung abhalten, die darüber entscheiden sollte, welche Ärzte im Lande Syrien Kranke heilen durften. Diese Prüfung ging noch auf eine Anregung des Nur ed-Din zurück, der sich, so sagte mir Ayub al-Hakim, darüber geärgert hatte, daß ihm immer wieder von Fehlern in der Anwendung der Heilmittel berichtet wurde, die dann manchmal sogar zum Tode der Kranken geführt hatten. Künftig war nur noch solchen Ärzten in Syrien die Ausübung ihres Berufes erlaubt, die ein Dokument über die Ablegung der Prüfung vorweisen konnten.

Im Maristan Nur ed-Din hatten sich zwanzig Männer ganz unterschiedlichen Alters versammelt, die sich alle Ärzte nannten. Sie wurden gefragt, auf welche Weise sie Krankheiten unterschiedlicher Art erst erkennen und dann behandeln würden. Sie mußten Auskunft geben über ihr Wissen und die Ursachen körperlicher Übel. Dazu gehörten Veränderungen des Blutes durch bittere Galle. Ayub al-Hakim legte besonderen Wert darauf zu erfahren, ob die Heilkundigen Wunden so behandelten, daß sie Eiter bildeten, oder ob sie zu den Anhängern der eiterfreien Wundheilung gehörten. Ayub al-Hakim selbst pflegte die Meinung zu vertreten, Eiterbildung vereitle die Heilung. Wie er mir gesagt hatte, wurde in Bagdad und Cairo noch immer gelehrt, Eiter sei nötig zum Heilungsprozeß. Ayub al-Hakim aber sagte uns Schülern, das Gegenteil sei richtig: Eiter verhindere, daß sich eine Wunde schließe. Die Eiterbildung sei eben nicht der wünschenswerte Reinigungsprozeß, sondern sei ein Vorgang der Vergiftung. Er verhinderte die Eiterung dadurch, daß er Tücher, die mit altem Wein getränkt waren, auf die Wunden legte. Innerhalb weniger Tage heilte die verletzte Haut. Doch solche Heilmittel waren den Ärzten, die sich der Prüfung stellten, nicht bekannt.

Unter den Prüflingen befand sich ein recht alter Mann mit langem weißem Bart. Er war aus einer abgelegenen Gegend Syriens nach Damaskus gewandert, um sich das Zulassungsdokument abzuholen, ohne das er nicht mehr als Arzt wirken durfte. Zur Überraschung des Ayub al-Hakim besaß dieser Mann, der jahrelang Menschen behandelt hatte, kaum Erfahrung in neueren Heilmethoden.

Mein Lehrmeister fragte den Alten: »Sage mir, oh Greis, wer war dein Lehrer?«

Da richtete sich der Gefragte auf und gab diese Antwort: »Oh Gelehrter, der über mehr Wissen verfügt als jeder andere, verzeih, wenn ich dich dennoch belehre, daß ein Mann in meinem Alter nicht gefragt wird, wer ihm die Kunst des Heilens beigebracht habe. Ein Mann in meinem Alter wird gefragt: ›Wer, oh ehrwürdiger Helfer der Kranken, waren deine Schüler? Und wer ist der Berühmteste unter diesen Schülern?‹«

Für einen Augenblick war Ayub al-Hakim verblüfft, dann meinte er: »Allah sei mein Zeuge, daß es nicht meine Absicht war, dich, oh Ältester der Heilkunst, zu beleidigen. Die Frage nach den Lehrern ist bei uns eben so üblich. Da will ich dir lieber die Frage stellen: ›Welche Bücher der Medizin hast du, oh Mann, der sich für das Wohl der von Krankheit Bedrückten einsetzt, gelesen und studiert?‹«

Da richtete sich der Gefragte erneut auf und sagte mit beleidigt klingender Stimme: »Oh, du Lehrer der Ärzte! Einen Heilkundigen von meinem Ansehen fragt man nicht, welche Bücher der Medizin er gelesen und studiert hat. Ihn fragt man: Welche Bücher hast du geschrieben?« Als der Alte dies gesagt hatte, ging er zu Ayub al-Hakim und beugte sich zu dessen Ohr. Leise, aber doch so laut, daß auch ich es hören konnte, sagte er: »Oh Herr, von dessen Urteil es abhängt, ob ich noch länger mein Leben fristen kann. Siehe, bei Allah schwöre ich, daß kein Kranker je unter meiner Heilmethode zu leiden hatte, denn ich kenne ohnehin nur einige Hausmittel, die ich immer abwechselnd angewandt habe. Bitte sorge du, oh Fürst der Heilkundigen, dafür, daß die anderen hier nicht über mich lachen!«

Da erklärte Ayub al-Hakim: »Bleibe bei deinen Hausmitteln, aber hüte dich davor, zur Ader zu lassen.«

Da war der Alte dankbar – es war ihm anzusehen. Er beteuerte: »Oh Herr, der du Unwürdige aus dem Staub erhebst, ich habe nie zur Ader gelassen. Ich habe immer nur Honig in Milch oder Rosenwasser verordnet!«

Da sagte Ayub al-Hakim laut, daß es jeder hören konnte: »Verzeih mir, oh, du erfahrener Arzt, daß ich deine Kenntnisse nicht sofort richtig eingestuft hatte. Selbstverständlich erhältst du das Dokument, das dich als Arzt bestätigt!«

Ayub al-Hakim glaubte, er habe einen Einzelfall in Güte abgewickelt. Er mußte jedoch eine üble Überraschung erleben, als er sich dem nächsten Arzt, der zu prüfen war, zuwandte. Ihn fragte Ayub al-Hakim: »Wer, oh, Heilkundiger, war dein Lehrer?«

Diese Antwort war zu hören: »Oh Wissender um die Geheimnisse des Lebens! Mein Lehrer war jener alte Arzt, den du soeben als kenntnisreich gelobt hast!«

Am Nachmittag, als die Prüfungen entschieden waren, sagte der Arzt zu mir: »Du, oh Mahmud, hast gestern eine interessante Frage gestellt. Nun ist es mit der Droge Haschisch so, daß man ihre Wirkung auf Menschen nicht beschreiben kann. Zu erkennen ist die betäubende Kraft, die zum Tiefschlaf führen kann. Doch was in einem Menschen vorgeht, der Haschisch zu sich nimmt, das kann nur derjenige wissen, der die Droge an sich selbst erprobt hat. Du wolltest wissen, woran ein Mann, der Drogen einnimmt, zu erkennen ist. Da kann ich dir sagen: Achte auf die Augen, auf den glasigen Blick, auf den irisierenden Glanz. Doch was hilft dir dieses Wissen, wenn du nicht weißt, wodurch diese Veränderung ausgelöst wird. Manche sagen, es komme daher, daß sich die Seele für Augenblicke im Paradies befunden habe. Einige können das Paradies sogar schildern. Da du selbst, wenn du einmal Arzt bist, einem Kranken Haschisch zur Betäubung bei Gliederamputationen verordnen mußt, rate ich dir, die Droge ein einziges Mal selbst einzunehmen. Ich empfehle dir ein Gemisch aus Säften der Haschischpflanze, der Wicke und des Bilsenkrauts. Du brauchst nur wenig davon zu trinken, und du wirst die Wirkung spüren. Doch heute ist nicht der Tag, deine Seele auf Wanderschaft ins Paradies zu schicken.

Übermorgen aber könnte günstig dafür sein – übermorgen am Abend!«

Im Hamam erwartete mich Andronikos, der nicht so beherrscht wie sonst wirkte. Er sagte sofort zu mir: »Oh Mahmud! Mir wird von einem der Diener hier im Hamam berichtet, unter den Händlern sei Unruhe ausgebrochen. Sie werde geschürt von den Geistlichen der Moschee. Dort werde die Parole verbreitet, die Witwe des Nur ed-Din und Graf Raimund von Tripoli würden sich vermählen. Durch diese Ehe werde der islamische Staat Syrien an die Ungläubigen ausgeliefert. Darunter müsse das Geschäft leiden. Der Handel, so wird befürchtet, findet dann auf dem Markt von Jerusalem statt und nicht mehr auf dem Markt von Damaskus. Der Diener meint, die Kunden im Hamam hätten heute nur diesen einen Gesprächsstoff: die Angst vor den christlichen Rittern und ihrem Streben nach weltlichem Gewinn. Es ist leicht möglich, daß die Sorge der Händler eine Empörung auslöst. Der Keim für einen Aufstand ist offenbar gelegt. Die Frage ist nur: Gebe ich das, was ich weiß, an den Emir Ibn al-Muqqadam weiter? Eigentlich bin ich dazu verpflichtet – und doch schweige ich noch. Vielleicht wäre ein Aufstand ganz nützlich für meine eigenen Zwecke, da der Graf Raimund mein Freund nicht ist.«

Da warf ich ein, in der Stadt sei nichts von Unruhe und von rebellischem Geist zu spüren. Vielleicht hätten sich eben einige besonders Besorgte heute im Hamam getroffen. Während ich dies aussprach, spürte ich, daß der Versuch, die Stimmung der Händler zu verharmlosen, wohl unüberlegt war. Ich dachte: Wenn allerdings erst einige von der geplanten Heirat erfahren haben, dann wird bald die ganze Stadt über die Verbindung zwischen den Rittern und den Mächtigen in der Zitadelle Bescheid wissen. Die Vereinigung des islamischen und des christlichen Staates wollten die Menschen in Damaskus nicht. In Wahrheit war es ihr Wunsch, daß Syrien und Ägypten eine Einheit bildeten.

Da kam mir die Erleuchtung! Wenn jemand diese Einheit überhaupt herstellen konnte, dann war das Salah ed-Din. Eilig sagte ich zu Andronikos: »Oh Freund, es ist gut, daß du dein Wissen nicht an den Emir weitergegeben hast! Bist du nicht mit mir der Meinung, Salah ed-Din müsse von der beginnenden Unruhe in Damaskus wissen? Ihm käme die Verbindung zwischen dem Grafen Raimund und Nur ed-Dins Witwe äußerst ungelegen. Er fühlt sich als der wahre Nachfolger des Beherrschers der Gläubigen. Er will auch in Damaskus herrschen. Salah ed-Din muß erfahren, daß seine Absichten in Gefahr sind, durchkreuzt zu werden. Wir müssen eilig jemanden nach Cairo schicken! Aber wen?«

Den ganzen Abend über fiel uns kein geeigneter Bote ein. Doch dann hatte Allah ein Einsehen mit uns. Er schickte uns den richtigen Mann. Er kam zu uns in die Nische: Mustafa Riad, der Oberbefehlshaber aller Bewaffneten Syriens.

Er sprach: »Oh Männer, die ihr Verantwortung tragt für das Hamam, in dem ich so lange glücklich war! Dein Vater, oh Mahmud, hatte mir die Sklavin Marija als Frau auf Zeit überlassen. Marija ist Koptin, glaubt an das Kreuz. Sie hat mein Herz durch ihre Liebe berührt und meinen Verstand durch ihren Glauben. Erst habe ich mich dagegen gewehrt, doch dann wurde die Überzeugung mächtig in mir, daß der Gott der Marija die Menschen mehr liebe, als Allah dies vermag. Ich habe Marija versprochen, Kopte zu werden. Damit kann ich allerdings nicht länger in Damaskus bleiben. Ich will mit Marija nach Ägypten, in das Land der Kopten ziehen. Gib mir, oh Mahmud, der du das Erbe deines Vaters angetreten hast, diese Frau frei. Ich zahle den Preis!«

Für meine Antwort war keine lange Überlegung notwendig. »Wisse, oh Herr über alle Schwerter des Landes, daß der Allmächtige dich zu uns schickt, damit dir und uns geholfen werde. Ich will dir das Mädchen Marija schenken, auf daß du mit ihr in das Reich am Nil ziehen kannst, um dort glücklich zu werden. Wir haben nur eine Bitte an dich: Du sollst Salah ed-Din eine Nachricht von uns überbringen. Sei unbesorgt, es ist keine Nachricht, die dir schaden könnte. Im Gegenteil! Salah ed-Din wird dir diesen Dienst reich lohnen. Es ist möglich, daß er dich sogar zu seinem Befehlshaber macht, obgleich du Kopte bist. Nur eines ist wichtig: Du und Marija, ihr müßt bald die Stadt verlassen. Dir, als Herr über die Bewaffneten, wird es wohl leichtfallen, ungeschoren alle Wachen passieren zu können.«

Um Mitternacht wurde ich in meiner Kammer im Hamam durch leise Rufe geweckt. Marija hatte den Vorhang beiseite geschoben.

Sie war gekommen, um mir zu danken. Dann verabschiedete sie sich. Ich wünschte ihr und Mustafa Riad Glück für den beschwerlichen Ritt nach Cairo. Der bisherige Befehlshaber aller Bewaffneten Syriens trug in seiner Tasche einen Brief, den Andronikos an Salah ed-Din geschrieben hatte.

Die Wirkung der Droge

Der Abend war gekommen, an dem Ayub al-Hakim mir Gelegenheit geben wollte, Rauschgift im eigenen Leib auf seine Wirkung zu erproben. Ich fand mich im *Maristan Nur ed-Din* ein. Den Arzt traf ich in seiner geräumigen Kammer an. Er war dabei, Flüssigkeiten aus Fläschchen in einem Becher zu mischen. Er begann sofort zu erklären: »Dies, oh Mahmud, ist eine Mixtur aus Säften der Haschischpflanze, der Wicke und des Bilsenkrauts. Trink den Becher leer! Vertraue auf mich, dir wird kein Schaden an Leib und Seele zurückbleiben.«

Da trank ich die Flüssigkeit und begann bald schon zu spüren, wie mein Bewußtsein schwand.

Meine Erinnerung an das, was ich dann erlebt habe, ist schwach. Ich sah Menschen und Dinge wie durch einen Schleier verhüllt. Doch immer meinte ich, daß alles, was ich erkannte, sehr schön war. Ich hatte das Gefühl, keine Kleider zu tragen. Neben mir lag ein Mädchen, das einen wunderbar weißen Körper besaß. Ich streichelte diesen Leib. Die Berührung der zarten Haut ließ mich leicht erschauern. Mehr geschah zwischen uns beiden wohl nicht. Wenn ich mich umsah, erkannte ich Bäume, die Laub über uns ausbreiteten. Ich bemerkte, daß hoch über den Ästen die Sonne stand, und trotzdem war die Luft kühl. Das lag an den Bächen, die in Schlingen einen kleinen Hang herunterflossen. Das Wasser erweckte den Eindruck der Kühle. Ich bohrte eben einen Finger in den Bauchnabel des Mädchens, da sah ich, wie sie die Beine zu spreizen begann – ganz langsam geschah dies. Ich hörte die Frau sprechen, deutlich, und dennoch klang die Stimme wie aus der Ferne. Sie sagte: »Du gehörst zu den Glücklichen, die schon bei Lebzeiten den Weg in das Paradies gefunden haben. Ich bin hier im Paradies deine Sklavin, die dir zu Gehorsam verpflichtet ist. Doch das Glück, das Paradies betreten, sehen und berühren zu dürfen, kostet einen Preis. Du mußt Andronikos und Theodora töten!« Und noch einmal wiederholte die Stimme: »Du mußt Andronikos und Theodora töten!«

Ich erinnere mich, daß ich diese Aufforderung keineswegs als Ungeheuerlichkeit empfand. Es war mir auch so, als ob ich den Befehl wie selbstverständlich bei nächster Gelegenheit ausführen würde. Das Mädchen reichte mir dann einen Krug, der mit Wein gefüllt war, und da ich Durst verspürte, trank ich in großen Zügen. Auf einmal zog sich mein Magen zusammen. Übelkeit packte mich. Ich erbrach mich. Brust, Bauch und Beine des Mädchens waren im Augenblick überspritzt von Erbrochenem. Sie sprang mit lautem Schrei auf und rannte zu einem der Bäche. Ich sah auf einmal sehr viel klarer. Das Wasser des anderen Bachs floß ganz nahe bei mir. Ich kroch hin und trank, bis der Magen gefüllt war. Dann erbrach ich noch einmal. Ich konnte wieder denken. Wo ich mich befand, konnte ich nun auch erkennen: Wenige Meter von mir entfernt floß der Barada in Windungen auf Damaskus zu. An seinem Ufer wusch ich mich. Irgendwo unter den Bäumen fand ich auch meine Kleider wieder. Wer sie mir zuvor ausgezogen hatte, weiß ich nicht. Da war niemand zu sehen. Auch das Mädchen war verschwunden.

Als ob nichts gewesen sei, ging ich am nächsten Morgen ins Maristan und setzte mich zu den anderen Schülern, die auf Ayub al-Hakim warteten. Er trat ein, beachtete keinen von uns – auch mich nicht – und begann, über erprobte Heilmittel zu reden, die allgemein verwendet wurden. Kaffee, so meinte er, sei geeignet, den Schlag des Herzens zu beschleunigen, und auch Kampfer habe diese Wirkung. Ayub al-Hakim kam jedoch wieder auf den Kaffee zurück, diesmal auf Kaffee in trockener Form als Pulver. Der Arzt meinte, damit könnten Mandelentzündungen geheilt werden, aber auch Wunden, die sich nicht schließen wollten. Dann ging er auf Mittel über, die in der Verdauung regulierend wirken konnten – und wieder nannte er den Kaffee, der die Auswirkungen der Ruhr eindämmen könne. Häufiger als die Erkrankung Ruhr aber sei Verstopfung als Leiden anzutreffen. Rhabarber sei geeignet, auf behutsame Weise Spannungen im Darm zu lösen. Ayub al-Hakim, der sonst seine Gefühle im Zaum hielt, sprach nahezu begeistert über die Erfahrungen, die er mit einem neuartigen Medikament bei Kranken gemachte hatte, die an Verstopfung litten. Das Mittel setzte sich zusammen aus Extrakten des Rhabarbers und der Aloe. Er nannte den Saft einen Schlüssel zur Erheiterung der Seele.

Die Stunde der Erläuterung ging zu Ende, da traf mich der Blick des Arztes. Ich wartete, bis die anderen Schüler den Raum verlassen hatten. Er sagte: »Oh Mahmud, du hättest mit dem Wein vorsichtiger sein sollen! Er hat dir Übelkeit erzeugt.«

Ich fragte Ayub al-Hakim: »Die Frau, oh Kundiger, hat mir befohlen: Du mußt Andronikos und Theodora töten! Was bedeuten diese Worte?«

Da erwiderte er schroff: »Der Weinrausch hat deine Sinne verwirrt. Niemand hat dir gesagt, du sollst die beiden töten! Diese Worte sind deiner eigenen Phantasie entsprungen!« Kaum hatte Ayub al-Hakim dies gesagt, ließ er mich stehen.

Ich versuchte, jede Einzelheit dessen aus der Erinnerung zu holen, was mir zugestoßen war. Längst schon war mir eingefallen, daß meine Mutter Murdjana im Saal des Kaltwasserbeckens ähnliches gesehen hatte: Da waren junge Männer gewesen, die offensichtlich Drogen genossen hatten. Sie waren zu nackten jungen Frauen gelegt worden. Genau dies war mir auch geschehen. Berücksichtigte man die Gleichartigkeit des Geschehens, dann war nur der Schluß möglich, daß auch ich für die Gemeinschaft der Haschiyun gewonnen werden sollte, und zwar mit dem festen Auftrag, Andronikos und Theodora umzubringen. Da blieb nur noch die Überlegung, in welcher Verbindung der Arzt Ayub al-Hakim zu den Haschiyun stand. War er jetzt in Damaskus der Kopf des Bundes? Fragen konnte ich ihn nicht.

An jenem Tag spürte ich zum ersten Mal, daß in der Stadt Unruhe aufkam. Auf dem Weg vom Maristan ins Hamam sah ich Gruppen von Menschen, die erregte Gespräche führten. Mancher Ladenbesitzer war aus seinem Gewölbe auf die Straße hinausgetreten, um mit den Nachbarn Meinungen auszutauschen. Beim Eintritt ins Hamam erfuhr ich, daß sich nur wenige Kunden eingefunden hätten. Andronikos war anwesend. Ihn fragte ich sofort: »Hast du, oh Herr, der aus den Worten Erkenntnisse ziehen kann, in Erfahrung gebracht, was die Menschen von Damaskus derart aufregt?«

Andronikos sprach: »Sie glauben, der Einzug des Grafen Raimund von Tripoli stehe unmittelbar bevor. Außerdem ist in der Stadt bekannt geworden, daß Mustafa Riad, der Oberbefehlshaber, verschwunden ist. Nun glauben alle, schutzlos den fränkischen Rittern ausgeliefert zu sein. Wenn wir klug handeln, sind wir in der Lage, die Entwicklung zu beeinflussen. Es genügt jetzt, wenn wir den Namen Salah ed-Din einigen der Beunruhigten nennen – wenn wir sagen, Salah ed-Din sei der Retter und werde bald in Damaskus eintreffen, um die Verbindung zwischen dem christlichen Königreich und Syrien zu verhindern.«

Was Andronikos ausgesprochen hatte, wurde an jenem Abend noch behutsam ausgeführt. Einem Mann, der als schwatzhaft galt, wurde im Vertrauen gesagt, Salah ed-Din werde wohl nicht zulassen, daß Syrien an das Königreich der Ungläubigen verlorengehe. Die Wirkung war bald zu spüren. In derselben Nacht verbreitete sich vom Hamam aus in Damaskus das Gerücht, Salah ed-Din sei mit einem gewaltigen Heer im Anmarsch auf die Grenze Syriens. Zu der Stunde, als das Gerücht ausgestreut wurde, war Andronikos in die Zitadelle gegangen, um dem Emir Ibn al-Muqqadam zu sagen, die Stadt sei in Unruhe geraten. Die Ursache sei in der Furcht der Menschen vor den christlichen Rittern zu sehen, die oft genug ihre Habsucht bewiesen hätten.

Nach der Rückkehr aus der Zitadelle berichtete Andronikos: »Ich habe dem Emir nichts davon gesagt, daß die Leute glauben, Salah ed-Din sei nur noch wenige Tagesmärsche von den Mauern der Stadt Damaskus entfernt. Dir, oh Mahmud, will ich mich anvertrauen. Selbst ich habe begonnen zu glauben, daß er kommt, obgleich ich nicht den geringsten Beweis für seinen Anmarsch habe. Wenn er unsere Nachricht erhalten hat, und er hat Cairo nicht im Eilmarsch verlassen, dann ist Salah ed-Din nicht der Mann, für den ich ihn halte.«

Am Morgen verstärkte sich die Erregung der Händler und der Käufer auf dem Markt. Niemand dachte mehr an sein Geschäft, an seinen Einkauf. Sie alle redeten darüber, daß die Witwe des Nur ed-Din der Stadt Unglück bringe. Im Vorübergehen hörte ich an allen Ecken die Verwünschungen, die gegen Hajat al-Nufus ausgestoßen wurden. In einigen Gewölben sah ich Männer knien, die zu Allah beteten. Ich nahm an, daß sie den Allmächtigen und Allerbarmer anflehten, er möge den Marsch des Salah ed-Din beschleunigen.

Als ich durch das Tor des Maristan trat, merkte ich sofort, daß die Aufregung auch auf diesen Ort der Ruhe übergegriffen hatte. Sobald Ayub al-Hakim mich sah, rief er mich zu sich in seine Kammer. Er forderte mich auf, neben ihm Platz zu nehmen. Der Arzt sah mich einige Zeit an, dann sagte er: »Ich weiß, oh Mahmud, daß Andronikos aus dem Hamam einen Brief an Salah ed-Din geschickt hat. Du sollst wissen, daß dieser Brief angekommen ist!« Er genoß sichtlich meine Überraschung und sprach dann weiter: »Mustafa Riad und Marija waren nicht auf sich gestellt, als sie Damaskus verließen. Ich habe überall Beobachter, auch im Hamam. Wenn Andronikos und du glaubt, ihr würdet durch eure Kunden alles erfahren, was in Damaskus vorgeht, so solltest du auch wissen, daß mir auch alles über euch beide mitgeteilt wird. Als ihr euch ratlos gefragt habt, wen ihr nach Cairo schicken könntet, da habe ich dafür gesorgt, daß der Oberbefehlshaber der Bewaffneten Syriens zu euch kam. Ich wußte davon, daß er nicht mehr zu Allah, sondern zum Gott des Kreuzes betete! Dies aber war mir gleichgültig, denn auch ich wollte, daß Mustafa Riad Cairo schnell erreichte. So haben meine Männer für eine rasche Reise mit ständig ausgewechselten Pferden gesorgt.«

Da wurde mir bewußt, was ich längst gefühlt hatte: Der Arzt Ayub al-Hakim gehörte wahrhaftig zu den Haschiyun, zu den Assasins. Er war also tatsächlich deren Oberhaupt in Damaskus.

Ich hörte ihn sagen: »Du hast es doch gewußt seit unserem Gespräch am Tage nach dem unglücklich verlaufenen Versuch mit den Drogen. Oh Mahmud, du warst doch nicht länger zu täuschen! Jawohl, ich bin derjenige, auf den die Haschiyun in Damaskus hören! Ich wollte auch dich einfangen, das ist mir jedoch mißglückt. Schade!«

Trotz dieser Erläuterung verstand ich die Zusammenhänge noch immer nicht. Ich fragte deshalb: »Oh Arzt, der mir Rätsel aufgibt! Du hast es zwar geleugnet, daß mir der Befehl erteilt wurde, ich solle Andronikos und Theodora töten. Doch ich habe diesen Befehl zweimal ganz deutlich vernommen. Sage mir, was für ein Sinn steckt dahinter?«

»Du mußt erfahren, oh Mahmud, daß wir Haschiyun unterschiedliche Bündnisse eingehen. Wir haben zeitweise sehr gute Beziehungen zu den Mächtigen der Ungläubigen. Dann nehmen wir sogar Mordaufträge von ihnen an – und sie zahlen gut dafür. Ich weiß, daß du über die Pläne einer Hochzeit der Witwe des Nur ed-Din mit dem Grafen Raimund von Tripoli Bescheid weißt. Es war der Wunsch des Grafen gewesen, vor seinem Einzug in Damaskus müsse das blutschänderische Paar – wie er es nennt – beseitigt werden. Jetzt aber, oh Mahmud, haben sich die Voraussetzungen geändert. Dein Brief hat Salah ed-Din veranlaßt, seine Truppen zu sammeln. Er ist jetzt unterwegs auf der Küstenstraße im nördlichen Sinaigebiet, allerdings noch weit im Westen. Auch wenn er schnell reitet, wird er noch zehn Tage brauchen bis Damaskus. Sicher ist allein, daß er kommt. Das heißt, Graf Raimund wird auf den schönsten Augenblick seines Lebens, auf den Einzug in Damaskus, verzichten müssen. Weshalb sollten dann Andronikos und Theodora sterben müssen?«

Ich fragte Ayub al-Hakim: »Stehst du, der du Arzt bist und der zugleich darüber entscheidet, ob jemand getötet werden soll, nun auf der Seite des Salah ed-Din?«

Er antwortete mir: »Oh Mahmud, es gehört zu unseren Grundsätzen, nie eine Seite zu unterstützen, die sicherer Verlierer sein wird. Salah ed-Din ist der Mann, der fortan vom Schicksal getragen wird. Es trägt ihn zunächst nach Damaskus! Die Frage ist, ob dies für dich günstig sein wird. Damals, als dein Vater, der Hamami, umgebracht worden ist, da hat man dir, auch wenn du noch ein kindliches Gemüt hattest, gesagt, die Haschiyun hätten ihn getötet. Das ist auch die Wahrheit. Einer meiner Männer hat ihm den Dolch in die Stirn gestoßen! In dieser Stunde will ich dir auch sagen, wer den Befehl dazu gegeben hat: Salah ed-Din war es!«

Sofort nach diesen Worten erhob sich Ayub al-Hakim. Ich wollte ihm Fragen stellen, doch mit einer Handbewegung gebot er mir zu schweigen und verließ den Raum.

Ich stand da wie betäubt. Mein Vater war also auf Befehl des Salah ed-Din ermordet worden! Aber warum?

Später eilte ich ins Hamam, um mit Andronikos dies alles, was mich so sehr verwirrte, zu besprechen.

Als ich längst mit meinem Bericht zu Ende war, da schwieg Andronikos noch lange. Dann sagte er voll Bitterkeit: »Dies ist eigentlich der Tag, an dem ich mich mit Theodora im großen Kaltwasserbecken zu vergnügen pflege. Mir ist heute nicht danach zumute. Aber du solltest die Gelegenheit nutzen, das Schwimmen vollends zu erlernen. Du weißt nie, wann die Stunde kommt, daß dein Leben davon abhängt, ob du dich im Wasser bewegen kannst. Theodora wird unterwegs sein ins Hamam. Warte auf sie. Du wirst mit ihr allein sein. Sie hat keine Scheu davor. Laß dir, trotz allem, was vorgefallen ist, das Vergnügen nicht rauben! Du bist noch jung und brauchst Erfahrungen.« Nach diesen Worten ging Andronikos hinaus auf die Straße. Nur geringe Zeit später trat Theodora ein.

Bald befanden wir uns nackt im Kaltwasserbecken des großen Hamam. Wir begannen mit den Übungen dort, wo wir eine Woche zuvor aufgehört hatten, damals, als Theodora nahe daran war, mich ertrinken zu lassen. Daß sich dieser Augenblick wiederhole, darauf wartete ich, darauf freute ich mich sogar im Grunde meines Herzens.

Theodora stützte mich mit den Händen ab. Wie beim ersten Mal glitt ihre Hand zu meiner Männlichkeit. Diesmal ließ sie sie dort liegen, bis sie eine Regung verspürte. Dann nahm sie plötzlich beide Hände. Ich begann schon die Lust zu spüren, unter den Augen Theodoras, hilflos ihr ergeben, zu versinken. Da gewann mein Wille zu überleben die Oberhand. Meine Glieder machten die Bewegungen, die sie zuvor geübt hatten. So glitt ich auf die Treppenstufen zu, die aus dem Wasser zum Beckenrand führten. Ich stieg hinauf in dem Gefühl, Theodora nicht mehr willenlos ausgeliefert zu sein.

Sie folgte mir, blieb aber am Beckenrand stehen, während ich mich auf die Bank setzte. Mit Absicht zeigte sie mir ihren Körper, der nur von der einen Fackel beleuchtet wurde, die ich aufgesteckt hatte, noch ehe Theodora gekommen war. Sie brannte noch hellgelb und ließ die Körperpartien deutlich werden, auf die das Licht fiel. Andere Teile aber blieben im Schatten. Da sich Theodora langsam drehte, entstand auf ihrem Leib ein reizvolles Spiel von Licht und Schatten. Theodora hatte im Wasser gespürt, daß ich ihrem Willen entkommen war, und sie setzte nun auf die Vollkommenheit ihres reifen Körpers, der zu erkennen gab, daß er um alle Geheimnisse der Liebe und der Lust wußte.

Lange gab mir Theodora Gelegenheit, Brüste, Beine, Schoß und Rücken im Wechsel von Hell und Dunkel zu sehen. Sie wiederum konnte erkennen, wie sehr sie meine Sinne beeinflußte. Als keine Steigerung dieser Wirkung mehr möglich war, trat Theodora auf mich zu. Sie sagte: »Du mußt begreifen, daß Andronikos kein Anrecht mehr auf mich hat. Er hat sich von mir gelöst. Er teilt das Lager nur noch mit Murdjana. Sie bekommt ein Kind von ihm. Ich bin frei für dich!«

Da sprang ich vor Schreck in das Wasser – an seiner tiefsten Stelle. Doch ich ging nicht unter. Ich konnte wahrhaftig schwimmen.

Theodora aber stand am Beckenrand und lachte über meinen Sprung, der das Wasser aufgewühlt hatte. Sie glitt auf ihre Art in das Becken – da stieg kein Spritzer auf, und fast kein Geräusch war zu hören. Dann aber fanden wir gemeinsam unser Vergnügen im Wasser. Vom ersten Augenblick an war ich der Schüler von Theodora.

Im Kaltwasserbecken wurde es uns schließlich zu kühl. Wir trockneten uns ab und legten unsere Kleider an. Dann gingen wir in das Haus am Baradafluß, das Theodora mit Andronikos bewohnt hatte. Dort blieben wir eine Woche lang. Es war mir gleichgültig, was im Hamam und im Maristan geschah. Ich vergaß sogar, daß sich Salah ed-Din mit einem Heer der Stadt Damaskus näherte.

Die Rückkehr des Salah ed-Din

Am siebten Tag, nachdem Theodora und ich uns gefunden hatten, besuchten wir das Bad wieder. Theodora hatte sich vorgenommen, mir den Kopfsprung beizubringen. Gespannt waren wir beide, wer uns wohl begrüßen würde. Es war Murdjana. Es war ihr bereits anzusehen, daß sie ein Kind erwartete. Sie machte einen glücklichen Eindruck, obgleich sie Beunruhigendes zu berichten hatte. Das Hamam, so sagte sie, sei in der vergangenen Woche sehr schlecht besucht gewesen. Die anhaltende Unruhe in der Stadt verhinderte, daß Männer oder Frauen ihr Vergnügen suchten. Immer lauter werde auf den Straßen nun die Forderung erhoben, für Salah ed-Din sollten rasch die Tore der Stadt geöffnet werden.

Im Verlauf des Abends kam Andronikos von der Zitadelle zurück. Er berichtete, der Emir Ibn al-Muqqadam habe befohlen, die Tore dieses Bollwerks zur Stadt zu schließen. Seine Furcht war, daß die Bewohner von Damaskus die Zitadelle stürmten, um ihn selbst und den jungen Beherrscher der Gläubigen, Malik as-Salih Ismaïl, zu erschlagen. Die einzige, die hinter den Mauern der Zitadelle Mut zeigte, war Hajat al-Nufus, die Witwe des Nur ed-Din. Sie hielt den Anspruch ihres Sohnes aufrecht, nur er sei der wahrhafte Herrscher in Syrien. Hajat al-Nufus hatte jedoch kaum jemanden von Einfluß in der Stadt, der sie unterstützte. Es schadete jetzt der Sache ihres Sohnes, daß sie ganz offensichtlich bereit gewesen war, sich mit dem Grafen Raimund von Tripoli zu vermählen. Dies wurde als Absicht zum Hochverrat verurteilt. Deshalb war vor allem auch Hajat al-Nufus in Gefahr, bei einem Aufstand erschlagen zu werden.

Auch Murdjana glaubte, es sei für die Bewohner von Damaskus gut, wenn Salah ed-Din bald in die Zitadelle von Damaskus einziehe. Niemand hatte ihr gesagt, daß eben jener Salah ed-Din den Befehl zum Mord an ihrem Mann gegeben hatte. Ich hielt es auch für klug, sie unwissend zu lassen, und hatte den Eindruck, Andronikos sei derselben Meinung.

Über all diesen Gesprächen war es spät geworden. Trotzdem bestand Theodora darauf, mir noch den Kopfsprung beizubringen. Sie meinte: »Oh Mahmud, du weißt nicht, ob du so bald wieder Gelegenheit haben wirst, das Hamam zu benutzen. Schlimme Zeiten des Umbruchs werden beginnen!«

Und so geschah es, daß ich noch um Mitternacht eine Pechfackel im Saal des großen Kaltwasserbeckens an die Wand steckte. Unerbittlich zwang mich Theodora, mit dem Kopf und den Händen voraus ins Becken zu springen. Sie duldete nicht, daß ich mich im Wasser oder am Beckenrand ausruhte. Ich weiß nicht, wie oft ich hineinsprang und über die Stufen wieder herauskletterte. Schließlich gab sich Theodora damit zufrieden, daß ich wenigstens nicht mehr mit dem Bauch aufklatschte. Doch sie meinte: »Unbemerkt wirst du so nicht in ein Wasser gleiten können!«

Auf unserem Weg zum Haus am Baradafluß rannten Männer und Frauen an uns vorüber. Ihr Ziel war die Stadtmauer. Wir folgten den Leuten schließlich hinauf zur Mauerkrone. Am Tag hatte man von dort aus einen Blick hinaus zu den Anfängen der Wüste. In dieser Nacht aber erkannte man in der Ferne Feuer. Die Menschen, die um uns standen, riefen: »Das sind die Lagerfeuer des Salah ed-Din! Morgen wird er in Damaskus sein!« In gespannter, fast bedrückter Stimmung gingen Theodora und ich nach Hause.

Am Morgen hielt es mich nicht lange auf dem Lager. Ich wollte den entscheidenden Tag im Hamam erleben. Als ich das Haus verließ, war Theodora bereit, mit mir zu gehen. Ich hatte erwartet, aufgeregte Menschen anzutreffen, doch zu meiner Überraschung war da niemand. In den Straßen herrschte Stille – zumindest in unserm Stadtviertel. In der Nähe des Hamam aber vernahmen wir Jubel. Er kam aus der Gegend der Zitadelle. Obgleich ich neugierig war, drängte ich darauf, zunächst ins Hamam zu gehen. Wie ich vermutet hatte, befand sich Andronikos dort.

Er sprach: »Am frühen Morgen hat das Volk dem Salah ed-Din das Tor bei der Zitadelle geöffnet. Er stand davor, nur von einer Handvoll Bewaffneter begleitet. Seine Streitmacht hatte er am Rand der Wüste zurückgelassen. Salah ed-Din war ganz ohne Anzeichen von Angst durch das Stadttor getreten und auf die Zitadelle zugegangen. Sein Pferd aber ließ er draußen. Salah ed-Din wollte wohl den Bewohnern der Stadt zeigen, daß er nicht hoch zu Roß in der Haltung des Siegers Damaskus betreten wolle.«

Salah ed-Dins Verhalten deutete ich damals so: Es war seine Absicht, den Menschen seine Dankbarkeit zu beweisen. Es mußte ihm bewußt gewesen sein, daß er nicht aus eigener Kraft, sondern durch den Willen der Bewohner die Stadt Damaskus in seine Hand bekommen hatte. Der neue Beherrscher der Gläubigen stellte sich dem Volk gleich – so wenigstens wirkte er auf die Männer und Frauen, die seine Ankunft herbeigesehnt hatten.

Es drängte mich nach draußen. Ich wollte sehen, was sich in der Stadt verändert hatte und wie sich die Bewohner benahmen.

Die Straßen um den Markt waren noch immer verlassen. Daß sich die Familien, die hier wohnten, bei der Zitadelle befinden mußten, war zu hören: Da waren die Stimmen der Männer, die Allah priesen; die Frauen schrien den Namen *Salah ed-Din*; nicht zu verstehen war das Geschrei der Kinder. Der Jubel der Leute stieß mich ab, und ich änderte meinen Sinn.

Ich trat in das Maristan Nur ed-Din ein. In seinem Hof befanden sich weit weniger Menschen als sonst. Es war wohl so, daß auch Kranke und Pfleger zur Zitadelle gelaufen waren. Ich nahm an, Ayub al-Hakim werde, trotz der gewaltigen Veränderungen, die sich während der Nacht vollzogen hatten, seine Schüler wie gewohnt unterweisen. So war es auch wirklich. Die Zahl der Zuhörer war nur wenig geringer als sonst. An diesem Vormittag sprach Ayub al-Hakim darüber, daß es notwendig sei, den Beruf des Arztes, der ein Heilmittel verordnet, von dem des Herstellers eines Medikaments völlig zu trennen. Zum Wohle des Kranken müsse diese Trennung vollzogen werden. Dem Berufsstand des Apothekers sei die Verantwortung übertragen, daß die Heilmittel in einwandfreiem Zustand dem Heilungsbedürftigen zur Verfügung stünden. Der Arzt sagte: »Bislang ist es möglich, daß irgend jemand ein Mittel anbieten und verkaufen kann, dessen Zusammensetzung kein Kundiger überprüft hat. Da ziehen Händler von Stadt zu Stadt und von Dorf zu Dorf. Sie preisen ihre Ware als Heilmittel für alle nur möglichen Leiden an, doch ihre Säfte und Pillen bestehen im besten Fall aus Zucker!«

Eine erste Verbesserung der Krankenpflege in Syrien, so meinte Ayub al-Hakim, sei durch die Prüfung des Wissensstandes der Ärzte bereits erreicht worden. Die zweite Verbesserung sei durch die strikte Trennung von Arzneiverordnung und Arzneiherstellung zu erreichen. Dem Apotheker werde damit eine Art von Kontrolle über das gesamte Medikamentenwesen zugestanden, denn er könne Irrtümer noch verhindern und Verträglichkeit oder Giftigkeit des Mittels ermessen. Ayub al-Hakim schloß seinen Unterricht mit diesen Worten: »Wird der Apotheker von Zweifeln geplagt, ob ein Mittel für einen bestimmten Kranken nicht eher schädlich ist, so hat er sich mit dem Arzt abzusprechen, noch ehe dieses Medikament dem Heilbedürftigen gegeben wird.«

Mit Absicht blieb ich im Raum stehen, bis die anderen Schüler in den Hof gegangen waren. Ich ahnte, daß Ayub al-Hakim mich ansprechen würde, sobald wir allein waren. So geschah es auch.

Er sagte: »Oh Schüler der Heilkunde, du übst derzeit lieber das Schwimmen mit einer schönen Frau als die Methoden der Krankenpflege!«

Seine Stimme klang keineswegs nach Vorwurf – da war eher ein verständnisvoll spöttischer Unterton zu hören. Als ich mich entschuldigen wollte, schnitt Ayub al-Hakim mir das Wort ab: »Die lieber Ungläubige als Gläubige neben sich dulden, werden sie wohl Ehre finden? In der Vierten Sure des Heiligen Buches ist diese Frage gestellt, und sie ist als Warnung gedacht. Dort steht auch, daß Allah die Ungläubigen in der Hölle versammeln wird. Du wirst doch wohl Theodora nicht in die Hölle nachfolgen wollen? Das höllische Ende ist ihr sicher. Bedenke, daß in der Sechsundfünfzigsten Sure geschrieben ist: *Die Gefährtinnen der linken Hand werden in glühendem Winde wohnen und in siedendheißem Wasser und unter dem Schatten eines schwarzen Rauches, der weder kühl noch angenehm ist. Denn sie haben sich der Lust dieser Welt erfreut und beharrten hartnäckig in ruchlosem Frevelmut, indem sie sagten: Wir glauben nicht daran, daß wir auferstehen, nachdem wir Staub geworden sind!* Doch da hat der Prophet, dem Allah ewiges Heil spenden möge, auch geoffenbart, daß Allah die Welt mit allen Geschöpfen ausgebreitet habe, damit dies ein Gegenstand des Nachdenkens, des Lernens, der Ermahnung sei für die Gläubigen. In der Fünfzigsten Sure wird uns dies gesagt: Die Welt, und alles, was sich darauf befindet, sei vom Menschen gedanklich zu erfassen. So hast du das Recht, von Theodora zu lernen, ob es sich nun um das Schwimmen handelt oder um eine Kunst, die der Mann beherrschen sollte, damit sie im Zusammenleben mit einer gläubigen Frau angewandt werden kann. Solange du Schüler der Theodora genannt werden kannst, bist du nicht zu verurteilen!«

Ich bedankte mich bei meinem Meister. Er aber sprach weiter, ohne meinen Dank zur Kenntnis zu nehmen: »Höre, oh Sohn des ersten Hamami! Salah ed-Din wird während der Nacht ins Hamam kommen. Er hat mit dir etwas zu bereden, was in der Zitadelle nicht ausgesprochen werden darf. Damit du überhaupt verstehst, was er will, sei dir eines gesagt: Der Beherrscher der Gläubigen hat die Neigung, Frauen leiden zu lassen, aber auf eine Art, die noch keine seiner Sklavinnen je veranlaßt hat, sich darüber zu beklagen. Es mag deinem Vater und auch der Murdjana entgangen sein, daß das Vergnügen des Salah ed-Din in eurem neuen Hamam darin bestand, den Frauen langsam die Lust an mäßigem Schmerz beizubringen. Er will sich dieses Vergnügen erneut gönnen – und er hat als Ort dafür wiederum das Hamam vorgesehen.« Der Arzt beendete nach diesen Worten unser Gespräch. Er ließ mich, wie das häufig schon geschehen war, allein im Raume stehen.

Ich mußte lange warten in jener Nacht, bis Salah ed-Din das Hamam betrat. Andronikos war es, der ihm die Tür öffnete. Ich bemerkte noch, daß Salah ed-Din allein kam, daß seine Wache wohl vor dem Haus geblieben war. Dann stieß mich Andronikos an: Wir hatten dem neuen Herrn von Damaskus Respekt zu erweisen. Also warfen wir uns vor dem Beherrscher der Gläubigen auf den Boden. Auf sein Zeichen standen wir wieder auf, behielten aber eine demütige Haltung bei.

Salah ed-Din wandte sich an mich. »Oh Mahmud, du und dein Vater haben mir große Dienste geleistet. Dein Vater hat geholfen, mich aus der Stadt zu bringen, als ich in Gefahr war. Doch wichtiger noch war die Tat, die allein dein Werk war: Du hast dem Oberbefehlshaber aller Bewaffneten Syriens die Sklavin Marija geschenkt und hast dann die beiden nach Cairo geschickt mit der ersten Nachricht über das, was in Damaskus vorging. Nachdem du dies für mich getan hattest, wurde dir, oh Mahmud, gesagt, daß ich die Tötung deines Vaters befohlen hätte. Dies ist die Wahrheit: Ich habe die Haschiyun beauftragt, dem ersten Hamami den Dolch in die Stirn zu stoßen. Du hast das Recht, den Grund zu erfahren! Sechs Frauen hatte ich das Zeichen des Krummschwerts auf den Leib brennen lassen, doch schließlich wollte ich nur eine behalten: Gwendolyn, die Tochter des fränkischen Ritters Fulko. Diese Frau liebe ich. Ich hatte ihrem Vater versprochen, daß Gwendolyn die einzige Frau sein wird, die mit dem Mal des Krummschwerts ausgezeichnet ist. Deinem Vater war befohlen, die fünf anderen Sklavinnen aus der Welt zu schaffen. Er aber hat sie verkauft! Der Käufer war der Sklavenhändler Scharoch. Der wiederum hatte den Einfall, samt den fünf Frauen nach Cairo zu reiten, um sie mir als eine Besonderheit anzubieten. Scharoch führte mir voller Stolz die Sklavinnen nackt vor, und ich sah die fünf Krummschwerter. Ich gab sofort Befehl, die Frauen und den Sklavenhändler niederzustechen. Ihre Körper wurden zu Asche verbrannt. Jetzt endlich gab es nur noch Gwendolyn als Trägerin des Krummschwertzeichens.

Deinen Vater, oh Sohn des Hamami, der mir nicht gehorcht hatte, durfte ich nicht am Leben lassen. Jetzt weißt du, oh Mahmud, was sich zugetragen hat.«

Da schwieg ich, und auch Andronikos, der neben mir stand, sagte nichts. Der Beherrscher der Gläubigen beendete die Stille mit diesen Worten: »Ich will, daß das neue Hamam mir wieder zur Verfügung steht! Es soll erneut bewohnt sein von sechs Frauen. Laß mir, wie einst, die Auswahl!«

Mit energischer Bewegung wandte sich Salah ed-Din zur Tür, doch er hielt inne, als Andronikos sagte: »Oh Beherrscher der Gläubigen, können wir deinen Worten entnehmen, daß der Sklavenhändler Scharoch tot ist?«

Die Antwort des Salah ed-Din war die Andeutung eines Nickens.

Andronikos sprach weiter: »Erlaube mir, oh Fürst der Fürsten, daß ich dir eine Bitte unterbreite. Der Emir Ibn al-Muqqadam hatte zugestanden, daß dem Hamam ein Sklavenmarkt angegliedert werde. Diese Erlaubnis war bisher nicht genutzt worden, da die Gelegenheit dazu nicht günstig war. Nun, da Scharoch tot ist, sieht die Sache anders aus. Vorgesehen als Ort dieses Sklavenmarkts waren die Räume des neuen Hamam. Doch nun stehen sie dir zur Verfügung. Wenn du, oh Beherrscher der Gläubigen, die Gnade hast, die Erlaubnis zu erneuern, die eine Eröffnung des Sklavenmarkts möglich macht, werden wir dafür einen weiteren Anbau errichten.«

Salah ed-Din wartete nicht die Floskel der Ergebenheit ab, die jetzt eigentlich folgen mußte. Er sprach: »Ich bin dir, oh Andronikos Komnenos, zu Dank verpflichtet, denn du hast mir Gelegenheit gegeben, schwimmend aus Damaskus zu entkommen. Du hast den Brief an mich geschrieben, der mich zum Marsch auf Damaskus veranlaßte. Du sprachst eben eine Bitte aus – sie soll erfüllt werden! Der Gedanke, daß die Stadt einen Sklavenmarkt erhält, kommt meinen Absichten entgegen. Durch das, was ich unternehmen will, werden derart viele Sklaven diesem Markt zugeführt werden, daß du, oh Andronikos, darauf achten mußt, daß die Preise nicht zu sehr fallen!«

Der Beherrscher der Gläubigen hatte das Hamam eben verlassen, da wurde wieder an die Türe geklopft.

Als ich öffnete, wurde ich durch Bewaffnete beiseite gestoßen, die wohl zur Wache des Salah ed-Din gehörten. Sie verlangten, daß ihnen gezeigt werde, wo der Kadi Ibrahim al-Homsi hause. Ich wies ihnen den Weg. Die Bewaffneten brachen die Tür seiner Kammer auf, packten den Kadi, der kaum bekleidet war, und schleppten ihn aus dem Haus. Weder Andronikos noch ich hatten bemerkt, daß er sich seit der Ankunft des Salah ed-Din im Hamam aufgehalten hatte.

Ich blieb mit Theodora in jener Nacht im Hamam. Doch an Schlaf oder Liebe war nicht zu denken. Andronikos und Murdjana sangen ein Lied, abwechselnd jeder eine Strophe. Ich hatte nie Schöneres gehört. Es ergab sich wie von selbst. Andronikos begann mit diesen Versen:

Weh mir, soll künftig leuchten nicht
Mir durch die dunkle Nacht
Ihr Leib, wie Schnee so weiß und licht,
In voller Schönheit Pracht?

Es täuschten mich die Augen mein.
In Lust ich mich verlor.
Ich sah des lichten Mondes Schein.
Da brach die Sonn' hervor.

Murdjana setzte in derselben Weise das Lied fort:

Weh mir, soll er erwarten nicht
Bei mir des Morgens Lüste?
Da's in der Nacht an Zeit gebricht,
Zu streicheln meine Brüste.

Weh mir, schon bricht der Tag uns an,
Und mit ihm seine Plag'.
Mit Schlaf ist diese Nacht vertan.
Da er doch bei mir lag.

Und wieder nahm Andronikos die Melodie auf:

Sie gab mir Küsse ohne Zahl,
Als ich noch träumend schlief.
Vom Aug' in ihrer Brüste Tal
Ein Tränenbächlein lief.

Da hab' ich für sie Trost gewußt.
Ihr Weinen ward zu Stöhnen.
Die Trauer wandelt sich in Lust.
So konnt' ich sie versöhnen.

Kaum hatte Andronikos geendet, erklang wieder die Stimme der Murdjana. Die Melodie, die bisher sehr ruhig, aber doch lustvoll geklungen hatte, wurde trauriger.

Weh mir, daß er so oft mich nahm.
Das macht mir jetzt viel Leid.
Wenn er zur Nacht mir nahe kam,
Da trug ich nie ein Kleid.

Nun sieht man, daß ich schwanger bin.
Mein Bauch schwillt an, wird groß.
Mein Gespiel jedoch, der ging dahin.
Mein Leib ihn wohl verdroß.

Als Melodie und Worte verklungen waren, sagte Andronikos: »Wir haben dieses Lied zwar in der Sprache dieses Landes gesungen, doch es ist nicht von einem arabischen Dichter verfaßt. Es ist ein Lied, das die fränkischen Ritter aus ihrer Heimat mitgebracht haben. Ich habe es in die arabische Sprache übertragen, damit ich es mit Murdjana singen kann.«

So langsam befiel uns nun doch der Schlaf. Doch ehe wir tatsächlich entschlummerten, klopfte es energisch an die Tür des Hamam. Andronikos schaute nach, wer da eintreten wollte. Als er in den Raum zurückkam, brachte er Mustafa Riad mit, der einst Oberbefehlshaber aller Bewaffneten in Syrien gewesen war.

Unsere Ausrufe des Erstaunens beantwortete er mit einem Lachen. Dann sagte er: »Oh Freunde, die ihr mir geholfen habt! Mein ganzes

Leben lang werde ich euch dafür dankbar sein. Soeben kam ich in Damaskus an. Ich bin im Heer des Salah ed-Din Befehlshaber einer Reitertruppe. Er hatte mich gleich in seine Dienste genommen, obgleich ich Kopte bin. Marija läßt euch grüßen. Ein Kind ist unterwegs. So weit wie du, Murdjana, ist Marija allerdings noch lange nicht. Wenn ich darf, werde ich in meiner bisherigen Kammer hier im Hamam schlafen. Ich weiß allerdings nicht, wie lange der Beherrscher der Gläubigen will, daß ich ihm in dieser Stadt zu Verfügung stehe.«

Da wir uns mit Mustafa Riad über die Fügung des Schicksals freuten, die ihm Glück gebracht hatte, erlaubten wir es ihm gerne, das Hamam als seine Heimat in Damaskus zu betrachten.

Mustafa Riad bedankte sich und sagte: »Jetzt muß ich jedoch rasch in die Zitadelle. Bei Tagesanbruch übernimmt meine Reitertruppe dort im Hof den Wachdienst. Wir haben für Ordnung zu sorgen, während der Kadi gepfählt wird!«

Da fragte ich: »Oh Herr über Männer und Pferde. Von welchem Kadi sprichst du?«

Die Antwort des Befehlshabers war: »Oh Mahmud, es gibt nur den einen hier in Damaskus, den Kadi Ibrahim al-Homsi. Er ist vom Beherrscher der Gläubigen zum Tod durch Pfählung verurteilt worden, weil er sich in jener Nacht nach dem Tode des Nur ed-Din heimlich in der Dunkelheit davongeschlichen hatte. Der Arzt Ibn al-Dakhwar al-Umran war damals beim Beherrscher der Gläubigen geblieben. Der Kadi aber hatte sich dem Emir Ibn al-Muqqadam zur Verfügung gestellt. Salah ed-Din ist deshalb so zornig auf den Kadi, weil dieser ihm kurz zuvor hier im Hamam gehuldigt und ihn sogar auf den Islam verpflichtet hatte. Sobald die Sonne sich erhoben hat, wird der Kadi Ibrahim al-Homsi für seine Untreue grausam bestraft!«

Obwohl mich der Gedanke schreckte, daß einem Mann furchtbare Schmerzen zugefügt würden, bat ich Mustafa Riad doch, er möge mich mitnehmen.

Andronikos, der meine Bitte hörte, nickte zustimmend und sagte: »Es ist gut, wenn ein junger Mann, dem das Leben noch bevorsteht, sehen kann, welches Maß der Grausamkeit unter Menschen möglich ist.«

Mustafa Riad sagte schließlich: »Es ist zwar nicht erlaubt, jemanden mitzubringen, da die Pfählung nicht öffentlich stattfindet. Mich wird aber niemand fragen, wer da als mein Begleiter neben mir steht. Also machen wir uns auf den Weg!«

Grausame Rache

Mit Herzklopfen betrat ich unmittelbar hinter Mustafa Riad den Innenhof der Zitadelle. Nie war ich hier gewesen. Die Mauern des Gebäudes, das den Hof ganz umgab, bestanden aus Quadersteinen. Der Boden war aus festgestampfter Erde. Mitten im Hof waren vier Pflöcke in diesen Boden geschlagen. Ihre Höhe betrug nur die Länge eines Fußes. Dort lag auch eine Stange, die etwa fünf Schritte lang war. An einer Seite war sie angespitzt. Zur andern Seite hin aber nahm die Dicke allmählich zu bis zum Maß eines dünnen Baustammes. Die Männer, die Mustafa Riad kommandierte, waren den Gebäudewänden entlang angetreten, ohne ihre Pferde. Der Befehlshaber und ich stellten uns in die Nähe der vier niederen Pfähle. Eine Tür im Gebäude wurde geöffnet. Ich sah, wie zwei Bewaffnete den Kadi Ibrahim al-Homsi herausführten. Er war nur mit einem Tuch um die Hüften bekleidet. Dieses Tuch wurde dem Kadi abgenommen, sobald er zwischen die vier Pflöcke gebracht worden war. Er wurde mit dem Gesicht nach oben zwischen die Pflöcke gelegt. Dann machten sich die Bewaffneten daran, ihm Arme und Beine weit gespreizt an die Pflöcke zu binden. Jetzt verließ ein Mann das Gebäude, der wohl der Henker in Salah ed-Dins Diensten war. Da kam noch ein zweiter Mann durch die Tür. Zu meiner Überraschung erkannte ich in ihm meinen Lehrmeister, den Arzt Ayub al-Hakim. Bald standen sie jeweils zur Seite des nackten Körpers. Sie warteten offenbar auf die Ankunft des Beherrschers der Gläubigen.

Salah ed-Din kam, umgeben von Bewaffneten, durch eine andere Tür in den Hof. Mit raschem Schritt ging er zur Mitte des Hofs, bis er zwischen den Beinen des ausgespreizt liegenden Kadi stand. Dann spuckte der Beherrscher Gläubigen dreimal auf den Nackten und verließ den Hof so rasch, wie er gekommen war.

Mustafa Riad sagte mit leiser Stimme zu mir: »Er schaut bestimmt durch ein Fenster zu. Ich kenne ihn gut!«

Ayub al-Hakim kniete nun neben dem Kadi. Er hatte ein Messer in der einen Hand, mit der anderen faßte er nach der Männlichkeit des Gefesselten. Da bäumte sich der Körper des Kadi auf, doch die Stricke hielten ihn fest. Ayub al-Hakim hatte es jedoch nicht auf diese Körperteile abgesehen. Er schob sie nur beiseite, um mit dem Messer in die Haut zwischen den Beinen schneiden zu können. Alle Muskeln des Kadi, der ein Mann in mittlerem Alter war, spannten sich, bis sie zitterten. Jetzt holte der Henker die lange Stange. Er legte sie so auf den Boden, daß sich die Spitze bei der eben geschnittenen Wunde befand. Der Arzt hob die Stange leicht an. Da begann der Henker mit einem hölzernen Hammer auf das dicke Ende der Stange zu schlagen. Fast waren die Schläge behutsam zu nennen. Die Spitze bewegte sich eben so weit, daß sie durch die Wunde in den Körper des Kadi eindringen konnte.

Der Kadi, der erst nur gewimmert hatte, brüllte laut, als die Spitze in der Länge eines Fußes eingedrungen war. Ayub al-Hakim kniete noch immer neben dem Kadi. Er betastete den Körper und verfolgte so das Eindringen der todbringenden Spitze. Er gab dem Henker Anweisung, die Lage der Stange leicht zu ändern. Damit veränderte sich auch ihr Weg im Körper.

Als ob er gespürt hatte, daß ich eine Frage stellen wollte, sagte Mustafa Riad zu mir: »Die Kunst des Pfählens besteht darin, weder Herz noch Blutbahnen noch Lunge oder Luftröhre im Körper derart zu verletzen, daß der Gepfählte stirbt. Erst wenn die Spitze zum Gehirn vorstößt, soll das Leiden ein Ende haben.«

Es dauerte lange, bis dem Kadi Ibrahim al-Homsi das Sterben gegönnt wurde.

Mittag war es, als Ayub al-Hakim seine Schüler im Maristan um sich versammeln konnte. Auf das, was am Vormittag geschehen war, ging der Arzt in keiner Weise ein. Er sprach über die Verbreitung von Krankheiten: »Die Ungläubigen sind der Meinung, die Gestirne seien schuld, wenn die Zahl tödlicher Krankheitsfälle rasch zunimmt. Sie vertreten den Standpunkt, eine bestimmte Konjunktion von Mars, Jupiter und Saturn sei verantwortlich für den Ausbruch der Pest. Diese Konjunktion wiederum, so sagen die Ungläubigen, hänge vom Willen Gottes ab. Sie kommen deshalb überhaupt nicht auf den Gedanken, nach dem Grund einer raschen Verbreitung von Krankheiten zu suchen. Im Land der Ungläubigen gilt als feststehende Tatsache, daß gerade die Pest eine Geißel Gottes zur Züchtigung der Menschen sei, die in Sünde leben. So wird nicht versucht, dem Übel auf den Grund zu gehen, sondern man bemüht sich, durch demutsvolle Prozessionen den Zorn Gottes zu besänftigen. Die fränkischen Ärzte wissen nichts von der Gefahr der Infektion. Sie haben sich nie damit befaßt, daß die Krankheit von einem Kranken ausgeht, der davon bereits befallen ist, daß dieser eine Kranke den Erreger weitergibt. Wir wissen, daß dies durch Berührung geschieht. Der Kranke gibt dem Gesunden die Hand – der bisher Gesunde wird nun wiederum zum Kranken. Innerhalb ganz kurzer Zeit wird so der Erreger an viele gesunde Menschen weitergegeben. Möglich ist auch die Übertragung durch Kleidungsstücke, durch Gegenstände. Hilfreich kann beim Auftreten derartiger Krankheiten nur sein, die Betroffenen von den Gesunden zu trennen. So kann die Ansteckungsgefahr gemindert werden. Wir schaffen deshalb abgelegene Häuser, in denen die Pestkranken sterben, ohne zur Gefahr für die Gesunden zu werden. Daß die Ungläubigen eine gewaltige Dummheit begehen, wenn sie die Pest durch Prozessionen eindämmen wollen, ist offensichtlich. Zur Prozession kommen viele Menschen zusammen, auch gerade die Kranken, die glauben, durch Teilnahme geheilt zu werden. Die Kranken stecken dabei die Gesunden an. Wir aber danken dem Allmächtigen und Allerbarmer, weil er uns die Erkenntnis gegeben hat, daß viele Krankheiten ansteckend sind!«

Eigentlich war der Arzt mit seinem Unterricht am Ende angekommen, doch er blieb mit seinem Blick an mir hängen und sagte: »Gerade das Hamam kann ein Ort der Ansteckung sein. Es wird häufig von Fremden aufgesucht, die aus fernen Ländern nach Damaskus kommen. Wer weiß es, welche Krankheiten sie mitbringen! Im Hamam berühren sie andere Menschen und übertragen so diese Krankheiten.«

Darauf sprach Ayub al-Hakim mich direkt an: »Du, oh Mahmud, der du Mitbesitzer des Hamam bist, trägst eine gewaltige Verantwortung für die Gesundheit der Menschen in Damaskus. Es ist deshalb wohl wahrhaftig gut, daß du dich mit der Medizin befaßt, daß du lernst, Krankheiten zu erkennen. Das beste wäre es wohl, du würdest jeden Fremden, der das Hamam besuchen will, erst eingehend untersuchen. Denke darüber nach!«

An jenem Nachmittag spürte ich, wie sehr ich diesem Mann bereits verfallen war. Vielleicht waren es gerade die Gegensätze in der Person des Ayub al-Hakim, die mich beeindruckten: Er pflegte Kranke, linderte Schmerzen, versuchte Menschen vor todbringenden Seuchen zu bewahren – er half aber auch dem Henker, einem Menschen entsetzliche Qualen zuzufügen. Er fühlte sich verpflichtet, den Tod zu bekämpfen – und er ließ morden durch die Haschiyun. Beinahe wäre ich selbst zu einem Mitglied dieser mörderischen Gemeinschaft geworden. Ich nahm mir vor, Allah dafür zu danken, daß mich an jenem Tag rechtzeitig Übelkeit befallen hatte.

Auf dem Weg zum Hamam dachte ich an das grausige Erlebnis des Vormittags. Das Bild des gepeinigten nackten Kadi verfolgte mich. Ich sah in meinem Geiste noch einmal Salah ed-Din aus der Türe der Zitadelle treten. Da fiel mir ein, daß ich mich mit keinem Gedanken während der vergangenen Tage an die Witwe des Nur ed-Din erinnert hatte. Was war mit ihr und ihrem Sohn geschehen? Diese Frage stellte ich gleich nach meiner Ankunft Andronikos.

Er antwortete: »Hajat al-Nufus ist rechtzeitig geflohen. Sie lebt jetzt mit Malik as-Salih Ismaïl in Aleppo. Der Emir Ibn al-Muqqadam aber ist in der Zitadelle geblieben. Man sagt, er sei es gewesen, der dem Salah ed-Din das Tor der Festung geöffnet habe. Ob er sich in Freiheit befindet oder im Gefängnis, das weiß ich nicht.«

Ich wollte mich gerade verabschieden, um endlich einmal wieder mein Vergnügen bei Theodora im Haus am Baradafluß zu finden, da hielt mich Andronikos zurück. »Du, oh Mahmud, warst doch dabei, als der Kadi starb. Sein Tod hat eine rechtliche Konsequenz für dich: Das Eigentum an der Sklavin Dschamila fällt wieder ganz auf die Besitzer des Hamam zurück. Der Tod des Kadi hat wohl die Ehe auf Zeit beendet. Nun erwartet Dschamila während der nächsten Tage die Geburt eines Kindes. Es wird wohl Eigentum dessen werden, der seine Mutter besitzt. Doch da es derzeit keinen Kadi in Damaskus gibt, können wir niemanden fragen, der uns die Rechtslage verbindlich klärt. Warten wir also die Geburt ab. Doch da ist ein anderes Problem, das dringend gelöst werden muß. Der Beherrscher der Gläubigen will, daß das neue Hamam ihm wieder zur Verfügung steht. Erinnere dich, was er sagte! Dies waren seine Worte: ›Es soll erneut bewohnt sein von sechs Frauen! Laß mir, wie einst, die Auswahl!‹ – Wir werden gut beraten sein, wenn wir seinen Wunsch rasch erfüllen. Doch woher nehmen wir die Frauen? Es gibt keinen Sklavenmarkt in Damaskus!«

Ich entgegnete: »Du wirst dem Beherrscher der Gläubigen ohnehin keine Frau anbieten können, die auf dem Sklavenmarkt feilgeboten worden ist. Wir müssen Frauen für ihn finden, deren Leib noch kein Mann angeblickt hat.«

Da schwiegen wir beide, denn es war uns bewußt, daß wir keine Möglichkeit hatten, dem Beherrscher der Gläubigen so zu dienen, wie er es von uns verlangte. Doch plötzlich hatte ich einen Einfall, der eine Lösung für das Problem versprach: Die Haschiyun waren ein Geheimbund, der sich nicht um Recht und Gesetz kümmerte, der eigenen Gesetzen folgte. Die Haschiyun konnten in den verschiedenen Gegenden der Welt Frauen entführen und sie nach Damaskus bringen. Da ich jedoch zuerst noch prüfen wollte, ob der Gedanke wirklich klug war, sagte ich nichts darüber zu Andronikos. Ich verließ das Hamam und verbrachte eine Nacht der Lust mit Theodora. Auch zum Schlafen hatten wir Zeit.

Sanfte Stöße weckten mich auf. Voll Ungeduld sprach Theodora, die auf dem Lager saß, zu mir: »Oh Mahmud, die Nacht war heiß. Meine Haut ist mit Schweißperlen bedeckt. Was hältst du davon, wenn wir bei den ersten Strahlen der Sonne hinaussteigen in den Fluß? Das Wasser muß jetzt angenehm kühl sein!«

Mir gefiel dieser Einfall, und so geschah es, daß Theodora und ich im Baradafluß schwammen. Golden glänzte Theodoras Körper, als die Sonne über der Wüste im Osten aufging. Durch das schimmernde Wasser war ein dunkler Fleck an ihr zu sehen: Es war das Haar ihres Schoßes. Theodora hatte sich früher an jener Stelle rasieren lassen, wie das üblich war in Damaskus, doch seit wir beieinander waren, bedeckte sich ihr Schoß allmählich wieder. Ich sah diesen dunklen Fleck überaus gern.

Sobald sich die feurige Kugel eben über den Horizont erhoben hatte, stiegen wir wieder zurück ins Haus. Es war besser, nicht im nackten Zustand von Nachbarn nebenan oder von Hirten am anderen Ufer gesehen zu werden. Die Nachbarn würden uns als Verderber der Sitten beschimpfen, und die Hirten würden Steine werfen. Noch hatten die Gläubigen die Freuden des Wassers nicht entdeckt.

Die Aussendung der Haschiyun

Erfrischt durch Schlaf, Bad und Spaß in der Nacht verließ ich früher als gewöhnlich das Haus am Baradafluß. Ich wollte mit Ayub al-Hakim reden, noch ehe sich die anderen Schüler im Maristan um ihn versammelten. Das Glück war auf meiner Seite: Er war allein in seinem Raum, als ich dort eintraf.

Ich sprach den Arzt an: »Oh Meister, der du die Hoffnung bist der Heilungssuchenden und Ursache der Verzweiflung für Verurteilte! Da du alles weißt, was im Hamam vorgeht, brauche ich dir nicht zu sagen, welchen Wunsch der Beherrscher der Gläubigen an mich gerichtet hat. Du hattest mich ja vorgewarnt, daß Salah ed-Din im Hamam seine Neigungen ausleben will. Ich aber bin ratlos. Ich sehe keinen Weg, die Frauen zu beschaffen. Das Hamam darf zwar um einen Sklavenmarkt erweitert werden, doch wir sind nicht dazu gekommen, diese Erlaubnis zu nutzen. Und wo kein Markt besteht, da fehlt das Angebot. Der Markt würde uns allerdings auch wenig helfen, denn wir brauchen für den Beherrscher der Gläubigen ganz besondere Frauen. Die aber bietet der Markt nicht. Du, oh Herr, der Macht besitzt über viele Menschen, siehst vielleicht eine Möglichkeit, die Wünsche des Salah ed-Din zu befriedigen. Wenn nicht du selbst, oh Ayub al-Hakim, dann der Bund der Haschiyun!«

Nachdenklich sah mich der Arzt an und sagte schließlich: »Die Sache eilt, oh Mahmud! Der Beherrscher der Gläubigen wird dir kaum Geduld erweisen wollen. Doch diese Zeit des Morgens ist nicht günstig, um Entschlüsse zu fassen. Andere haben ein Anrecht auf meine Gedanken, denn jetzt beginnt die Stunde meiner Schüler. Warte auf mich am Ende!«

Ayub al-Hakim sprach im Unterricht darüber, daß dem Arzt die Möglichkeit gegeben sei, durch Versuche Erfahrung zu gewinnen mit Heilmitteln. Damit dem Menschen geholfen werden könne, müsse häufig das Tier leiden. Er sagte: »Die Wirkung von Haschisch habe ich zuerst an Hunden ausprobiert. So war es möglich, zunächst eine Dosis festzulegen, die nötig ist, um diese Tiere schmerzunempfindlich zu machen. Ergründet werden konnte, daß Hunde gleicher Größe auch durch die gleiche Menge an Haschisch zu betäuben waren. Dann geschah der Glücksfall, daß ich dieselben Versuche mit jungen Männern durchführen konnte. Auch in diesem Fall gelang es, für jeden Grad der Betäubung die notwendige Drogenmenge zu fixieren. Diese Art der Versuchsarbeit ist neuartig auf dem Gebiet der Heilkunst. Die Ärzte Griechenlands kannten diese Methode nicht. Wir sind hier im Maristan von Damaskus auf Neuland vorgestoßen. Das Ergebnis der Arbeit hatte Folgen für die Ordnung am Operationstisch: Es war fortan nicht mehr möglich, daß ein einziger Arzt Amputationen durchführt und zugleich darauf achtet, daß dem Körper, der behandelt wird, die richtige Menge an Haschisch zugeführt wird. Diese Aufgabe wird nun einem zweiten Arzt übertragen, der nichts anderes zu tun hat, als das notwendige Maß der Betäubung herbeizuführen. Beide sind gleichberechtigt. So haben wir während der letzten Unterrichtsstunden gelernt, daß wir die praktische Heilkunde in drei unabhängige Bereiche trennen: den des behandelnden Arztes, den des betäubenden Arztes und den des Apothekers. Ich bin der Meinung, daß wir mit dieser Ordnung einen wichtigen Schritt in die Zukunft der Heilkunde getan haben.«

Die letzten Worte hatten den Abschluß der Stunde angezeigt, und deshalb standen die Schüler auf. Alle verließen den Raum, nur ich blieb zurück.

Als wir allein waren, sagte Ayub al-Hakim: »Du hast natürlich recht, oh Mahmud, der Bund der Haschiyun vollbringt vieles. Wir verfügen auch über Frauen. Es besteht ein selbständiger Bund der Frauen. Die Mitglieder haben jedoch nur die eine Aufgabe, sich den Männern zur Verfügung zu halten. Ich will dir ein Geheimnis verraten: Wenn wir junge Männer ins Paradies entsenden – und du weißt genau, wovon ich spreche –, dann holen wir weibliche Mitglieder des Bundes aus völlig anderen Städten. Wir gehen so der Gefahr aus dem Wege, daß sich Männer und Frauen erkennen. Doch den Bund der Frauen müssen wir vergessen, wenn es darum geht, die Wünsche des Beherrschers der Gläubigen zu befriedigen.

Diesem Anspruch können die Frauen, über die wir verfügen, nicht genügen. Die Frauen des Beherrschers der Gläubigen müssen aus allen Gegenden der Welt zusammengeholt werden, vor allem aus weit entfernten Palästen. Wir rauben, entführen die Frauen. Dazu ist allerdings genaue Planung nötig. Und wir brauchen Geld, viel Geld. Die Beträge, die dafür nötig sein werden, besitzt das Hamam nicht. Sind die Frauen erst eingefangen und gefallen sie dem Beherrscher der Gläubigen, wird er die Kosten ersetzen. Bis dahin aber muß jemand die Ausgaben tragen. Du zuckst mit den Schultern, oh Mahmud? Der Gedanke, Frauen zu rauben, ist eine Sache – die Ausführung ist eine andere. Doch will ich dich trösten: Ich könnte die Summe beschaffen. Allerdings mußt du eine Sicherheit dafür bieten. Du überschreibst mir die Genehmigung zur Errichtung des Sklavenmarkts. Die Erlaubnis, ihn zu eröffnen und betreiben zu dürfen, wird mir gehören, du aber, oh Mahmud, wirst den Sklavenmarkt führen – nach meinen Anweisungen. Diese Regelung soll so lange gelten, bis du mir die Ausgaben mit Zinsen ersetzen kannst.«

Ich wußte, daß mir nichts übrigblieb, als den Vorschlag anzunehmen.

Am Abend besprach ich mich mit Andronikos. Er meinte: »So übel ist der Vorschlag gar nicht. Wir übertragen Ayub al-Hakim ja nicht die Besitzrechte am Sklavenmarkt, sondern die Erlaubnis, ihn zu betreiben.«

Wir hatten jedoch keine Gelegenheit, noch länger über den Vorschlag des Ayub al-Hakim nachzudenken, denn in jener Nacht schenkte Murdjana Andronikos einen Sohn. Obgleich Andronikos ein Ungläubiger war, ließ er es zu, daß der Sohn den Namen Antara bekam, in Erinnerung an einen Helden und Dichter, den die Araber verehren.

Es war schon fast Morgen, als ich die Tür zum Haus am Baradafluß öffnete. Theodora schlief längst. Ich wollte sie nicht wecken und setzte mich nieder, um darüber nachzudenken, aus welcher entfernten Weltgegend wohl Frauen für Salah ed-Din nach Damaskus geholt werden könnten. Meine Erfahrungen und meine Kenntnis von der Welt reichten dazu nicht aus. Ich war noch nie außerhalb der Stadt Damaskus gewesen, und ich hatte nie Unterricht in Geographie genossen. Enttäuscht über mich selbst schlief ich schließlich ein. Doch mein Schlaf war unruhig. Ich wurde von Angstträumen geplagt, Salah ed-Din wolle mich dafür bestrafen, daß ich dabei versagt hatte, seine Wünsche zu erfüllen. Meine Phantasie quälte mich mit der Vorstellung, ich würde zur Vorbereitung der Bestrafung entkleidet werden. Da erwachte ich schließlich und war froh, daß der Traum nicht wahr war.

Es war Theodora, die sich an mir zu schaffen machte, die mir das knöchellange Hemd auszog, das ich tagsüber getragen hatte.

Sie sagte leise: »Komm, laß uns im Mondlicht schwimmen! Das habe ich in meinem Leben noch nie getan!«

So stiegen wir vom Untergeschoß des Hauses hinaus in den Fluß. Ein silbriges Licht lag auf der Wasseroberfläche. Es machte das Wasser undurchsichtig. Von Theodora war allein der Kopf zu sehen. Der Mond schien so stark, daß Theodoras Kopf einen Schatten warf. Ich versuchte, im Schwimmen nach ihrem nicht sichtbaren Leib zu greifen, doch meine Hände griffen daneben. Sie tauchte plötzlich weg. Für eine kurze Zeit war der Wasserspiegel unruhig, doch bald schon war die leichte Strömung des Baradaflusses wie zuvor. Nach einigen Schwimmbewegungen auf das andere Ufer zu befiel mich Unruhe. Es konnte doch nicht sein, daß Theodora ertrunken war? Ich versuchte mich mit dem Gedanken zu beruhigen, Theodora konnte schwimmen wie niemand sonst im Lande Syrien. Ich war nahe daran, ihren Namen laut über das Wasser zu rufen, da dachte ich an die Nachbarn. Ich bat Allah, den Allmächtigen, den Allerbarmer, er möge Theodora wieder auftauchen lassen. Ich versprach dem Erhabenen, ich würde diese Frau, wenn sie noch lebte, dazu zwingen, sich zu Allah zu bekennen. So sehr ich auch die Augen anstrengte, ich sah nur den silbernen Schein des Mondes auf dem Barada.

Auf einmal wurde ich an meiner Männlichkeit berührt, sehr zart. Etwas Weiches umfaßte mein Glied. Da begriff ich endlich: Es waren ihre Lippen. Ich faßte ins Wasser und hielt ihre Haare in der Hand. Da ließen mich die Lippen frei.

Theodora tauchte auf. Tief sog sie die Luft ein. Doch als ihr Atem ruhiger wurde, umschlangen wir uns. Durch Wassertreten blieben wir aufrecht stehen. Dann aber erlahmten unsere Kräfte. Wir beide hatten Mühe, zurück in das Haus zu gelangen.

Auf dem Lager gestand ich Theodora, in meiner Angst um sie hätte ich Allah versprochen, daß auch sie sich, wenn sie nur erst wieder auftauchte, zum Islam bekennen würde. Wir schworen uns Liebe für immer. Theodora war gerührt, und sie versprach, künftig Allah anzubeten.

Auch an jenem Morgen begab ich mich sehr früh ins Maristan. Der Grund dafür war, daß ich Ayub al-Hakim veranlassen wollte, möglichst rasch zu handeln. Mitglieder des Bundes der Haschiyun sollten sich bald auf den Weg machen, um in entfernten Weltgegenden nach auserlesenen Frauen für den Beherrscher der Gläubigen zu suchen.

Lächelnd empfing mich der Arzt. »Oh Mahmud, der von Sorge aus dem Haus getrieben wurde! Seit dieser Nacht schon sind zwölf mal drei junge Männer unterwegs in zwölf Richtungen des Himmelsgewölbes. Willst du wissen, wohin ich sie geschickt habe?«

Als ich nickte, fuhr Ayub al-Hakim fort: »Zu der abgelegensten Burg des Kaschmirgebirges sind drei Männer unterwegs. Drei andere schlagen sich durch zur Gegend Betpak Dala bei der Hungersteppe. Die alte Stadt Erzurum suchen wieder andere. Auch ins Land der Kurden, nach Irbil, habe ich drei Haschiyun gesandt. Dann gibt es den geheimnisvollen Fluß Gogra in Tibet mit unzugänglichen Ufern, dorthin sind ebenfalls drei Männer aufgebrochen. Leichter zu erreichen ist der Markt von Smyrna. Von dort erhoffe ich mir eine Frau besonderer Art. Mit dem Schiff reisen drei Männer nach Alexandria, das im Nildelta liegt. Da die Geschicktheit der Frauen griechischer Inseln weit gerühmt wird, habe ich je drei Haschiyun beauftragt, die Inseln Patmos und Leros abzusuchen. Drei Männer haben nilaufwärts zu fahren bis zum Ersten Katarakt. Dort liegt die Nilinsel Elephantine. In den Dörfern dort sollen die Frauen eine wundervolle braune Haut besitzen. Eine Gruppe von drei Männern hat sich vorgenommen, das Gebirge Ljubusa in Dalmatien zu erreichen. Für die drei letzten habe ich Marsala auf der Insel Sizilien als Endpunkt der Reise ausgewählt. Unterschiedlichere Gegenden als diese kann sich niemand vorstellen. Allerdings ist da eine Schwierigkeit. Es wird mindestens ein Vierteljahr dauern, bis die Haschiyun wieder nach Damaskus zurückgekehrt sind. Beten wir darum, daß Allah, der Erhabene und Allerbarmer, ihre Heimkehr überhaupt gestattet. Fraglich wird es auch sein, ob sich der Beherrscher der Gläubigen von dir vertrösten läßt. Er will, daß seine Wünsche rasch erfüllt werden. Du, oh Mahmud, wirst Allahs Hilfe in hohem Maße benötigen.«

Wieder war die Stunde der Schüler angebrochen. Sie versammelten sich um Ayub al-Hakim und hörten ihm zu, als er diese Worte sprach: »Oh Wißbegierige! Ich habe euch berichtet, daß der Arzt durch Erforschung der Wirkung von Heilmitteln auf die Spur medizinischer Geheimnisse gerät. Allah, der Erhabene, hat uns angewiesen zu lernen und dazu unseren Verstand zu gebrauchen. Der Allmächtige kann uns jedoch auch durch sein direktes Wirken, das wir häufig Zufall nennen, auf ganz außergewöhnliche Medikamente stoßen lassen. Dem berühmten Arzt Ibn Butlan ist dies geschehen, der zwar ein Christ war und eben doch kein Ungläubiger, da er es nie vergaß, Allah für dessen spürbare Hilfe zu danken. Ibn Butlan, der erst vor sechs Jahren gestorben ist, war in Bagdad geboren worden. Er hat vor allem in Alexandria am Nil gewirkt, aber auch in Aleppo, also in Syrien. Hört, was ihm eines Tages geschehen ist: Ein Mann trat bei Ibn Butlan ein, und der Arzt erkannte sofort, daß dieser Mann an Wassersucht litt, denn sein Bauch war aufgebläht, der Hals aber war dünn. Vergeßt nicht, daß dies die zwei Merkmale für Wassersucht sind! Da sagte Ibn Butlan zu dem Kranken: ›Mein Herr, ich kann wahrhaftig nichts für dich tun! Die Medizin, die ich kenne, kann dir nicht helfen!‹ Traurig verließ der Kranke das Haus des Arztes. Einige Zeit später aber kam der Mann wieder. Er wollte Ibn Butlan zeigen, daß das Übel völlig verschwunden war: Der Bauch war nicht mehr dick und der Hals nicht mehr dünn. Da wollte der Arzt wissen, mit welchem Heilmittel sich der Mann behandelt habe. Der aber sprach: ›Bei Allah, ich habe mich nicht behandelt, denn ich bin arm und könnte eine Behandlung nicht bezahlen. Ich habe auch niemanden, der sich um mich kümmert, außer meiner Mutter, die schon alt und gebrechlich ist. Sie hatte Essig in einem irdenen Krug, und in den tauchte sie mir an jedem Tag ein Stück Brot, das aß ich dann.‹ Da wollte Ibn Butlan wissen, ob von dem Essig noch etwas übrig sei. Der Mann meinte, es sei bestimmt noch Essig vorhanden. Der Arzt bat darum, daß ihm der Essigkrug gezeigt werde. Der Geheilte und Ibn Butlan gingen in das Haus der alten Mutter. Dort war der Essigkrug zu sehen. Als der Arzt sich das Gefäß näher anschaute, da bemerkte er, daß am Boden des Krugs eine Natter lag, die schon weitgehend zerfallen war. In diesem Augenblick wurde Ibn Butlan die Erkenntnis zuteil, daß das Gift der Natter in Verbindung mit Essig die Wassersucht zu heilen vermag. Da sprach der Arzt: ›Allah sei Dank, daß er den Kranken auf diese Weise geheilt hat. Niemand wäre auf den Gedanken gekommen, Natterngift und Essig bildeten einen Stoff, der heilkräftig ist!‹«

Ayub al-Hakim beendete den Unterricht mit den Worten: »Der Arzt soll sich immer von Allah an der Hand nehmen lassen, wenn er sich vorgenommen hat, den Kranken wirklich zu helfen! Nehmt euch diesen Rat zu Herzen!«

Diesmal hielt mich Ayub al-Hakim nach dem Unterricht nicht zurück, und so verließ ich das Maristan und ging ins Hamam.

Dort traf ich Andronikos an, der mir gleich berichtete, der Tag bringe wohl ein gutes Ergebnis, denn das Haus sei gefüllt mit Kaufleuten, die mit einer Karawane aus Aleppo gekommen waren. Die Diener des Hamam hatten schon Gespräche belauscht, die den Aufenthalt der Witwe des Nur ed-Din und des Malik as-Salih Ismaïl in Aleppo zum Inhalt hatten.

Die Kaufleute hatten erzählt, die Witwe und der Sohn des Nur ed-Din seien in Nordsyrien recht beliebt, und man könne nicht verstehen, daß die Bewohner von Damaskus die beiden verraten hätten. Aus den Gesprächen der Kaufleute im Dampfbad war auch zu erfahren, daß sie nichts einzuwenden hatten gegen eine eheliche Verbindung zwischen der Witwe des Nur ed-Din und dem christlichen Grafen Raimund von Tripoli. Die Handelsherren von Aleppo glaubten, der Zusammenschluß von christlichem Königreich und Nordsyrien werde die Schaffung einer starken Handelsmacht bewirken. Da müsse man nicht lange darauf warten, bis sich Damaskus schließlich doch dem starken Pakt anschließen werde. Von den Dienern war dieser Satz aufgeschnappt worden: »Die heute in Damaskus mächtig sind, werden sich noch wundern!«

Andronikos war zu Recht der Meinung, in der Zitadelle müßten die Verantwortlichen Bescheid wissen über das, was die Kaufleute von Aleppo geredet hatten. Es ergab sich, daß am Abend jenes

Tages der Reiterführer Mustafa Riad ins Hamam kam, um sich zu pflegen. Nachdem er von Andronikos über die belauschten Gespräche unterrichtet worden war, meinte er: »Das kann ich euch schon jetzt sagen, der Krieg gegen Aleppo wird nicht lange auf sich warten lassen!« Ohne das Dampfbad benützt zu haben, eilte Mustafa Riad zurück in die Zitadelle. Bereits am Morgen brach sein Reiterverband in Richtung Aleppo auf. Salah ed-Din folgte den Berittenen nur wenig später. Ich war keineswegs unglücklich über diese Entwicklung, denn sie verminderte die Gefahr, von Salah ed-Din gefragt zu werden, wann denn die Frauen, die er sich gewünscht hatte, in seiner Stadt einträfen.

Ein Haus für den Sklavenmarkt

Es war ein Tag der Unruhe in Damaskus. In den Straßen waren Fußtruppen und Berittene zu sehen, die sich zum Abmarsch sammelten. Die Leute sprachen darüber, daß schwere Belagerungsmaschinen für den Kampf um Aleppo bereitgestellt würden. Offenbar plante Salah ed-Din einen Krieg von langer Dauer.

Dieser Meinung war auch Ayub al-Hakim. Er sprach mich in dem Augenblick an, als ich das Maristan betrat. Harsch waren seine Worte. »Es wäre klüger, oh Mahmud, wenn du erst zu mir kommen würdest, ehe du oder Andronikos einen Mann der Waffen wie Mustafa Riad wissen läßt, was im Hamam geredet wird. Der Mann der Waffen begreift nie den Hintergrund einer Begebenheit. Wir kannten die Sprüche der Männer von Aleppo auch, doch wir haben geschwiegen gegenüber den Mächtigen in der Zitadelle. Nun hat Salah ed-Din einen Krieg begonnen, dessen Ausgang unsicher ist!«

An jenem Tag unterrichtete der Arzt Ayub al-Hakim seine Schüler nicht.

Ich nutzte die Gelegenheit des freien Morgens aus, um mich nach einem Grundstück zu erkundigen, auf dem das Haus für den Sklavenmarkt gebaut werden konnte. Es sollte möglichst nahe beim Hamam stehen, Tür an Tür, mit einem Durchgang vom alten Hamam aus. Ich besuchte also den Nachbarn, der ein bescheidenes Gebäude besaß, das aus schlichten Balken bestand. Der hölzerne obere Teil war während der Belagerung durch das Heer der Ungläubigen einst in Flammen aufgegangen. Man hatte mir erzählt, das Haus habe vor der großen Verwüstung prachtvoll ausgesehen. Für die Wiederherstellung des früheren Zustands hatte der Nachbar kein Geld gehabt. Sein Gewerbe – er handelte mit Tongefäßen, die er von den Brennereien im Tal des Euphrat bezog – ermöglichte ihm eben nicht mehr als ein schlichtes Leben. Er besaß keine Frau und keine Kinder. Auch lebten bei ihm keine anderen Familienmitglieder.

Das Tor seines Gewölbes stand offen, und so rief ich in den Laden hinein: »Ich grüße dich, oh Omar, der du mit zerbrechlichem Gut umzugehen verstehst! Im Namen Allahs, des Allbarmherzigen, ich bitte dich, dein Ohr meinen Worten zu öffnen!«

Da lud Omar mich ein, mich in seinem Laden auf die Kissen zu setzen. Er ließ mir durch einen Diener eine kleine Tasse mit Kaffee reichen. Ich nahm von dem Zucker, der auf einem niederen Tischchen bereitstand. Dann war der Augenblick gekommen, den Sinn meines überraschenden Besuches zu erklären.

Ich sprach: »Oh Omar, du hattest die Güte, in der Nähe deines Hauses das Hamam zu dulden. Männer und Frauen in großer Zahl gingen an deiner Tür vorüber, um bei mir einzutreten. Keiner meiner Besucher, so glaube ich, hat jemals bei dir einen tönernen Topf gekauft. Mein Gefühl sagt mir, daß du dich nach einem Haus in den Marktstraßen sehnst, das günstiger gelegen ist, an dem Männer und Frauen nicht vorüberhasten, weil ihre Gedanken bereits vorausgeeilt sind ins Hamam. Ich könnte dir helfen, ein solches Haus zu finden, im Austausch gegen dieses Gebäude hier. Ehrlich gesagt, oh Omar, ich habe ein Auge auf deinen Grund und Boden geworfen. Was ist deine Meinung, oh Mann, der du dafür sorgen willst, daß Fleisch und Gemüse mit Anstand gegessen werden in dieser Stadt?«

Der Nachbar Omar dachte nach. »Oh Mahmud, der du von der Gnade des Erhabenen mehr gesegnet bist als ich! Dieses Haus und den Boden, auf dem es steht, habe ich geerbt. Viel Glück hatte ich nicht damit gehabt. Und was wird uns die Zukunft bringen? Salah ed-Din ist ein Mann, der Krieg führen will. Er ist jetzt nach Aleppo gezogen, um den Sohn des Nur ed-Din zu töten. Ist dies, oh Mahmud, ein Vorhaben, das Allah gefällt? Es wird Unglück über uns bringen. Damaskus, glaube mir, wird noch einmal brennen –

und diesmal werden die Ungläubigen siegen. Ich bringe mich in Sicherheit. Ich verlasse Damaskus! Deshalb erscheinst du mir, als ob dich Allah geleitet hätte. Wenn du mir einen vernünftigen Vorschlag machst, was den Preis betrifft, werden wir sofort handelseinig!«

Was ich mir kaum hatte vorstellen können, geschah an jenem Morgen: Ich wurde Besitzer des Nachbargrundstücks. Rasch waren wir uns einig geworden. Ich hatte einen Kaufpreis vorgeschlagen, der aus den Erträgen des Hamam zu bezahlen war. Nach Abschluß des Geschäfts fragte ich den Nachbarn: »Sage mir, oh Omar, wohin wendet sich dein Schritt, wenn du Damaskus verläßt?«

Seine Antwort war: »Oh Mahmud, der du mir jetzt zum wahren Freund wirst! Ich werde den Baradafluß hinaufwandern und an seiner letzten Biegung, wenn er sich dem Gebirge zuwendet, Tränen des Heimwehs vergießen. Über die Berge und Täler des Antilibanon werde ich das fruchtbare Bekaatal erreichen und dann das Libanongebirge hinaufsteigen. Bald sehe ich wohl das weite Meer vor mir liegen. Freudigen Herzens werde ich hinunterwandern zur Hafenstadt Beirut. Dort mache ich einen Handel auf. Womit ich allerdings handeln werde, das weiß ich noch nicht. Doch in einem bin ich mir sicher: In Beirut, am Meer, blühen die Geschäfte, dort verdient jeder – und die Mächtigen profitieren davon. Niemand wird so dumm sein, dort, wo er verdient, Krieg zu führen. Beirut wird also ein sicherer Platz für mich sein. Deshalb ist Beirut mein Ziel.«

Viel zu packen hatte Omar nicht. Sein Haushalt war klein gewesen. Was er besaß, das konnte ein Esel tragen.

Und so besorgte er sich ein solches Tier. Omar kam noch herüber in das alte Hamam, um sich zu verabschieden. Er wünschte uns allen, mir und Murdjana, aber auch dem Eunuchen Abd'Allah, daß wir die kommenden schweren Zeiten überstehen möchten. Er rief Allahs Segen auf uns herab.

Schon zwei Tage später begannen Arbeiter, die Andronikos aus dem ärmeren Vierteln im Süden der Stadt geholt hatte, mit dem Abbruch des Nachbarhauses. Zuerst wurden die Holzbalken und Bretter des oberen Stockwerks abgetragen, dann wurde das steinerne Gewölbe des Ladens auseinandergebrochen. Die behauenen Quader wurden beiseitegeräumt. Es war vorgesehen, sie beim Neubau wieder zu verwenden. Ich hatte allerdings keine Vorstellung, wie dieser Neubau auszusehen hatte, denn ich wußte nicht, wie ein Sklavenmarkt beschaffen sein mußte.

Andronikos aber hatte schon eine solche Einrichtung gesehen. Er sagte: »Das war in Smyrna, der Hafenstadt im Reiche Byzanz. Sie liegt fünf Reisetage von der Hauptstadt entfernt, am Weg zum offenen Meer. Smyrna ist eine sehr alte Stadt. Dort treffen sich Händler aus den Ländern der Christen und der Moslems. Sie handeln mit allem, auch mit Sklaven. Diese Ware wird meist von Seeräubern angeliefert, die alle Küsten des Meeres unsicher machen und alle Schiffahrtswege beherrschen. So ist das Angebot auf dem Markt von Smyrna meist riesig. Dafür ist das Gebäude auch recht großzügig angelegt. Wer einen Sklaven kaufen will, der benützt einen anderen Eingang als jener, der eine Sklavin sucht. Männer und Frauen werden in getrennten Räumen verkauft. Doch auch im Gebäudeteil der Männer und der Frauen gibt es zwei Abteilungen: In der einen werden jeweils Sklaven oder Sklavinnen verkauft, die als Masse angeboten werden. Sie sind dazu bestimmt, zu arbeiten oder Kinder in die Welt zu bringen. In der anderen Abteilung aber werden dem Kaufwilligen wertvolle Einzelstücke vorgestellt, die, gleichgültig ob Mann oder Frau, dem Vergnügen des Käufers dienen sollen. Wir benötigen also vier Gruppen von Räumen, die jeweils mit Schlafgelegenheiten und mit Bädern ausgestattet sein müssen. Mit einem guten Baumeister zusammen werde ich die Anlage schon entwerfen können. Doch zuvor muß eine Frage geklärt werden: Wie groß soll denn das Angebot sein, der Vorrat an Sklaven? Denken wir an fünfzig oder an hundert – oder an noch mehr?«

Ich konnte Andronikos keine Antwort geben. Über die Zahl der Sklaven und Sklavinnen, die auf unserem Markt angeboten werden sollten, hatte ich noch nicht nachgedacht. Ich hatte auch jetzt keine Gelegenheit dazu, denn zu meiner großen Überraschung und auch zur Verblüffung des Andronikos betrat Ibn al-Dakhwar al-Umran den Vorraum des alten Hamam.

Ich sprach zu ihm: »Bei Allah, dem Erhabenen und Allmächtigen! Es war noch zur Zeit meines Vaters, des ersten Hamami, daß dein Fuß den Boden des Hamam betreten hat. Ich war fast noch ein

Kind damals, und ich habe dich auch nicht oft gesehen, doch ich erinnere mich an dein Gesicht!«

Andronikos rief aus: »Oh Herr, der du dem Beherrscher der Gläubigen die Treue gehalten hattest, als ihm die Zitadelle verschlossen blieb! Oft haben wir an dich gedacht, aber wenig nur von dir gehört.«

Ibn al-Dakhwar al-Umran unterbrach ihn: »Du, Andronikos, hast mich über den Baradafluß gebracht, als der Beherrscher der Gläubigen und ich in Gefahr waren. Dies werde ich dir ewig danken. Und auch dir, oh Mahmud, danke ich – wegen deines Vaters, der nicht gezögert hat zu helfen. Viel habe ich erlebt in den Jahren meiner Abwesenheit von Damaskus. In Jerusalem war ich und dann in Cairo. Der Beherrscher der Gläubigen hat mich zum Arzt seiner Frau, der Herrin Gwendolyn, ernannt, der Tochter des Ritters Fulko. Um ihre Ankunft in der Zitadelle vorzubereiten, bin ich nach Damaskus gekommen. Nun aber führt der Beherrscher der Gläubigen Krieg. Ich nehme nicht an, daß er unter diesen Umständen die Herrin Gwendolyn bald hierher kommen läßt.«

Da dachte ich für einen Augenblick, daß es ohnehin besser sein würde, wenn Gwendolyn in Cairo bliebe, schließlich waren ja die Haschiyun unterwegs, um geeignete Frauen für Salah ed-Din aus fernen Ländern zu holen. Meine Gedanken behielt ich jedoch für mich, da ich nicht wußte, ob Ibn al-Dakhwar al-Umran auf der Seite des Salah ed-Din oder der Herrin Gwendolyn stand.

Da trat Theodora durch die Tür. Der Arzt war nun der Überraschte, als er sah, daß sie sich mir zuwandte und neben mich setzte. Der Wandel der Neigungen war rasch erklärt. Herzlich begrüßte Ibn al-Dakhwar al-Umran dann Murdjana, die eben die Speise des Abends hereintrug. Es gab ein Gericht aus Blumenkohl und Kartoffeln, das mit gemahlenem Kardamomgewürz, mit feingeraspeltem Ingwer und mit Koriander und Zimt verfeinert worden war.

Als wir gegessen hatten, wollte der Gast wissen, welche Pläne uns beschäftigten. Wir erzählten ihm von der Absicht, einen Sklavenmarkt einzurichten.

Ibn al-Dakhwar al-Umran meinte: »Da kann ich euch helfen! In Cairo habe ich mir den dortigen Markt angesehen, er ist zwar klein, aber sehr sauber gehalten. Die Aufsicht untersteht einem Kopten.«

Ehe der Arzt weitersprechen konnte, war aus einem Raum, den ein Vorhang verschloß, die Stimme Murdjanas zu hören. Sie sang diese Verse:

Neben dem Bache, gleich bei der Weide,
Dort befand sich unser Bett.
Im Grase lagst du, Augenweide!
Mit nichts, was dich bedecket hätt'.

Aus Blumen war die Bettstatt mein.
Jedoch aus Rosen nicht!
Auf Nelken durft' ich glücklich sein,
Mit Lächeln im Gesicht.

Daß ich bei dir war, wußte keiner,
Und niemand sah der Liebe zu.
Ich schämte mich, wüßt's auch nur einer!
Zu Ende wär' mir Fried' und Ruh.

Nachdem Murdjana verstummt war, sagte Ibn al-Dakhwar al-Umran: »Seltsame Lieder werden im Hamam gesungen. Aus dem Geist arabischer Dichtkunst ist dieses Lied nicht entstanden!«

Da antwortete Andronikos: »Du hast recht, oh Kenner der Dichterschulen Arabiens. Aus dem christlichen Königreich habe ich das Lied mitgebracht. Der Dichter ist ein Ritter namens Gautier de Lyon. Seine Worte haben sich ganz einfach in die arabische Sprache übertragen lassen. In Damaskus ist derzeit niemand zu finden, der Verse zu dichten versteht. Der letzte der Dichter dieser Stadt war Schawahi, der hauptsächlich Rätselverse zu schreiben wußte. Doch Schawahi ist verschollen.«

Die Pechfackeln brannten langsam herunter. Mit der wachsenden Dunkelheit übermannte uns die Müdigkeit. Ibn al-Dakhwar al-Umran bat darum, die Nacht in einer Nische des Hamam verbringen zu dürfen. Ich gab ihm die Kammer, die der Kadi Ibrahim al-Homsi bewohnt hatte. Die Sklavin Dschamila, die schwanger war, hatte sich für diese Nacht mit einer Ecke der Vorhalle zu begnügen. Als der Arzt versorgt war, verließ ich mit Theodora das Hamam. Wir wollten die Nacht im Haus am Baradafluß verbringen.

Wieder einmal wurde ich vor Sonnenaufgang geweckt. Ich spürte, daß ich gestreichelt wurde. Als ich Lust zu morgendlichem Vergnügen bekam, da schob mich Theodora weg. Sie sagte: »Oh Mahmud, es soll nicht immer so geschehen, wie du das willst – laß uns, noch ehe die Sonne aufgeht, um die Wette schwimmen. Wer gewinnt, der darf für diesen Tag bestimmen, was in der Liebe geschehen soll.«

Da Theodora dies mit schmeichelnder Stimme sagte, ließ ich mich darauf ein. Als wir im kleinen Haustor standen, das zum Wasser hinausführte, lag der erste Morgenschein auf dem Fluß. Die Häuser am Ufer auf unserer Seite waren zu erkennen – und am anderen Ufer Sträucher und Bäume.

Theodora sagte leise: »Siehst du die Weide dort drüben? Bis dorthin schwimmen wir. Dann kehren wir um. Wer zuerst wieder hier im Tor steht, der hat gewonnen! Wenn ich *Jallah!* sage, schwimmen wir los.«

So geschah es. Ich schwamm von Anfang an mit voller Kraft. Die Strecke bis zur Weide war nicht groß. Sie war vielleicht fünfzig Schritte lang. Als ich bei der Weide ankam, um zu wenden, war ich schon fast außer Atem. Theodora kam zwar nach mir dort an, doch mein kleiner Vorsprung schwand dann auf dem Rückzug rasch. Sie stieg vor mir aus dem Wasser und stand dann, als ich recht langsam angeschwommen kam, lächelnd unter dem Tor. Die ersten Sonnenstrahlen ließen ihren Körper rotgolden schimmern.

Ich überlegte mir gerade, was sich die Gewinnerin wohl an diesem Tag für die Liebe ausgedacht hatte, da sah ich, daß hinter ihr eine Gestalt auftauchte. Laut schrie ich auf, um Theodora zu warnen. Erschreckt sprang sie, mit den Füßen voraus, ins Wasser. Jetzt erst erkannte ich die Gestalt: Es war Abd'Allah, der Eunuch aus dem Hamam. Er gab uns Zeichen, ins Haus zu kommen. So stiegen Theodora und ich aus dem Wasser.

Von Abd'Allah, der einst unter der Folter die Sprache verloren hatte, war nicht zu erfahren, warum er zu dieser ungewöhnlichen Zeit in unser Haus gekommen war. Er gab uns aber zu verstehen, daß wir mit ihm gehen sollten. Als erfahrener Diener eines Bades bemühte er sich um Theodora: Mit einem Tuch, das neben dem Tor für unsere morgendlichen Badevergnügen bereitlag, rieb er den

Leib der Frau trocken – und sie ließ es sich gerne gefallen. Ich aber stand nackt und frierend daneben.

Als wir angezogen waren, folgten wir Abd'Allah, der den Weg zum Hamam einschlug. In dieser frühen Stunde war noch niemand unterwegs auf den Straßen. Seltsam hallten unsere Schritte in der Stille von den Hauswänden zurück. Wir sprachen nichts, bis wir das Hamam erreicht hatten.

Andronikos erwartete uns schon. Auf den Kissen seiner Nische saß Ibn al-Dakhwar al-Umran. Das Selbstvertrauen, das der Arzt sonst so gern zeigte, war verschwunden. Er machte einen ängstlichen Eindruck. Da saß noch jemand in der Nische: eine verhüllte weibliche Gestalt. Sie lüftete leicht das Tuch, das ihr Gesicht verborgen hatte. Ich erkannte die Sklavin Dschamila. Das Licht einer Fackel erhellte den Raum nur wenig. Daß sich da eine weitere Gestalt befand, liegend und von schwarzem Tuch bedeckt, das wurde mir erst allmählich bewußt.

Ohne jegliche Begrüßung sprach Andronikos: »Abd'Allah, der nachts selten lange schlafen kann, hat es sich angewöhnt, in der Dunkelheit immer wieder durch das Hamam zu schleichen, ohne daß er bemerkt wird. In dieser Nacht aber war wohl noch jemand anderes im Hamam unterwegs. Es kam zu einem Kampf in der Vorhalle. Was dort wirklich geschehen ist, erfuhr ich von Dschamila, die dort schlief und vom Geräusch des Kampfes aufgeweckt wurde. Sie sagte mir, daß sie den Fremden festgehalten habe, als er zu entkommen versuchte. Abd'Allah hat dann die Hände um den Hals des Eindringlings gelegt – und zugedrückt, bis der Mann sich nicht mehr bewegte. Der Tote liegt da unter dem Tuch!«

Ich fragte voll Furcht: »Sage mir, oh Andronikos, was wollte der Mann im Hamam?«

»Er hat dem schlafenden Ibn al-Dakhwar al-Umran einen Dolch auf das Kopfkissen gelegt!«

Stille herrschte in der Nische, bis ich sagte: »Dies ist das Zeichen, daß er sterben soll! Die Haschiyun wollen ihn töten!« Erst jetzt fiel mir auf, daß Murdjana nicht bei uns war, und ich fragte nach ihr. Andronikos sagte, sie liege weinend in ihrer Kammer. Daß die Haschiyun sich zum zweiten Mal ein Opfer im Hamam auswählten, habe ihr Gemüt verzweifelt gemacht.

Meine Frage, was mit der Leiche zu geschehen habe, löste nur ein Achselzucken bei Andronikos aus.

Da schrie Ibn al-Dakhwar al-Umran plötzlich: »Ihr kümmert euch um einen Toten! Doch was mit mir geschieht, ist euch gleichgültig! Man bedroht mich! Man will mich töten! Bringt mich in Sicherheit!« Dann erschütterte Schluchzen den Oberkörper des Arztes.

Da verließ ich das Hamam. Die Stunde des Unterrichts im Maristan war gekommen.

Das rätselhafte Schwert

Ayub al-Hakim ließ auf sich warten. Die Schüler standen in Gruppen beieinander und sprachen über Neuigkeiten, die von der Belagerung der Stadt Aleppo bekanntgeworden waren. Salah ed-Dins Kriegsmaschinen hatten bereits begonnen, Breschen in die Stadtmauer zu schlagen. Lange konnte Aleppo wohl nicht mehr aushalten. Angenehm war mir diese Nachricht nicht, denn sie rief mir ins Bewußtsein, daß ich einen Auftrag des Salah ed-Din zu erfüllen hatte. Wenn der Beherrscher der Gläubigen nach Damaskus zurückkehrte, erwartete er, daß dieser Auftrag erfüllt war.

Kaum war Ayub al-Hakim in den Raum des Unterrichts eingetreten, begann er zu sprechen: »Oh Männer, die ihr für euch die Aufgabe gewählt habt, anderen zu helfen! Nicht Erkrankungen der Lunge oder des Herzens werden euch tagtäglich beschäftigen, sondern gewöhnliche Übel. Dazu gehören eiternde Hautentzündungen, Furunkel. Dutzende von Männern und Frauen, deren Hals, Arme, Bauch oder Hintern damit bedeckt sind, werden jeden Tag Heilung von euch erbitten. Merkt euch ein Mittel, das meist die Entzündung verschwinden läßt. Zerreibt Blätter von Hundsgiftgewächsen – dazu zählen Stauden, die Milchsaft enthalten – bis ein Brei entstanden ist. Vermischt den Brei mit scharfem Essig und dickt ihn durch Öl ein. Bestreicht mit der Paste, die ihr so erzeugt habt, die kranke Hautstelle. Der Eiter wird innerhalb von zwei Tagen verschwinden. Damit ist die Behandlung jedoch noch nicht zu Ende. Nehmt dann ein scharfes Messer und schabt von einem

Bleiblock ein wenig des Metalls ab. Dieses Mehl vermischt ihr mit Butter. Nehmt ein Zehntel Bleimehl und neun Zehntel Butter. Die fettige Masse tragt ihr auf die eiterfreie Entzündung auf. Sie klingt ab und wird nach fünf Tagen verschwunden sein. Die Geheilten werden es euch danken!«

Ohne den Fluß seiner Rede zu unterbrechen, wechselte der Arzt den Gegenstand seines Unterrichts: »Oh Männer, von deren Geschick das Leben vieler abhängen wird! Der Beherrscher der Gläubigen wird den Islam zum höchsten Ruhm führen. Dies aber gelingt nur durch Krieg. Der Kampf jedoch ist mit Verwundungen verbunden. Ihr müßt euch deshalb vertraut machen mit der Behandlung von Wunden. Welche Ergebnisse dadurch erreicht werden können, will ich euch anhand einer Begebenheit berichten. Da gab es – und es gibt ihn immer noch – einen tapferen und starken Mann, der Numair al-Allaruzi heißt. Wo immer sich Gelegenheit ergab, kämpfte dieser Numair gegen die christlichen Ritter. Als er eines Tages mit einer Gruppe Gleichgesinnter unterwegs war im Gebiet des Königreichs der Ungläubigen, da bemerkte er, daß sich etwa ein Dutzend Ritter in einer Höhle versteckt hatte. Der Eingang war so eng, daß ein Mann mit Schild und Schwert gar nicht in die Höhle eindringen konnte. Numair al-Allaruzi ließ deshalb beides fallen und stieg durch den Höhleneingang. Ein Messer war seine einzige Waffe. Da trat ihm ein Ritter entgegen. Numair konnte den Gegner mit dem Messer niederstechen. Doch da erschien ein zweiter Ritter, und der hatte schon sein Schwert erhoben. Die Waffe sauste nieder und durchschnitt das Gesicht des Numair. Wange, Nase und Oberlippe hingen herunter auf den Hals, nur noch festgehalten durch blutiges Gewebe. Es gelang dem Numair, aus der Höhle zu entkommen. Seine Kampfgenossen hoben ihn aufs Pferd und brachten den Verletzten zur Burg Schaizar. Es war Zufall, daß ich mich dort befand. Ich versuchte, was ich nie zuvor gemacht hatte. Ich nähte die Hautlappen mit einem dünnen Faden an die an ihrem Platz verbliebene Haut an. Daß die Hautlappen noch durch Gewebe mit dem Körper des Numair verbunden waren, gab der kühnen Behandlung eine Aussicht auf Erfolg: Die abgetrennten Teile wurden noch durch Blut versorgt. Ich machte so wenige Stiche wie nur möglich, um die Haut nicht noch mehr zu beschädigen. Und wurde meine Methode vom Erfolg gesegnet? Tatsächlich, mit Allahs Hilfe gelang es, die abgetrennte Haut wieder anwachsen zu lassen. Ich durfte durch die Gnade des Allmächtigen sehen, wie die Wunde verheilte. Nach vier Wochen versuchte ich, die Fäden zu entfernen. Dies war jedoch nur zum Teil möglich, weil ich sonst die Wunde wieder aufgerissen hätte. Natürlich war das Gesicht des Numair al-Allaruzi fortan durch eine schlimme Narbe entstellt, doch er besaß wenigstens noch seine Wange, seine Nase und seine Oberlippe.«

Mit diesen Worten beschloß Ayub al-Hakim den Unterricht: »Sobald Gelegenheit dazu besteht, werde ich euch einmal vorführen, wie Körperteile wieder angenäht werden können. Morgen ist Freitag. Vergeßt nicht die Stunden des Vormittags Allah zu widmen! Übermorgen treffe ich euch hier wieder!«

Als die Verabschiedung zu Ende war, erwartete ich, daß mich der Arzt zurückhielt. Dies geschah auch: Er packte mich am Arm und hielt mich so lange fest, bis alle Schüler den Raum verlassen hatten.

»Lege den Toten, wenn es dunkel wird, in die Reste des Gewölbes auf dem Grundstück, das du kürzlich erworben hast! Wickle den Leichnam in dunkle Tücher ein und verstecke ihn so, daß er von niemandem bemerkt wird! Leute von uns sorgen dann für die Beseitigung. Sie legen etwas anderes dort nieder. Der Gegenstand ist verpackt. Nimm ihn aus der Hülle. Zeige ihn niemandem! Vergrabe ihn dann so tief unter dem Gewölbe, daß ihn auch die Bauarbeiter nicht finden, die noch beim Abbruch des alten Bauwerks beschäftigt sind. Wenn du sicher bist, daß niemand den Gegenstand entdecken kann, dann vergiß ihn wieder – aber gründlich! Er muß völlig aus deinem Gedächtnis verschwinden!«

Diese Anweisung gab mir Ayub al-Hakim. Sein Ton verriet mir, daß er von meinem Willen überzeugt war, dem Befehl zu gehorchen.

Ich sagte zu ihm: »Alles wird so geschehen, wie du das willst! Aber sage mir, oh Herr, der es gewohnt ist, daß seine Wünsche erfüllt werden, warum soll Ibn al-Dakhwar al-Umran getötet werden? Er hat dir nichts getan!«

Da antwortete mir der Arzt: »Oh Mahmud, niemand hat die Absicht, diesen Mann umzubringen. Ein Schrecken sollte ihm eingejagt werden – und das ist wohl gelungen. Er hat jetzt Angst und will Damaskus verlassen. Laß ihn ziehen! Du wirst ihm die Angst vor dem Tode nicht nehmen. Du wirst ihn sogar im Gefühl bestärken, daß er in größter Gefahr sei. Um es ganz deutlich zu sagen: Ich will nicht, daß er länger im Hamam bleibt. Er stört mich dort. Ich will, daß er bereits die nächste Nacht nicht mehr im Hamam verbringt!«

Ich brauchte nichts zu unternehmen, damit dieser Wunsch des Ayub al-Hakim in Erfüllung ging. Als ich das Hamam betrat, wartete Ibn al-Dakhwar al-Umran bereits auf mich, um sich zu verabschieden.

Er sagte: »Ich gehe nach Aleppo zu Salah ed-Din. Dort werde ich Schutz vor dem Dolch der Haschiyun finden.«

Wie es mir von Ayub al-Hakim befohlen worden war, bestätigte ich ihn in seiner Entscheidung. »Oh Herr, der du zu Unrecht bedroht wirst, du bist gut beraten, die Drohung ernstzunehmen. Die starke Hand des Beherrschers der Gläubigen wird dir Sicherheit geben.«

Ich wünschte dem Angstvollen den Segen des Allmächtigen und Allerbarmers.

Dann umarmten wir uns, und er verließ, wieder einmal als Flüchtling, das Hamam.

Mit der Hilfe von Abd'Allah trug ich, als die Nacht hereingebrochen war, den Toten hinüber auf das Grundstück, das dem Nachbarn Omar gehört hatte. In den Resten des Gewölbes konnte die dunkelverhüllte Leiche gut vor fremden Augen verborgen werden. Daß die richtigen Augen aber gefunden hatten, was sie suchten, das erkannte ich eine Stunde später: Da war der Tote verschwunden. An seiner Stelle lag, gut verschnürt und auch in dunkle Tücher verpackt, ein länglicher Gegenstand. Ayub al-Hakim hatte mir befohlen, die Hülle zu entfernen, und so handelte ich auch. Was ich dann in der Hand hielt, war auch in der Dunkelheit gut zu erkennen: ein wunderbar blinkendes Schwert mit goldenem Griff, der reich verziert war.

Ich nahm mir nicht die Zeit, das Schwert noch genauer anzusehen. Mit Hacke und Schaufel, die tagsüber zum Abbruch des Gewölbes gebraucht wurden, hob ich ein tiefes Loch aus. Ich gab mir Mühe und hatte schließlich im Boden des ehemaligen Nachbarhauses eine Mulde gegraben, die tiefer war als die Länge meines Körpers. In dieses Loch legte ich das Schwert. Dann schüttete ich Erde darüber und stampfte sie mit den Füßen fest. Mit Sorgfalt achtete ich darauf, daß der Boden wieder so aussah wie zuvor. Als alle Spuren der nächtlichen Arbeit beseitigt waren, begab ich mich zu Theodora ins Haus am Baradafluß.

Mitternacht war längst vorüber, als ich dort ankam. Theodora begrüßte mich mit diesen Worten: »Du riechst nach Schweiß, oh Mahmud! Du mußt schwer gearbeitet haben.«

Ich hielt es für besser, ihr nicht zu sagen, was zu tun mir auferlegt gewesen war, Theodora fragte auch nicht weiter.

Sie nahm eine Fackel von der Wand und sagte: »Ich leuchte dir gern die Stufen hinunter zum Wasser. Du willst sicher ein Bad nehmen, ehe du dich zu mir legst.«

Daraufhin zog ich mich aus, ging hinunter zum Tor am Fluß und sprang ins Wasser. Theodora sorgte dafür, daß nur ein geringer Lichtschein auf die Oberfläche des Barada fiel. Ich schwamm einige Züge und tauchte dabei immer wieder den Kopf unter Wasser. War ich nach der Grabarbeit von Müdigkeit befallen gewesen, so spürte ich jetzt wieder Kraft in mir.

Theodora, die mir nicht ins Wasser gefolgt war, sagte, als ich eben den Fluß verlassen hatte: »Du erinnerst dich, oh Mahmud, daß ich dich heute morgen im Schwimmen besiegt habe! Du hast zu tun, was ich will!«

Beim Eintritt ins Schlafgemach sagte sie: »Ich verlange heute nacht nicht viel von dir. Eigentlich will ich nur eines: Laß dir mehr Zeit!«

So waren wir diesmal lange zärtlich zueinander – und schließlich war auch Theodora erschöpft.

Viel Zeit zum Schlafen blieb allerdings nicht. Theodora hatte für die Stunde des Morgengebets eine Verabredung in der Moschee, und ich wollte sie dorthin begleiten. Scheikh Shukri al-Safadi erwartete uns. Er hatte sich bereiterklärt, Theodora in die Gemeinschaft der Moslems aufzunehmen. Da stand sie nun, mitten in der weiten Halle der Moschee und betete laut die heiligen Worte der ersten Sure des Koran. So erfüllte sie ein Gelübde, das ich im

Augenblick der Angst, sie sei ertrunken, gegenüber Allah geleistet hatte.

Theodora kannte die Sure auswendig: »*Im Namen Allahs, des Allbarmherzigen! Lob und Preis sei Allah, dem Herrn aller Weltenbewohner, dem gnädigen Allerbarmer, der am Tag des Gerichts herrscht. Dir allein wollen wir dienen, und zu dir allein flehen wir um Beistand. Führe uns den rechten Weg, den Weg derer, welche sich deiner Gnade erfreuen – und nicht den Pfad derer, über die du zürnst oder die in die Irre gehen!*«

Glücklich verließen wir beide die Moschee und begaben uns ins Haus am Fluß. Der Tag wurde heiß. Wir bedauerten es, mit dem Schwimmen im kühlenden Wasser bis zur Nachtzeit warten zu müssen. Wir liebten uns noch einmal auf die Art, die Theodora gewünscht hatte, und schliefen dann viele Stunden.

Am anderen Morgen fand ich mich wieder zum Unterricht im Maristan ein. Ein Tisch war in den Raum gestellt worden, in dem wir unterrichtet wurden. Was auf dem Tisch lag, kam mir bekannt vor: Da war das Tuch zu sehen, in das Abd'Allah den toten Haschiyun gewickelt hatte. Ich mußte deshalb annehmen, daß die Leiche sich unter dem Tuch befand. Meine Gedanken wurden unterbrochen durch den Eintritt des Ayub al-Hakim. Er gab zweien der Schüler den Befehl, das Tuch wegzunehmen. Da sahen wir einen nackten männlichen Leichnam. Es muß sich um einen jungen Mann gehandelt haben, der noch keine zwanzig Jahre alt war.

Der Arzt bemerkte unser Erstaunen darüber, daß wir einen Toten zu betrachten hatten, und er sprach daher: »Oh Freunde, die ihr vom Lebensziel geleitet seid, den lähmenden Schlag des Todes abzuwehren, ihr sollt euch vertraut machen mit diesem Tod! Das Sterben des Mannes, der vor uns liegt, ist bewirkt worden durch Zusammendrücken der Weichteile des Halses. Zwei Hände hatten den Hals umfaßt und drosselten durch das besagte Zusammendrükken der Weichteile die Blutzufuhr zum Hirn. Durch die Schlagadern konnte nicht mehr ausreichend Blut zum Hirn fließen, um die Versorgung dieses wichtigen Organs zu sichern. Aber: Die Wirbelschlagadern können wenigstens eine Zeitlang auch weiterhin Blut zum Hirn führen. Erst allmählich fallen die Gehirnfunktionen aus. Im unversorgten Hirn sammeln sich Gase an, die sonst durch den Lauf des Blutes weggespült werden. Diese Gase zerstören das Gehirn. Ist dieser Vorgang eingeleitet, dann hilft auch eine Lockerung des Drucks auf die Halsschlagader dem Menschen nicht mehr, der erdrosselt wird. Nach Schädigung des Gehirns leidet ein Organ nach dem anderen. Das Herz aber wird weiter angetrieben. Es dauert lange, bis es zu schlagen aufhört. Auf eines möchte ich euch hinweisen: Das männliche Glied des Toten ist größer, als dies sonst üblich ist! Es war im Augenblick des Todes gewaltig angeschwollen. Als das Herz zu schlagen aufhörte, blieb das Blut eben dort, wo es sich befand. Was ich euch heute morgen zeigen will, ist die enge Bindung von Leben und Tod, von Tod und Leben. An diesem Toten ist noch zu sehen, daß sein Körper im Augenblick des Sterbens versuchte, sein Leben weiterzugeben. Ihr sollt sehen, wie dies geschieht.«

Dann fragte mich Ayub al-Hakim, ob ich bereit sei, für die Verbreitung medizinischer Kenntnisse einen Dienst zu leisten. Seine Worte aber klangen, als ob er mir einen Befehl geben würde. Ayub al-Hakim besaß Macht über mich. Er wartete gar keine Antwort ab, sondern wies mich an, alle meine Kleider auszuziehen. Und so stand ich nackt vor dem Arzt und vor den anderen Schülern.

Plötzlich spürte ich, daß sich hinter meinem Rücken etwas bewegte. Für einen Augenblick wandte ich das Gesicht um und sah den Eunuchen Abd'Allah. Noch nie hatte ich bislang bemerkt, daß er größer war als ich. Es blieb mir keine Zeit, mich über Abd'Allahs Anwesenheit zu wundern, denn schon hatte er seine Hände um meinen Hals gelegt. Er drückte mir den Hals zu. Mit meinen Händen versuchte ich, seine Finger zu lösen, doch er war weit kräftiger als ich. Kaum mehr vermochte ich zu atmen. Ein wachsender Druck im Kopf betäubte mich. Gleichzeitig spürte ich, wie das Blut immer stärker in meinem Glied pulste, wie es größer wurde. Mein Herz schlug heftig und schneller als sonst. Auf einmal empfand ich eine seltsame Ruhe. Die Hände fielen mir herab. Der Druck im Kopf ließ nach. Ein Lustgefühl, das von meinem Glied ausging, durchströmte mich. Die Lust wurde übermächtig, dann aber muß ich die Besinnung verloren haben.

Als sich das Dunkel löste, in das ich getaucht war, da nahm ich wahr, daß ich auf dem Tisch lag, wo zuvor der Tote gelegen hatte.

Noch immer war ich nackt. Die Schüler umstanden mich – und da war auch Ayub al-Hakim.

Ich hörte ihn sagen: »Ihr habt es gesehen, wie der männliche Körper unmittelbar vor dem Erlöschen des Gehirns Samen in großer Menge ausstößt, und dies sogar mit beachtlicher Kraft. Der Körper will leben! Spürt er, daß er zugrunde geht, dann will er die Lebenskraft weitergeben. Diese Kraft hat Allah, der Erhabene, in uns eingepflanzt. Dies solltet ihr heute morgen erleben!«

Die Schüler gingen aus dem Raum. Ich aber blieb liegen. Da sprach mich Ayub al-Hakim an: »Du, oh Mahmud, hast gebüßt für den Tod des Haschiyun, der im Hamam umgebracht wurde. Du gabst deinen Lebenssaft und sühntest sein Sterben. Sei im übrigen unbesorgt, du warst zwar dem Tode nahe, doch ich befahl dem Abd'Allah, noch rechtzeitig aufzuhören. Dein Gehirn ist nicht geschädigt worden und auch keines deiner anderen Organe. Ruhe dich aus, und gehe dann in Allahs Frieden nach Hause!«

Ich zog meine Kleider an und wollte eben den Raum verlassen, da sagte Ayub al-Hakim noch: »Ich habe gute Nachricht für dich! Die ersten der Frauen, auf die wir gewartet haben, sind bereits hier im Maristan eingetroffen. Ich habe sie nur flüchtig gesehen. Wir werden sie uns anschauen, wenn sich alle in Damaskus befinden.« Nach diesen Worten entließ mich Ayub al-Hakim.

Ayub al-Hakim im Dampfbad

Auf dem Weg ins Hamam beschloß ich, niemandem von diesem Erlebnis zu erzählen. In der Vorhalle empfing mich Andronikos mit besorgtem Gesicht. Ich erfuhr von ihm, Kunden des Dampfbades hätten sich erzählt, Salah ed-Din habe die Belagerung von Aleppo abgebrochen und sei mit allem Kriegsgerät auf dem Weg nach Süden. Die Kunden hatten auch einen Grund genannt für den plötzlichen Abzug. Graf Raimund von Tripoli war vom See Genesareth aus in syrisches Land eingebrochen, wohl in der Absicht, durch diese Aktion der Witwe des Nur ed-Din und ihrem Sohn zu helfen. Wenn dies tatsächlich die Absicht war, so hatte Graf Raimund damit Erfolg. Hajat al-Nufus konnte aufatmen. Sie wurde nicht länger von Salah ed-Din belagert. Die Frage war nun, ob der Beherrscher der Gläubigen die Gefahr des Einbruchs der Ungläubigen in sein Land bannen konnte.

Andronikos und ich überlegten uns noch, ob wir irgend jemanden in der Zitadelle benachrichtigen sollten von dem, was wir gehört hatten. Doch da sich Mustafa Riad nicht in Damaskus aufhielt, wußten wir beide nicht so recht, an wen wir uns wenden sollten, und so unterließen wir den Gang zur Festung. Ich war ohnehin der Meinung, daß dort die Ereignisse schon bekannt waren.

Am Nachmittag zeichneten wir Entwürfe für die Gestaltung des Sklavenmarkts. Wir waren uns darin einig, großzügig zu bauen. Die Kunden sollten sich wohlfühlen bei uns. Über das nötige Geld verfügten wir, und so gab es keinen Grund, das Bauvorhaben nicht voranzutreiben. Der Abbruch war abgeschlossen. Die ersten Mauern konnten hochgezogen werden.

Der Abend kam, und die letzten Kunden verließen das Hamam. Theodora und ich benützten wieder einmal die Gelegenheit, um im großen Kaltwasserbecken zu schwimmen, das eigentlich Salah ed-Din vorbehalten war. Ich spürte nichts mehr von der Gewalthandlung, die mir am Morgen im Maristan angetan worden war. Doch kaum hatte ich mich ausgezogen, da starrte Theodora mich seltsam an. Ich sah an mir herunter, konnte jedoch nichts Außergewöhnliches bemerken.

Sie aber sprach: »Oh Mahmud, die Male von Fingern sind an deinem Hals zu erkennen. Sie sind ganz rot. Was ist geschehen? Hat dich jemand gewürgt?«

Da blieb mir keine Möglichkeit mehr, den Vorfall für mich zu behalten. So erzählte ich Theodora, daß ich an mir selbst gespürt hatte, wie nahe Leben und Tod beieinander liegen.

Als sie alles erfahren hatte, sagte Theodora: »Du bist diesem Ayub al-Hakim verfallen! Wie ist es ihm gelungen, dich einzufangen? Mich erstaunt auch, daß Abd'Allah seinen Befehlen gehorcht. Gerne würde ich diesem Mächtigen, der Gewalt über euch beide hat, begegnen.« Dann küßte sie zärtlich die Male an meinem Hals.

Später am Abend saßen wir in der Nische des Andronikos. Er sprach darüber, daß er sein Glück durch Murdjana gefunden habe und durch das gemeinsame Kind Antara.

Theodora sagte: »Daß ich unfruchtbar bin, hat dich bedrückt. Es wird eines Tages auch der Grund sein, daß du, oh Mahmud, mich verläßt!« Ich wollte antworten, dies werde nie geschehen, doch Theodora legte mir den Finger auf den Mund. Da schwieg ich. Niemand sagte ein Wort, denn von der Kammer her war die Stimme der Murdjana zu hören. Diese Worte sang sie:

Oh, wie sind die Sinne trunken,
Von dem Anblick meiner Lieben.
Ringsum ist die Welt versunken.
Sie nur, scheint mir, ist geblieben.

Und das reicht mir zur Genüge.
Sie erfüllt mein Leben ganz.
Ich weiß, daß ich mich selbst betrüge.
Doch sie gibt meinem Dasein Glanz.

Oh, daß sie wie ich selbst empfinde.
Ein großer Zweifel mich befällt.
Daß sie an mich sich ewig binde,
Dafür gäb' ich mein ganzes Geld.

Eigentümlich war die Melodie des Liedes. Sie war durchaus heiter. Da mußten wohl auch die Worte nicht so ganz ernst gemeint sein. Ich fragte nach Namen und Herkunft des Dichters und erhielt diese Antwort von Andronikos: »Er heißt Majid al-Kudsi und ist in Jerusalem aufgewachsen. Er ist allerdings kein Ungläubiger, doch man spürt den Einfluß der fränkischen Ritterdichtung. Da ist vieles nicht so ganz ernst gemeint.«

Schweigend ging ich neben Theodora, als wir uns zum Haus am Fluß begaben. Ich hatte das Gefühl, sie entglitte mir.

Es war dunkel im Raum, als ich davon aufwachte, daß Theodora mich am Hals berührte. Sie konnte die Male nicht sehen, und dennoch wurden ihre Sinne wohl allein durch die Vorstellung der Würgemale gereizt. Ich glaubte zu wissen, daß sie dabei nicht an mich dachte, sondern an Ayub al-Hakim. Noch im Halbschlaf nahm ich wahr, daß eine Hand an meinem Hals blieb, die andere aber nach meinem Glied faßte.

Da sprang ich auf und sagte: »Laß uns nachsehen, ob die Weide am anderen Ufer schon zu erkennen ist! Ich habe Lust, dir zu beweisen, daß ich heute der Schnellere bin, daß du dich mir zu fügen hast!«

So tasteten wir uns die Stufen hinunter zum Haustor am Fluß. Über dem Wasser lag noch völlige Finsternis. So stiegen wir wieder in unsere Kammer hinauf und schliefen dann beide ein.

Beim Erwachen sahen wir, daß es schon heller Tag war. An Schwimmen im Fluß war nicht mehr zu denken.

Da ich Zeit hatte bis zum Beginn der Unterweisung im Maristan, ging ich zuerst zum Hamam. Einer war allerdings vor mir gekommen: der Reiterführer Mustafa Riad, der Kopte geworden war. Er fragte mich, ob ich nicht Lust hätte, mit ihm das Dampfbad aufzusuchen.

Lust dazu hätte ich schon gehabt, aber gleichzeitig befürchtete ich, er könne die Würgemale an meinem Hals entdecken, und deshalb sagte ich zu ihm: »Oh Mächtiger über Reiter und Pferd! Ich fühle mich nicht danach. Doch setzen wir uns – und du erzählst vom Verlauf des Feldzugs!«

Da sprach Mustafa Riad: »Wenig Rühmliches ist zu berichten. Der Beherrscher der Gläubigen befindet sich in der Zitadelle, und deshalb bin ich auch in Damaskus. Er hat den Marsch nach Süden, den Ungläubigen entgegen, unterbrochen. Das durfte nicht geschehen. Salah ed-Dins Willenskraft scheint geschwächt zu sein. Er zögert, läßt keine Entschlossenheit spüren. Die Männer, deren Befehlshaber ich bin, reden schon davon, Salah ed-Din habe wohl Angst, wirklich gegen den Sohn des Nur ed-Din und gegen die Witwe des einstigen Beherrschers der Gläubigen zu kämpfen. Etwas hat ihn daran gehindert, den entscheidenden Befehl zum Angriff zu geben. Ich glaube auch nicht, daß er den Kampf gegen die Ungläubigen, die in Syrien eingedrungen sind, mit Tatkraft führen wird. Er wird an Gwendolyn denken, an die Tochter des fränkischen Ritters Fulko – und er wird schmählich versagen!«

Mustafa Riad seufzte und grübelte nach, bis er schließlich sagte: »Zwei Ereignisse müßten eintreten! Gwendolyn sollte aus seinem Leben verschwinden, und er sollte zur Überzeugung gelangen, Allah habe ihn dazu ausersehen, Gewaltiges für den wahren Glauben zu leisten. Er müßte besessen sein von dem Gedanken, die Rettung des Islam hänge ganz allein von ihm ab. Doch ich weiß nicht, wie das geschehen könnte. Euer Gott Allah müßte ein Wunder geschehen lassen!«

Mit bewundernden Blicken empfingen mich an jenem Morgen die anderen Schüler im Maristan. Für sie war ich jemand, der eine außergewöhnliche Lebenserfahrung gemacht hatte, und sie achteten mich deshalb mehr als zuvor.

Auch Ayub al-Hakim ließ erkennen, daß er mich über die anderen setzte, als er sprach: »Oh Mahmud, der am eigenen Leibe Erkenntnisse gewonnen hat, die anderen verwehrt bleiben! Du hast den Tod gespürt und den Lebenswillen, der den Tod besiegen kann. Daß wir dich auf dem Grat zwischen Leben und Tod beobachten durften, dafür haben dir alle hier im Raum dankbar zu sein. Du hast uns auch geholfen, Geheimnisse des männlichen Körpers zu begreifen. Gern würde ich euch Wissen beibringen über die Geheimnisse der Frau, doch sie bleiben uns vielfach verschlossen. Wenn ihr euch umschaut im Maristan, so werdet ihr sehen, daß sich fast nur Männer pflegen lassen. Ganz selten wird uns eine Frau gebracht. Dies hat mit dem Wert der Frau in unserer Ordnung zu tun. Die Frage ist nur, ob dies tatsächlich Allahs Ordnung ist. Wird eine Frau krank, dann verkriecht sie sich im Haus, läßt sich von anderen Frauen pflegen. Bei den ungläubigen Franken ist dies anders! Dort hat die Frau das Recht, sich einem Arzt anzuvertrauen. Wird im Land des Beherrschers der Gläubigen ein Arzt an das Krankenlager einer Frau geholt, dann darf er es nicht wagen, sich den Körper der Kranken anzuschauen, um sich ein Bild von der Krankheit machen zu können. Der Frau wird eine Figur, die aus Stoff oder aus Holz gefertigt ist, in die Hand gegeben. Auf dieser Figur hat sie zu zeigen, wo sie Schmerzen empfindet. Aus solchen Angaben soll der Arzt dann Schlüsse ziehen und eine Behandlung verordnen. Wen wundert es da, daß nur Männer aus der Kunst von uns Ärzten wirklich Nutzen haben? Ich habe die Absicht, meinen Schülern eines Tages auch die Geheimnisse des weiblichen Körpers zu erschließen. Um ehrlich zu sein: Ich muß bis dahin erst selbst zum Schüler werden. Dazu brauche ich allerdings die Hilfe von dir, oh Mahmud!«

Für einen Augenblick sah mir Ayub al-Hakim in die Augen.

Dann galt seine Aufmerksamkeit wieder den anderen. Er verabschiedete die Schüler für diesen Tag. Wie gerade ich ihm helfen sollte, blieb ein Geheimnis, das er auch nicht lüftete, als ich allein war mit ihm. Als er zu mir sprach, war dieser Gedanke offenbar vergessen. Er sagte: »Oh Besitzer eines Hauses, in dem viele Zungen reden und viele Ohren hören! Da war einer bei dir gewesen am frühen Morgen, der hatte Seltsames ausgesprochen – Seltsames und Wahres zugleich! Laß ihn wissen, daß andere ähnliches denken, daß er nicht allein ist mit seiner Sorge. Du darfst aber nicht einmal eine Andeutung darüber machen, wer es ist, der so denkt wie er!«

Ehe ich eine Frage stellen konnte, war Ayub al-Hakim verschwunden.

Über Tage hinweg sah ich Mustafa Riad allerdings nicht. Der Befehlshaber der Reitertruppe war wohl mit den Vorbereitungen zum Feldzug gegen die Truppen des Grafen Raimund von Tripoli beschäftigt. Von einem Aufbruch der Reiter war jedoch nichts zu hören. Manchmal dachte ich daran, der Beherrscher der Gläubigen werde mir jetzt die Frage stellen, ob ich Vorsorge getroffen hätte, seine besonderen Wünsche zu erfüllen. Ich hätte ihm dann sagen müssen, daß ich mit leeren Händen dastehe. Doch niemand fragte, niemand erinnerte an Absprachen. Das große, das neuere Hamam stand noch immer leer und unbenutzt.

Sogar Ayub al-Hakim benahm sich so, als ob uns keine gemeinsamen Pläne und Absichten verbänden. Er lehrte, und ich hörte zu. Der Arzt sprach von der Erkrankung der Lunge. Sie sei in Damaskus häufig anzutreffen, weil sie durch den feinen Sand ausgelöst werde, der von der Wüste in die Stadt wehe und der sich in der Lunge festsetze. Dagegen, so meinte Ayub al-Hakim, kenne er bisher kein verläßliches Mittel. Die Erkrankung der Lunge, die dazu führen kann, daß keine Luft mehr aufgenommen wird, sei wohl ein Erbübel auf Dauer in Damaskus.

Ein anderes Mal sprach der Arzt von Entzündungen der Darmwege. Er gab die Schuld dem unreinen Wasser, das aus Brunnen geholt werde, die von den Hausbesitzern selbst gegraben wurden. Er sagte: »Oft genug, oh Männer, die ihr künftig die Kranken heilen werdet, sind die Brunnen direkt neben den Gruben zu finden, in die sich menschliche Ausscheidungen ergießen. Kleinste Teilchen dieser Ausscheidungen genügen, um Krankheiten zu übertragen. Wie dies verhindert werden kann, dafür gibt uns Bagdad ein Beispiel. In der Hauptstadt des Kalifen sind Brunnenaufseher eingesetzt, die genau darauf achten, daß Brunnen und Unratgruben weit voneinander getrennt sind. Überhaupt drängt der Wesir des Kalifen auf Beseitigung der Brunnen, die von den Bewohnern ausgehoben worden sind. Es soll in absehbarer Zeit nur noch Wasserquellen geben, die den strengen Vorschriften des Wesirs entsprechen. Ich möchte versuchen, auch die Wasserversorgung in Damaskus so zu ändern, daß die Bewohner nur noch reines Wasser zu trinken bekommen.«

Eines Tages hielt mich Ayub al-Hakim wieder nach dem Unterricht zurück. Er sprach: »Heute abend, wenn die Kunden das Hamam verlassen haben, werde ich kommen, um es zu besichtigen. Ich will sehen, woher ihr das Wasser bezieht und ob es sauber ist. Wenn es dir, oh Mahmud, recht ist, werde ich das Dampfbad auch benützen – mit dir zusammen!«

Als die Zeit des Abendgebets vorüber war, trat Ayub al-Hakim durch die Tür des Hamam. Zusammen mit Andronikos begrüßte ich ihn. Nach dem ersten Austausch der Höflichkeit fragte er nach der Herkunft des Wassers, das im Hamam gebraucht wurde.

Ich antwortete: »Oh Herr, der du um die Gesundheit der Männer und Frauen besorgt bist, die unsere Kunden sind! Mein Vater, der früh in die Seligkeit Allahs berufen worden ist, hat Röhren aus Ton legen lassen, die Wasser vom Baradafluß in unsere Becken führen. Er gehörte zu denen, die keinen eigenen Brunnen gegraben haben.«

Ayub al-Hakim war mit dieser Antwort nicht ganz zufrieden. Er wollte wissen, wo die Rohrleitung ihren Anfang habe, innerhalb des Stadtgebiets oder weiter draußen, in den Hügeln im Westen. Ich mußte zugeben, daß ich diese Frage nicht beantworten konnte.

Wenig später saß Ayub al-Hakim neben mir in dem Raum, aus dessen Wänden heißer Dampf strömte. Ich hatte eigens über den gesamten Nachmittag die Dampfkessel beheizen lassen. Die Hitze war gewaltig. Der Arzt hatte wie jeder andere Kunde seine Kleider abgelegt, und ich sah, daß sein Körperbau zwar schlank, aber doch kräftig und muskulös war. Eine Frau mußte Gefallen an ihm finden. Für einen kurzen Augenblick dachte ich dabei an Theodora. Doch so schnell ihr Bild in meiner Vorstellung erschienen war, so schnell verschwand es auch wieder. Während ich mit Ayub al-Hakim schwitzte, beschäftigte ich mich damit zu erraten, warum er ins Hamam gekommen war. Er sagte im Dampfbad kein Wort, und er schwieg auch, als wir den Raum des Kaltwasserbeckens betraten.

Dort allerdings erwies sich Ayub al-Hakim als wenig mutig: Er stieg nur dort die Stufen hinunter, wo das Wasser flach war. Schwimmen konnte der Arzt nicht. Als er schwerfällig und ängstlich einen Fuß vor den andern setzte, war Ayub al-Hakim für mich eine lächerliche Erscheinung. Da fiel mir erneut Theodora ein: Sie wäre geeignet, diesem Mann, der außerhalb des Wassers überlegen und mächtig war, die Kunst beizubringen, sich auch im nassen Element sicher zu bewegen. Ich glaubte auch zu wissen, daß Theodora dazu bereit wäre. Ayub al-Hakim übte Faszination auf sie aus, der sie vielleicht schon gar nicht mehr gewachsen war. In mir begann der seltsame Wunsch zu reifen, die beiden zusammenzubringen. Ich wurde im Verlauf der Zeit wie besessen von dieser Absicht.

Rasch hatte der Arzt die Lust verloren, sich im kalten Wasser aufzuhalten. Ehe er sich verabschiedete, wollte er noch den Platz besichtigen, wo sich die Baustelle für den künftigen Sklavenmarkt befand. Ich gab dem Eunuchen Abd'Allah die Anweisung, uns mit einer brennenden Fackel zu begleiten. In ihrem Schein waren die neugelegten Fundamente zu erkennen und die Quader, auf denen sich die Mauern erheben sollten.

Als ob er erschrocken wäre über das, was er sah, sagte Ayub al-Hakim: »Bei Allah, dem Allmächtigen! Ich wußte nicht, daß eure Baumeister schon am Werk sind. Sage mir bitte, oh Mahmud, wo hast du den Gegenstand vergraben, den ich dir vor einiger Zeit habe nächtens überbringen lassen?«

Da fiel mir wieder das Schwert ein, das ich völlig vergessen hatte, und zugleich wurde mir bewußt, daß ich unbewußt eine Anweisung des Ayub al-Hakim befolgt hatte, denn er hatte zu mir gesagt: ›Wenn du sicher bist, daß niemand den Gegenstand entdecken kann, dann vergiß ihn wieder – aber gründlich!‹

Jetzt, da ich von Ayub al-Hakim an den Gegenstand erinnert worden war, wußte ich genau, wo er lag: Mannshoch vergraben befand er sich im Boden, zusätzlich bedeckt durch dicke behauene

Steine des Fundaments. Ich zeigte meinem Gast die Stelle. Hastig verabschiedete er sich. Ich hörte ihn noch sagen: »Da muß bald etwas geschehen!«

Die Stimme in der Moschee

Eigenartiges berichteten Kunden aus Damaskus, die unmittelbar nach dem islamischen Wochenfeiertag das Hamam besuchten. Sie wußten zu erzählen, daß in der Moschee während des Freitagsgebets aus der Höhe des Bauwerks eine Stimme zu hören war. Schwer sei sie zu verstehen gewesen, doch die Männer, die in der Moschee gewesen waren, glaubten sich darin einig zu sein, daß sie diese Worte gerufen habe: *Ich bin Khalid Ibn al-Walid! Hört ihr mich?* Immer wieder sei die Stimme zu vernehmen gewesen, zuletzt in beschwörendem Ton: *Ich bin Khalid Ibn al-Walid! Hört ihr mich?* Einige Männer kannten diesen Namen, und auch der Träger des Namens war ihnen nicht fremd. Einer sagte: »Das war keineswegs sein einziger Name, er trug einst die ehrenvolle Bezeichnung *Das Schwert Allahs*. Khalid Ibn al-Walid gehörte zu denen, die Damaskus dem Islam erobert haben, damals vor mehr als fünfhundert Jahren. Der Prophet, dem Allah Heil im Überfluß spenden möge, befand sich in jener Zeit gerade zwei Jahre im himmlischen Reich des Erhabenen. Der Gesandte Allahs war zu Lebzeiten nicht immer zufrieden gewesen mit Khalid Ibn al-Walid, hatte der doch gegen den Willen des Propheten, den Allah segnen möge, alle Männer des Stammes Gadhima töten lassen, obgleich sie freiwillig Moslems geworden waren. Der Feldherr hatte persönliche Rache geübt am Stamm Gadhima. Fortan war Kalid Ibn al-Walid gehalten, vor einer Stadt, die er einnehmen wollte, zu warten bis zur Stunde des Gebetsrufs. Erst wenn kein Muezzin zu hören war, durfte er angreifen, denn nur dann war er sicher, daß die Stadt nicht bereits islamisch war. So hatte er sich auch vor Damaskus verhalten. Er war ein Held, der dem Glauben diente, und deshalb hieß er *Das Schwert Allahs*!«

Ich wußte nicht, was ich vom Erlebnis dieser Kunden halten sollte. Ich kannte die meisten: Sie waren fast alle Kaufleute, besaßen Verstand und waren nüchterne Rechner. Sie neigten keineswegs dazu, Stimmen zu hören – schon gar nicht in der Moschee. Ihr wöchentlicher Gang zum Bethaus war Teil ihres Geschäftslebens: Sie wandten sich an Allah, damit der Allmächtige ihre Verkaufsabschlüsse segnete. Erscheinungen, die Geistern zuzuschreiben waren, hatten da keinen Platz in ihrem Denken. Doch was sie erzählten, mußte tatsächlich vorgefallen sein, denn alle, die in der Moschee gewesen waren, stimmten schließlich darin überein, diese Worte gehört zu haben: *Ich bin Khalid Ibn al-Walid! Hört ihr mich?*

Am nächsten Tag war das Hamam den Frauen vorbehalten. Ich bat Murdjana, ihren Dienerinnen zu befehlen, auf jedes Wort zu achten, das gesprochen wurde. Dann begab ich mich ins Maristan.

Als ich mich zu den anderen Schülern setzte, hatte Ayub al-Hakim bereits mit dem Unterricht begonnen. Er sagte: »Der erhabene Prophet, dem Allah Segen in Fülle schenken wolle, hat einmal diese Wahrheit ausgesprochen: *Jenen, denen Allah ein langes Leben gönnt, wird die körperliche Erscheinung umgewendet.* Dies ist eine schwierige Aussage, die nicht leicht zu deuten ist. Sie besagt nicht, unser Inneres werde nach außen gewendet. Nie hat der Prophet, den Allah segne, eine Offenbarung geäußert, die sinnlos ist. Mit dieser Aussage meint der Erhabene, daß den Menschen, die ein Leben über viele Jahrzehnte hin zu erwarten haben, die Gabe zuteil wurde, einen Ausgleich zu schaffen zwischen ihrem Innenleben und der Wirklichkeit, die sie umgibt. Diese Umwendung der körperlichen Erscheinung, von der im Heiligen Buch gesprochen wird, findet im Schlaf statt. Wir treten aus uns heraus, können uns manchmal selbst beobachten, und wir erleben die Wirklichkeit, die sich in unserem Innenleben abspielt. Dieses Erlebnis kann dazu führen, daß überraschend Heilung bewirkt wird. Ich hatte einmal einen Kranken in meiner Obhut, der unter starken Koliken litt, die ihm heftige Schmerzen bereiteten. Nachdem er einige Tage und Nächte lang wegen dieses Leidens nicht hatte schlafen können, fiel er schließlich doch, aus Erschöpfung, in tiefen Schlaf. Als er wieder erwachte, sagte er: ›Allah sei gepriesen! Ich bin mir selbst begegnet, aber auch vielen Verstorbenen aus unserer Sippe. Die toten Verwandten haben untereinander gesagt: Es ist noch nicht Zeit für ihn, bei uns zu bleiben. Er wird zurückkehren zu den Lebenden. Von den Schmerzen aber werden wir ihn befreien. Ich wollte die Verstorbenen ansprechen, doch sie nahmen mich überhaupt nicht wahr.‹ Tatsächlich war der Mann von dieser Stunde an nicht mehr durch Koliken geplagt. Deshalb gebe ich euch den Rat, euren Kranken Schlaf zu verschaffen, damit Allah, der Allmächtige und Allerbarmer, ihr Inneres umwenden kann!«

Wie fast jedesmal hielt mich Ayub al-Hakim am Ende des Unterrichts zurück. »Oh Mahmud, die außergewöhnlichen Frauen sind eingetroffen! Sie befinden sich alle hier im Maristan, doch da dürfen sie nicht bleiben. Sie fallen auf und geben Anlaß zur Rederei in der Stadt. Heute nacht noch werden sie ins Hamam gebracht. Sorge dafür, daß sie dort untergebracht werden, wo Salah ed-Din wieder sein Vergnügen finden will. Morgen werden wir uns mit diesen Frauen befassen.«

Beim Verlassen des Maristan fiel mir ein, daß Ayub al-Hakim kein Wort gesagt hatte über die seltsame Stimme, die während des Freitagsgebets in der Moschee zu hören gewesen war. Daß er die Erzählungen über dieses Ereignis nicht kannte, war unwahrscheinlich. Doch ich machte mir dann weiter keine Gedanken darüber, denn ich hatte anderes im Sinn. Die Mittagsstunde war angebrochen. Hitze machte den Gang nach Hause zum Weg durch die Hölle. Das kühle Haus am Baradafluß nahm mich auf. Bis zum Sonnenuntergang teilte ich das Lager mit Theodora.

Neugier trieb mich bei Beginn der Dunkelheit ins Hamam. Ich wollte hören, was Murdjana vom Gerede der Kundinnen zu berichten hatte, und ich wollte dabeisein, wenn die außergewöhnlichen Frauen im Hamam eintrafen. Ohne daß ich sie erst fragte, sagte Murdjana: »Jede von den Kundinnen hat anderes zu erzählen gewußt, doch alle glauben daran, daß eine Stimme aus dem Jenseits gesprochen hat. Dabei hielt sich keine der Frauen in der Moschee auf zu jener Stunde. Sie haben nur gehört, was ihre Männer erlebt hatten. Alle sind der Meinung, ein großer Sieg stehe dem Islam bevor. Khalid Ibn al-Walid habe ihn im Auftrag Allahs zu verkünden. Keiner sieht in der geheimnisvollen Erscheinung ein schlechtes Zeichen.«

Ich wies Murdjana an, die Kammern nebenan für die Frauen vorzubereiten. Sie beeilte sich, die Räume mit Kissen auszustatten.

So saß ich allein in der Vorhalle und wartete. Andronikos befand sich noch auf dem Bauplatz, wo das Gebäude des Sklavenmarkts entstand. Bei Fackelschein wollte er zusammen mit dem Baumeister die Tagesleistung der Arbeiter überprüfen. Er war eben ins Haus zurückgekehrt, da klopfte es an die Tür. Wir öffneten und sahen vermummte Gestalten vor uns, die Bahren trugen, auf denen völlig verhüllte Dinge oder auch Körper lagen. Genaues war nicht zu erkennen. Alles war schwarz: die Gestalten, die Bahren und das, was sich auf ihnen befand. Ein Bild des Schreckens bot sich uns dar. Langsam trugen die Gestalten ihre Lasten ins Haus. Murdjana wies den Trägern den Weg hinüber ins neue Hamam. Mit dem letzten verschwand sie durch die Tür.

Ich sagte zu Andronikos: »Oh Herr, der du weit mehr Erfahrung hast als ich! Auf den Bahren lagen doch die Frauen, auf die wir warten. Was haben die Haschiyun mit diesen Frauen gemacht?«

Eine Antwort wußte Andronikos nicht.

Erst um Mitternacht kam Murdjana aus dem neuen Hamam zurück. Sie sprach: »Ich habe die Frauen in die Kammern verteilt und auf die Kissen gelegt. Sie sind betäubt worden und schlafen tief. Ihr Atem aber geht regelmäßig. Jede hat ein langes, weißes Hemd an. Ich glaube, sie sind alle sehr schön.«

Beruhigt verließ ich das Hamam und ging zum Haus am Baradafluß.

Theodora empfing mich mit den Worten: »Oh Mahmud, in dieser Nacht scheint mir die Luft im Haus heißer zu sein als bei Tag. Laß uns bei einem Spiel im Wasser Kühlung und Vergnügen suchen. Es ist völlig dunkel draußen. Der Mond steht nicht am Himmel. Durch die leichte Abkühlung über dem Fluß hat sich ein Nebelschleier gebildet. Du kannst nicht weit sehen. Das ist Teil unseres Spiels. Ich setze die Regel fest: Du bleibst im Haus und zählst bis hundert. Ich gleite inzwischen ins Wasser und schwimme weg, ob flußaufwärts oder flußabwärts, sage ich dir nicht. Du kommst schließlich aus dem Haus, steigst ebenfalls ins Wasser und suchst mich. Der Preis, den ich aussetze, lohnt die Anstrengung! Wenn du mich gefunden hast, muß ich tun, was du sagst!«

Ich folgte Theodoras Anweisung: Im Haus zählte ich auf hundert und sprang dann aus der Tür in den Fluß hinein. Ich sah nichts, und ich hörte auch nichts. Zuerst schwamm ich gegen die Strömung, dann ließ ich mich flußabwärts treiben. Ufer und Haus waren im Nebelschleier verschwunden. Unter Wasser hielt ich die Augen offen in der Hoffnung, einen Schimmer ihres weißen Leibes erkennen, doch nichts war zu sehen. Bald wußte ich nicht mehr, wo ich mich befand. Einmal glaubte ich, eine Weide erspäht zu haben, und war überzeugt, mich in Ufernähe zu befinden, doch ich hatte mich getäuscht. Dann empfand ich das Wasser plötzlich als kalt. Ich versuchte, Boden unter den Füßen zu ertasten. Manchmal konnte ich auf einem größeren Stein stehen, doch dann rutschte ich wieder ab. Endlich sah ich Buschwerk vor mir im Dunst. Äste hingen weit über den Fluß. Daran zog ich mich ans Ufer. Müde stieg ich aus dem Wasser. Nackt und naß war ich. Mit den Händen streifte ich mir die Tropfen vom Körper. Als die Haut trocken war, fror ich wenigstens nicht mehr. Ich hockte mich auf dem Boden nieder. Zum Glück war ich derart müde, daß ich gar nicht über meine Lage nachdenken konnte, und ich schlief ein.

Heftiges Jucken der Haut weckte mich. Ich bemerkte, daß ich mich überall an der Haut zu kratzen begann. Als ich meine Sinne vom Schlaf befreit hatte, wußte ich, was mir geschah: Stechfliegen fielen über mich her. Sie waren von den ersten Strahlen der Sonne geweckt worden. Die Nebelschleier hatten sich verzogen. Ich blickte hinüber ans andere Ufer und erkannte das Haus, in dem ich wohnte. In der Tür saß, mit der Seite zu mir gewandt, eine nackte Frau. Ihre Stellung war so, daß ihr Kinn ihre Knie berührten. Es war Theodora! Ich glitt ins Wasser und schwamm zu ihr hinüber.

Sie hatte mich wohl bemerkt, doch erst als ich aus dem Wasser stieg, stand sie auf, um mich zu umarmen. »Oh Mahmud, ich war gar nicht von der Tür fortgeschwommen, sondern nur weggetaucht. Es war mein Wunsch, daß du mich rasch findest. Nun hat es eben länger gedauert. Doch es gilt trotzdem, was wir vereinbart hatten: Ich muß tun, was du sagst!«

Wie benommen antwortete ich: »Du, oh Theodora, wirst Ayub al-Hakim das Schwimmen beibringen!« Ich hielt sie immer noch in meinen Armen und spürte, wie sie zusammenzuckte.

Lange schwieg sie, dann sprach sie diese Worte: »Willst du, daß wir uns verlieren?«

Wir stiegen die Stufen hinauf ins Haus und legten uns nieder, um noch ein wenig zu schlafen. Ich fiel sofort in Schlummer. Als ich einmal erwachte, da hörte ich, daß Theodora weinte.

Früh eilte ich ins Maristan, um dort den Arzt noch vor Beginn des Unterrichts sprechen zu können. In seinem eigenen Raum traf ich ihn an.

Er sagte: »Oh Mahmud, der du an Eifer anderen überlegen bist! Nach dem Abendgebet werden wir uns, so es Allahs Wille ist, die Frauen anschauen, die dem Beherrscher der Gläubigen vorgestellt werden sollen. Da allein Salah ed-Din das Vorrecht haben darf, sie nackt zu sehen, müssen wir darauf achten, daß sie Hemden anhaben, wenn wir sie betrachten. Auf diese Weise erfahren wir allerdings nicht, ob es gelungen ist, tatsächlich außergewöhnliche Mädchen einzufangen. Deshalb müssen wir dafür sorgen, daß die Hemden durchsichtig werden. Aber das muß so geschehen, daß uns niemand den Vorwurf machen kann, wir hätten mit Absicht die Grenzen des Anstands übertreten. Rede mit Murdjana! Ihr fällt bestimmt etwas dazu ein.«

Obgleich es mich drängte, mit Murdjana zu besprechen, was zu tun sei, blieb ich im Maristan, um dem Unterricht des Ayub al-Hakim zuzuhören.

Er sprach zu uns Schülern: »Oh Männer, die ihr euch vor dem Irrtum hüten solltet! Die Schule der Alten in der Medizin hatte versucht, mit Essig den Körper von manchem Übel zu heilen. Ich habe euch schon vom Arzt Ibn Butlan berichtet. Er warnte vor der Wirkung des Essigs. Er sagte: Wer Essig trinkt, der kann daran zugrundegehen! Ich habe euch auch darüber berichtet, daß ein Kranker glaubte, sich durch Essig von der Wassersucht geheilt zu haben. Doch ihr wißt: Im Krug befand sich die verweste Natter! Nur ein einziges Mal wagte es Ibn Butlan, Essig als Medizin anzuwenden. Wie das geschah, will ich euch sagen. Eines Tages kam zu Ibn Butlan ein Mann, der kaum mehr sprechen konnte. Der Arzt besah sich den Hals des Kranken und fragte den Mann dann, was für einen Beruf er habe. Unter Räuspern und Husten kamen mühsam diese Worte aus dem Mund: ›Ich schleife Verzierungen in Steine, die beim Hausbau verwendet werden.‹ Da ließ Ibn Butlan einen Krug, halb gefüllt mit Essig, holen, den mußte der Steinschleifer austrinken. Als der letzte Tropfen getrunken war, da stockte dem Mann zunächst der Atem, dann aber zwang ihn sein Magen, den Essig wieder auszuspeien. Mit der Flüssigkeit brach er eine lehmartige Masse. Die Lehmmasse hatte sich aus Steinstaub gebildet, den der Mann eingeatmet hatte. Jetzt war der Hals wieder frei, und der Mann konnte wieder sprechen wie jeder andere auch.«

Den Unterricht beendete Ayub al-Hakim mit diesen Worten: »Bedenkt es zweimal, ehe ihr dieses Mittel anwendet. In diesem Fall aber gab es kein anderes. Der Essig war geeignet, den Hals freizuspülen!«

Murdjanas List

Ich begab mich rasch ins Hamam, um mit Murdjana zu beraten. Als ich ihr gesagt hatte, was sich Ayub al-Hakim vorstellte, da lachte sie und meinte: »Laß mich nur machen!« Dann ging sie hinüber ins neue Hamam.

Ich aber begab mich hinaus zur Baustelle. Dort waren von Tag zu Tag Fortschritte zu erkennen. Die Quadersteine, die vom Gebäude des Nachbarn erhalten geblieben waren, wurden bereits zu neuem Gemäuer zusammengefügt. Gleich nebenan wurden Blöcke, die aus den Libanonbergen geholt worden waren, in passende Quader zersägt. Hundert Arbeiter waren beschäftigt, das Haus für den Sklavenmarkt zu bauen. Sie folgten den Anweisungen der Baumeister. Diese wiederum wollten von mir Einzelheiten über die Ausführung des Baus wissen. Bis zum Abendgebet war ich mit Gesprächen beschäftigt. Dann aber besuchte mich Ayub al-Hakim auf dem Bauplatz. Den Sinn dessen, was er sagte, verstand ich überhaupt nicht. Er sprach: »Du läßt zu schnell bauen, oh Mahmud!« Ich wollte ihn fragen, was die Worte bedeuteten, doch Ayub al-Hakim ging bereits auf den Eingang des Hamam zu.

Murdjana erwartete uns. »Ihr Herren, die ihr Verborgenes sehen müßt, um seinen Wert einzuschätzen, geht voraus zum Saal des großen Kaltwasserbeckens und wartet dort auf das, was geschieht. Alles ist vorbereitet!«

Wir befolgten ihre Worte und gingen hinüber ins neue Hamam. Wir sahen, daß überall Fackeln brannten, sogar in der Kammer, in der das Wasser von der Decke rieselte. Im Saal des großen Kaltwasserbeckens war Abd'Allah noch dabei, die Fackeln aufzustecken. Hell war der Raum erleuchtet. Als ihn Abd'Allah verlassen hatte, warteten wir voll Ungeduld.

Ich fragte den Arzt: »Was mag Murdjana wohl eingefallen sein, um die Hemden durchsichtig zu machen?«

Eine Antwort erhielt ich nicht, denn auf einmal öffnete sich die Tür. Zwölf Frauen traten in den Raum des großen Kaltwasserbekkens. Sie hatten zwar Hemden an, doch die waren naß und klebten an den Körpern. Die Hemden mußten schon in trockenem Zustand überaus eng gewesen sein, denn sie paßten sich den Leibesformen an. Zu sehen waren die Formen der Brüste, der Hüften, der Hinterbacken, der Schenkel. Deutlich sichtbar war auch das Dreieck der Haare zwischen den Beinen. Verborgen blieb nur der eigentliche Hort des Vergnügens. Manche der Frauen waren schamhaft und versuchten, ihre Reize durch die Hände zu verbergen. Andere aber waren offenbar stolz darauf, zu zeigen, daß sie prächtige Brüste besaßen. Die zwölf Frauen stellten sich nebeneinander an der langen Wand auf.

Murdjanas Gesicht zeigte das Gefühl des Triumphs: Ihr war es gelungen, den Wunsch des Ayub al-Hakim zu erfüllen.

Ich fragte sie: »Oh Frau, der es gelingt, Frauen anzuziehen und zugleich auszuziehen! Du hast die Mädchen durch die Kammer des rieselnden Wassers gehen lassen! Doch wie hast du es fertiggebracht, daß die Haare nicht naß wurden? Ordentlich sind sie alle gekämmt!«

Da antwortete Murdjana: »Die Frauen gingen jeweils einzeln unter dem rieselnden Wasser hindurch. Jeder, die eben besprüht wurde, hatte ich ein Tuch um den Kopf gebunden, das mit Wachs getränkt war und das keinen Wassertropfen auf die Haare durchließ!«

Es gab keinen Zweifel daran, daß die Haschiyun wunderschöne Mädchen nach Damaskus geholt hatten. Die gesamte Vielfalt, die Allah in seiner Schöpfung den Frauen zugedacht hat, stand vor unseren Augen. Einzelheiten zu beschreiben ist müßig. Es war schwer, den Blick abzuwenden.

Da sprach Ayub al-Hakim zu mir: »Jetzt stehen wir vor der schweren Aufgabe, festzustellen, wer von woher stammt. Wir haben keinerlei Anhaltspunkte. Das ist so gekommen, weil die Haschiyun die Frauen ins Maristan gebracht haben und dann – wie es ihnen befohlen war – sofort wieder verschwunden sind. Die Haschiyun, von der weiten Reise zurückgekehrt, sollten nie mehr mit diesen Mädchen in Verbindung gebracht werden können. Andere übernahmen dann für die kurze Zeit im Maristan die Aufsicht. Damit, daß wir so gut wie nichts wissen, haben wir aber auch ein reizvolles Spiel zu bewältigen. Es heißt: *Wer ist wer?* Fangen wir an! Das beste wird sein, wir sprechen sie auf arabisch an. Vielleicht antworten diejenigen, die aus einem islamischen Land geraubt worden sind.«

Also sagte der Arzt die Worte, die jeder Gläubige beherrscht: »Allah ist über allem!«

Ohne zu zögern, antworteten zwei der Frauen mit denselben Worten. Beide waren schlank und groß. In der Hautfarbe aber unterschieden sie sich: Hell war die eine, dunkel die andere.

Ayub al-Hakim fragte die Frau mit der hellen Haut nach ihrer Herkunft. Sie sagte: »In Alexandria bin ich aufgewachsen, in einem großem Haus direkt am Hafen!«

Auf die Frage, woher sie stamme, sprach darauf die Dunkelhäutige: »Ich wohnte weit oben am Nil, dort, wo der Fluß schäumend über Steine springt. In jener Gegend befindet sich die Insel Elephantine. Sie heißt so, weil ihre Felsen wie Elefanten aussehen. Mein Vater ist der Scheikh der Insel!«

Zwei Fragen unseres Spiels waren damit beantwortet. Dies war jedoch der leichteste Teil gewesen. Mit den anderen Frauen konnten wir uns wohl nicht durch Worte verständigen.

Eine der Frauen besaß ein Gesicht, das sich von dem der anderen unterschied. Ihre Backenknochen waren ausgeprägt, und ihre Augen waren schmal. Sie schaute uns freundlich, fast neugierig an. Doch sie gehörte auch zu denen, die ihre Brüste mit der Hand verdeckten. Ayub al-Haskim meinte, diese Frau stamme sicher aus der Gegend des Flusses Gogra in Tibet. Da ich von jener Landschaft gar nichts wußte, nickte ich nur.

Der Vorgang der Zuordnung der Frauen zur jeweiligen Heimat

dauerte seine Zeit, und die Hemden begannen langsam zu trocknen und verloren damit ihre Durchsichtigkeit. Die Frauen fühlten sich offensichtlich wohler, da sie nicht mehr unseren Blicken ausgesetzt waren. Murdjana fragte, ob sie die Hemden noch einmal naß machen solle, doch Ayub al-Hakim winkte ab.

Der Arzt sagte zu mir: »Oh Mahmud, geh zu Andronikos und frage ihn, welches Wort jemand unbedingt kennen muß, der aus Erzurum stammt. Er kann es wissen, denn Erzurum liegt in dem Gebiet, das von Byzanz beansprucht wird. Immerhin gehörte er zu denen, die in Byzanz etwas galten!«

Also ging ich hinüber ins alte Hamam. Ehe ich Andronikos die Frage stellen konnte, die mir aufgetragen war, wollte er wissen, ob wir mit den Frauen wohl die Ansprüche des Beherrschers der Gläubigen befriedigen könnten. Ich beruhigte ihn mit wenigen Worten, aber ohne genau zu beschreiben, was ich gesehen hatte.

Als ich Andronikos endlich fragen konnte, wußte er rasch eine Antwort: »Ayub al-Hakim soll nur die zwei Worte sagen *Arsani Rum*. So nennen die Menschen dort ihre Stadt, wenn sie unter sich sind. Das heißt *Das Rom des Volkes Arsan*. Damit drücken die Bewohner jenes Landes zwischen den Bergen Palandöken Daglari und Kargapazari Daglari ihren Nationalstolz aus. Die Frau, die in Erzurum ihre Kindheit verbracht hat, wird euch erstaunt anblicken, wenn sie die zwei Worte *Arsani Rum* hört.«

Andronikos hatte richtig vorausgesehen! Kaum hatte Ayub al-Hakim die zwei Worte *Arsani Rum* ausgesprochen, da hob eine der Frauen ruckartig den Kopf. Die Verblüffung war ihrem Gesicht anzusehen. Nun wußten wir, welche Frau aus Erzurum stammte.

Die vier Mädchen, deren Heimat wir nun kannten, ließ Ayub al-Hakim durch Murdjana auf die andere Seite des Wasserbeckens bringen. Noch acht Rätsel hatten wir zu lösen. Nachdenklich und zugleich etwas verlegen standen wir vor den acht Frauen. Da hatte der Arzt einen guten Einfall. Er meinte, Andronikos Komnenos werde sich doch wohl mit den Mädchen verständigen können, die von den Inseln Patmos und Leros entführt worden waren. Diese Inseln sind leicht innerhalb einer Woche von Byzanz aus zu erreichen. Ayub al-Hakim trug mir auf, Andronikos zu holen.

Man sah es Andronikos an, daß er gespannt war, was er wohl im Raum des großen Kaltwasserbeckens zu sehen bekomme.

Ayub al-Hakim fragte ihn: »Oh Andronikos Komnenos, der du aus dem höchsten Geschlecht des byzantinischen Reiches stammst, was wirst du die Frauen fragen?«

Andronikos antwortete: »Du, oh Herr, der das Vertrauen des Beherrschers der Gläubigen erworben hat, gibst die Befehle! Wenn es denn dein Wunsch ist, so frage ich in der Sprache jenes Reiches, das du erwähnt hast, ob jemand ein Haus kennt, in dem Johannes der Evangelist gelebt hat. Kennt eine der Frauen ein solches Haus, dann hat sie auf der Insel Patmos gewohnt, denn dieses Haus ist das Heiligste, was es auf der Insel gibt.«

Dann redete Andronikos in seiner Sprache auf die Frauen ein. Ich blickte in ihre Gesichter und wartete darauf, daß eine den Mund öffnete. Tatsächlich, da antwortete ein sehr junges Mädchen in Worten, die Andronikos verstand! Sie hatte offenbar viel zu erzählen. Als sie schließlich geendet hatte, wandte Andronikos sich an den Arzt und mich. »Jenes Mädchen sagt, sie sei oft an dem Haus vorübergegangen, das der Evangelist einst durch seine Gegenwart geheiligt hat. Es gibt keinen Zweifel: Sie stammt aus Patmos. Sie sagt, sie heiße Irene und sei die Tochter des höchsten Verwaltungsbeamten auf der Insel. Sie wohnte mit ihren Eltern im Kloster, das der heilige Christodulos gegründet hat. Das Gebäude dazu hatte Christodulos vom Kaiser Alexios geschenkt bekommen. Das weiß ich deshalb, weil Alexios mit mir verwandt ist. Das, was diese Irene berichtet, beweist eindeutig, daß sie aus edlem Hause kommt und tatsächlich von der Insel Patmos entführt worden ist.«

Über dieses Ergebnis im Rätselspiel zeigte sich Ayub al-Hakim hoch erfreut, und er ließ das Mädchen Irene ebenfalls auf die andere Seite des Kaltwasserbeckens bringen. Dann fragte er: »Oh Andronikos, der du durch eine bedeutende Herkunft geadelt bist und der du als Kind schon die Sprache der Byzantiner in dich aufgenommen hast! Glaubst du nicht auch, daß Frauen, die in der gleichen Sprache miteinander reden können, in schwierigen Situationen zusammenstehen? Wenn das so ist, dann muß eines der Mädchen, das rechts oder links von dem Platz steht, den Irene bisher eingenommen hatte, von der Insel Leros entführt worden sein!«

Da redete Andronikos wieder in seiner Sprache auf die Frauen ein, doch keine antwortete ihm. Andronikos stellte erneut eine Frage, deren Sinn mir fremd blieb.

Die Antwort gab die Frau, die links außen in der Reihe stand. Was sie sprach, nahm Andronikos mit Kopfschütteln zur Kenntnis. Er fragte noch zweimal oder dreimal nach, und jedesmal erhielt er eine Antwort. Ayub al-Hakim wartete voll Ungeduld darauf, daß man ihm sage, was der Inhalt des Gesprächs war.

Andronikos vermittelte uns die Worte des Mädchens so: »Sie sagt, sie sei auf einer Insel geboren worden und sei dort auch aufgewachsen. Der Name der Insel sei Astipalaia. Den Namen einer Stadt kennt sie nicht. Ihr Vater, so sagt sie, besitze große Schiffe, und wenn er nach Astipalaia zurückkehre, seien sie beladen mit Kisten, die Gold und Edelsteine enthielten. Jedesmal seien auch Männer und Frauen, die Ketten trügen, aus den Schiffen ausgestiegen. Ihr Vater werde Leo genannt. Sie selbst heiße Simeona.«

Der Arzt sprach darauf verärgert zu mir: »Oh Mahmud, die drei Haschiyun, die ich nach Leros gesandt habe, konnten wohl die Insel nicht finden, da landeten sie auf jener, die Astipalaia heißt. Die Frauen dort haben allerdings nie Berühmtheit erlangt. Der Beherrscher der Gläubigen wird keine Frau besitzen wollen, die sich nicht durch besondere Herkunft auszeichnet!«

Doch die Verärgerung des Ayub al-Hakim hielt nicht lange an, denn er hatte einen Einfall. »Die Tochter eines Seeräubers wird wohl schwimmen können! Murdjana, wirf das Mädchen ins Wasserbekken. Ich will, wenn sie heraussteigt, sehen, wie sie beschaffen ist!«

Murdjana ging auf die junge Frau zu, die sich Simeona nannte. Ich sah nicht recht, was dann geschah. Ich hörte jedoch ein lautes Platschen, und als ich dann zum Wasser blickte, tauchte dort Murdjana auf. Simeona aber stand am Beckenrand. Sie schaute erst uns an, dann drehte sie sich zu Murdjana um, die Bewegungen machte, aus denen man sehen konnte, daß ihr niemand so richtig das Schwimmen beigebracht hatte. Simeona erkannte, daß sie Murdjana retten mußte. Sie zog ihr Hemd aus und sprang ins Wasser. Mit sicherem Griff packte sie Murdjana und zog sie zu den Stufen hin, die aus dem Wasser führten. Simeona trug Murdjana heraus und setzte sie auf die Bank.

Die Tochter des Seeräubers

Als die Tochter des Seeräubers auf uns zuschritt, sahen wir ihren Körper, der geschmeidig und doch kräftig war. Sie bewegte sich weich wie eine Katze. Sie wirkte sehr weiblich, obgleich ihre Brüste nur wenig entwickelt waren. Was ihren Reiz wirklich ausmachte, wußte ich nicht. Sie gefiel mir eben. Keinen Augenblick lang war ich ihr deshalb böse, weil sie Murdjana ins Wasser geworfen hatte. Simeona ging zu der Stelle, an der ihr Hemd lag. Sie trocknete sich damit ab – und ließ sich Zeit dabei. Dann erst streifte sie das Hemd über. Die Worte, die sie sprach, als sie wieder zu den anderen Frauen zurückging, erstaunten Andronikos. Ayub al-Hakim wollte sofort wissen, was sie gesagt hatte.

Das Erstaunen schwang noch mit, als Andronikos erklärte: »Sie teilt uns mit, daß wir uns täuschen, wenn wir annehmen, sie sei noch Jungfrau!«

Nun war es an Ayub al-Hakim, verblüfft zu sein. Er brauchte Zeit, bis er seine Gedanken wieder geordnet hatte. Dann entschied er: »Schluß mit dem Rätselspiel für heute.«

Murdjana, die sich wieder erholt hatte, jedoch noch nasse Kleider trug, wurde angewiesen, die Frauen in ihre Kammern zurückzubringen.

Wenig später saßen wir in einer Nische des alten Hamam. Es war Andronikos, der als erster die Stimmung der Ratlosigkeit durchbrach. Er meinte in bedächtig gewählten Worten: »Für Salah ed-Din kommt diese Simeona aus mehreren Gründen nicht in Betracht. Der erste Grund ist, daß man ihr wohl glauben muß, wenn sie sagt, sie sei keine Jungfrau mehr. Der zweite Grund ist, daß wir drei Männer sie völlig nackt gesehen haben. Doch da gibt es noch einen wichtigeren Grund: Sie ist nicht für den Harem geschaffen! Sie braucht die Freiheit mehr als jede andere! Sie gehört nach Astipalaia zu den Seeräubern.«

Da sprach ich mit leiser Stimme: »Da gibt es noch einen vierten Grund: Ich liebe Simeona, die Tochter des Leo!«

Ohne Gruß gingen wir auseinander. Im Haus am Fluß angekommen, hatte ich keine Lust zum vergnüglichen Schwimmspiel mit Theodora, und ich war froh, daß sie mich nicht dazu lockte. Ehe ich einschlief, hörte ich Theodora sagen: »Bring mich bald mit Ayub al-Hakim im Hamam zusammen!«

Doch ein Ereignis, das alle Bewohner von Damaskus aufwühlte, verhinderte die Erfüllung dieses Wunsches.

Am kommenden Morgen, der wöchentliche Feiertag der Gläubigen war angebrochen, wollte ich eben das Haus am Baradafluß verlassen, da sah ich Abd'Allah heraneilen. Er packte mich an der Hand und zog mich mit sich. Als wir uns dem Hamam näherten, hörte ich Schreie. Frauen kreischten, und Männer riefen: »Allah ist über allem!« Wir bogen um eine Hausecke, da sah ich eine große Menge Menschen. Sie drängten sich um das Hamam. Jeder wollte noch näher am Gebäude sein. Die Masse schob und drückte. Als ich näherkam, hörte ich diese Rufe: »Das Schwert des Islam! Das Schwert des Khalid Ibn al-Walid!«

Ich glaubte, diese dichte Menschenmauer niemals durchdringen zu können, doch der kräftige Abd'Allah brachte es fertig, daß wir uns nach und nach näher an die Haustür schoben. Bisweilen fürchtete ich, erdrückt oder zertrampelt zu werden. Ich war in Schweiß gebadet. Wir erreichten schließlich den Eingang, und Abd'Allah stieß mich ins Haus hinein. Drinnen stand Andronikos.

Ich fragte ihn sofort: »Was wollen die Leute? Brechen sie das Hamam ab?«

Er sagte: »Sie sind gekommen, als das Morgengebet zu Ende war. Zuerst waren es Hunderte, dann Tausende. Männer kamen zunächst, dann auch Frauen in Massen. Sie strömten alle auf unseren Bauplatz! Das Hamam lassen sie in Ruhe. Bisher war das wenigstens so!«

Da fragte ich Andronikos: »Du sagst, sie seien gekommen, als das Morgengebet zu Ende war? Dies bedeutet, daß der Anlaß zu dem, was bei uns vorgeht, in der Moschee zu suchen ist. Vielleicht hat es mit jener Stimme zu tun, die am vergangenen Freitag zu hören war!«

Diese Überlegungen führten allerdings nicht weiter. Ich schlug deshalb vor, daß wir auf das Dach des alten Hamam stiegen, um von dort auf die Menschen hinunterzublicken.

Die erregte Menge füllte Straßen und Plätze. Sie reichte wohl bis hinüber zur Zitadelle und war ständig in Bewegung. Da waren

Gruppen von schwarzgekleideten Frauen, die ihre Hände flehend zum Himmel streckten. Männer in weißen Hemden drängten andere beiseite, um zum Bauplatz durchzudringen. Sie trugen Werkzeuge bei sich, Äxte und Hacken. Ich erkannte einige von ihnen: Es waren Handwerker, die bei uns arbeiteten, die das Gewölbe des Sklavenmarkts zu bauen hatten. Mit lauten Rufen »Allah ist über allem!« versuchten sie, sich freien Weg zu verschaffen.

Jetzt erkannte ich, daß die Masse einen Mittelpunkt hatte. Um eine Stelle auf dem Bauplatz herum wogten die Menschen. Auf diesen Mittelpunkt zu bewegte sich auch die Gruppe der Handwerker. Plötzlich öffnete sich vor ihnen in der Menschenflut eine Gasse. Sie waren offenbar erkannt worden. Die Handwerker stürmten nun vor, in den Mittelpunkt hinein. Dort begannen sie sofort, mit ihren Werkzeugen die Quader auseinanderzubrechen. Was die Handwerker mühsam zusammengefügt hatten, das trugen sie nun wieder ab.

Erstaunlich war die Leichtigkeit, mit der dies alles geschah. Wozu sonst Dutzende von Männern nötig waren, das vollbrachten nun drei oder vier der Handwerker: Sie hoben die behauenen Steine aus dem Gefüge und trugen sie beiseite. Immer stärker wurden sie von der Menge angestachelt, rasch zu arbeiten. Da waren die Mauern und Fundamente bald abgetragen.

Nun benützten die Männer Brechstangen, um die dicken Bodenplatten voneinander zu lösen. Auch die Beseitigung der Platten war schnell geschehen. Schaufeln wurden herbeigebracht. Ein Loch entstand.

Da erst wurde mir bewußt, daß ich dort selbst nur wenige Wochen zuvor die Erde ausgehoben hatte. Nun begriff ich, wonach die Männer suchten. Jetzt verstand ich auch, warum sich die Masse erregter Menschen zu unserem Bauplatz drängte.

In diesem Augenblick bemerkte ich, daß sich von der Zitadelle her eine geordnete Kolonne von Männern in Richtung des Hamam bewegte. Die Männer schritten langsam, würdevoll. Die Masse wich zurück.

Da knieten erst einige nieder vor den Männern an der Spitze, dann folgten andere zögernd ihrem Beispiel. Schließlich knieten alle, an denen die Kolonne in festem Schritt vorüberkam, am Boden.

Sie blieben in dieser Haltung, auch wenn die Marschierenden schon weitergezogen waren.

Da die Kolonne nicht mehr von der Menschenmasse verdeckt wurde, war zu erkennen, wer da mit Macht in Richtung Hamam marschierte: In der Mitte bewaffneter Männer schritt der Beherrscher der Gläubigen. Auch Mustafa Riad, der Befehlshaber der Reitertruppen, befand sich unter der Hundertschaft, die Salah ed-Din begleitete.

Während ich mit dem Blick wie gebannt den Zug der Männer verfolgte, stand auf einmal Ayub al-Hakim neben mir auf dem Dach des Hamam. Er sagte: »Du staunst wohl über die Entschlossenheit des Beherrschers der Gläubigen, oh Mahmud, der du vom Allmächtigen ausersehen warst, zu helfen, daß der erhabene Wille geschehe. Ich weiß, daß du selbst das Loch vergessen hattest, das du geschaufelt hast. Allah, der Allmächtige und Allerbarmer, gebe dir erneut Vergessen!«

Da fragte ich Ayub al-Hakim: »Oh Herr, der zu bewirken versteht, was Männer sonst nicht vollbringen, sage mir, wie begann das, was hier geschieht?«

Er antwortete: »Heute war die Moschee beim Morgengebet überfüllt, weil die Gläubigen erwartet hatten, daß die geheimnisvolle Stimme erneut spräche. Die Erwartung der Gläubigen ging in Erfüllung: Die Stimme war wieder zu hören. Sie sagte deutlich vernehmbar: *Ich bin Khalid Ibn al-Walid! Ich habe Damaskus dem Islam erobert! An diesem Tag, den Allah, der Erhabene, besonders gesegnet und geheiligt hat, wird mein Kampfgeist wieder erstehen im Herzen des Beherrschers der Gläubigen! Vorüber sie die Zeit des Zuwartens! Der Krieg mit den Ungläubigen beginnt erneut! Allah, der Erhabene, will euch ein Zeugnis dafür geben, daß ich die Wahrheit spreche: Geht hin zum größten Bauplatz von Damaskus. Dort werdet ihr unter den Quadern des neuen Gewölbes mein Schwert finden, das Schwert Allahs! Es sei künftig das Schwert des Salah ed-Din!*«

Ayub al-Hakim sah mich an. »Was danach geschah, oh Mahmud, das kannst du dir denken! Die Männer rannten aus der Moschee. Die Frauen verließen die Häuser und folgten den Männern. Den Rest siehst du selbst!«

Das Spiel um Einfluß auf den Mächtigen beginnt

Inzwischen war der Zug mit dem Beherrscher der Gläubigen beim Hamam angekommen. Als ich mich über den Dachrand vorbeugte, sah ich, daß Salah ed-Din eintrat. Noch bevor er auf dem flachen Dach angekommen war, kniete ich nieder.

Er sah mich und sprach: »Oh Sohn des Hamami! Erhebe dich und reihe dich in mein Gefolge ein! Schon einmal bist du neben Mustafa Riad gestanden, damals, als ich den Kadi pfählen ließ. An diesem Tag der Freude soll es wieder geschehen!«

Ich trat also neben Mustafa Riad, der mit ungefähr zwanzig hochgestellten Männern zusammen mit dem Beherrscher der Gläubigen auf das Dach gekommen war. Wir standen hinter Salah ed-Din. Er blickte hinunter auf die Menschen und wurde mit Jubel begrüßt. Ganz plötzlich schwollen die Schreie an. Deutlich war zu vernehmen, daß einige Männer riefen: »Das Schwert! Das Schwert Allahs! Das Schwert des Salah ed-Din!« Die Waffe war also gefunden worden.

Ohne sich umzuwenden, gab der Beherrscher der Gläubigen den Befehl, Mustafa Riad habe sich hinunterzubegeben, um das Schwert zu holen. Der Befehlshaber der Reitertruppe gehorchte sofort.

Kniend bot Mustafa Riad seinem Herrn das Schwert mit dem goldenen Griff dar. Salah ed-Din nahm es. Dann trat er vor und sprach zu der Menge: »Oh Gläubige, die ihr mir Treue bewiesen habt! Ich habe euren Ruf verstanden! Der Auftrag Allahs, des Allmächtigen, an mich lautet, die Ungläubigen zu besiegen. Dieses Schwert wird die Schlacht entscheiden!«

Während Salah ed-Din die letzten Worte sprach, hob er das Schwert zum Himmel. Die Masse brach in rasenden Jubel aus. Da senkte der Beherrscher der Gläubigen das Schwert, und die Tausende auf den Straßen verstummten. Salah ed-Din sprach noch einmal zu den Menschen. Er rief: »Oh Gläubige, die ihr mit mir ein Wunder erlebt habt! Über dem Platz, der das Schwert Allahs, das jetzt mein Schwert ist, über Jahrhunderte bewahrt hat, soll ein Gebäude entstehen, in dem das Schwert aufbewahrt wird, wenn ich es nicht im Kampf brauche. Der Bau wird auch mich beherbergen, wenn ich mein Haupt zwischen den Schlachten zur Ruhe betten will! Verantwortlich für die Errichtung des Gebäudes und für dessen Unterhalt werden die Besitzer des Grundstücks sein, die mir bisher schon treu gedient hatten!«

Die letzten Sätze des Salah ed-Din waren von der Masse nicht gehört worden, denn es war zuvor wieder Jubel ausgebrochen. Ich hatte verstanden, was der Beherrscher der Gläubigen wollte: Der Sklavenmarkt konnte dort unten also nicht errichtet werden. Doch da war ohnehin alles zerstört, was bisher errichtet worden war. Eine neue Planung mußte durchdacht werden.

Sobald der Zug des Beherrschers der Gläubigen zurückmarschiert war in die Zitadelle, begann sich die Menge zu zerstreuen. Nun waren von der Baustelle her Hammerschläge zu hören. Ich sah, wie die Handwerker die Steine, die als Bodenplatten gedient hatten, in viele kleine Stücke zerschlugen. Diese Steinbrocken, es müssen Tausende gewesen sein, verteilten sie an diejenigen, die nach dem Weggang des Beherrschers der Gläubigen noch ausgeharrt hatten. Ob die Handwerker Geld für die Steinsplitter bekamen, konnte ich nicht erkennen.

Jetzt erst fiel mir auf, daß Ayub al-Hakim nicht auf dem Dach des Hamam gewesen war, solange sich Salah ed-Din dort aufgehalten hatte. Den Arzt traf ich wieder, als ich die Vorhalle betrat.

Er sprach: »Du, oh Mahmud, wirst gut beraten sein, wenn du rasch entscheidest, was geschehen soll. Wenn du es erlaubst, mache ich einen Vorschlag: Richte den Sklavenmarkt im neuen Hamam ein, und baue das Haus für das Schwert und für Salah ed-Din, wie es der Wunsch ist des Beherrschers der Gläubigen, dort, wo das Schwert, dank der Gnade Allahs, gefunden wurde. Laß den Bau bald ausführen! Wir aber dürfen nicht vergessen, daß wir unser Spiel *Wer ist wer?* fortzusetzen haben. Ich meine, wir sollten auch in dieser Sache keinen Tag verlieren!«

Am Abend standen wir drei – Ayub al-Hakim, Andronikos und ich – wieder im Raum des großen Kaltwasserbeckens, als die sechs Frauen, deren Herkunft wir noch nicht kannten, hereingeführt wurden. Wohl um uns eine Freude zu machen, hatte Murdjana dafür gesorgt, daß die Hemden wieder naß und damit durchsichtig waren. Andronikos ließ sich am wenigsten durch den Anblick ablenken. Er fragte Ayub al-Hakim nach den Orten, aus denen die sechs Frauen entführt worden waren. Die Namen prägte er sich ins Gedächtnis ein. Dann sagte er wenige Worte in seiner Sprache – und hatte das erste Spiel schon gewonnen. Eine der Frauen fühlte sich angesprochen. Das Wort *Smyrna* hatte die Erinnerung an ihr Zuhause geweckt. Leise wiederholte sie den Namen ihrer Heimatstadt, und ich hatte den Eindruck, daß sie weinte. Andronikos meinte, es sei durchaus möglich, daß sie einen bestimmten Dialekt der griechischen Sprache beherrsche, denn in Smyrna würden Familien griechischer Abstammung leben. Und so bemühte er sich, mit der Frau zu einer Verständigung zu kommen. Ich merkte, wie er Versuche mit immer neuen Wörtern machte. Schließlich gab sie ihm durch ein einziges Wort eine Antwort. Es hieß *Agora*. Dies war also der Name des Mädchens.

Ich fragte Ayub al-Hakim: »Oh Herr, der du über Macht verfügst, um Frauen aus weit entfernten Ländern zusammenzuholen! Du sagtest mir, daß du aus Smyrna eine Frau besonderer Art erwartest. Glaubst du, daß diese Frau deine Erwartung erfüllt?«

Seine Antwort war dies: »Oh Mahmud, wisse, daß in Smyrna vom Fürsten der Stadt ein Haus eingerichtet worden ist, in dem Mädchen, die weder Vater noch Mutter besitzen, zwei Fähigkeiten vermittelt bekommen. Die eine Fähigkeit besteht darin, einem Mann mit den Fingern gefällig zu sein. Diese Fähigkeit wird von den Reichen und Mächtigen in Byzanz – die sich gerne verwöhnen lassen, ohne sich selbst anstrengen zu müssen – sehr geschätzt. Sie loben vor allen Dingen, daß die Mädchen sinnliche Handfertigkeit erworben haben, ohne ihre Jungfräulichkeit zu verlieren. Frauen, die in jenem Haus ausgebildet worden sind, werden häufig von Ministern und anderen Höflingen geheiratet, um dann an die Herrschenden ausgeliehen zu werden. Doch ich will dir noch von der zweiten Fähigkeit erzählen, die in jenem Haus entwickelt wird, und auch sie hat mit den Fingern zu tun: Die Mädchen lernen das Teppichknüpfen. Weit gerühmt sind die Smyrnateppiche, elfenbeinfarben mit großer Musterung. Um solche Teppiche knüpfen zu können, braucht man ebenfalls Fingerfertigkeit. Die Frauen aus dem Haus des Fürsten von Smyrna beherrschen zwei Künste und sind deshalb wertvoll. Ob diese Agora zu solchen Frauen gezählt werden kann, wird sich wohl zunächst nicht feststellen lassen!«

Andronikos wollte so rasch nicht nachgeben. Er redete auf das Mädchen Agora ein – doch sie schwieg. Murdjana meinte, da bleibe wohl nur ein Ausweg übrig: Man müsse ausprobieren, was sie wirklich könne.

Da entgegnete ihr Ayub al-Hakim: »Diese Probe kann wohl nur die zweite Fähigkeit betreffen. Sie in der ersten Fähigkeit zu prüfen, das wird dem Beherrscher der Gläubigen vorbehalten sein!«

Andronikos wandte sich wieder den Frauen zu. Er schaute sich die Gesichter genau an und sagte dann zu uns: »Das Mädchen aus dem Kaschmirgebirge müßte doch an den Gesichtszügen zu erkennen sein! Aber keine sieht aus, als käme sie aus dem Lande Asia. Wenn wir die Tochter eines Fürsten jener Gegend vor uns haben, dann müßte sie zu den Moslems gehören. Die Fürsten dort sind Moslems. Arabisch wird die Frau wohl nicht sprechen können. Aber sie wird Worte aus dem Koran auswendig wissen – und dies in arabischer Sprache. Du, oh Mahmud, solltest Verse sprechen, die jeder Moslem beherrschen muß. Du brichst den Spruch jedoch mitten im Satz ab, und wir werden dann hören, ob eine der Frauen weiß, wie sich der Vers fortsetzt.«

So fing ich an zu sprechen: »Im Namen Allahs, des Allbarmherzigen! Lob und Preis sei Allah, dem Herrn aller Weltenbewohner, dem gnädigen Allerbarmer, der am Tag des Gerichts herrscht. Dir allein wollen wir dienen, und . . .« Ich führte den Vers nicht zu Ende, sondern wartete ab. Beim letzten Wort hatte ich die Stimme so erhoben, daß jemand, der die Erste Sure des Heiligen Koran kennt, sich aufgefordert fühlt, weiterzusprechen.

Wir brauchten nicht lange zu warten. Eine Stimme sprach: » . . .zu dir allein flehen wir um Beistand. Führe uns den rechten Weg derer, welche sich deiner Gnade freuen – und nicht den Pfad jener, über die du zürnst oder die in die Irre gehen!«

Die Frau, die meinen Satz vollendet hatte, war rechtgläubig. Sie konnte aus dem Kaschmirgebirge stammen. Eine Bestätigung erhielten wir nicht. Mit der Frau zu reden erwies sich als unmöglich. Wir konnten nicht einmal ihren Namen erfahren. Ayub al-Hakim entschied deshalb: »Diese Frau wird künftig Gulaba heißen«! Und dabei blieb es.

Vier Frauen standen noch vor uns. Ihre Hemden waren längst

trocken geworden. Nichts mehr lenkte uns davon ab, unsere Gedanken zur Lösung der Rätselfrage zu zwingen.

Andronikos sprach: »Es müßte doch gelingen zu erfahren, welches der vier Mädchen aus Marsala stammt. Marsala ist eine Stadt, die sich auf Sizilien befindet. Diese Insel war einst griechisch und ist jetzt in der Hand der Moslems. Marsala ist also eine islamische Stadt!«

Andronikos hatte den Namen der Stadt wohl deshalb so oft genannt, weil er hoffte, eine der vier Frauen würde bei dem Wort *Marsala* eine Gemütsbewegung zeigen, so wie das beim Wort *Smyrna* der Fall gewesen war. Doch nichts derartiges geschah. Da fragte uns Andronikos: »Wie nennen die Bewohner der Insel Sizilien wohl ihre Stadt? Vielleicht sprechen sie das Wort nur ein wenig anders aus.«

Da wußte Ayub al-Hakim die Antwort. »Die Stadt heißt *Marsa Ali*. In deiner Sprache bedeutet das *Hafen des Ali*.«

Unter den vier Mädchen befand sich tatsächlich eine, die deutlich aufmerksam wurde, als sie die Worte *Marsa Ali* hörte. Doch sofort entspannte sich ihr Gesicht wieder und sah aus wie zuvor. Ayub al-Hakim meinte, das Verhalten des Mädchens könne noch kaum als Beweis gelten, daß sie aus Marsala stamme.

Der Arzt schlug vor, das Rätselspiel zu unterbrechen. Er sagte: »Ich habe die Orte, woher die Frauen stammen sollten, unter der Voraussetzung ausgewählt, daß Orte und Frauen Besonderes bieten. Doch mein Wissen von jenen Städten und Weltgegenden war und ist gering. Zum Glück können wir uns Hilfe holen: Hier in Damaskus im Dar el-Hadith treffen sich an jedem Tag außer am Freitag Männer, die sich die Aufgabe gestellt haben, alles Wissen zu sammeln, das überhaupt erreichbar ist. Wir müssen diese Männer bitten, uns mehr Anhaltspunkte zu nennen über Marsala, über die Kurdengegend von Irbil, über Ljubusa in Dalmatien und vor allem über Betpak Dala, die Region der Hungersteppe.«

Ayub al-Hakim gab mir den Auftrag, zu den Männern des Dar al-Hadith zu gehen.

Der Arzt hatte einen wichtigen Grund, sich jetzt einer anderen Aufgabe zuzuwenden: Die Entscheidung mußte gefällt werden, welche Art von Bauwerk auf dem Grundstück errichtet werden sollte, das für den Sklavenmarkt bestimmt gewesen war. Wir durften allerdings nicht daran rütteln, daß der Beherrscher der Gläubigen bereits entschieden hatte, er werde dort selbst Herberge nehmen – und am selben Platz werde auch das Schwert aufbewahrt. Wie sich Salah ed-Din das Gebäude vorstellte, wußten wir jedoch nicht.

Da traf es sich gut, daß ein Mann Eintritt ins Hamam verlangte, von dem wir Klarheit für unsere Überlegungen erwarten durften. Der Mann gehörte zu den jungen Geistlichen in der Moschee. Er war im Gefolge des Salah ed-Din nach Damaskus gekommen. Anzunehmen war, daß er das Vertrauen des Beherrschers der Gläubigen besaß. Sein Name war Mohammed Ibn al-Rahman. Er kam nicht allein. In seiner Begleitung war Mahmud Beshir, der Grundbuchverwalter für Damaskus, der ohnehin Wohnung im alten Hamam genommen hatte: Er lebte ja hier mit der Sklavin Ochaïra zusammen, die ihm wenige Wochen zuvor einen Sohn geboren hatte.

Mohammed Ibn al-Rahman begann das Gespräch, sobald er auf den Kissen saß. »Oh Männer, in deren Hände das Schwert und das Haupt des Salah ed-Din gelegt sind! Zu euch bin ich gekommen, um euch Rat zu geben. Mahmud Beshir ist mit mir erschienen, um rasch Schwierigkeiten zu beseitigen, die mit Grundstücken zusammenhängen. Wichtig ist für euch, die Vorstellung des Beherrschers der Gläubigen zu kennen. Der Platz, der euch gehört, ist geheiligt, weil dort das Heilige Schwert über viele Generationen durch den Willen Allahs, des Allmächtigen und Allerbarmers, in der Erde bewahrt worden ist. So muß auch der Bau, der entstehen wird, ein Heiligtum sein. Doch zugleich soll er dem Beherrscher der Gläubigen dienen. Er hat schon einmal im Hamam gewohnt – ihr wißt, was ihm Vergnügen bereitet. Es soll euer Schaden nicht sein, wenn ihr ihm bietet, was er benötigt. Doch achtet darauf, daß die Pracht nur innen zu sehen ist und nicht etwa von außen. Der Beherrscher der Gläubigen will dem Volk zeigen, daß er seine Zeit damit verbringt, dem Glauben zu dienen.«

Der junge Geistliche sprach kein Wort darüber, wie der Bau zu bezahlen sei. Die Last, den Bau zu erstellen, war Sache der Besitzer des Hamam. Ganz am Schluß des Gesprächs war eine Andeutung zu hören, die mir wohl Hoffnung machen sollte. Mohammed Ibn al-Rahman sagte: »Das Schwert des Salah ed-Din verspricht Siege.

Es verspricht damit auch Beute. Der Sklavenmarkt wird bald schon gebraucht werden!«

Der Geistliche verließ das Hamam. Mahmud Beshir, der Verwalter des Grundbuchs, blieb zurück. Ihn hielt zunächst ein persönlicher Grund fest: Er wollte wissen, ob ihm die Kammer im alten Hamam und die Sklavin Ochaïra auch weiterhin zur Verfügung stünden. Wenn ich Mahmud Beshir recht verstand, so legte er wenig Wert auf den Sohn, den die Frau geboren hatte. Darüber war ich allerdings etwas verwirrt. Ich sagte Mahmud Beshir, ich würde über den Fall nachdenken. Er sei mir zu dieser Stunde vor allem als Verwalter des Grundbuchs von Damaskus wichtig. Da der neue Plan eine Teilung des Gebäudes in ein Heiligtum und in einen Wohnbezirk notwendig mache, müsse ein weiteres Grundstück erworben werden. Mahmud Beshir versprach, den Kauf rasch in unserem Namen zu betreiben.

Ayub al-Hakims Schicksal

Es war spät geworden, aber dennoch war der Tag noch nicht zu Ende. Theodora hatte Lust, sich im großen Kaltwasserbecken zu vergnügen. Sie hatte sich den ganzen Abend über verborgen bei Murdjana aufgehalten, und sie verlangte nun, daß man sie beachte.

Sie sagte: »Ich bin eigentlich hier, um Ayub al-Hakim mit den wichtigsten Schwimmzügen vertraut zu machen. Mich stört es aber nicht, wenn sich auch Mahmud und Andronikos im Wasser befinden. Wir wissen voneinander, wie unsere Körper aussehen. Allein Ayub al-Hakim wird sich zuerst etwas seltsam fühlen, wenn er seine Kleider ablegt. Doch er ist der Schüler unter uns, er muß sich fügen!«

Da sprach ich: »Oh Theodora, die du mutig genug bist, um Fesseln der überkommenen Sitten zu sprengen! Verzeih mir, wenn ich dich mit Ayub al-Hakim allein lasse. Er ist mein Lehrer im Maristan, und deshalb steht es mir nicht an, ihn in Verlegenheit zu bringen. Er muß sich dir, oh Theodora, ganz anvertrauen. Dies aber ist nicht möglich, wenn Zuschauer dabei sind!«

Da nickte Andronikos zustimmend – und so geschah es, daß

Ayub al-Hakim und Theodora allein hinübergingen zum großen Kaltwasserbecken im neuen Hamam. Abd'Allah, der Eunuch, war vorausgeeilt, um Pechfackeln anzustecken.

Als ich zum Haus am Baradafluß ging, da wußte ich, daß ich nie mehr das Vergnügen haben würde, Theodoras nackten Leib im Wasser sehen und ergreifen zu dürfen. Sie kam in jener Nacht nicht nach Hause.

Früh am Morgen ging ich ins Maristan. Kurz nach mir traf Ayub al-Hakim dort ein. Als er mich sah, sprach er mich mit diesen Worten an: »Oh Mahmud, der du gelernt hast, in Klugheit zu leben! Ich sage dir die Wahrheit: Theodora und ich haben gemeinsam die Nacht verbracht!« Weil ich nichts erwiderte, sprach Ayub al-Hakim weiter: »Ich bin dir, oh Mahmud, dankbar, daß du uns allein gelassen hast. So hielt sich auch Andronikos von uns fern. Da du dich edelsinnig mir gegenüber verhalten hast, will ich dir erzählen, was vorgefallen ist.« Meine Bewegung der Abwehr unterbrach er, indem er meine Hand festhielt und sagte: »Oh Mahmud, als sie mit ihrem makellosen weißen Körper ins Wasser stieg, da nahm ich mir vor, mich zu beherrschen. Doch mein Blick wurde angezogen vom dunklen Fleck der Haare auf ihrem Schoß. Was ich sah, unterschied sich von allem, was ich bisher gesehen hatte. Es war, als ob ein Zauber mich befallen hätte. Dann wies mich Theodora an, mich mit den Händen auf den Stufen des Beckens abzustützen und den Körper im Wasser waagerecht zu halten. Da konnte ich meine Sinne wieder beruhigen. Ihre Hände stützten mich leicht am Bauch ab. Doch dann spürte ich eine Hand an meinem Glied. Ich verlor die Besinnung. Aus meinen Armen schwand die Kraft. Da war auch keine Stütze mehr durch die Hände der Theodora. Ich versank im Wasser. Angst erfüllte mich, aber zugleich auch ein Übermaß an Lust.«

Ich unterbrach Ayub al-Hakim: »Oh Meister, der auch du berührt wirst von der Nähe der sinnlichen Lust zur Angst! Wahrheit gegen Wahrheit: Ich habe dasselbe Erlebnis gehabt!«

Da sagte Ayub al-Hakim mit leiser Stimme: »Der Unterschied ist, oh Mahmud, daß du jung bist, und ich befinde mich an der Schwelle des Alters. Da ist Lust nicht nur mit der Angst, sondern auch mit dem Tode verbunden. Das, was du als junger Mann in einem außergewöhnlichen Versuch erlebt hast, wurde mir zuteil als einem älteren Mann: Das Todesgefühl verwandelte sich in lustvolle Befreiung. Ich war nahe daran, mein Bewußtsein zu verlieren, die Bedrängnis löste sich schon in einer Weite der Gefühle auf, da spürte ich, daß Theodora den Mittelpunkt meines Lebens fest ergriffen hatte. Nie zuvor war mir dieses Glied übermäßig wichtig gewesen, doch nun pulsierte dort meine Lebenskraft – und sie verströmte sich.«

Ich fragte Ayub al-Hakim, warum er mir sein Erlebnis erzähle, und er antwortete: »Weil ich, oh Mahmud, seit damals ein schlechtes Gewissen habe. Erinnere dich! Ich hätte dich nicht in jene Zwangslage bringen dürfen. So mußte ich dich jetzt unbedingt zum Zeugen meiner Todesangst und Todeslust machen!«

An diesem Morgen hatte ich wenig Neigung, den Unterricht des Ayub al-Hakim zu erleben. Ich hörte ihn sprechen – nahm aber zunächst nur wenig vom Inhalt seiner Rede auf. Er ergänzte die Lehre von der Wirkung der Heilmittel. Er sprach davon, die Erkenntnis, warum manche Materie eine Heilung auslöse, sei noch völlig dem Allmächtigen vorbehalten. Da sei ein Arzt, den die Pflicht zu heilen umgetrieben habe, auf den Gedanken gekommen, Entzündungen durch Auftragen einer dünnen Schicht jener schmierigen Masse zu bekämpfen, die sich im Verlauf einer langen Zeit auf den ledernen Geschirren der Pferde bildete. Diese Masse setzte sich aus kleinsten Pilzen und Flechten zusammen, die eigentlich als Schmutz zu bezeichnen seien.

Meine Aufmerksamkeit war wach, als Ayub al-Hakim sagte: »Unbestritten ist, daß diese schmierige Masse bei vorsichtiger Anwendung eine Heilung bewirken kann. Ein kluger Arzt ist derjenige, der dieses Mittel nur bei hartnäckigen Entzündungen aufträgt. Es kann auch giftig sein! Mehr als jedes andere Heilmittel braucht es die Unterstützung durch das Gebet. Es wirkt in Verbindung mit der Kraft des Allmächtigen!«

Ich verließ das Maristan zur gleichen Zeit wie die anderen Schüler und eilte zu dem Platz, auf dem das Heiligtum und die Herberge für Salah ed-Din entstehen sollten. Noch hatte niemand einen zusammenhängenden Gesamtplan entworfen, und doch wuchsen Fundamente, die eine sinnvolle Anordnung der Kammern, Räume,

Gänge und Säle erkennen ließen. Die Baumeister waren durch das Wunder der Auffindung des Schwertes angespornt: Sie handelten, als ob ein höherer Wille sie führe. Und die Arbeiter, die bereits beim Abbruch der Mauern ihre außerordentliche Kraft bewiesen hatten, ließen auch weiterhin nicht nach in ihrer Begeisterung. Sie arbeiteten auch nachts im Licht der Fackeln. Wer am Morgen am Bauplatz vorüberging, der stellte mit Überraschung fest, daß die Mauern über Nacht höher geworden waren. Bald schon erzählten sich die Bewohner von Damaskus die Legende, zwischen Mitternacht und Sonnenaufgang schichteten Allahs Engel die Quader auf.

Am folgenden Tag war das Hamam der Tradition entsprechend den Höflingen vorbehalten. Doch das Bad blieb leer. Ich hatte eigentlich die Absicht, ins Dar al-Hadith zu gehen, um mich endlich mit Einzelheiten über die Heimat der vier Mädchen vertraut zu machen, deren Herkunft wir noch nicht zu deuten wußten, da lauerte mir Abd'Allah auf dem Weg dorthin auf. An den Augen konnte ich ablesen, daß sein Gemüt bewegt war. Ich fühlte, daß er den dringenden Auftrag hatte, mich zu finden und ins Hamam zu holen. Dort traf ich Andronikos an, der darüber beunruhigt war, daß die Höflinge, die sonst keine Gelegenheit ausließen, die Vergnügungen des Hamam zu genießen, nicht gekommen waren.

Andronikos meinte besorgt: »In der Zitadelle muß etwas vorgefallen sein, das ernst genug ist, um Gewohnheiten umzustoßen. Hoffentlich berührt dieses Ereignis unsere Absichten nicht!«

Es dauerte nicht lange, und Theodora betrat die Vorhalle des Hamam. Sie erzählte, Ayub al-Hakim sei von Bewaffneten in seinem eigenen Hause vom Lager, das er mit ihr geteilt habe, weggerissen worden. Ihm sei kaum Zeit geblieben, ein Hemd überzustreifen. Theodora war von dem, was sie erlebt hatte, derart erschüttert, daß sie schluchzte. Da gab es keinen Zweifel, sie liebte den Arzt, und sie hatte Angst, ihn zu verlieren. Diese Sorge war wohl nicht unberechtigt. Ich erinnerte mich daran, daß der Kadi Ibrahim al-Homsi auf ähnliche Weise festgenommen worden war. Der Kadi war dann gepfählt worden.

Den Grund der Verhaftung erfuhren wir erst am Abend. Da kam Mustafa Riad, der Befehlshaber der Reitertruppe, ins Hamam. Als wir ihn mit der Frage bestürmten, ob er etwas wisse, sagte er: »Der

Beherrscher der Gläubigen hat am frühen Morgen einen Dolch neben sich auf dem Kissen des Lagers gefunden. Ein Haschiyun muß ihn dorthin gelegt haben. Es ist dem Beherrscher der Gläubigen wohlbekannt, daß Ayub al-Hakim der Oberste der Haschiyun in Damaskus ist. Salah ed-Din gibt dem Arzt die Schuld für die Drohung. Salah ed-Din wird von ihm wissen wollen, warum der Dolch auf das Kissen gelegt wurde. Die Befragung ohne Gewalt hat sicher schon stattgefunden – ich nehme an, ohne Ergebnis. Damit gibt sich Salah ed-Din nicht zufrieden. Im Keller der Schmerzen ist alles vorbereitet, um Ayub al-Hakim während der Nacht zu foltern. Ich bin an vieles gewöhnt, doch das Gebrüll, wenn in der Zitadelle jemand gequält wird, kann ich nicht ertragen! Das ist der Grund, warum ich zu euch komme. Gebt mir eine Unterkunft für diese Nacht!«

Da war Stille in der Vorhalle des Hamam. Theodora hatte aufgehört zu schluchzen. Dies erstaunte mich, denn eigentlich war sie mehr als jeder andere vom Schicksal des Ayub al-Hakim betroffen. Ich kannte ihre Art, das Leben anzupacken, genau, und so war ich überzeugt, daß sie in Gedanken nach einer Möglichkeit suchte, Ayub al-Hakim die Qualen zu ersparen.

Sie war es, die dann die Stille unterbrach. »Ich bin sicher, daß er nicht aus eigenem Willen gehandelt hat. Irgend jemand hat ihm den Befehl erteilt, den Dolch neben den Kopf des Salah ed-Din legen zu lassen. Nur, wer war es?«

Niemand von uns wußte eine Antwort. Wieder herrschte bedrückende Stille in der Vorhalle des Hamam. Theodora fragte schließlich: »Wo befindet er sich jetzt? Wo sind die Gefangenen, wenn die Folter vorbereitet wird?«

Da merkte ich plötzlich, daß Abd'Allah, der Eunuch, der nicht mehr sprechen konnte, ganz unruhig wurde. Er war einst gefoltert worden. Er wußte wohl, wo einer festgehalten wurde, dem die grausame Folter drohte. Auf einmal begannen die Augen zu leuchten. Ich hatte das Gefühl, es ginge tatsächlich ein Licht von ihnen aus.

Abd'Allah wollte uns wohl seine Entschlossenheit zum Handeln und Helfen mitteilen. Er stand auf und verließ das Haus. Keiner von uns hielt ihn zurück.

Es mochte soviel Zeit vergangen sein, wie ein Gläubiger braucht, um eine der langen Suren des Koran zu sprechen, da begann Murdjana, eine ganz einfache Melodie zu singen. Auch die Worte, die sie fand, waren schlicht:

Die Seele, so glaub ich, hat Ruhe gefunden.
Sie verläßt wohl eben diese Welt.
Sie ist nicht mehr an den Körper gebunden.
Sie schwingt sich hoch zum Himmelszelt.

Sie ist der irdischen Qual entflohen.
Der Körper bleibt von Schmerzen verschont.
Niemand kann sie mit Pein bedrohen.
Ein Mord geschah, der sich gelohnt!

Ob's recht war, das wird niemand wissen.
Der Mord entsprach nicht dem Gesetz!
Doch ward das Opfer fortgerissen.
Aus der Verstrickung bösem Netz.

So wird er zum Gericht empfangen
Von Allah, der die Menschen kennt.
Die Seele mög' zum Heil gelangen,
Und nicht zur Höll', wo Feuer brennt.

Als dieser Vers zu Ende war, da war nur Schluchzen zu hören. Theodora hatte erneut zu weinen begonnen. Wie Andronikos und ich hatte sie begriffen, was das Lied Murdjanas zu bedeuten hatte. Ratlos saßen wir im Halbdunkel, bedrückt von dem Gefühl, daß der Schatten des Todes noch nicht vom Hamam gewichen war.

Da war aus der Stille wieder Murdjana zu hören:

Des einen Tod, des anderen Not:
Die Gefahr trifft eine Frau!
Zu fliehen ist nun für sie Gebot!
Sie keinem mehr vertrau'!

Ein andrer aber darf nicht fliehn.
Der Mächtige befiehlt die Qual!
Doch Pein wird rasch vorüberzieh'n.
Ihm bleibt nur eine Wahl!

In leicht spöttischem Ton sagte Andronikos: »Murdjana kann nicht verbergen, daß der Rätseldichter Schawahi ihr Lehrer war!«

Aber niemand außer ihm hatte Lust zu Spott und Scherz.

In diesem Augenblick trat Abd'Allah durch die Tür. Ich sah, daß seine Kleider naß waren. Doch der Eunuch wollte nicht, daß wir uns um ihn kümmerten. Er gab Theodora dringende Zeichen, daß sie das Haus verlassen müsse. Auch mich forderte Abd'Allah auf zu fliehen. Da seinem Gesicht Verzweiflung anzusehen war, erhoben Theodora und ich uns zwar, aber unsere Entschlußkraft schwand sofort wieder. Wir wußten nicht, wohin wir gehen sollten.

Da hörte ich die Stimme des Andronikos, der befehlend sagte: »Theodora, begib dich zum Haus am Barada. Über den Fluß kannst du rasch entkommen. Dein Ziel soll Jerusalem sein. Dort sorgst du dafür, daß der Arzt Ibn al-Dakhwar al-Umran hierher kommt. Nun besteht keine Gefahr mehr für ihn, da Ayub al-Hakim tot ist. Sag dem Grafen Raimund von Tripoli, daß der Vorwurf, wir beide lebten als Blutschänder zusammen, nicht mehr gelten kann. Der Graf möge seinen Fluch von uns nehmen. Der Allmächtige beschütze dich auf deinem Weg!«

Da eilte ich mit Theodora zum Haus am Fluß. Unterwegs rief sie mir zu: »Abd'Allah hat Ayub al-Hakim erwürgt und damit vor der Folter bewahrt! Sie werden mich holen wollen, und wenn ich ihnen entwische, dann werden sie von dir wissen wollen, warum Salah ed-Din mit dem Tode bedroht wird.«

Im Hause angekommen, zog Theodora sofort ihre Kleider aus und schnürte sie zu einem Bündel zusammen. Ich gab ihr alles Geld, das ich bei mir trug. Sie steckte die Goldstücke in ihr Kleiderbündel und stieg hinunter zum Tor am Wasser.

Theodora nahm das Bündel auf den Kopf, winkte mir kurz zu und verschwand dann im Dunkeln. Ich ging zurück ins Hamam. Dort wartete ich auf das, was im Buche Allahs längst als mein Schicksal vorgemerkt war.

Im Dienste des Mohammed Ibn al-Rahman

Noch ehe der Morgen anbrach, wurde ich von fünf Bewaffneten abgeholt. Sie brachten mich zur Zitadelle. Als es hell wurde, lag ich nackt auf der Folterbank. Die Arme waren mir über den Kopf gezogen und festgebunden worden. Die Beine waren, weit gespreizt, ebenfalls gefesselt. Den Kopf konnte ich bewegen. Ich drehte ihn zur Seite und sah durch ein vergittertes Fenster hinaus auf den Fluß. Da wußte ich ungefähr, auf welchem Weg Abd'Allah ins Gefängnis eingedrungen war, um Ayub al-Hakim zu töten.

Noch waren meine Fesseln locker, doch ich wußte, daß sie gespannt werden konnten. Die Männer, die mich festgebunden hatten, waren verschwunden. Diejenigen, die mich peinigen sollten, ließen mich warten. Ich sah, wie es draußen hell wurde.

Die Hälfte des Morgens mochte vergangen sein, da trat der junge Geistliche auf mich zu, der uns wenige Tage zuvor im Hamam Weisungen für die Zukunft gegeben hatte. An seinen Namen erinnerte ich mich. Er hieß Mohammed Ibn al-Rahman. Mit ihm kamen die Männer, denen ich ausgeliefert war. Sie begannen, die Walzen zu drehen, die meine Fesseln anspannten. Da wurden mir die Arme straff angezogen und die Beine noch weiter gespreizt. Eine Welle von Schmerz durchflutete mich. Da sprach Mohammed Ibn al-Rahman zu mir: »Oh Mahmud al-Hamami! Ungern reißen wir dir die Glieder aus den Gelenken. Ich glaube, wir brauchen dich noch! Du ersparst dir und uns vieles, wenn du die Wahrheit sprichst. Du bist der Vertraute des Ayub al-Hakim gewesen. Du mußt uns sagen, was er gedacht hat. Sieh in deiner Lage nicht nur auf dich: Wir können uns denken, wer Ayub al-Hakim getötet hat. Wenn du uns erklärst, was Ayub al-Hakim uns hätte sagen können, wenn er jetzt hier auf der Folterbank läge, soll der Mörder ungestraft bleiben. Also sprich!«

Der Schmerz quälte mich. Da sagte ich, was ich wußte. Ich sprach von den ersten Begegnungen mit Ayub al-Hakim, von dessen Versuch, mich zum Haschiyun zu machen. Ich verschwieg nicht, was ich von den Zielen des geheimnisvollen Bundes wußte, so rätselhaft sie selbst mir auch erschienen. Die Haschiyun, so sagte ich, hätten immer im Sinne des Propheten, dem Allah Segen in großer Fülle spenden möge, gehandelt. Sie seien stets im Dienste des wahren Islam gestanden, auch wenn dies nicht immer zu erkennen gewesen sei. Die Haschiyun hätten sogar – auch dies konnte ich nicht für mich behalten – im Auftrag des Beherrschers der Gläubigen getötet. So sei mein Vater von ihnen ermordet worden, weil es Salah ed-Din so befohlen hatte.

Da gab Mohammed Ibn al-Rahman den Peinigern ein Zeichen, und sofort spannten sie die Fesseln stärker. Ich war sicher, meine Beine würden so weit auseinandergezogen werden, daß ich zerrissen würde. Als ich laut aufschrie, sagte Mohammed Ibn al-Rahman: »Oh Mahmud, der du dich auch jetzt nur im Vorhof der Hölle befindest, vergiß für alle Zeiten, daß der Beherrscher der Gläubigen jemals das geringste mit den Haschiyun zu tun hatte. Doch sage mir, was ist der Grund, warum die Haschiyun unseren Herrn töten wollten?«

Ich dachte nicht lange nach, sondern antwortete sofort: »Die Haschiyun wollen den Beherrscher der Gläubigen nicht umbringen! Oh Herr, vor dem ich nackt und schutzlos liege! Glaube mir! Sie wollen unseren Herrn nur daran erinnern, daß er den Heiligen Krieg zu führen hat. Salah ed-Din soll endlich sein Schwert gegen die fränkischen Ritter gebrauchen.«

Die Erwiderung des Mohammed Ibn al-Rahman kam rasch: »Du, oh Mahmud, hast Worte gesagt, die ich gerne höre. Ich will sie dennoch als die Wahrheit annehmen. Dir bleibt nun die Wahl, entmannt zu werden oder in meine Dienste zu treten. Sprich laut, welche Wahl du treffen willst! Beides, die Entmannung oder der Eintritt in meine Dienste, soll sofort geschehen!«

Ich antwortete: »Nimm mich, oh Herr, sofort in deine Dienste auf!«

Darauf sagte Mohammed Ibn al-Rahman: »Gut, du bist aufgenommen. Damit du begreifst, was dies zu bedeuten hat, bleibst du gestreckt bis zum Abend liegen. Kurz vor dem Abendgebet werden dir die Fesseln gelöst werden. Ist die Nacht hereingebrochen, werde ich wiederkommen und zusehen, wie du, immer noch nackt, an den Füßen aufgehängt wirst. Dann erhältst du zwölf Hiebe zur Besiegelung deines Eintritts in meinen Dienst!«

All dies geschah nach dem Willen des Mohammed Ibn al-Rahman.

Fünf Tage lang hielt ich mich im Haus am Fluß verborgen – so lange, bis mein Körper wieder heil war, bis die Schmerzen abgeklungen waren. Allein Andronikos besuchte mich. Er versorgte mich mit Nahrung, und er berichtete mir, was in Damaskus geschah. So erfuhr ich, daß der Beherrscher der Gläubigen zwar zum Kriegszug gegen die Franken aufgebrochen war, im Feldlager sei er jedoch mitten in der Nacht überfallen worden von jungen Männern, die wohl dem Bund der Haschiyun angehörten. Vor dem Tode bewahrt worden sei Salah ed-Din durch eine Mütze aus eng geschmiedeten eisernen Kettengliedern, die er nachts immer trug, seit er den Dolch neben seinem Kopf gefunden hatte. Jene jungen Männer zu befragen sei allerdings nicht mehr möglich gewesen, denn sie seien auf der Stelle erschlagen worden.

Dieser Überfall hatte den Beherrscher der Gläubigen veranlaßt, den Marsch gegen die ungläubigen Franken abzubrechen, um in die Nosairiberge zu reiten, die nördlich des Libanongebirges liegen. Dort befand sich die Burg Masyaf, die wichtigste Festung der Haschiyun. Salah ed-Din hatte sich entschlossen, den *Bund der Assasinen*, wie die Franken die Haschiyun nennen, auszuräuchern.

Als ich auch am sechsten Tag nach meiner Peinigung verborgen im Haus am Baradafluß bleiben wollte, redete mir Andronikos gut zu, meinem Dienstherrn Mohammed Ibn al-Rahman eine Aufwartung zu machen. Ich sah ein, daß es klug wäre, mich zu zeigen, und ich begab mich in die Zitadelle.

Als ich mich vor ihm niederwerfen wollte, fing mein Herr mich auf und sagte: »Oh Mahmud, Peitschenhiebe haben auf deiner Haut gebrannt. Damit sind alle Gesten der Unterwerfung überflüssig geworden. Du sollst als Herr auftreten, auch wenn du mein Diener bist. Sollte ich es für nötig halten, wirst du erneut gepeitscht. Nun jedoch wirst du dich neben mich setzen!«

Ich gehorchte ohne ein weiteres Wort und hörte zu, als Mohammed Ibn al-Rahman zu mir sprach: »Oh Mahmud, vernimm, was ich sage, und befolge meine Befehle! Du wirst dich ins Maristan begeben, um dort die Aufsicht zu übernehmen. Ich weiß, daß du deine Prüfung als Arzt noch nicht abgelegt hast. Das ist in diesem Fall unbedeutend! Uns ist bekannt, daß Theodora ungeschoren in Jerusalem angekommen ist. Wir ließen sie entfliehen, weil wir diese

Frau nicht foltern wollten – wir hatten ja dich in der Hand. So haben wir für ihre gefahrlose Reise gesorgt. Du sollst wissen, oh Mahmud: Der Arzt Ibn al-Dakhwar al-Umran ist auf dem Weg zu dir. Er wird künftig der Heilkundige sein im Maristan. Doch er muß dir gehorchen, denn du bist der Oberste! Nach wenigen Tagen schon wird dies geschehen: Die Mitglieder des Bundes der Haschiyun in Damaskus werden denken, daß du wohl der geeignete Nachfolger für Ayub al-Hakim an der Spitze ihrer Vereinigung bist. Sie sind derzeit alle ohne Halt, und deshalb werden sie dich bitten, sie zu führen. Du verlangst Bedenkzeit und erhörst schließlich die Bitten. Vorsicht ist jedoch geboten. Als ich dich foltern ließ, da hast du nur von Ayub al-Hakim geredet. Ich nahm wohl zu Recht an, daß du nichts weißt vom obersten Befehlshaber der Haschiyun. Er heißt Scheich Sinan und residiert in der Festung Masyaf, die der Beherrscher der Gläubigen belagern will. Ohne die Zustimmung des Scheichs Sinan darfst du eigentlich keine Befehlsgewalt über die Haschiyun von Damaskus übernehmen. Doch wenn du Glück hast und Erfolg, wird er wohl Gnade walten lassen. Wichtig ist, daß eine ordnende Hand die Haschiyun von Damaskus führt. Es könnte nämlich sein, daß Salah ed-Din den Krieg gegen Scheich Sinan verliert!«

Zum Abschied gab mir Mohammed Ibn al-Rahman noch den Rat, meine Diener im Hamam anzuweisen, ihre Ohren offenzuhalten. Er sagte: »Wer mehr weiß als andere, kann die besseren Schlüsse ziehen!«

Ich stand schon in gebeugter Haltung, das Gesicht ihm zugewandt, unter der Tür, da sprach Mohammed Ibn al-Rahman noch dies: »Wenn dir Simeona, die Tochter des Seeräubers Leo von der Insel Astipalaia, wirklich gefällt, dann nimm sie dir! Es sei dir erlaubt, sie zu besitzen. Du bist ja nun völlig ohne Frau im Haus am Fluß. Ich kann mir vorstellen, daß Simeona genauso gut schwimmt wie Theodora!«

Ich ging mit dem unguten Gefühl aus der Zitadelle, Theodora und ich seien immer beim Bad im Baradafluß beobachtet worden.

Die Baustelle beim Hamam fand ich von Menschen umlagert. Ich hörte Ausdrücke des Erstaunens über die Fortschritte. Die ersten Gewölbe waren entstanden. Ich sah Andronikos, der bei den

Baumeistern stand. Daß er zufrieden war, das konnte man ihm ansehen. Es gelang mir, ihn auf die Seite zu ziehen, um ihm zu sagen, daß ich die Erlaubnis hätte, Simeona, die Tochter des Seeräubers, zu mir zu nehmen.

Er riet mir: »Warte, oh Mahmud, bis die letzten Spuren der Peitschenhiebe auf deinem Körper verschwunden sind. Simeona könnte, wenn sie die Striemen sieht, die Achtung vor dir verlieren!«

Ich lachte auf und gab ihm recht.

Dann begab ich mich ins Maristan. Schon am Tor wurde ich voll Ehrfurcht empfangen. Ich war nicht mehr der Schüler, der nichts bedeutete: Ich war zum Aufseher über das Krankenhaus bestellt. Der Türsteher bat darum, daß er mich in meinen Raum begleiten dürfe. Es war dieselbe Kammer, die Ayub al-Hakim gehört hatte. Dort setzte ich mich auf bequeme Kissen nieder und wußte zunächst nicht, was ich zu tun hatte. Fast war die Stunde des Mittagsgebets gekommen, da schob ein junger Mann vorsichtig den Vorhang beiseite. In ehrfurchtsvollem Ton sagte er: »Oh Herr, du bist der Meister!« Er fügte noch hinzu, sein Name sei Hassan. Noch ehe ich den Gruß erwidern konnte, war dieser Hassan verschwunden.

Da sich sonst niemand um mich kümmerte, verließ ich das Maristan, um durch die Marktstraßen wieder zum Hamam zu gehen. Das Dampfbad war an diesem Tag allerdings den Frauen vorbehalten, deshalb durfte ich nur die Vorhalle betreten. Ich fragte Murdjana, ob irgendwelche Gespräche belauscht worden seien, die bemerkenswert gewesen waren.

Sie antwortete: »Oh Mahmud, die Frauen reden über Krankheiten und dann noch darüber, daß der Krieg, den der Beherrscher der Gläubigen in den Nosairibergen führe, wenig an Beute erbringe, aber sehr viel koste. Die Frauen fürchten Teuerungen.«

Acht Tage vergingen, ohne daß Besonderes geschah. Dann aber war Aufregung zu spüren unter den Kaufleuten, die das Hamam besuchten. Seltsames wußten sie aus dem Kriegslager des Beherrschers der Gläubigen zu berichten. Das Heer hatte mit der Belagerung der Festung Masyaf begonnen, hatte die Steinwurfmaschinen und Rammböcke in die richtige Stellung gebracht, doch dann verließ das Glück die Truppe des Salah ed-Din. In die Laufgräben des

Belagerungsrings brach Wasser ein, obgleich der Boden ringsum völlig trocken gewesen war. Die Spannseile der Wurfmaschinen rissen, doch sie waren unmittelbar zuvor bei einer Prüfung als einwandfrei befunden worden. Als schließlich die Seile ersetzt waren und Steine geschleudert werden konnten, da flogen sie zunächst in Richtung der Festungsmauern. Plötzlich aber hätten die Geschosse, so berichtete einer, die Richtung gewechselt und seien zurückgeflogen zu den Wurfmaschinen.

Fast jeder der Hamambesucher wußte Einzelheiten dieses geheimnisvollen Ereignisses zu erzählen: Die zurückfliegenden Steine hätten die Bedienungsmannschaften an den Katapulten getötet, die Steine seien dann in tausend Stücke zerbrochen und die Splitter hätten jeweils tausend Männer des Salah ed-Din umgebracht, die Toten seien in Flammen aufgegangen und völlig zu Asche verbrannt.

Genauso Eigenartiges wurde über die Rammböcke berichtet: Die eisernen Spitzen der gewaltigen Stoßbalken seien verglüht, noch ehe sie überhaupt das Tor der Burg Masyaf getroffen hätten. Dann aber sei das Holz der Balken gesplittert. Die Splitter hätten sich in zehntausend Pfeile verwandelt, die auf die Zelte der Belagerungstruppen zugeflogen seien. Dabei seien zehntausend Männer getötet worden.

Alles, was sich die Kaufleute im Dampfbad erzählten, ließ erkennen, daß sie glaubten, Scheich Sinan verteidige die Burg Masyaf mit den Mitteln der Zauberei. Die allgemeine Ansicht war, der Beherrscher der Gläubigen werde wohl die Belagerung abbrechen müssen, weil sich seine Männer nicht länger dem Zauber aussetzen wollten.

So ungereimt mir alles erschien, was ich im Hamam gehört hatte: Ich hielt es trotzdem für wichtig, Mohammed Ibn al-Rahman darüber zu berichten. Er lobte meinen Eifer und sagte: »Oh Mahmud, der du unter Schmerzen beschlossen hattest, mir treu zu dienen! Die Kaufleute waren nicht dabei vor Masyaf, und deshalb übertreiben sie. Wahr ist allerdings, daß manches, was vor Masyaf vorgeht, nicht zu erklären ist. Die Wurfgeschosse fliegen tatsächlich zurück, und die eisernen Spitzen der Rammböcke verglühen. Ich glaube nicht an Zauber, und deshalb muß ich wissen, auf welche Weise Scheich Sinan diese Wirkungen erzielen läßt. Schicke einige deiner

Haschiyun nach Masyaf. Ich werde dafür sorgen, daß sie von den Belagerern zur Festung durchgelassen werden. Gib den Haschiyun einen Brief an Scheich Sinan mit, in dem du ihn darum bittest, die Nachfolge des Ayub al-Hakim in Damaskus antreten zu dürfen. Sage deinen Haschiyun aber, sie sollten alles beobachten, was mit den fliegenden Steinen und den glühenden Eisenspitzen in Verbindung zu bringen ist!«

Dieser Auftrag flößte mir Angst ein, denn ich hatte bisher noch keinen Zugriff auf den Geheimbund. Da kannte ich niemanden, dem ich hätte Befehle geben können.

Kaum hatte ich ein Wort der Besorgnis darüber geäußert, erwiderte Mohammed Ibn al-Rahman: »Du kennst den einen der Haschiyun, der Hassan heißt. Vertraue ihm!« Damit war das Gespräch beendet.

So schnell es mir möglich war, eilte ich ins Maristan. Mir war, als hätte Hassan schon auf mich gewartet. Er folgte mir in den Raum, der mir zugewiesen war, und wartete dort, bis ich einen sehr höflichen, fast demutsvollen Brief an Scheich Sinan schrieb, in dem ich ihm, wahrheitswidrig, mitteilte, die Haschiyun von Damaskus hätten mich, nach dem unerwarteten Tod des Ayub al-Hakim, zu ihrem Meister gewählt – vorbehaltlich seiner Zustimmung. Dann befahl ich dem Haschiyun Hassan, er war ja der einzige, den ich kannte, mit dem Brief nach Masyaf zu reiten. Dort sei seine ganze Aufmerksamkeit der Kunst des Scheichs zuzuwenden, die Arbeit der Belagerungsmaschinen zu stören. Es dauerte nicht lange, und Hassan ritt zum Tor des Maristan hinaus.

An diesem Tag sollte mich nichts mehr davon abhalten, Simeona, die Tochter des Seeräubers von der Insel Astipalaia, zu besitzen. Murdjana brachte mir das Mädchen zum großen Kaltwasserbecken. Sobald ich allein mit der Frau war, befahl ich ihr in meiner Sprache, das Hemd abzulegen und ins Wasser zu springen.

Zu meinem Erstaunen antwortete sie so, daß ich sie verstehen konnte: »Dir zuliebe, oh Mahmud, will ich mich ausziehen. Ganz freiwillig, auch ohne daß du es befiehlst. Es ist wohl besser, bei dir zu sein, als allein in einer Kammer leben zu müssen, die abgeschlossen ist. Dafür bin ich nicht geschaffen. Wenn du mir Freiheit läßt, werde ich sie dir reich lohnen – bei Tag und bei Nacht!«

Da fragte ich Simeona: »Du kannst dich in meiner Sprache ausdrücken? Wie ist dies möglich?«

Sie antwortete: »Mein Vater hat Freunde, ebenfalls Seeräuber, die an der Küste Afrikas zu Hause sind. Manchmal bringt mein Vater sie von der großen Fahrt mit, und sie sind dann unsere Gäste. Sind diese Gäste meinem Vater sehr lieb, dann gibt er mich ihnen als Gastgeschenk für die Nächte, die sie bei uns verbringen. Mir macht es Freude, Geschenk zu sein. Dabei habe ich gelernt, mich in der Sprache der Araber auszudrücken. Nirgends lernt man so etwas besser als auf dem nächtlichen Lager.«

Nach diesen Worten zog sich Simeona das Hemd über den Kopf. Nicht lange hatte ich Gelegenheit, ihren kräftigen und doch geschmeidigen Körper zu sehen, der trotz der kleinen Brüste überaus weiblich wirkte. Wie eine Katze bewegte sie sich mit wenigen Schritten auf den Beckenrand zu und sprang ins Wasser. Der Bogen, den Theodoras Leib vor dem Eintauchen in der Luft beschrieben hatte, war kunstvoller gewesen. Simeona sprang ohne Kunst, aber voll Kraft und Würde. Als sie den Kopf wieder über Wasser hatte, lagen auch meine Kleider am Boden. Mit dem Kopf voraus tauchte ich in das Becken. Wir fanden uns, und wir umarmten uns.

Es war bereits Nacht, als wir das Hamam verließen. Im Haus am Baradafluß gehörte Simeona dann ganz mir. Sie war zärtlich und doch beherrschend. Sie verlangte Kraft von mir und war zugleich nachsichtig. Am Morgen stellte ich an den Spuren auf dem Lager fest, daß sie noch Jungfrau gewesen sein mußte. Sie hatte uns doch gesagt, daß wir uns irrten, wenn wir sie für eine Jungfrau hielten, und auch ihr Verhalten in der Nacht war nicht das einer Unberührten gewesen. Doch wir sprachen nicht darüber.

Simeona schlief noch, als ich das Haus am Fluß verließ, um ins Hamam zu gehen. Ich wäre enttäuscht gewesen, wenn ich dort nicht Ibn al-Dakhwar als-Umran angetroffen hätte. Er war ganz offensichtlich glücklich, wieder in Damaskus zu sein, und bestand darauf, mir zu erzählen, wie böse Ayub al-Hakim an ihm gehandelt habe, aber ich wollte von dieser Sache nichts wissen.

Auf dem Weg ins Maristan sagte ich zu ihm: »Wir dürfen uns nicht mit der Vergangenheit belasten. Was heute geschieht und morgen, wird uns genügend beschäftigen!«

Im Krankenhaus angekommen, führte ich Ibn al-Dakhwar al-Umran in seine Arbeit ein: Er hatte Kranke zu heilen und Unterricht zu erteilen. Ich hatte keine Zeit mehr, am Unterricht teilzunehmen.

Nachricht aus der Festung des Scheichs

Ein junger, überaus hübscher Mann erwartete mich in meinem Raum. Er sprach: »Oh Meister, der künftig über Leben und Tod zu bestimmen hat. Mein Name ist Sadam Maruf. Zusammen mit Hassan, den du zur Festung Masyaf geschickt hast, bin ich der Empfänger deiner Befehle für die Haschiyun dieser Stadt. Du, Meister, findest mich hier im Maristan. Ich verwalte die Gelder des Krankenhauses – und ich verwalte auch die Gelder unseres Bundes.«

Da fragte ich: »Das sind wohl sicher zwei schwierige Aufgaben?«

Die Antwort des jungen Mannes war überraschend: »Das ist nur *eine* schwierige Aufgabe, denn die Gelder des Maristan sind zugleich auch die Gelder des Bundes der Haschiyun. Dies ist allerdings ein Geheimnis, das niemand kennt, nicht einmal der Beherrscher der Gläubigen. Es ist ein Geheimnis, das Allah, der Allwissende, besiegelt hat. Die Gelder stammen zum Teil noch aus der Stiftung, die Nur ed-Din einst gemacht hat. Wir sorgen jedoch auch dafür, daß uns die Wohlhabenden unserer Zeit nicht vergessen. Wer für uns stiftet, der handelt wohltätig, und er weiß, daß er Geld gibt zur Durchsetzung der Gerechtigkeit auf der Welt.«

Ich sagte darauf: »Oh Sadam Maruf, der dem Bund länger angehört als ich, welchen Befehl erwartest du von mir?«

Er erwiderte: »Oh Meister, du befiehlst bereits durch deine Frage! Du weißt, daß uns allen das Paradies verheißen ist, und wir können im Heiligen Buche nachlesen, wie es beschaffen ist. Doch das Lesen ist nicht jedermanns Sache. Mancher zieht die eigene Erfahrung vor. Dir, oh Meister, brauche ich nicht zu sagen, daß wir unseren Genossen im Bunde die Möglichkeit geben, das Paradies kennenzulernen. Es ist an der Zeit, daß wir den inneren Kern des Bundes wieder einmal ins Paradies führen. Das Hamam hat sich schon einmal als geeigneter Ort erwiesen. Du, oh Meister, befiehlst deshalb, daß sich das Hamam morgen nacht wieder ins Paradies verwandelt. Die Frauen, die dazu benötigt werden, sind schon unterwegs.«

Da wollte ich eine Frage beantwortet haben, die mich immer wieder beschäftigt hatte: »Woher kommen all diese hübschen Frauen?«

Ich erfuhr dieses: »Oh Meister, wir leihen uns die Mädchen aus – bei Guido von Ibelin, dem christlichen Konnetabel von Zypern, der auch eine Residenz in Beirut besitzt. Ihm gehören die schönsten Mädchen weit und breit. Als Kinder hat er sie armen Familien in Marseille abkaufen lassen. Marseille ist der Hafen, den die Kreuzfahrer aus dem Reich der Franken benutzen, wenn sie in das christliche Königreich Jerusalem reisen. Der Geschäftspartner des Guido von Ibelin ist der Graf der Provence. Er sorgt dafür, daß immer neue junge Mädchen auf Zypern eintreffen. Sie werden entweder ausgeliehen oder verkauft. Am einfachsten ist es für uns, wenn wir uns an die Niederlassung des Guido von Ibelin in Beirut wenden. Wir können Wünsche äußern und werden einen Tag später gut bedient. Bei ihm ist Verlaß darauf, daß sich keine Gläubigen unter den Mädchen befinden. Früher einmal holten wir für das Paradies Mädchen zusammen, die wir in anderen Städten geworben hatten. Überraschend viele konnten dafür gewonnen werden, fremden jungen Männern das Paradies zu bieten. Doch es gab vielfach Ärger: Da waren Mädchen darunter aus islamischen Sippen, da wurden einige schwanger, andere wollten nicht wieder zurückkehren in ihre Familien. Seit wir mit Guido von Ibelin im Geschäft sind, ersparen wir uns solchen Ärger.«

Ich dankte Sadam Maruf für diese Aufklärung und versprach, das neue Hamam in der Nacht, die auf den nächsten Tag folgte, zur Verfügung zu stellen.

Sadam Maruf hatte mir noch etwas zu sagen: »Wenn sich die Männer im Paradies befinden, hast du, oh Meister, eine gute Gelegenheit, sehr genau zu sehen, wie diejenigen beschaffen sind, die zum Bund der Haschiyun gehören. Bei diesem Anlaß kannst du dir selbst ein Bild machen von deinen Untergebenen. Wenn du dich ebenso benimmst wie jene, die sich im Paradies befinden, kannst du sie am besten beobachten. Eine der Frauen wird deshalb dir vorbehalten sein!«

Nach dem Mittagsgebet ging ich zur Baustelle und war erneut überrascht, daß der Bau eines großen Gebäudes derart rasch fortschreiten konnte. Noch verblüffter war ich allerdings über die Mitteilung des Andronikos, die Baumeister und Arbeiter würden auf jeglichen Lohn verzichten. Sie seien völlig damit zufrieden, überhaupt dort arbeiten zu dürfen, wo das Heilige Schwert des Salah ed-Din aufbewahrt werde und wo der Beherrscher der Gläubigen seinen Leib von den Anstrengungen der Kämpfe ausruhen werde. Die Baumeister und Arbeiter waren der Meinung, diese Arbeit werde sich zur Stunde des Jüngsten Gerichts für sie auszahlen.

Auch an jenem Tag war das Hamam von vielen fremden Männern besucht, die sich auf der Durchreise befanden. Sie hatten nur einen Gesprächsstoff: das mögliche Scheitern des Salah ed-Din vor der Festung Masyaf.

Einer der Kunden, ein Handelsherr aus Hama, der vor wenigen Stunden erst nach Damaskus gekommen war, wußte mit Bestimmtheit zu sagen, Salah ed-Din habe kürzlich in der Frühe beim Erwachen zu seinem maßlosen Entsetzen einen heißen Honigkuchen neben sich auf dem Kopfkissen vorgefunden. Honigkuchen dieser Art, scharf mit Pfeffer gewürzt, würden nur die Haschiyun backen und essen. Da der Kuchen wirklich noch heiß gewesen sei, vermute der Beherrscher der Gläubigen, daß ein Haschiyun kurz zuvor im Zelt gewesen sein müsse. Die Wache aber, so erzählte der Mann aus Hama, habe nichts wahrgenommen. Neben dem Kuchen aber sei ein Blatt aus ägyptischem Papyrus gefunden worden.

Der Diener, der mir die Worte jenes Mannes aus Hama mitteilte, sagte mir, er habe sich nicht merken können, was auf dem Blatt zu lesen gewesen sei. Seltsam sei für ihn die Sprache gewesen. Der Diener aber fügte hinzu, der Fremde befinde sich noch im Hamam. Da bat ich den Handelsherrn aus Hama, als er eben das Hamam verlassen wollte, mir zu sagen, was auf dem Blatt Papyrus aufgeschrieben war.

Er sagte: »Gerne gebe ich an dich, oh Hamami, weiter, was mir gesagt worden ist. Das Schreiben enthielt eine Drohung. Sie lautet:

›Zieh ab und geh!‹ sagt Scheich Sinan.
Nimm Mann und Waffen mit!
Was du hier machst, ist Zeit vertan.
Nach Süden lenk' den Schritt.

Bist du nicht fort bis morgen früh,
Ereilet dich der Tod!
Für einen Dolch ist's keine Müh'!
Noch vor dem Morgenrot.

Nur kurze Zeit später trug ich meinem Herrn, Mohammed Ibn al-Rahman, das Drohgedicht vor. Er runzelte die Stirn und sagte: »Das Hamam sollte man schließen lassen wegen Verbreitung schlechter Nachrichten! In deinem Hause, oh Mahmud, wird das Ansehen des Beherrschers der Gläubigen untergraben. Außerdem gehörst du einem Bund an, dessen oberster Herr sich im Krieg befindet gegen Salah ed-Din. Ich könnte dich deshalb noch in diesem Augenblick nackt an das Tor des Hamam nageln lassen, und niemand würde mir deshalb einen Vorwurf machen!«

Ich wagte es nicht zu erwidern, daß er selbst, Mohammed Ibn al-Rahman, mich in dieses Amt als Hauptmann der Haschiyun in Damaskus eingesetzt hatte. So schwieg ich und wartete darauf, aus seinem Munde zu erfahren, warum er mich jetzt einschüchterte.

Da erfuhr ich, was Mohammed Ibn al-Rahman von mir wollte. Er sprach: »Die Frau, die Salah ed-Din geheiratet hat, war einst Sklavin in deinem Hamam. Sie heißt Gwendolyn und ist die Tochter des Ritters Fulko. Der Beherrscher der Gläubigen darf jedoch keine Ungläubige zur Frau haben. Sie lebt in Ägypten. Laß sie töten! Ist die Christin verschwunden, dann wird Salah ed-Din endlich den Krieg führen, den Allah, der Allmächtige und Allerbarmer, will! Stirbt Gwendolyn nicht, dann wird die ganze Stadt Damaskus zusehen, wie du, nackt an dein hölzernes Tor genagelt, qualvoll stirbst! Glaub mir, du wirst dann so angenagelt, daß du noch tagelang lebst!«

Wie betäubt verließ ich die Zitadelle. An diesem Tag war ich zu nichts mehr fähig. In der Nacht sprach ich mit Simeona über die Lage, in der ich mich befand.

Sie sagte: »Du bist völlig in der Hand dieses Mannes. Ich weiß nicht, wie es geschehen konnte, doch er hat dir den Mut genommen. Schreckliches muß geschehen sein. Doch es ist wohl besser für dein Gemüt, wenn du jetzt nicht darüber redest. Wenn du aber deinen Verstand vor der Verwirrung und deine Seele vor der Dunkelheit des Bösen retten willst, dann mußt du fliehen. Ich will dir gestehen, daß ich auf jeden Fall vorhabe, von hier zu entkommen – auch wenn sich unsere Körper im Glück gefunden haben. Ich will nach Astipalaia zu meinem Vater zurück. Wenn du mich begleitest, wird er auch dich gut aufnehmen, denn du hast nicht schlecht an mir gehandelt. Du hast mich aus der Einsamkeit in der Kammer des Hamam zu dir geholt.«

Wir umarmten uns, doch wir rührten uns nicht. Schließlich sagte ich: »Oh Simeona, du erstaunst mich in einem: Du hast Fortschritte gemacht in der Sprache der Moslems! Du hast den Schatz der Worte erweitert. Was du sagst, ist vernünftig und hat Sinn. Ich werde nicht mit dir fliehen, doch ich glaube, einen Weg zu wissen, wie du entkommen kannst. Aus Beirut kommt eine Gruppe von Frauen, die von den Haschiyun gebraucht werden. Ehe diese Frauen wieder zurückreisen nach Beirut, tauschen wir dich aus. Eine der Frauen bleibt hier – und du verläßt Damaskus. Du hast Geschick und kannst dich in Beirut von der Gruppe trennen. Begib dich aber nicht auf ein Schiff, das in Richtung Westen segelt, sondern besteige eines, das Kurs auf das Nildelta nimmt. In Cairo suchst du Zugang zur Zitadelle. Warne Gwendolyn, die Frau des Salah ed-Din! Sag ihr, daß Mörder auf dem Weg zu ihr sind. Ich werde einige Tage lang warten, bis ich Männer mit dem Mordbefehl zur Tochter des Ritters Fulko schicke. Du hast Zeit, ihnen zuvorzukommen. Wenn du Gwendolyn gewarnt hast, wirst du vom Nildelta aus einen Segler finden, der Griechenland anlaufen soll. Wenn du Glück hast, dann fällst du sogar den Seeräubern deines Vaters in die Hände.«

Da spürte ich, wie sich der Leib Simeonas zu regen begann. Bald schon hatte sie es geschafft, daß ich die Gefahr vergaß, in der ich mich befand. Es muß gegen Morgen gewesen sein, daß ich davon träumte, am großen Tor des Hamam zu hängen. Ich sah auf eine riesige Menschenmenge hinunter. Alle, die zu mir hochstarrten, waren schwarz gekleidet.

Simeona erlöste mich von diesem bösen Traum. Sie hatte gemerkt, daß mein Körper naß von Schweiß war. Als ich erwachte, lächelte sie: »Die Sonne versteckt sich noch. Niemand sieht uns, wenn wir in den Fluß springen!«

Die Kühle des Wassers erfrischte meine Haut und befreite mein Gemüt von der Erinnerung an den quälenden Traum.

Ehe ich schon bald nach Sonnenaufgang ins Maristan ging, besuchte ich Andronikos im Hamam. Mit ihm besprach ich den Plan, in der folgenden Nacht Simeona gegen ein Mädchen aus der Gruppe, die bald eintreffen mußte, auszutauschen. Andronikos versprach, alles für den Abend vorzubereiten. Ich sagte: »Oh Andronikos, der du Gelehrsamkeit leichter aufnimmst als ich! Du weiß, daß wir noch vier Frauen bei uns haben, deren Herkunft ungeklärt ist. Du mußt dich ins Dar al-Hadith begeben, damit du von den gelehrten Männern dort Näheres erfahren kannst über Marsala, über die Gegend der Kurden, über Dalmatien und über Betpak Dala, das Land der Hungersteppe. Noch ehe der Beherrscher der Gläubigen aus dem Feldzug gegen Scheich Sinan zurückgekehrt ist, müssen wir Namen und Herkunft der vier Frauen wissen! Wir haben den gelehrten Ayub al-Hakim nicht mehr bei uns – er kann uns nicht mehr helfen.«

Um die Mittagszeit besuchte mich Andronikos im Maristan. Er sprach: »Oh Mahmud, wenig ist zu erfahren über jene Gegenden, aus denen die vier Frauen stammen. Dalmatien ist ein Bergland, in dem zwei Flüsse zu finden sind. Cetina und Neretva sind ihre Namen. Die Menschen dort, so wurde mir gesagt, gehören zu einem Volk, das *Slawen* genannt wird. Betpak Dala bei der Hungersteppe ist ein salziges Land. Eine Gegend dort heißt Mujunkum. Sonst ist nichts über dieses Land bekannt, außer einer seltsamen Geschichte: Die Frauen dort sollen Genuß empfinden, wenn sie geschlagen werden. Allerdings müsse der Schlagende ein Mann sein. Nirgends sonst auf der Welt – so haben die wenigen Reisenden berichtet, die jemals die Hungersteppe durchquerten – sei die Frau derart dem Mann hörig wie im Lande Betpak Dala. Über die Kurdenregion von Irbil haben die Männer des Dar al-Hadith nur dies zu sagen: Wer dort lebt, der beherrscht die Farsisprache, die in Persien gesprochen wird. Lieder zu singen, so ließ ich mir sagen, sei die Lieblingsbeschäftigung der Frauen dort. Über die Stadt Marsala ist in den Schriften des Dar al-Hadith wenig zu finden. Eines aber habe ich entdeckt: Die Bezeichnung *Marsa Ali* scheint nicht zu stimmen. Die Menschen in jener Stadt verwenden den Namen *Marsa al-Allah*. Dieser Unterschied kann der Grund dafür gewesen sein, daß eines der Mädchen bei der Nennung der zwei Worte *Marsa Ali* aufmerksam wurde, aber eben dann doch damit nichts anfangen konnte. Wir sollten es noch einmal versuchen mit dem Namen *Marsa al-Allah*.«

Ich sagte: »Du hast recht, oh Andronikos! Das Rätsel *Wer ist wer?* ist zu lösen. Du stellst die vier Frauen wieder im Raum des großen Kaltwasserbeckens auf. Murdjana soll darauf achten, daß diesmal die Hemden trocken bleiben. Dann sprichst du die Worte *Marsa al-Allah*. Da wirst du erfahren, welches der Mädchen aus Sizilien stammt. Bleiben also noch drei Fälle zu lösen. Wenn du Murdjana fragst, ob aus einer der Kammern häufig Gesang zu hören ist, wirst du, da bin ich fast sicher, eine Antwort erhalten, die auf das Mädchen aus dem Kurdengebiet hinweist. Habe ich recht, dann ist die Hälfte der Rätsel gelöst. Jetzt muß nur noch herausgefunden werden, wer aus Ljubusa in Dalmatien stammt und wer aus dem Land Betpak Dala. Auch dies wird nicht mehr lange ein Geheimnis sein. Murdjana wird die kräftigste unter ihren Dienerinnen als Mann verkleiden. Dann müssen sich die restlichen zwei Mädchen ausziehen. Du, Andronikos, verläßt allerdings zuvor den Raum.«

Da unterbrach mich Andronikos. Unwille stand in seinem Gesicht geschrieben. »Ich weiß, was du jetzt sagen willst. Beide sollen durch die als Mann verkleidete Frau ausgepeitscht werden, und diejenige, die sich nicht vor Schmerzen windet, sondern Lust in den Schmerzen findet, ist dann das Mädchen aus Betpak Dala! Ich hoffe doch, oh Mahmud, der du bisher nicht zu den Gewalttätigen und zu den Verächtern der Menschen gezählt hast, daß sich ein anderer Weg findet, um die Frau aus der Hungersteppe ausfindig zu machen. Ich gebe nicht den Befehl, die Frauen zu peitschen!«

Ich antwortete: »Du hast wohl recht, oh Andronikos, doch wir stehen unter dem Druck, die Wahrheit finden zu müssen. Es ist mir gleichgültig, auf welche Weise du das richtige Ergebnis zustande bringst. Vergiß auch nicht, daß uns die Namen einiger Frauen noch nicht bekannt sind. Du wirst eine Namensliste der Frauen erstellen, die dem Beherrscher der Gläubigen zur Auswahl vorgeführt werden!«

Da fragte mich Andronikos: »Oh Mahmud, ist es deine Absicht, die Frau, die du insgeheim gegen Simeona austauschen willst, in die Reihe der Mädchen für Salah ed-Din einzufügen?«

Als ich nickte, sagte er: »Dies bedeutet, daß wir eine besondere Frau finden müssen unter denen, die Guido von Ibelin zur Verfügung stellt. Ich frage mich, ob uns dies gelingen wird.«

An diesem Nachmittag dachte ich darüber nach, wie rasch sich meine Stellung verändert hatte. Wenige Tage zuvor war ich ein freier Mann gewesen, der wenig beachtet worden war. Nun aber war ich der Sklave des Mohammed Ibn al-Rahman – und war doch zugleich jemand, von dem erwartet wurde, daß er Weisungen gab. Ich war trotz meiner Jugend Herr über das Maristan und war mit dieser Stellung auch im Hamam zum führenden Kopf geworden. Schicksale von Menschen hingen von mir ab. Ich zweifelte, ob ich der Aufgabe, Sklave und Herr zugleich zu sein, überhaupt gewachsen war.

Die Dämmerung war eben angebrochen, da begab ich mich wieder ins Hamam. Auf dem Weg dorthin wurde ich, da ich zu Fuß unterwegs war, von einem Reiter eingeholt. Ich sah, daß es Hassan war, den ich zu Scheich Sinan nach Masyaf geschickt hatte. Er bemerkte mich nicht, und so ritt er voraus ins Hamam. Dort traf ich ihn in der Vorhalle. Er grüßte mich achtungsvoll und übergab mir ein Handschreiben des Scheichs, das mich im Amt des Oberhaupts der Haschiyun in Damaskus bestätigte. Der Scheich übertrug mir Handlungsfreiheit. Er hatte allerdings die Bemerkung hinzugesetzt, daß auch mir der Tod durch den Dolch drohe, wenn ich jemals einen Befehl gäbe, der nicht in seinem Sinne sei. Allah, so las ich, werde mich auf dem rechten Wege schreiten lassen, der das Paradies zum Ziele habe.

Ich faltete das Schreiben wieder zusammen und fragte Hassan: »Oh sage mir, der du so rasch aus den Bergen nördlich des Libanon zurückgekehrt bist, ist es dir gelungen, die Geheimnisse der Kriegskunst des Scheichs Sinan zu entschleiern?«

Hassan nickte und wollte wissen, ob ich es ihm zunächst erlauben würde, das Hamam zu benutzen, das gerade von den letzten Kunden des Tages verlassen wurde. Ich hatte nichts dagegen einzuwenden, wenn Hassan im alten Dampfbad den Staub des langen Ritts vom Leibe wusch und sich vom Salz befreite, das vom trocknenden Schweiß übrig geblieben war. Ich mußte das alte Hamam wählen, denn im neuen war inzwischen alles für die Ankunft der Haschiyun und der Frauen vorbereitet.

So saßen Hassan und ich bald nackt im Dampfbad, das von einer Fackel beleuchtet war. Hassan hatte einen überaus schlanken und sehnigen Körper. Ich schätzte, daß er im selben Alter war wie ich. Als in der feuchten Hitze der neue Schweiß das Salz des alten auflöste, da erzählte Hassan davon, was er in der Festung Masyaf hatte in Erfahrung bringen können.

Dies waren seine Worte: »Höre, oh Meister der Haschiyun in der Stadt des Beherrschers der Gläubigen! Wer nichts von der Fertigkeit versteht, Wurfmaschinen zu bedienen, der kann tatsächlich vom Augenschein her der Meinung sein, die Geschosse würden zu den Katapulten zurückfliegen. Dies ist nicht der Fall! Die Erscheinung erklärt sich so: In dem Augenblick, da die Steine durch die Bedienungsmannschaften des Beherrschers der Gläubigen abgeschossen werden, lassen auch die Haschiyun Steine schleudern, und zwar in Richtung auf Salah ed-Dins Katapulte. Die Mannschaften des Beherrschers der Gläubigen sehen die Wurfmaschinen der Haschiyun nicht, denn sie sind durch Tücher verhängt. Gerade in jenem Augenblick, in dem die Männer des Salah ed-Din den Aufprall ihrer Geschosse beim Gegner erwarten, werden sie von den Steinen der Haschiyun getroffen. Diejenigen, die überleben, müssen zu der Überzeugung kommen, ihre eigenen Steine seien durch Zauberei abgewehrt worden und seien zurückgeflogen. Dies ist nur möglich, weil die Haschiyun in ihrer Kunst, die Katapulte zu bedienen, eine hohe Vollkommenheit entwickelt haben.«

Nach diesen Worten begab sich Hassan in den Raum des Kaltwasserbeckens. Bedächtig stieg er über die Stufen ins Wasser. Ich bemerkte, daß er nicht schwimmen konnte. Meine Erinnerung sagte mir aber, daß die Haschiyun, die zur Zeit meines Vaters das Paradies im Hamam erlebt hatten, fähig waren zu schwimmen. Wie gewohnt sprang ich ins Becken, während sich Hassan unbeholfen im niederen Wasser bewegte. Da das Licht der Fackel zu Ende ging, trockneten wir uns ab, legten die Kleider an und setzten uns auf die Kissen der Vorhalle des Hamam.

Dort sagte Hassan: »Oh Meister, der du ein Recht darauf hast, auch die anderen Geheimnisse des Scheich Sinan enthüllt zu wissen! Es stimmt tatsächlich, daß die Spitzen der Rammböcke verglühen. Allerdings brennt dabei zunächst das Holz. Es wird entzündet durch eine ölige Masse, die von den Haschiyun in der Festung *Das Herz des Höllenfeuers* genannt wird. Ich habe in Erfahrung bringen können, daß diese Masse aus einer Mischung von Schwefel, Salpeter, Honig und aus einem Stoff besteht, den sie Realgar nennen. Die Masse brennt sehr hell und sehr heiß. Sie ist halbwegs hart, wenn sie kalt ist. Doch wenn sie brennt, ist sie flüssig. Die Masse wird deshalb auf der Mauerkrone der Festung Masyaf entzündet, und sie fließt dann durch eine eiserne Leitung, die einer Dachrinne vergleichbar ist, auf die Rammböcke des Beherrschers der Gläubigen hinunter. Ein Mann aus dem Reiche China, der sich in Masyaf befindet und der Tang Hong heißt, hat den Haschiyun diese Art, Rammböcke zu bekämpfen, beigebracht. Ich habe selbst gesehen, daß ein Rammbalken entzündet wurde und daß schließlich die eiserne Spitze verglühte. Wenn allerdings erzählt wird, die Rammbalken seien zersplittert und die Splitter seien auf die Zelte der Belagerer geflogen, so hat es damit eine andere Bewandtnis! Der Mann aus dem Reiche China beherrscht noch eine weitere Kunst. Er befestigt Hülsen aus Metall an hölzernen Pfeilen. Die Hülsen sind mit einem Gemisch aus Schwefel, Salpeter und gestoßener Holzkohle gefüllt. Wird das Gemisch entzündet, so treibt das Feuer die Hülse fort: Sie fliegt weit – und mit ihr der Pfeil. Dutzende solcher Pfeile werden nebeneinander auf ein Holzgerüst gelegt. Dann wird in schneller Folge Feuer zu den Öffnungen der Hülsen gebracht. Das Ergebnis ist, daß ein Pfeil nach dem anderen mit großer Geschwindigkeit und Wucht auf die Zelte des Beherrschers der Gläubigen zufliegt. Ein gewöhnlicher Pfeil, der in hohem Bogen über eine weite Strecke geflogen ist, hat meist keine Kraft mehr. Bei den Pfeilen des Chinesen ist nichts von Kraftlosigkeit zu spüren. Sie durchschlagen auch nach einem weiten Weg noch fingerdicke Holzplatten. Die Wirkung auf die Beschossenen ist beachtlich: Sie verstehen nicht, was ihnen geschieht, und glauben an Zauberei.«

Hassan war noch nicht am Ende seines Berichts angelangt. »Ich habe mich ja nur kurz in der Festung Masyaf aufgehalten, doch mir wurde manches Erstaunliche erzählt. Der Mann Tang Hong aus dem Reiche China habe ein Buch mitgebracht, das sich *Sammlung der wichtigsten Erfahrungen der Kriegskunst* nennt. Zusammengestellt worden sei diese Sammlung durch einen anderen, bereits verstorbenen Chinesen, der sich Zeng Gongliang nannte. An einem Kriegsgerät, das in jenem Buch beschrieben ist, arbeiten die Haschiyun gerade. Es handelt sich um eine eiserne Kugel, die eine Öffnung besitzt. In die Kugel werden Salze von Salpeter und Schwefel eingefüllt, fein gemahlene Holzkohle, Fasern von Hanf, Asphalt vom Toten Meer, zerhacktes getrocknetes Bambusrohr und Phosphatmehl vom Ostufer des Toten Meeres. Aus der Öffnung der Kugel ragt ein Docht, der entzündet wird. Brennt er richtig, muß die Kugel eilends durch eine Wurfmaschine ins Lager des Feindes geschossen werden. Dort verströmt die Kugel giftige Gase, die aus dem Brand des Kugelinhalts entstehen. Diese Gase sollen die Kämpfer des Beherrschers der Gläubigen töten. Ein Mittel dagegen, so wurde mir gesagt, sei nicht bekannt. Retten könne das Heer der Belagerer nur der schnelle Rückzug!«

Die zwölfte Frau

Ich bedankte mich bei Hassan, dem Haschiyun, der das Hamam nun verließ. Das Pflichtgefühl trieb mich, rasch Mohammed Ibn al-Rahman zu benachrichten, daß dem Heer des Beherrschers der Gläubigen Gefahr drohe, doch war inzwischen die Zeit gekommen, in der den jungen Haschiyun das Paradies vorgegaukelt werden sollte. Ich mußte hinüber ins neue Hamam, wenn ich noch rechtzeitig dort sein wollte, um unauffällig Beobachter sein zu können. Eine Dienerin, die von Murdjana geschickt worden war, sagte mir, es sei bereits gelungen, ein Mädchen auszutauschen, und Simeona befinde sich schon unter den Frauen, die Guido von Ibelin nach Damaskus geschickt hatte.

Als ich den Vorraum des neuen Hamam betrat, da waren unsere Diener bereits dabei, zehn Haschiyun, die ohne Bewußtsein auf den Bänken lagen, zu entkleiden. Die Diener beeilten sich keineswegs. Sie warteten, bis die Haschiyun langsam aus dem Tiefschlaf erwachten. Als die Männer nackt waren, legte auch ich meine Kleider ab. Überrascht war ich allerdings, daß die noch halb Betäubten zunächst in den Raum des rieselnden Wassers gebracht wurden.

Dort traf ich Andronikos. Er sprach: »Oh Mahmud, wir müssen sie hier vollends aufwecken. Im Kaltwasserbecken könnten sie ertrinken!«

Da sagte ich: »Du, Andronikos, wirst doch nicht glauben wollen, daß sie diesen Raum als Vorhof des Paradieses ansehen! Ich fürchte, unsere Vorspiegelung des Landes der Glücklichen mißlingt.«

Andronikos widersprach. »Du darfst nicht vergessen, daß die Räume von uns so hergerichtet wurden, daß sie durch den Zauber von Licht und Schatten verwandelt sind. Du allein siehst die Wirklichkeit. Die Männer aber erkennen nur den Schein. Geh hinaus in den Raum des Kaltwasserbeckens und laß auch du dich verzaubern!«

Ich folgte der Aufforderung. Der Raum hatte bisher einen nüchternen Eindruck erweckt. Die kahlen Wände hatten bewirkt, daß die Besucher nicht von dem Gefühl abgelenkt wurden, das kalte Wasser diene der Abhärtung. Allein einzelne Paare, die ihrer Sinnlichkeit nachgaben, hatten sich durch die Nüchternheit nicht stören lassen. Nun aber war der Raum tatsächlich verwandelt. Luftige Vorhänge teilten ihn auf. Jeweils zwischen zwei Vorhängen lagen unverhüllte Frauen auf Kissen. Ihre Körper waren durch Kerzen beleuchtet. Neben den Frauen befanden sich kleine Tische, auf denen silberne Platten standen und silberne Weinkaraffen. Das Licht der Kerzen und die Spiegelungen der Lichtstrahlen im Silber gaben dem großen Raum in der Tat etwas Unwirkliches.

Die Männer, die noch leicht benommen vom Raum des rieselnden Wassers hereinkamen, waren sofort gefangen von dem, was sie sahen. Vorsichtig gingen sie die ersten Schritte aus der Dunkelheit auf die Lichter zu. Dann bemerkten sie die Frauen. Wenn ich Simeona für mich sichern wollte, mußte ich mich beeilen. Sie lag ganz links außen in der Reihe der Frauen. Ich legte mich rasch zu ihr. Dann beobachtete ich, wie die Haschiyun – es waren neun junge Männer – ihre Gefährtinnen für die Nacht fanden: Der Reihe nach sanken sie auf die Lager zwischen den Vorhängen nieder. Da brach kein Streit unter ihnen aus. Jeder fühlte sich im Glück, eine Frau besitzen zu dürfen. Bald schon ließen ihre Bewegungen erkennen, daß die Lust sie in ihren Bann geschlagen hatte.

Auch Simeona und ich wurden angesteckt von den Bildern und den Geräuschen im Raum. Wir unterschieden uns nicht von den anderen. An den Schreien war zu erkennen, daß die Vereinigung der Körper zum höchsten Ausbruch des sinnlichen Lebens geführt hatte. Wir nahmen teil an der Gemeinsamkeit der Lust: Beide erreichten wir den Höhepunkt.

Einige Zeit lagen wir still beieinander, ohne die anderen zu beachten. Dann sagte Simeona: »Du weißt, oh Mahmud, dies ist die Nacht der Abschiede! Ich werde mit den anderen Mädchen nach Beirut gebracht. Lange wird es dauern, bis wir uns wiedersehen.«

Mein Kuß verschloß ihr den Mund. Das Spiel der Schatten auf den dünnen Vorhängen und auf den Wänden zog unsere Blicke an. Seltsam verzerrt wiederholten sich da die Bewegungen der Männer und Frauen. Je weiter die Kerzen herabbrannten, desto kräftiger wurden die Schatten. Manchmal war zu erkennen, wie sich Paare voneinander lösten. Die Männer stiegen einzeln oder zusammen mit ihren Gefährtinnen die Stufen ins Wasser hinunter. Sie blieben dort, wo es seicht war. Hatten sie ihre Körper erfrischt, gingen sie zurück auf ihr Lager.

Die Nacht neigte sich wohl schon gegen Morgen, als die Diener neue silberne Weinkrüge auf die kleinen Tische stellten. Die jungen Männer griffen gierig zu, um ihren Durst zu stillen. Mir war kein Krug neben das Lager gestellt worden. Mein Durst blieb ungestillt. Noch einmal drängte sich Simeonas Körper an mich. Wir vereinigten uns zum höchsten Vergnügen. Als wir beide ruhig geworden waren, bemerkten wir, daß sich die Schatten auf Vorhängen und Wänden nicht mehr bewegten. Die Männer waren wieder betäubt. Jeden Augenblick war mit den Dienern zu rechnen, denen befohlen worden war, erst neun Haschiyun und dann zehn Frauen wegzubringen. Deshalb trennte ich mich von Simeona und ging – ohne eine Geste des Abschieds. Sie hatte zwar vom Wiedersehen gesprochen, doch ich glaubte nicht daran. Wenn ihr in Beirut die Flucht gelang, dann führte sie ihr Weg zunächst nach Cairo, zur bedrohten Frau des

Salah ed-Din, und dann zur Insel Astipalaia in ihr Vaterhaus. Dort würde sie wohl für immer bleiben – bei einem anderen Mann.

Mit Trauer im Herzen verließ ich das Hamam. Im Haus am Baradafluß, in dem niemand mehr auf mich wartete, wollte ich noch einige Stunden Ruhe finden. Das erste Licht des Tages fiel bereits in die Gasse. Meine Gedanken waren bei Simeona, die jetzt sicher von Menschen, die ich nicht kannte, für den Weg nach Beirut vorbereitet wurde.

Ich war erst wenige Schritte gegangen, da sprangen mich aus dem Dunkel eines Ladengewölbes heraus zwei Männer an. Sie packten mich und schleppten mich fort. Ich wurde zur Zitadelle gebracht. Jede Gegenwehr war sinnlos, die Kraft der Männer zwang mich in die Festung. Ich hörte, wie das Tor zuschlug. Es dauerte nicht lange, und ich stand vor Mohammed Ibn al-Rahman.

Wut schwang in seiner Stimme. »So zeigst du dich mir gegenüber dienstfertig! Es war gestern abend, daß Hassan dir berichtet hat, was vor der Burg Masyaf geschieht. Du aber hast es nicht für nötig befunden, mir mitzuteilen, was du erfahren hast. Wenn Zeit dafür wäre, würdest du auf der Stelle gepeitscht werden. Die Strafe bleibt dir erhalten – du bekommst sie später! Da du nicht zu mir kamst, habe ich nach Hassan suchen lassen, bisher aber ohne Erfolg. Deshalb ohne Umschweife: Was geht bei Masyaf vor?«

Da berichtete ich ihm von den Waffen, die den Haschiyun zur Verfügung standen. Ich sprach auch von der Gefahr, die dem Heer des Beherrschers der Gläubigen durch die Kugel drohte, weil ihr ein tödliches Gas entströmen konnte. Als er alles gehört hatte, ging Mohammed Ibn al-Rahman mit energischem Schritt aus dem Raum. Auch ich verließ die Zitadelle, und niemand hinderte mich daran.

Niedergeschlagen erreichte ich meine Kammer im Maristan. Ich dachte daran, daß ich auch in einer anderen Sache ein schlechter Diener meines Herrn war: Er hatte mir befohlen, Gwendolyn, die Frau des Salah ed-Din, töten zu lassen. Doch bislang hatte ich noch keinen der Haschiyun mit diesem Auftrag nach Cairo geschickt. Ich wollte nicht, daß sie stirbt, und deshalb mußte Simeona zuerst an den Nil gelangen, um die Tochter des Ritters Fulko zu warnen. Simeona aber würde zu dieser Zeit noch nicht einmal in Beirut eingetroffen sein.

Meine Gedanken der Angst um die Zukunft wurden durch Sadam Maruf unterbrochen, der darum bat, in meine Kammer eingelassen zu werden. Er sprach: »Oh Meister, du hast heute nacht selbst erlebt, daß das Paradies Wirklichkeit wurde. Du kannst mit dem Ergebnis überaus zufrieden sein. In Kopf und Herz von neun Haschiyun ist die Überzeugung, das Paradies – wenn auch nur für kurze Zeit – erlebt zu haben, fortan tief eingepflanzt. Sie werden dir unerschrockene und vor nichts zurückschreckende Kämpfer sein.«

Da fragte ich Sadam Maruf: »Du weißt, oh Verwalter des Geldes, dem nichts verborgen bleiben kann, daß eine Frau ausgetauscht wurde. Hoffentlich hat der Vertraute des Konnetabels von Zypern und Beirut, der die Frauen wieder abholen mußte, nichts davon gemerkt!«

Sadam Maruf antwortete: »Oh Meister, er ist von mir bestochen worden. Ich habe ihm noch einen weiteren Betrag versprochen, wenn er dafür sorgt, daß jene Frau, die dir am Herzen liegt, in Beirut entkommen kann!«

Meine Sorge war, Mohammed Ibn al-Rahman werde von mir Auskunft verlangen, ob ich für die Ermordung der Gwendolyn Vorsorge getroffen hatte. Wenn ich seine Frage verneinen mußte, dann hatte ich ernsthaft um mein Leben zu fürchten. Meine Gedanken kreisten immer wieder um die Schuld, die ich mir selbst aufbürdete, wenn ich tatsächlich Mörder losschickte. Wie würde der Beherrscher der Gläubigen diese Schuld beurteilen, wenn ihm zu Ohren käme, daß ich den Mord an seiner Frau Gwendolyn veranlaßt hatte? Wie ich auch handelte, ich machte mich schuldig, entweder an Salah ed-Din oder an Mohammed Ibn al-Rahman. Ich spürte jedoch deutlich, wie mein Gefühl mich dazu drängte, dem Beherrscher der Gläubigen nicht zu schaden.

Mit einer guten Nachricht überraschte mich Andronikos am Abend im Hamam. »Höre, oh Mahmud, das Rätsel *Wer ist wer?* konnte gelöst werden, ohne daß irgend jemand geschlagen werden mußte. Ich brauchte nur deinem Vorschlag zu folgen. Das Mädchen aus Marsala sah mich wirklich mit großen Augen an, als ich den Namen ihrer Stadt *Marsa al-Allah* aussprach. Murdjana konnte mir eine Frau nennen, aus deren Kammer häufig Lieder zu hören waren. Ich stellte fest, daß sie die persische Sprache beherrscht. Damit war auch das Mädchen aus dem Kurdengebiet gefunden. Nun packte ich das Problem der Frau aus Dalmatien an. Ich stellte mich vor die beiden Mädchen hin, deren Herkunft ich noch nicht kannte. Da nannte ich die Namen der beiden Flüsse in Dalmatien, die Cetina und Neretva heißen. Eine der Frauen wiederholte die Worte mit leuchtenden Augen. Die Flüsse waren ihr also bekannt. Also ist die letzte der Frauen aus dem Land Betpak Dala bei der Hungersteppe. Es war nicht möglich, mit ihr ein Gespräch zu führen. Auch ihren Namen erfuhr ich nicht. Ich nannte sie einfach Mujunkum, denn so heißt eine Gegend dort.«

Ich bedankte mich bei Andronikos und bat ihn, mir doch zu sagen, welche Namen die anderen Frauen trugen.

Er antwortete: »Oh Mahmud, nicht nur bei der Frau aus Betpak Dala konnte ich keinen Namen erfragen, sondern auch bei dem Mädchen aus Ljubusa in Dalmatien. Da rief ich sie einfach Cetina – und sie hörte auf mich. Den Namen des Mädchens aus dem Kaschmirgebirge hatte noch Ayub al-Hakim festgelegt, der nicht mehr unter den Lebenden weilt. Er wollte, daß sie Gulaba genannt werde. Alle anderen Namen wurden mir von den Mädchen selbst genannt: Agora heißt die Frau aus Smyrna, Naima die aus Alexandria, Marwana die von der Insel Elephantine, Irene die von der Insel Patmos. Burayqa ist der Name der Frau aus der Stadt Marsala. Alexaia nennt sich das Mädchen aus Erzurum. Barsana lautet der Name der Frau aus dem Kurdenland. Eine gewisse Unsicherheit herrscht noch darüber, wie wir das Mädchen aus dem Reiche Tibet bezeichnen sollen: Wenn ich sie Gogra rufe, dann blickt sie auf. Gogra ist jedoch ein Fluß in jenem Reich. Ich glaube, wir sollten ihr diesen Namen belassen.«

Was aber war mit der Frau, die aus dem Besitz des Guido von Ibelin stammte und die gegen Simeona getauscht worden war?

Andronikos sagte: »Oh Mahmud, wir haben elf Mädchen, die Besonderheiten darstellen. Die zwölfte muß auch etwas Besonderes sein, wenn wir nicht den Zorn des Beherrschers der Gläubigen auf uns lenken wollen. Ich nehme an, daß unser Freund Ibn al-Dakhwar al-Umran heute abend ins Hamam kommen wird. Mit dem Arzt zusammen werden wir uns gründlich anschauen, was wir uns da ins Haus geholt haben.«

So geschah es auch. Im Licht zahlreicher Fackeln stand am späten Abend die junge Frau nackt vor uns. Ihr Körper war zierlich. Klein, aber schön geformt waren ihre Brüste. Ihr Schoß zog den Blick auf sich, obwohl er nur wenig behaart war. Die Haare dort aber waren hell, so wie die ihres Kopfes. Ganz von selbst drehte sie sich um und zeigte ihren Rücken, der in der Mitte sehr schmal wurde, um weiter unten wieder voller zu werden. Diese Frau unterschied sich doch von allen anderen. Es war anzunehmen, daß sie dem Beherrscher der Gläubigen gerade durch ihre kindliche Art gefallen würde.

Murdjana schien meine Gedanken zu erraten, denn sie sagte: »Sie ist tatsächlich Jungfrau! Ich habe es heute beim Bade überprüft. Mit ihr reden konnte ich allerdings nicht.«

Andronikos meinte darauf: »Daß sie Jungfrau ist, erstaunt mich, da sie doch zu den Frauen des Guido von Ibelin gehört. Er muß sie wohl erst kurz vor der Abreise der Frauen aus Beirut erworben haben. Sie wird aus einer weit entfernten Gegend stammen, aus einem Land, in dem die Frauen hellhaarig sind. Da wir nicht erfahren können, wie sie heißt, werden wir sie zunächst Goldhaar nennen. Vielleicht findet sich irgendwann jemand, der Worte kennt, die auch sie versteht. Da sie Jungfrau ist, können wir sie mit gutem Gewissen dem Beherrscher der Gläubigen vorstellen!«

Der Vertrag mit den Haschiyun

In jenen Tagen wurde das Hamam wieder einmal von Kaufleuten besucht, die aus der Hauptstadt des christlichen Königreichs gekommen waren. Ihre Geschäftsfreunde in Damaskus hatten sie zum Besuch des Dampfbades eingeladen. Wie das zumeist geschah, wurden sie durch die vergnügliche Stimmung dazu verleitet, laut zu erzählen, was die Bewohner von Jerusalem bewegte. Die Staatsführung stand auf wackeligen Füßen: König Balduin wurde zwar volljährig, doch sein Aussatz verschlimmerte sich. Mit seinem Tode mußte gerechnet werden. Ein junger Adeliger, Wilhelm Langschwert genannt, war bereits als Thronfolger ausersehen gewesen, doch die Malaria hatte ihn hinweggerafft. Keiner der Ritter im christlichen Reiche um Jerusalem fühlte sich berufen, den Staat zu führen. In

Europa wurde nach einem geeigneten Anwärter auf den Thron geforscht.

Die Kaufleute aus Jerusalem wußten auch zu erzählen, die Abgesandten des christlichen Königreichs suchten auch Verbündete im Abendland, die Krieg führen sollten gegen Salah ed-Din. Große Hoffnung auf Erfolg war den Worten der Gäste im Hamam nicht zu entnehmen. Der Grund dafür war, daß Byzanz für die Sache der christlichen Ritter nur noch ein schwacher Helfer war. An der Ostküste des Mittelmeers waren die Kräfte mächtiger geworden, die Allah und dem Propheten dienten.

Einer der Kaufleute aus Jerusalem sagte sogar zu seinem Gastgeber, der ein gläubiger Mann des Islam war: »Oh, du Glücklicher, dem Salah ed-Din Schwert und Schild sein kann! Der Ritter Wilhelm von Tyros ist aus Byzanz zurückgekehrt mit dem Eindruck, das ganze Reich sei krank. Selbst wenn aus dem Herzen des Abendlandes ein neuer Kreuzzug aufbräche, kämen die Ritter und das Fußvolk nur geschwächt in Jerusalem an, denn von Byzanz hätten sie keine Hilfe zu erwarten. Das Bündnis zwischen dem christlichen Herrscher über Jerusalem und dem Kaiser von Byzanz ist zerbrochen!«

Die Diener des Hamam hatten großes Geschick darin erworben, die Gespräche der Kunden zu belauschen und den Wortlaut im Kopf zu behalten. Ich beschloß damals, den Dienern Belohnungen zu geben für besondere Aufmerksamkeit. Der erste, der ein Goldstück bekam, hatte mir berichtet, es werde von den Kunden davon gesprochen, Salah ed-Din habe die Belagerung der Burg Masyaf abgebrochen und werde bald schon in Damaskus eintreffen.

Aufgeschreckt durch diese Nachricht, ging ich noch am Abend mit einigen Dienern, die Fackeln trugen, über die Baustelle. Eindrucksvoll sahen die Gewölbe bereits aus. Die Halle, in der das Heilige Schwert aufbewahrt werden sollte, hatte eine erhabene Kuppel bekommen. Die Kammern, die für die Frauen des Beherrschers der Gläubigen bestimmt waren, waren überdacht. Einer der Baumeister, der sich zur späten Stunde noch am Arbeitsplatz befand, erklärte: »Oh Herr, der du Allahs Gnade in reichem Maße zu spüren bekommst! Da der Fleiß der Arbeiter keineswegs nachgelassen hat, kann der Bau in zwei Wochen abgeschlossen werden!«

Am anderen Morgen ließ ich, kaum im Maristan angekommen,

Sadam Maruf zu mir kommen. Ich sprach zu ihm: »Oh, der du in die Herzen der Haschiyun sehen kannst, der jeden einzelnen besser kennt als ich! Sende drei der Mutigsten an den Nil mit dem Auftrag, Gwendolyn, die Tochter des Ritters Fulko und Frau des Salah ed-Din, zu töten! So unauffällig soll dies geschehen, daß niemand an Mord denkt!«

Sadam Maruf nickte und verließ, ohne ein Wort zu sagen, meine Kammer. Von nun an nahm das Schicksal seinen Lauf.

Der Beherrscher der Gläubigen zog mit seinem Heer nicht wie ein Sieger in Damaskus ein. Es ließ sich nicht vertuschen, daß er bei der Belagerung der Burg Masyaf gescheitert war. Doch zur Stunde des Einzugs des Herrn und der Reitertruppe geschah Eigenartiges: Während Salah ed-Din das Stadttor im Norden durchritt, wollten einige junge Männer, die auf den Wällen im Süden standen, gesehen haben, wie sich dort, wo die Stadt in die Wüste überging, Jerusalem aus dem Sand erhob. Sie rannten durch die Straßen und erzählten, daß die Mauern gewaltig gewesen seien, daß sich die Türme bis zum Himmel erhoben hätten.

Bald schon sprachen die Kunden des Hamam über diese Erscheinung. Einige waren überzeugt, der Prophet Mohammed sei am Firmament zu sehen gewesen. Mit ausgestreckter Hand habe er auf dieses Jerusalem gewiesen.

Einer der Kunden rief aus: »Der Prophet, dem Allah Heil spenden möge, gibt uns unmißverständlich das Ziel des Heiligen Krieges an. Das Schwert des Salah ed-Din soll uns nach Jerusalem führen!«

Andronikos sprach mich auf diesen Vorgang an. Er sagte: »Niemand außer den jungen Leuten auf den Wällen hat diese Erscheinung gesehen. Das macht mich stutzig! Wenn dies eine tatsächliche Spiegelung zwischen Luft und Wüste war, dann müßte sie auch von anderen bemerkt worden sein. Spiegelungen hat es immer wieder gegeben, doch nie sind sie nur einem kleinen Kreis von Menschen aufgefallen. Ich habe den Verdacht, daß es Haschiyun sind, die davon erzählen, die Stadt Jerusalem sei unmittelbar vor unseren Mauern aufgebaut gewesen. Ihnen war der Befehl dazu gegeben worden.«

Während er diese Worte sprach, blickte mich Andronikos prüfend an. Er glaubte wohl, ich hätte diesen Befehl gegeben.

Am Abend hörten wir Stimmen vor dem Hamam. Kinder, Frauen und Männer zogen vorüber. Sie riefen: »Beherrscher der Gläubigen! Das Schwert des Islam! Zieh uns voran in den Kampf gegen die Ungläubigen!«

Das Ziel dieser Menschen war die Zitadelle. Andronikos und ich gingen schließlich mit. Wir wollten erleben, was bei der Zitadelle geschehen würde.

Tausende hatten sich vor dem Tor der Festung versammelt. Die Masse trieb mich mit sich auf die Zitadelle zu. Zuerst merkte ich gar nicht, daß nur junge Männer um mich herum waren, die mich einkeilten und mir jede Bewegungsmöglichkeit raubten. Wie das geschehen ist, war mir rätselhaft. Schließlich wurde mir bewußt, daß ich auf das Tor zugeschoben wurde. Mit den Männern um mich herum glitt ich durch die Menge. Das Tor war bald zum Greifen nah. Da sprangen plötzlich die Torflügel auf, und ich wurde in die Zitadelle hineingestoßen.

Doch niemand packte mich, und niemand schleppte mich fort. Zwei der jungen Männer geleiteten mich über den Hof zu einer Treppe, die ins obere Stockwerk führte, und schließlich in einen Saal. Dort wurde ich von Sadam Maruf erwartet.

Er sprach: »Oh Meister, der du in der Stunde der Not von Allah beauftragt bist, die Haschiyun in Damaskus zu führen! Wisse, daß Scheich Sinan, der Erhabene vom Berge Masyaf, dich beauftragt hat, die Friedensverhandlungen in seinem Sinne mit dem Beauftragten des Beherrschers der Gläubigen zu führen. Dieser Beauftragte ist Mohammed Ibn al-Rahman. Zuerst ist es deine Aufgabe, die Masse vor der Zitadelle zu beruhigen.«

Nach diesen Worten geleitete mich Sadam Maruf zu einem Balkon, der sich über dem Haupttor der Festung befand. Dort stand ich über den Tausenden, die mit lautem Geschrei forderten, der Beherrscher der Gläubigen solle sie in den Krieg gegen die Ungläubigen führen.

Ich machte eine Handbewegung – und zu meinem Erstaunen verstummten die Menschen unter mir. Sie starrten zu mir herauf und erwarteten, daß ich spräche. Ich gehorchte nicht mehr meinem eigenen Willen, als ich zu reden begann. Ich sagte: »Oh, ihr Männer und Frauen der Stadt des Beherrschers der Gläubigen! Viele unter euch wissen, wer ich bin. Sie kennen mich, weil sie das Hamam besuchen. Ich bin ein schlichter Mann dieser Stadt Damaskus, die von Allah, dem Allmächtigen und Allerbarmer, überaus geliebt wird. Ihr müßt aber auch erfahren, daß Allah mich einfachen Menschen dazu bestimmt hat, der Vertreter des Scheichs Sinan zu sein, gegen den das Heer des Beherrschers der Gläubigen Krieg geführt hat. Dieser Krieg ist zu Ende! Allah erwies uns allen die Gnade, seinen Weg besser zu begreifen. Dieser Weg hat nicht das Ziel, daß sich Moslems untereinander streiten. Im Gegenteil: Es ist der Weg der Einigung. Er führt ohne Umweg zur Schlacht gegen die Ungläubigen. Deshalb verkündige ich euch im Namen des Scheich Sinan vom Berge Masyaf den Frieden unter den Gläubigen und den Krieg gegen die Verdammten!«

Je länger ich redete, desto mehr spürte ich, wie meine eigenen Worte mich fortrissen. Nicht mein Verstand leitete mich, als ich rief: »Oh, ihr Gläubigen! Ihr habt alle gesehen, welches Zeichen uns der Erhabene gesetzt hat. Zum Anfassen nahe stand sie vor uns, die Stadt Jerusalem. Allah wollte uns allen zeigen, daß es nur einer einzigen, aber entschlossenen Anstrengung bedarf, um diese Stadt zu erobern. Für uns alle war das Wunder überwältigend: Allah selbst und der Prophet, dem der Erhabene ewiges Heil spenden möge, haben uns Jerusalem ausgeliefert. Deshalb fordere ich euch auf, Männer und Frauen von Damaskus: Packt dieses Jerusalem, entreißt es den Ungläubigen! Schlagt diejenigen tot, die nicht an den Allmächtigen glauben! Verschont keinen! Tötet! Tötet! Tötet!«

Da zog mich Sadam Maruf vom Balkon weg in das Innere des Raums. Ich zitterte am ganzen Körper und hörte draußen die Volksmenge rufen: »Tötet! Tötet! Tötet!« Sie wiederholten meinen Schrei. Sie folgten mir also. Ich hatte der Masse meinen Willen aufgezwungen. Ich fühlte mich als Herr von Damaskus.

Dieses Hochgefühl hielt nur kurze Zeit an. Mit besorgter Miene trat mir Mustafa Riad entgegen, der Befehlshaber der Reitertruppe. So betroffen hatte ich ihn noch nie gesehen. Er sagte: »Oh Mahmud, klug ist das nicht, die Menschen von Damaskus aufzuhetzen, sich am Kampf gegen die Ungläubigen zu beteiligen. Krieg ist eine ernste Angelegenheit, die nicht mit dem Gefühl bewältigt werden kann. Die Masse stört die Ordnung, die allein Grundlage des Kriegshandwerks ist. Merke dir, oh Mahmud, daß die Menge feige ist. Wird die Situation schwierig oder gar gefährlich, beginnt die Masse zu laufen, und zwar kopflos! Sie reißt die Bewaffneten, die kämpfen wollen, mit sich. Du wirst sehen, oh Mahmud, dein Aufruf bringt uns Unglück!«

Die Nacht blieb unruhig. Immer wieder drang vom Platz Geschrei herauf zu uns, die wir im Obergeschoß der Zitadelle wachten. Auch Mohammed Ibn al-Rahman fand keine Nachtruhe. Vor wenigen Tagen noch war ich auf seinen Befehl hin gefoltert worden. Danach hatte ich mich ihm gefügt. Jetzt aber fühlte ich mich ihm überlegen. Warum dies so war, wußte ich nicht. Er, Mohammed Ibn al-Rahman, war es doch gewesen, der mich zum Oberhaupt der Haschiyun in Damaskus gemacht hatte. Vielleicht hatte er immer noch die Macht, mich wieder abzusetzen. Plötzlich wurde ich wieder unsicher – und immer mehr wurde es mir selbst zum Rätsel, warum ich in meiner Rede behauptet hatte, wir alle hätten die Erscheinung der Stadt Jerusalem vor den Mauern von Damaskus gesehen.

Als ich noch darüber nachgrübelte, was wohl meinen Sinn verwirrt hatte, sprach mich Mohammed Ibn al-Rahman an: »Hast du in Erfahrung gebracht, oh Mahmud, ob Simeona in Beirut aus dem Käfig des Guido von Ibelin entkommen konnte?«

Über diese Worte erschrak ich so sehr, daß mir beinahe der Herzschlag stockte. Mich durch eine Ausrede zu retten schien mir unmöglich, und so sagte ich der Wahrheit gemäß, daß ich nichts von Simeona gehört hätte.

Da schwieg Mohammed Ibn al-Rahman eine Weile, bevor er sprach: »Wisse, oh Mahmud, die Dienerinnen des Guido von Ibelin haben entdeckt, daß eine der Frauen ausgetauscht worden ist. Das war übrigens höchst einfach! Die Dienerinnen hatten alle Mädchen mit rasiertem Schoß von Beirut abgeschickt, und neun von ihnen kehrten auch mit nur zartem Flaum zwischen den Beinen aus Damaskus zurück. Eine aber hatte an jener Stelle vollen Haarwuchs. Du kannst dir vorstellen, oh Mahmud, daß dies auffallen mußte. Man brauchte Simeona dann nur auf die Sohlen ihrer Füße zu schlagen, und schon gestand sie, sich in Damaskus in die Gruppe der Frauen des Guido eingeschlichen zu haben. Einige Schläge auf die zarten Brüste haben sie veranlaßt, auch zu sagen, daß sie Gwendolyn in Cairo auf deine Veranlassung hin habe warnen wollen. Erst nach diesen Geständnissen sagte Simeona, sie sei die Tochter des Seeräubers Leo aus Astipalaia. Damit war wieder alles anders, denn Guido von Ibelin legt Wert darauf, gerade mit diesem Seeräuber gute Beziehungen zu pflegen. Sofort wurde Simeona in Kräuterbäder gelegt, damit die Verletzungen der Fußsohlen und der Brüste heilten. In wenigen Tagen wird Simeona nach Astipalaia zur ihrem Vater zurückreisen können.«

Ich schwieg, denn da war nichts zu sagen. Mohammed Ibn al-Rahman aber sprach weiter: »Deine Lage, oh Mahmud, wäre verzweifelt, wenn der Beherrscher der Gläubigen den Kampf gegen Scheich Sinan gewonnen hätte. Ohnehin hatte ich mir vorgenommen, dich hart zu bestrafen. Es ist jetzt aber nicht die Zeit, dich für deine Eigenmächtigkeiten leiden zu lassen. Doch der Tag wird kommen, da du mich anflehen wirst, dir die Qualen zu erlassen! Heute nacht jedoch verbindet uns eine gemeinsame Aufgabe: Wir haben einen Vertrag auszuarbeiten, der gültig sein soll zwischen Scheich Sinan und dem Beherrscher der Gläubigen. Um unseren guten Willen zu zeigen, sage ich, daß der Beherrscher der Gläubigen keine Bedingungen stellt: Er will Frieden schließen mit dem Herrn der Festung Masyaf!«

Ich gab diese Antwort: »Die Gemeinschaft der Haschiyun wird keine Todesdrohung gegen Salah ed-Din aussprechen, solange er Krieg führt gegen die Ungläubigen. Gewinnt der Beherrscher der Gläubigen den Heiligen Krieg, dann wird ewiger Frieden herrschen zwischen den Haschiyun und ihm.«

Mohammed Ibn al-Raham reichte mir die Hand zum Zeichen der Zustimmung. Damit war der Vertrag beschlossen.

Trauer um Andronikos

Vom Platz her war immer noch das Geschrei der Menge zu hören, die ungeduldig darauf wartete, über die Ungläubigen herfallen zu können. Ich ging zum Fenster und blickte hinunter auf die Menschen, deren Sinne rasend geworden waren. Der Gedanke begann mich zu peinigen, daß ich die Gemüter erregt hatte, anstatt sie zu beruhigen. Meine einzige Hoffnung war, Müdigkeit würde die Menschen überwältigen und sie veranlassen, nach Hause zu gehen. Doch die Männer, Frauen und Kinder blieben. Sie waren besessen von dem Willen, Blut fließen zu lassen.

Mitternacht war längst vorüber, da trat einer der Bewaffneten, die zur Torwache gehörten, auf mich zu, um mir zu sagen, ein Mann, der nicht sprechen könne, warte in der Wachkammer auf mich. Ich wußte sofort, daß dies Abd'Allah sein mußte und daß etwas geschehen war, denn ohne Grund suchte er mich nicht hier auf. Ich ging zu ihm hinunter. Sofort sah ich Abd'Allah an, daß Schreckliches vorgefallen sein mußte. An seinen Augen konnte ich seine Verzweiflung ablesen.

Abd'Allah schob mich zum Tor hinaus und ging dann vor mir her durch die Menschenmassen. Wir kamen nur langsam voran, doch endlich erreichten wir das Hamam. Abd'Allah öffnete das Tor, und da sah ich einen zerschlagenen Körper auf dem Boden der Vorhalle liegen. An der Kleidung erkannte ich, daß dies der Leichnam von Andronikos war.

In einer Ecke kauerte Murdjana. Als ich den Arm um sie legen wollte, stieß sie mich zurück. Da begriff ich sofort, was vorgefallen war: Es war in der Stadt bekannt gewesen, daß Andronikos kein Gläubiger des Islam war, sondern Christ. Männer, die aufgehetzt worden waren, die Andersgläubigen zu töten, hatten Andronikos erschlagen. Murdjana mußte gewußt haben, daß ich die Massen aufgestachelt hatte. Ich war überzeugt, sie würde mich nie mehr ansehen und nie mehr mit mir sprechen. Da verließ ich das Hamam.

Selbst im Haus am Baradafluß war das Geschrei der Menge zu hören. Als die ersten Sonnenstrahlen auf das Wasser fielen, da veränderte sich das Geräusch: Die Schreie drangen nun von außerhalb der Stadt an mein Ohr. Offenbar war das Stadttor geöffnet worden. Damit war der Weg frei für die blutrünstige Masse, in Richtung des Sees Genesareth zu ziehen, der an der Straße nach Jerusalem liegt. Nur geringe Zeit danach war Pferdewiehern zu vernehmen. Die Reitertruppe des Mustafa Riad schickte sich wohl an, der Volksmenge zu folgen.

Bald erhob ich mich von meinem Lager, um wieder ins Hamam zu gehen. Abd'Allah öffnete mir die Tür. Trauer lag auf seinem

Gesicht. Der Leichnam des Andronikos befand sich nicht mehr in der Halle. Abd'Allah hatte ihn bereits bestattet. Der Eunuch führte mich zu Murdjanas Kammer: Sie war leer. Murdjana hatte, samt ihrem Kind, eine andere Zuflucht gesucht. Wohin sie gegangen war, konnte ich nicht erfahren.

Alte Freunde wollten mir Trost spenden. Da war Mahmud Beshir, der Verwalter des Grundbuchs von Damaskus, der im Hamam noch immer mit Ochaïra zusammenlebte. Da war der Schreiber Hassan Kailani, der die Sklavin Laila besaß. Da war der Stoffhändler Abd'al-Hamid, dessen Frau auf Zeit einst Mirjam geworden war. An diesem Morgen erkannte ich, wie viele Monate schon vergangen waren seit dem Tode meines Vaters. Längst waren die Abmachungen mit Mahmud Beshir, Hassan Kailani und Abd'al-Hamid über ihre Ehen auf Zeit abgelaufen und verjährt. Ich war erstaunt, daß sich keiner dieser wohlhabenden und ehrenwerten Männer einen anderen Hausstand gegründet hatte.

Nun, so glaubte ich, war die Zeit gekommen, die Beziehung zwischen ihnen und dem Hamam zu beenden. Ich schenkte den drei Herren die Sklavinnen und bat sie zugleich, so rasch als möglich aus den Kammern des Hamam in ein anderes Haus der Stadt umzuziehen. Am Abend war das Hamam völlig leer. Für die Kunden war es den ganzen Tag über geschlossen geblieben.

Auch während der kommenden Tage ließ ich das Bad nicht öffnen. Ich war damit beschäftigt, das Maristan darauf vorzubereiten, Opfer des Krieges gegen die Ungläubigen aufzunehmen. Da Tausende hinausgezogen waren, mußte damit gerechnet werden, daß Hunderte krank oder verwundet zurückkehrten. Für sie sollte es Raum im Maristan und Kissenlager in genügender Zahl geben. Die Haschiyun sollten als Helfer bereitstehen für die Zeit der Not in Damaskus. Ich hatte jedoch das Gefühl, sie betrachteten diese Art von Dienst als Zumutung.

Eines Morgens, ich war eben unterwegs vom Haus am Baradafluß zum Maristan, erwartete mich Abd'Allah an einer Hausecke in der Nähe des Hamam. Der Ausdruck seines Gesichtes war energisch und entschlossen. Ich sah mich gezwungen, ihm zu folgen. Abd'Allah führte mich auf raschem Weg zum Hamam. Schon aus einiger Entfernung sah ich, daß Frauen vor der Tür des Dampfbades standen.

Es war Tag der Frauen im Hamam – und sie verlangten Einlaß. Da begriff ich, daß die Existenz des Hamam nicht allein von meinem Willen abhing. Es gehörte auch den Frauen und Männern von Damaskus. Sie wollten offenbar, daß es fortbestehe. Da gab ich Abd'Allah ein Zeichen, die Tür zu öffnen. Zum Glück hatte er vorgesorgt: Der heiße Dampf strömte bereits durch die Röhren.

An diesem Tag der Frauen übernahm Abd'Allah die Aufsicht. Da sein Schoß dem einer Frau glich, duldeten die Frauen ihn. Mir war es nur möglich, die Frauen zu sehen, wenn sie mit verhülltem Gesicht von der Straße hereintraten. Da waren wohl Vorhänge und Schlitze in den Mauern so angebracht, daß sie mir Durchblicke gewährten, doch die Ehre verbot es dem Hamami, diese Möglichkeiten zu nutzen – es sei denn, eine höhere Notwendigkeit zwinge ihn dazu. Am Abend jenes Frauentages war der Sonderfall gegeben.

Mit Spannung warteten alle, die in der Stadt geblieben waren, auf Nachricht vom Ergebnis des Kriegszuges gegen die Ungläubigen. Ich hatte einigen der Haschiyun befohlen, von den Stadtwällen aus in Richtung Süden und Westen Ausschau zu halten. Doch niemand, außer Bauern und Händlern aus dem Umkreis von Damaskus, näherte sich den Toren. Bei Anbruch der Dämmerung ging ich durch nahezu leere Straßen und Gassen zum Hamam zurück. Die Stadt war deshalb so ausgestorben, weil die meisten der Männer dem Ruf zum Heiligen Krieg gefolgt waren. Die zurückgebliebenen Frauen aber durften sich bei Dunkelheit, wenn sie ihr Ansehen bewahren wollten, nicht auf den Straßen zeigen. So war ich erstaunt, daß vor mir her zwei Frauen zum Hamam eilten, die gemeinsam ein Kind in einem Korb trugen. Die beiden achteten darauf, wie das Sitte ist, die Gesichter verhüllt zu halten. Die Tür zum Hause stand noch offen, und ich sah, wie sie die Schwelle überschritten. Die zwei Frauen verhielten sich wie Herrin und Dienerin. Nichts an ihrem Verhalten war absonderlich, und dennoch empfand ich ein seltsames Gefühl.

Als ich die Vorhalle betrat, da sprach die Dienerin auf Abd'Allah ein. Sie bat darum, daß man ihrer Herrin das Hamam für die Zeit, die eine vornehme Dame zum Bade braucht, reserviere. Die Dienerin drückte dem Eunuchen auch sofort eine angemessene Geldsumme in die Hand. Wie das häufig geschah, ging die Herrin allein ins Bad, und die Dienerin und das Kind warteten in der Vorhalle.

Nach einiger Zeit schlich Abd'Allah auf mich zu und zog mich behutsam am Ärmel mit sich fort. Bald stand ich allein hinter einem der Vorhänge, die einen Durchblick erlaubten zum Kaltwasserbekken im alten Hamam. Da sah ich die Frau, als sie aus dem Wasser stieg. Ich kannte sie nicht. Das konnte auch daran liegen, daß nur noch eine einzige Fackel den Raum erleuchtete.

Als ob Abd'Allah meine Gedanken erraten hätte, trat er in diesem Augenblick mit zwei hellbrennenden Fackeln ein. Er war genauso nackt wie die Frau – und ich sah, daß sein Schoß wirklich weiblich aussah. Da der Raum nun heller war, konnte ich beide Körper deutlich sehen. Die Frau stand jetzt mit dem Rücken zu mir und trocknete sich ab. Abd'Allah trat hinter sie, blickte zu mir herüber und zeigte dann mit einer unauffälligen Geste auf die rechte Hinterbacke der Frau. Da war ein Mal zu erkennen, ein Brandmal – es war das Zeichen des Krummschwerts, das Salah ed-Din ihr und fünf weiteren Frauen einst hatte einbrennen lassen. Die fünf anderen Trägerinnen des Brandmals waren längst tot. Diese Frau mußte also Gwendolyn sein, die Tochter des Ritters Fulko, die Frau des Salah ed-Din!

Kein Zweifel: dies war die Frau, deren Ermordung ich befohlen hatte, die ich zugleich aber auch vor dem Tode hatte retten wollen. Simeona war von mir ausgeschickt worden, um Gwendolyn vor den Haschiyun zu warnen, die Gwendolyn, auf meine Anordnung, mit dem Dolch zu töten hatten. Wem war es wohl gelungen, Gwendolyn am Nil zu erreichen? Mohammed Ibn al-Rahman hatte mir gesagt, Simeona sei nicht zum Nil, sondern zur Insel Astipalaia gereist.

Ich erwartete Gwendolyn in der Vorhalle. Als sie, wieder völlig verhüllt, durch die Tür kam, sprach ich sie an: »Oh Herrin, frage nicht, wie es möglich ist, daß ich dich erkenne. Ich weiß, du bist Gwendolyn, die Tochter des Ritters Fulko!«

Da nickte sie und sagte: »Du bist Mahmud, der Sohn des ersten Hamami, der mir Gutes getan hat. Aber auch du hast dich verdient um mich gemacht, denn du hast Simeona zu mir geschickt, um mich vor meinen Mördern zu warnen. Sie hat mich gefunden, obgleich man versuchte, sie daran zu hindern. Sie hat mir berichtet, daß sie gefoltert wurde, sie hat mir aber auch nicht verschwiegen, daß sie erst durch die Schmerzen ihre Liebe zu dir, oh Mahmud, ganz begriffen hat.«

Ich erkannte, daß Gwendolyn nichts wußte von meiner Befehlsgewalt über die Haschiyun – und von meiner, wenn auch verzögerten, Anordnung, sie umzubringen. Sie verließ sich auf mich. Mir jedoch blieb kein Ausweg, als ihr dies zu sagen: »Oh Herrin, mir gehört zwar dieses Hamam, doch es hat Ohren auch für andere. Mir wird alles gesagt, was hier geschieht und gesprochen wird, doch ich weiß, daß meine Diener und Dienerinnen durch vielfältigen Druck auch veranlaßt werden, anderen Bericht zu erstatten. Sie sind mir zwar ergeben, doch sie wollen leben, und so erzählen sie bereitwillig, was sie sehen und erfahren. Heute nacht noch wird man in der Zitadelle wissen, daß du hier bist. Einer, der Macht besitzt dort, gibt dir, oh Herrin, die Schuld, daß der Beherrscher der Gläubigen nicht mit vollem Einsatz gegen die fränkischen Ritter kämpft. Er wollte, daß du getötet wirst! Vielleicht will er es immer noch. Erlaube mir, oh Herrin Gwendolyn, die Frage: Warum bist du nicht zu deinem Vater geflohen? Beim Ritter Fulko wärst du doch völlig sicher!«

Sie antwortete: »Die Flucht zu meinem Vater hätte bedeutet, daß ich Salah ed-Din für alle Zeiten verloren hätte. Dies aber will ich nicht! Er weiß nicht, daß wir einen gemeinsamen Sohn haben, der noch keinen Namen erhalten hat. Ich bin hier, damit Salah ed-Din bestimme, wie sein Sohn und Erbe heißen soll!«

Das Kind lag noch in dem Korb, der neben Gwendolyns Dienerin stand. Dieser Sohn veränderte vieles. Mohammed Ibn al-Rahman konnte sein Ziel kaum weiterverfolgen, Gwendolyn töten zu lassen, denn er nahm damit dem Sohn des Beherrschers der Gläubigen die Mutter. Ich sagte: »Oh Herrin, du hast klug gehandelt, daß du ins Hamam gekommen bist. Sei Herrin und Meisterin hier, solange du willst. Ich werde die Herren in der Zitadelle von deiner Anwesenheit unterrichten!«

Hatte ich gehofft, Mohammed Ibn al-Rahman werde begreifen, daß der Beherrscher der Gläubigen und Gwendolyn zusammengeführt werden mußten, so täuschte ich mich. Er sprach: »Dieser

Sohn einer Christin kann niemals höchster Herrscher der Moslems von Syrien und Ägypten werden! Laß dir nicht einfallen, Gwendolyn und das Kind zu schützen! Der islamische Staat verlangt ein Opfer von ihr. Sie selbst soll das Opfer sein!«

Auf dem Rückweg beschloß ich, einige der Haschiyun vom Maristan ins Hamam zu holen. Wir mußten dort damit rechnen, überfallen zu werden.

Doch um die Mittagszeit des folgenden Tages wurde ich von meinen Sorgen abgelenkt. Einer der Haschiyun, die Wache hielten auf der Stadtmauer, kam eilends zu mir ins Maristan mit der Nachricht, Tausende von Menschen wanderten in ungeordneten Haufen müde auf die Stadt zu. Schon aus der Ferne könne man erkennen, daß viele verwundet seien. Alles – so erfuhr ich aus dem Munde des Haschiyun – deute darauf hin, daß der Kampf gegen die Ungläubigen in einer schlimmen Niederlage geendet habe.

Am frühen Nachmittag erreichten die Geschlagenen das Stadttor. Mühsam schleppten sie sich durch die Straßen. Die meisten wollten so rasch wie möglich ihre Häuser erreichen. Wer schwere Verwundungen erlitten hatte, wurde ins Maristan getragen. Mir fiel auf, daß fast alle Heimkehrer zu den Bewohnern der Stadt zählten. Ich sah kaum einen, der dem Heer des Salah ed-Din angehörte. Vielleicht hatten die Ungläubigen nur die wilden Haufen vernichtet? Vielleicht hatte der Beherrscher der Gläubigen mit seinen Reiterkolonnen doch noch einen glücklicheren Ausgang des Kampfes erzwungen? Ich fragte viele der Verwundeten, die im Maristan gepflegt wurden, und erhielt immer die eine Antwort: »Sie fielen über uns her. Wir wissen nicht, woher sie kamen. Allah, der Erhabene, hat uns für unseren Hochmut bestraft!«

Die Niederlage gegen die Christen

Am späten Nachmittag ritt Mustafa Riad, der Befehlshaber der Reiter, in den Hof des Maristan ein. Auch er war verwundet – sogar schwer. Das Schwert eines fränkischen Ritters hatte ihn am rechten Oberschenkel getroffen. Tief hatte sich die Waffe in das Fleisch gefressen. Der Arzt Ibn al-Dakhwar al-Umran kümmerte sich selbst um Mustafa Riad. Er war sich allerdings nicht schlüssig, ob das Bein abgetrennt werden mußte oder ob es noch zu retten war. Während der Arzt nachdachte, berichtete mir Mustafa Riad, der die Schmerzen wie ein Held überwand, was geschehen war. Manchmal kamen die Worte mühsam über seine Lippen, doch er befand sich nicht im Fieber. »Wir hatten geglaubt, die Ritter seien schwach, weil sie schon lange keine Hilfe aus Byzanz erhalten hatten. Vom aussätzigen König Balduin hielten wir ohnehin nichts. Doch wir unterschätzten diesen jungen Mann. Der rief alle Ritter zusammen, die überhaupt in seinem Land erreichbar waren. Sogar alte Männer wie der Konnetabel Humfried von Toron folgten dem Ruf des christlichen Königs. Da waren die Grafen Hugo und Wilhelm von Galiläa mit Gefolge zum Heerlager gekommen sowie die tapferen Ritter Bohemund und Philipp. Wir aber ritten wohlgemut auf der Straße nach Jerusalem. Weit ausgeschwärmt begleitete uns die Masse der Unbewaffneten, die du, oh unglückseliger Mahmud, zum Heiligen Krieg aufgerufen hattest. Die Horde hatte nur eines im Sinn: zu plündern. Jeder Mann und jede Frau schleppte bald erbeuteten Hausrat mit sich herum. Und immer wollten sie noch mehr. Sie fielen in die Dörfer ein, die nicht verteidigt wurden, und raubten, was sie nur finden konnten. Ich habe es geahnt, was dann geschehen mußte: Gerade als wir Bewaffneten die Schlucht bei der Burg Montgisard durchritten, griffen die Ritter das beutegierige Volk an. Eingeengt in unserer Bewegungsfreiheit konnten wir den Unbewaffneten nicht zur Hilfe eilen. Die Überfallenen rannten kopflos davon. Sie ließen alles fallen, was sie erbeutet hatten. Nur der eine Gedanke beherrschte sie noch: Damaskus zu erreichen. Die Schwächeren unter uns zauderten, ob sie nicht auch fliehen sollten. Da geschah es auch schon, daß wir angegriffen wurden. Der Beherrscher der Gläubigen erkannte, wie schlecht unsere Lage war. Er befahl den Rückzug. Geschickt war diese Entscheidung allerdings nicht, denn uns blieb erneut nur der Weg durch die Schlucht. Wir gerieten in große Bedrängnis, und Salah ed-Din selbst war in Gefahr, erschlagen zu werden. Ich habe seine Verfolger niedergestochen, und dabei wurde ich verwundet. Als wir die Gegner abgeschüttelt hatten, entschied Salah ed-Din, daß er sich nach Ägypten zurückziehen werde, um von dort neue Streitkräfte zu holen. In Syrien befindet sich ja kein Heer mehr, das noch kampfkräftig ist. Mich aber, der ich viel Blut verlor, schickte der Beherrscher der Gläubigen nach Damaskus. Dies waren seine Abschiedsworte: ›Rette die Stadt für mich!‹«

Da fragte ich den Befehlshaber der Reitertruppe: »Hat denn Salah ed-Din in diesem Kampf nicht das unbesiegbare Schwert des Islam geführt?«

Mustafa Riad antwortete: »Ich habe es an jenem Tag nie im Lichte der Sonne funkeln gesehen. Es gab uns kein Zeichen!«

Salah ed-Din hatte also Damaskus im Stich gelassen. Er war vielleicht schon am Nil angekommen und suchte seine Frau Gwendolyn. Dort würde er erfahren, daß sie aus Cairo geflohen war. Er würde sie gewiß in Damaskus vermuten, in der Stadt, die er mied, weil sie ihm zu unsicher geworden war. Die Frage war nur, ob sie in seinem Herzen noch einen Platz hatte oder ob er sie als Bürde empfand. Von den Mordabsichten seines Ratgebers Mohammed Ibn al-Rahman wußte er sicher nichts. Doch könnte Gwendolyns Tod ihm nicht vielleicht ganz lieb sein? Die Niederlage in der Schlacht bei der Burg Montgisard hatte den Beherrscher der Gläubigen geschwächt und Mohammed Ibn al-Rahman stärker gemacht. Ich bekam die Veränderung der Machtverhältnisse in der Stadt am selben Tag noch zu spüren.

Am Abend ging ich in die Zitadelle, um mit Mohammed Ibn al-Rahman zu sprechen. Er ließ mich nicht auf die Kissen in seinem Zimmer sitzen, sondern fuhr mich in schroffem Ton an: »Du hast meinen Befehl mißachtet, Gwendolyn und dem Kind den Schutz zu verweigern! Wozu halten sich die Haschiyun im Hamam auf? Sollen sie Gwendolyn verteidigen? Dazu werden sie keine Möglichkeit haben. Dir aber wird ein Schauspiel geboten werden, das du dein ganzes Leben lang nicht vergißt.«

Da traten zwei der Bewaffneten ein, die zur Wache der Zitadelle gehörten. Sie ergriffen mich an den Armen und zogen mich mit sich fort. Wir stiegen Steintreppen hinauf und erreichten schließlich die Plattform des Turmes der Festung. Hier wurde ich auf eine Bank gesetzt. Die Männer banden mich fest. Nun saß ich hier in der Finsternis, blickte über die niederen Zinnen des Turms und konnte in der Stadt schwache Lichtschimmer erkennen.

Da hörte ich die Stimme des Mohammed Ibn al-Rahman. »Kennst du, oh Mahmud, die Geschichte der Königin Amalaswintha?«

Als ich keine Antwort gab, sprach er weiter: »Höre! Irgendwo in dem Lande, wo die Sonne untergeht, lebte die Königin Amalaswintha. Sie war überaus schön und wurde von einem Mann geliebt, der Cassiodor hieß und der auch zu den Königen des Landes der Abendröte gehörte. Cassiodor aber wurde von einer anderen Frau geliebt, die Königin werden wollte. Gothelindis war ihr Name. Ihr gelang es, Amalaswintha aus dem Herzen des Cassiodor zu vertreiben. Sie mußte fliehen und suchte Zuflucht in einer Burg, die mit allem ausgestattet war, was die Sinne begehrten. Diese Burg hatte ihr Cassiodor zum Abschied übereignet. Dort wollte Amalaswintha in Trauer leben, aber doch auch in der Hoffnung, Cassiodor werde wieder zu ihr zurückkehren. Gothelindis aber verfolgte die entthronte Königin. Sie bestach die Dienerschaft auf jener Burg, so daß Knechte und Mägde ihr untreu wurden. Eines Nachts breitete sich von der Küche her Feuer aus. Niemand warnte Amalaswintha, die in ihrer Kammer schlief. Erst als sie Rauch einatmete, wachte sie auf. Sie lief durch die Gänge der Burg und suchte eine Tür, die nach draußen führte. Türen und Tore aber waren verschlossen. Nur ein Weg stand offen, und der führte ins Bad. Dies aber war kein gewöhnliches Bad. Cassiodor, der das sinnliche Vergnügen über alles liebte, hatte Wasserbecken unterschiedlicher Tiefe und Größe anlegen lassen. Als Freund der Spiele im Wasser hatte er allen seinen Geliebten, also auch der Königin Amalaswintha, das Schwimmen beigebracht. Als sich nun das Feuer durch die Burg fraß, da glaubte Amalaswintha, sie sei im Wasser sicher. Sie zog ihr Hemd aus und stieg ins tiefste der Wasserbecken. Der rote Schein des Feuers drang durch Maueröffnungen in den Baderaum. Die gesamte Burg brannte, nur das Bad blieb unberührt. Doch je länger der Brand wütete, desto stickiger wurde die Luft, die Amalaswintha einatmen mußte. Rauch legte sich über das Wasserbecken. Sie versuchte sich gegen die Ohnmacht zu wehren, doch nach und nach schwand ihr das Bewußtsein. Am Morgen war die Burg niedergebrannt. Gothelindis, die das Feuer hatte legen lassen, schaute sich den Brandplatz an in der Hoffnung, nichts sei von Amalaswintha übriggeblieben. Sie war erstaunt, das Gemäuer des Bades unversehrt vorzufinden. Also ließ sie sich einen Zugang öffnen und trat ein. Doch mit einem Schrei des Entsetzens stürzte sie wieder aus dem Bad. Sie hatte Amalaswinthas wunderschönen nackten Körper gesehen, der im Wasser schwamm – unverletzt, ohne vom Feuer berührt worden zu sein. Gothelindis glaubte, Amalaswintha sei noch am Leben und lächle sie aus dem Wasser hohnvoll an. Sie erfuhr nicht mehr, daß Amalaswintha tot gewesen war, gestorben aus Mangel an Atemluft. Der Verstand der Gothelindis blieb fortan verwirrt.«

Mohammed Ibn al-Rahman hatte die Geschichte zu Ende erzählt und schwieg dann. Ich dachte über den Sinn der Erzählung nach. Bald aber wurden meine Gedanken abgelenkt durch Lichter, die sich in der Stadt bewegten. Fackeln wurden durch die Straßen getragen. Erst waren es einzelne, dann kamen immer mehr dazu. Die Menschen, die diese Fackeln trugen, bewegten sich auf einen Punkt zu. Sie schrien, doch ich konnte ihre Rufe nicht verstehen. Bald war in der Nacht ein Feuerschein zu erkennen. Auf einmal wurde mir bewußt, was dort zu brennen begann: Es war das Hamam!

Da sagte Mohammed Ibn al-Rahman: »Oh Mahmud, nicht dein Eigentum wollen die Männer und Frauen von Damaskus in ihrem gerechten Zorn zerstören, sondern die Frau, die sich darin aufhält. Die Menschen haben begriffen, daß sie und ihr Kind die Ursache des Unglücks sind, das die Gläubigen Syriens befallen hat. Sei unbesorgt, Abd'Allah achtet darauf, daß niemand außer Gwendolyn ums Leben kommt. Ich habe ihm befohlen, das Kind zu retten. Doch keiner wird davon erfahren. Für die Menschen von Damaskus wird das Kind tot sein, verzehrt von den Flammen! Du aber, oh Mahmud, wirst morgen begreifen, warum ich dir die Geschichte von Amalaswinthas Tod erzählt habe!«

Angebunden blieb ich die Nacht über allein auf dem Turm der Zitadelle. Ich sah, wie das Hamam in Flammen loderte und wie das Feuer gegen Morgen in sich zusammenfiel. Meine Seele war nicht beunruhigt durch die Zerstörung meines Eigentums. Ich dachte an Gwendolyn, die Tochter des Ritters Fulko. Meine Phantasie zeigte mir ihren Leib, wie er im Wasser schwamm. Langsam gleitend schien Gwendolyn den Tod anzunehmen.

Das Sonnenlicht machte sich eben bemerkbar über der Wüste des Ostens, da banden mich die Wachen wieder los. Sie stießen mich die Treppe hinunter, über den Hof und zum Tor hinaus. So schnell ich konnte, rannte ich zum Brandplatz. Groß war mein Erstaunen, als ich sah, daß nur das alte Hamam ausgebrannt war. Unbeschädigt waren das neue Hamam und das Gemäuer des Neubaus, der für das Schwert des Islam und für den Beherrscher der Gläubigen errichtet wurde. Es war mir unerklärlich, wie es den Brandstiftern gelingen konnte, das Feuer derart genau einzugrenzen.

Jedoch auch das alte Hamam war nicht völlig zerstört, denn das Gemäuer war erhalten geblieben. Verbrannt war die Einrichtung und alle Bauteile, die aus Holz bestanden hatten. Ich trat durch das Tor ein. Da waren nur noch verkohlte Reste übriggeblieben. Das Gewölbe der Vorhalle war nicht in sich zusammengestürzt. Vorhänge, Tische, Teppiche, Kästen und Kissen aber waren von den Flammen zu Asche verwandelt worden. Sie bedeckte den Boden und war heiß. Das gleiche Bild bot sich mir im eigentlichen Dampfbad, das in jener Nacht nicht beheizt gewesen war, in dessen Rohrleitungen sich kein Wasser befunden hatte.

Ich ging weiter zum Raum des Kaltwasserbeckens. Hier hatte offenbar nichts gebrannt, doch die Luft war unerträglich stickig. Sie brannte in Hals und Lunge. Durch die Scheiben im Rund der Kuppel fiel das trübe Licht der Morgensonne in den Raum. Als ich durch die Rauchschwaden auf die Wasserfläche des Beckens blickte, sah ich, daß dort ein weißer Körper schwamm. Arme und Beine waren vom Leib abgespreizt. In ihm befand sich kein Leben mehr.

Ich legte meine Kleider ab und stieg in das Becken. Nur wenige Schwimmzüge brauchte ich, um den Körper zu erreichen. Er lag mit dem Rücken nach oben. Der Kopf hing tief ins Wasser. Ich sah das Mal des Krummschwerts. Gwendolyn, die Frau des Salah ed-Din, war tot. Ich schob den Leichnam zur Treppe, hob ihn aus dem Wasser – schwer lag er in meinen Armen – und legte ihn an den Beckenrand. Dann zog ich wieder meine Kleider an.

Noch wunderte ich mich darüber, daß auf dem Brandplatz kein einziger Neugieriger anzutreffen war, da trat Sadam Maruf in die Halle des Kaltwasserbeckens. Er sagte mir, seine Männer hätten den Zugang zur Straße vor dem Hamam abgesperrt. Diese Maßnahme hatte ich in meiner Verwirrung nicht bemerkt, als ich auf das Haus zugeeilt war. Sadam Maruf berichtete mir auch, die Haschiyun hätten in der Nacht das Feuer von den anderen Gebäuden fernhalten können. Eimer für Eimer hätten sie Wasser auf das Dach geschleppt, um die Flammen zu löschen, die zum neuen Hamam und zum Bauplatz übergreifen wollten. So seien die Folgen des Zorns der Massen zum Glück gering geblieben. Gwendolyn, so sagte Sadam Maruf, habe jedoch nicht gerettet werden können. Vom Kind der Gwendolyn, das ja auch ein Kind des Beherrschers der Gläubigen war, sagte er nichts.

In den Tagen danach war mehr von der Niederlage des Salah ed-Din in der Schlucht bei Montgisard zu erfahren. Die Flucht der Bewaffneten hatte nach der Trennung vom Reiterkommandeur Mustafa Riad in völliger Unordnung geendet. Die Männer, so wurde erzählt, hätten ihre Waffen weggeworfen, um rascher fliehen zu können. Der Beherrscher der Gläubigen habe versucht, wenigstens auf den Weg durch den Norden der Sinaihalbinsel Ordnung in die versprengten Haufen zu bringen, um sie in zusammenhängenden Verbänden durch das Gebiet zu führen, in dem räuberische Beduinen zu Hause waren.

Doch seine Bemühungen waren erfolglos. So gelang es den Räubern, Hunderte der Flüchtlinge zu erschlagen und bis aufs Hemd auszurauben. Schon war am Nil erzählt worden, auch Salah ed-Din gehöre zu denen, die nackt von den Fliegen im Sand der Wüste Sinai aufgefressen würden. Männer, die es wirklich wissen mußten, behaupteten, Salah ed-Din habe die Macht über seine Hauptstadt Cairo nur dadurch retten können, daß er Brieftauben vorausgeschickt hatte, die Botschaften von seinem Überleben und von seiner baldigen Ankunft in die Stadt am Nil trugen.

Trotz der gewaltigen Minderung des Ansehens des Beherrschers der Gläubigen gab es nirgendwo in Damaskus Aufstände gegen seine Statthalter. Mohammed Ibn al-Rahman residierte in der Zitadelle. Ich war zuständig für das Maristan, das der Stützpunkt der Haschiyun war. Eine Art Gleichgewicht der Macht bestimmte unsere Beziehung, allerdings nur nach außen. Denn tief im Gemüt spürte ich auch weiterhin meine Abhängigkeit von diesem Mann. Ich war noch immer sein Diener – ja sein Gefangener. Daß es ihm gelungen war, Gwendolyn, die mein Gast war, zu töten, steigerte mein Gefühl der Ohnmacht noch mehr.

Die Kreuzigung

Eines Tages sagte Mohammed Ibn al-Rahman zu mir: »Oh Mahmud, der du bald voll Stolz sagen kannst, daß deine Pläne für den Neubau und für die Wiederherstellung des alten Hamam erfüllt sind, glaubst du nicht, es ist deine Pflicht, Murdjana zu suchen? Sie verschwand, nachdem Andronikos erschlagen worden war. Doch weit ist sie nicht gegangen. Wisse, oh Mahmud, daß Abd'Allah sie und das Kind versteckt hat in einem der leeren Räume des neuen Hamam. In der Nacht des Feuers ist sie von den Haschiyun, die Wassereimer schleppten, entdeckt worden. Sie hatte sich wohl ängstlich aus ihrer Kammer gewagt, um nachzusehen, welche Gefahr sie bedrohe. Eine bleiche, vom Schrecken gezeichnete Gestalt sei sie gewesen, sagte der erste der Haschiyun, der sie sah. Er glaubte schon, ihn verfolge ein böser Geist. Die Sache verhält sich so: Murdjana weiß, daß Andronikos durch Leute erschlagen wurde, die du, oh Mahmud, aufgehetzt hattest. Sie wollte aus dem Hamam fliehen, um dich nie wieder zu sehen. Doch sie wußte nicht, wohin sie fliehen sollte. Da führte Abd'Allah sie hinüber ins neue Hamam. Hätte er Murdjana in einer Kammer des alten Hamam untergebracht, wäre sie mit ihrem Kind jetzt tot. Dies hat Allah, der Erhabene, verhindert! Er sei gepriesen!«

Da begab ich mich ins neue Hamam und suchte nach Murdjana. Von Raum zu Raum ging ich und fand sie schließlich samt dem Kind. Ich sagte zu ihr: »Oh Murdjana, dich hat das Schicksal schwer getroffen, und du gibst mir die Schuld am Tod des Andronikos. Bedenke, ehe du mich verurteilst, daß auch ich einem Zwang ausgeliefert und manchmal nicht mehr Herr meiner Sinne bin. Ich spüre, daß ich der Gefangene eines anderen bin. Dich kann ich nur um Verzeihung bitten. Ich brauche dich – und das Hamam braucht dich! Vor allem jetzt, wo das Gemäuer des alten Bades wieder so hergerichtet werden muß, daß die Kunden bedient werden können.«

Da stand Murdjana auf, nahm ihr Kind bei der Hand und ging mit mir ins Haus am Baradafluß. Dort bezog sie eine Kammer.

Zwei Wochen nach dem Brand konnten die ersten Kunden wieder ins alte Hamam eingelassen werden. Manches war von ihnen zu erfahren, denn viel hatte sich ereignet. Da war zu hören, daß der

Beherrscher der Gläubigen mit König Balduin einen Friedensvertrag geschlossen habe. Es sei Salah ed-Din gar nichts anderes übriggeblieben, denn das Heer des christlichen Königreichs hätte in seiner Überlegenheit nach der Schlacht bei der Burg Montgisard ohne Schwierigkeiten Damaskus einnehmen können. Dies mußte der Beherrscher der Gläubigen verhindern. Allerdings konnte die Einigung zwischen dem Herrn über die Moslems und dem König des christlichen Reiches dem Mächtigen in der Burg Masyaf nicht gefallen. Er hatte verlangt, daß Salah ed-Din sein Heiliges Schwert im Kampf gegen die Ungläubigen führe. Ich rechnete damit, von Scheich Sinan aufgefordert zu werden, die Haschiyun gegen Salah ed-Din einzusetzen.

Erstaunlicherweise erhielt ich keine derartigen Befehle. Der Alte vom Berge Masyaf schwieg. Dafür war bald Neues zu hören von König Balduin. Der kranke junge Mann kümmerte sich um den Bau von Grenzbefestigungen im Jordantal, die offenbar nach dem bestehenden Friedensabkommen nicht hätten errichtet werden dürfen. Da klagten fremde Händler, wenn sie das Hamam besuchten, gegenüber Geschäftsfreunden aus Damaskus, daß islamischen Kaufleuten am oberen Jordan bei der Furt der Übergang verweigert werde zum Westufer. Darunter leide der Gang der Geschäfte. Einer wußte zu berichten, Balduin habe von Salah ed-Din ein großzügiges Angebot erhalten: Der Beherrscher der Gläubigen wolle in die Kasse des christlichen Königreichs hunderttausend Goldstücke zahlen, wenn der Bau der Grenzbefestigungen eingestellt würde. Balduin habe das Angebot jedoch abgelehnt. Die Kunden des Hamam waren sich darin einig, daß Salah ed-Dins Ansehen in der gesamten Region tief gesunken sei.

Eines Nachts weckte mich ein Klopfen auf. Jemand schlug gegen das Holz. Als meine Sinne wach waren, schaute ich am Tor nach, das auf die Straße führt. Doch dort befand sich niemand. Das Klopfen aber hörte nicht auf. Da blieb nur noch eine Tür übrig: diejenige, die zum Baradafluß führte. Ich öffnete die Tür und sah hinaus. Eine Gestalt klammerte sich am Gemäuer des Hauses fest. Sie trug ein Kleiderbündel auf dem Kopf. Eine männliche Stimme sprach mich an: »Oh Mahmud, kennst du mich nicht? Salah ed-Din verlangt von dir Einlaß!«

Da reichte ich ihm meine Hand, und er konnte sich hochziehen. Bald schon stand er auf festem Boden. Nackt trat der Beherrscher der Gläubigen in mein Haus – und ich erinnerte mich, daß er es einmal zur Lebzeit meines Vaters nackt an derselben Stelle verlassen hatte. Ich holte ihm ein Tuch, damit er sich abtrocknen konnte.

Ehe er mir anvertraute, was ihn nach Damaskus geführt hatte, wollte er von mir wissen, ob er in Damaskus mit treuen Anhängern rechnen könne.

Ich antwortete: »Oh Beherrscher der Gläubigen, nicht einmal diejenigen, die Nur ed-Din ewige Treue geschworen hatten, dachten je daran, dir deine Herrschaft über die Stadt und über Syrien streitig zu machen. Da ist niemand, der die Macht an sich reißen wollte. Doch die Bewohner von Stadt und Land fühlen sich unglücklich. Sie leiden darunter, daß der Marsch nach Jerusalem in einer schrecklichen Niederlage endete. Hunderte der einfachen Menschen wurden verletzt. Ich, oh Beherrscher der Gläubigen, trage mit die Schuld, daß die Leute geglaubt hatten, Jerusalem sei uns von Allah, dem Erhabenen, zum Greifen nahe als Beute vorgesetzt worden. Alle waren überzeugt, daß du das Heilige Schwert führen würdest, daß durch seine Hiebe der Sieg den Gläubigen zufallen würde. Doch du, oh unser Fürst, hast wohl das Schwert in der Scheide stecken lassen!«

Salah ed-Din zog inzwischen die Kleider an, die er auf dem Kopf durch den Baradafluß getragen hatte. Wir setzten uns auf die Kissen in meiner Kammer.

Der Beherrscher der Gläubigen sprach: »Ich habe, oh Mahmud, das Schwert tatsächlich nicht gezogen. Ich vermochte es nicht. Eine Frau ist schuld daran. Wenn ich zum Schwert greifen wollte, dann sah ich sie vor mir, die Tochter des Ritters Fulko. Die letzte Frau, die noch das Mal des Krummschwerts auf dem Leibe trägt. Mit meinem geschlagenen Heer bin ich nach Cairo geritten, um die Herrin Gwendolyn zu bitten, ins Land der Franken, in die Heimat ihrer Väter zu reisen. Doch ich fand sie am Nil nicht vor. Ich bin sicher, oh Mahmud, du weißt, wo sich Gwendolyn aufhält.«

Da berichtete ich dem Beherrscher der Gläubigen vom Tod des Andronikos und vom Tod der Herrin Gwendolyn. Ich verschwieg nicht, daß Mohammed Ibn al-Rahman den Befehl zur Tötung gegeben hatte und daß ich gefesselt gezwungen worden war, dem Brand des Hamam, in dem Gwendolyn den Tod fand, vom Turm der Zitadelle aus zuzuschauen. Lange saß der Beherrscher der Gläubigen schweigend in meiner Kammer. Schließlich sprach er: »Sie sollte mit dem Schiff ins Abendland reisen, doch sterben sollte sie nicht! Mohammed Ibn al-Rahman aber muß sterben! Er wird nackt an das hölzerne Tor des alten Hamam angenagelt werden – zur Schande vor aller Augen!«

Da sagte ich mit leiser Stimme: »Oh Beherrscher der Gläubigen! Diese Schande hatte er mir zugedacht!«

Schweigen herrschte für einige Zeit in dem kleinen Raum. Nur ein Öllämpchen, das neben den Kissen auf dem Boden stand, gab ein spärliches Licht. Ich brach das Schweigen. »Oh Beherrscher der Gläubigen, über dessen Heimkehr nach Damaskus ich glücklich bin! Laß Mohammed Ibn al-Rahman nicht an der Tür des Hamam sterben, denn dies würde dem Hause schaden. Die Kunden würden sich fortan scheuen, das Hamam zu besuchen.«

Salah ed-Din antwortete: »Du, oh Mahmud, denkst weit voraus, und du hast recht! Ich will den Mörder der Gwendolyn kreuzigen lassen auf dem Turm der Zitadelle!«

Darauf sprach ich: »Allah, der Erhabene, hat deine Gedanken richtig geleitet, daß du das Hamam nicht mit dem Tod eines Menschen belastest. Du sollst wissen, daß im neuen Hamam die Frauen auf dich warten, die du dir gewünscht hast. Bald wird alles bereitet sein, damit du bei dem Platz, wo das Heilige Schwert gefunden wurde, in den Zeiten der Ruhe zwischen den Schlachten sanft dein Haupt betten kannst!«

Salah ed-Din sagte bedächtig: »Bald will ich dort einziehen, doch zunächst will ich mir Damaskus für alle Zeiten sichern. Deine Haschiyun werden mir dabei helfen. Völlig allein bin ich angekommen. Meine Reitertruppe befindet sich wohl erst am Ende des Wegs durch die Wüste Sinai. Ich bin vorausgeritten, weil ich fühlte, daß Gwendolyn in Gefahr war. Wie kannst du, oh Mahmud, mir jetzt beistehen?«

Ohne dem Beherrscher der Gläubigen eine Antwort zu geben, rief ich nach Murdjana. Als sie – gekleidet, wie es sich geziemte – meine Kammer betrat, war sie überrascht, den Beherrscher der

Gläubigen vorzufinden. Sie wollte sich vor ihm niederwerfen, doch er verhinderte durch eine Handbewegung diese Geste der Demut. Ich bat Murdjana, jetzt sofort, auch wenn es mitten in der Nacht war, ins Maristan zu eilen, um Sadam Maruf ins Haus am Baradafluß zu holen.

Es dauerte nicht lange, und er betrat das Haus. Zehn der Haschiyun begleiteten ihn. Ich gab den Männern den Befehl, sich sofort mit dem Herrn über Syrien zur Zitadelle zu begeben. Dort angekommen, hätten sie den Weisungen des Salah ed-Din unbedingt zu folgen. Ich blieb mit Murdjana allein zurück. An Schlaf dachten wir beide in dieser Nacht zunächst nicht, und so bat ich Murdjana, für mich ein Lied zu singen. Bald erklang eine für Murdjanas Lebensgefühl ungewöhnlich heitere Melodie. Der Verse des Liedes lauteten so:

Zurück ist der Herr!
Jeder hofft, daß er bleibt!
Das Vergang'ne war schwer.
Was die Zeit mit uns treibt.

Das verwundert uns sehr!
Wer die Zukunft beschreibt,
Läßt die Schatten meist leer,
Im Buch unseres Lebens.

Prophezeiung ist vergebens.
Zurück ist der Herr!
Jeder hofft, daß er bleibt!
Wir wünschen uns sehr,

Daß die Sorg' er vertreibt.

Das heitere Lied beruhigte mein Gemüt, und auch das der Murdjana. Der Schlaf zog uns in seinen Bann. Wir schliefen, bis lange nach Sonnenaufgang Sadam Maruf kam, um mich zum Beherrscher der Gläubigen in die Zitadelle zu holen. Der Haschiyun sagte mir, Mohammed Ibn al-Rahman sei festgenommen worden und erwarte nun seine Bestrafung.

In der Zitadelle angekommen, wurde ich auf den Turm geführt, von dem aus ich dem Brand des alten Hamam hatte zusehen müssen. Dort war in der Mitte der Plattform ein Holzkreuz errichtet worden, das weit über die Höhe der Zinnen hinausragte. Am Stamm des Kreuzes lehnte eine Leiter. Zwei weitere Leitern führten jeweils zu den Armen des Kreuzes. Die Männer, die mich auf den Turm gebracht hatten, gingen wieder die Treppe hinunter. Da war ich allein mit dem gewaltigen Holzkreuz. Je länger ich zu warten hatte, desto mehr befiel mich die Angst, es sei dazu bestimmt, mir den Tod zu bringen. Doch aus dieser Sorge wurde ich durch fünf Bewaffnete erlöst, die Mohammed Ibn al-Rahman auf den Turm zerrten. Er trug nur ein schlichtes Hemd, das ihm jedoch mit harten Griffen vom Leibe gerissen wurde. Als er nackt war, wurde er gezwungen, mit dem Rücken zum Stamm des Kreuzes die mittlere Leiter hinaufzusteigen. Zwei der Bewaffneten kletterten an den seitlichen Leitern hoch. Sie banden die Arme des Verurteilten am Kreuzesbalken fest. Dann wurde sein Körper so zurechtgerückt, daß ihm zwischen den Beinen ein hervorstehender schmaler Holzkeil eine scharfkantige Stütze bot. Schließlich wurden ihm die Beine an den Fußgelenken mit Stricken am Stamm festgebunden. Mohammed Ibn al-Rahman blieben zwei gleicherweise schmerzhafte Möglichkeiten: Er konnte an seinen Armen hängen – oder sich auf den scharfkantigen Holzkeil setzen. Als ich den nackten Körper betrachtete, da bemerkte ich, daß er nicht gepeitscht worden war – wie das seit römischen Zeiten vor der Kreuzesstrafe üblich war.

Ich verließ den Turm, wurde aber am Tor der Zitadelle durch einen Diener aufgehalten, der mich zum Beherrscher der Gläubigen führte. Dieser sprach: »Du, oh Mahmud, solltest kein Gefühl der Genugtuung in dir entstehen lassen. Rasch kann es geschehen, daß jemand hilflos am Kreuz hängt und unter Schmerzen den Tod herbeisehnt. Er glaubte, im Sinne der Gläubigen gehandelt zu haben – und muß nun die Strafe erleiden, die er dir angekündigt hatte. Von dir, oh Mahmud, verlange ich, daß du dir schnell Kenntnisse aneignest in der Rechtsprechung, die uns durch die Schrift, die für alle Gläubigen gilt, vorgeschrieben ist. Ich habe dich für wichtige Aufgaben vorgesehen. Eine letzte Prüfung hast du jedoch vor mir abzulegen: Du allein sollst entscheiden, wann Mohammed Ibn al-

Rahman vom Kreuz abgenommen wird. Du kannst ihn losbinden lassen, wenn er tot ist – aber auch schon, solange er noch lebt. Das Maß der Strafe liegt bei dir. Einen Tag mußt du ihn hängen lassen, das ist meine Anordnung, doch dann bist du Gerichtsherr. Gleichgültig, ob tot oder lebendig – wenn du ihn vom Kreuz abnehmen läßt, gehört der Körper dir!«

Vom Fenster meiner Kammer im Maristan aus war die obere Hälfte des Turmes der Zitadelle zu sehen. Ich konnte beobachten, wie sich der Körper von Mohammed Ibn al-Rahman in Schmerzen krümmte. Manchmal glaubte ich sogar, Schreie zu hören. Während des Vormittags schickte ich Haschiyun zu Pferde los: Sie sollten ostwärts des Jordan bis zum Beginn des Gebiets Sinai reiten, um zu erkunden, wie weit das Heer des Beherrschers der Gläubigen bereits vorgerückt war. Ich konnte mir vorstellen, daß sich Salah ed-Din in Damaskus nicht ganz sicher fühlte, solange er auf den Schutz des Geheimbundes angewiesen war, der ihn schon zweimal bedroht hatte. Er mußte eigentlich auch mir, dem Vertreter des Scheichs Sinan in der Stadt, mißtrauen. Allein schon zu meiner Sicherheit wollte ich den Herrscher beruhigen: So schnell wie möglich sollten seine eigenen Bewaffneten die Zitadelle von Damaskus erreichen.

Am frühen Nachmittag bat ich Ibn al-Dakhwar al-Umran zu mir. Ich fragte ihn: »Oh Arzt, der du mehr als andere Bescheid weißt über den Fluß des Blutes, über das Wirken der Nerven und der Muskeln! Was glaubst du: Wie lange wird Mohammed Ibn al-Rahman am Leben bleiben?«

Da antwortete der Arzt: »Oh Schüler, der du auf dem Weg bist, selbst Meister zu werden! Du weißt, daß nur die Untersuchung Aufschluß geben kann über die Lebenskraft eines Menschen. Steigen wir also auf den Turm und sehen uns den Fall an!«

Wir schritten durch die Straßen zur Zitadelle, wo uns niemand am Eintritt hinderte, stiegen die Stufen zum Turm hinauf und standen alsbald vor dem Kreuz. Als ich mir den Mann anschaute, der daran hing, fiel mir zuerst auf, daß sein Glied steil aufgerichtet war.

Ibn al-Dakhwar al-Umran bemerkte mein Erstaunen und sagte: »Die Gabelung der Beine sitzt auf dem scharfkantigen Holz. Dort werden die Nerven gereizt. Dies führt dazu, daß Blut aus anderen Körperteilen herbeiströmt, auch in das Glied, das dabei hart wird.«

Ein halber Tag war vergangen, seit Mohammed Ibn al-Rahman an das Kreuz gefesselt worden war. Ich hatte den Eindruck, daß seine Kräfte noch keineswegs erschöpft waren. Es gelang ihm immer noch, sich mit den gestreckten Armen emporzuheben, um den Schmerz zu lindern, den ihm das scharfkantige Holz zwischen den Beinen bereitete. Die Haut war von der brennenden Sonne überall gerötet. Die Qual des Körpers hatte sich noch nicht auf das Gehirn ausgewirkt. Mohammed Ibn al-Rahman sah auf uns herunter, und er wußte, daß ich vor ihm stand. Er sagte mit gut verständlicher Stimme: »Ich wollte zusehen, wie du, oh Mahmud, leidest. Nun siehst du, wie ich nackt am Kreuz hänge. Ich bin deinen Blicken preisgegeben, aber es steckt noch Kraft in mir! Vor deinen Augen werde ich nicht schwach!«

Da sagte der Arzt leise zur mir: »Oh Mahmud, vor morgen früh darfst du ihn ohnehin nicht abnehmen lassen. Er soll im Glauben bleiben, daß sein Tod unabänderlich ist. Deshalb ist es besser, wir reden hier nicht über sein weiteres Schicksal.«

Erst als wir über den Hof der Zitadelle gingen, meinte Ibn al-Dakhwar al-Umran: »Den morgigen Tag, oh Mahmud, wird er ohne Zweifel überleben, die Nacht danach ebenfalls. Achte früh am darauffolgenden Morgen, ob große schwarze Vögel den Turm umkreisen. Ist dies der Fall, dann ist zu erkennen, daß er bald sterben wird. Immer enger wird der Kreis werden, den die Vögel ziehen. Ich vermute, der Beherrscher der Gläubigen beobachtet die Vögel auch. Er wird von dir erwarten, daß der Mann, den er verurteilt hat, erst abgenommen wird, wenn der erste Vogel sich anschickt, auf den Körper herunterzustoßen. Warte diesen Augenblick ab! Was aber, oh Herr über einen Leib, der sich zwischen Leben und Tod befindet, soll mit ihm geschehen, nachdem er abgenommen worden ist?«

Da sprach ich: »Er wird hierher ins Maristan gebracht werden. Sobald er bei Kräften ist, wirst du, oh Arzt, der bewiesen hat, daß er kunstvoll mit dem Messer umgehen kann, ihn so behandeln, wie einst Abd'Allah behandelt worden ist. Mohammed Ibn al-Rahman soll zum Eunuchen werden, der den Namen Abd'al Mahmud trägt.«

Die drei Sklavinnen

Am Abend begab ich mich ins Hamam. Arbeit wartete dort nicht mehr auf mich. Die Brandschäden waren bereits beseitigt – die Einrichtung war schöner geworden als zuvor. Den Männern und Frauen meiner Stammkundschaft gefiel das Hamam nun noch besser. Außerdem kamen mehr Fremde als früher. Meistens war das Haus voll.

Davon war bei meiner Ankunft an jenem Abend nichts mehr zu spüren, denn die letzten Kunden hatten das Badehaus verlassen. Ich saß mit Murdjana allein in der Vorhalle. Sie sprach über vergangene Zeiten. Sie konnte nicht verwinden, daß Andronikos aus ihrem Leben geschieden war. Da sie allein war und die Folgen des Alleinseins kannte, litt sie darunter, daß auch ich seit dem Weggang Simeonas die Nächte ohne Vergnügen verbrachte.

Als ich Murdjana bat, von etwas anderem zu sprechen, sagte sie: »Oh Mahmud, du wirst mir doch wenigstens gestatten, daß ich davon singe.« Ohne meine Antwort abzuwarten, begann sie, auf eine neuartige Melodie diese Worte vorzutragen:

Wer allein ist, dem ist kalt zumut,
Und düster wird sein Sinn.
Zu zweit sein, tut dem Menschen gut,
Bringt seiner Seel' Gewinn.

Du liebst, wahr ist es, eine Frau,
Die Simeona heißt.
Doch sie bleibt fort, du weißt's genau,
Auch wenn's dein Herz zerreißt.

Drum suche eine andre dir,
Es ist nur für die Nacht.
Ich machte schon Gedanken mir,
Hab' eine dir gebracht!

Als Melodie und Worte verklungen waren, sagte sie: »Was ich dir verschwiegen habe, oh Mahmud, sind drei seltsame Begebenheiten, die während der letzten Tage geschehen sind. Ich hielt sie während der Zeit der Aufregung nicht für so wichtig. Heute aber haben wir Gelegenheit, darüber zu reden. Wisse, oh Mahmud, die Frauen, denen du die Freiheit gegeben hast, mit den Männern, die sie auf Zeit geheiratet hatten, das Hamam zu verlassen, ohne länger Sklavinnen sein zu müssen, sind wieder zurück! Zuerst kam Laila, die dem Schreiber Hassan Kailani anvertraut war. Sie bat flehentlich darum, wieder aufgenommen zu werden. Sie sagte mir, nur im Hamam sei ihr Glück mit dem Schreiber vollkommen gewesen. Kaum aber habe Hassan Kailani ein eigenes Haus in der Stadt gefunden, sei er fast an jedem Tag von seiner Familie besucht worden. Meist seien die Verwandten den gesamten Nachmittag geblieben. Sie hätten wissen wollen, aus welcher Familie sie stamme. Sie, Laila, habe nicht lügen wollen, und so sei die Wahrheit offenbar geworden, daß sie Sklavin im Hamam gewesen war. Dieses Bekenntnis habe schreckliche Folgen gehabt: Jeder habe sie fortan verachtet. Die Familie habe den Schreiber schließlich gezwungen, sich von ihr zu trennen. Da sie keine andere Heimat hat, ist sie ins Hamam zurückgekehrt. Sie sagte mir, oh Mahmud, daß wir über ihren Leib und ihre Seele verfügen könnten.«

Da fragte ich: »Was, oh Murdjana, ist Ochaïra zugestoßen, die ich dem Grundbuchverwalter Mahmud Beshir geschenkt hatte?«

Diese Antwort erhielt ich: »Ochaïra beklagt sich darüber, daß sie von ihrem Herrn in den Nächten nicht mehr beachtet werde. Der Grundbuchverwalter hatte nur vorgetäuscht, froh zu sein über das Geschenk, das du ihm gemacht hast. Aus eigenem Antrieb aber hätte er Ochaïra nie zu sich nach Hause genommen, denn dort wohnt eine andere Frau, die aus einer reichen Sippe stammt und die das Geld gab, das Mahmud Beshir für sein aufwendiges Leben braucht. Er ist Beamter in der Zitadelle, und da ist sein Einkommen gering. Als er mit Ochaïra in sein Haus kam, das er mit der reichen Frau bewohnt, da begriff diese, daß sie sein Vergnügen im Hamam bezahlt hatte. Die Reiche wies die Arme aus dem Haus – und so kam Ochaïra zu uns zurück.«

Nun wollte ich erfahren, was Mirjam, die Frau auf Zeit des Stoffhändlers Abd'al-Hamid, aus der Freiheit zurück in die Sklaverei des Hamam getrieben hatte.

Murdjana wußte den Grund: »Was Mirjam geschah, oh Mahmud, ist die eigentümlichste dieser Geschichten. Sie begann eigentlich ganz harmlos mit der Umstellung des Lebens dieser Frau: Mirjam sah plötzlich andere Männer. Und das war neu für sie. Sie half dem Stoffhändler manchmal im Laden. Dort trug sie zwar einen Schleier, doch konnten die Männer vermuten, daß sich hinter dem Schleier und unter dem Umhang eine schöne Frau verbarg – und so sprachen sie freundliche Worte zu ihr. Sie wiederum ließ ihre Augen im Schlitz des Schleiers spielen und zeigte wohl auch hin und wieder ihre wohlgeformten Fußgelenke. Abd'al-Hamid wurde eifersüchtig. Er bediente keinen männlichen Kunden mehr. Sie aber hielten sich dennoch im Laden auf und warteten nur darauf, einen Blick von Mirjam zu erhaschen. Aus der Eifersucht des Stoffhändlers entstand nach und nach blinder Zorn. Es ist gerade fünf Tage her, da hat Abd'al-Hamid einen der Männer in seinem Laden erschlagen. Mirjam stand dabei. Abd'al-Hamid ist festgenommen und der Laden ist geschlossen worden. Sie leidet keineswegs unter all dem, was sie da erlebt hat. Sie ist ganz froh, dem eifersüchtigen Stoffhändler entkommen zu sein. Alle drei Frauen befinden sich im Raum des Kaltwasserbeckens hier im alten Hamam. Sie warten darauf, daß du dir eine für die Nacht aussuchst. Ich habe mir die drei genau angeschaut, sie haben das Leben außerhalb des Hamam ohne Schaden überstanden.«

Murdjana hatte es mit ihrem Lied und mit ihren Geschichten verstanden, Lust in mir zu wecken. Doch ich ließ mir Zeit. Ich legte meine Kleider ab und begab mich zuerst in den Raum der Hitze. Dampf strömte noch reichlich aus den Röhren. Ich setzte mich nieder, um zu schwitzen. Als ich mich frei und fröhlich fühlte, trat ich in den Raum des Kaltwasserbeckens. Am Beckenrand saßen die drei Frauen. Sie waren so nackt wie ich. Zeit, sie zu betrachten, ließ ich mir nicht. Ich sprang mit Schwung an der tiefsten Stelle in das Becken und rief nach einigen Schwimmzügen: »Wer von euch hat den Mut, zu mir ins Wasser zu springen? Derjenigen, die es wagt, gehört die Nacht mit mir!«

Kaum waren diese Worte gesagt, da stand Mirjam auf und sprang mit den Füßen voraus ins Becken. Ich wußte wohl, daß Mirjam so wenig wie die zwei anderen Frauen schwimmen konnte. Desto höher war ihr Mut einzuschätzen. Ich ließ sie deshalb auch nicht lange zappeln, sondern schwamm rasch auf sie zu, hielt sie fest und zog sie auf die Steinstufen. Wir trockneten uns gegenseitig ab. Mirjam gab zu erkennen, daß sie Erfahrung mit Männern besaß. Dann zogen wir uns an und begaben uns, in sittsamem Abstand gehend, zum Haus am Baradafluß. Unterwegs fiel mir ein, daß ich mich um Laila und Ochaïra gar nicht mehr gekümmert hatte.

Am Morgen ging ich ins Maristan. Von meinem Raum aus blickte ich hinüber zum Turm der Zitadelle. Der Körper hing noch immer an den Holzbalken. Es war zu erkennen, daß er sich noch bewegte. Große schwarze Vögel waren nirgends zu sehen. Trotzdem befahl ich Sadam Maruf, er möge von morgens bis abends beobachten, ob Vögel um den Turm zu kreisen begännen. Besonders habe er darauf zu achten, ob sich ein Vogel anschicke, auf Mohammed Ibn al-Rahman hinunterzustoßen. Noch ehe dies geschehe, müsse der Körper abgenommen und ins Maristan gebracht werden.

Ehe der Abend jenes Tages begann, geriet Damaskus in Unruhe. Die Bewohner strömten zum Südtor der Stadtbefestigung. Bald erfuhr ich, das Heer des Beherrschers der Gläubigen sei aus Ägypten eingetroffen. Mustafa Riad – seine Wunde verheilte gut – übernahm am Tor wieder die Befehlsgewalt über seine Reiter. Mit der Ankunft der Bewaffneten ging die Bewachung der Zitadelle auf diese Männer über. Die Haschiyun konnten aus der Festung abgezogen werden. Ich war eine Sorge los.

Den Abend verbrachte ich wieder im Hamam. Während des Tages hatten die Kunden viel darüber geredet, daß der Beherrscher der Gläubigen sein Heer nun erneut gegen die Ungläubigen führen werde, daß das Schwert des Salah ed-Din endlich dem Islam den Weg nach Jerusalem freischlagen müsse. Die Männer, die das Hamam besucht hatten, spiegelten durch ihre Äußerungen die Unzufriedenheit der Bewohner der Stadt. Sie wollten, daß aus Salah ed-Din endlich der Held würde, den sie sich wünschten.

Murdjana aber war darauf aus, mir Gedanken auszutreiben, die mich ablenkten von meiner neugewonnenen Freude am Leben. Zu einer ganz neuen Melodie sang sie diese Worte:

Freude hast du gefunden!
Die Kraft des Lebens siegt!
In Lust der nächtlichen Schatten,
Die Sklavin bei dir liegt.

Die erste hast du bezwungen,
Die zweite sich auf dich freut!
Was einmal dir gelungen,
Das wird dir gelingen auch heut'!

Ich zögerte nicht, diese Ermunterung der Murdjana zu beherzigen. Nur im Dampfbad ließ ich mir Zeit. Dann aber sprang ich in hohem Bogen in das Kaltwasserbecken. Beim Auftauchen sah ich, daß Laila vom Beckenrand aufgestanden war. Sie hatte in der Mitte der Dreiergruppe gesessen und konnte die zwei anderen Frauen mit den Händen leicht niederhalten. Gleich darauf befand sich Laila neben mir im Wasser. Sie wußte kaum, welche Bewegungen sie zu machen hatte, um nicht unterzugehen. Ich griff nach ihr, noch ehe sie Luft schnappen mußte, und sorgte dafür, daß sie Boden unter den Füßen bekam. Rasch verließen wir das Becken über die Stufen. Auch wir trockneten uns gegenseitig ab und stellten dabei fest, daß wir Lust empfanden. Im Haus am Baradafluß wartete das Kissenlager auf uns.

Als wir später im Dunkeln ruhig nebeneinanderlagen, sagte Laila zu mir: »Oh Herr, der du mit Kraft in mich eingedrungen bist! Du besitzt Macht über die Frauen, weil du in der Zitadelle über Leben und Tod bestimmen kannst. Es ist kein Geheimnis im Hamam, daß du auf dem Turm einen Mann, der bisher mächtig war, hast ans Kreuz binden lassen. Eine Frau, die davon hört, spürt den Zwang in sich, dir willenlos zu gehören. Wer die Kraft hat zu töten, der hat auch die Stärke, eine Frau zu besiegen!«

Als ich lange nach Sonnenaufgang zum Maristan ging, war ich überzeugt, daß Mohammed Ibn al-Rahman vom Holzkreuz auf dem Zitadellenturm abgenommen worden war. Doch als ich vom Fenster meines Arbeitsraumes hinüberblickte, da hing der Körper noch immer da, und ich sah keine großen schwarzen Vögel, die den nahen Tod des Verurteilten anzeigten. Ich rief Ibn al-Dakhwar al-

Umran zu mir, um mit ihm über diese Erscheinung außerordentlicher Lebenskraft zu beraten. Der Arzt meinte, wiederum könne allein der Augenschein Grundlage der ärztlichen Beurteilung sein.

So begaben wir uns erneut auf den Turm. Auch diesmal fiel mir zunächst auf, daß das Glied des Mannes steil nach oben gerichtet war. An Entkräftung litt er also nicht. Sein Körper war auch nicht ausgezehrt.

Ibn al-Dakhwar al-Umran sagte mit dem Klang der Überraschung in seiner Stimme: »Oh Mahmud, wenn der Mann die Todesnähe empfände, wären Spuren seiner Ausscheidungen unter ihm zu sehen. Doch es ist nichts derartiges zu erkennen!«

Da hörten wir Mohammed Ibn al-Rahmans Stimme: »Das Erstaunen, oh Mahmud, ist in dein Gesicht geschrieben! Du bist der Betrogene! Du sollst aus meinem Munde erfahren, was hier auf dem Turm vorgeht. Deine Haschiyun beobachten mich von morgens bis abends – dazu sind sie wohl von dir angewiesen. Von abends bis morgens aber sind die Bewaffneten des Heeres von Salah ed-Din zuständig. Mancher von ihnen hat nicht vergessen, daß ich bis vor drei Tagen der Mächtige war. Da haben sich einige Männer Gedanken gemacht über das Auf und Ab in der Welt. Wer lange genug nachgedacht hat, der steht treu zu mir. Diese Getreuen nehmen mich vom Kreuz ab, sobald Dunkelheit den Turm umhüllt. Sie lindern mir durch Öl den Brand, den die Sonnenstrahlen auf meiner Haut entzündet haben. Sie flößen mir Wasser ein und stärken mich vorsichtig durch Nahrung, die den Magen nicht belastet. Sie halten meinen Körper sauber. Vor allem bewachen sie meinen Schlaf. So habe ich frühmorgens wieder die Kraft, die du deutlich sehen kannst. Diesen Wechsel zwischen Qual und Besänftigung der Schmerzen halte ich noch lange aus. Du, oh Mahmud, aber nicht! Sieh hinunter auf den Platz vor der Zitadelle! Männer und Frauen schauen zu mir herauf. Auch sie sehen die Kraft in meinem Glied, und sie werden das, was sie mit eigenen Augen erkennen, für ein Wunder halten. Tag für Tag werden sich dort unten mehr Menschen versammeln. Glaube mir, oh Mahmud, mich machen die Leute dort unten zum Helden des Wunders – und dich zum Bösen, der Verantwortung trägt für meine Qual. Es wird dir, oh Gefangener deiner Überheblichkeit, kein anderer Ausweg bleiben, als mich an diesem

Abend zu befreien. Um dem Urteil des Beherrschers der Gläubigen zu genügen, werden wir vortäuschen, ich befände mich in deiner Gewalt. Doch du, oh Mahmud, wirst mir kein Leid zufügen lassen. Denn du hast in deinem Wahn, mich zu besiegen, eines vergessen: Nur ich weiß, wo sich der Sohn des Salah ed-Din befindet! Er ist gerettet worden, als Gwendolyn, die Frau des Beherrschers der Gläubigen, starb. Noch weiß unser Herr gar nichts von diesem Sohn. Eines Tages kann er es erfahren – Allahs Wege sind nicht vorhersehbar. Dann wird der Beherrscher der Gläubigen mit furchtbarer Stimme fragen: ›Wo ist mein Sohn?‹ Wer kann ihm dann, außer mir, eine Antwort geben?«

Da stand ich wie betäubt vor dem Kreuz. Ich brachte keine Antwort über die Lippen. Mohammed Ibn al-Rahman sprach weiter: »Du wirst nicht auf den törichten Gedanken kommen, mich foltern zu lassen, um zu erfahren, wo sich das Kind befindet. Größere Qualen als jetzt kannst du mir nicht zufügen – und die überstehe ich!«

Eilig verließ ich den Turm der Zitadelle. Ich wußte mir keinen Rat. Hatte Mohammed Ibn al-Rahman mich erneut besiegt? Doch im Maristan wartete schon die Nachricht auf mich, von der ich mir Hilfe versprechen konnte. Der oberste Herr der Haschiyun, Scheich Sinan, hatte mir aus der Festung Masyaf einen Boten mit einem Schreiben geschickt. Die Worte waren allerdings auf einem eigentümlichen Untergrund festgehalten: auf der Haut des Überbringers.

Der Haschiyun erklärte mir den Sachverhalt: »Oh Meister in dieser Stadt! Meine Haut trägt die Schriftzeichen. Ich bin beschrieben vom Hals bis zu den Knien.«

Da zog sich der junge Mann ganz aus. Er stand vor mir und drehte sich langsam, doch ich konnte keine Zeichen erkennen. Er sprach jedoch: »Oh Meister, dem der Herr von Masyaf vertraut! Du mußt meinen Leib von oben nach unten mit einer Flüssigkeit bestreichen, die mir mitgegeben worden ist. Diese Flüssigkeit läßt die Schriftzeichen sichtbar werden. Lange bedecken sie meine Haut allerdings nicht. Sie ziehen in den Körper ein. Die Tinte, die ursprünglich auf meine Haut aufgetragen wurde, und die Flüssigkeit bilden zusammen ein Gift, das mich sterben läßt. Doch du, oh

Meister, hast genügend Zeit, um die Botschaft zu lesen. Das Siegel des Herrn von Mayaf wirst du an besonderer Stelle finden!«

Ich befolgte die Anweisung und bestrich den Leib des jungen Mannes mit der Flüssigkeit aus einem Fläschchen, das er mir gab. Tatsächlich waren bald Schriftzeichen zu erkennen, die sich zu Worten und Sätzen fügten. Ich las diese Anweisung: *Oh mein Diener Mahmud, dem ich Verantwortung gegeben habe für die Haschiyun in Damaskus! Salah ed-Din muß gezwungen werden, Damaskus zu verlassen, um endlich den entscheidenden Krieg gegen die Ungläubigen zu führen. Mit diesem Mann, der den Brief überbringt, kommen fünf andere Männer, die an der Pest erkrankt sind. Sie lassen sich um die Mittagszeit als Bettler am Tor der Zitadelle nieder. Leute, die vorübergehen, werden sehen, daß die fünf Männer von einer bedrohlichen Krankheit befallen sind. Die Pestbeulen werden schrecklich aussehen. Die Leute werden ins Maristan eilen, um Ibn al-Dakhwar al-Umran herbeizuholen. Dein Arzt wird erkennen, daß die Männer tatsächlich an der Pest erkrankt sind. Er kann sie nicht durch die Stadt ins Maristan bringen lassen. Sie müssen, getrennt von allen anderen Menschen, in der Zitadelle gehalten werden. Wenn Salah ed-Din sein Heer und sich selbst retten will, dann hilft nur der eilige Ausmarsch aus der Zitadelle. Sorge dafür, daß alles so geschieht!*

Das Siegel des Scheich Sinan war auf der Männlichkeit des Haschiyun mit feinem Pinselstrich aufgezeichnet. Ich sah es allerdings nur kurze Zeit, denn alle Zeichen verblaßten jetzt. Als nichts mehr von ihnen zu sehen war, da sank der junge Mann um. Er starb ohne zu leiden mit fast glücklichem Gesichtsausdruck.

Tatsächlich geschah es, daß Ibn al-Dakhwar al-Umran um die Mittagszeit von aufgeregten Männern zur Zitadelle geholt wurde. Kurze Zeit später hörte ich ein Wehgeschrei der Menge, die bisher hinaufgeblickt hatte zu dem Mann, der am Kreuz hing. Dann änderten sich die Geräusche draußen in Getrampel eiliger Schritte. Die Masse der Männer und Frauen stob auseinander, getrieben von der Angst, die Luft bei der Zitadelle wirke bereits ansteckend.

Es dauerte bis zur Mitte der Nachmittagszeit, da vernahm ich Gewieher von Pferden und Rasseln von Rüstungen: Das Heer des

Salah ed-Din verließ die Zitadelle und die Stadt. Beim Anbruch der Dämmerung lag Ruhe über Damaskus. Die Bewohner versteckten sich voll Angst vor der Pest. Ich blieb im Maristan, um auf Ibn al-Dakhwar al-Umran zu warten. Er war noch nicht aus der Zitadelle zurückgekommen. Ich bemerkte flackernden Feuerschein in der ersten Dunkelheit. Als die Nacht hereingebrochen war, färbte sich der Himmel über der Stadt blutrot. Von meinem Fenster aus konnte ich bald schon die Flammen sehen, die am Turm der Zitadelle hinaufzüngelten. Die ganze Festung brannte!

Lange mußte ich warten, bis Ibn al-Dakhwar al-Umran zu mir in die Kammer des Maristan trat. Rußgeschwärzt waren Gesicht und Kleidung. Müde sah er aus und gebrochen. »Oh Mahmud, der du um die Verstrickungen der Menschen weißt! Ich habe das Feuer in der Zitadelle gelegt. Sobald das Heer abgezogen war, mußte ich einen Teil des Baus anzünden. Die fünf Pestkranken befanden sich in der Wachkammer beim Tor. Sie mußten verbrannt werden, damit die Stadt vor der Pest gerettet wird. Alles brannte sofort lichterloh. Daß ein Wind entstehen würde, der das Feuer anfachte, daran hatte ich nicht gedacht. Die Flammen ließen sich nicht mehr eindämmen. Da war niemand weit und breit, der Wassereimer trug, der die Flammen vor dem Übergreifen auf andere Bauteile löschte. Die gesamte Zitadelle wird ein Raub des Feuers!«

Ich blickte hinüber zum Turm, der jetzt fast ganz in Flammen stand. Von dem Kreuz war nichts zu erkennen. Der Arzt erriet meine Gedanken. Er sagte: »Ich habe ihn heruntergeholt. Gerade noch rechtzeitig! Er befindet sich hier im Maristan.«

Ehe er den Raum verließ, sagte Ibn al-Dakhwar al-Umran noch: »Ich glaube, oh Mahmud, daß ich doch nicht ganz allein war in der brennenden Zitadelle. Da müßte ich mich schon sehr täuschen, wenn nicht noch jemand außer mir zwischen den Flammen zum Turm geschlichen wäre!«

Ich begriff nicht, was Ibn al-Dakhwar al-Umran damit sagen wollte. Mich brachte die Tatsache, daß der Arzt die Zitadelle angezündet hatte, nahezu um den Verstand. Ich konnte jetzt nicht darüber nachdenken, was mit Mohammed Ibn al-Rahman geschehen sollte. So gab ich Sadam Maruf den Befehl, ihn zunächst bewachen zu lassen. Dann ging ich ins Hamam. Die Räume und Hallen dort waren leer. Die Nachricht, Pestkranke seien in Damaskus, hatte die Kunden vertrieben.

Murdjana erkannte meinen Zustand, doch sie ließ keine Stimmung der Nachdenklichkeit oder gar der Trauer aufkommen. Sie sang für mich:

Rot brennt das Feuer über der Stadt!
Wer weiß, wer es gezündet hat,
Wer weiß, was in der Flamm' verbrennt?
Wer weiß, ob man's ein Unglück nennt?

Halt dein Gemüt von Trauer frei!
Du sollst dich freu'n in dieser Nacht!
Eine Frau beherrscht die Zauberei:
Für dich hat sie sich schön gemacht!

Da ließ ich Murdjana allein sitzen und begab mich ins Dampfbad.

Gwendolyns Kind

Heute war mein Sinn nicht danach, lange zu schwitzen. Im Raum des Kaltwasserbeckens wartete Ochaïra auf mich. Sie war allein. Auf einer Bank lag sie, lang ausgestreckt. Im Fackelschein leuchtete ihr Haar eigentümlich hell. Es fiel in weichen Locken. Die Farbe der Haare zog zunächst meinen Blick an. Dann erst wandte ich mein Auge anderen Reizen zu. Auch die Spitzen der Brüste waren wohlgetönt, denn auch sie leuchteten heller, als dies sonst üblich ist.

Die Beine der Frau waren gespreizt für meinen Blick. Ihr Schoß war ohne Haare. Ich sah ihre Augen nicht, da der Kopf über den Rand der Bank hinuntergeneigt war. Sie wollte wohl, daß ich ihren Leib betrachte.

Da ich mich nach dem Dampfbad abkühlen mußte, sprang ich zunächst ins kalte Wasser, stieg jedoch bald heraus und legte mich, naß, wie ich war, zu Ochaïra auf die Bank. Sie war sofort bereit, mich in sich aufzunehmen.

Völlig dem Vergnügen meiner Sinne hingegeben, merkte ich nicht, daß jemand den Raum des Kaltwasserbeckens betrat. Als jedoch meine Schulter unsanft berührt wurde, da ließ ich von Ochaïra ab und drehte mich um.

Im Fackelschein sah ich Murdjana neben mir stehen. Sie sagte: »Oh Mahmud, Wichtigeres als das, was du jetzt tust, erwartet dich in der Vorhalle.«

Ich sprang noch einmal ins kalte Wasser, um meine Sinne von der Erinnerung an die Lust zu befreien. Rasch trocknete ich mich ab und kleidete mich an. Bald trat ich in die Vorhalle ein. Vor mir saß die Dienerin, die Gwendolyn begleitet hatte, als sie vom Nil nach Damaskus zurückgekehrt war – und bei ihr lag das Kind der Gwendolyn. Er war also gefunden worden: der Sohn des Salah ed-Din!

Murdjana erzählte mir, was vorgefallen war: »Oh Mahmud, ich stelle mir vor, dies ist geschehen: Abd'Allah war an jenem Tag, als das Hamam brannte, den Männern gefolgt, die das Kind samt der Dienerin holten. Das Kind sollte ja nach dem Willen des Mohammed Ibn al-Rahman nicht mit der Mutter sterben. Abd'Allah hatte gesehen, daß das Kind und die Dienerin in die Zitadelle gebracht worden waren. Beide waren dann von ihren Entführern im Hof der Zitadelle dem Mohammed Ibn al-Rahman übergeben worden. Der hatte Kind und Dienerin selbst zum Turm gebracht. Es war Abd'Allah gelungen, unerkannt zu bleiben. Als er erfahren hatte, daß die Zitadelle brannte, machte er sich auf, das Kind und die Betreuerin zu retten. Da er ja nicht sprechen und nichts berichten kann, weiß ich auch nicht zu sagen, wie Abd'Allah es fertiggebracht hat, das Kind und die Dienerin aus den Flammen zu retten. Auf jeden Fall sind beide hier!«

Darauf sagte ich: »Wundersam sind die Wege Allahs, des Allerbarmers und Allmächtigen! Er hat das Geschick für mich zum Guten gewendet! Ich kann dem Beherrscher der Gläubigen seinen Sohn übergeben!«

Murdjana sagte: »Oh Mahmud! Niemand von uns hat sich um die Dienerin gekümmert. Wir wissen nichts von ihr!« Und sofort bemühte sie sich, die verschüchterte, noch recht junge Frau anzusprechen.

Erstaunt vernahmen wir, daß sie in unserer Sprache antwortete: »Edelmütig ist es, daß ihr mich beachtet. Ich kann euch sagen, wie wir gefunden wurden, das Kind und ich. Wir befanden uns im Turm. Allerdings nicht ganz oben. Die Flammen schlugen außen hoch. Ein Mensch fand uns, dessen Augen seltsam stark leuchteten. Dieser Mensch geleitete uns sicher durch das Feuer.«

Murdjana fragte die Frau: »Wer bist du?«

Sie antwortete: »Besser ist es zu fragen, wer ich war! Ich war nur der Schatten der Herrin Gwendolyn. Dies ist allerdings nicht immer so gewesen. Im Reiche Arabia Felix bin ich zu Hause, da, wo die Berge vom Küstenland Tihama aufsteigen zu den Wolken. Dort war einst die Königin von Saba Herrscherin gewesen. Von ihr stamme ich ab. Die Königin von Saba ist die Mutter meines Geschlechts gewesen. Der Vater des Sohnes, den sie einst geboren hat, war König Salomo. Er ist damit der Vater meines Geschlechts!«

Über einige Zeit war in der Vorhalle nur das Knistern der Fackeln zu hören, die abbrannten und durch neue ersetzt werden mußten. Dann fragte ich mit leiser Stimme: »Was weißt du von der Liebe des Königs Salomo zu der Königin von Saba?«

Die Antwort der jungen Frau war: »Es macht mich glücklich, daß du über vergangene Zeiten sprichst! Die Königin von Saba hatte einst von der Pracht und der Macht des Königs Salomo gehört. Da reiste sie mit großem Gefolge nach Jerusalem. Die junge und schöne Frau gefiel dem König, und er wollte sie besitzen, doch sie ging auf seine Liebeserklärungen nicht ein. Da sprach Salomo zu ihr: ›Ich mache dir ein Angebot: Wenn du in meinem Palast irgend etwas nimmst, was dir nicht gehört, dann mußt du zustimmen, daß ich das Lager der Nacht mit dir teile!‹ Die Königin aber sprach: ›Ich habe selbst mehr als genug von allem, was ich brauche, mitgebracht. Ich werde dir bestimmt nichts wegnehmen!‹ Am Abend jenes Tages aber ließ der König überaus scharfe Speisen auftischen. Während der Nacht empfand die Königin von Saba Durst, der sich immer mehr steigerte. Sie suchte in ihrem Gemach nach einem Getränk, doch sie fand nichts. Übermannt vom Durst begab sie sich, nur mit einem dünnen Hemd bekleidet, hinaus auf den Gang. Dort stand auf einem Tisch im Kerzenlicht eine silberne Schale mit frischem Wasser. Die Königin konnte sich nicht zurückhalten und trank aus der Schale in großen Zügen. Da trat König Salomo hinter einer Säule hervor. Er hatte darauf gewartet, daß die Königin ihren Durst nicht mehr meistern konnte. Er sprach: ›Du, oh Königin, hast dir in meinem Palast genommen, was dir nicht gehört. Jetzt ist für den Rest der Nacht dein Körper mein Eigentum!‹ Und er verlangte von der Königin, daß sie ihr dünnes Hemd ablegte. Dies geschah dann in ihrem Gemach. So wurde der Samen gelegt zu der Familie, der ich angehöre. Meine Eltern haben sich daran erinnert, daß das Lieblingstier des Königs Salomo der Löwe war – und so haben sie mir den Namen Leona gegeben.«

Ich wollte noch mehr erfahren: »Wie, oh Herrin aus edelstem Geschlecht, geschah es, daß du Dienerin wurdest bei der Frau des Beherrschers der Gläubigen?«

Sie antwortete: »Unser Land Arabia Felix reicht über das Rote Meer hinüber zum Land Abesynia. Dorthin wollten meine Eltern reisen. Ich war ein junges, aber doch schon erwachsen wirkendes Mädchen, so durfte ich mit auf diese Reise. Ein Sturm aber packte unser Schiff, es ging unter. An einen Balken festgeklammert trieb ich im wilden Wasser. Allah, der Erbarmer, führte ein Schiff vorbei, in dem sich Pilger befanden, die nach Mekka unterwegs waren. Sie wollten mich nicht behalten, und so gaben sie mich einem Pilger aus Cairo, der versprach, für mich zu sorgen. Von meinen Eltern hatte ich nichts mehr gehört, und so war ich froh über diese Wendung des Geschicks. Der Pilger aus Cairo war ebenfalls ein Mann, der Allah fürchtete. Er war wohlhabend, und daher erwartete der Haushalt des Beherrschers der Gläubigen von ihm ein Geschenk, als er von der Pilgerfahrt gesund und wohlbehalten zurückkam. So brachte er mich als Geschenk mit. Der Wesir des Haushalts des Beherrschers der Gläubigen bestimmte mich zum Dienst bei der Herrin Gwendolyn. Er ließ allerdings zuvor durch einen Arzt prüfen, ob ich Jungfrau und ohne körperliche Fehler war. Der Arzt erkannte, daß ich noch unberührt war – was sich bis heute nicht geändert hat. Er bemerkte allerdings auch, daß meine rechte Brust um einiges kleiner ist als die linke. Dieser Arzt war ein sehr kluger und überaus gebildeter Kopte. Er erriet sofort, daß ich zur Sippe der Königin von Saba gehöre. Er sagte, die Königin habe von frühen Jahren an ihren rechten Busen durch Binden stark eingeengt, damit er sie nicht beim Bogenspannen behindere. Die Königin war nämlich eine leidenschaftliche Jägerin in den Bergen oberhalb der Tihama. Durch diese Einschnürung habe sich die rechte Brust weniger entwickelt als die linke, und so sei eine Seltenheit entstanden, die bei allen Frauen der Sippe immer wieder festzustellen sei. Diese Erscheinung, so sagte der Kopte, sei als das Wunder der Königin von Saba zu bezeichnen. Dem Arzt, der meine Abstammung an meinem Leib hatte ablesen können, sagte ich viele Schmeicheleien über sein Wissen, bat ihn aber, dem Wesir des Haushalts des Beherrschers der Gläubigen keine Andeutungen über die Verschiedenartigkeit meiner Brüste zu machen. Er hat das Geheimnis wahrhaftig bewahrt.«

In dieser Nacht dachte ich nicht mehr daran, das Vergnügen mit Ochaïra fortzusetzen. Ich begab mich zum Haus am Baradafluß. Die Stadt war noch immer rot beleuchtet. Das Feuer verzehrte die Zitadelle wohl völlig. In meinem Haus angekommen, setzte ich mich unter das Tor, das zum Wasser führte, und ließ meine Gedanken treiben, so wie die Strömung dahinfloß. Dem Beherrscher der Gläubigen, der aus keinem alten Geschlecht stammte, konnte nichts Besseres geschehen, als mit einer Frau vereinigt zu werden, die ein Nachkomme des Königs Salomo und der Königin von Saba war. Diese Verbindung des frischen und des alten Geschlechts wollte ich knüpfen. Dann aber verwirrten sich meine nächtlichen Gedanken. Was sollte mit dem Sohn von Gwendolyn geschehen, der von der Dienerin Leona, die zu einer alten königlichen Familie gehört, betreut wird? Die verwegene Idee schoß mir durch den Kopf, daß sie das Kind als ihr eigenes ausgeben konnte. Irgendwann, später, könnte dies geschehen, lange nachdem der Beherrscher der Gläubigen und Leona ungestört zusammen gewesen waren. Salah ed-Din befand sich wohl in absehbarer Zeit auf Kriegszügen. Zwischen den Schlachten aber müßte er stets mit der Frau im Palast beim Hamam verbringen. Da konnte es wohl geschehen, daß Leona ihm während eines Kriegszugs ein Kind gebar. Denn ich konnte ihm doch nicht gestehen, daß er mit Gwendolyn einen Sohn hatte! Dies waren meine Gedanken, wirr und ungeordnet. Doch plötzlich wurde ich zart berührt. Ochaïra war gekommen. Abd'Allah hatte sie zu mir gebracht. So setzten wir fort, was im Raum des Kaltwasserbekkens unterbrochen worden war.

Am Morgen drängte es mich, ins Dar al-Hadith zu gehen. Immer wieder hatte ich daran gedacht, daß mir der Beherrscher der Gläubigen aufgetragen hatte, mir Kenntnisse in der islamischen Rechtsprechung anzueignen. Dies war im Dar al-Hadith am gründlichsten möglich: Dort lehrte Ahmed al-Qurtubi, der weit über Damaskus hinaus berühmt war für seine Auslegung der Rechtsbestimmungen des Koran. Er war ein Mann des Glaubens, ein Prediger – aber eben einer, der mehr als andere den Inhalt des Heiligen Buches als Werkzeug der Arbeit des Richters anzuwenden wußte. Zu ihm begab ich mich.

Ahmed al-Qurtubi hörte sich mein Anliegen an und fragte: »Oh Mahmud al-Gauzi, der du dich schon mit der Heilkunst befaßt hast, sage mir, was du bereits von der Rechtsprechung im Islam weißt.«

Darauf antwortete ich: »Oh Meister, der weiß, wie Allah, der Erhabene, die Welt geordnet hat! Ich kenne das Heilige Buch des Koran, doch ich weiß nicht die volle Bedeutung der Worte des Erhabenen zu erfassen. Dazu brauche ich deine Anleitung.«

Ahmed al-Qurtubi aber sprach: »Der Koran, oh Wißbegieriger, ist nicht die alleinige und gesamte Quelle des Wissens. Dies beweist ein Wort des Propheten, dem Allah ewigen Segen spenden möge. Ich will dir, oh Mahmud, den gesamten Vorgang erzählen. Wisse also, daß der Gesandte Allahs eines Tages seinen Vertrauten Mu'ad Ibn al-Gabal als Richter in den Jemen schicken wollte, der eben für den Islam gewonnen worden war. Mohammed fragte Mu'ad Ibn al-Gabal: ›Wenn dir ein Fall zur Entscheidung vorgelegt wird, auf welcher Grundlage wirst du dein Urteil aufbauen?‹ Die Antwort des Befragten war: ›Nach dem Buche Allahs!‹ Der Prophet, den Allah segnen möge, nickte und fragte dann weiter: ›Was aber wirst du tun, wenn du im Buche Allahs für jenen Fall keine Lösung findest?‹ Mu'ad Ibn al-Gabal meinte darauf: ›Dann werde ich mir überlegen, ob ich mich an ein Urteil des Gesandten Allahs in ähnlicher Sache erinnern kann.‹ Mohammed nickte erneut und fragte ein weiteres Mal: ›Es kann aber sein, oh Mu'ad Ibn al-Gabal, daß du auch in deiner Erinnerung kein Urteil des Gesandten Allahs finden kannst. Was geschieht dann?‹ Mu'ad Ibn al-Gabal überlegte nicht lange, sondern sprach: ›Dann, oh Gesandter Allahs, werde ich keinen Augenblick verzweifelt sein! Ich werde in einem solchen Fall einfach ein Urteil nach eigenem Gutdünken fällen!‹ Der Gesandte Allahs sagte: ›Allah sei Lob, daß er dir diesen vernünftigen Gedanken eingegeben hat!‹«

Für mich bargen die Worte des Ahmed al-Qurtubi eine Überraschung, denn ich war der Meinung gewesen, der Koran biete für jeden Rechtsstreit eine Lösung. Ich sprach mein Befremden aus.

Ahmed al-Qurtubi sagte darauf: »Dem Richter ist dadurch die Möglichkeit gegeben, ein Urteil zu sprechen, das sich dem Sachverhalt anpaßt. Auch das Heilige Buch sieht Rechtsprechung ohne Nutzung der in der Offenbarung genannten Grundsätze vor. Die Vierte Sure des Koran, oh Mahmud, gibt den Gläubigen diese Richtlinie: *Gehorchet Allah, dem Gesandten Allahs, und denen unter euch, die zu befehlen haben!* Und Ahmed al-Qurtubi erläuterte die Aussage des Verses der Vierten Koransure: »Diese Worte besagen, daß einem, der Gewalt besitzt, und dazu zählt der Richter, gleiche Bedeutung zukommen kann wie der Aussage des Koran oder den Worten des Gesandten Allahs, die uns überliefert sind. Der Kalif Omar, er war der zweite in der Reihe der Nachfolger des Propheten im Amt des Beherrschers der Gläubigen, hat diese Auffassung bekräftigt, als er zum Richter Abu Musa al-Asari sprach: ›Nimm deinen Verstand zusammen bei Rechtsfällen, die nicht im Koran und in der Überlieferung erwähnt werden. Entscheide dann so, wie nach deiner Ansicht der Gesandte Allahs entschieden hätte!‹«

Als ich den Rechtsgelehrten fragte, ob diese Erhöhung des Richterstandes wirklich zu rechtfertigen sei, sagte er: »Du hast recht, oh Mahmud, mit deinem Zweifel. Der weise Ibn Hazm, der bis in unsere Zeit gelebt hat, ist der Meinung, wenn sich ein Richter diese Freiheit nimmt, handelt er ungehorsam gegen Allah, denn er mache sich damit selbst zum Gesetzgeber.«

Bekümmert über diesen Widerspruch in der Rechtsprechung sagte ich zu Ahmed al-Qurtubi: »Oh Wissender, der die Regeln kennt, die das Zusammenleben der Menschen möglich machen, ist es nicht so, daß die Welt und die Menschen sich verändern? Jede Entwicklungsstufe der Menschen benötigt eine andere Auslegung der Gesetze, sie braucht vielleicht sogar völlig neue Gesetze. Da könnte es dem Richter wohl anstehen, abseits von bisherigen Rechtswegen Grundlagen seiner Urteile zu suchen!«

Der Rechtsgelehrte fiel mir ins Wort: »Dies, oh Mahmud, sind gefährliche Wort! Leicht kann es bei solchem Denken geschehen, daß der Wille Allahs, des Allwissenden und Allmächtigen, in Vergessenheit gerät. Bedenke immer, *Islam* heißt Unterwerfung unter den Willen Allahs! Der Richter unterwerfe sich vor allem diesem Willen!«

Ich fürchtete schon, eine Abneigung des Rechtsgelehrten gegen mich ausgelöst zu haben, doch die Sorge war unberechtigt. Er verabschiedete mich mit den Worten: »Ich freue mich, wenn du morgen wieder zu mir ins Dar al-Hadith kommst!«

Die Rechtswissenschaft und der Menschenverstand

Jener Tag neigte sich gegen Abend, da wurde Unruhe in Damaskus spürbar. Reiter vom Heer des Beherrschers der Gläubigen waren angekommen, die ankündigten, in der Nacht würden hohe christliche Gefangene in Damaskus eintreffen. Der Befehl des Salah ed-Din lautete, die Herren aus dem christlichen Königreich seien in der Zitadelle hinter Schloß und Riegel zu bringen – doch er hatte nicht wissen können, daß die Zitadelle nur noch ein ausgehöhltes Skelett von steinernen Bögen, Mauern und von Resten der Gewölbe war. Vielleicht hatte der Beherrscher der Gläubigen gedacht, die Burg und die Stadt seien noch immer von der Sorge beherrscht, die tödliche Krankheit Pest könne sich rasch ausbreiten. Diese Sorge aber war verschwunden – der Brand der Zitadelle hatte sie getilgt. Ob Salah ed-Din die hohen Gefangenen der Gefahr aussetzen wollte, sich von der Pest anstecken zu lassen? Auf diese Frage gab es keine Antwort. Vorläufig war auch noch gar nicht bekannt, welche Gefangenen auf dem Wege nach Damaskus waren. Der Befehlshaber der Wachen am Südtor befand sich in der schwierigen Lage, entscheiden zu müssen, wohin jene Männer gebracht werden sollten. In seiner Verlegenheit kam ihm der Gedanke, allein das Hamam sei gerüstet, Gefangene von hohem Stande aufzunehmen. Der Befehlshaber fragte deshalb bei mir an, ob er mit der Unterstützung des Hamam rechnen könne.

Ich sagte ihm zu, er könne die gefangenen Fremden bei uns unterbringen. Wenig später ließ er mir mitteilen, im Verlauf der Nacht werde der Großmeister der Tempelritter, Odo von Saint-Amand, in Begleitung des Herrn Hugo von Galiläa im Hamam eintreffen. Räume des neuen Hamam wurden für die Herren vorbereitet.

Groß war allerdings die Überraschung, als um Mitternacht auch der Beherrscher der Gläubigen durch das Südtor von Damaskus einritt. Verwundert habe er auf die Brandruine der Zitadelle geblickt – so wurde mir sofort berichtet. Der Befehlshaber am Tor sei beherzt genug gewesen, ihm zu sagen, daß der Herr über Syrien sein Haupt im Hamam auf Kissen betten könne. Da ich von diesem Vorgang rechtzeitig erfahren hatte, war es mir möglich, den Herrn Salah ed-Din am Tor des Hamam zu begrüßen. Murdjana war indessen damit beschäftigt, eine Kammer des Neubaus für den Mann vorzubereiten, dem das Gebäude ohnehin als Palast dienen sollte.

Nach der Besichtigung der Ruine, die einst seine Festung gewesen war, kam der Beherrscher der Gläubigen ins Hamam. Er wollte sich nicht lange in der Vorhalle aufhalten, sondern sofort die Räume im Neubau beziehen, die ihm zugedacht waren. Mir wurde mitgeteilt, daß ich ihn dort aufzusuchen hätte. Ich ließ dem Herrscher Zeit, sich nach dem langen Ritt zu reinigen und ging dann hinüber in den Teil des Hamam, der in dieser Nacht zum ersten Mal benutzt wurde. Noch fehlte manches zur Ausstattung, noch war der Schmuck der Räume bescheiden, und doch war alles – besah man sich die Größe und Würde des Gebäudes – einem Herrscher angemessen.

Während ich in einer der Hallen wartete, bis der Beherrscher der Gläubigen seinen Schlafraum verließ, dachte ich darüber nach, daß dies alles aus den Einnahmen des Hamam hatte bezahlt werden können. Diese Leistung war allerdings nur durch den Verzicht der meisten Handwerker auf Bezahlung möglich geworden.

Mehr als ein Jahr war vergangen, seit mit Ayub al-Hakim die Verabredung getroffen worden war, daß der Bund der Haschiyun Geld geben werde für die Anpassung des Hamam an eine neue Zeit.

Dafür sollte der Betrieb eines Sklavenmarktes der Vereinigung überlassen werden. Diese Verabredung war bisher nie verwirklicht worden.

Meine Gedanken über die Vergangenheit und über den Wandel der Zeit wurden jäh unterbrochen durch den Eintritt des Beherrschers der Gläubigen. Er unterband den Kniefall, den ich eben ausführen wollte, und sagte in spöttischem Ton: »Oh Mahmud, hast du die Zitadelle anzünden lassen, damit ich endlich hier einziehe?«

Kein Wort sagte er über die Schönheit des Gebäudes, sondern fragte unvermittelt: »Hat das Hamam nicht bisher auch für mein nächtliches Vergnügen gesorgt? Besteht nicht eine Abmachung zwischen uns?«

Da sprach ich: »Oh Herr, dir diese Nacht unvergeßlich zu machen, dafür habe ich alle Anstalten getroffen! Lange habe ich die eine Frau gesucht, die von ihrem Stande her deinen Ansprüchen genügen kann. Du bist, fast aus eigener Kraft, aber doch auch durch den Willen Allahs, des Erhabenen, zu einer Größe aufgestiegen, die jede Vorstellungskraft überragt. Niemand, der aus einer Sippe dieser Zeit stammt, kann dir ebenbürtig sein. Doch in der Vergangenheit ist Gleichwertiges zu finden: Dann nämlich, wenn sich zwei übermächtige Namen zusammenschließen. Dies war der Fall, als sich vor langer Zeit in Jerusalem König Salomo und die Königin von Saba vereinigten. Eine Sippe entstand, die an Glanz andere weit übertrifft. Nun ist eine Frau mein Gast, die in der Gegenwart diese stolze Sippe vertritt. Ihr Name ist Leona. Sie ist dir vorbehalten. Dein Auge wird erkennen, was niemand sehen durfte: die Besonderheit des Leibes der Frauen, die von der Königin von Saba abstammen. Leona wird in dein Schlafgemach kommen, oh Beherrscher der Gläubigen!«

Murdjana sorgte dafür, daß eintrat, was ich Salah ed-Din versprochen hatte. Sie war dabei, als Leona entkleidet wurde, und sie war Zeuge, als der Herr über Syrien die Besonderheit der Frauen aus der Sippe der Königin von Saba bemerkte. Mehr war von Murdjana nicht zu erfahren. Sie hatte auch keine Gelegenheit, mir mehr zu erzählen, denn nun kamen die gefangenen christlichen Herren im Hamam an mit ihren Bewachern. Odo von Saint-Amand, der

Großmeister der Tempelritter, und Hugo von Galiläa wurden in Kammern des neuen Hamam untergebracht. Beide Herren wirkten so, als fügten sie sich in ihr Schicksal. Als die Bewacher vor den Kammern der Gefangenen ihr Lager bezogen hatten, konnte endlich Ruhe ins Hamam einkehren.

Zur vereinbarten Stunde befand ich mich wieder im Dar al-Hadith, um mich von Ahmed al-Qurtubi in der Wissenschaft des Rechts unterweisen zu lassen. Er begrüßte mich mit den Worten: »Oh Mahmud, der du von Allah zu hohen Ehren ausersehen bist! Diese Nacht hat dich mehr als jede andere zuvor erhöht! Wer oben steht, hat Entscheidungen zu fällen. Und manchmal müssen die Entscheidungen im Widerspruch stehen zu dem, was uns die Offenbarung des Koran vorschreibt. Die Fünfte Sure des Heiligen Buches sagt: *Dem Dieb und der Diebin schneidet ihr die Hände ab, als Lohn für ihre Taten!* Die Anweisung ist eindeutig. Als dem Kalifen Omar einst zwei Männer vorgeführt wurden, die ein Kamel gestohlen hatten, so war er nach dem Wortlaut der Rechtsvorschrift verpflichtet, diesen Dieben jeweils eine Hand abzuschneiden. Doch der Kalif Omar ließ die Diebe laufen. Warum hielt er sich nicht an das Gesetz? Er hatte die Diebe befragt und aus ihren Antworten erkannt, daß sie Sklaven waren, die einem überaus geizigen Herrn gehörten, der ihnen nur selten zu essen gab. In der Not hatten sie ein Kamel dieses Herrn beiseite geschafft, geschlachtet und in Teilen gebraten. So hatten sie ihren Heißhunger gestillt. Die beiden Sklaven waren Diebe, doch Not hatte sie zum Diebstahl getrieben. Für diese Not aber war ihr Herr verantwortlich. Also entschied der Kalif Omar, die Täter seien freizusprechen – und er handelte recht! Der Prophet selbst, den Allah segne, hätte gleichermaßen entschieden.«

Da fragte ich: »Oh Weiser, der die Summe der Gelehrsamkeit in sich aufgenommen hat, welche Vergehen sind strafwürdig im Islam?«

»Oh Mahmud, wisse, daß abgeurteilt werden muß, wer eines dieser Verbrechen begangen hat: Unzucht, Verleumdung wegen Unzucht, Weintrinken, Wegelagerei, Diebstahl, Aufruhr und Abfall vom Islam.«

Ich wollte wissen: »Was ist Unzucht?«

»Unzucht ist, wenn Mann und Frau körperlich vereinigt sind,

ohne daß die Frau die Ehefrau des Mannes oder dessen Sklavin ist. Jedoch muß die Vereinigung wirklich vollzogen sein. Zärtlichkeiten zählen nicht. Als Strafe für Unzucht ist die Steinigung vorgesehen. Möglich sind aber auch hundert Peitschenhiebe. Für Sklaven sind als Strafmaß fünfzig Hiebe vorgesehen. Allerdings muß die Unzucht voll erwiesen sein, denn überliefert ist dieses Wort des Propheten, den Allah für alle Zeiten segnen möge: *Wenn ihr im Zweifel seid, dann schiebt die Strafe auf, denn eine Begnadigung aus Zweifel ist für den Rechtsprechenden besser als eine Bestrafung aus Irrtum.*«

Meine nächste Frage war: »Wie ist zu urteilen über solche, die fälschlich der Unzucht bezichtigt wurden?«

Der Rechtsgelehrte antwortete: »Oh Mahmud, halte dich an die Vierundzwanzigste Sure des Koran: *Diejenigen, die ehrbare Frauen in Verruf bringen und daraufhin keine vier Zeugen für die Wahrheit ihrer Aussage beibringen, sollen achtzig Peitschenhiebe erhalten, und nie mehr soll eine Aussage von ihnen ernst genommen werden.*«

Zum Schluß des Unterrichts verabredete ich mich mit dem Rechtsgelehrten auf den folgenden Morgen.

Ich wollte eben das Dar al-Hadith verlassen, da kam Abd'Allah auf mich zu. Er hatte offenbar die Anweisung erhalten, mich ins Hamam zu holen. Dort wurde ich sofort zu Salah ed-Din gebracht.

Der Beherrscher der Gläubigen erwiderte meinen Gruß und sprach: »Oh Mahmud, ich habe mich überzeugt, daß diese Frau Leona von der Königin von Saba abstammt. Heute morgen nun hatte ich ein Gespräch mit dem Großmeister der Tempelritter. Ich hielt es für meine Pflicht, mich nach dem Befinden dieses hohen Gefangenen zu erkundigen. Dabei erzählte ich ihm von Leona. Der Großmeister wiederum wußte zu berichten, daß ein Verwandter von Leona der mächtige König vom Lande Abesynia sei, der sich Johannes der Priester nennt. Dieser König habe einen Brief an die christlichen Herren des Abendlandes geschickt, in dem er Könige und Adel aufforderte, sich an einem Kreuzzug gegen mich zu beteiligen. Johannes der Priester habe sich bereit erklärt, den Kreuzzug durch sein Gold zu bezahlen. Der Papst, so versicherte mir der Großmeister, habe bereits seinen Arzt Philipp ins Land Abesynia geschickt, um das Gold abzuholen. Da ich den Willen habe, oh Mahmud, diese Frau Leona für alle Zeiten in meinen Haushalt aufzunehmen, könnte es doch sein, daß der Mächtige im Lande Abesynia, wenn er von meinem Willen erfährt, anders von mir denkt als bisher. Nur müßte meine Erklärung, in verwandtschaftliche Beziehungen eintreten zu wollen, dem König Johannes zukommen, bevor der Arzt Philipp bei ihm eintrifft. Ich stelle mir vor, oh Mahmud, daß deine Haschiyun diese Leistung vollbringen könnten!«

Am Abend jenes Tages hatte der Beherrscher der Gläubigen ein entsprechendes Schreiben an Johannes den Priester ausgefertigt und mir übergeben. In der Nacht ritt Salah ed-Din zu seinem Heer zurück.

Die Ereignisse, die das Hamam betrafen, machten Entscheidungen notwendig. Ich war gezwungen, das Dampfbad zunächst zu schließen, denn die Räume der christlichen Gefangenen waren nicht vom Bad, das allen offenstand, zu trennen. Bald aber erwies es sich, daß die Schließung Folgen hatte: Die Einnahmen fehlten mir!

Doch dies war nicht der einzige Grund dafür, daß ich schnell eine Lösung finden mußte, um wenigstens das alte Hamam wieder frei zugänglich zu machen. Ich stellte nämlich fest, daß mir das Wissen um das Geschehen in der Stadt und in der übrigen Welt fehlte, das ich durch die vielfältigen Erzählungen der Kunden erfahren hatte. So wurde bald schon durch besondere Türen und Mauern die Trennung der Räume ermöglicht. Das alte Hamam wurde sofort wieder von seinen dankbaren Kunden besucht.

Den Unterricht im Dar al-Hadith unterbrach ich in dieser Zeit nicht. Ahmed al-Qurtubi erklärte mir die Schwierigkeiten, genau zu bestimmen, was Diebstahl ist, eingedenk der Situation, in der sich der Kalif Omar als Richter befunden hatte. Er sprach: »Oh Mahmud, der du dich darum bemühen willst, die Vorgänge auf dieser Erde zu begreifen und zu beurteilen! Der Begriff des Diebstahls läßt sich so in Worte fassen: *Die von einer zurechnungsfähigen Person ausgeführte heimliche Wegnahme eines fremden, durch Ort oder Wächter verwahrten Vermögenswertes, dessen geschätzter Preis mindestens zehn Dirham beträgt.* Ergänzt werden kann diese Beschreibung des Verbrechens durch den Zusatz: *Der Täter muß, damit der Tatbestand des Diebstahls erfüllt ist, in der Absicht handeln, sich den Gegenstand rechtswidrig anzueignen.* Der Kalif Omar brauchte also die Wegnahme und Schlachtung eines Kamels durch den hungrigen Sklaven nicht als Diebstahl abzuurteilen, da der Herr nach Rechtslage für die Speisung des Sklaven zuständig ist. Kommt der Herr seiner Pflicht nicht nach, hat der Sklave das Recht, für sich selbst zu sorgen.«

Ich sagte: »Wenn ich dich, oh Kenner des menschlichen Handelns und seiner rechtlichen Folgen, richtig verstehe, dann scheust du dich selbst, wegen eines Diebstahls, der einen Schaden von vielleicht zehn Dirham verursacht hat, einem Menschen die Hand abschlagen zu lassen!«

Da gab mir Ahmed al-Qurtubi diese Antwort: »Du hast recht, oh Mahmud. Ein Richter zögert weniger, einem Täter den Kopf abschlagen zu lassen als die Hand. Wer den Kopf abgeschlagen bekommt, der wird künftig nicht mehr leiden. Wer ohne Hand zu leben hat, der kann sich nicht ernähren. Es gibt deshalb für den Richter Auswege: Ist die andere Hand auch nur ein wenig behindert, kann von der Strafe abgesehen werden. Dann gibt es noch die Möglichkeit, die wir Richter selbst den ›Rechtskniff‹ nennen: *Sind mehrere Täter an einem Diebstahl beteiligt, dann hat unter Umständen jeder einzelne nur soweit damit zu tun, daß der Tatbestand des Diebstahls nicht voll erfüllt ist. Dann kann der Richter entscheiden, der Ersatz des Schadens genüge, um das Unrecht ungeschehen zu machen.*«

Da dankte ich dem Rechtsgelehrten für diese Unterweisung im Strafrecht und begab mich ins Maristan. Ich hatte eine Schwierigkeit zu bewältigen: Ich mußte einigen Haschiyun den Befehl geben, nach dem Lande Abesynia zu reisen – ohne zu wissen, wo sich dieses sagenhafte Land befindet.

Im Maristan fiel mir ein, daß ich Auskunft über Abesynia am ehesten dort bekommen würde, wo ich eben unterrichtet worden war: im Dar al-Hadith. Dorthin zurückkehren wollte ich nicht, und so schickte ich einen der Haschiyun zu Ahmed al-Qurtubi mit der Bitte, er möge mir einen Gelehrten schicken, der über das ferne Land und seinen Herrscher Kenntnisse vermitteln kann. Die Zeit des Wartens verbrachte ich mit Gedanken, was wohl mit der Zitadelle geschehen werde. Wenn ich zum Fenster hinausblickte, sah ich die vom Rauch geschwärzten Steine des Turms. Da wurde mir auch mit einem Mal bewußt, daß ich nichts darüber erfahren hatte, was inzwischen mit Mohammed Ibn al-Rahman geschehen war.

Meine Grübelei wurde von einem alten Mann unterbrochen, der in meine Kammer trat. Er nannte mir seinen Namen: Ezekiel Aduho.

Sofort begann er zu sprechen: »Du, oh Mahmud, dem die Ehre zuteil wird, daß der Beherrscher der Gläubigen seine Freude unter einem Dache findet, das dir gehört, du hast das Recht zu fordern, daß ein Gelehrter zu dir kommt. Du willst wissen, was über das Land Abesynia bekannt ist, und ich will dir bereitwillig Auskunft geben. So wisse, daß ich selbst aus jenem Lande stamme, das an den Erlöser Jesus Christus glaubt, das jedoch seit der Zeit eueres Propheten Mohammed dem islamischen Reich freundlich gesinnt ist. Der Prophet hat bittere Tränen geweint, als er einst vom Tode unseres Kaisers Armah gehört hatte. Weise war die Mahnung an die Moslems: ›Hütet euch vor Streit mit dem Lande Abesynia!‹ Als seine Anhänger in Medina bedroht waren, schickte er sie nach Abesynia, und sie fanden Schutz dort. Doch noch ehe euer Prophet unserem Lande besondere Ehre erwies, glaubten die Pharaonen, Abesynia sei bevorzugt vor allen anderen Ländern, denn es sei die Heimat der Götter überhaupt. Die Pharaonen nannten Abesynia *Das Land Punt*, das Land Gottes. Und sie hatten recht. Kein Land ist von Gott stärker bevorzugt worden, denn in keinem Reich ragen die Berge höher in den Himmel hinein als im Lande Abesynia. Die Nähe zu Gott wirkt sich aus. Ein von Gott gesegnetes Geschlecht regiert uns schon seit langem. Hervorgegangen sind die Herrscher aus der Vereinigung des Königs Salomo mit der Königin von Saba. Unsere Könige sind die Lieblinge Gottes. Sie können deshalb in völliger Unabhängigkeit von anderen Königen regieren!«

Da wollte ich wissen, warum er das Land Gottes verlassen habe.

Der Mann, der sich Ezekiel Aduho nannte, gab mir zur Antwort: »Du sollst wissen, oh Mahmud, daß unser Herrscher Johannes überaus grausam ist, und er nimmt es nicht hin, daß ein anderer Mensch mehr weiß als er selbst. Er gilt als das Maß allen Wissens. Jemand aus meiner Familie hat dem König verraten, daß ich mich mit den Sternen befasse, daß ich sie nachts betrachte. Dies hat den Zorn des Königs erregt. Er verkündete, es sei von Gott verboten, die Sterne zu zählen. Wer sich damit befasse, die Sterne zu zählen, der müsse sterben. Um Gottes Willen zu erfüllen, müsse er mich zum Tode verurteilen. Von einem Felsen sollte ich in den Fluß Omo gestürzt werden. Dann aber kam dem König der Gedanke, daß vor allem derjenige mit dem Tode bestraft werden müsse, der einen anderen Menschen beim Zählen der Sterne beobachtet hatte. So wurde der Verwandte vom Felsen gestürzt. Mich aber verwies der König des Landes. Ich zog dorthin, wo einst vor vielen Jahren unsere Königin dem König Salomo angehört hatte: nach Jerusalem. Dort war ich zwar unter Christen, doch mein Glaube ist nicht der ihre. Sie predigen, Jesus Christus sei Gott und Mensch in zwei getrennten Charakteren. Mein Glaube sagt, in Jesus Christus sei Gott und Mensch in einem Wesen vereinigt. In Jerusalem wurde ich wegen meines Glaubens nicht geduldet, doch hier in Damaskus greift mich keiner an. Ich darf mich um das kümmern, was meinen Verstand beschäftigt – und das ist die Wissenschaft von der Beschaffenheit der Welt.«

Ich fragte: »Oh Herr, der du dich Ezekiel nennst und der du aus deiner Heimat vertrieben wurdest! Wie ist dieses Land Abesynia zu erreichen?«

Er antwortete: »Zu Schiff über das Meer, das Arabien und Afrika trennt!« Als Ezekiel Aduho erfuhr, daß ich jemanden nach Abesynia schicken wolle, der einen Brief des Beherrschers der Gläubigen zu überbringen hatte, da war er von sich aus bereit, den Boten zu begleiten. Das Heimweh trieb ihn ohnehin in die Heimat zurück. Gleichgültig, was ihm dort geschehe: er müsse das Bergland Abesynia wiedersehen. Dank seiner Bereitschaft, den Boten zu führen, bestand die Möglichkeit, daß der Brief des Beherrschers der Gläubigen den Herrscher Johannes den Priester schneller erreichte als die Nachricht des Papstes, die der Arzt Philipp zu überbringen hatte. Schon am anderen Tag machten sich Ezekiel Aduho und zwei der Haschiyun auf den Weg zu dem grausamen König des Landes Abesynia.

Wiedersehen mit Simeona

Die Kunden des Hamam hatten sich viel zu erzählen in jenen Tagen. Da war die Rede von Guido von Ibelin. Er sollte wohl König im christlichen Staat Jerusalem werden, wenn die Seele des aussätzigen Balduin diese Welt verlassen haben würde. Offenbar war kein anderer Ritter willens oder geeignet, das höchste Amt im Lande des Kreuzes zu übernehmen. Doch das waren Gerüchte, denn durch den Kriegszug des Beherrschers der Gläubigen waren die Verbindungen zwischen Damaskus und Jerusalem unterbrochen, und also wurde auch der Fluß der Neuigkeiten gestört. Genaues aus Jerusalem war nicht zu erfahren.

Die Hamamdiener – gewohnt, auch die geringsten Bemerkungen der Kunden im Gedächtnis zu behalten – berichteten mir Absonderliches aus den Unterhaltungen der Badegäste. Einer der Kunden habe geäußert: »Man sagt, die Ahnfrau des Guido von Ibelin sei die Wassernymphe Melusine gewesen. Sie hatte einen Vorfahren des Ritters geheiratet und ihm sogar Kinder geboren.« Ein anderer habe dann wissen wollen, ob die Ehe zwischen Ritter und Nymphe glücklich gewesen sei. Diese Antwort habe er erhalten: »Immer um Mitternacht hat sich Melusine, die zur übrigen Zeit wie eine normale Frau aussah, wieder in eine Nymphe verwandelt. Ihrem Mann habe sie das Versprechen abgenommen, ihr nie aufzulauern, wenn ihr Unterleib die Form eines Fischschwanzes annehme. Einmal jedoch hielt sich der Ritter nicht an sein Versprechen, und er sah seine Frau als Wassernymphe. Kaum hatte er sie erblickt, entschwand sie vor seinen Augen für immer!«

Am Ende dieses Gesprächs im Dampfbad, so wurde mir berichtet, seien die Männer voll freundlicher Gefühle für Guido von Ibelin, den künftigen König von Jerusalem, gewesen. Um jene Zeit merkte ich, wie sehr mir ein kluger Berater fehlte, der mir jetzt hätte sagen können, was mit den Frauen geschehen sollte, die unter so schwierigen und aufwendigen Umständen für den Beherrscher der Gläubigen entführt worden waren. Ich dachte nur an das, was von Tag zu Tag geschah. Ideen für morgen und übermorgen hatte ich nicht.

Murdjana regierte zwar das Leben im Hamam, doch sie konnte nicht die Weitsicht besitzen, um Gefahren oder auch glückbringende Gegebenheiten zu erkennen. Seit dem Tod von Andronikos fehlte der Mann im Hamam, der ständig alle Vorgänge im Auge behielt, dem nichts entging und der vorausdachte.

Vom Verlauf des Krieges, den Salah ed-Din im Gebiet westlich des Jordan führte, war wenig zu erfahren in Damaskus. Daß der Großmeister der Tempelritter Gefangener war, konnte als Zeichen eines erfolgreichen Feldzugs gewertet werden. Das Schwert des Salah ed-Din führte offenbar zu Siegen. Die Gemüter der Kaufleute, die das Hamam besuchten, waren in keiner Weise beunruhigt. Ihr Handel war nicht beeinträchtigt, denn ihre Karawanen umgingen das Gebiet westlich des Jordan, in dem gekämpft wurde. Für Warentransporte nutzte man die Wege des Landes Oultrejourdain, die östlich des Flusses und des Toten Meeres verliefen.

Ich ließ mich in jenen Tagen weiterhin im islamischen Recht unterrichten. Ahmed al-Qurtubi empfing mich an jedem Morgen zur gleichen Stunde. Besondere Sorgfalt verwendete der Rechtsgelehrte, um mir die Gesetze zu erläutern, die den Sachverhalt des Aufruhrs und der Abkehr vom Islam betreffen.

Er sprach: »Oh Mahmud, der du, mit Allahs Gnade, wohl dazu bestimmt bist, Menschen zu regieren, du mußt wissen, daß Aufruhr und Abkehr vom Islam zu den schlimmsten Verbrechen zählen. Der Prophet, dem Allah für alle Zeit Segen und Heil im Überfluß spende, hat dazu in der Fünften Sure des Heiligen Buches dieses Gesetz geoffenbart: *Die Strafe derer, die Allah und seinen Gesandten bekriegen und im Lande Verderben anrichten, ist die, daß sie gekreuzigt werden, oder daß ihnen die rechte Hand und der linke Fuß abgeschlagen werden, oder daß sie aus dem Lande vertrieben werden. Dies kommt ihnen als Schande in diesem Leben zu. Im Jenseits aber haben sie eine gewaltige Strafe zu erwarten.* Du erkennst sicher die Besonderheit dieses Gesetzes: Es umfaßt gleichzeitig mehrere Verbrechen.« Mit diesen Worten setzte Ahmed al-Qurtubi seine Unterweisung fort. Und er sprach: »Da ist einmal der Tatbestand, daß jemand gegen Allah, den Allmächtigen und Allerbarmer, Krieg führt mit Worten oder Taten. Ganz ohne Zweifel muß er gekreuzigt werden. Die gleiche Strafe soll aber auch derjenige erhalten, der im Lande Verderben anrichtet. Dazu gehört jede Form des Überfalls auf Menschen. Ebenso sind Raub und Raubmord darunter zu erfassen. Auch Wegelagerer sind solche, die Verderben im Lande anrichten. Sie alle können nach den Anweisungen der Sure Fünf abgeurteilt werden. Dabei wird in den meisten Fällen die Vertreibung aus dem Lande als Strafe verhängt.«

Ich brauchte keine weitere Frage zu stellen an diesem Morgen. Der Rechtsgelehrte wollte selbst ausführlich sein in der Unterweisung. Er sprach: »Der Prophet, dem Allah ewigen Segen verleihe, hat gesagt: *Tötet den, der seine Religion wechselt!* Im Heiligen Buch wirst du dieses Wort vergeblich suchen. Es ist in der Überlieferung erhalten. In der Fünften Sure ist nur eine Andeutung davon zu finden: *Tretet ein in die heilige Gemeinschaft, die Gott euch bestimmt hat, und kehrt nicht um!* Etwas deutlicher ist die Zweite Sure: *Und diejenigen von euch, die sich von ihrer Religion abbringen lassen und als Ungläubige sterben, deren Werke sind im Diesseits und im Jenseits hinfällig. Sie verfallen dem Höllenfeuer und werden ewig darin weilen!* Von der Todesstrafe in diesem Leben ist dabei nicht die Rede. Allein die Überlieferung eines Wortes des Propheten, den Allah für alle Zeit segne, verpflichtet den Richter dazu. Der Tatbestand wird erfüllt, wenn ein Moslem leugnet, daß Allah eine Einheit ist und nicht dreifaltig, wenn er bestreitet, daß der Koran wahre Offenbarung ist, wenn er sagt, es gebe keine Engel und auch das Jüngste Gericht sei eine Erfindung der Phantasie. Ist der Tatbestand erfüllt, muß der Täter getötet werden.«

Am nächsten Tage behandelte der Rechtsgelehrte noch das Vergehen des Weintrinkens. Er sagte: »Wenn du, oh Mahmud, das Heilige Buch zu Rate ziehst, wirst du unterschiedliche Verurteilungen des Weintrinkens finden. Sie reichen von der Form, daß der Gläubige nicht im berauschten Zustand zum Gebet erscheinen soll, bis zur Aufforderung, den Wein grundsätzlich zu meiden. Hier sind wir auf die Regeln angewiesen, die von den ersten Kalifen in der Nachfolge des Propheten, den Allah ewig segnen möge, erlassen worden sind. Der Kalif Abu Bakr – er war der allererste in diesem Amt – hat als Strafe vierzig Geißelhiebe festgesetzt. Sein Nachfolger Omar hat diese Zahl verdoppelt. Sklaven wurden jeweils mit der Hälfte der vorgeschriebenen Hiebe bestraft. Grundlage der Verurteilung ist, daß zwei unbescholtene Männer den Täter beim Weintrinken ertappt haben müssen.«

Mein Eifer zu lernen nahm mit jeder Unterweisungsstunde zu. Verließ ich den Rechtsgelehrten, dann begab ich mich meist ins Maristan, aber nicht, um dort Anweisungen zu geben, die die Versorgung der Kranken betrafen, sondern um ungestört im Koran zu lesen. Ich studierte das Heilige Buch jetzt mit den Augen eines Mannes, der die Suren auf ihre Verwendbarkeit als Grundlage der Rechtsprechung prüft. Im Verlauf des Lesens stellte ich fest, daß der Koran zwar viele Strafbestimmungen enthält, keine einzige aber schreibt vor, ein Täter sei einzusperren. Die Freiheitsstrafe wurde in der ersten Zeit des Islam offenbar nicht verhängt. Ich fragte am nächsten Morgen Ahmed al-Qurtubi, ob meine Feststellung richtig sei.

Er antwortete: »Oh Mahmud, der du bereits entdeckst, was nicht zu erklären ist! Du hast recht, der Prophet, dem Allah die Fülle des Segens auf Dauer verleihen möge, hatte in der Tat in seiner Hauptstadt kein Gefängnis. Erst Omar, der zweite der Kalifen, richtete in Mekka ein Haus ein, das er eigens gekauft hatte, um darin Verbrecher einzuschließen. Daraus ist abzulesen, daß der Prophet, den Allah segne, dem Gefängnis keinen Wert beigemessen hat. Diesen Standpunkt des Gesandten Allahs sollten wir als Richter achten, ihn sollten wir übernehmen. Dagegen ist die Verbannung eine Strafe, die in der Fünften Sure des Koran erwähnt wird. Sie dient dazu, dem Bestraften während der Zeit seiner Trennung von der Heimat Gelegenheit zu geben, Reue zu empfinden.«

Ich verabschiedete mich von Ahmed al-Qurtubi an jenem Tag mit den Worten: »Möge Allah mich davor bewahren, Strafen gegen Menschen verhängen zu müssen!« Noch immer war mir unbekannt, warum mir der Beherrscher der Gläubigen empfohlen hatte, mich mit der Rechtslehre zu befassen.

Im Maristan erwartete mich eine Nachricht vom Berge Masyaf. Ein Haschiyun übergab sie mir. Dies war der Wortlaut des Briefes, den Scheich Sinan geschrieben hatte: *Warum, oh Mahmud, hat der Beherrscher der Gläubigen den Krieg gegen die Ungläubigen abgebrochen? Warum läßt er das Heilige Schwert im Waffenstillstand verrosten? Warum ist Salah ed-Din nach Ägypten geritten?*

Drei Fragen hatte mir Scheich Sinan gestellt. Auf keine wußte ich eine Antwort. Was mich bestürzte, war die Form des Schreibens. Da las ich weder eine Anrede noch einen Gruß. Scheich Sinan verbarg seinen Zorn nicht.

Auf dem Weg zum Hamam dachte ich darüber nach, daß eine Möglichkeit gefunden werden müßte, Verbindung zu halten zwischen dem Beherrscher der Gläubigen und seiner Stadt Damaskus. Als ich so grübelte, fiel mir ein, daß einer der besten Kunden des Hamam, der Gewürzhändler Salim al-Musanef, seine Geschäfte durch Austausch von Wissen belebte: Er kannte immer die Preise, die auf dem Markt von Bagdad für Zimt, Pfeffer, Muskat und Anis verlangt wurden. Stiegen die Preise in Bagdad, paßte er sein Angebot an. Erreichte billigere Ware den Markt am Tigris, konnte Salim al-Musanef, da er frühzeitig Bescheid wußte, rasch eine Bestellung aufgeben. Der Gewürzhändler hatte kein Geheimnis daraus gemacht, wie er sein Wissen erlangte. Häufig genug hatte er sich im Hamam damit gebrüstet, daß er seinen Reichtum den Brieftauben verdanke. Sie trügen die Nachrichten zwischen Damaskus und Bagdad hin und her.

Ich lenkte meine Schritte nicht mehr in Richtung Hamam, sondern ging auf dem schnellsten Wege zu Salim al-Musanef. Bald schon trat ich in sein Ladengewölbe ein.

Er begrüßte mich mit den Worten: »Oh Herr, von dem viel erzählt wird und von dem wir wenig wissen: Dein Besuch wird mich klüger werden lassen.«

Ohne Umschweife fragte ich den Gewürzhändler, ob er sich denken könne, daß Brieftauben auch den Weg zwischen Damaskus und Cairo fänden – so, wie ihnen der Weg zwischen Damaskus und Bagdad vertraut war.

Diese Antwort wurde mir zuteil: »Die Taube, oh Mahmud, findet ihren Heimatschlag immer. Für den Weg zwischen Bagdad und Damaskus benötigt sie zwei Tage. Die gleiche Zeit wird sie von Cairo nach Damaskus brauchen. Ich nehme an, du, oh Vertrauter des Beherrschers der Gläubigen, willst Brieftauben einsetzen, um Befehle des Herrn über Ägypten und Syrien rascher zu empfangen. Wenn es dir recht ist, so helfe ich gerne dabei. Ich beschäftige einen Mann, der die Tauben pflegt: Er wird dir geeignete Tiere besorgen.«

Ich fragte Salim al-Musanef, womit ich mich erkenntlich zeigen könne.

Da war der Gewürzhändler nicht um die Antwort verlegen: »Oh Mahmud, der du auch Herr bist über einen Ort des Vergnügens für uns Männer! Allah führt dich zu mir, der ich dich lange schon um ein offenes Ohr für meine Bitte ersuchen wollte. Du, oh Mahmud, hattest mit dem Schreiber Hassan Kailani, mit Mahmud Beshir, dem Verwalter des Grundbuchs, und mit Abd'al-Hamid, dem Stoffhändler, Absprachen getroffen, daß ihnen im Hamam Frauen zur Verfügung stehen. Gestatte mir, oh Herr über das Hamam, daß auch ich bei dir eine Zelle des Vergnügens finde.«

Rasch wurden wir handelseinig. Ich versprach dem Gewürzhändler, die Tür zur Kammer der Ochaïra stehe ihm immer offen. Er sagte zu, Ihsan, der Taubenzüchter, werde eine Hütte für sich und einen Schlag für die Tauben auf dem Dach des Hamam einrichten.

Wenige Tage später schickte ich drei der Haschiyun, die in einem Kasten Tauben mit sich trugen, zum Nil ins Quartier des Beherrschers der Gläubigen. Sie brachten dem Herrn auch ein Schreiben mit, das den Sinn und Zweck der Tauben erklärte. Ich empfahl dem Salah ed-Din in demutsvollen Worten, er möge mir versuchsweise durch die Tauben Nachricht zukommen lassen. Am selben Tag schickte ich drei weitere Haschiyun, die ebenfalls einen Kasten mit Tauben bei sich trugen, ins Nosairigebirge zur Festung Masyaf. Ich hielt es für nützlich, auch mit Scheich Sinan enger verbunden zu sein.

Am Abend jenes Tages lauerten mir zwei Gestalten auf, als ich eben mein Haus am Baradafluß betreten wollte. Im Augenblick der ersten Überraschung hatte ich Angst, überfallen und ermordet zu werden. Besonders eine der beiden Gestalten, die von eindrucksvoller Größe war, jagte mir in der Dunkelheit Schrecken ein. Dann aber erkannte ich im Licht meiner Fackel das Gesicht des kleineren Menschen: Es war Simeona, die Tochter des Seeräubers Leo von der Insel Astipalaia! Im Haus erfuhr ich dann, wen sie mitgebracht hatte: Es war ihr Vater!

Er war tatsächlich ein großer, respekteinflößender Mann. Sein bartloses Gesicht war vornehm geformt. Einen Seeräuber hatte ich mir nicht so edel vorgestellt. Dieser Mann sah aus, als ob sich in ihm die Eigenheiten eines welterfahrenen Kaufmanns mit denen eines Herrschers vermischt hätten.

Seine Stimme klang tief und kraftvoll, als er mich ansprach: »Du also bist Mahmud, den meine Tochter nicht vergessen kann! Ich habe mich auf den Weg gemacht, um sie dir zu bringen – wenn du sie noch willst. Ich habe mir allerdings auch vorgenommen, dich, oh Mahmud, sehr genau anzuschauen. Doch es gibt keinen Zweifel. Du wirst mir gefallen!«

Dies glaubte ich auch von ihm sagen zu können. Und je länger ich mit ihm zusammen war, desto mehr bestaunte ich die Mischung aus Kraft und Grazie, die in diesem Mann verwirklicht war.

Lange sprachen wir in dieser Nacht miteinander. Trauriges hatte ich zu berichten: Gwendolyn, die Frau des Salah ed-Din, die Simeona in Cairo zu warnen hatte, war im Hamam umgekommen. Sie war vom Nil nach Damaskus in ihren Tod geflohen. Dann erzählte ich von mir. Nichts verschwieg ich vor dem Seeräuber Leo: nicht meine Herrschaft über die Haschiyun in der Stadt, nicht die Verbindung zu Salah ed-Din, nicht die Absicht, einen Sklavenhandel in Damaskus einzurichten.

Ganz besonders diese Absicht gefiel meinem Gast. Er meinte dazu: »Da werde ich, oh Mahmud, mit meinen Erfahrungen helfen können. Schließlich steht mein Gewerbe mit dieser Art von Handel in enger Verbindung!«

Endlich meinte Leo, es sei wohl an der Zeit, daß Simeona und ich wieder zueinander fänden – und er suchte sich im Haus einen Schlafplatz, der abseits lag von dem meinen, den in dieser Nacht Simeona mit mir teilte.

Nur wenig Schlaf hatten wir gefunden, als die Vögel in den Büschen am Fluß mit ihrem Zwitschern den baldigen Sonnenaufgang ankündigten. Bereitwillig folgte da Simeona meinem Vorschlag, unsere Körper im Flußwasser abzukühlen. Daß sie schwimmen konnte, hatte ich ja bereits beobachtet. Als wir uns am anderen Ufer auf Steine setzten, um Atem zu schöpfen, da fragte ich sie, ob es üblich sei auf der Insel Astipalaia, daß die Frauen sich derart frei im Wasser bewegten.

Sie antwortete mir: »Keineswegs, oh Mahmud! Die Frauen sind angehalten, sich immer keusch zu verhüllen. Meine Erziehung war anders. Ich bildete eine Ausnahme. Das hing damit zusammen, daß ich einige Monate mit dem Vater auf dem Schiff lebte. Ich war, als kleines Mädchen, ein Teil der Besatzung. Da meine Mutter starb, als ich fast noch ein Kind war, blieb meinem Vater zuerst nichts anderes übrig, als mich mitzunehmen, denn er wollte und konnte mich nicht allein im Haus auf der Insel zurücklassen. Zuerst jedoch hat er mir das Schwimmen beigebracht. Es war notwendig für mich, um in kritischer Lage nicht hilflos zu sein. Mein Vater war nicht auf dem Meer unterwegs, um friedlich einem Ziel entgegenzusegeln. Ich lebte mit ihm auf einem Seeräuberschiff. Einiges, was ich durchzumachen hatte, war schrecklich. Du würdest dich wundern, wenn du alles wüßtest! Doch ich will dir die Erzählung ersparen!«

Kaum hatte Simeona dies gesagt, war aus dem Dunkel die Stimme ihres Vaters zu hören. »Aber warum soll Mahmud nicht wissen, was du mitgemacht hast?«

Wir blickten in die Richtung, aus der die Stimme erklungen war, und sahen den Kopf des Vaters. Leo war uns nachgeschwommen. Schnell glitt er auf uns zu. Obgleich noch kaum ein Schimmer der Helligkeit des Tages über dem Baradafluß lag, war Leos Körper in der Schwärze des Wassers zu erkennen.

Ohne ein Anzeichen von Verlegenheit stieg er zu uns auf die Steine. Dann sagte er: »Du mußt wissen, Mahmud, daß ich von allen Mitgliedern der Besatzung meines Schiffes eine Mutprobe verlange. Jeder muß sich an einem Tau unter dem Kiel durch das Wasser ziehen lassen. Dazu wird vom Bug her das Tau unter den Schiffskiel gezogen. Die beiden Enden des Taus befinden sich dann jeweils auf einer der beiden Schiffsseiten. Dem nackten Mann, der die Mutprobe ablegen soll, wird ein Ende des Taus um den Leib gebunden, dann muß er ins Wasser springen und tauchen. Auf der anderen Seite des Schiffes ziehen Männer am Tau, und zwar so behutsam, daß der Tauchende nicht rasch unter dem Kiel durchgezogen wird, denn er könnte sich ja verletzen. Taucht der Mann an der anderen Schiffswand auf, wird er an Deck gezogen und bejubelt. Er hat Mut bewiesen. Als Simeona kein Kind mehr war, da mußte ich diese Probe auch von ihr verlangen. Sie wurde wie die Männer meiner Besatzung unter dem Schiffskiel durch das Wasser gezogen.«

Simeona unterbrach die Worte ihres Vaters. »Die Erinnerung daran ist mir unangenehm! Tief mußte ich tauchen, denn der Kiel liegt in der Schiffsmitte am tiefsten im Wasser. Ich glaubte, die Luft würde mir nicht ausreichen. Außerdem schwindet da unten schon das Licht. Es gibt einen Augenblick, da will man zurück. Doch da ist das Seil. Es zieht einen weiter. Dann erreicht man endlich den Kiel. Vorsicht ist geboten, denn leicht schlägt man sich den Kopf oder Arme und Beine dort an. Ist der Kiel überwunden, ist die Probe überstanden. Nun geht's wieder der Helligkeit entgegen. Unangenehm war dann nur noch, so nackt, wie ich war, von den Männern angefaßt und im Triumphzug über das Schiffsdeck getragen zu werden.«

Ehe wir drei wieder in den Fluß glitten, meinte Leo: »Wenn du, Mahmud, einmal auf dem Schiff bei mir bist, darfst du selbst den Grad deines Mutes erproben!«

Der Hamami als Statthalter

Sobald das Leben in der Stadt erwacht war, begab ich mich mit Leo und Simeona ins Hamam. Es war noch nicht die Stunde, da das Tor für die Kundschaft geöffnet wurde. Allein Murdjana und Abd'Allah waren anwesend. So konnte Leo in aller Ruhe die Räume, Säle und alle Einrichtungen des alten und des neuen Hamam besichtigen. Verschlossen blieben ihm nur die Kammern, die von den zwölf geraubten Mädchen bewohnt wurden. Als ich eben meinem Gast erklären wollte, wie ich in den Besitz dieser Frauen gekommen war, fiel mir ein, daß dies wohl unnötig war, denn Leos Tochter hatte ja selbst zu den Geraubten gehört. Sie hatte die anderen gesehen, mit ihnen gesprochen. Sie wußte einiges von deren Abstammung. Sie kannte die Namen der Heimatorte. Nur mit der einen, gegen die sie eingetauscht worden war, hatte Simeona nicht geredet.

Es erwies sich, daß Leo tatsächlich Bescheid wußte über den Schatz an außergewöhnlichen Frauen, den das Hamam barg. Er sprach: »Es ist doch wahr, Mahmud, daß Salah ed-Din bisher keine Ansprüche erhoben hat auf diese Frauen. Sie sind dein Eigentum, auch wenn der Bund der Haschiyun die Kosten der Entführung getragen hat, denn du bist das Oberhaupt der Haschiyun hier in Damaskus. Verkaufst du die zwölf Frauen, dann hast du dir eine gute Grundlage für das Geschäft mit Sklaven erworben. Wie mir die Frauen geschildert worden sind, glaube ich, daß ein guter Preis dafür zu erzielen ist, auch wenn Damaskus als Marktort des Sklavenhandels noch nicht bekannt ist.«

Trotz des Rates, jetzt an den Verkauf der Frauen zu denken, zögerte ich. Ich war mir nicht so sicher, daß der Beherrscher der Gläubigen sich nicht mehr daran erinnerte, mir einst den Befehl gegeben zu haben, für sein Vergnügen besondere Vorsorge zu treffen.

Es geschah an jenem Tag, daß der Gewürzhändler Salim al-Musanef mich im Hamam aufsuchte. Ich dachte, der Zweck seines Besuchs sei es, die ihm versprochene Ochaïra in Besitz zu nehmen. Doch da täuschte ich mich.

Er sprach: »Oh Mahmud, dessen Haus die Brieftauben noch nicht als ihre Heimat betrachten! Auf mein Dach sind sie geflogen. Heute um die Mittagszeit saßen zwei Tauben da, die ganz erschöpft waren vom weiten Flug. Beide gehören zu den Tieren, die mein Taubenpfleger Ihsan dir gebracht hatte. Jede trug eine Rolle aus dünnem Leder am Fuß. Hier überbringe ich dir die Botschaften!«

Der Gewürzhändler übergab mir die kleinen und leichten Rollen, die mit einer dünnen Schicht Siegellack verschlossen waren. Noch ehe ich das Siegel brach, verabschiedete sich Salim al-Musanef mit diesen Worten: »Oh Mahmud, du Herr, dem ein Mächtiger Wichtiges mitzuteilen hat! Ich überlasse dich deinen Geheimnissen!«

Als er das Hamam verlassen hatte, öffnete ich die eine Rolle. Sie enthielt ein viereckiges Stück dünnen Papiers, das eng beschrieben war. Dieses Schreiben stammte von Scheich Sinan. Dies war die Mitteilung des obersten Herren der Haschiyun: *Oh Mahmud, es ist bis hierher, bis zur Burg Masyaf zu spüren, daß Allah, der Allmächtige, dir Gewalt über andere zusprechen wird. Wenn dies geschieht, bedenke vor allem eines: Der Kampf für den Glauben ist oberstes Gebot! Nutze diese Information, die ich dir jetzt gebe, gut aus: Eine große Karawane ist auf dem Weg von der Festung Ferzipasa nach Süden. Sie ist an der Ortschaft Jisr Schughur vorbeigezogen. Die Karawane wird nicht in Damaskus Rast halten, denn sie ist von Eile getrieben. In einer der Kamelsänften reist die Mutter des Salah ed-Din. Sie will rasch zu ihrem Sohn nach Ägypten – solange der Waffenstillstand hält. Oh Mahmud, bedenke alle meine Worte, und handle nach deiner Erkenntnis im Sinne Allahs, des Allmächtigen!*

Eilends brach ich das Siegel der anderen Rolle. Ich fand wiederum ein Papier. Es enthielt eine Mitteilung des Beherrschers der Gläubigen: *Oh Mahmud, der du den lobenswerten Einfall hattest, Vögel des Himmels in meinen Dienst zu stellen. Wisse, daß ich bestimme: Du bist von nun an mein Statthalter in Damaskus! Deine erste Handlung soll sein, Odo von Saint-Amand, den Großmeister des Templerordens, und den Ritter Hugo von Galiläa in Ehren aus der Haft zu entlassen. Sorge dafür, daß du mir täglich Bericht erstatten kannst über alle Vorgänge in Damaskus. Es darf nicht so bleiben, daß nur ich dir Tauben schicke. Richte es ein, daß Tauben auch den Weg an den Nil finden!*

Ich eilte, kaum hatte ich die Worte des Beherrschers der Gläubigen richtig begriffen, ins Maristan. Dorthin ließ ich den Rechtsgelehrten Ahmed al-Qurtubi kommen. Er bestätigte die Rechtmäßigkeit meiner Ernennung zum Statthalter. Da beauftragte ich den Haschiyun Sadam Maruf damit, den Bewohnern von Damaskus verkünden zu lassen, daß der Beherrscher der Gläubigen mir alle Gewalt über Leben und Tod anvertraut habe.

Noch hatte ich nicht verfügt, den Großmeister des Templerordens und den Ritter Hugo von Galiläa freizulassen. Ein nicht recht faßbarer Gedanke hielt mich davon ab. Da hatte ich im Schreiben des Scheich Sinan die Anspielung auf den Waffenstillstand gelesen. Daß der Feldzug gegen die Ungläubigen unterbrochen war, das konnte dem obersten Herrn der Haschiyun nicht gefallen. Ich handelte also in seinem Sinne, wenn ich etwas unternahm, das den Kampf wieder aufflammen ließ. Es steckte wohl auch Absicht dahinter, wenn mir Scheich Sinan mitteilte, eine große Karawane sei unterwegs und mit ihr reise die Mutter des Salah ed-Din.

Ganz plötzlich wurde mir deutlich, was Scheich Sinan bezweckte! Geschah der Karawane etwas, stieß seiner Mutter Unheil zu, dann mußte sich der Beherrscher der Gläubigen gezwungen sehen, erneut zu kämpfen. Brachen die Ritter des christlichen Königreichs den Waffenstillstand, war die Fortsetzung des Krieges die unausweichliche Folge. Von mir erwartete Scheich Sinan, daß ich den Anstoß zum Bruch des Waffenstillstands gebe. Ich hatte auch bereits den Einfall, wie dies geschehen konnte.

Am Abend, als sich kein Kunde mehr im Hamam befand, ließ ich den Ritter Hugo von Galiläa fragen, ob es ihm Freude machen würde, mit mir gemeinsam das Dampfbad zu benutzen. Eilfertig ließ er mir sagen, nichts könne ihm höheres Vergnügen bereiten, als diese Besonderheit der Stadt Damaskus kennenzulernen. So geschah es, daß der Ritter neben mir im Raum der Hitze Ströme von Schweiß vergoß. Abd'Allah bediente uns, und er war dazu genauso nackt wie wir. Daß Abd'Allahs Unterleib beschaffen war wie der einer Frau, erregte die Aufmerksamkeit des Ritters über die Maßen. Da erlaubte ich ihm, dem Eunuchen zwischen die Beine zu fassen. Mit Erstaunen stellte Ritter Hugo fest, es sei kein Unterschied zu einer wirklichen Frau zu erfühlen.

Jetzt erst erklärte ich, mir sei die Gewalt gegeben, ihn und den Großmeister des Templerordens freizulassen – am kommenden Morgen werde dies bereits geschehen. Dann erwähnte ich eher beiläufig, es sei wohl klug, die Straße des Jordantals hinter sich zu lassen, ehe die riesige Karawane dort durchziehe. Unermeßlich seien die Reichtümer, die den Kamelrücken aufgebürdet seien, und außerdem reise die Mutter des Salah ed-Din mit. Ich bemerkte noch, daß hoffentlich keine räuberische Bande auf die außergewöhnliche Karawane aufmerksam gemacht worden sei, denn die Beute würde sich wohl lohnen. Während ich so über die Karawane sprach, glaubte ich, im Gesichtsausdruck des Ritters eine Spur von Beutegier zu entdecken. Die Saat war gelegt zu dem, was dann geschehen sollte.

Wir waren eben dem Becken des kalten Wassers entstiegen, da winkte mir von der Tür her Murdjana zu. Ich band mir ein Tuch um die Lenden und folgte ihr in die Vorhalle. Dort stand der Arzt Ibn al-Dakhwar al-Umran, und neben ihm sah ich eine Gestalt, die mit schwarzem Stoff verhüllt war. Ohne ein Wort zu sagen, zog Ibn al-Dakhwar al-Umran das Tuch weg. Ein nacktes Wesen sah ich vor mir, das einer Frau glich und das doch den muskulösen Körper eines Mannes besaß. Der Schoß war weiblich, die Brust aber männlich. Da erkannte ich zu meinem Entsetzen, wer vor mir stand: Mohammed Ibn al-Rahman!

Ibn al-Dakhwar al-Umran hatte seinen Auftrag, den ich ihm noch vor dem Brand der Zitadelle erteilt hatte, ausgeführt. Der einst mächtigste Mann in Damaskus war in einen Eunuchen verwandelt worden. Ein zweites Mal hatte der Arzt Erstaunliches geleistet: Mohammed Ibn al-Rahmans Unterleib glich dem des

Abd'Allah. In einem unterschieden sich die beiden allerdings: Abd'Allahs Augen konnten strahlend leuchten – die Augen des Mohammed Ibn al-Rahman waren stumpf geworden und leblos.

Während ich den Eunuchen betrachtete, hielt mein Entsetzen an. Meine Gefühle wehrten sich gegen diesen Anblick. Sie drängten mich, diesen Eunuchen unter allen Umständen aus dem Haus zu geben. Da fiel mir das Interesse des Hugo von Galiläa an Abd'Allah ein. Dem Ritter konnte ich eine Freude bereiten, wenn ich ihm einen Eunuchen schenkte. Ich nahm Mohammed Ibn al-Rahman mit in den Raum des Kaltwasserbeckens. Dort wartete Hugo auf meine Rückkehr. Sein freudiges Erstaunen verbarg er nicht, als er erneut ein Wesen mit weiblichem Unterleib und männlichem Oberkörper sah. Ich sprach: »Oh Ritter, der du unfreiwillig Gast in meinem Hause sein mußtest! Ich fühle mich verpflichtet, gutzumachen, was dir und Odo von Saint-Amand angetan worden ist. Nimm den Eunuchen von mir als Geschenk an. Du und der Großmeister, ihr beide könnt ihn nach Jerusalem mitnehmen!«

Da bedankte sich Hugo von Galiläa überaus herzlich. Als dann am anderen Morgen die christlichen Herren im Frühdunst vom Hamam wegritten, da folgte ihnen, ebenfalls zu Pferde, Mohammed Ibn al-Rahman. Die drei waren eben verschwunden, da erinnerte ich mich daran, daß dieser Eunuch eigentlich Abd'al-Mahmud hätte heißen sollen. Mein Entsetzen hatte diese Namensänderung zum Glück verhindert.

Als ich zum Dar al-Hadith ging, eilten die Nachbarn, sobald sie mich sahen, aus ihren Ladengewölben, um mich zu grüßen. An ihren Gesichtern war ihre Ergebenheit abzulesen, aber auch ihre Verwunderung über meine Erhöhung. Mancher sprach wohl auch insgeheim ein Wort des Spottes über den Hamami, der zum Oberhaupt der Stadt ernannt worden war, doch laut seine respektlose Meinung zu äußern, das wagte niemand mehr.

Beim Rechtsgelehrten Ahmed al-Qurtubi angekommen, bestimmte ich im Namen des Beherrschers der Gläubigen, daß das Dar al-Hadith von nun an als Amt der Obrigkeit zu wirken habe. Alle Gelehrten des Hauses der Wissenschaft hätten sich als Räte des Stadtoberhauptes zu betrachten. Als diese Anordnung getroffen war, sprach ich: »Oh Ahmed al-Qurtubi, der die Gesetze des Erhabenen kennt wie kein anderer! Welche Weisung gibst du mir mit für den Eintritt in das Amt, das mir der Beherrscher der Gläubigen zugesprochen hat?«

Da erwiderte Ahmed al-Qurtubi: »Oh Mahmud, der du rasch vom Schüler zum Meister geworden bist! Bedenke ein Wort des Propheten, dem Allah auf ewig Heil spenden möge, das überliefert ist. Es lautet: *Wird eine Strafe vollstreckt, die dem Willen Allahs entspricht, so ist das für das ganze Land der Gläubigen besser als Regen, der vierzig Tage lang anhält.* Du sollst allerdings auch wissen, daß nicht alle Rechtsgelehrten der Meinung sind, dieses Wort sei wirklich dem Propheten, den Allah mit Heil auszeichne vor anderen, zuzuschreiben. Ich allerdings meine, daß es echt ist. Und du, oh Mahmud, solltest es ebenfalls für echt erachten. Das Wort bedeutet: Gnade sei nicht angebracht gegenüber Verbrechern, die gegen Allahs Gebot verstoßen oder die einen Mord an einem Gläubigen begangen haben. Vergib auch nie jemandem, der im Ungehorsam gegen dich gehandelt hat. Die Vollstreckung eines Urteils – dies lernen wir aus jenem Wort – bringt dem Lande Segen, denn dadurch wird das Böse getilgt. Die Obrigkeit ist angewiesen, das Böse mit aller Härte zu bekämpfen. Geschieht dies nicht, so weitet es sich aus und gefährdet die Seligkeit aller Gläubigen. Wer den Feind Allahs, des Erhabenen, tötet, der handelt barmherzig an denen, die er durch die Urteilsvollstreckung vor dem Bösen bewahrt. Bedenke auch, oh Mahmud, was uns die Vierundzwanzigste Sure des Heiligen Buches lehrt: *Wenn eine Frau und ein Mann Unzucht begehen, dann verabreicht jedem von ihnen hundert Peitschenhiebe. Laßt euch nicht von Mitleid beeinflussen, denn die Strafe ist von Allah bestimmt. Wenn ihr an Allah glaubt und an das Jüngste Gericht, dann vergeßt das Mitleid!*«

Eindringlich war der Rat, den Ahmed al-Qurtubi mir gab: Wer Mitleid zeigt, der läuft Gefahr, daß Allah ihn straft. Nach dieser Belehrung verließ ich mit ernsten Gedanken das Dar al-Hadith.

Noch hatte ich den Wunsch des Beherrschers der Gläubigen nicht erfüllt, Vorkehrungen zu treffen, daß täglich Tauben mit Botschaften von Damaskus zum Nil fliegen konnten. Diese Aufgabe war nicht einfach. Ich mußte den Gewürzhändler Salim al-Musanef veranlassen, mir seinen Taubenzüchter Ihsan auszuleihen. Dieser

Mann hatte nach Cairo zu reiten, um dort einen Schlag einzurichten, der die Tauben anlockt, wenn sie von Damaskus zum Nil fliegen sollen. Und so machte sich schon bald der Taubenzüchter Ihsan in der Begleitung zweier Haschiyun auf den Weg zu Salah ed-Din. Auf dem Rücken trugen die Männer Taubenkäfige, in denen Tiere saßen, die am Nil ihren Heimatschlag finden sollten.

In jenen Tagen mußte ich die Aufsicht über das Hamam voll und ganz Leo überlassen. Diese Arbeit führte er mit Geschick aus, und ich konnte ihm vertrauen. Ich hatte mich mit der Frage zu befassen, ob die Zitadelle wieder aufgebaut werden sollte. Der ausgebrannte Bau war eine öde Ruine. In den Mauerfugen begann bereits Gestrüpp zu wachsen. Ich entschied, daß einige der Räume, deren Gewölbe erhalten geblieben waren, als Schlafsäle für die Bewaffneten hergerichtet würden.

Ein Wiederaufbau der Teile, in denen Salah ed-Din gewohnt hatte, war vorläufig nicht notwendig, da dem Beherrscher der Gläubigen in Damaskus eine andere Unterkunft zur Verfügung stand, die seiner würdig war.

Der Mordbefehl

Tagsüber hielt ich mich meist im Dar al-Hadith auf. Ich suchte das Gespräch mit klugen Männern, und die fand ich dort. So fragte ich einmal den Rechtsgelehrten, ob nach den Gesetzen des Islam auch jemand zu bestrafen sei, der sich selbst bezichtigt.

Da neigte Ahmed al-Qurtubi sein Haupt und sprach: »Wisse, oh Mahmud, daß vom Propheten, dem Allah seinen Segen in reichem Maße spenden möge, diese Begebenheit überliefert ist: Zum Gesandten Allahs kam eine Frau, die sich selbst beschuldigte, Unzucht getrieben zu haben. Sie verlangte, bestraft zu werden. Nun ist die Strafe für Unzucht die Steinigung. Und so wurde diese Frau gesteinigt. Als dies geschehen war, sprach der Gesandte Allahs die Totengebete für die Gesteinigte, und er erregte damit das Erstaunen seiner Getreuen. Als er diese Verwunderung bemerkte, sprach er: ›Fürwahr, diese Frau hat derart viel Reue gezeigt, daß die Reue allein für den Einzug von siebzig Bewohnern der Stadt Medina ausreichen würde. Sie hat sich und damit auch uns durch die Strafe gereinigt!‹« Der Rechtsgelehrte sagte zum Schluß der Unterweisung: »Nimm auch du dir dieses Geschehen zu Herzen!«

In diesem Augenblick betrat Leo den Raum im Dar al-Hadith. Er sprach zu mir: »Oh Mahmud, der du Arm und Stimme des Mächtigen bist! Laß dir berichten, was die Kunden des Hamam untereinander sprechen!«

Es waren wieder einmal Handelsherren aus dem christlichen Königreich im Dampfbad gewesen. Sie hielten sich in Damaskus auf, um die Zeit des Waffenstillstands für ihre Geschäfte zu nutzen. Wie mir Leo mitteilte, waren sie allerdings der Meinung, die Tage des friedlichen Handels seien gezählt. Eine Schar von Rittern habe Jerusalem verlassen, um eine mit reichen Gütern beladene Karawane anzugreifen, die eben das Land ostwärts des Toten Meeres erreicht hätte. Diese Karawane sei unterwegs nach Cairo. Als er mir diesen Sachverhalt geschildert hatte, meinte Leo: »Oh Mahmud, das Seltsame ist, daß einer der Kunden behauptete, er wisse genau, ein Eunuch aus Damaskus sei es gewesen, der die Karawane an die christlichen Ritter verraten hat!«

Dies war nun tatsächlich zum Erstaunen, denn ich hatte über diese Karawane und über die Beute, die sie versprach, allein mit dem Ritter Hugo von Galiläa gesprochen und nicht mit dem Eunuchen Mohammed Ibn al-Rahman. Gleichgültig, woher er vom Zug der Karawane erfahren hatte, der Eunuch hatte einen Stein ins Rollen gebracht! Scheich Sinan, der Herr von Masyaf, würde seine Freude an den Folgen haben.

Von eben jenem Herrn des Nosairigebirges erhielt ich nur wenige Zeit später Nachricht. Der Gewürzhändler überbrachte sie mir in verschlossener Hülse. Ich bedankte mich beim Überbringer, und er ließ mich mit der Nachricht allein. Ein Gedicht entnahm ich der Hülse. Es lautete:

Du wirst die Botschaft lesen –
Wie's schon einmal gewesen.
Doch denk' an das Hamam,
Denn Schweiß wirkt wundersam.

So schwitz' mit einem Weib.
Prüf' sorgsam ihren Leib.
Malaika ist ihr Nam'.
Erwarte sie im Hamam.

Wenig konnte ich aus diesen Versen lesen. Ich hoffte darauf, daß Murdjana, die eine besondere Beziehung zu Gedichten hatte, mir sagen konnte, was Scheich Sinan mir mitteilen wollte. Die Worte verbargen auf den ersten Blick ihren Inhalt. Scheich Sinan war wohl in Sorge gewesen, die Anweisung könnte von jemanden gelesen werden, der ihm und mir feindlich gesonnen war.

In Murdjana hatte ich mich nicht getäuscht. Als ich ihr am Nachmittag im Hamam das Papier mit den Verszeilen übergab, begann sie sofort zu erklären: »Oh Mahmud, dem die Feinheiten der Dichtkunst verborgen bleiben! Zwei Dichter sind in Syrien zu Hause, die solche Verse erfinden können. Der eine ist Majid al-Kudsi, und der andre heißt Schawahi. Dieser letztere schätzt vor allem Rätselgedichte. Schawahi muß der Dichter dieser Verse sein. Wenn das so ist, dann lebt Schawahi jetzt auf der Burg Masyaf.«

Ungeduldig unterbrach ich sie. Ich wollte nicht wissen, wer die Verse geschrieben hatte. Ich wollte den Inhalt erfahren.

Murdjana konnte mir tatsächlich damit dienen. »Schon einmal, oh Mahmud, hast du eine Botschaft vom Leib eines Menschen abgelesen. Ich weiß nicht, wie du die Schrift damals sichtbar gemacht hast. Diesmal wird es Schweiß sein, der im Hamam vergossen wird. Eine Frau soll schwitzen. Also wird sich die Nachricht auf ihrem Leib befinden. Der Schweiß wird die Schrift sichtbar machen. Malaika heißt die Frau, und sie wird ins Hamam kommen.«

Am folgenden Tag besuchten die Handelsherren aus dem christlichen Königreich erneut das Dampfbad. Leo erzählte mir am Abend, über was sie sich unterhalten hatten: »Sie waren hier, um Abschied zu nehmen von ihren Freunden in der Stadt, denn sie rechneten jetzt mit dem raschen Ende des Waffenstillstands. Die Karawane ist überfallen worden, gerade als Menschen und Tiere bei der Oase Taima Rast machten. Die Herren aus Jerusalem hatten erfahren, daß alle Männer, die bei der Karawane waren, niedergestochen worden seien. Die Mutter des Salah ed-Din aber sei nach Jerusalem entführt worden. Die Kunden meinten, unermeßlicher Reichtum sei in die Hände der Ritter gefallen.«

Ich fragte: »Weiß man, oh Leo, wer den Überfall angeführt hat?«

Die Antwort war: »Ein Name ist öfter genannt worden. Er lautet Rainald von Châtillon!«

Noch in der Nacht begab ich mich ins Maristan, um Anordnungen zu treffen für den unausbleiblichen Ausbruch der Feindseligkeiten zwischen dem christlichen und dem islamischen Staat. Mit Sadam Maruf beriet ich darüber, wie wir mit Hilfe des Bundes der Haschiyun einen Verband Bewaffneter aufstellen könnten, um Damaskus gegen die Ritter zu verteidigen. Wir besaßen allerdings nur eine geringe Zahl an Schwertern und Spießen, an Pfeilen und Bogen, denn beim Brand der Zitadelle war auch die Waffenkammer zerstört worden. Sadam Maruf versprach, Männer und Waffen für den Verteidigungsfall bereitzustellen.

Daß der Beherrscher der Gläubigen nun sein Heiliges Schwert ziehen würde, um die Beschimpfung zu rächen, die ihm durch die Entführung seiner Mutter angetan worden war, daran gab es für mich keinen Zweifel. Salah ed-Din würde von nun an kämpfen, bis das christliche Königreich Jerusalem ausgelöscht war. An Gnade gegenüber den fränkischen Rittern war nicht mehr zu denken.

Der folgende Tag war im Hamam den Frauen vorbehalten. Nach Ansicht Murdjanas konnten wir damit rechnen, daß jene Frau, die den Namen Malaika tragen sollte, gegen Abend das Hamam betreten würde. Murdjana versprach, darauf zu achten, ob sich eine Frau anders benahm als diejenigen, die wußten, wie man das Dampfbad zu benutzen hatte. Als der Tag sich neigte, hielt auch ich mich im Hamam auf, in jener Nische, die früher vom Hamami benutzt worden war. Fast alle Kundinnen waren bereits nach Hause gegangen, als noch jemand die Vorhalle betrat. Durch den leicht geöffneten Vorhang sah ich ein noch sehr junges Mädchen, das mit Murdjana sprach. Bald darauf kam Murdjana in die Nische und flüsterte: »Es ist Malaika. Ich bringe sie schon ins Dampfbad.«

Da rief ich Murdjana nach: »Sie soll aber erst schwitzen, wenn auch ich dort bin!« Ich hatte ja keine Ahnung, ob der Schweiß auf der Haut die Schrift rasch oder langsam sichtbar machte. Zur Vorsicht beeilte ich mich, in den Raum der Hitze zu gelangen.

Als ich meine Kleider abgelegt hatte und eintrat, da lag die Frau nackt auf dem Rücken. Murdjana stand bei ihr. Sie war ebenfalls nackt. Die Fremde war fast noch ein Kind. Ihr Anblick war überaus bezaubernd. Doch ich befand mich nicht im Hamam, um meine Sinne reizen zu lassen. Ich war anwesend, um auf dem Leib jener Frau eine Schrift zu lesen. Doch da war nichts zu erkennen. Murdjana drehte das Mädchen um, aber auch der Rücken schien nicht mit Schriftzeichen bedeckt zu sein. Schließlich stellte Murdjana fest: »Sie schwitzt ja auch noch gar nicht! Vielleicht ist ihr Gemüt zu sehr angegriffen durch das, was sie jetzt erlebt. Sicher hat sie noch nie einen nackten Mann gesehen! Das beste wird sein, du gehst wieder hinaus. Die Schriftdeutung verstehe ich ohnehin besser als du!«

Nicht ungern verließ ich den Dampfraum wieder, denn mir war bereits anzumerken, daß diese Kindfrau mich zu reizen begann.

Es war schon Mitternacht, als Murdjana in die Nische kam. Sie wirkte erschöpft und müde und bat mich, ihr einen Krug mit Wasser zu holen. Als sie dann getrunken hatte, sagte sie: »So viel habe ich in meinem ganzen Leben nicht geschwitzt wie heute abend! Dieses Mädchen Malaika aber vergoß keinen Tropfen Schweiß. Ich fand die Hitze unerträglich. Ihre Haut aber veränderte sich keineswegs. In meiner Ratlosigkeit begann ich, sie leicht zu schlagen. Tatsächlich, wo sich die Haut rötete, zeigten sich bald Schweißperlen. Da schlug ich sie stärker. Zunächst auf den Rücken, dann auch auf den Bauch. Dies bewirkte, daß sie heftiger schwitzte. Ganz langsam wurden auf der geröteten Haut überall dort, wo Schweißperlen standen, Schriftzeichen sichtbar. Nicht immer traten sie deutlich hervor. Ich half nach durch Verreiben des Schweißes. Doch schließlich konnte ich die Worte entziffern. Da war zu lesen: *Vernimm meinen Befehl, oh Mahmud! Ein Verräter am Islam ist Salah ed-Din, der sich weigert, den Krieg für Allah, den Allmächtigen und Allerbarmer, zu führen! Dein neuer Herr sei Malik as-Salih Ismaïl, der Sohn des Nur ed-Din. Mit Hajat al-Nufus befindet er sich in Aleppo. Übergib ihm die Stadt Damaskus! Er und ich werden es dir lohnen! Mißachtest du aber diesen Befehl, dann wartet auf dich, oh Mahmud, der Tod!*

Nur mühsam begriff ich, was von mir durch diese Worte verlangt wurde. Wie benommen fragte ich Murdjana: »Nachdem du die Schrift gelesen hattest, was geschah da mit dem Mädchen?«

Die Antwort war: »Ich brachte sie zum Becken des kalten Wassers und tauchte sie ein. Da schwanden die Wörter und Buchstaben allmählich. Nichts ist mehr zu lesen auf der Haut. Malaika schläft jetzt erschöpft.«

Untreue war von mir gefordert gegenüber dem Beherrscher der Gläubigen! Blieb ich in seinem Dienst, dann hatte ich mit dem Tod zu rechnen. Die Frage war nur: Galt der Befehl aus Masyaf noch? Er war geschrieben worden, als Salah ed-Din noch nicht zum Kampf herausgefordert worden war. Jetzt aber hatte der Waffenstillstand ein Ende gefunden. Der Krieg gegen die Ungläubigen wurde doch wohl fortgesetzt. Ich beschloß, Scheich Sinans Befehl nicht zu beachten.

Doch wenige Tage später war ich nicht mehr sicher, daß ich klug gehandelt hatte. Da erzählte mir Leo, die christlichen Handelsherren befänden sich noch immer in der Stadt. Sie hätten das Hamam aufgesucht und untereinander darüber gesprochen, daß der Waffenstillstand auch weiterhin wirksam sei. Salah ed-Din habe wohl seine Schwäche eingesehen und Gesandte vom Nil nach Jerusalem geschickt, die den König Balduin, der noch immer lebte und regierte, bitten sollten, die entführte Mutter freizugeben. Damit, so hatten die Kaufleute im Hamam gemeint, habe sich der Herrscher über Ägypten und Syrien für immer Schande auf sein Haupt geladen.

Tag für Tag fürchtete ich, Scheich Sinan schicke einen Haschiyun mit dem Auftrag, mich zu ermorden. Als nichts dergleichen geschah, entschloß ich mich, selbst zu handeln. Sadam Maruf erhielt den Befehl, einen seiner jungen Männer nach Aleppo zu senden, um Malik as-Salih Ismaïl, den neuen Günstling des Scheichs, zu töten.

Sadam Maruf war glücklich über diesen Auftrag. Er sprach: »Dies, oh Herr über so viele, die dir ergeben sind, ist unsere wahre Aufgabe! Wir sind nicht Überbringer von Brieftauben! Wir sind das, was die christlichen Ritter *Assasins* nennen. Uns ist das Paradies versprochen, aber nur wenn wir im Dienste des Islam töten. Da derjenige umgebracht werden soll, der dem wahren Beherrscher der Gläubigen die Würde der Macht nehmen will, befolgen wir, was du befiehlst – auch wenn wir dem Wunsch des Scheich Sinan zuwider handeln. Wir hätten dir nicht geholfen, Damaskus einem anderen auszuliefern. Noch ist Salah ed-Din der wahre Herrscher!«

Sadam Maruf sah meine Verwunderung und sagte lächelnd: »Mich wundert es, oh Mahmud, daß du dich wunderst. Du solltest wissen, daß deine Diener vor Leo nichts verbergen, was sie sehen und hören – aber sie sind gut beraten, wenn sie auch mir sagen, was vorgeht. Niemand hat bemerkt, daß in jener Nacht das Mädchen Malaika noch einmal zum Schwitzen gebracht wurde – durch jemanden in deinem Hause, den ich dir nicht nenne, der mir aber treu ergeben ist. Die Schrift auf dem Leib wurde schon nicht mehr so deutlich sichtbar wie beim ersten Mal, sie war aber noch zu lesen. Der Diener, der mir vertraut, hat den Wortlaut abgeschrieben. So kam es, daß ich Bescheid weiß.«

Die Offenheit, mit der er mir erklärte, daß ich nicht uneingeschränkt Herr im eigenen Hause sei, verblüffte mich doch sehr. Mir wurde deutlich, daß ich den Bund der Haschiyun nicht straff genug geführt hatte. Sadam Maruf hatte begonnen, mir die Herrschaft aus der Hand zu nehmen. Den Mordbefehl hatte ich eben noch im richtigen Augenblick gegeben. Hätte ich nicht einen derartigen Auftrag erteilt, dann hätte Sadam Maruf gehandelt – und vielleicht wäre ich das Opfer geworden.

Malaikas Liebeskünste

Über den Fortgang der Ereignisse wurde ich durch die Kunden im Hamam unterrichtet. Leo erstattete mir jeden Abend Bericht. Da sprachen weitgereiste Fremde darüber, es sei doch erstaunlich, das Salah ed-Din nicht einmal Wiedergutmachung fordere für die Güter, die ihm Rainald von Châtillon abgenommen hatte. Seine augenscheinliche Sanftheit machte den Beherrscher der Gläubigen von Tag zu Tag lächerlicher. Ich fühlte mich verpflichtet, ihm mitzuteilen, daß sein Ansehen in Damaskus immer mehr sinke.

Zum Glück waren inzwischen die Haschiyun vom Nil zurückgekehrt, die dort Tauben an einen neuen Schlag zu gewöhnen hatten. Mit ihnen waren auch die Tauben wieder nach Damaskus gekommen. Nun war es äußerst wichtig, daß die Tiere ihren Weg zurück an den Nil fänden. Ein Anlaß, eine Nachricht nach Cairo zu senden, ergab sich schon zwei Tage später. Ich teilte Salah ed-Din mit, Kaufleute aus Aleppo, die am Vortag die syrische Hauptstadt erreicht hätten, seien überzeugt, Malik as-Salih Ismaïl sei gestorben. Daß sein Tod natürliche Ursachen gehabe habe, glaube niemand. Offenbar sei er vergiftet worden.

Diesem Bericht über den wahrscheinlichen Tod des Malik as-Salih Ismaïl fügte ich noch an, das plötzliche Ableben des Sohns von Nur ed-Din werde von allen aufrechten Untertanen als ein Zeichen Allahs betrachtet, der auf diese Weise dem Kämpfer des Islam eine Gefahr beseitigt hatte, die bisher eine ständige Bedrohung war. Der Grundsatz des Handelns für den Beherrscher der Gläubigen sei bisher gewesen: Erst Aleppo, dann Jerusalem! Dieser Grundsatz sei jetzt wohl ungültig geworden.

Ich überlegte, ob ich mit einer derartigen Bemerkung nicht zu weit gegangen sei, doch dann brach das Selbstbewußtsein in mir durch: Schließlich war ich Statthalter in Damaskus! So rollte ich mit gutem Gewissen das Papier zusammen, auf das ich meine Worte geschrieben hatte, und steckte es in eine kleine lederne Hülle. Ich schaute zu, wie die Hülle am Fuß einer Taube befestigt wurde und wie der Vogel davonflog. Wieder einmal mußte ich abwarten, wie das Schicksal entschied. Ich hatte keine Möglichkeit mehr, die Entwicklung des Geschehens zu beeinflussen.

Am Abend betrat ich das Hamam. Leo wußte mir zu erzählen, die Kunden hätten darüber gerätselt, wer Malik as-Salih Ismaïl umgebracht habe. Den Haschiyun, so meinte Leo, werde der Mord nicht zugeschrieben, denn sie töteten ihre Opfer immer mit dem Dolch. Gift sei ihre Waffe nie gewesen. Die Schuld am Tod des Sohnes von Nur ed-Din werde Salah ed-Din gegeben. Er allein habe Nutzen vom Ende dieses Rivalen. Bemerkenswert war eine Neuigkeit: In den Häfen des Königreichs Jerusalem wurden offenbar einige Schiffe erwartet, die Pilger in großer Zahl ins Heilige Land bringen sollten. Die Mächtigen unter den Rittern wollten erreichen, daß möglichst viele dieser Pilger sich einreihten in die Verbände der Kämpfer. Verstärkung brauchte das christliche Heer dringend. Als ich diese Neuigkeit vernommen hatte, beschloß ich, noch in dieser Nacht eine weitere Taube an den Nil zu schicken. Der Beherrscher der Gläubigen mußte erfahren, daß Gefahr drohte. Die christlichen Ritter nutzten den Waffenstillstand aus, um Kampfkraft zu gewinnen. Sehr gespannt war ich, ob die Vögel Cairo erreichen würden. Ich traute dieser Art der Nachrichtenübermittlung nicht so recht.

Später, als ich nachdenklich in der Vorhalle des Hamam saß, trat Murdjana zu mir. »Oh Mahmud, du bist zu jung, um den Abend und die Nacht mit trüben Sinnen zu verbringen!« Murdjana setzte sich in eine entfernte Ecke, und sie begann nach einiger Zeit leise zu singen:

Malaikas Leib hast du gesehen:
Sie ist noch Kind und doch schon Frau.
Daß sie dich reizt, ist zu verstehen,
Ich kenne dich doch recht genau:
Du bist zu scheu, sie zu verletzen!
Sie ahnt nur, was ein Mann begehrt.
Kannst du die Gier durch Zärtlichkeit ersetzen,
Daß behutsam sie die Lust erfährt?
Auch wer sich zügelt, spürt Vergnügen.
Vielleicht willst du sie Schwimmen lehren?
Die Kunst, das Wasser zu durchpflügen,
Führt oft zu sinnlichem Begehren,
Wenn beide ihren Leib entblößt.
Sie verwehrt ihm die Berührung nicht,
Und beide fühlen sich erlöst,
Ohn' daß des Mädchens Siegel bricht.

Es war Murdjanas Kunst, im Lied einen Sinn auszudrücken, den sie ohne Melodie nie in Worte fassen würde. Ich wußte, daß sie alle Vorbereitungen für mich getroffen hatte, entkleidete mich und ging hinüber ins Dampfbad.

Dort saß Mailaika auf einer Bank und schwitzte. Sie sprach mich in fröhlichem Ton an: »Die Schrift, oh Mahmud, brauchst du nicht mehr zu suchen. Sie ist von meiner Haut völlig verschwunden!«

Ich antwortete: »Diesmal, oh Malaika, komme ich nicht, um zu lesen. Ich bin da, um zu prüfen, wie das Pergament beschaffen ist, auf das die Buchstaben gemalt worden sind.« Sie entzog sich meiner Hand, die den Bauch streicheln wollte. Da fiel mir der Rat ein, den mir Murdjana in ihrem Lied gegeben hatte. Ich sagte: »In Wahrheit, oh Malaika, bin ich gekommen, um dich zu fragen, ob ich dir zeigen soll, wie man sich im Wasser bewegt.«

Da stand sie auf und nickte. Und es geschah, daß sich Malaika von mir willig ins Wasser des Beckens tragen ließ. Der Raum lag fast im Dunkeln. Nur ein Öllämpchen brannte. Doch ich konnte Malaika ja fühlen. Sie übergab mir willig ihren Leib, damit ich ihr zeigte, wie man sich über Wasser hält. Malaika lernte rasch. Bald schon kam mir der Verdacht, daß ihr irgend jemand längst schon das Schwimmen beigebracht hatte. Doch dann benahm sie sich auch wieder unbeholfen und machte falsche Bewegungen. Sie sank tiefer. Der Kopf geriet unter die Oberfläche, und sie schluckte Wasser. Da hatte ich wieder energisch zuzupacken, worauf sie mir sofort wieder entglitt. Schließlich schien sie außer Atem zu sein.

Ich trug Malaika aus dem Wasser und legte sie an den Rand des Beckens. Nun schnappte ich nach Luft. Ich setzte mich neben Malaika und schloß die Augen. Daß meine Männlichkeit berührt wurde, spürte ich erst ganz allmählich. Da blickte ich hin und sah, wie ihre Hand mich streichelte. Leicht nur glitten die Finger am Glied entlang, da sich zu verlängern und zu erheben begann. Ich legte mich auf den Rücken, völlig dem Glücksgefühl ergeben. Da griff sie mit der linken Hand nach meiner Rechten und führte sie zu ihrem Schoß, der völlig glatt war. Sie wollte, daß ich sie streichle. Die Beine öffnete sie dazu allerdings nur leicht. Dennoch ging bald eine Erschütterung durch ihren Körper. Gleichzeitig fühlte ich, wie die Spannung in mir stieg. Ich schrie »Malaika!« und verlor für einen Augenblick den Sinn für die Wirklichkeit. Als ich mich wieder gefangen hatte, da erinnerte ich mich an die Verse der Murdjana: » . . .Sie verwehrt ihm die Berührung nicht, und beide fühlen sich erlöst, ohn' daß des Mädchens Siegel bricht.«

Zu meiner Verblüffung sah ich, daß sich Malaika erhob und kopfüber ins Wasser sprang. Mehrmals durchquerte sie mit raschen Schwimmzügen das Becken. Dann hielt sie geschickt an einer Stelle still und sagte: »Du sollst erfahren, oh Mahmud, daß Scheich Sinan auf der Festung Masyaf von allen seinen Haschiyun verlangt, daß sie zwei Fähigkeiten besitzen: Sie müssen schwimmen können, und sie müssen wissen, wie jemand beglückt werden kann. Auf der Festung Masyaf gehören auch Frauen zu den Haschiyun. Von ihnen wird gefordert, daß sie Jungfrauen bleiben. Wer sich nicht daran hält, der wird getötet. Ich habe noch immer das Recht zu leben!«

Malaika lachte laut. Dann verschwand sie und blieb lange Zeit unter Wasser. Plötzlich aber tauchte sie auf und spritzte aus ihrem Munde Wasser in Richtung des tönernen Öllämpchens. Zischend erlosch die kleine Flamme. Nun herrschte völlige Dunkelheit im Raum des Kaltwasserbeckens.

Ich hielt den Atem an, um wenigstens hören zu können, was Malaika nun unternahm. Meinem Gefühl nach mußte sie sich noch im Raum befinden. Auf einmal spannten sich in mir alle Muskeln. Von meiner Männlichkeit ging diese Spannung aus. Das Glied war in eine weiche Höhle aufgesaugt worden. Ich stand still und zitterte. Langsam begriff ich, daß ich Lippen, eine Zunge und sogar Zähne spürte. Das wunderbare Gefühl, das mich durchpulste, zwang mich, die Augen geschlossen zu halten. Als ich gerade spürte, daß sich die Spannung zu lösen begann, war mein Glied nicht mehr gefangen. Plötzlich bekam ich einen Stoß vor die Brust. Ich stürzte nach hinten und fürchtete, auf den Steinplatten des Bodens aufzuschlagen, doch ich fiel ins Wasser.

Ich hatte gerade die Steinstufen erreicht, um aus dem Becken zu steigen, da warf eine Fackel ihren Lichtschein in den Raum. Murdjana trat ein. Von Malaika war nichts mehr zu sehen.

Ich fragte Murdjana schroff: »Was hast du von ihr gewußt?«

Diese Antwort erhielt ich: »Eigentlich nur, daß sie schwimmen kann. Als ich sie nach der Entzifferung der Schrift ins Wasser tauchte, da sah ich, daß sie damit vertraut war. Heute hat sie mir ihren Gefallen an dir zu erkennen gegeben. Ich dachte an dich, deine Einsamkeit und deine trüben Gedanken!« Auf meine Frage, wo Malaika sich jetzt befinde, sagte Murdjana: »Sie kam in die Vorhalle, nackt und noch ziemlich naß. Jetzt ist sie in ihrer Kammer.«

Da sagte ich: »Weißt du, oh Murdjana, daß sie zu den Haschiyun gehört?«

Kaum hatte sie meine Frage gehört, ließ Murdjana die Fackel

fallen. In einer Wasserpfütze, die sich um mich herum gebildet hatte, erlosch die Flamme. Wir standen im Dunkeln.

Zeit blieb mir an jenem Tag nicht, um über das Erlebnis mit Malaika nachzudenken. Wichtiges hatte sich ereignet. Die Kunden des Hamam wußten davon zu berichten: Die meisten der Schiffe der christlichen Pilger und der Bewaffneten waren nicht an der Küste des Königreichs Jerusalem gelandet, sondern im Delta des Nil. Ein Sturm hatte sie dorthin getrieben. Von Salah ed-Din war der Befehl ergangen, alle Gestrandeten seien in Ketten zu legen. Nun hatte der Beherrscher der Gläubigen ein Faustpfand gegen den Ritter Rainald von Châtillon und gegen den König Balduin. Das Ende des Waffenstillstands zeichnete sich nun wirklich ab.

Nächtliche Besuche

Von nun an verging kein Tag, an dem nicht Neues zu erfahren war. Kunden, die aus dem christlichen Königreich kamen, munkelten von einem ausgedehnten Kriegszug, den Rainald von Châtillon aus Zorn über die Gefangennahme der Pilger durch Salah ed-Din plane. Am Toten Meer lasse er Schiffe bauen aus Holz, das im Lande Moab geschlagen wurde. Die Schiffe, die jedoch in diesem Gewässer nur erprobt werden sollten, seien so groß, daß sie Galeeren genannt würden. Ihr Einsatz sei im Meer zwischen Afrika und Arabien vorgesehen. Rainald von Châtillon – so glaubte ein Kunde zu wissen – wolle Schiffe gläubiger Moslempilger in jenem Meer überfallen, ja, er habe sogar die Absicht, das Heiligtum der Ka'aba in Mekka niederzubrennen.

So unglaubhaft mir diese Geschichte auch vorkam, ich durfte nicht versäumen, sie durch eine Taube dem Beherrscher der Gläubigen zu übermitteln. Dies geschah, obgleich ich bisher nichts darüber erfahren hatte, ob die zwei Tauben, die ich bereits losgeschickt hatte, tatsächlich am Nil angekommen waren.

Am nächsten Tag aber erschien Salim al-Musanef bei mir im Haus am Baradafluß. Erneut war eine Taube in den Schlag des Gewürzhändlers zurückgeflogen. Der Vogel, den er mir brachte, war aus Cairo gekommen – mit einer Nachricht vom Beherrscher der Gläubigen. Ich entzifferte diese Worte: *Oh Mahmud, der du mir als Statthalter treue Dienste in Damaskus leistest! Der Tod des Malik as-Salih Ismaïl betrübt mich über alle Maßen. Allah, der Allmächtige und Allerbarmer, möge ihm ewigen Frieden schenken. Oft hatte ich in den vergangenen Wochen an den Sohn des Nur ed-Din gedacht, und auch daran, welches Schicksal ihm vorbestimmt sein möge. Nun wissen wir beide, ich und du, was im Buche des Allmächtigen als Todesart für Malik as-Salih Ismaïl vorgemerkt war. Dir aber, oh Statthalter, sei erlaubt, unter den Frauen, die du für mich aufbewahrst, eine auszusuchen, die deiner würdig ist. Ich werde deine Wahl respektieren.*

Der Beherrscher der Gläubigen dachte also noch an diese Frauen! Als ich Leo davon berichtete, war auch er froh, daß noch keine der zwölf verkauft worden war.

Murdjana aber meinte, ich solle alle Frauen des Salah ed-Din unangetastet lassen. Sie sagte: »Vergnüge dich, oh Mahmud, mit der Kindfrau! Mit ihr wird es dir nicht langweilig werden! Und vergiß nicht, daß du Simeona auch nicht vernachlässigen darfst!«

Ich nahm mir vor, mich an ihren Rat zu halten. Doch zunächst lenkten die Ereignisse meine Gedanken von der Lust an sinnlichem Vergnügen ab.

Leo sprach mich an: »Ich weiß, daß du mit gewaltiger Verantwortung beladen bist, Mahmud, und gerne helfe ich dir im Hamam. Doch erinnere dich an das, was ich lange Jahre getan habe: Ich war Seeräuber auf der Insel Astipalaia! Ich war der Coptan eines Schiffes! Im Schlaf beherrsche ich die Kunst, im Sturm und bei Windstille zu segeln. Oft habe ich mein Schiff unauffällig an andere herangesteuert. Deren Mannschaft begriff erst, daß sie von einem Seeräuberschiff angegriffen wurde, wenn ihr Ende bereits besiegelt war. Hier in Damaskus gibt es niemanden, der mit der Seefahrt so vertraut ist wie ich. Und auch in Ägypten wird Salah ed-Din höchstens einen Coptan finden, der auf dem Nil zu kreuzen versteht. Wer also wird dem Herrn über Syrien und Ägypten helfen gegen Rainald von Châtillon und seine Galeeren? Der Ritter wird seine Schwierigkeit haben, wirkliche Seeleute mit Erfahrung zu finden. Die Seeräuber des Meeres zwischen Arabia und Afrika werden allerdings willig in seine Dienste treten, sofern er nur gute Beute in Aussicht stellen kann. Ich will der Coptan des Salah ed-Din werden. Ich werde ihm den Seekrieg führen. Meine Bedingung ist: Die Männer und Frauen, die wir gefangennehmen, werden zu Sklaven erklärt. Auf dem Sklavenmarkt von Damaskus werden sie verkauft. Die Hälfte des Gewinns fließt in die Kasse des Salah ed-Din, die andere Hälte gehört uns!«

Eine derart lange Rede hatte Leo bisher nie gehalten. Der Wunsch, wieder zur See zu fahren, lag ihm wohl sehr am Herzen. Was er sagte, war vernünftig. Dem Beherrscher der Gläubigen konnte das Angebot Leos nur gelegen kommen. Ich machte mich sofort daran, in dieser Sache an Salah ed-Din zu schreiben, und ließ eine besonders kräftige Taube für den Flug an den Nil aussuchen.

Eben war ich am Schluß des Schreibens angelangt, da sagte Leo: »Du solltest nicht vergessen, Mahmud, deinem Herrn mitzuteilen, daß meine Tochter Simeona mich begleiten wird. Wir reisen schon morgen. Die Antwort des Salah ed-Din warten wir gar nicht erst ab!«

So brach mit der Dämmerung jenes Tages die Abschiedsnacht für Simeona und mich an. Traurig war keiner von uns beiden. Wir wußten unser Vergnügen zu finden. Allein die Hitze nahm uns schließlich die Lust. Von Simeona kam die Anregung, uns im Baradafluß abzukühlen. Der Vollmond spiegelte sich im Wasser wider. Wir genossen das kalte Wasser auf der Haut. Wieder einmal setzten wir uns auf die Steine am anderen Ufer.

Nach einiger Zeit sprach Simeona: »Wir gehören nicht wirklich zusammen, oh Mahmud. Seit du Statthalter bist in Damaskus, treiben unsere Seelen völlig auseinander. Allein unsere Körper mögen sich. Und doch muß immer die letzte Harmonie zwischen uns gefehlt haben, denn mein Körper ist nie schwanger geworden. So bleibt keine Spur von dir in mir. Ich gehe weg, wie ich gekommen bin. Da mich nichts bindet, verabschiede ich mich leichten Herzens. Um ganz ehrlich zu sein: Das Baradawasser ist mir zu süß! Ich brauche das salzige Meer!« Simeona glitt in den Fluß zurück und schwamm auf das Haus zu.

Ich blieb in der kühlen Nachtluft auf den Steinen sitzen. Warum das geschah, weiß ich nicht. Als die Sonnenstrahlen dem Fluß und dem Ufer Farbe gaben, begann ich zu frösteln. Als warm empfand ich da das Wasser. Ich stieg ins Haus und begab mich in die Kammer, um Simeona noch einmal zu umarmen. Doch sie und der Seeräuber Leo hatten mein Haus bereits verlassen.

Wieder einmal stand ich vor der Schwierigkeit, daß außer Murdjana niemand mehr da war, der das Hamam verwalten konnte. Murdjana sagte mir ganz offen, daß sie für die Aufsicht an allen Tagen kaum mehr die nötige Kraft besitze. Ich dachte schon daran, die Verantwortung über das Hamam den Haschiyun zu übertragen, doch dies hätte bedeutet, daß ich von Sadam Maruf völlig abhängig geworden wäre. So verwarf ich den Gedanken wieder. Eines Tages aber wurde ich die Sorge um den Betrieb des Hamam los.

Es klopfte spät am Abend an die Türe des Hamam. Ich ließ durch einen Diener öffnen. Ein Mensch trat ein, der sein Gesicht bis auf die Augen verhüllt hielt. Ganz langsam zog er das Tuch beiseite. Vor mir stand Mohammed Ibn al-Rahman, der zum Eunuchen gemacht worden war! Aus seinen Gesichtszügen war alles Herrische verschwunden. Ich empfand auf einmal Mitleid mit ihm. So forderte ich ihn auf, sich mir gegenüber hinzusetzen. Er fragte gleich, ob er einen Schluck Wasser bekommen könne.

Als Mohammed Ibn al-Rahman sich erfrischt hatte, sprach er: »Oh Mahmud, Allah bestrafe diese Ungläubigen! Der Allmächtige spreche auf ewig seine Verdammung gegen sie aus. Ich bin ihnen entflohen! Ich konnte nicht in ihrer Stadt Jerusalem und nicht in ihrem Land bleiben. Du, oh Mahmud, hattest mich dem Ritter Hugo von Galiläa geschenkt. Der Ritter war zuerst stolz auf mich und hat mich allen seinen Freunden gezeigt. Jeder wollte meine Besonderheit betrachten und sogar betasten. Hugo sagte allen, denen ich ausgeliefert war, ich besäße die Gabe, über Vorgänge Bescheid zu wissen, die irgendwo in der Ferne geschehen. Diese Gabe hätte sich entwickelt, als ich vom Mann zur Frau geworden sei. Doch nur in Gegenwart auserlesener Ritter sei es mir gegeben, außergewöhnliche Visionen zu haben. Viele wollten es erleben, wie ich Ereignisse schildere, die sich außerhalb des Landes abspielten. Doch Hugo von Galiläa hielt keinen für würdig genug. Eines Tages aber kündigte ein Ritter seinen Besuch an, der Rainald von Châtillon heißt. Hugo verlangte von mir, daß ich diesem Ritter eine Vision vortäuschte: Ich hatte ihm zu sagen, eine gewaltige Karawane ziehe aus dem Norden das Jordantal hinunter. Ich mußte schildern, wie reich beladen die Kamele seien. Es geschah so, wie es von mir verlangt wurde. Als Ritter Rainald gehört hatte, daß Beute zu machen war, da stieg er auf sein Pferd und ritt eilends davon. Offenbar hatte Rainald von Châtillon dem Ritter Hugo von Galiläa eine Belohnung versprochen, wenn ihm eine besondere Neuigkeit durch mich mitgeteilt werden würde. Diese Belohnung aber blieb wohl aus, denn Hugo sprach fortan nur noch mit Zorn in der Stimme, wenn er an Rainald erinnert wurde. Er hatte wohl geglaubt, sich durch den Hinweis auf die Karawane einen beachtlichen Anteil an der Beute verdient zu haben, und nun ging er leer aus. Daß die Karawane tatsächlich überfallen wurde, hast du, oh Mahmud, wohl erfahren. Die Beute hat den Ritter Rainald reich gemacht! Mir aber brachte die ganze Geschichte Unglück. Hugo von Galiläa wurde von vielen Rittern bedrängt, die alle aus meinen Visionen Nutzen ziehen wollten. Doch da gab es nichts mehr, was ich ihnen hätte erzählen können. Ritter Hugo fühlte sich schließlich belästigt von seinen Freunden – und ich wurde ihm so zur Last, daß er mich aus dem Hause trieb. Der einzige, der mir in dieser Lage half, war Odo von Saint-Amand, der Großmeister des Templerordens. Er gab mir als Aufenthaltsort einen kleinen Raum in einem Gebäude, das zur Moschee Al-Aqsa gehört. Du mußt wissen, oh Mahmud, daß sich die Tempelritter diese Moschee angeeignet haben. Darin verrichten sie ihre Gebete. Der Großmeister hatte mir ausdrücklich zugesichert, daß auch ich dort beten dürfe, allerdings auf die Art derer, die an Allah glauben. Ich betete so unauffällig wie möglich in einer Ecke der Moschee. Dennoch geschah es immer wieder, daß einer der Ungläubigen mich dort sah und sich über die Blickrichtung, in der ich betete, erregte. Meist packte er dann meinen Kopf und drehte ihn nach Osten. Mit schroffen Worten wurde ich belehrt: ›So wird gebetet und nicht anders!‹ Ich aber war durch meinen Glauben angehalten, in Richtung Mekka, also mit dem Blick nach Süden, zu beten. Auf diese Weise bekam ich jeden Tag Ärger mit den Rittern. Meine Entrüstung über die Ungläubigen wuchs ins Unerträgliche durch das, was ich dann erleben mußte. Da fragte mich einer der Ritter, ob ich ein Bild betrachten wolle, auf dem dargestellt war, wie Gott als kleines Kind ausgesehen hat. Obgleich ich diese

Frage schon als Lästerung Allahs verfluchen mußte, war ich neugierig. Da zog er eine Abbildung Marias, die ein Kind auf ihrem Schoß hielt, aus der Tasche. Dazu sagte der Ritter: ›Dies ist Gott als kleines Kind!‹ Glaube mir, oh Mahmud, nach diesem Erlebnis hielt ich es im Land der Ungläubigen nicht länger aus.«

Da fragte ich Mohammed Ibn al-Rahman ohne langes Überlegen, ob er bereit sei, die Aufsicht über das Hamam zu übernehmen. Ich könne ihm, so fügte ich hinzu, ein gutes Auskommen bieten. Auch er dachte nicht lange nach – und es ergab sich, daß er das Amt annahm, das vor ihm der Seeräuber Leo ausgefüllt hatte. Allerdings bemerkte ich in den Augen Abd'Allahs ein gefährliches Leuchten, als dieser davon erfuhr, daß ein weiterer Eunuch im Hamam leben sollte.

Es erwies sich bald, daß ich mit Mohammed Ibn al-Rahman einen guten Griff getan hatte. Er verband geschickt die Führung des Geschäfts mit der Sammlung von Neuigkeiten. Abend für Abend erzählte er mir, was die Kunden gesprochen hatten. Da waren Bemerkungen des Erstaunens zu hören gewesen über die Fortdauer des Waffenstillstands zwischen Salah ed-Din und dem christlichen Königreich. Da hatte einer erzählt, die Galeeren, die auf Anordnung des Ritters Rainald von Châtillon am Toten Meer gebaut worden waren, seien inzwischen über Land mühsam zum Hafen Aila am Roten Meer geschleppt worden. Von dort aus würden sie nun bald zu Raubzügen auf das Meer hinausfahren. Daß Salah ed-Din, der sich noch immer in Ägypten aufhielt, etwas gegen Rainald von Châtillon unternahm: davon wußte niemand zu berichten.

Spät am Abend, als ich mit Mohammed Ibn al-Rahman und Murdjana auf den Kissen der Vorhalle saß, sagte der neue Aufseher über das Hamam: »Du wirst dich erinnern, oh Mahmud, daß mich die Verzweiflung über das Zögern des Beherrschers der Gläubigen zu ungewöhnlicher Tat getrieben hatte. Nichts hat sich geändert seither. Er zögert immer noch!«

Da sprach ich: »Oh Herr, der du für die ungewöhnliche Tat gebüßt hast! Als ich dich bat, in den Dienst des Hamam zu treten, da hatte ich nicht bedacht, daß du es warst, der das Hamam hatte anzünden lassen, damit Gwendolyn, die Tochter des christlichen Ritters Fulko, sterbe. Vielleicht, oh Herr, der schwer gelitten hat, leidest du hier an bösen Träumen? Doch freiwillig bist du hierher gekommen. Du hast Zuflucht im Hamam gesucht. Du wirst einen Grund gehabt haben!«

Mohammed Ibn al-Rahman antwortete: »Der Grund ist, oh Mahmud, daß ich dir vertraue. Du hättest mich verbrennen lassen können, als ich in der Nacht des Feuers am Kreuz auf dem Turm der Zitadelle hing. Da aber kam Ibn al-Dakhwar al-Umran, von dir geschickt! Du hast mich zwar durch Verstümmelung bestrafen lassen, doch dies wäre das mindeste gewesen, was ich dir im umgekehrten Fall zugedacht hätte.«

Heftige Klopfen unterbrach unser Gespräch. Jemand forderte am Tor Einlaß. Es war der Gewürzhändler Salim al-Musanef. Er brachte wieder einmal eine Botschaft, die mit einer Taube angekommen war.

Ich öffnete das Papierröllchen und erkannte, daß die Botschaft von Scheich Sinan geschrieben war, vom Herrn der Burg Masyaf. Da las ich: *Oh Mahmud, der du das Gehorchen verlernt hast! Ich weiß, daß du für den Tod des Malik as-Salih Ismaïl verantwortlich bist! Das Todesurteil über dich habe ich ausgesprochen. Derjenige, der es zu erfüllen hat, ist bereits bestimmt. Du aber, oh Mahmud, auf den ein Tod unter Qualen wartet, erfährst weder Todestag noch Todesart. Erst wenn du vor Schmerzen brüllst, wird dir deutlich werden, daß die Dämmerung deines Lebens in die Nacht hinein begonnen hat. Solltest du mir etwas mitzuteilen haben, was dich entschuldigen könnte, dann schreib es auf den Leib des Mädchens, und sende sie mir zurück nach Masyaf!*«

Vor Schreck zitternd verließ ich die Vorhalle. Ich wollte allein sein. Von einem Augenblick zum anderen war mein Leben verändert. Ich war zum Tode verurteilt. Dieser Gedanke beherrschte mein Denken vollständig. Ich mußte in Erfahrung bringen, wer mein Mörder sein sollte, wenn ich überleben wollte. Mißtrauen gegen jeden erwachte. Plötzlich glaubte ich, Mohammed Ibn al-Rahman sei nur deshalb ins Hamam gekommen, um mich zu ermorden. Welchen Grund sollte er sonst haben, bei mir zu leben, der ich ihm doch Übles hatte antun lassen!

Konnte ich mich noch retten, wenn ich an Scheich Sinan eine Botschaft schickte? Der oberste Herr der Haschiyun ließ mir ja die

Möglichkeit offen, ihm eine erklärende Botschaft zu senden. Was aber sollte ich ihm schreiben? Selbst wenn mir ein Gedanke zu einem hilfreichen Wortlaut käme, wußte ich gar nicht, mit welcher Art von Geheimtinte der Körper der Frau beschrieben werden konnte. Da gab es nur die Hoffnung, daß einer der Gelehrten aus dem Dar al-Hadith Kenntnisse besaß, die mir nützlich sein konnten.

Als ich zurückkam in die Vorhalle, saß Murdjana alleine auf den Kissen. Wir schwiegen beide einige Zeit, dann begann sie leise zu singen:

Deine Seele ist bedrückt,
Weil Gefahr dir droht.
Ist der Dolch jetzt schon gezückt?
Lauert Todesnot?

Jäh wurde ich aus meinen Gedanken gerissen, denn wieder klopfte jemand an das Tor. Es war Sadam Maruf. Er sprach: »Oh Meister, mir ist bekannt geworden, daß du jemanden brauchst, der die Kunst beherrscht, der Haut eines Menschen Botschaften anzuvertrauen. Er wird morgen früh ins Haus am Baradafluß kommen. Wichtig ist, daß die Oberfläche der Haut völlig vom Fett befreit wird. Wisse, oh Meister, daß es mein Wunsch ist, dir noch lange dienen zu dürfen!«

Mit diesen Worten verabschiedete sich Sadam Maruf. Wieder einmal mußte ich feststellen, daß er gründlich Bescheid wußte über die Vorgänge im Hamam. Er erfuhr offenbar alles – und zwar innerhalb ganz kurzer Zeit.

Plötzlich trat Murdjana zu mir und gab mir lächelnd zu verstehen, Malaika habe sich in mein Haus am Fluß begeben und warte dort voll Verlangen auf mich.

Der Zug der christlichen Sklaven

Am Morgen war Malaika keine Jungfrau mehr. Es war noch dunkel, als sie vom Lager aufstand, um sich im Fluß zu waschen. Als wir nebeneinander schwammen, sagte sie: »Ich weiß nicht, ob mein

Gefühl mich täuscht, doch ich glaube, daß ich schwanger bin. Wir, oh Mahmud, werden vielleicht ein Kind haben!«

Nach diesen Worten bedauerte ich es um so mehr, daß ich Malaika zur Festung Masyaf zurückschicken mußte. Ich gestand ihr, daß ich eine Botschaft vom Scheich Sinan erhalten hätte und daß der Alte vom Nosairigebirge ihre Heimkehr mit meiner Erklärung erwarte.

Da sprach sie, freudig bewegt: »Oh Mahmud, du gehörst zu den Erwählten, denen Allah seine Gnade zuteil werden läßt! Ich überbringe deine Botschaft, jedoch nicht auf meiner Haut, sondern in meinem Leib! Dein Kind wird meine Botschaft an Scheich Sinan sein, und er wird ihre Bedeutung wahrhaftig rasch erkennen. Eines weißt du, oh Mahmud, noch nicht: Erfahre, daß ich die Tochter des Scheichs Sinan bin!«

Als Malaika dies sagte, da waren eben die ersten glitzernden Punkte des Tageslichts auf dem Fluß zu sehen. Ich umarmte Malaika im Wasser. Dann stiegen wir ins Haus zurück. Unter der Tür betrachtete ich ihren Körper – und er schien mir schon fraulicher geworden zu sein. Als ich mit den Händen über ihren Leib strich, fragte sie: »Glaubst du nicht, oh Mahmud, es wäre gut, wenn wir dafür zu sorgten, daß kein Zweifel bestehen kann an meiner Schwangerschaft?«

Erst als Malaika sich schon auf dem Weg nach Masyaf befand, fragte ich mich, warum ich keinem Augenblick in Sorge gewesen war, sie könne beauftragt worden sein, mich zu ermorden. Dann aber dachte ich, Malaika komme deshalb nicht in Frage, weil sie von Masyaf abgereist war, noch ehe sich Scheich Sinan entschlossen hatte, mich töten zu lassen. Da wurde mir erneut bewußt, in welcher Gefahr ich schwebte: Jeder, der mir jetzt begegnete, konnte der Mörder sein! Plötzlich befiel mich die Furcht, der Mann, den Sadam Maruf mir als Kenner der Kunst der Geheimschriften am Morgen schicken würde, trage den Dolch bei sich, der mir bestimmt war. Als jener Mann dann vor mein Haus trat, rief ich durch die verschlossene Tür, daß er wieder gehen könne, weil ich seiner Hilfe nicht mehr bedürfe.

Sollte ich mich in meinem Haus einschließen? Ich mußte mir eingestehen, daß es für mich keine Möglichkeit gab, der Gefahr zu entrinnen. Und so ging ich ins Dar al-Hadith und später auch ins Maristan.

Sadam Maruf begrüßte mich, als wüßte er nichts vom Befehl des obersten Herrn der Haschiyun, mich qualvoll sterben zu lassen. Er erklärte, den Mitgliedern des Bundes müßten dringend Aufgaben erteilt werden, die hohe Ansprüche an Entschlossenheit und Mut stellten, und er machte den Vorschlag, einige der jungen Männer zur Burg Kerak zu schicken, die im Bergland des Ostufers vom Toten Meer lag. Diese Burg war das Eigentum des Ritters Rainald von Châtillon. Der Gedanke des Sadam Maruf war, diese Burg in Abwesenheit des Ritters zu zerstören, um ihn zurückzulocken von seinem Seeabenteuer im Roten Meer. Ich hielt dagegen, in dieser Angelegenheit müsse Salah ed-Dins Einwilligung eingeholt werden. Übel war der Vorschlag des Sadam Maruf nicht, würde doch auf diese Weise die Zahl der Mitglieder des Bundes in Damaskus vermindert werden. Es war jederzeit möglich, daß sie in der Stadt zu einer Quelle der Unruhe wurden. So schrieb ich an den Herrn der Gläubigen und legte ihm die Absicht dar, die Burg Kerak anzünden zu lassen. Das Schreiben schickte ich durch eine Brieftaube an den Nil.

Während der folgenden Tage war das Hamam gut besucht. Die Kunden waren Kaufleute, die über die Stadt Petra Waren von der arabischen Halbinsel auf den Markt von Damaskus gebracht hatten. Sie wußten viel von der Seeräuberei des Rainald von Châtillon zu erzählen. Er habe, im Bunde mit Piraten des Roten Meeres, bereits manches Schiff überfallen. Auch seien die Häfen an der arabischen und an der afrikanischen Küste nicht vor ihm sicher. Die Hafenstadt Aidib, die am westlichen Ufer liege, sei schon erobert und ausgeplündert worden. Jetzt sei Rainald von Châtillon zusammen mit den Piraten dabei, Yambo anzugreifen, den Hafen der Pilgerstädte Mekka und Medina. Der christliche Ritter war offenbar entschlossen, seine verbrecherische Absicht zu verwirklichen, die Heilige Stadt Mekka zu verwüsten.

Mohammed Ibn al Rahman erwies sich als überaus geschickter Sammler von Nachrichten. Er begriff rasch, welche Neuigkeit Gewicht besaß. Diese Gabe bewies er eines Morgens, als er mich im Dar al-Hadith aufsuchte.

Er sprach: »Oh Mahmud, der sich rühmen darf, dem Beherrscher der Gläubigen nahezustehen! Ein Mann, der als Nachzügler der großen Karawane Waren aus Arabia gebracht hat, berichtete, Rainald von Châtillon, den der Allmächtige auf ewig verfluchen möge, habe im Roten Meer ein Pilgerschiff versenkt, das unterwegs nach Mekka war. Sämtliche Pilger an Bord hätten ihr Leben verloren. Dieses Ereignis, oh Mahmud, muß endlich den Beherrscher der Gläubigen aufschrecken! Zu lange hat er gezögert und auf Versöhnung mit den Ungläubigen gehofft. Er war der Meinung, sie hätten ein gutes Herz. Das war der Irrtum des Salah ed-Din! Jetzt muß er aus seinem Traum erwachen!«

Gegen Abend jenes Tages erhielt ich eine Botschaft aus Cairo. Wieder hatte die Taube den Weg in den Schlag des Gewürzhändlers gewählt. Er brachte mir die versiegelte Lederhülle.

Salah ed-Din hatte mit eigener Hand diese Worte geschrieben: *Oh Mahmud, der du mir Dienste leistest, die mir den Ausweg aus schwieriger Lage erleichtern! Leo der Seeräuber und seine Tochter Simeona waren mir hochwillkommen. Sie sind abgereist zum Meer, das der Bandit Rainald, den Allah mit ewigem Höllenfeuer bestrafen möge, mit seinen Verbrechen heimsucht. Die Rache wird furchtbar sein. Zum Dank für deine Dienste erlaube ich dir, oh Mahmud, daß du dir aus den Frauen, die im Hamam auf mich warten, eine zweite zu deinem Vergnügen aussuchst. Was den Vorschlag angeht, die Burg Kerak zu verbrennen, bin ich nicht deiner Meinung. Ich selbst werde Kerak vernichten. Erwarte mich bald in Damaskus!*

Nun war es an der Zeit, daß sich Murdjana um den Sohn des Salah ed-Din kümmerte, den Gwendolyn, die Tochter des Ritters Fulko, hinterlassen hatte. Die Frau, die Leona hieß und aus dem Geschlecht der Königin von Saba stammte, war in der Nacht mit dem Beherrscher der Gläubigen nicht schwanger geworden. Wir konnten also daran denken, das Kind der Gwendolyn der Leona anzuvertrauen. Es gab dann nur drei Menschen, die davon wußten: ich, Leona und Murdjana. Bewahrten wir Stillschweigen, so blieb das Geheimnis vor Salah ed-Din gewahrt. Also bat ich Murdjana, entsprechend zu handeln.

Vom nächsten Morgen an ließ ich die Posten auf der Mauer

verstärken. Die Männer wurden angewiesen, mir sofort Meldung zu erstatten, wenn am südlichen Horizont Staubwolken die Annäherung schneller Reiter erkennen ließen. Doch bis zum Abend erreichte mich keine Nachricht. Die Ankunft des Beherrschers der Gläubigen hätte mich von dem Zwang enthoben, mit Sadam Maruf reden zu müssen, der immer noch auf Antwort wartete, ob er Befehl zur Zerstörung der Burg Kerak geben könne. Ich hatte ihm nun zu sagen, daß Salah ed-Din selbst die Festung des Rainald von Châtillon vernichten wolle.

In seinem Gesicht regte sich nichts, als ich anordnete, die Haschiyun hätten in Ruhe abzuwarten, da sie derzeit nicht gebraucht würden. Ich fragte mich, ob er sich eben überlegte, welche Qualen er mir vor meinem Tod zufügen sollte. Die Drohung, die ich vergessen hatte, beherrschte wieder mein Gemüt.

Plötzlich sagte Sadam Maruf: »Oh Meister, der du nicht dein eigener Herr bist! Sollte es sein, daß du deinen Zwängen entfliehen willst, daß du dich derer entledigen möchtest, die dir Befehle geben, dann stehen wir dir zur Verfügung – gleichgültig, um wen es sich handelt! Vergiß nicht, daß es die Haschiyun gibt!«

Dieses Angebot machte mich verlegen. Um nicht schweigen zu müssen, fragte ich: »Oh Sadam, stimmt es, daß Scheich Sinan den Haschiyun von Masyaf befohlen hat, schwimmen zu lernen?«

Verblüfft schaute er mich an. »Woher, oh Meister, weißt du das?«

Da erkannte ich, daß ihn meine Frage aus der Fassung gebracht hatte. Ich ging über seine Gegenfrage hinweg und sagte: »Wenn es stimmt, dann sollten wir dafür sorgen, daß auch die Haschiyun von Damaskus diese Kunst erlernen!«

Diesen Vorschlag fand Sadam Maruf wohl seltsam. Er schüttelte den Kopf und verließ mich.

Bald darauf wurde mir vom Gewürzhändler wieder eine Nachricht des Beherrschers der Gläubigen gebracht. Nun war es an mir, verblüfft zu sein. Da las ich: *Oh Mahmud, die christlichen Pilger, die Allah, der Allmächtige und Allerbarmer, durch einen Sturm in das Nildelta getrieben hat, sind auf dem Weg nach Damaskus. Es ist mein Wille, daß die Männer und Frauen auf dem Sklavenmarkt verkauft werden. Gnade zu üben steht dir nicht zu! Mache es im ganzen Lande Syrien bekannt, daß von nun an der Markt in Da-*

maskus auch Sklaven zu bieten hat. Du, oh Mahmud, bist als mein Statthalter auch zum Herrn über den Sklavenmarkt ernannt.

Ich rätselte, ob diese Nachricht noch von Cairo aus abgeschickt worden war. Nach meiner Meinung mußte sich der Beherrscher der Gläubigen längst auf dem Weg nach Damaskus befinden. So nahm ich an, die Taube sei losgeschickt worden, als Salah ed-Dins Heer über die Sinaistraße zog. Doch wichtiger war der Inhalt der Botschaft: Ich sollte für Sklaven verantwortlich sein!

Mehr denn je bedauerte ich nun den Tod des Andronikos, der eine Ahnung davon gehabt hatte, wie ein Sklavenmarkt überhaupt geführt werden mußte. Praktische Hilfe konnte ich mir von Mohammed Ibn al-Rahman wohl nicht erhoffen, trotzdem forderte ich ihn auf, zu mir ins Dar al-Hadith zu kommen.

Als er eintrat, wußte er bereits, was ich ihm sagen wollte. Er sprach: »Oh Herr, dem Allah durch Sturm ein glückliches Geschäft ins Haus bläst! Kaufleute, die den Weg im Norden des Sinai benutzt haben, sind daran vorübergezogen: An die fünfhundert Frauen und Männer, die zu Fuß unterwegs sind, bewacht von Reitern des Beherrschers der Gläubigen! Die Kaufleute haben erfahren, daß diese Männer und Frauen für den Sklavenmarkt in Damaskus bestimmt sind. Wir müssen bereit sein, wenn sie ankommen. Ich habe schon gefragt, wie das Zahlenverhältnis zwischen Männern und Frauen ist. So recht konnten mir die Kaufleute die Frage nicht beantworten. Sie stimmten nur darin überein, daß es wohl mehr Männer sind als Frauen. Aber einige der Frauen machten trotz ihrer Müdigkeit und trotz des Schmutzes der Kleider den Eindruck, sehr hübsch zu sein. Viele der Kaufleute wollen in Damaskus warten, bis der Markt für die Frauen eröffnet wird, um sich dann gleich die richtige Ware auszusuchen.«

Ich antwortete: »Dies kann uns nur recht sein, denn wir sind in keiner Weise darauf eingerichtet, die Sklaven lange im neuen Hamam zu behalten. Wir können ihnen auch keine neuen Kleider geben. Und da die Kleider, die sie anhaben, verschmutzt und zerfetzt sind, sind wir gezwungen, Männer und Frauen nackt zu verkaufen. Wer kaufen will, der muß außer Geld auch Kleider mitbringen.«

Wenn ich Sorge hatte, die Käufer würden zunächst ausbleiben, so hatte ich mich getäuscht. Je mehr sich die fünfhundert Männer und Frauen Damaskus näherten, desto größer wurde die Zahl derer, die neben den Sklaven und Sklavinnen herritten und bereits zum Kauf entschlossen waren. Sie wußten meist auch schon, wen sie kaufen wollten. Die Berittenen hatten weniger damit zu tun, die Gefangenen zu bewachen, als die Kauflustigen von ihnen fernzuhalten.

Vom Geschehen auf dem langen Weg zwischen Sinai, Totem Meer und Damaskus erfuhren wir im Hamam. Die Kunden sprachen über nichts anderes mehr. Jeder glaubte irgend etwas zu wissen. Wie die Kunden die Neuigkeiten erfahren hatten, blieb auch Mohammed Ibn al-Rahman meist unbekannt. Daß die Kunden die Wahrheit gesprochen hatten, erfuhren wir später.

Zuerst aber traf der Beherrscher der Gläubigen in Damaskus ein. Kaum hatte er das Südtor durchritten, lenkte er sein Pferd zum Hamam. Ich empfing ihn an der Pforte zu seinem eigenen Gebäude. Es war Abend, die Dunkelheit war schon hereingebrochen, doch das Gebäude erstrahlte hell im Schein von Fackeln und Öllampen. Salah ed-Din, der vom Pferd abgestiegen war, hinderte mich daran, eine tiefe Verbeugung auszuführen.

Ich sprach: »Oh Beherrscher der Gläubigen! Dein Haus heißt dich willkommen! Auf dich, oh Herr, warten Bad und Ruhelager. Auf dich wartet aber auch die Frau, die Leona heißt und die dich darum bitten wird, deinem Sohn einen Namen zu geben.« Nach diesen Worten verabschiedete ich mich vom Beherrscher der Gläubigen und begab mich hinüber ins alte Hamam.

Murdjana erwartete mich in der Vorhalle. Sie sagte: »Oh Mahmud, ich glaube, es wird klug von dir sein, wenn du das großherzige Geschenk des Beherrschers der Gläubigen annimmst. Du mußt dich für zwei der Frauen entscheiden, die bisher dem Herrn vorbehalten waren. Salah ed-Din könnte beleidigt sein, wenn er erfährt, daß du seine Gabe ausgeschlagen hast.«

Ich antwortete: »Oh Murdjana, es wird dich schmerzen, wenn ich dich an Andronikos erinnere, doch auch du weißt, daß er der einzige wäre, der die Frauen auseinanderhalten könnte. Auch Ayub al-Hakim könnte nützlich sein.«

Da entgegnete sie: »Oh Mahmud, du solltest wissen, daß ich mich gewissenhaft um alle Frauen im Hamam sorge. Als Andronikos noch lebte, habe ich mich kundig gemacht über die Abstammung und Herkunft der Frauen. Ich könnte dir Auskunft geben. Doch ich will es dir nicht leichtmachen, denn ich glaube, ein Spiel würde dein Gemüt beschäftigen: Du wirst diese Nacht mit zwei der Frauen verbringen. Ich wähle sie dir aus, und du wirst, während du dich vergnügst, herauszubringen versuchen, wer sie sind und woher sie kommen.«

Wie immer ließ ich mich von Murdjana überreden – doch das Spiel fand nicht statt in jener Nacht. Noch ehe die Hälfte der dunklen Stunden vergangen war, ließ mich Salah ed-Din rufen.

Er saß in einem Gemach, das mit Kissen in großer Zahl ausgestattet war. Der Beherrscher der Gläubigen brauchte einen solchen Raum, um Gläubige und Ungläubige empfangen zu können. Er unterbrach sofort meine demutsvollen Beteuerungen, nur ihm stets dienen zu wollen.

»Ich habe dich rufen lassen, weil ich bald nach Morgengrauen aufbrechen werde. Die Burg des Verbrechers Rainald von Châtillon ist mein Ziel. Kerak muß brennen! Meine Reiter haben vom Toten Meer aus den direkten Weg dorthin gewählt. Ich bin nach Damaskus gekommen, um mit dir zu reden. Ich bin jetzt davon überzeugt, daß der Kampf mit dem christlichen Königreich nicht zu umgehen ist. Rainald von Châtillon ist schuld daran, daß ich zum Hasser der christlichen Ritter geworden bin. Du, oh Mahmud, mußt den Haschiyun befehlen, mir zu helfen. Ich verlange, daß die Haschiyun alle Schiffe überfallen, die sich der Küste des christlichen Staates nähern. Deine Männer, oh Mahmud, verhindern künftig jede Verstärkung der Ritter, die durch Zuwanderung aus Europa unternommen werden soll! Wie dies geschehen wird, das ist deine Angelegenheit!«

Nach jenen Worten erhob sich Salah ed-Din. Ehe er den Raum verließ, sagte er: »Wisse, oh Mahmud, daß Leona mich bereits zufrieden gemacht hat in dieser Nacht! Ich fühle mich auch stolz, einen Sohn zu haben, der überaus kräftig ist. Sein Name sei Jusuf Schams ed-Din!«

Ich fragte mich, ob Salah ed-Din wohl gemerkt hatte, daß mit diesem Sohn etwas nicht stimmen konnte. Da ich keine Antwort wußte, vergaß ich die Frage wieder. Nun hatte ich dafür zu sorgen, daß die Haschiyun von Damaskus zu Seeräubern wurden. Erstaunlich fand ich meine eigene Weitsicht: Hatte ich doch gegenüber Sadam Maruf vorgeschlagen, die Haschiyun sollten das Schwimmen lernen. Dies war wohl eine wichtige Voraussetzung für das, was sie künftig im Dienste des Beherrschers der Gläubigen unternehmen sollten.

Bei Sonnenaufgang hatte Salah ed-Din seine Gemächer im Hamam verlassen. Er war zu seinem Heer unterwegs, das sich auf die Burg Kerak zubewegte. Die Verantwortung für Damaskus war wieder allein in meiner Hand. Doch darüber konnte ich kaum glücklich sein, denn noch immer war das Todesurteil wirksam, das Scheich Sinan ausgesprochen hatte. Ich wartete darauf, von Malaika, die längst wohl die Burg Masyaf erreicht hatte, eine Nachricht zu erhalten. Die Ungewißheit verdüsterte mein Gemüt.

An dem Tag, als Staubwolken in der Ferne das Nahen der christlichen Gefangenen und der sie begleitenden Gläubigen ankündigten, kam wieder einmal der Gewürzhändler Salim al-Musanef eilends zu mir, um eine Botschaft zu überbringen. Wieder hatte eine Taube seinen Schlag aufgesucht. Am Siegel erkannte ich, daß Salah ed-Din der Absender war. Er teilte mir mit, Leo der Seeräuber habe in der Nähe des Hafens al-Haura im Roten Meer die Flotte des Rainald von Châtillon überrascht, überfallen und vernichtet. Viele der von Allah, dem Allmächtigen, verfluchten Feinde seien in Leos Hand gefallen. Er, der Beherrscher der Gläubigen, habe befohlen, je ein Drittel aus der gesamten Zahl der Gefangenen nach Mekka, nach Cairo und nach Damaskus zu bringen. An diesen Orten seien den Verfluchten die Köpfe vor den Augen der Bewohner abzuschlagen. Salah ed-Din beauftragte mich, den Befehl in Damaskus ausführen zu lassen. Das Schreiben schloß mit der Bemerkung, Leo werde so rasch wie möglich zusammen mit Simeona, die wie ihr Vater heldenhaft gekämpft habe, zu mir in die Hauptstadt Syriens kommen, um die Haschiyun beim Kampf gegen die Kreuzfahrerschiffe vor der Küste des christlichen Königreichs anzuführen.

Mir blieb nur geringe Zeit, um mich über diese Botschaft zu freuen, denn die christlichen Gefangenen wurden durch das Tor der Stadt getrieben. Ich verließ das Dar al-Hadith. Aus der Ferne waren Jammern und Klagen zu hören und das Geräusch schlurfender

Schritte. Dann sah ich sie, die vom weiten Weg Gezeichneten. Sie schleppten sich dahin. Die Schwächsten wurden von den Stärkeren gestützt. Die Füße der meisten waren blutig. Jeder trug nur noch Fetzen auf dem Leibe. Dies waren die fünfhundert Männer und Frauen, die Allah, der Wunder zu wirken vermag, in das Nildelta verschlagen hatte.

Nun kamen sie in Damaskus an: von der Sonne verbrannt, vom heißen Wind ausgezehrt, vom Durst geschwächt, von der Verzweiflung gepeinigt. Ich konnte mir nicht vorstellen, daß irgend jemand einen Mann oder eine Frau in diesem Zustand kaufen wollte, doch ich sah zu meinem Erstaunen Hunderte von Reitern, die eng aufgeschlossen den Gefangenen folgten. Sie waren mit in die Stadt gezogen in der Absicht, so rasch wie möglich einen der Elenden zu erwerben. Da machte ich mich schnell auf den Weg, um vor den Gefangenen im Hamam zu sein. Ich hatte dort Anweisungen zu geben.

Das Gemetzel im Hamam

Mohammed Ibn al-Rahman erwartete mich bereits. Er redete sofort auf mich ein. »Wir sind, oh Mahmud, nicht eingerichtet für so viele Sklaven! Wo soll für sie gekocht werden? Und denke auch daran, daß sie ihre Notdurft zu verrichten haben! Wo kann dies geschehen? Keinen Tag lang können wir diese fünfhundert Menschen im Hamam behalten!«

Da widersprach ich ihm heftig, ohne die gebräuchlichen Formen der Anrede. »Es sind Christen, es sind Ungläubige, es sind Sklaven – aber es sind doch auch Menschen! Sie müssen zunächst einmal untergebracht werden! Die Frauen kommen ins alte Hamam, die Männer in das neue. Sie sollen alle zunächst gebadet werden. Wenn sie sauber sind, will ich sie mir anschauen. Laß fünfhundert ganz einfache Hemden nähen. Dies muß so rasch wie nur möglich geschehen!«

Als ich meine Befehle gegeben hatte, zogen auch schon die Sklaven die Straße herab zum Hamam. Ich bemerkte, daß Sadam Maruf vorgesorgt hatte: Eine Gruppe von schwarzgekleideten jungen

Männern hatte die Führung übernommen. Die Haschiyun von Damaskus hielten Ordnung. Sie trennten Frauen und Männer, um die Gefangenen dann auf das neue und das alte Hamam aufzuteilen. Die Männer, die mit den Ungläubigen gezogen waren, um die ersten zu sein beim Sklavenkauf, mußten vor dem Haus bleiben.

Zu ihnen sprach ich: »Oh, ihr ehrenwerten Männer, die ihr bereits das Geld in der Hand habt, um eine gute Ware zu kaufen! Gut ist unsere Ware aber nur, wenn sie gesund ist und wenn sie durch den weiten Weg keinen Schaden erlitten hat. Daß wir also erst die Ware prüfen, das geschieht in eurem Sinne. Übermorgen aber dürfen diejenigen kaufen, die in Damaskus oder ganz in der Nähe ihr Zuhause haben. Sie muten ihren neuen Sklaven keinen weiten Weg zu. Sie werden deshalb zuerst bedient. Die anderen aber können in fünf Tagen wiederkommen. Bis dahin wird die Ware insgesamt in gutem Zustand sein und in der Lage, weiterzuwandern!«

Während ich sprach, spürte ich schon wachsende Unruhe in der Menge der bewaffneten Männer. Viele waren als Beduinen der Wüste zu erkennen, andere waren wohl Grundbesitzer aus dem Jordantal. Entschlossen, rasch die menschliche Ware in Besitz zu nehmen, waren sie alle. Sobald ich gesagt hatte, was zu sagen war, erhoben sie ein lautes Geschrei, das zum Ausdruck brachte, daß sie nicht warten wollten. Bald war die Tür des Hamam eingedrückt. Unter lautem Gebrüll stürmten die ersten Männer ins Haus. Es gab kein Halten mehr. Ich stand hilflos draußen. Mir blieb nur die Hoffnung, daß die Haschiyun die Oberhand behalten würden.

Diese Hoffnung aber war trügerisch. Ich sah, wie einige der bewaffneten Männer wieder aus dem Haus kamen. Sie drängten sich mit Gewalt durch die Menge derjenigen, die noch hinein wollten. Jeder, der herauskam, zerrte einen der Ungläubigen hinter sich her. Mancher hatte sogar zwei Sklaven erbeutet. Fast alle hatten sie ihre Schwerter gezogen. Einige bluteten. Sie waren wohl von den Haschiyun verwundet worden. Drinnen wurde also gekämpft.

Wie lange es dauerte, bis keiner mehr hinein oder heraus wollte, weiß ich nicht. Als endlich Stille herrschte vor dem Hamam, trat ich ein. Schon in der Vorhalle sah ich Tote liegen. Im neuen Dampfbad mußte ich über Leichen steigen: über Beduinen, über Landbesitzer aus dem Jordantal, über Sklaven – aber auch über die Körper schwarzgekleideter Haschiyun. Sie hatten die Sklaven verteidigen wollen und hatten dabei ihr Leben verloren. Auch Mohammed Ibn al-Rahman, der Eunuch, lag da, niedergestreckt durch einen Schwerthieb. Im neuen Hamam lebte offenbar niemand mehr.

Ich ging hinüber ins alte Dampfbad. Tote bedeckten auch hier den Boden. Doch als ich in den Raum des Kaltwasserbeckens trat, erlebte ich eine Überraschung. Da standen Frauen bis zum Hals im Wasser. Es mochten wohl fünfzehn sein. Unter ihnen befand sich Murdjana. Um diese Gruppe herum aber schwammen Körper, die sich nicht mehr regten. Sie waren ertrunken. Abd'Allah stand aufrecht am Beckenrand. Hell leuchteten seine Augen – wie schon lange nicht mehr. Mit einem Lendenschurz war er bekleidet. Durch Zeichen machte er mir deutlich, daß er die Männer, die leblos im Wasser trieben, ertränkt hatte.

Murdjana stieg als erste der Frauen aus dem Becken. Sie trug ein Hemd. Die Sklavinnen aber, die ihr folgten, waren nackt. Murdjana sprach: »Wir waren gerade dabei, einen ersten Teil der Frauen zu baden, nämlich diese, die jetzt aus dem Wasser steigen, da drangen bewaffnete Männer in den Raum ein. Die Frauen begriffen genau wie ich, daß unsere Rettung nur darin bestehen konnte, uns möglichst in den tiefen Teil des Beckens zurückzuziehen. Daß die Eindringlinge schwimmen konnten, war unwahrscheinlich. Abd'Allah warf alle ins Wasser, die voll blinder Wut vom Beckenrand aus nach uns greifen wollten. Es dauerte nicht lange, da hatte keiner mehr Lust, sich mit Abd'Allah zu messen.«

Während Murdjana sprach, sah ich mir die nackten Frauen an, die vor Kälte und Furcht zitterten. Sie alle waren jung und reizvoll. Murdjana erriet die Frage, die ich stellen wollte. Sie sagte: »Ich weiß es zwar noch nicht genau, doch ich glaube, daß sie in christlichen Ländern angeworben wurden, um den Rittern im Königreich Jerusalem das Leben zu versüßen. Jungfrauen werden sie wohl nicht sein!«

Abd'Allah begann bereits, das Hamam aufzuräumen. Er schleppte die Toten hinaus auf die Straße. Ich begab mich ins Maristan in der Hoffnung, dort Sadam Maruf anzutreffen. Auf dem Weg dorthin fiel mir auf, daß die Straßen völlig leer waren. Die Fremden waren mit ihrer Beute abgezogen, und die Bewohner hatten Angst.

Sadam Maruf wartete bereits auf mich. Mit düsterem Gesicht sprach er: »Durch dich, oh Mahmud, hat Allah, der Erhabene, die Haschiyun von Damaskus ins Unglück geführt. Die besten der jungen Männer haben ihr Leben verloren!«

Da ich mir keiner Schuld bewußt war, schnitt ich seine Rede mit dieser Frage ab: »Über wie viele Haschiyun verfügen wir noch in der Stadt?«

Seine Antwort war: »Fünfzehn!«

Ich sagte: »Gib ihnen Anweisung, hundert Männer aus den Häusern im Stadtviertel der Christen holen. Sie sollen die Toten vor die Stadt tragen und dort verscharren!«

In der Nacht suchte mich Sadam Maruf im Dar al-Hadith auf, um mir zu sagen, daß im Stadtviertel der Christen nur noch dreißig Männer anzutreffen gewesen seien, und sie seien alle alt. Wer Waffen tragen konnte unter den Christen von Damaskus, der war offenbar längst ins christliche Königreich geflohen.

Obgleich die Zahl derer, die zur Verscharrung der Toten gezwungen werden konnten, gering gewesen war, war es gelungen, die Spuren des mörderischen Wahnsinns zu tilgen. Ich sah voraus, was der neue Tag bringen würde: Am Morgen erwachten die Bewohner von Damaskus und benahmen sich so, als sei nichts geschehen. Sie hatten es sich abgewöhnt, bestimmte Ereignisse zur Kenntnis zu nehmen. Wenn Gewalt geübt wurde, wendeten sie den Blick ab. Sie fürchteten die Folgen. Und die fürchtete ich diesmal auch. Mich befiel die Angst, Scheich Sinan würde sein Todesurteil gegen mich erneuern aus Wut über das Gemetzel. Als mir schließlich aber immer deutlicher bewußt wurde, wie viele Männer an diesem Tag im Hamam ihr Leben verloren hatten, da überfiel mich das Gefühl der Trauer, und ich empfand, daß mein Leben nie mehr durch Freude beglückt werden würde. Bereitwillig erwartete ich den Tod.

Doch nach und nach wurden meine Gedanken wieder klarer. Ganz allmählich suchten sie von selbst nach einem Ausweg aus der Falle, in der ich saß. Nur noch fünfzehn Mitglieder des Bundes der Haschiyun in Damaskus waren am Leben. Sie reichten keineswegs aus, um – dem Auftrag des Salah ed-Din gemäß – als Piraten die Landung von Schiffen an der Küste des christlichen Königreichs Jerusalem zu verhindern. Wenn ich jedoch den Befehl des Beherrschers der Gläubigen nicht ausführte, erregte ich seinen Zorn. Salah ed-Din würde keineswegs zögern, mich töten zu lassen. Doppelte Gefahr drohte mir also.

Trotz dieser bitteren Erkenntnis wuchs langsam Hoffnung in mir. Da waren doch Leo und Simeona unterwegs zu mir nach Damaskus! Leo war vom Seeräuber zum Seehelden geworden. Von ihm durfte ich Schutz erwarten. Auch auf die Rückkehr Simeonas freute ich mich. Selbst wenn sie sich leichten Herzens von mir verabschiedet hatte, konnte ich nicht glauben, daß sie keine Gefühle mehr für mich empfand.

Überraschend schnell hatte sich Murdjana von dem Schrecken des Überfalls erholt. In der Vorhalle des Hamam sprach sie mich an: »Deinem Gesicht sehe ich an, oh Mahmud, daß wieder einmal Trübsal deine Gedanken beherrscht. Was du auch immer zu fürchten hast, noch lebst du! Gönne deinen Sinnen eine Freude.« Da begann sie zu singen. Auf eine heitere Melodie, die ich noch nie gehört hatte, sang sie lustige Worte:

Ich schenke dir ein Rätselspiel.
Es wird dir Freude geben.
Den Ort zu raten ist das Ziel,
Wo einst begann das Leben,

Von einer Frau, die ich dir wähl'
Aus Salah ed-Dins Geschenken.
Auf deinen Geist und Witz ich zähl'
Das Gefühl soll gut dich lenken.

Woher sie stammt, wirst du mir sagen,
Beim ersten Licht im Osten.
Bis dahin darfst du frei es wagen,
Die Lust ganz auszukosten!

Getröstet verließ ich Murdjana und das Hamam und ging durch die dunklen Gassen zu meinem Haus am Baradafluß. Lange brauchte ich nicht zu warten, bis jemand an die Tür klopfte. Als ich öffnete, sah ich zunächst die kräftige Gestalt des Abd'Allah. Doch er trat gleich zur Seite und gab den Blick frei auf eine Frau, die hinter ihm gestanden hatte. Ich forderte sie auf, einzutreten. Abd'Allah aber verschwand wieder im Dunkeln.

Simeonas Bericht von der Belagerung der Burg Kerak

Meine Begrüßung erwiderte die Frau nicht. Sie schwieg, weil sie mich wohl nicht verstand. Sie folgte mir in mein Gemach und blieb mitten in diesem Raum stehen. Doch sie blickte mich keineswegs erschreckt an. Murdjana hatte in ihrem Lied angekündigt, sie werde mir eine der Frauen schicken, die zunächst für den Beherrscher der Gläubigen bestimmt gewesen waren, damit ich errate, wo ihre Heimat sei. Zwar war ich damals dabeigewesen, als Andronikos und Ayub al-Hakim durch geschicktes Fragen die Herkunft der Frauen zu ergründen suchten, doch ich hatte längst vergessen, was die beiden herausgefunden hatten. Keine Spur einer Erinnerung an diese Frau war in meinem Gedächtnis bewahrt geblieben. Ich mußte also aus eigener Kraft das Rätsel lösen.

Sie wehrte sich nicht, als ich ihr den Umhang vom Leibe zog. Nichts trug sie darunter. Sie war etwas kleiner als ich und besaß einen zarten Körper. Ihre Brüste jedoch zeichneten sich durch eine besondere Größe und Festigkeit aus. Dicht behaart war ihr Schoß. Meine Blicke konnten sich nicht entscheiden, ob sie die Brüste oder den dunklen Haarbusch anschauen wollten. Ihr Gesicht, das bis dahin abweisend gewirkt hatte, veränderte sich. Der Mund lächelte auffordernd. Da nahm ich die Frau auf meine Arme, und sie schmiegte sich an mich. Vorsichtig ließ ich sie auf mein Lager niedersinken. Sie zögerte nicht, nun mir die Kleider abzustreifen. Dann zog sie mich neben sich auf die Kissen. Während ihr Körper völlig ruhig blieb, begannen ihre Finger zu leben. Zart strichen sie über meinen Leib. Sie berührten meine Brustwarzen, huschten meinen Bauch entlang und streiften leicht mein Glied. Nirgends verweilten diese Finger lange. Die Frau hatte sich aufgerichtet, so konnte ich ihre vollen Brüste sehen. Sie leuchteten im flackernden Licht des Öllämpchens, das neben den Kissen brannte.

Längst hatten sich die Zärtlichkeiten auf meinen Körper ausgewirkt. Doch die Frau ließ mein hartes Glied unbeachtet. Sie knetete meine Zehen, drückte jede auf eigene Art, rieb sie aneinander. Langsam wuchs in mir die Spannung ins Unerträgliche. Ich faßte nach den Händen der Frau, um sie dazu zu bringen, mein Glied zu packen, damit endlich die Entspannung ausgelöst werde. Doch die Hände entzogen sich meinem Griff. Beharrlich kneteten sie meine Zehen. Dann dehnte sich die Zärtlichkeit auf die Fußsohlen aus. Von den Füßen her durchströmte mich Wärme, die mein Glied noch härter werden ließ. Nie hatte ich derartige Lust verspürt. Dabei brauchte ich selbst mich nicht zu bewegen. Nur mein Glied zuckte. In dem Augenblick, in dem sich die Spannung meines Körpers entlud, wußte ich, wem ich dieses Glück verdankte: Es war das Mädchen, das aus Smyrna entführt worden war. Im dortigen Waisenhaus des Fürsten der Stadt, so hatte mir einst Ayub al-Hakim gesagt, würden die Mädchen in einer besonderen Fertigkeit der Finger ausgebildet. Bevor ich einschlief, plagte ich mein Gedächtnis, ob wohl einst auch der Name der Frau festgestellt worden war. So sehr ich auch meinen Kopf anstrengte, mir fiel kein Name ein.

Abd'Allah weckte mich noch vor Morgengrauen auf. Er war gekommen, um die Frau wieder ins Hamam zurückzubringen. Da ich mich nicht mehr müde fühlte, stand ich auf, um mich im Wasser des Baradaflusses zu erfrischen. Ich setzte mich im Dunkeln auf die Steine des anderen Ufers und dachte nach. Mir stand wieder ein Tag der Gefahren bevor, die ich nicht erkennen und damit auch nicht abwehren konnte. Doch Zeit für Angstgefühle blieb mir nicht. Eben war das erste zarte Glitzern auf den Wellen zu sehen, da bemerkte ich unmittelbar vor mir im Wasser den Schimmer eines weißen Leibes. Unwillkürlich, als ob ich mich bedroht fühlte, stand ich auf und blickte gebannt auf das schwimmende Wesen. Als es die Ufersteine berührte, hob es den Kopf aus dem Wasser: Ich erkannte Simeona!

Ihr nasses Haar glänzte im Licht der aufgehenden Sonne. Simeona sagte: »Hier auf diesen Steinen, oh Mahmud, habe ich mich von dir verabschiedet. Hier wollte ich dich wiedersehen. Im Wasser versteckt habe ich auf dich gewartet. Kalt ist es mir geworden. Laß uns zum Haus hinüberschwimmen!«

Ich folgte ihr, und bald befanden wir uns in meiner Kammer. Sie sah mein Lager und sagte: »Daß du dich vergnügt hast, ist zu sehen. Ich nehme an, allein wirst du dabei nicht gewesen sein!«

Ohne auf ihre spöttische Bemerkung zu antworten, gab ich ihr ein Tuch, damit sie sich abtrocknen konnte, und ich fand auch einen Umhang, der ihr paßte.

Simeona bat mich um Tee. Als sie getrunken hatte, sprach sie: »Ich komme von Kerak, aus dem Heerlager deines Herrn Salah ed-Din. Seltsames ist vor der Burg geschehen. Bei Beginn der Belagerung bemerkte Salah ed-Din, daß drinnen gefeiert wurde. Leute, die in den Häusern vor der Burg lebten, sagten ihm, Rainald von Châtillon richte die Vermählung der blutjungen Prinzessin Isabella aus dem Königshaus des christlichen Staates mit Umfried von Toron aus. Während der vergangenen Tage, so erfuhr Salah ed-Din, waren etwa hundert hochgestellte Damen und Herren aus Jerusalem auf der Burg eingetroffen, dazu ein Dutzend Spielleute und Gaukler. An Fleisch und Mehl herrsche wohl kein Mangel hinter den starken Mauern von Kerak.«

Was er von den Bewohnern der Unterstadt erfahren hatte, so erzählte mir Simeona, habe den Zorn des Salah ed-Din erregt. Er befahl seinen Männern, alle Häuser vor der Burg zu verbrennen. Dabei war ein christlicher Ritter festgenommen worden, der sich in einem der Häuser verborgen hatte. Das Feuer trieb ihn aus seinem Versteck. Wilhelm von Montferrat sei sein Name, erklärte Simeona, man nenne ihn aber nur Langschwert. Simeona hatte diesen Ritter selbst gesehen und meinte, er sei noch sehr jung.

Was weiter geschah, erzählte Simeona mit diesen Worten: »Als die Häuser der Unterstadt niedergebrannt waren, hatte Salah ed-Din einen freien Platz, um seine Belagerungsmaschinen aufbauen zu lassen. Doch ehe sie beginnen konnten, Felsbrocken gegen die Mauern der Burg zu schleudern, erschien auf der Zinne der Burgmauer der Herold, der verkündete, die Königin Maria Komnena bitte um freies Geleit zum edlen Herrn Salah ed-Din. Nur kurze Zeit später schritt diese Frau den steilen Burgweg hinunter, begleitet von Dienern, die Körbe schleppten. Bald betrat Maria Komnena das Zelt des Salah ed-Din. Sie sprach: »Edler Herr, die Ehre gebietet es mir, dich zum Festmahl einzuladen. Da du die Burg wohl nicht betreten willst, die Rainald von Châtillon gehört, bin ich zu dir gekommen mit Schüsseln voll vom Besten, was auf unseren Tischen der Hochzeitstafel zu finden ist. Sei auf diese Weise unser Gast!«

Simeona glaubte erkannt zu haben, daß Salah ed-Din durch diese Geste überrascht war. Er hatte nichts zur Hand, was er der Königin Komnena hätte überreichen können. Da fragte Salah ed-Din, in welchem Teil der Burg das junge Paar die Hochzeitsnacht verbringen werde, und erfuhr, Isabella und Umfried würden im hohen Turm nächtigen. Salah ed-Din bat die Königin, das Paar zu grüßen, und er fügte hinzu, die Herrin Maria Komnena möge Isabella und Umfried ausrichten, der Turm bleibe von der Beschießung verschont.

Daß Salah ed-Din sein Versprechen schon bald bereute, wußte Simeona mir zu berichten. »Von eben diesem Turm schossen die Bogenschützen des Rainald von Châtillon auf die Männer, die an den Belagerungsmaschinen auf unserer Seite beschäftigt waren. Viele wurden von den Pfeilen getroffen und starben. Salah ed-Din fühlte sich jedoch weiterhin durch sein Wort gebunden: Der Turm wurde verschont. Die Wut über die neue Arglist des Rainald von Châtillon gab Salah ed-Din den Gedanken ein, wie er die Belagerten zwingen könnte, die Bogenschützen vom Turm abzuziehen. Außerhalb der Reichweite der Pfeile ließ er aus Brettern und Balken ein Gerüst zimmern, das oben mit einer Plattform abschloß. Aus dieser Plattform ragten zwei Pfosten, die so hoch waren wie eineinhalb erwachsene Männer. Ein Querbalken verband die beiden Pfosten. Unter diesen Galgen wurde Wilhelm von Montferrat geführt, jener gefangene junge Ritter, der allgemein Langschwert genannt wird. Ihm wurde befohlen, sich nackt auszuziehen – und er folgte dem Befehl.«

Simeonas Erzählung war packend. »Ich stand dabei und war gespannt, was sich ereignen würde! Von den Zinnen der Burg aus schauten Rainald von Châtillon und viele der Hochzeitsgäste dem Geschehen zu. Auch die Bogenschützen, die zunächst vergeblich versucht hatten, die Plattform zu treffen, hatten ihre Bemühungen eingestellt, als sie den nackten Wilhelm von Montferrat erkannten. Salah ed-Din ließ einen Herold vortreten, der zu verkünden hatte, der Ritter Wilhelm von Montferrat, der nun mit den Beinen nach oben an den Galgen gebunden werde, erhalte für jeden Pfeil, der von jetzt an vom Turm aus abgeschossen werde, einen Peitschenhieb. Jeder Hieb treffe die Männlichkeit des Ritters. Der Herold vergaß auch nicht, auszurufen, die Hiebe seien so geartet, daß fünfundzwanzig davon ausreichen würden, die Vergrößerung der Familie derer von Montferrat durch Ritter Wilhelm für alle Zeit zu verhindern.«

Simeona erzählte, wie der Nackte mit weitgespreizten Beinen am Querbalken des Galgens festgebunden wurde – mit dem Gesicht zur Burg Kerak – und wie sich hinter ihm ein schwarzgekleideter Mann aufstellte, der eine Peitsche in der Hand hielt. »Kaum hing Wilhelm von Montferrat mit dem Kopf nach unten am Galgen, befahl Salah ed-Din den Männern an den Wurfmaschinen, die Beschießung der Burg fortzusetzen. Was würde nun geschehen? Salah ed-Din sagte zu den Umstehenden, die Familie Montferrat sei überaus einflußreich im christlichen Lande, und sicher befänden sich auch einige Familienmitglieder unter den Hochzeitsgästen in der Burg. Rainald von Châtillon müsse es sich gründlich überlegen, ob er es sich leisten könne, die Zeugungsfähigkeit des Wilhelm von Montferrat zu gefährden. Doch kaum hatte Salah ed-Din diesen Gedanken ausgesprochen, da brach einer der Männer, die an einer Wurfmaschine arbeiteten, in die Knie. Ein Pfeil hatte ihn getroffen. Der Schwarzgekleidete, der die Peitsche in der Hand hielt, schlug mit voller Kraft dem nackten Ritter zwischen die Beine. Der Getroffene schrie schrill auf. Manche Gestalt verschwand nun von den Burgzinnen. Rainald von Chântillon aber blieb unbeweglich stehen. Inzwischen krachte das erste Steingeschoß gegen die Mauern von Kerak. Gleich darauf taumelte ein Mann aus der Reihe derer, die das Spannseil einer Wurfmaschine zu ziehen hatten. Ein Pfeil steckte in seinem Rücken. Nur einen Augenblick später war wieder ein furchtbarer Schrei des Ritters zu hören. Rainald von Châtillon aber schien taub zu sein. Er gab seinen Bogenschützen nicht den Befehl, das Schießen einzustellen.«

Simeona berichtete, bis Sonnenuntergang hätten ihr die Schreie des Gemarterten noch oft in den Ohren gegellt. Vorausgegangen sei immer das donnernde Krachen, wenn ein Steinblock die Burgmauer getroffen hatte, gefolgt sei aber auch immer die Verwundung oder der Tod eines Mannes an den Wurfmaschinen. Nur einmal habe sie noch die Kraft gehabt, auf Wilhelm von Montferrat zu blicken. Seine Männlichkeit sei nur noch eine blutige Masse gewesen.

Salah ed-Din hatte, als er den Platz des Galgens verließ, nach Simeonas Meinung einen geschlagenen Eindruck gemacht. In der Nacht noch war dazuhin die Nachricht eingetroffen, ein starkes Ritterheer habe Jerusalem in Richtung Jordantal verlassen, wohl um die Burg Kerak zu besetzen. Simeona sagte: »Salah ed-Din hat den Rückzug von der Burg Kerak angeordnet. Der Herr und seine Truppen befinden sich auf dem Weg nach Damaskus. Ich vergaß, dir noch zu sagen, oh Mahmud, daß alle Piraten der Christen, die wir auf dem Roten Meer gefangengenommen haben, in die Hauptstadt Syriens gebracht werden. Ihre Strafe soll hier vollzogen werden und nirgends sonst. Salah ed-Din wird dir selbst mitteilen, welche Todesart er den Seebanditen bestimmt hat, die Pilger auf hoher See umbrachten.«

Ich schlug Simeona vor, zusammen mit ihrem Vater im Haus am Baradafluß zu wohnen. Sie nahm gern meine Einladung an. Dann verließ ich sie, um ins Hamam zu gehen.

Dort begrüßte mich Murdjana mit fragendem Gesichtsausdruck. Da meine Gedanken mit der bevorstehenden Ankunft des Beherrschers der Gläubigen beschäftigt waren und mit dem Eintreffen der gefangenen Seeräuber des Rainald von Châtillon, dachte ich überhaupt nicht mehr an das Rätselspiel um die Sklavin, das sich Murdjana ausgedacht hatte.

Da fragte sie: »Sage mir, oh Mahmud, wie heißt die Heimatstadt der Frau, mit der du die Nacht verbracht hast?«

»Verzeih, oh Murdjana! Sie hat geschickte und flinke Finger. Sie hat in Smyrna gelernt, Knoten der Teppiche zu knüpfen. Doch ihren Namen kenne ich nicht.«

Murdjana freute sich über meine Antwort. »Du hast sie erkannt. Agora heißt sie und stammt aus dem Haus der Fürsten von Smyrna, der die Mädchen, die weder Vater noch Mutter besitzen, in zweierlei Fertigkeiten ausbilden läßt. Als Preis für deine Findigkeit winkt dir eine Nacht mit einem anderen Mädchen – auch dessen Herkunft sollst du erraten!«

Doch für den Augenblick blieb mir keine Gelegenheit, mich über Murdjanas Rätselpläne zu freuen. Die Stunde des Einlasses ins

Hamam hatte begonnen. Es war ein Tag der Männer. Viele wollten an diesem Morgen das Dampfbad benutzen. Schon als die Männer eintraten, merkte ich, daß sie aufgeregt waren. Etwas Entscheidendes mußte vorgefallen sein. Ich bat Murdjana, sie möge die Diener veranlassen, darauf zu achten, was im *Raum der Kühle und Stille* gesprochen wurde. Da ich neugierig geworden war, wartete ich im Hamam auf Bescheid.

Bald erfuhr ich, die Aufregung sei durch eine gute Nachricht ausgelöst worden: Salah ed-Din habe das Heer des Königs von Jerusalem an der Jordanfurt bei Jericho geschlagen. Reiter aus dem Dorf Beit al-Kerim, das kaum eine Stunde Fußweg von der Furt entfernt liegt, hatten die Botschaft überbracht. Die Reiter seien selbst Augenzeugen gewesen.

Aus den Berichten war dies zu erfahren: Salah ed-Din hatte auf dem Rückweg von der Burg Kerak wohl erkannt, daß das Ritterheer, das in Jerusalem zum Einsatz der belagerten Festung aufgebrochen war, sich noch immer im Bereich der Hauptstadt des christlichen Staates befand und den Abstieg in die Jordansenke noch gar nicht begonnen hatte. Aufgrund dieser Erkenntnis hatte sich Salah ed-Din entschlossen, den Kampf mit dem Ritterheer zu wagen. Einen Teil seiner Truppen schickte er an den Jordan. Diese Männer sollten sich im Ufergebüsch verstecken. Seine Hauptmacht aber hielt er in einer Senke am Abstieg der Berge ostwärts des Flusses verborgen.

Die Berichte der Augenzeugen stimmten in diesen Einzelheiten überein: Der Jordan führte hohes Wasser, das reißend dahinfloß, und so war es für die christlichen Ritter ohnehin schwierig, Mann und Roß samt Ausrüstung durch die Furt zu bringen. Als die ersten Kämpfer der Christen das andere Ufer erreicht hatten und sich in Sicherheit glaubten, da wurden sie überfallen. Salah ed-Din selbst stürzte, das Heilige Schwert gezückt, zu Pferde auf die Verwirrten ein. Seine Männer folgten ihm. Sie stachen jeden nieder, der sich ihnen entgegenstellte. Der Widerstand der Ritter war nur schwach, denn der Kampf mit dem Wasser hatte ihnen die Kraft geraubt. Wer niedergemacht worden war, wurde in den Fluß geworfen. Bald trieben Hunderte von Leichen flußabwärts zum Toten Meer.

Obgleich es für sie aussichtslos war, am östlichen Ufer des Jordan Fuß zu fassen, versuchten die Ungläubigen, den Übergang durch die Furt zu erzwingen. Gewaltig waren ihre Verluste. Lange dauerte es, bis der christliche König zu der Einsicht kam, daß die Niederlage nicht mehr abzuwenden war. Endlich konnte der Beherrscher der Gläubigen sein Schwert in die Scheide stecken. Eine entscheidende Schlacht gegen die christlichen Ritter war zu Ende.

Die Befehle des Siegers

Daß der Beherrscher der Gläubigen nicht als Verlierer nach Damaskus zurückkehren mußte, stimmte mich heiter. Ich nahm an, er werde sich mit seinem Heer wieder in Richtung Kerak wenden – und ich behielt recht.

Ich blieb nicht lange ohne Nachricht von Salah ed-Din. Wieder einmal kam der Gewürzhändler Salim al-Musanef zu mir mit einer Brieftaube. Viele Wochen lang hatte weder Scheich Sinan, der Oberste der Haschiyun in der Festung Masyaf, noch der Beherrscher der Gläubigen einen fliegenden Boten geschickt. So hatte ich Salim al-Musanef lange nicht gesehen. Er band die Briefhülle vom Bein des Vogels ab und überreichte sie mir. Ich bedankte mich bei Salim al-Musanef, der sich höflich eilends verabschiedete.

Da mußte ich diese Nachricht in der Handschrift des Beherrschers der Gläubigen lesen: *Oh Mahmud, der du nicht hast Unglück abwenden können von meiner Stadt Damaskus! Du hast nicht verhindert, daß die Haschiyun, denen ich eine besondere Aufgabe zugewiesen hatte, im Hamam ermordet wurden. Ich wollte selbst nach Damaskus kommen, um die Bestrafung für deine Fahrlässigkeit zu überwachen. Doch nun ist mir die Bestrafung des schändlichen Rainald von Châtillon wichtiger. Du aber sollst der Sühne dennoch nicht entkommen. Befiehl dem Haschiyun Sadam Maruf, daß er die Aufsicht führen soll, wenn du wöchentlich einmal durch den Eunuchen Abd'Allah ausgepeitscht wirst. In jeder Woche sollen dir – bis zum Zeitpunkt meiner Rückkehr nach Damaskus – am Abend vor dem heiligen Tag der Moslems zwölf Peitschenhiebe auf den nackten Körper verabreicht werden. Dies wird nach der abendlichen Schließung des Hamam im alten Raum des Kaltwasserbeckens geschehen.*

Ich zitterte am ganzen Leib. In meinem eigenen Hause sollte ich bestraft und gedemütigt werden durch meinen Untergebenen Abd'Allah und durch Sadam Maruf, dem Haschiyun, der meinem Befehl zu gehorchen hatte! Ich mußte mich zwingen, die Fortsetzung der Botschaft des Beherrschers der Gläubigen zu lesen.

Da stand geschrieben: *Oh Mahmud, obgleich ich deinem Leib Schmerzen zufügen lasse, bleibst du mein Stellvertreter in der syrischen Hauptstadt. Du wirst von Simeona erfahren haben, daß die Gefangenen vom Roten Meer allesamt unterwegs sind nach Damaskus. Jedem von ihnen, der geeignet ist, unter dem Befehl des Seehelden Leo als Pirat gegen die Besatzungen der Schiffe zu kämpfen, die aus dem Abendland unterwegs sind zum christlichen Königreich, wird die Freiheit geschenkt. Zusammen mit Leo wirst du jeden einzelnen auswählen, der für den Krieg zur See in Frage kommt. Wer nicht geeignet ist, dem ist das Haupt abzuschlagen!*

Wie manches Mal zuvor schon riß mich Murdjana aus meinen trüben Gedanken. Sie trat in der Vorhalle des Hamam zu mir und sagte: »Gleichgültig, was dir angedroht ist, oh Mahmud, du solltest die Nacht nicht vergeuden. Bleibe hier und beruhige dich im Hamam. Das Feuer erzeugt noch Dampf, und ich werde dir Lichter aufstecken lassen, die noch lange brennen. Du sollst eine Nacht des Vergnügens erleben, die dir noch in der Erinnerung Freude bereiten wird. Ich werde dir wieder eine Frau zuführen, und du wirst raten, wo ihre Heimat liegt. Morgen früh wirst du mir des Rätsels Lösung sagen!« Nach diesen Worten verließ mich Murdjana.

Ich aber wunderte mich. Seltsam erschien es mir, daß ich gerade im Raum des Kaltwasserbeckens das Geheimnis einer der Frauen lüften sollte, die einst zur Auswahl für den Beherrscher der Gläubigen gehört hatte. Nachdenklich setzte ich mich an den Rand des Beckens. Im Raum brannte nur eine Kerze.

Ich versuchte, mich in Gedanken zurückzuversetzen. Viele Monate waren vergangen, seit der Zeit, als Andronikos, der Arzt Ayub al-Hakim und ich herauszufinden versucht hatten, woher die Sklavinnen stammten, die von den Haschiyun für den Beherrscher der Gläubigen aus den verschiedensten Gegenden der Welt entführt worden waren. Doch meine Erinnerung blieb eigentümlich blaß. Ich schaute gerade auf die Reflexe des Kerzenlichts im Wasser, da fiel mir ein, daß Murdjana doch gesagt hatte, sie werde Lichter aufstecken lassen, die noch lange brennen würden, da fegte ein Luftstoß durch den Raum, der die armselige Kerze erlöschen ließ.

Ich saß in völliger Dunkelheit. Ganz leise waren Schritte zu hören. Jemand ging barfuß. Dann drang schwaches Wasserplätschern an mein Ohr. Das Wesen, das sich mit mir im Raum befand, schwamm offenbar ganz nahe an mir vorüber. Da wurde ich neugierig, und ich glitt ebenfalls ins Wasser. Ich durchquerte das Becken, doch ich bekam niemanden zu fassen. Plötzlich aber spürte ich, gerade als ich in meiner Schwimmbewegung beide Arme nach vorne streckte, wie meine Hände gepackt wurden. Wer nach mir griff, das konnte ich in der Dunkelheit nicht sehen. Der Griff war überaus hart. Mit Entsetzen merkte ich, daß sich ein Seil um meine Handgelenke legte, das mich fesselte. Ich versuchte, die Handgelenke auseinanderzureißen, doch die Anstrengung war vergebens. Als ich merkte, daß ich dort, wo ich mich im Becken befand, stehen konnte, atmete ich auf.

Doch die Atempause, die mir gegönnt wurde, dauerte nicht lange. Das Seil wurde unvermittelt angezogen. Die Kraft, die es spannte, war stark. Ich mußte dem Zug nachgeben. Stehen konnte ich schon bald nicht mehr. Ich wurde am Boden entlang in den tiefen Teil des Wasserbeckens gezerrt. An einer Kante schlug ich mir die Schulter an. Dann hatte ich das Gefühl, durch eine Röhre geschleppt zu werden. Atemnot bedrängte mich. Goldene Punkte glaubte ich zu sehen, dann waren es buntfeurige Kreise. Mich packte die Angst zu ersticken. Doch gleichzeitig empfand ich ein Lustgefühl, wie ich es sonst nur im Zusammensein mit einer Frau erlebt hatte.

Auf einmal aber begriff ich, was mir geschah. Ich wurde durch das Wasser gezogen, wie einst Simeona unter dem Kiel des Seeräuberschiffes ihres Vaters durchgezogen worden war. Es mußte Simeona sein, die mich gefesselt hatte! Wasser drang in meinen Mund, würgte mich im Hals. Die Sinne aber schwanden mir nicht – im Gegenteil. Ich nahm deutlich wahr, was mit mir geschah. Ich wurde ganz langsam gezogen. Durch die wirbelnden Punkte und Kreise, die mir meine Augen vorgaukelten, bemerkte ich Helligkeit. Es ging aufwärts. Ich tauchte auf.

Die Fesseln an meinen Händen verhinderten, daß ich mir das

Wasser aus den Augen wischen konnte. Noch immer zerrte das Seil an meinen Händen. Da merkte ich, wo ich mich befand: im Kaltwasserbecken des neuen Hamam! Über mir, am Rand des Beckens, stand Simeona, bekleidet mit einem Hemd, das vor Nässe eng an ihrem Körper klebte. Sie hielt das Seil in der Hand und versuchte, mich aus dem Becken zu ziehen, was ihr aber nicht gelang. Bei dieser Kraftanstrengung glitt Simeona aus und stürzte ins Wasser. Doch keinen Augenblick lang war sie verwirrt. Sie ließ das Seil los, streifte das Hemd ab und hatte mich doch gleich wieder im Griff. Geschickt drängte sie ihren Körper zwischen meine gefesselten Arme. Beide hielten wir uns durch Bewegung der Beine im Wasser aufrecht.

Da sagte Simeona fast flüsternd zu mir: »Ich wollte, daß du auch spürst, was Hände bewirken, die den Leib abtasten, wenn er aus dem Wasser gezogen wird. Ich bin einst vor Scham vergangen, als ich unter dem Kiel hindurchgezogen worden war und dann an Deck stand, den Männerhänden ausgeliefert. Doch jetzt befinden wir uns beide im Wasser. Das wird dir gefallen.«

Simeona verstand es, mich zu reizen. Ich hätte sie auch ohne Fesseln nicht losgelassen, denn sie schenkte mir durch ihr sanftes Berühren ein Gefühl des Glücks. Ganz sachte rieb sich ihr Bauch an meinem Glied. Ich merkte, wie Simeona uns behutsam zum seichteren Teil des Wasserbeckens zog. Ehe unsere Beine ermüdeten, hatten wir Boden unter den Füßen und konnten stehen. Es dauerte nicht mehr lange, bis sich in mir jede Spannung löste.

Als der Reiz der Sinne abgeklungen war, merkte ich, daß der Raum des Kaltwasserbeckens im neuen Hamam hell erleuchtet war. Unzählige Kerzen und Fackeln brannten da. Murdjana hatte die versprochenen Lichter, die noch lange leuchten würden, aufstecken lassen.

Als Simeona mir die Fesseln löste, fragte ich sie: »Oh, du würdige Tochter des Seeräubers Leo! Ich wußte nicht, daß eine Röhre die Kaltwasserbecken des neuen und des alten Hamam miteinander verbindet! Dies muß ein Geheimnis sein! Wer hat es dir verraten?«

Simeona lächelte. »Murdjana war es!«

Mit Murdjana hatte Simeona den Plan besprochen, meine Sinne durch das Nacherleben des schrecklichen Geschehens zu reizen, dem Simeona einst auf dem Schiff ihres Vaters unterworfen worden war. Sie selbst hatte das Erleben jedoch nicht nur als schrecklich, sondern auch als lustvoll empfunden. Sie wollte, daß auch ich diese Lust erlebte.

Die Nacht des Vergnügens war damit für mich noch nicht zu Ende. Simeona ließ mir nur kurze Atempausen. Ihre eigene Lust war unersättlich, und doch waren wir schließlich auf den Kissen neben dem Wasserbecken eingeschlafen, noch ehe die Kerzen und Fackeln an den Wänden heruntergebrannt waren.

Früh am Morgen wurden wir durch Pochen am Haustor aufgeschreckt. Draußen stand Sadam Maruf, der mir unterstellte Unterführer der Haschiyun in Damaskus. Zwei Neuigkeiten hatte er zu überbringen: Die Wachen auf den Zinnen der Mauern hatten erspäht, daß sich der Zug jener Gefangenen, die Piraten im Dienst des Rainald von Châtillon auf dem Roten Meer gewesen waren, von Süden her der Stadt näherte. Wenig später hatten die Bewaffneten, denen die Überwachung des Zugangs zur Oase Damaskus vom Antilibanongebirge her anvertraut war, eine Reitergruppe bemerkt, die dem Baradafluß entlang auf die Stadt zuritt. Der Reiter, der die Gruppe anführte, trug eine schwarze Fahne. Sie ließ darauf schließen, daß Scheich Sinan mit Begleitern nach Damaskus kam. Diese Neuigkeit erschreckte mich. Die Ankunft des obersten Herrn über die Haschiyun konnte mein Verderben bedeuten.

Scheich Sinan hatte meinen Tod beschlossen. Durch ihn waren mir furchtbare Qualen angedroht worden. Ich hatte in der Angst gelebt, der Mordbefehl sei bereits ergangen, und ich wußte, daß die Worte des Scheichs ernst zu nehmen waren. Eine Hoffnung blieb mir: Seiner Tochter Malaika konnte es gelungen sein, ihren Vater während ihres Aufenthalts in der Festung Masyaf zu überreden, mich – als den Mann, der ihr ein Kind gezeugt hatte – am Leben zu lassen. Auf diese Hoffnung baute ich.

So beschloß ich, den Herrn der Haschiyun mit allen Ehren im angestammten Mittelpunkt der Macht, im Hof der Zitadelle, zu empfangen. Daß das Gebäude zerstört war, ensprach eher meinem Plan, dem Scheich den Gedanken einzugeben, die Macht des Herrschers von Damaskus sei geschwächt. Ich überlegte mir, ob ich dem Herrn über die Burg Masyaf mit einer Geste der Demut begegnen sollte oder nicht. Schließlich entschloß ich mich, Stolz zu zeigen. Diese Haltung war ich meinem Herrn Salah ed-Din, dem Beherrscher der Gläubigen, schuldig.

Mahmuds Sohn wird geboren

Zusammen mit Sadam Maruf stand ich im Zitadellenhof, als die schwarze Fahne der Reitergruppe durch das Tor getragen wurde. Unmittelbar hinter der Fahne ritt der Scheich. Einen alten Mann hatte ich erwartet, schließlich wurde er *Der Alte von Masyaf* genannt. Doch nun schien mir der Scheich von Jugend erfüllt zu sein. Als er mich sah, blieb er nicht auf seinem Pferd sitzen, sondern sprang schwungvoll ab. Ich verbeugte mich vor ihm.

Er sprach: »Du also bist Mahmud! Der sich vorgenommen hat, eigenwillige Wege zu gehen!« Seltsam war, daß Scheich Sinan seine Stimme, die eigentlich kräftig klang, vor mir dämpfte. Als er dann weitersprach, verstand ich, warum dies geschah. Er sagte: »Keineswegs ist das Todesurteil über dich aufgehoben! Doch es ist nun allein Malaika überlassen, ob du getötet wirst, und wann dies geschehen wird! Meiner Tochter habe ich die Entscheidung über dein Leben und über deinen Tod anvertraut. Wenn sie es will, wirst du sterben!«

Dann sprach Scheich Sinan laut: »Der Bund der Haschiyun muß in dieser Stadt erneut zur verschworenen Gemeinschaft werden! Ich bin nach Damaskus gekommen, damit dies rasch geschieht. Du, oh Mahmud, bist mir dafür verantwortlich!«

Der Scheich schritt zur Seite und gab mir den Blick frei auf seine Tochter Malaika, die ebenfalls vom Pferd gestiegen war.

Malaika begrüßte mich, umarmte mich sogar und sagte: »Oh Mahmud, ich bin mit dem Vater hergeritten, weil ich unser Kind bei dir zur Welt bringen will. Es war gefährlich für mich zu reiten – ich hätte das Kind verlieren können. Doch ich glaubte fest daran, daß ich es schaffen würde, das Kind zu behalten und bei dir anzukommen!«

Da umarmte ich die Mutter meines Kindes.

Als wir dann Hand in Hand durch die Straßen gingen zum Haus

am Baradafluß, da bemerkte ich mißbilligende Blicke. Die Bewohner von Damaskus waren daran gewöhnt, daß Mann und Frau getrennt gingen: der Mann voraus, die Frau in gebührendem Abstand dahinter. Wir aber wollten nicht voneinander lassen, auch wenn der Brauch dies eigentlich vorschrieb.

Als wir uns kurz vor meinem Haus befanden, spürte ich, daß wir verfolgt wurden. Es war heller Tag, ich brauchte keine Sorge zu haben, und dennoch befiel mich Unbehagen. Ich drehte mich um, sah jedoch niemanden. Die Hitze der Mittagsstunde hatte die Menschen in die Häuser getrieben. Im Weitergehen hörte ich erneut fremde Schritte. Endlich erreichten wir die Tür meines Hauses.

Mit einem heftigen Schlag zischte plötzlich ein Pfeil in das Holz der Tür. Am Pfeilende war ein beschriebenes Papier festgebunden. Ehe ich danach greifen konnte, hatte es Malaika bereits in der Hand.

Sie faltete das Blatt auseinander und las vor: »Oh Mahmud, welche Strafe ist dir zugedacht?«

Ich antwortete: »Der Beherrscher der Gläubigen hat mich dazu verurteilt, einmal in der Woche ausgepeitscht zu werden!«

Unser Gespräch wurde jäh unterbrochen. Leo erschien. Verblüfft sah er, daß ich mit einer Frau zusammen war, die er nicht kannte. Er mußte wohl auch ihre Schwangerschaft bemerkt haben, doch er sagte nichts. Leo packte mich am Arm und zog mich mit sich fort – aus dem Haus und durch die Straßen zum Hamam. Schon als ich durch das Tor trat, schlug mir ein starker Geruch entgegen. Leo bemerkte mein Erstaunen, doch er sagte nichts und schob mich einfach weiter in die Vorhalle. Da sah ich, woher der Gestank kam. Zerlumpte Gestalten lagen und saßen dort auf dem Boden. Es waren nur Männer. Die gefangenen Seeräuber, die im Dienst des Rainald von Châtillon das Rote Meer mit Unglück überzogen hatten, waren eingetroffen. Sie waren offenbar schnell durch die Wüste und durch die steinige Öde des Berglandes ostwärts des Jordan getrieben worden. Die Gestalten waren mit Schmutz überzogen.

Ich fragte Leo, wie viele Gefangene sich im Hamam aufhielten. Er antwortete, es seien etwa fünfzig. Viele seien unterwegs wohl an Entkräftung gestorben. Ich gab Anweisung, Pfleger aus dem Maristan zu holen, die die Wunden der Gefangenen versorgen sollten. Die Baderäume konnten zur Reinigung der Körper benutzt werden. Wir mußten erreichen, daß die Gefangenen so rasch als nur möglich im Dienst des Salah ed-Din unter Leos Befehl den Schiffsverkehr der Ungläubigen vor der Küste des christlichen Königreichs störten. Doch für den Marsch zum Meer mußten sie kräftig genug sein. Der Weg um die Grenzen des Staates der Ritter herum war weit.

An jenem Tag blieb ich lange im Hamam. Vielleicht hoffte ich, durch den Anblick des fremden Elends meine Sorge vergessen zu können. Schließlich begab ich mich ins Maristan zu Sadam Maruf. Ich las ihm die Anordnung vor, die der Beherrscher der Gläubigen schriftlich gegeben hatte: *Befiehl dem Haschiyun Sadam Maruf, daß er die Aufsicht führen soll, wenn du einmal wöchentlich durch den Eunuchen Abd'Allah ausgepeitscht wirst. In jeder Woche sollen dir – bis zum Zeitpunkt meiner Rückkehr aus Damaskus – am Abend vor dem heiligen Tag der Moslems zwölf Peitschenhiebe auf den nackten Körper verabreicht werden. Dies wird nach der abendlichen Schließung des Hamam im alten Raum des Kaltwasserbeckens geschehen.*

Sadam Maruf gab, während ich diese Worte las, keine Gemütsregung zu erkennen. Nach einer Weile des Schweigens sagte er: »Das Hamam, oh Mahmud, wird derzeit kein geeigneter Ort sein, um dich auspeitschen zu lassen. Der Beherrscher der Gläubigen wird es uns beiden nicht übelnehmen, wenn wir den Ort wechseln. Ich lasse gerade in der Zitadelle wieder einen *Keller der Schmerzen* einrichten. Du, oh Mahmud, sollst der erste sein, der dort bedient wird! Ich gebe dir Nachricht, wenn dieser Keller für dich bereit ist.«

Das Hamam mußte in jenen Tagen für die Kunden geschlossen bleiben. Die gefangenen Seeräuber belegten alle Räume im neuen und im alten Teil. Die Säle und Gemächer des Salah ed-Din blieben allerdings weiterhin dem Beherrscher der Gläubigen reserviert. Daß wir den Kunden das Dampfbad verwehren mußten, brachte mir einen unangenehmen Nachteil: Da war niemand mehr, der mir erzählen konnte, was in der Welt geschah. Das Hamam hatte aufgehört, Quelle der Neuigkeiten für mich zu sein. So erfuhr ich erst spät von den Schwierigkeiten, durch die Salah ed-Dins Bemühungen, die Burg Kerak einzunehmen, behindert wurden. Die Mauern der

Festung erwiesen sich als überaus stark, Krankheiten minderten die Kampfkraft des Heeres der Gläubigen, die Sommerhitze machte den Aufenthalt im Bergland Moab fast unerträglich.

Von all den Problemen drangen nur Gerüchte an mein Ohr. Der Beherrscher der Gläubigen schickte mir in dieser Zeit keine Botschaft. Ich mußte mich fragen, ob ich noch sein Statthalter in Damaskus war.

Erstaunlich rasch kamen die Gefangenen wieder zu Kräften. An jedem Tag überzeugte ich mich selbst, daß die Männer gut ernährt und gepflegt wurden.

Nach einer Woche schon berichtete mir Leo, alle Piraten, die einst Rainald von Châtillon gedient hätten, seien bereit, gegen die Besatzungen der Schiffe des christlichen Königreiches zu kämpfen. Darüber war ich glücklich, denn so war ich von dem Zwang befreit, Köpfe abschlagen zu lassen.

Ich spürte, daß Leo mir noch etwas zu sagen hatte. Deshalb forderte ich ihn zu sprechen auf. Da sagte er: »Oh Mahmud, der du die Gefühle einer Frau nur gering achtest! Hast du bemerkt, daß Simeona dein Haus verließ, als du Malaika hast dort einziehen lassen? Ich ging mit ihr! Im Maristan haben wir Unterkunft gefunden. Seitdem sie aus deinem Haus fortgezogen ist, schweigt Simeona. Und so weiß ich nicht, wo sie künftig bleiben will. Ich verlasse Damskus in fünf Tagen, zusammen mit den Piraten. Wir müssen das Gebiet der Ungläubigen weit im Norden umgehen. Mit Scheich Sinan habe ich den Weg besprochen. Wenn wir alle bereit sind zum Abmarsch, werde ich mich verabschieden.«

Leo ließ mich nachdenklich zurück. Er hatte recht: Ich war in keiner Weise davon berührt, daß sich Simeona nicht mehr in meinem Haus befand. Mit Malaika lebte ich zusammen. Gute Gefühle verbanden uns, auch wenn die Körper getrennt blieben. Die Geburt des Kindes stand unmittelbar bevor.

Malaika ließ sich durch ihren Zustand nicht davon abhalten, vor Tagesanbruch mit mir im Baradafluß zu schwimmen. Sie wollte allerdings, daß ich sie halte. Das Kind in ihrem Leibe machte sie ängstlicher, als sie gewöhnlich war. Wieder einmal – es mochten wohl fünf Tage vergangen sein, seitdem Leo seinen Weggang von Damaskus angekündigt hatte – suchten wir Kühlung im Wasser, als ich spürte, wie Hände nach meinem Körper griffen. Malaika hielt ich im Arm. So gab ich mich den Händen hin, die überaus zärtlich waren. Der Gedanke, die Mutter meines Kindes im Arm zu halten und gleichzeitig von einem anderen, unsichtbaren Menschen berührt zu werden, erregte meine Sinne über alle Maßen.

Malaika merkte, daß sich mein Körper schüttelte. Sie meinte, ich fröre, und schlug deshalb vor, ins Haus zurückzukehren. Ich war mir sicher, von Simeona berührt worden zu sein. Dies war ihr Abschied von mir gewesen. An jenem Tage gebar Malaika einen Sohn. Ich gab ihm den Namen Omar.

Nach dem Weggang der Piraten hatte Murdjana mit den Dienern das Hamam an einem Vormittag wieder in Ordnung gebracht. Die Kunden konnten wieder eingelassen werden – und sie kamen in großer Zahl. Ihr Gesprächsthema war, daß sich der Beherrscher der Gläubigen starrsinnig in den Kopf gesetzt hatte, die Burg Kerak zu erobern, die doch als uneinnehmbar galt.

Als einer der Kunden behauptete, Salah ed-Din habe zwar an der Jordanfurt einen Sieg errungen, doch habe er es bis heute nicht erreicht, die Geiseln zu befreien, die sich seit dem Überfall des Rainald von Châtillon auf die Karawane in der Hand der Ungläubigen befanden, da fand er Zustimmung. Die Beliebtheit des Beherrschers der Gläubigen war tief gesunken im Bewußtsein der Menschen von Damaskus.

Ganz von selbst wuchs da in mir das Bedürfnis, in der Stadt ein Zeichen eigener Macht zu setzen. Ich gab deshalb Befehl, eiligst seien einige Räume der Zitadelle wiederherzustellen. Der Statthalter des Beherrschers der Gläubigen sollte an dem Ort zu finden sein, der schon immer die Mächtigen beherbergt hatte. Jetzt, da mir Malaika, die Tochter des gewaltigen Scheich Sinan, einen Sohn geboren hatte, begann ich daran zu denken, mich und meine Nachkommen unabhängig zu machen von allen Ansprüchen des Salah ed-Din.

Ich sprach über diese Absicht auch mit Malaika. Sie antwortete: »Oh Mahmud, vergiß nicht, daß Salah ed-Din das Schwert besitzt, das ihn vor dem Volk zum Herrn über alle Gläubigen macht. Willst und kannst du ihm dieses Schwert entreißen?«

Ich wußte auf diese Frage keine Antwort zu geben.

Der vergessene Bruder

Am Abend jenes Tages suchte mich Scheich Sinan im Hamam auf. Ich lud ihn ein, mit mir das Dampfbad zu benützen, doch er wies mein Ansinnen mit Entrüstung zurück. »Ich halte mich an das Wort des Propheten, dem Allah ewiges Heil spenden möge, das da lautet: *Oh Gläubige, verhüllt eure Schamteile voreinander!* Erst im Paradies werde ich, wenn ich Lust dazu empfinde, frei einhergehen, denn im Paradies, oh Mahmud, leben wir ungestraft unseren Sinnen! Es ist überhaupt der Gedanke an das Paradies, der mich zu dir führt. Du weißt, daß die Haschiyun mit dem Vorzug bedacht werden, einen Vorgeschmack vom Paradies zu erfahren. Es wird Zeit, jungen Männern wieder einmal diesen Vorgeschmack zuteil werden zu lassen. Sadam Maruf hat gute Arbeit geleistet. Achtzehn Männer warten darauf, in den Bund der Haschiyun aufgenommen zu werden. Dem Hamam wird wieder einmal die Ehre gewährt, Paradies zu sein. Bestimme du den Zeitpunkt!«

Der Scheich schwieg, doch er gab kein Zeichen, daß er Abschied nehmen wollte. Er blieb auf den Kissen sitzen. Behutsam begann er schließlich zu sprechen: »Oh Mahmud, du hast dein Herz geöffnet gegenüber Malaika. Du hast ihr gesagt, was dich bewegt. Du hast ein Vorbild vor Augen, ich weiß es. Salah ed-Din hat die Witwe des Nur ed-Din und deren Sohn einst verdrängt aus Damaskus. Er hatte eigentlich kein Recht darauf, in der Zitadelle zu herrschen. Doch der Griff nach der Macht ist ihm damals gelungen. Wenn du dem Salah ed-Din nacheifern willst, bin ich bereit, dir zu helfen. Dabei denke ich allerdings weniger an dich als an meinen Enkel. Er soll einmal herrschen! Vergiß nur eines nicht: Nur wenige Schritte entfernt von hier, in einem Haus, das eigentlich dir gehört, oh Mahmud, lebt eine Frau, die Leona genannt wird. Sie hat ein Kind bei sich, von dem der Beherrscher der Gläubigen annimmt, es sei sein eigenes. Wie es wirklich mit diesem Kind bestellt ist, das weißt du wohl besser. Was dir aber verborgen geblieben ist, das ist die erneute Schwangerschaft der Leona. Und diesmal ist das Kind wirklich von Salah ed-Din! Wenn du handeln willst, dann bedenke, daß dir ein Kind, eine Frau und ein noch ungeborenes Kind im Wege stehen. Doch auch diese Schwierigkeit kann überwunden werden. Die Haschiyun wissen die Mittel dazu, und sie sind schweigsam!«

Bei diesen letzten Worten hatte sich der Scheich erhoben. Er ging auf die Tür zu. Ohne sich nach mir umzudrehen, sprach er noch diese Worte: »Ich bin nicht damit einverstanden, daß mein Enkel den Namen Omar trägt. Omar war einst einer der Kalifen gewesen, die Ali, den wahren Erben des Propheten Mohammed, den Allah für alle Zeit segnen möge, von der Nachfolge als Beherrscher der Gläubigen verdrängen wollten. Ich verlange, daß der Junge Abbas genannt wird – und jeder wird begreifen, daß er zum Haushalt des Gesandten Allahs zählt, zu den Nachfahren des Propheten, dem Allah ewiges Heil schenken möge!«

Spät betrat ich mein Haus am Baradafluß. Malaika schlief noch nicht, denn sie hatte mit mir zu reden. »Du hast mir vor einigen Tagen gesagt, der Beherrscher der Gläubigen habe dich dazu verurteilt, wöchentlich einmal ausgepeitscht zu werden. Zunächst hatte ich diese Drohung nicht so ernst genommen. Anderes war wichtiger gewesen. Die Geburt unseres Sohnes hatte mich dann deine Worte vergessen lassen. Jetzt aber bewegen sie mich doch sehr – besonders, nachdem du mir deine Gedanken über die Zukunft offengelegt hast. Ich kann dazu nur eines sagen: Wenn du dich Salah ed-Din unterwirfst, bist du nicht geeignet, das Heilige Schwert des Beherrschers der Gläubigen zu tragen. Einer, der ausgepeitscht wurde, ist für immer als Sklave gekennzeichnet. Bedenke, daß mein Vater mir die Macht gegeben hat, den Zeitpunkt und die Art deines Todes zu bestimmen. Er hat gesagt: ›Wenn meine Tochter es will, wirst du sterben!‹ Wisse nun, oh Mahmud: Wenn ich Striemen an deinem Leib entdecke, stirbst du!«

Malaika ließ mich allein in meiner Kammer. Doch ehe mich das Alleinsein zu bedrücken begann, schreckte mich Klopfen auf. Jemand wollte, daß ihm das Tor geöffnet werde. Als ich auf die Straße hinausschaute, war ich überrascht: Mustafa Riad stand dort, der Befehlshaber der Berittenen des Salah ed-Din.

Als er meine Kammer betrat, sah ich, daß seine Kleidung und sein Gesicht von Staub bedeckt waren. Auf der Stirn hatten Schweiß und Schmutz eine dunkle Schicht gebildet. Mustafa Riad wollte sich nicht setzen. Er begann in hastigen Worten zu reden. »Der

Beherrscher der Gläubigen ist krank. Er liegt im Sterben! Er hat mich geschickt, um dir den Eid abzunehmen auf den Sohn, den ihm die Frau Leona geboren hat. Du, oh Mahmud, sollst den Schwur leisten, daß du diesen Sohn, der den Namen Jusuf Schams ed-Din trägt, so jung er auch noch ist, als deinen Herrn ansiehst und daß du ihm helfen wirst, rechtmäßiger Beherrscher der Gläubigen zu sein. Der Schwur muß sofort abgelegt werden, denn noch in dieser Nacht reite ich zurück zu Salah ed-Din. Am Toten Meer hat er sein Lager aufgeschlagen. Wenn ich mich nicht beeile, treffe ich den Beherrscher der Gläubigen nicht mehr lebend an.«

Je länger ich zuhörte, desto stärker wuchs das Entsetzen in mir. Jetzt, auf der Stelle, war mir eine Entscheidung abverlangt. Ich erkannte aber auch, daß mir diese Entscheidung die Möglichkeit bot, meine eigenen Absichten zu verwirklichen. Darum sagte ich voll Entschiedenheit: »Oh Mustafa Riad, der du mir vieles verdankst! Ich kann den Schwur nicht leisten auf ein Kind, das nicht der Sohn des Salah ed-Din ist!«

Da sprach Mustafa Riad mit schneidender Stimme: »Der Beherrscher der Gläubigen hat dies geahnt! Er hat mich gesandt, um dich zu prüfen. Salah ed-Din ist keineswegs krank. Er ist unterwegs nach Damaskus. Morgen wird er eintreffen. Er hat mir befohlen, dich – wenn du den Eid verweigerst – zu töten!« Mustafa Riad zog sogleich sein Schwert.

Plötzlich aber sah ich, daß sich der Vorhang hinter ihm bewegte. Dann sank Mustafa Riad langsam zu Boden. Das Schwert entfiel seiner Hand. Da bemerkte ich Malaika. Sie kam hinter dem Vorhang hervor. Ich starrte auf den Dolch, der im Rücken des Mustafa Riad steckte. Malaika hatte Mustafa Riad getötet. Ich beugte mich zu ihm hinunter und blickte in die starren Augen des Toten.

Malaika zögerte keinen Augenblick. Sie begann sofort, den Leichnam in den Teppich zu wickeln, auf den Mustafa Riad gesunken war. Dabei sagte sie: »Auf diese Weise beseitigen wir auch zugleich die Blutspur. Nichts darf an den Besuch erinnern. Hole Steine aus dem Fluß, mit denen wir das Bündel beschweren können. Dann versenken wir den Toten im Barada.«

Ich zog meine Kleider aus und tauchte in das Wasser. Dort

versuchte ich, Steine auf dem Grund zu greifen, und brachte die größten, die ich gerade noch tragen konnte, mit an die Oberfläche.

Malaika hatte inzwischen das Teppichbündel zu der Tür gezerrt, die hinausführte auf den Fluß. Damit wir die Steine zum Leichnam legen konnten, mußten wir den Teppich auseinanderfalten. Alles dies geschah in der Dunkelheit, denn Malaika hatte die Lichter im Haus gelöscht.

Sie fragte mich: »Hast du das Schwert auf dem Teppich liegen lassen?«

Ich tastete den Toten und die Falten des Teppichs ab. Bald schon hatte ich die Waffe in der Hand. Ich legte sie zu der Leiche und machte mich dann zusammen mit Malaika daran, das Bündel, das nun mit Steinen beschwert war, zu verschnüren. Wieder stieg ich in den Fluß, um den Teppich mit dem toten Mustafa Riad in das Wasser zu ziehen. Ich gab mir Mühe, Geräusche zu vermeiden. Rasch versank das Bündel in der Tiefe.

Mein unruhiger Schlaf wurde in der Frühe durch lautes Poltern an der Tür jäh beendet. Zwei Männer der Torwache hatten mir mitzuteilen, daß ein reitender Bote die Ankunft des Beherrschers der Gläubigen für die Zeit des zweiten Gebetsrufs angekündigt habe. Ich als Statthalter war aufgefordert, Salah ed-Din in Damaskus zu empfangen.

Als der Beherrscher der Gläubigen den Fluß auf der hölzernen Brücke überquerte, kniete ich unter dem Stadttor. Er stieg vom Pferd und gab mir ein Zeichen, aufzustehen. Gemeinsam schritten wir zur Zitadelle. Ich erwartete, daß er mir die Frage stellte, ob ich den Eid gleistet hätte, den Mustafa Riad mir abverlangt hatte, und ich fürchtete mich vor dieser Frage.

Doch der Beherrscher fragte mich etwas anderes – und er überraschte mich damit. »Sage mir, oh Mahmud, ist dein Bruder Mohammed Ibn al-Gauzi bei dir eingetroffen?«

Lange schon hatte ich mich um meinen Bruder Mohammed nicht gekümmert. Murdjana, die seine und meine Mutter war, hatte für ihn gesorgt, und sie war darauf bedacht gewesen, uns zu trennen. Ich war wohl der Bevorzugte, dem bald schon Wissen und Macht zugefallen waren. Die Ereignisse hatten mich stolz gemacht. Da gab es keinen Platz für einen Bruder neben mir. Nie hatte ich gefragt, was aus Mohammed geworden war. Fast hatte ich vergessen, daß es ihn überhaupt gab. Nun erinnerte mich der Beherrscher der Gläubigen an ihn. Da ich in Gedanken versunken war, antwortete ich nicht.

Schließlich fragte Salah ed-Din ein zweites Mal: »Ist dein Bruder Mohammed Ibn al-Gauzi bei dir eingetroffen?«

Meine Antwort war: »Oh Herr, ich habe meinen Bruder schon lange aus den Augen verloren!«

Salah ed-Din sagte: »Murdjana hatte mich gebeten, ihn als Pagen in meine Dienste zu nehmen. Ich weiß nicht mehr, wie lange dies her ist. Gut gehalten und gut geführt hat er sich. Vor einer Woche aber bat er, Abschied von mir nehmen zu dürfen. Er wollte dich und seine Mutter hier in Damaskus aufsuchen. Längst müßte er eingetroffen sein!«

Inzwischen waren wir beim Tor der Zitadelle angekommen. Salah ed-Din bemerkte mit Wohlgefallen, daß einige Räume wiederhergestellt waren. Er trat durch das Tor und ließ sich von den Arbeitern bejubeln, die dabei waren, weitere Mauern, Wände und Decken zu errichten.

Salah ed-Din wandte sich jedoch wieder dem Ausgang zu. Huldvoll sprach er zu mir: »Ich wollte nur sehen, oh Mahmud, ob du das Gespür dafür hast, daß du nur dann Macht ausüben kannst, wenn die Vergangenheit deine Grundlage ist. Die Zitadelle ist die Vergangenheit. Ich benötige sie nicht. Mir genügt die Gegenwart, die im Haus neben dem Hamam ihre Heimat hat!« Danach sprach der Beherrscher der Gläubigen kein Wort mehr zu mir, bis wir das Hamam erreichten. Er betrat seinen Teil des Gebäudes.

Murdjana wartete in der Vorhalle des neuen Hamam. Sofort redete sie auf mich ein: »Oh Mahmud, der du mir in der vergangenen Nacht nicht beistehen konntest in meiner Not! Unter den jungen Männern, die den Vorgeschmack auf das Paradies erleben durften, befand sich dein Bruder Mohammed. Ich habe ihn erkannt, als er in der Nacht betäubt hierher gebracht wurde. Und er hat auch mich bemerkt, als sie ihn vor Sonnenaufgang wieder hinaustrugen. Seinen Augen sah ich an, daß seine Sinne nicht benebelt waren. Er hat den zweiten Drogensaft wohl nicht getrunken.«

Wie es hatte geschehen können, daß Mohammed unter die jungen

Männer geraten war, die sich bereit erklärt hatten, in den Bund der Haschiyun aufgenommen zu werden, das war auch für Murdjana ein Rätsel. Nun war sie besorgt darüber, daß Mohammed wieder verschwunden war, ohne ein Zeichen zu hinterlassen. Sie klagte, es sei unerträglich, nicht zu wissen, wo sich ihr Sohn aufhalte. Sie wußte nur eines: Mohammed befand sich nicht in den Händen der Haschiyun.

In mir ging eine Veränderung vor an jenem Tag, als mir wieder bewußt wurde, daß ich einen Bruder hatte. War dieser Mohammed Ibn al-Gauzi bisher für mich ohne Bedeutung gewesen, so nahm er auf einmal mein Bewußtsein in Anspruch. Ich spürte in mir den Drang, ihn suchen zu müssen, und ich begab mich deshalb zu Sadam Maruf ins Maristan. Dort fand ich eine Botschaft vor, die mich veranlaßte, zum Dar al-Hadith zu eilen. Ezekiel Aduho, so hatte ich eben erfahren, war aus dem Lande Abesynia zurückgekehrt.

Er schien übermäßig gealtert zu sein in der Zeit seiner Abwesenheit. Schärfer geschnitten als früher wirkten seine Gesichtzüge. Sein Leib war mager. Mühsam erhob sich der Greis vom Kissen, um mich zu begrüßen. Ezekiel Aduho sprach: »Oh Herr, der du mich veranlaßt hattest, den beschwerlichen Weg auf mich zu nehmen! Keinen Tag habe ich gerastet. Schnell wollte ich das Land Abesynia erreichen, und schnell wollte ich es wieder verlassen. Wisse, daß die zwei Haschiyun, die mit mir aufgebrochen waren, in Ketten im Kerker des Königs schmachten, der sich Johannes der Priester nennt. Jede Woche am heiligen Tag der Christen – meine Landsleute feiern den Sonntag – werden die beiden auf zwei hölzernen Bänken nackt ausgestreckt. Die Fesseln an Händen und Füßen halten sie so fest, daß die Körper sich nicht rühren können. Schmerzen haben sie zu erdulden, denn jedem von ihnen wird eine Schrift in die Haut des Bauches eingeätzt. Die Schriftzeichen beginnen dort, wo sich die Beine gabeln. Sie werden so angebracht, daß die Gefangenen lesen können, was auf ihren Bauch geschrieben wird. An jedem Sonntag wird ein Buchstabe hinzugefügt – doch die gefangenen Haschiyun kennen den Wortlaut längst. Auf dem Bauch des einen wird das Bekenntnis stehen: *Ich glaube an König Johannes den Priester, der Gottes Sohn ist!* Der andere Bauch wird von einer Forderung bedeckt sein: *Johannes, der Sohn Gottes, verlangt, daß sich Mahmud un-*

terwerfe! Gemeint bist du! Wenn du nun, oh Mahmud, die Buchstaben des Bekenntnisses und der Forderung zählen würdest, dann könntest du feststellen, daß beide Wortlaute in der Länge gleich sind. Die Zahl der Buchstaben beträgt jeweils 52. Da in jeder Woche nur ein Buchstabe hinzugefügt wird, dauert es ein Jahr, bis das Bekenntnis und die Forderung völlig ausgeschrieben sind. Ich weiß, oh Mahmud, daß du in Gedanken schon die Zahlen überprüfst. Laß dich nicht dadurch verwirren, daß das Bekenntnis nur 51 Buchstaben umfaßt. Du sollst wissen, daß ein Ausrufezeichen dazugesetzt wird. Der Platz ist bereits ausgesucht: Es soll unmittelbar über dem Herzen angebracht werden. Der Punkt dieses Ausrufezeichens aber soll so geschrieben werden, daß dabei das Herz des Mannes durchbohrt wird. Dies wird, am Ende, sein Schicksal sein, wenn du, oh Mahmud, nicht die Forderung erfüllst, die auf den Bauch des anderen geschrieben wird. Du kannst beide befreien, wenn du dich ins Land Abesynia begibst, um dich dem König, der Johannes der Priester heißt, zu unterwerfen!«

Da fragte ich Ezekiel Aduho: »Du Wanderer, der du dem grausamen König entronnen bist! Warum stellt Johannes gerade mir diese Forderung?«

»Weil ich ihm gesagt habe, daß du mich zu ihm geschickt hast! Du bist für ihn der Herr!«

Da fragte ich: »Oh Ezekiel Aduho, sage mir, hat der mächtige Herr des Landes Abesynia das Schreiben des Salah ed-Din gelesen?«

Ezekiel Aduho antwortete: »Du mußt dir eines merken, oh Mahmud, König Johannes der Priester liest keine Schreiben. Er hält das Lesen für eine Arbeit und deshalb nicht für würdig, von ihm ausgeübt zu werden. Er will hören, was andere sich ihm zu sagen erkühnen. Er glaubt, du habest ihm eine Mitteilung zu machen und eine Bitte zu unterbreiten. Deshalb will er aus deinem Munde erfahren, um was du ihn bittest. Er hat mir jedoch bereits gesagt, deine Bitte sei erfüllt, wenn du dich ihm unterwirfst.«

Ich verließ Ezekiel Aduho und das Dar al-Hadith. Auf dem Weg ins Maristan überlegte ich, bis zu welchem Buchstaben die Schriften auf den Bäuchen der beiden Haschiyun wohl inzwischen fortgeschritten waren. Eine Antwort konnte ich mir nicht geben, da ich nicht wußte, wieviel Zeit Ezekiel Aduho vom Verlassen des Landes Abesynia bis zur Ankunft in Damaskus gebraucht hatte.

Im Maristan erwartete mich Sadam Maruf. Er sagte: »Oh Herr, der du zu bestimmen hast über die Haschiyun! Wenn du mich nach deinem Bruder fragen willst, so kann ich dir Antwort geben! Er befindet sich hier im Maristan. Glaube mir, ich wußte nicht, als er sich bereit erklärte mitzumachen, daß er dein Bruder ist. Ich hätte mich gehütet, ihn aufzunehmen.«

Da befahl ich, mein Bruder Mohammed Ibn al-Gauzi habe vor mir zu erscheinen. Ich sah, daß er von zarter Gestalt war. Doch von seinem Gesicht glaubte ich ablesen zu können, daß er einen starken Willen besaß.

Er sprach: »Oh Bruder, der du nie brüderlich für mich empfunden hast! Ich weiß jetzt, wohin ich gehöre! Im Bund der Haschiyun finde ich meine Brüder. Daß ich Haschiyun sein will, das hat nichts mit dem vermeintlichen Paradies zu tun. Ich habe sehr wohl bemerkt, daß dein Hamam zum Paradies für uns gemacht wurde. Nur die Frauen gehörten offenbar zu deinem Eigentum. Vorsichtig war ich mit den Getränken, und so behielt ich einen klaren Kopf bis zum Ende des Spiels.«

Was mich in diesem Augenblick bewegte, weiß ich nicht. Ich bat meinen Bruder Mohammed, am Abend zu mir ins Hamam zu kommen, damit ich ihm erzählen konnte, welche Schicksale, Abenteuer, Mordanschläge, Komplotte, Qualen, Freuden, Lüste und Listen mit diesem Dampfbad verbunden waren. Mein Bruder aber weigerte sich, der Geschichte des Hamam zuzuhören. Ich beherrschte meinen aufwallenden Zorn und rief Sadam Maruf herein. Der mußte meinem Bruder befehlen, seine Ohren weit für meine Worte zu öffnen, da ich der Herr sei, dem er unbedingt zu gehorchen habe.

So schloß der Bericht des zweiten Hamami.

Die Geschichte des dritten Hamami

Der Keller der Schmerzen

Ich, Mohammed Ibn al-Gauzi, begab mich an jenem Abend mit mürrischem Sinn ins Hamam. Ich sollte den Geschichten meines Bruders lauschen. Doch bald schon schwand die Ablehnung aus meinem Bewußtsein. Ich hörte zu, was mein Bruder aus dem Leben des ersten Hamami, meines Vaters Ibn al-Qasim al-Gauzi, zu erzählen wußte, was er über Murdjana und was er aus seiner eigenen Geschichte berichtete. Ich bewunderte das Gedächtnis meines Bruders, und ich nahm mir vor, ebenfalls nichts zu vergessen, was um mich herum vorging.

Da ich zu den Haschiyun gehörte und mein Bruder, der Hamami, der Anführer der Haschiyun in Damaskus war, genügte sein Befehl, und ich zog um in das Hamam. Dort lauschte ich Nacht für Nacht der ausführlichen Erzählung, bis ich schließlich darüber Bescheid wußte, was bis in die Gegenwart hinein im Hamam vorgefallen war.

Zwei Wochen mochten seit meinem Umzug ins Hamam vergangen sein, da rief mich mein Bruder, den ich inzwischen zu schätzen gelernt hatte, zu sich. Er sprach: »Oh Mohammed, du weißt, daß zwei der Haschiyun im Lande Abesynia in Ketten gefangenhalten werden. Es ist meine Pflicht, sie zu befreien. Außerdem ist die Möglichkeit groß, die Kriegskasse des Beherrschers der Gläubigen durch einen Beitrag des Königs, der Johannes der Priester heißt, zu füllen. Ich stehe unter einem inneren Zwang, der sich nur schwer erklären läßt. Nun bist du aufgefordert! Du hast zu tun, was das Hamam von dir fordert. Murjana wird dir dabei helfen. Für meine Abreise habe ich alles angeordnet. Salah ed-Din ist einverstanden, daß ich Damaskus verlasse. Zuvor aber, dies verlangt er unbedingt, soll jene Strafe an mir vollzogen werden, von der du ebenfalls weißt. Der Beherrscher der Gläubigen hat angeordnet, du habest bei meiner Auspeitschung anwesend zu sein. Er ist der Meinung, es sei nötig für dich zu wissen, was im *Keller der Schmerzen* in der Zitadelle vor sich geht. Daß ich danach Malaika nicht mehr begegnen darf, das verstehst du, dem ich alle Geheimnisse mitgeteilt habe. Ich werde am Morgen nach der Nacht der Strafe Damaskus verlassen.«

In der folgenden Nacht stand ich mit Sadam Maruf in einem

geräumigen Keller der Zitadelle. Viele Fackeln waren an den Wänden aufgesteckt. In ihrem Licht glänzte eine Figur, die aus einem schwarzen, edlen Holz gearbeitet war. Diese Figur stellte eine nackte Frau dar, die kniete, wobei ihre Oberschenkel nicht im rechten Winkel, sondern schräg gebeugt waren. Zwischen den Hinterbacken der Figur war deutlich eine Öffnung zu sehen. Nichts Grobes war an der Figur zu bemerken. Sie war schön, und sie nahm die Sinne gefangen. Ich konnte meinen Blick nicht von dieser schwarzen Gestalt abwenden.

Dies änderte sich, als mein Bruder durch Abd'Allah hereingeführt wurde. Mit einem Ruck riß der Eunuch dem Mahmud den Umhang vom Leib. Nackt stand mein Bruder vor uns. Abd'Allah führte ihn zu der Figur der knienden Frau. Mein Bruder mußte sich über ihren Rücken legen. Seine Männlichkeit hatte er in die Öffnung einzuführen. Seine Muskeln zuckten, als ihn jemand dort wohl berührte. Ich nahm an, daß man sein Glied festband, um ihn an die hölzerne Frau zu fesseln. An keiner anderen Stelle wurde mein Bruder festgebunden. Seine Arme konnte er um den Oberkörper der hölzernen Figur schlingen. Mahmud umarmte die schwarze Frau, auf der er lag.

Nun trat der Eunuch Abd'Allah zu meinem Bruder. Auch Abd'Allah hatte seine Kleider abgelegt. Einen Augenblick stand er still, dann hob er die Peitsche, die er in der rechten Hand hielt, hoch in die Luft. Mahmuds Muskeln spannten sich – so machte sich der Körper bereit, den Schlag zu empfangen.

Da war plötzlich eine scharfe Stimme zu hören, die sprach: »Es ist genug!«

Ohne daß wir ihn bemerkt hätten, war der Beherrscher der Gläubigen in den Raum getreten. Er wandte sich sofort wieder um und verschwand durch die Tür.

Langsam sank die Peitsche auf Mahmuds Gesäß nieder. Daraufhin machte mein Bruder eine Bewegung, als ob die Frau, auf der er lag, Wirklichkeit wäre.

Da sagte Sadam Maruf, der neben mir stand: »Er hätte der erste sein sollen, dem die Ehre widerfährt, in diesem Raum Schmerzen zu erleiden. Nun muß sich Mahmud damit begnügen, Lust zu spüren. Seine Männlichkeit steckt eng umschlossen in einem Beutel aus einem überaus anschmiegsamen Stoff. Es ist ein Gefühl, als befinde sich sein Glied im Schoß einer Frau. Mit jedem Schlag der Peitsche wäre das Glied des Mahmud tiefer eingedrungen. Es hätte sich noch weiter ausgedehnt. Nun aber muß er sich selbst helfen, denn dieser schmiegsame Stoff hat eine seltsame Eigenschaft: er haftet an der Haut und wird die Männlichkeit deines Bruders erst loslassen, wenn das Glied kleiner geworden ist.«

Im Hamam wartete ich auf meinen Bruder. Die Nacht war inzwischen weit vorangeschritten. Als Mahmud schließlich kam, wirkte er nachdenklich. Er setzte sich auf die Kissen und sagte: »Es ist alles anders gekommen, als ich dachte. Ich hatte keinen Ausweg mehr gesehen, die Peitschung und damit die Demütigung erschien mir unvermeidlich. Ich sah mich als Mann ohne Ehre, und deshalb wollte ich heimlich die Stadt verlassen. Malaika sollte mich gar nicht mehr sehen. Nun aber kann ich mich ihr wieder nähern ohne Schamesröte. Es gibt eigentlich keinen Grund mehr für mich, aus Damaskus zu fliehen. Doch mein Wort dem Beherrscher der Gläubigen gegenüber gilt. Ich werde die Abreise um einen Tag verschieben.«

Da fragte ich meinen Bruder: »Du, oh Mahmud, hast mir alles erzählt, und so weiß ich auch um die Geheimnisse des Hamam. Mustafa Riad, der Befehlshaber, ist getötet worden. Hat der Beherrscher der Gläubigen ihn nicht vermißt? Hat Salah ed-Din nicht nach Mustafa Riad gefragt?«

»Oh Mohammed, dem künftig Verantwortung anvertraut ist im Hamam! Manches von dem, was vergangen ist, muß zwar in deinem Gedächtnis haften bleiben, doch es darf nicht dein Denken und Planen beeinflussen. Nichts also weißt du vom Verbleib des Mustafa Riad.« Mit diesen Worten verabschiedete Mahmud sich von mir. Er verbrachte den Rest der Nacht mit Malaika im Haus am Baradafluß.

Mir aber war keine Nachtruhe vergönnt. Vor Tagesanbruch verlangte der Beherrscher der Gläubigen nach mir. Er empfing mich in seinen eigenen Räumen, die dem Hamam angegliedert waren. Nie zuvor hatte ich diese Säle betreten dürfen.

Der Beherrscher der Gläubigen empfing mich in einem großen Raum, der düster war, denn es brannten nur wenige Kerzen. Er forderte mich auf, das Kissen neben dem seinen zu nehmen, und sprach: »Oh Mohammed, der du vor der Festung Kerak mein Sklave warst – du bist jetzt der dritte Hamami. Ich hatte andere Absichten mit dir! Ich wollte, daß du für mich der Träger des Heiligen Schwertes seist. Daß dies derzeit nicht möglich ist, sehe ich ein. Dein Bruder Mahmud schickt sich an, mir einen Dienst zu leisten, den ich hoch achten muß. Deshalb will ich hinnehmen, daß du das Hamam verwaltest. Ich brauche einen tüchtigen Hamami in Damaskus, einen, der es versteht, mehr als andere zu hören, was gesprochen wird. Dir sei es gesagt: Ich traue in Damaskus niemandem – nicht einmal deinem Bruder! Du kannst mein Vertrauen erwerben. Auch die Hamami vor dir gaben weiter, worüber im Hamam gesprochen wurde. Du sollst lernen, Schlüsse zu ziehen aus dem, was gesprochen wird. Ich will auch, daß du dir Kenntnisse aneignest auf dem Gebiet des Kriegswesens. Ein guter Lehrer wird Mustafa Riad sein, der ein bewährter Befehlshaber ist. Er hält sich hier in Damaskus auf, hat sich aber für einige Tage von mir verabschiedet. Ich befehle, daß er sich um dich kümmert. Als du bei mir Page warst, habe ich dich beobachtet: Du bist begabt für den Krieg. Das Heilige Schwert wartet auf einen würdigen Schwertträger.«

Nach diesen Worten schwieg der Beherrscher der Gläubigen und zeigte mir auf diese Weise an, daß ich mich zu entfernen hatte.

Die Sonne war aufgegangen, als ich hinüberging ins alte Hamam. Murdjana hatte sich schon vom Lager in ihrer Kammer erhoben. Sie wollte mit mir über Sklavinnen reden, die dem Beherrscher der Gläubigen gehörten, die er jedoch offenbar nicht in Besitz genommen hatte. Dieses Gespräch wurde jedoch gestört durch meinen Bruder, der noch einmal von mir Abschied nehmen wollte. Ich glaubte zu erkennen, daß er von dem Gefühl gequält wurde, daß er das Hamam nie mehr in seinem Leben betreten werde. Trauer stand in seinem Gesicht geschrieben.

Doch plötzlich lachte Mahmud. Er sprach: »Ein Erlebnis stimmt mich heiter! Als Malaika glaubte, daß ich schliefe, hat sie mir die Decke vom Leib gezogen. Sie hat mich, mit einer Kerze in der Hand, überall sehr genau betrachtet. Bestimmt hatte sie befürchtet, sie würde die Striemen der Peitsche an meinem Körper entdecken. Ehe ich wirklich einschlief, hörte ich sie noch sagen: ›Allah sei Dank!‹ «

Es war wohl ein Zufall, daß nacheinander der Beherrscher der Gläubigen und mein Bruder Mahmud in geringem Abstand durch das Stadttor nach Süden ritten. Mit meinem Bruder ritt Ezekiel Aduho, der sich offenbar hatte überreden lassen, noch einmal ins Land des Königs zu reiten, der sich Johannes der Priester nannte.

Ich folgte dem Wunsch des Herrn über Syrien und über das Land am Nil und ließ die Diener und Dienerinnen des Hamam peinlich genau auf das achten, was im Dampfbad gesprochen wurde. An jedem Abend schrieb ich eine Zusammenfassung der Gespräche auf, mit Vermerk des Namens dessen, der gesprochen hatte. Ich sammelte die Papiere, die ich beschrieb, und versuchte, ihnen eine Ordnung zu geben. Leicht sollte für mich jederzeit zu finden sein, was jemand irgendwann im Hamam gesprochen hatte.

Wichtig schien mir vor allem zu sein, was die Kaufleute aus dem christlichen Königreich zu sagen hatten. Immer mehr stand ein Mann im Mittelpunkt ihrer Gespräche: der Herrscher über Jerusalem. Noch lebte der todkranke König Balduin. Er war an Jahren immer noch jung, doch das Siechtum hatte ihn altern lassen. Sein Todeskampf zog sich über Wochen hin. Dann aber wußte eines Tages ein Besucher des Hamam, der einen Tag zuvor Jerusalem verlassen hatte, zu berichten, König Balduin sei tot. Der Streit um seine Nachfolge habe die Fehde zwischen Rittern und Baronen in aller Schärfe aufbrechen lassen. Außerdem liege der Großmeister des Hospitaliterordens mit dem Großmeister des Templerordens in heftigem Streit.

Meine Meinung, die ich aus den Berichten der Diener zog, war eindeutig: Zahllose Feindschaften zerrissen das christliche Königreich. Der Zeitpunkt war günstig für einen entschlossenen Feldherrn, den geschwächten Staat anzugreifen. Doch wo befand sich Salah ed-Din? Nur beiläufig hatte einer der Kunden des Hamam gemeint, der Beherrscher der Gläubigen sei erneut zur Burg Kerak gezogen, getrieben von dem Willen, Rainald von Châtillon endlich zu bestrafen.

Obgleich ich keinerlei Erfahrung besaß in Geschäften von Staat und Stadt, fühlte ich mich gefordert, über die Zukunft nachzudenken. Der Statthalter des Beherrschers der Gläubigen hatte Damaskus verlassen – niemand war zur Zeit Herr über die wichtigste Stadt

Syriens. Ich war zwar der Bruder des Statthalters, doch konnte ich mich darauf nicht berufen, wenn ich mitreden wollte im Rat der Einflußreichen. Gerade die Erzählungen meines Bruders hatten mein Gefühl geschärft für die großen Zusammenhänge des Geschehens. Ich rang mich deshalb dazu durch, mich zum Gespräch bei Scheich Sinan anzumelden, dessen Handeln und Denken mir ebenfalls aus Mahmuds Bericht vertraut waren.

Der große Herr der Haschiyun nahm sich wirklich Zeit für mich. Er hatte im Maristan Quartier bezogen, in den Räumen, die bis vor wenigen Tagen von meinem Bruder benützt worden waren. Scheich Sinan begrüßte mich mit diesen Worten: »Oh Hamami, der du durch einen Namen gesegnet bist, den jeder wahre Gläubige preisen muß! Wer Mohammed heißt, der ist gegenüber Allah doppelt verantwortlich für alles, was er unternimmt. Daß Allah dich zu mir schickt, sehe ich als gutes Zeichen an!«

Scheich Sinan war tatsächlich ein Mann von Würde. Dennoch hatte er eine packende Art, und er begriff schnell, was sein Gegenüber bedrückte. Ich erzählte ihm, daß ich die Aufgabe, Hamami zu sein, pflichtgemäß erfüllen werde, daß ich darüber hinaus dabei sei, Neuigkeiten, die im Dampfbad ausgeplaudert würden, noch mehr, als dies bisher geschehen sei, zu sammeln und zu ordnen. Ich glaubte, dem Scheich anzusehen, wie sehr ihm der Plan gefiel, über einen Mittelpunkt für Nachrichten aus Damaskus, aus Syrien, aus anderen Ländern verfügen zu können. Doch er schwieg dazu. Als ich ihm aber sagte, ich sei selbst Haschiyun und sehr angetan von der Kunst des Krieges, da verbarg er seine Freude nicht. »Oh Mohammed, dich leitet der Wunsch, dem Vorbild des Propheten Mohammed, Allah spende ihm Segen für alle Zeit, nachzueifern. Der Gesandte Allahs war vertraut mit der Kunst der Kriegsführung. Doch auch in unserer Zeit findest du Männer, die darin erfahren sind. Du hast sicher im Dienste des Beherrschers der Gläubigen den Befehlshaber Mustafa Riad kennengelernt. Er weiß aus eigener Anschauung, wie Kämpfer zu führen sind, damit die Schlacht im Siege endet. Dir brauche ich es wohl nicht zu sagen, oh Mohammed, daß Mustafa Riad nicht mehr als Lehrer der Kriegskunst zur Verfügung steht. Doch da findest du jemandem im Dar al-Hadith, dem zwar die eigene Erfahrung fehlt, der jedoch die Erfahrungen anderer gesammelt und ausgewertet hat. Sein Name ist Husain Ibn Bakr. Er wird dir die Geheimnisse der Kriegskunst entschleiern.«

Ich dankte dem Scheich und verließ ihn in der Absicht, seinem Rat bald zu folgen.

Von der Kriegskunst der Moslems

Doch zunächst stellte Murdjana Anforderungen an mich. Sie verlangte, daß bald über das Schicksal der zwölf Frauen entschieden werde, die einst aus fremden Ländern für den Beherrscher der Gläubigen entführt worden waren. Murdjana fügte hinzu: »Und da sind auch noch die fünfzehn Frauen, die im Wasser den Überfall auf das Hamam überstanden. Siebenundzwanzig Frauen leben bei uns, auf die niemand Anspruch erhebt. Da bleiben uns nur zwei Möglichkeiten: Entweder wir verkaufen sie, oder wir sorgen dafür, daß sie uns nützlich sind!«

Ich antwortete: »Du weißt genau, daß schon mein Bruder es abgelehnt hat, die Frauen zur Unzucht im Hamam zu veranlassen. Zu etwas anderem aber werden sie kaum taugen.« Ich versprach, mir Gedanken in dieser Angelegenheit zu machen.

Sobald sich die Gelegenheit ergab, suchte ich Husain Ibn Bakr im Dar al-Hadith auf. Ich war überrascht, einen Mann anzutreffen, der nicht wie ein Kriegsmann, sondern wie ein Gelehrter des Islam aussah. Ein grauer Bart bedeckte Backen und Kinn. Nur schwer war sein Alter einzuschätzen. Freundlich begrüßte er mich. »Oh Mohammed, dein Wunsch und dein Wille sind bereits an mein Ohr gedrungen! Ich will dir Wissen vermitteln in der Kriegskunst – soweit ich dies kann. Nie habe ich selbst ein Schlachtfeld gesehen, und doch weiß ich alles über sämtliche Schlachten, die je stattgefunden haben. Ich bin in der Lage, den Plan zu entwickeln für die Schlacht der Zukunft. Der Feind steht fest: Es ist der Staat der Ungläubigen. Er wird bekämpft mit dem Heiligen Schwert, das in der Hand des Beherrschers der Gläubigen liegt. Grundregel der Kriegskunst ist, daß die Gläubigen über die Ungläubigen siegen werden – allerdings geschieht dies nicht von selbst. Da sind drei Voraussetzungen zu erfüllen: Die erste Grundlage des Sieges der

Gläubigen ist der Zusammenhalt aller Moslems. Der Prophet Mohammed, dem Allah für ewig Heil spenden möge, hat den Kampf der Moslems gegen Moslems verboten. Gestattet, wenn nicht sogar gefordert, ist aber der Krieg der Moslems gegen die Ungläubigen. Dies ist der gerechte Krieg. Die zweite Voraussetzung des Sieges ist also dann gegeben, wenn wir uns gegen einen Feind wenden, der unseren Glaubensgrundsätzen nicht folgen will. Als dritte Voraussetzung ist zu beachten, daß es nicht darum geht, durch den Krieg Ungläubige in Gläubige zu verwandeln. Ziel des Kampfes muß allein sein, den Gesetzen des Islam Gültigkeit zu verschaffen auch in Ländern, in denen diese Gesetze bisher nicht beachtet werden. Der Zweck des Krieges ist also, dafür zu sorgen, daß die Menschen von islamischen Herrschern regiert werden. Ungläubige müssen aus den Palästen und Zitadellen vertrieben werden. Allein Gläubige dürfen herrschen – auch wenn die Bewohner des Landes Ungläubige sind. Nur Gläubige garantieren, daß die Gesetze des Islam voll und ganz beachtet werden. Die Gesetze des Islam aber sind die Gesetze Allahs, die vom Allerbarmer und Allwissenden erlassen sind, um überall auf der Welt die Menschen anzuleiten, den richtigen Weg zu gehen. Solange dieser Zweck des Kampfes nicht erreicht ist, befinden wir uns im Dar al-Harb, im *Haus des Krieges*. Ist der Zweck erfüllt, öffnet sich uns das Dar al-Islam. Ganz ohne Zweifel halten wir uns im Dar al-Harb auf. Dar al-Islam umgibt uns erst, wenn der christliche König aus Jerusalem vertrieben ist, wenn der Beherrscher der Gläubigen dort regiert. Die Christen dort mögen, wenn sie wollen, Ungläubige bleiben. Sie gehören immerhin zu den Völkern, zu denen Allah durch Offenbarungen gesprochen hat. Wichtig ist allein, daß sie die Gesetze des Islam beachten. Ein Krieg, der diesen Zweck erfüllt, wird von Allah, dem Allmächtigen und Allwissenden, als gerechter Krieg bezeichnet, an dessen Ende der Sieg der Gläubigen steht.«

Da fragte ich meinen Lehrmeister: »Oh Husain Ibn Bakr, der du mir die Augen öffnest über den wahren Sinn des Krieges, gibt es ein Vorbild, nach dem ich mich richten kann?«

»Dieses Vorbild gibt es! Sein Name ist lang. Er lautet: Abu Hafis Ibn Salih Muslim Ibn Amr Ibn al-Husain Ibn Rabi'a Ibn Khalid Ibn Usaid al-Khair Ibn Quada'i Ibn Hilal Ibn Salama Ibn Thalab

Ibn Wa'il Ibn Malik Ibn Mudar Ibn Nazir Ibn Adnan al-Bhili. Er selbst kürzte seinen Namen so ab: Abu Hafis Ibn Salih Muslim. Vor dreihundert Jahren hat er gelebt, der Eroberer von Samarkand und Buchara. Der Kalif Walid Ibn Abd'al-Malik urteilte so über ihn: ›Als jungen Befehlshaber habe ich ihn losgeschickt. Für jeden Dinar, den ich ihm gab, erstattete er mir hunderttausend Dinare zurück.‹ Er hat die Menschen des eroberten Landes nicht in Moslems verwandelt, sondern in Steuerzahler für den islamischen Herrscher. Unter dem Befehl des Abu Hafis Ibn Salih Muslim hat das islamische Reich seine größte Ausdehnung erreicht. Seither allerdings folgte niemand mehr diesem Vorbild. Du, Mohammed, bist vielleicht berufen, der Abu Hafis Ibn Salih Muslim unserer Zeit zu werden.«

Für diesen Tag war die Unterweisung zu Ende. Es war Abend, als ich mich zum Hamam begab.

»Das Haus ist noch nicht ganz leer. Eine Frau befindet sich noch im Raum des Kaltwasserbeckens.« Mit diesen Worten begrüßte mich Murdjana. Daß sie mit dem, was sie nun zu sagen hatte, nicht einverstanden war, das konnte ich ihr anmerken. Sie sprach: »Es ist Malaika. Sie will mit dir reden! Vielleicht hast du jetzt auch noch Lust, dein Hamam zu benutzen! Ihr seid völlig allein, denn ich mußte auf Malaikas Wunsch hin alle Dienerinnen in ihre Kammern schicken.«

Ich begab mich gleich in den Raum des Kaltwasserbeckens. Dabei hielt ich es für klug, ein Tuch um den Leib zu tragen. Ich handelte damit richtig, denn auch Malaika hatte sich bedeckt.

Als ich eintrat, sprach sie: »Oh Mohammed, der du der Bruder meines Mannes bist! Ich wußte keinen anderen Platz, an dem wir ungestört hätten reden können. Murdjana gibt die Sicherheit, daß niemand zuhört. Was ich zu sagen habe, ist wichtig. Dir ist bekannt, daß dein Bruder Damaskus verlassen hat, weil er weiß, daß er sich kein zweites Mal gegen Salah ed-Din stellen wird. Einmal hatte er den Mut dazu gefunden. Das geschah, als ihn Mustafa Riad aufgefordert hatte, auf das Kind des Salah ed-Din den Eid zu leisten. Mahmud hätte sich fortan von seinem Herrn demütigen und auspeitschen lassen. Deshalb war mir sein Weggang recht. Mahmud störte meine Pläne. Ich habe vor, meinen Sohn mächtig zu machen. Du wirst mir dabei helfen. Mahmud wird nicht mehr zurückkehren.

Nach gebührender Frist trittst du, oh Mohammed, an meine Seite! Bis dahin will ich, daß du dem Hamam den Reiz des Ungewöhnlichen verleihst. Es muß hier etwas zu erleben sein, was es sonst nirgends gibt – etwas, von dem die Phantasie gepackt wird, das die Sinne reizt. Dies darf jedoch nur für wenige geschehen, für Auserwählte. Wir brauchen dabei nur nachzumachen, was mein Vater auf der Burg Masyaf schon pflegt: Dort läßt er Männer oder Frauen jeweils gegeneinander kämpfen. Ohne Waffen geschieht dies. Kraft und Geschicklichkeit entscheiden über Sieg oder Niederlage. Im Land der Griechen hat mein Vater bildhafte Erinnerungen an diese Kämpfe kennengelernt. Auf uralten Steintafeln sind Abbildungen zu sehen. Nackte Männer und nackte Frauen ringen miteinander. Ich habe dir schon gesagt, daß auf Masyaf auch Frauen zu den Haschiyun gehören. Ich bin eine von ihnen. Es ist Teil unserer Pflicht, gegeneinander zu kämpfen. Jeder Hochgestellte der Umgebung fühlt sich geehrt, wenn er eingeladen wird, den Kämpfen zuzuschauen. Du hast eine Anzahl Frauen im Haus, aus denen werde ich diejenigen aussuchen, die für Wettkämpfe geeignet sind.«

Malaika gab mir zu erkennen, daß sie jetzt Lust hatte, ins Wasser zu springen. Zuvor aber sollte ich mich entfernen. Ich folgte ihrem Wunsch.

Am anderen Tag erwartete mich Husain Ibn Bakr wieder im Dar al-Hadith. Er sagte: »Heute behandeln wir die Regeln der Vorbereitung des Kampfes. Auch in diesem Fall nehmen wir uns Abu Hafis Ibn Salih Muslim zum Vorbild. Er lehrt uns, daß man sich Ort und Zeitpunkt einer Schlacht nie aufzwingen lassen darf. Der Gegner soll nicht darüber entscheiden, wann und wo die Auseinandersetzung stattfinden soll. Abu Hafis Ibn Salih Muslim hat manchmal gezögert, ist dem Feind sogar ausgewichen, wenn er ein Gelände für ungünstig zum Kampf hielt. Oft kritisierten ihn seine Gefährten deshalb, doch er berief sich auf den Propheten Mohammed, dem Allah ewiges Heil spenden möge. Der Gesandte Allahs verfolgte mit seinen Getreuen eine Karawane des Stammes Koraisch auf ihrem Weg durch die Wüste. Oft wurde er bedrängt, den Angriff nicht länger aufzuschieben. Doch er wartete ab. Er wollte dem Feind den Kampf an einem ganz bestimmten Ort aufzwingen. Doch er sprach zu keinem seiner Kämpfer auch nur ein Wort darüber.

Endlich hatte der Gesandte Allahs gefunden, was er in der Wüste gesucht hatte: die Wasserstelle von al-Badr. Er besetzte die kleine Oase mit seinen Männern. Es gab für ihn gar keinen Zweifel, daß sich auch die Karawane des Stammes Koraisch auf diese Wasserstelle zubewegte. Tiere und Menschen mußten durstig sein. Die Pferde, die Kamele und die Männer des Gesandten Allahs aber hatten ausreichend Wasser. Der Feind aber war bereits erlahmt, als er bei der Oase von al-Badr eintraf. Obgleich die Koraischiten an Zahl der Bewaffneten weit überlegen waren, verloren sie den Kampf. Merke dir deshalb, oh Mohammed, daß nicht die Übermacht entscheidend sein muß, sondern daß auch der Zustand der Kämpfer von Bedeutung ist.«

Ich nahm an, Husain Ibn Bakr habe mir für diesen Tag reichlich Wissen aus dem Schatz seiner Kenntnis in Kriegsdingen vermittelt, doch er sprach weiter. »Abu Hafis Ibn Salih Muslim lehrt uns auch dieses, oh Mohammed: *Mache die Gegebenheiten des Geländes zu deinem Verbündeten. Sorge dafür, daß die Wüste der Feind deines Gegners wird. Es weht dort immer ein Wind. Wähle den Standort deiner Kämpfer immer so, daß der Wind von dir zum Gegner bläst. Dann läßt du Sand aufwirbeln durch die Hufe deiner Pferde und Kamele. Der Wind wird den Sand hinübertragen zum Feind. Die Sandkörner werden die Augen der Gegner reizen, sie werden in Nasen und Rachen eindringen und dort Unbehagen erzeugen. Die Kampfkraft des Feindes wird darunter leiden!*«

Mit diesen Worten war die Unterrichtszeit nun wirklich abgeschlossen. Ich verabschiedete mich und suchte Scheich Sinan im Maristan auf.

Meinen Dank für die Vermittlung der Bekanntschaft mit Husain Ibn Bakr nahm er gnädig entgegen. Ich konnte dem Scheich Neuigkeiten überbringen, die im Hamam zu erfahren gewesen waren. Das christliche Königreich hatte wieder einen Herrscher. Sein Name war Guido von Lusignan. Begeisterung über dessen Krönung war jedoch offenbar in Jerusalem nicht zu spüren. Zum Fest, so war zu hören, hatten sich viele der wichtigen Ritter nicht eingefunden. Die Frage war, ob die Ritter dem König im Kriegsfall helfen würden.

Der Scheich dachte einige Zeit nach, dann sagte er »Deine Gedanken sind vom Krieg beherrscht – das gefällt mir! Die Frage ist nur: Wem willst du dienen, wenn du einmal die Fähigkeit erworben hast, Befehlshaber zu sein? Meinst du nicht, der Sache des Glaubens besser nützen zu können, wenn du dich von Salah ed-Din abwendest? Er befolgt die Gesetze des Islam nicht! Er vergißt, daß er nur die eine Aufgabe hat: Den christlichen König aus Jerusalem zu verjagen. Doch Salah ed-Din führt seinen eigenen Krieg gegen Rainald von Châtillon. Ist dieser Salah ed-Din überhaupt noch würdig, Beherrscher der Gläubigen zu sein?« Die Stimme des Scheichs war eindringlich geworden. »Was ist deine Meinung, Mohammed?«

Ich drückte mich um eine Antwort durch die Bemerkung, ich sei zu jung und unerfahren im Geschäft der Mächtigen, um ein Urteil über Salah ed-Din abgeben zu können.

Da sagte Scheich Sinan mit scharfer Stimme: »Vergiß nicht, daß du zum Bund der Haschiyun gehörst! Du verwirkst dein Leben, wenn du mir nicht gehorchst. Und ich kann dir sogar befehlen, Salah ed-Din zu ermorden! Du müßtest auch diesen Befehl befolgen.«

So sehr mich auch die Worte des Scheichs erschreckt hatten, ich bewahrte doch den Anschein von Gleichmut. Ich ging nicht auf seine Drohung ein, sondern sprach: »Oh erhabener Scheich, du weißt, wie die Menschen zu führen sind. In einer Sache bitte ich dich um Auskunft. Malaika hat mir erzählt, du würdest in der Burg Masyaf Wettkämpfe veranstalten – Männer gegen Männer und Frauen gegen Frauen. Wenn ich alles richtig verstanden habe, so handelt es sich um Ringkämpfe. Wie oh Herr, entscheidet es sich, wer gesiegt hat?«

Der Scheich antwortete: »Einfach sind die Regeln des Kampfes, oh Mohammed. Sieger ist derjenige, der die Hoden des anderen packen kann, ohne daß es diesem möglich ist, sich dem Griff zu entziehen. Dies gilt für die Männer. Bei den Frauen hat diejenige gesiegt, die den Rücken der anderen so lange flach auf den Boden drücken kann, wie es dauert, auf zwölf zu zählen.«

Ich sagte: »Deine Tochter, oh Scheich, denkt daran, ähnliches im Hamam geschehen zu lassen. Erlauben dies Sitte und Gesetz?«

»Es ist erlaubt, wenn es dazu dient, den Körper zu kräftigen – und wenn niemand gegen seinen Willen zu den Wettkämpfen gezwungen wird. Eine Ausnahme gibt es allerdings: Einer Sklavin ist es nicht erlaubt, nein zu sagen, wenn ihr Herr verlangt, daß sie sich zum Kampf stellt. Einfach ist auch diese Regel, oh Mohammed! Wer öfter als andere siegt, der ist höher angesehen im Bund der Haschiyun als andere. Solltest du allerdings daran denken, Sklavinnen kämpfen zu lassen, hätte solch eine Rangordnung wenig Sinn. Wirkungsvoll könnte es da sein, der Verliererin zwölf Hiebe zu geben. Das würde sie anspornen, das nächste Mal zu gewinnen.«

Voll Freude begab ich mich am folgenden Tag wieder zu Husain Ibn Bakr ins Dar al-Hadith. Er berichtete erneut von Abu Hafis Ibn Salih Muslim. »Oh Mohammed, der du guten Beispielen zu folgen gedenkst! Der Befehlshaber, der uns als Vorbild gilt, lehrt uns, daß einer, der die Kriegskunst beherrscht, auf Kleinigkeiten achtet. War Abu Hafis Ibn Salih Muslim einem Feind auf der Spur, dann untersuchte er sogar den Kot, den die Kamele des Feindes unterwegs fallengelassen hatten. Er konnte daraus ablesen, woher sie kamen. Fand er im Kamelkot Dattelkerne, so gab es keinen Zweifel, daß der Feind aus Basra kam, denn nur dort gab es Datteln im Überfluß, daß die Kamele damit gefüttert werden konnten. Glitzerten Sandkörner im Kot, dann hatten die Tiere Sand geschluckt, was auf einen weiten Wüstenritt schließen ließ, wahrscheinlich sogar bei Sandsturm. War der Kot der Kamele faserig, dann zog Abu Hafis Ibn Salih Muslim daraus die Erkenntnis, der Feind habe eine Oase geplündert und dabei seinen Tieren gestattet, Palmwedel abzufressen – was der Besitzer einer Oase den Kamelen streng verwehrt. Ist der Kamelkot dunkel gefärbt, dann leiden die Tiere, und folglich wohl auch die Menschen, an Durst. So ist vielerlei aus diesen Beobachtungen abzulesen. Abu Hafis Ibn Salih Muslim hatte einst von sich behauptet, er könne am Abstand der Kothaufen die Geschwindigkeit ablesen, mit der eine Reitertruppe durch die Wüste gezogen ist.«

Dann sprach Husain Ibn Bakr über die Vorbereitungen zum Kampf. »Abu Hafis Ibn Salih Muslim hat immer darauf geachtet, die Kraft und den Geist seiner Kämpfer anzuspornen. Zwei Möglichkeiten zeigte er auf. Die eine zielt auf die Lust, irdische Güter zu besitzen. Wirkungsvoll ist es, Beute zu versprechen. Gewinn an Geld und Eigentum treibt einen Mann an, sich in der Schlacht einzusetzen. Vor Allah ist die Beutelust ein durchaus gerechter

Grund für die Teilnahme an einem Kriegszug. Der Prophet Mohammed, dem Allah ewiges Heil spenden möge, hat selbst großen Wert auf Beute gelegt. Über Beute kann sich jedoch nur der Krieger freuen, der nach der Schlacht noch lebt. Die Gefahr, daß dies nicht der Fall sein wird, ist allerdings groß. Damit der Gedanke daran nicht das Gemüt des Kämpfers belastet, muß ein weiterer Anreiz gefunden werden. Abu Hafis Ibn Salih Muslim hat es nie unterlassen, vor Beginn der Schlacht den Kämpfern zu sagen, daß sie für die gerechte Sache streiten und daß ihnen deshalb selbstverständlich im Falle ihres Todes der Weg ins Paradies offenstehe. So sieht der Kämpfer seine Zukunft: Entweder fällt ihm Beute zu, oder er wird durch das Paradies belohnt. Ihm geben Worte des Propheten, den Allah für ewig segnen möge, Sicherheit. Diese Worte heißen: *Ihr dürft diejenigen nicht für tot halten, die für Allah fielen. Sie leben bei Allah, der sie reich beschenkt.*«

Von Ibn Hafis Ibn Salih Muslim könne der Lehrling der Kriegskunst eine weitere wichtige Erkenntnis gewinnen, erfuhr ich. »Sie heißt: *Erwecke den Eindruck, die himmlischen Mächte stünden auf deiner Seite.* Dies, oh Mohammed, kann dadurch geschehen, daß du deinen Untergebenen sagst, vor euch ziehe eine Schar von Engeln einher. Jeder, der den wahren Glauben besitze, sei befähigt, diese Engel deutlich zu sehen. Abu Hafis Ibn Salih Muslim gab allerdings auch den Rat, vorsichtig zu sein mit der Behauptung, der Prophet Mohammed selbst, dem Allah ewiges Heil schenke, schreite dem Heerzug voran. Es könnte sein, so meinte einst Abu Hafis Ibn Salih Muslim, daß sich die Kämpfer zu sehr auf diesen Verbündeten verlassen. Von großer Bedeutung aber ist eine Waffe, die einst vom Gesandten Allahs oder von jemand aus seiner nächsten Umgebung benutzt worden war. Das Heilige Schwert, das der Beherrscher der Gläubigen führt, kann der gerechten Sache von großem Nutzen sein!«

Ich verließ meinen Lehrmeister mit dem Gefühl, eine Menge gelernt zu haben. Und ich erfuhr an diesem Tag Neues von den Kunden im Hamam. Eine Gruppe von Moslems war über die Grenze zum christlichen Königreich geritten. Die Männer waren über eine Burg der Tempelritter hergefallen und hatten jeden getötet, den sie fanden. Die Köpfe der Tempelritter hatten die islamischen Reiter dann auf ihre Lanzen gesteckt. Mit diesen Trophäen waren sie über den Jordan zurückgekehrt.

Andere Kunden, die das Hamam zu später Stunde besuchten, hatten erfahren, christliche Ritter hätten die Moslems über den Fluß verfolgt. Roger der Templer sei der Anführer der Verfolger gewesen. Er sei jedoch umgekommen und mit ihm alle, die bei ihm gewesen waren.

Diese Neuigkeiten stimmten die Kunden des Hamam höchst zufrieden. Die Meinung war, daß ein Krieg zu diesem Zeitpunkt der Sache des Islam nur nützen werde. Selbst Kaufleute, die früher gute Geschäfte mit Jerusalem getätigt hatten, waren nun der Ansicht, der Handel mit dem christlichen Königreich lohne sich bei all den Wirren dort nicht mehr. Der neue König, Guido von Lusignan, könne nicht als Bürge für eine bessere Zukunft betrachtet werden. Einer der Kunden sagte es in deutlichen Worten: »Erst wenn Jerusalem dem Islam gewonnen ist, wird der Markt in der Heiligen Stadt wieder Gewinn abwerfen.«

Murdjana zog mich am Abend in eine Ecke der Vorhalle und sagte: »Malaika ist schon dabei, sich die Frauen auszusuchen, die für Wettkämpfe geeignet sind. Die zwölf Sklavinnen, die für Salah ed-Din reserviert waren, stehen eben nackt am Rand des Kaltwasserbeckens. Malaika prüft sehr genau, ob die Muskeln kräftig genug für einen Ringkampf sind. Sie ist entschlossen, ihre Absicht zu verwirklichen!« Es war Murdjana anzumerken, daß ihr die Geschichte mit den Wettkämpfen von Frauen im Hamam sehr mißfiel. Was ihr nicht behagte, erweckte Mißtrauen auch in mir.

Das Leben erschloß sich mir in jenen Tagen. Ich lernte im Hamam die Menschen kennen. Die Begegnung mit Scheich Sinan machte mich mit der Erscheinung eines Mächtigen vertraut. Aus den Erzählungen, die in meinem Gedächtnis aufbewahrt waren, wußte ich, daß sich dieser Mann nicht gescheut hatte, Pestkranke nach Damaskus zu schicken, die alle Bewohner hätten anstecken konnen, um den Beherrscher der Gläubigen zu zwingen, sein ebenfalls von der Krankheit bedrohtes Heer gegen die Ungläubigen zu führen. Manches, was geschah, baute in mir eine Mauer der Abwehr auf.

Die Kraft, nein sagen zu können, wirkte sich aus, als mich Sadam Maruf im Hamam aufsuchte. Er teilte mir mit, er benötige das

Dampfbad wieder einmal, um Anwärtern auf die Mitgliedschaft im Bund der Haschiyun die Reize des Paradieses vorzugaukeln. Ich sagte Sadam Maruf, daß ich von derartigen Lügenmärchen, und seien sie noch so phantasievoll, wenig hielte. Ich selbst sei dieser Prozedur unterworfen worden – ich hätte jedoch den Schwindel durchschaut. Sei ein junger Mann auch nur einigermaßen bei Verstand, werde er zwar das Mädchen genießen, das ihm geboten wird, niemals aber könne er die Autorität derer achten, die seinen Willen, der gerechten Sache zu dienen, derart mißbrauchten. Das Hamam, so schloß ich meine Ablehnung, werde nie mehr für die Paradiesspiele der Haschiyun zur Verfügung stehen. Wütend verließ Sadam Maruf darauf das Haus. Ich wußte, daß er versuchen würde, sich zu rächen.

Kaum hatte ich dieses Gespräch hinter mich gebracht, erfuhr ich von Murdjana, die Frau meines Bruders habe das Haus am Baradafluß verlassen. Dies war eine gute Neuigkeit für mich, denn längst schon wollte ich dort wohnen. Auf meine Frage, wo Malaika eine Unterkunft gefunden habe, erfuhr ich, sie lebe jetzt mit ihrem Sohn Abbas in einer Kammer des neuen Hamam. Am selben Tag noch durfte ich mich freuen, vom Haus meines Bruders aus auf den Baradafluß blicken zu können.

Meinen Unterricht in der Kriegskunst vergaß ich dennoch nicht. Husain Ibn Bakr war begierig darauf, mir zu erklären, daß Entwicklungen, die häufig im Verlauf eines Kampfes nicht beachtet werden, sehr zum Nachteil derer ausschlagen, die solche Entwicklungen übersehen. »Oh Mohammed, dem die Weisheit des erfahrenen Feldherrn Abu Hafis Ibn Salih Muslim übertragen wird! Er hat seinen untergebenen Befehlshabern eingeschärft, den Kämpfern zwar reiche Beute zu versprechen, doch dürfte sie niemals vor dem Ende der Schlacht in Besitz genommen werden. Erst wenn der Kampf völlig vorüber war, durften sich seine Getreuen einen Anteil an den eroberten Gütern holen. Abu Hafis Ibn Salih Muslim glaubte an die Gültigkeit des Sprichwortes: *Der Honig gehört dir erst dann, wenn die Bienen weg sind!* Oft schon schien eine Schlacht günstig zu verlaufen, alles war offenbar schon gewonnen, da begann sich eine Gruppe der Kämpfer um die Beute zu kümmern. Diese Männer nahmen also nicht mehr an der Schlacht teil. Der Gegner erkannte, daß sich ihm jetzt die Möglichkeit bot, das Blatt zu wenden. Er stürmte auf die Beutegierigen ein und machte sie nieder. Der Prophet, dem Allah für ewig Glück spenden möge, hatte einst selbst vor Medina eine Schlacht verloren, weil seine Bogenschützen Rüstungen und anderes Eigentum der gefallenen Feinde aufsammeln wollten.«

In diesem Augenblick wurde die Rede des Husain Ibn Bakr unterbrochen. Einer aus dem Bund der Haschiyun trat ein, der den Auftrag hatte, mich zu Scheich Sinan ins Maristan zu holen. Mir blieb nichts anderes übrig, als mich von meinem Lehrmeister zu verabschieden.

Scheich Sinan empfing mich mit diesen Worten: »Oh Mohammed, wisse, daß es vor unserer Zeit Sitten und Gebräuche gegeben hat, die damals dem menschlichen Leben Sinn gegeben haben, die jedoch heute vergessen sind. Hunderte von Jahren ist es her, da haben Männer und Frauen im Land der Griechen sich darin geübt, miteinander ohne Waffen zu kämpfen. Malaika hat dir von Bildtafeln erzählt, die ich selbst im Land der Griechen gesehen habe. Eigens für dich habe ich Zeichnungen aus der Burg Masyaf holen lassen, die ich bei meinen Wanderungen in jener Gegend selbst hergestellt habe. Die Zeichnungen zeigen, was auf den alten Steintafeln der Griechen zu sehen ist.«

Der Scheich reichte mir die Blätter. Da sah ich die Andeutungen kräftig gebauter Menschen, die sich gegenseitig gepackt hielten, die den anderen zu Boden ringen wollten. Zu erkennen waren angespannte Muskeln, sehnige Körper, gebeugte Rücken, entschlossener Ausdruck der Gesichter, aber auch männliche Glieder, die emporgereckt zeigten, daß Kampfeslust von der Kraft des Geschlechts nicht zu trennen ist.

Scheich Sinan sah mein wachsendes Interesse an den Zeichnungen und sagte: »Wir, oh Mohammed, die wir auf der Burg Masyaf leben, verbinden die Beachtung des Körpers, die von den Griechen einst gepflegt wurde, mit dem Geist des Islam. Wir leben auf der Burg abgelegen, deshalb konnten wir uns ungestört mit dem Erbe der Griechen befassen. Da hat einst ein Dichter gelebt, der den Namen Homer trug. Ein Buch, das dieser Homer geschrieben hat, heißt *Ilias*. Da findest du die folgende Beschreibung eines Ringkampfes zwischen zwei Helden, die Odysseus und Ajas genannt werden:

Als Nackte treten sie vor den Kampfkreis,
Fassen einander, umschmiegt mit gewaltigen Armen.
Beiden knirscht der Rücken, so sind die Muskeln gespannt,
Angestrengt zur letzten Faser.
Es beginnt zu strömen der Schweiß,
Die Adern schwellen, besonders am Bauche.
Die Begier wird sichtbar, mit der sie ringen.
Doch weder vermochte Odysseus den Ajas zu stürzen,
Noch Ajas vermocht es,
Denn groß war die Kraft des Odysseus.
Dessen List war zu fürchten, das wußt' man in Hellas.
Er schlug Ajas mit dem Bein in die Kehle des Knies,
Und brachte ihn so zu Fall.
Odysseus greift nach dem Beutel, dem weichen,
Der empfindliche Kugeln umhüllt.
Glitschig ist der Beutel vom Schweiß des Ajas,
Doch Odysseus hält und preßt ihn,
Bis Schmerz den Ajas bezwingt.
Ajas sinkt in die Knie.
Odysseus genießt den Sieg.«

Nur für einen Augenblick schwieg Scheich Sinan, als er die Verse gesprochen hatte. Dann meinte er: »Nicht ohne Grund habe ich dir, oh Mohammed, diese Worte des Homer vom Zweikampf zwischen Odysseus und Ajas gesagt. Ein ähnlicher Zweikampf soll zwischen dir und Sadam Maruf stattfinden. So wird entschieden, wer über den anderen zu bestimmen hat. Ich weiß, ihr hattet Streit darüber, ob der Bund der Haschiyun über das Hamam verfügen darf. Künftig wird man es wissen, wer das Sagen hat – Sadam Maruf oder du. Deshalb ordne ich an, daß der Kampf im Hamam stattfinden wird, genau dort, wo euch das Wasser im Becken bis zu den Achseln reicht!«

Verblüfft versuchte ich mich gegen die Absicht des Scheichs zu wehren. »Oh Erhabener, der du es gewohnt bist, kühne Entscheidungen zu treffen! Ich kann deinem Befehl nicht folgen, denn die Kunst des Ringens ist mir nicht vertraut!«

Da entgegnete der Scheich: »Hole dir Rat ein bei Malaika! Sie ist Meisterin im Ringen!«

Ich war wohl begierig, von Malaika zu lernen, doch zunächst gebot es die Höflichkeit, zu Husain Ibn Bakr ins Dar al-Hadith zurückzukehren. Er freute sich und setzte seinen Unterricht fort.

»Oh Mohammed, der du lobenswerten Eifer zeigst! Eine Grundregel des Feldherrn Abu Hafis Ibn Salih Muslim war, niemals von einem Kriegsplan abzuweichen, der einmal gefaßt war und dessen Ausführung bereits vorbereitet wurde. Schlechte Erfahrungen hat einst unser Prophet, dem Allah ewigen Segen spenden möge, mit einer Änderung des Plans gemacht. Als die Feinde, die Kämpfer des Stammes Koraisch, Medina angriffen, da war es zunächst die Absicht des Gesandten Allahs, die Verteidigung innerhalb der Stadt, im Kampf von Haus zu Haus, durchzuführen. Doch einige der Getreuen widersprachen ihm. Sie meinten: ›Unsere Felder vor der Stadt stehen voll Frucht. Es gilt als feige, sie dem Feind preiszugeben!‹ Da ließ sich der Gesandte Allahs umstimmen, und die Leute aus Medina erwarteten den Feind im freien Land vor den fruchtbaren Feldern. Jeder aber war bereits darauf eingestellt gewesen, zwischen den Häusern zu kämpfen. Bald zerriß der Zusammenhalt unter den Kämpfenden. Die Getreuen wurden zurückgedrängt. Erst als sie sich am Rand der Stadt befanden, wußten sie, wie sie zu kämpfen hatten. Der Gesandte Allahs wurde verletzt im Durcheinander jenes Kampfes. Er hatte es zu bereuen, seinen Plan geändert zu haben.«

Damit war der Unterricht dieses Tages erschöpft. Ich verbrachte meine erste Nacht im Haus am Baradafluß. Aus den Erzählungen meines Bruders wußte ich, wie angenehm es sein konnte, vor dem Übergang von der Nacht zum Tag den Leib im Baradawasser zu kühlen.

Der Mantel des Propheten

Am Morgen besuchte ich Malaika im Hamam. Sie wußte, weshalb ich kam. »Klug hat mein Vater entschieden, oh Mohammed. Der Zweikampf wird eindeutige Verhältnisse schaffen. Wenn ich zu wählen hätte zwischen dir und Sadam Maruf, würde ich mich für dich entscheiden. Deshalb bin ich bereit, dir zu helfen. Laß sehen, wie dein Körper beschaffen ist!«

Ich hörte aus ihren Worten die Aufforderung, meine Kleider abzulegen – und ich gehorchte ihr.

Malaika beschaute und betastete mich wohl so, wie sie zuvor die Sklavinnen geprüft hatte. Was sie sah und fühlte, gefiel ihr offenbar. »Ich glaube, daß du bei einiger Übung den Kampf gewinnen kannst. Was dir an Kraft fehlt, wirst du durch List ersetzen. Du weißt ja, welcher Griff dich zum Sieger macht.« Malaika versprach, daß wir mit den Übungen am folgenden Tag beginnen würden.

Als ich in der Vorhalle des alten Hamam saß, teilte mir Murdjana mit, Leona, die Erwählte des Beherrschers der Gläubigen, wünsche mich zu sehen. Aus Gründen der guten Sitte nahm ich Murdjana mit. Als wir die Säle und Gemächer betraten, die Salah ed-Din gehörten, beeindruckten Glanz und Größe. In einem der weniger prächtigen Räume erwartete uns Leona. Neben ihr saß Jusuf Schams ed-Din, der Junge, den in Wirklichkeit Gwendolyn, die Tochter des Ritters Fulko, geboren hatte.

Leona begann das Gespräch. »Ich habe dich, oh Mohammed, hergebeten, weil ich dich bitten möchte, dem Beherrscher der Gläubigen mitzuteilen, daß ich erneut ein Kind von ihm erwarte. Ich habe lange nichts von meinem Herrn gehört. Wenn du, oh Mohammed, weißt, wo er sich aufhält, so sage es mir!«

Ich mußte gestehen, daß niemand, der mir vertraut war, eine Nachricht von Salah ed-Din erhalten hatte.

Leona sagte darauf: »Ich weiß, du warst Page beim Beherrscher der Gläubigen. Ich habe einen ganz besonderen Wunsch: Jusuf Schams ed-Din soll erleben, wie sein Vater mit dem Heiligen Schwert, das er – hoch erhoben – in der Hand hält, den Gläubigen voranzieht. Du, oh Mohammed, könntest dem Jungen dabei zur Seite stehen und ihn schützen!«

Ich versprach Leona, ihr diesen Wunsch zu erfüllen.

Wie so oft ließ ich mir am Abend von den Dienern berichten, worüber die Kunden des Hamam gesprochen hatten. Was ein reisender Händler erzählt hatte, das erschien mir bemerkenswert: Vor zwei Tagen hatten christliche Ritter beim Brunnen von Saphori eine islamische Frau aufgegriffen, die dort nichts zu suchen hatte. Auf die Frage, weshalb sie sich am Brunnen von Saphori aufhalte, gab die Frau, die von mittlerem Alter war, keine Antwort. Die

Ritter befahlen ihren Knechten, die Frau zu verprügeln. Da gestand sie, am Brunnen von Saphori auf einen Boten des Salah ed-Din zu warten, der ihr Geld zu bringen habe für Dienste, die sie dem Herrn der Moslems geleistet habe. Da schwieg die Frau wieder. Nun zogen die Knechte die Frau aus, banden ihre Hände an das Seil, an dem noch der Eimer zum Wasserschöpfen hing. Mit einem anderen Seil befestigten sie einen schweren Stein an den Füßen der Frau. Dann wurde sie langsam in den Brunnenschacht hinuntergelassen. Erst als ihr das Wasser fast bis zum Mund stand, wollte sie gestehen. Die Knechte zogen sie hoch und setzten sie auf den Brunnenrand. Sie sagte, sie habe von Salah ed-Din den Auftrag erhalten, den Teufel im Land der Christen zu beschwören, damit er dem christlichen Heer schade. Dies habe sie, wie befohlen, drei Nächte lang getan. Dafür erwarte sie nun ihr Geld. Die Ritter – so war im Hamam berichtet worden – hätten einige Zeit beim Brunnen von Saphori gewartet, doch es erschien kein Bote des Salah ed-Din. Da sei die Frau erschlagen worden.

Auf dem Weg zum Haus am Baradafluß überlegte ich, ob der Teufel in die Menschen dieses zerstrittenen Landes gefahren sei. Unruhig schlief ich in jener Nacht, geplagt von der Hitze, die sich in meiner Kammer staute. Froh war ich, als sich der Morgen endlich ankündigte. Ehe der erste Schimmer des Lichts erkennbar war, glitt ich ins Wasser des Baradaflusses.

Ich hatte erst wenige Schwimmbewegungen gemacht, da spürte ich, wie eine Hand über meinen Leib strich. Als zärtlich empfand ich das Streicheln, und dennoch wehrte ich mich dagegen. Ich griff nach dieser Hand, packte den Arm und hielt schließlich eine Frau umschlungen. Es war noch völlig dunkel über dem Fluß. Ich konnte das Gesicht der Frau nicht erkennen. Deshalb fragte ich sie: »Wer bist du?«

Ich erhielt diese Antwort: »Wie kannst du nur fragen!« Die Frau preßte sich fest an meinen Körper. Ich aber versuchte, mich ihr zu entwinden. Sie besaß mehr Kraft als ich. Mein Kopf befand sich mehrmals unter Wasser. Ich hatte Angst zu ersticken. Beim Luftschnappen hörte ich die Frau sagen: »Oh Mahmud! Nie hast du dich bisher gegen mich gewehrt!«

Da ahnte ich, wer mich im Arm hielt. In Erinnerung an die

Erzählungen meines Bruders Mahmud fiel mir der Name Simeona ein. Sie hatte sich von meinem Bruder einst an derselben Stelle und auf dieselbe Art im Wasser verabschiedet. Nun aber begriff sie nicht, daß ich nicht Mahmud war. Noch immer mußte ich die Hände abwehren, die mich vor allem zwischen den Beinen greifen wollten.

Unsere heftigen Bewegungen hatten das Wasser ringsum aufgewühlt. Plötzlich schrie Simeona laut auf. Der Grund ihres Schreis blieb mir verborgen. Simeona entwand sich mir und verschwand im Dunkeln. Auf einmal spürte ich, was sie erschreckt hatte: Da war noch eine Hand – da war ein weiteres Wesen im Wasser! Entsetzen ergriff mich. Ich klammerte mich an der Mauer des Hauses fest und wartete auf den ersten Schein des Tageslichts. Als das Schwarz des Flusses in milchiges Grau überging, sah ich eine aufgequollene menschliche Gestalt. Sie schwebte langsam pendelnd unter Wasser. Gespenstisch schräg war ihre Haltung. Jetzt erst erinnerte ich mich wieder an die Berichte meines Bruders: Dies mußte die Leiche des Befehlshabers Mustafa Riad sein! Im Licht der aufgehenden Sonne wagte ich mich näher heran. Ich sah, daß die Leiche an einem Seil hing. Es hielt am Unterleib noch das Tuch fest, in das der Tote eingewickelt worden war. Ich tauchte und stellte fest, daß das andere Ende des Seils von einem großen Stein gehalten wurde, der auf dem Grund des Flusses lag. Das Seil verhinderte, daß die Leiche fortgetrieben werden konnte.

Inzwischen war es taghell geworden. Da ich nicht wollte, daß die Nachbarn mich nackt im Baradafluß entdeckten, stieg ich rasch aus dem Wasser und verschwand im Haus. Wohin Simeona geschwommen war, wußte ich nicht.

Die Sonne hatte noch nicht ihre Mittagshöhe erreicht, da wurde ich vom Gewürzhändler Salim al-Musanef besucht. Der Besucher brachte mir eine lederne Hülse, die eine Brieftaube in seinen Schlag getragen hatte. In der Hülse befand sich eine Nachricht, abgesandt vom Beherrscher der Gläubigen: *Oh Mohammed, der du mir im Lager vor der Burg Kerak treu gedient hast! Ich vertraue dir an, daß der Befehlshaber Mustafa Riad nicht zur vereinbarten Zeit beim Heer eingetroffen ist. Hier gilt er nun als vermißt. Ich beauftrage dich zu prüfen, ob Mustafa Riad tatsächlich in Damaskus gewesen ist und ob er die Stadt wieder verlassen hat. Auf schnellstem Wege werden dir von hier Brieftauben überbracht, die dann nach Kerak zurückfinden. Gib mir rasch Nachricht!*

Die Botschaft des Beherrschers der Gläubigen brachte mich in eine schwierige Lage. Ich wußte wohl, wo sich Mustafa Riad befand. Da war auch noch Malaika, die Bescheid wußte. Simeona hatte wohl nicht begriffen, wer sie im dunklen Wasser berührt hatte. Ich konnte nur hoffen, daß sonst niemand die Leiche im Baradafluß entdeckte.

Die Kunden des Hamam – es war der Tag der Frauen gewesen – hatten über eigenartige Vorgänge in der Stadt gesprochen. Immer wieder sei nächtens am Fluß ein seltsames Geplätscher zu hören. Da sich kein gläubiger Mensch im Wasser aufhalte – schon gar nicht in der Nacht – könne es sich doch nur um Geister handeln. Am frühen Morgen dieses Tages sei beobachtet worden, wie ein solcher Geist, der eine ganz weiße Haut hatte, bis zur Brücke geschwommen sei. So flink sei dies geschehen, daß das Auge kaum habe folgen können. Als ich diesen Bericht einer Dienerin vernommen hatte, wußte ich, daß es klug war, fortan, wenn möglich, das Wasser des Barada zu meiden.

Hatte ich die Ursache dieser Geistererscheinung schnell begriffen, so blieb mir ein anderes Geschehen eher rätselhaft: In dem Teil der Zitadelle, der noch immer eine ausgebrannte Ruine war, huschten während der Stunden der Dunkelheit schwarze Schatten umher. Fackellicht war dabei zu erkennen. Die Frauen, die davon erzählten, waren der Meinung, die Fackeln würden von niemandem getragen, sie schwebten durch die Luft. Eine Kundin sagte, ihr Mann habe sich näher an die Ruine herangeschlichen und ein Säuseln in der Luft gehört, als ob Engel mit mächtigen Schwingen durch die Luft glitten. Eine Stimme, die aus dem Himmel zu kommen schien, sei leise erklungen. Was die Stimme sagte, so berichtete die Frau, habe nur ihr Mann verstanden: »Wartet auf den Mantel des Propheten!«

Malaika hatte mir sagen lassen, ich könne am späten Abend noch mit den Übungen für den Ringwettkampf beginnen. Ich begab mich deshalb ins neue Hamam zum Kaltwasserbecken. Dort fand ich Malaika, die sich ein Tuch um den Leib gewickelt hatte, das ihren Körper züchtig bedeckte. Neben ihr aber stand eine nackte Gestalt, die oberhalb des Bauchnabels wie eine Frau und unterhalb wie ein Mann gestaltet zu sein schien. Da im Raum nur Öllämpchen brannten, konnte ich nicht erkennen, wie dieser Leib wirklich beschaffen war.

Malaika sagte nur: »Dies, oh Mohammed, ist Mujunkum. Aus Betpak Dala stammt sie, aus dem Land nahe der Hungersteppe. Betpak Dala gehört zum mächtigen Lande Asia. Mujunkum ist eine der Frauen, die bisher für den Beherrscher der Gläubigen im Hamam aufbewahrt wurden. Unter ihnen zeigt Mujunkum die größte Begabung für den Ringkampf!«

Da fragte ich: »Oh Malaika, wie kann es geschehen, daß diese Mujunkum aus Betpak Dala Mann und Frau zugleich ist?«

Malaika lachte. »Schau sie dir doch genauer an, und sofort löst sich dieses Rätsel!«

Ich schob Mujunkum näher an ein Licht heran und sah sogleich, daß rings um ihre Hüften enganliegende Bänder geschlungen waren, die in der seltsamen Männlichkeit mündeten. Jetzt fiel mir auf, wie künstlich Glied und Hoden wirkten: Aus Leder waren sie gefertigt, der Natur täuschend ähnlich. Malaika sah mein Erstaunen und meinte: »Du darfst es anfassen, dann merkst du, daß alles zwar fest, aber doch auch beweglich ist. Auch damit ist die Natur nachgeahmt. Das Leder ist mit feinem, schwerem Quarzsand gefüllt. Deshalb liegen Glied und Hoden weich und zugleich fest in deiner Hand. Wie geschaffen für die Übungen, die wir uns vorgenommen haben!« Dann wies mich Malaika darauf hin, daß es auch für mich nun angebracht sei, die Kleider abzulegen.

So standen wir nebeneinander, Mujunkum und ich. Ich hatte keine Ahnung, wie ich mich benehmen sollte. Wer greift an? Und wie sollte dies geschehen? Wurde der Kampf nach Regeln geführt?

Malaika spürte wohl, daß ich diese Fragen stellen wollte, denn sie gab mir schon die Antwort: »Der Kampf, oh Mohammed, beginnt im Stehen. Ausgangspunkt ist, daß jeder Kämpfer auf der Hut sein muß vor dem Angriff, aber daß er zugleich auch selbst so rasch wie nur möglich zugreifen muß. Alle Griffe und alle Hiebe sind erlaubt. Mujunkum ist dabei im Vorteil, daß sie keinen Schmerz spürt, wenn sie an einer bestimmten Stelle getroffen wird – du aber wirst dich, wenn es dir geschieht, nicht mehr beherrschen können. Du mußt also möglichst rasch lernen, den Griffen und Hieben auszuweichen.«

Als ich dann Mujumkum am Leib packte und ihre Arme festklemmen wollte, da befreite sie sich rasch. Ehe ich mich versah, hatte die Frau mich an meiner empfindlichsten Stelle ergriffen. Ein rasender Schmerz ging von dort aus. Doch alle Bemühungen, die Hand abzuschütteln, mißlangen. Ich mußte den Schmerz erdulden, bis Malaika auf zwölf gezählt hatte.

Zusammengekrümmt saß ich am Beckenrand und nahm undeutlich wahr, daß Malaika zu Mujunkum sagte, die Übung sei wohl für diesen Tag zu Ende. Daraufhin verließ die Frau den Raum.

Malaika sagte zu mir: »Zwei Gerüchte, oh Mohammed, beschäftigen derzeit die Stadt. An einem der beiden, so nehme ich an, bist du beteiligt – von der Ursache des anderen weiß ich Bescheid.«

Malaika wartete auf eine Antwort, und ich gab sie ihr: »Daß das seltsame Geplätscher im Baradafluß von meinem Haus ausgeht, das kann kein Geheimnis vor dir sein. Warum im zerstörten Teil der Zitadelle in der Nacht geheimnisvolle Lichter zu sehen sind, wirst du mir erklären müssen! Doch sage mir nicht, daß Engel dort nach dem Mantel des Propheten suchen!«

Malaika lachte hell auf. »Wichtig ist allein, daß die Bewohner der Stadt dies glauben. Es muß ein Wunder geschehen, so wie es sich einst mit dem Heiligen Schwert ereignet hatte. Eine Woge der Begeisterung muß die Stadt durchfluten. Die Männer sollen danach schreien, gegen die Ungläubigen kämpfen zu dürfen. Du, oh Mohammed, sollst sie dann führen beim Marsch gegen das christliche Königreich. Dein Name Mohammed ist für dich zugleich Verpflichtung! Ausgelöst wird die Begeisterung durch den Mantel des Propheten. Auf wundersame Weise wird dieser vom Himmel herunterflattern!«

Wie dieses Wunder geschehen werde, verriet mir Malaika nicht.

Als ich eben das Hamam verließ, kam aus der Dunkelheit eine Gestalt auf mich zu. Erschreckt wollte ich ins Haus zurücktreten, doch dann hörte ich diese Worte: »Oh Mohammed, sei unbesorgt! Ich bin es, der Gewürzhändler Salim al-Musanef. Der Wille Allahs hat wieder eine Taube in meinem Schlag gelenkt, die eigentlich zu dir fliegen sollte!« Gleich darauf hatte ich eine lederne Hülse in der

Hand, die Umhüllung einer Botschaft des Beherrschers der Gläubigen. Im Haus brach ich das dünne Siegel und las, was Salah ed-Din mir mitteilen wollte. Von seiner Hand waren diese Worte geschrieben: *Oh Mohammed, wisse, daß Mustafa Riad noch immer vermißt wird. Mit ihm verschwunden ist das Heilige Schwert. Eine hohe Belohnung wird dir zukommen, wenn du das Heilige Schwert findest. Es ist deine Pflicht, danach zu forschen. Nichts anderes hast du zu tun! Das Heil des Islam liegt in deiner Hand. Du mußt das Schwert finden!*

Beim Lesen hatte ich den Eindruck, der Beherrscher der Gläubigen sei, während er schrieb, mehr und mehr in die Angst verfallen, der Verlust des Schwertes werde schlimme Folgen für ihn haben. Auf einen Schlag wurde dieser Gedanke verdrängt von der Erkenntnis, daß das Heilige Schwert unter der Leiche des Mustafa Riad im Baradafluß liegen müsse. Mahmud hatte es wohl zusammen mit der Leiche im Wasser versenkt. Daß dies wahrscheinlich so war, erleichterte mein Gemüt kaum, denn ich mußte ins Baradawasser tauchen, um nach dem Schwert zu suchen. Vor dem ersten Lichtschimmer des Tages aber war die Suche sinnlos. In völliger Dunkelheit leuchtete auch das Heilige Schwert nicht.

Geplagt von unruhigen Träumen verbrachte ich die Nacht. Die Sinne gaukelten mir vor, Hände, die nur noch aus Knochen bestanden, griffen im Wasser nach mir. Der Tote hielt mich fern von dem Ort am Boden des Flusses, an dem das Schwert liegen konnte. Die Phantasien mischten sich: Da war der knochige Tote, da war jedoch auch die Frau, die als Mann mit mir zu ringen hatte. Beide bekämpften mich.

Meine Kräfte ließen nach, und die Angst steigerte sich in der Gewißheit, der gespenstische Gegner würde erreichen, was er sich vorgenommen hatte. Da wachte ich auf, doch blieben meine Gedanken noch lange wie gelähmt.

Um Leib und Sinne zu kühlen, setzte ich mich unter die Tür, die zum Fluß hinausführte. In dieser Nacht strich ein leichter Wind über das Wasser, der mir den Schweiß auf der Haut trocknete, auch besänftigte er meine aufgewühlten Gedanken. Allmählich fand ich den Mut, auf das Wasser zu blicken. Bald suchte ich die Stelle, an der sich der Tote befinden mußte. Manchmal glaubte ich, einen

Totenschädel zu sehen, ganz schwach leuchtend unter der Wasseroberfläche. Dann wußte ich, daß mich meine überreizten Sinne getäuscht hatten. Die Aufregung wurde von der Müdigkeit bezwungen: Ich schlief ein.

Als ich jäh erwachte, lag ich im Wasser. Der Sturz von der Türe mußte eben geschehen sein. Ich wußte nicht, ob ich – bewußtlos vom Schlaf – von selbst in den Fluß gefallen war oder ob mich jemand hineingestoßen hatte. Ein zartes Rot lag über dem Horizont. Dies war der Zeitpunkt, um nach dem Heiligen Schwert zu suchen.

Entschlossen tauchte ich unter die Wasseroberfläche. Doch da hing keine Leiche mehr am Seil. Ich streckte den Kopf aus dem Wasser, um zu prüfen, ob ich auch an der richtigen Stelle gesucht hatte. Dabei stellte ich fest, daß ich mich unmittelbar vor dem Haus befand, genau dort, wo ich den Toten entdeckt hatte. Inzwischen war es so hell, daß ich unter Wasser alles deutlich erkennen konnte. Die Leiche des Mustafa Riad war nirgends zu sehen. Auch meine Suche nach dem Heiligen Schwert war vergebens. Ich schwamm unmittelbar über dem Grund des Flusses dahin, der sandig und steinig war. An einer Stelle wühlte ich sogar den Grund auf, weil ich annahm, Dreck und Sand hätten die Waffe bedeckt. Mit leeren Händen kam ich wieder an die Wasseroberfläche.

Mit dem Gedanken, Leiche und Schwert seien verschwunden, konnte ich mich nicht abfinden. Noch einmal glitt ich in die Tiefe. Ich wollte meine Kreise weiter ziehen. Vielleicht war ich einer Täuschung erlegen, vielleicht hatte die Strömung Leiche und Schwert fortbewegt. Plötzlich sah ich, wie ein Körper auf mich zuglitt. Es war eine Frau! Es war Simeona! Sie machte mir Zeichen: Sie wollte mit mir auftauchen, das Wasser verlassen, ins Haus steigen.

Sobald wir uns hinter der Tür befanden, bat Simeona um ein Hemd. Ohne Kleid fühlte sie sich unwohl in meiner Gegenwart. Schnell streifte sie das Hemd über und sagte dann: »Oh Mohammed, der du jetzt dieses Haus bewohnst! Als ich das erste Mal kam, wußte ich nicht, daß Mahmud Damaskus verlassen hat. Deshalb war ich verwundert, weggestoßen zu werden. Ich war es, die den Toten vom Seil befreit und weggebracht hat. Ich habe ihn irgendwo am Ufer bestattet. Niemand wird ihn jemals finden. Das Schwert entdeckte ich durch Zufall. Als ich das Seil von dem Stein löste, sah ich es das Heilige Schwert blinken. Ich habe es an mich genommen. Es ist ein Pfand in meiner Hand. Zur rechten Zeit werde ich dir sagen, was ich damit bezwecke!«

Ehe ich eine Frage stellen konnte, streifte Simeona das Hemd wieder ab und gab es mir zurück. Dann glitt sie in den Fluß. Ich konnte nicht erkennen, in welche Richtung sie tauchte.

Wundersames Pulver

An diesem Morgen wollte ich unbedingt meine Verabredung mit meinem Lehrer in der Kunst der Kriegführung einhalten. Nachdem er mich im Dar al-Hadith begrüßt hatte, und nachdem ich ihm mein hohes Maß an Achtung ausgedrückt hatte, sprach Husain Ibn Bakr: »Wir wollen, oh Mohammed, uns nicht mehr mit Feldherrn befassen, die ohnehin nur das Beispiel des Propheten Mohammed, dem Allah ewiges Heil spenden möge, nachahmen. Sprechen wir gleich von der Meisterschaft des Gesandten Allahs, der den Mut hatte, Waffenstillstand anzubieten, selbst wenn er in der Lage gewesen wäre, den Feind zu besiegen. Als eigentlich die Zeit reif gewesen wäre für den entscheidenden Angriff gegen seine Widersacher in Mekka, entschied er sich dafür, den Kampf zu meiden. Das Ergebnis war, daß die Verantwortlichen in Mekka sorglos wurden. Sie kümmerten sich wieder mehr um ihre Handelsgeschäfte. Ihre Kampfbereitschaft schwand. Die Leute in Mekka vernachlässigten die Pflege ihrer Waffen. Die notwendigen Reiterübungen unterblieben. Als schließlich monatelang nicht mehr gekämpft worden war, fragten sich einige der führenden Köpfe, ob es nicht klüger sei, gar nicht mehr an eine Wiederaufnahme der Kämpfe zu denken. Die Bereitschaft zur Aussöhnung wuchs in Mekka. War dies erreicht, dann schlug der Gesandte Allahs zu. Er fand dabei wenig Widerstand. Daraus ist die Lehre zu ziehen, oh Mohammed, daß kluges Abwarten einer Entwicklung den Sieg erleichtern kann.«

Husain Ibn Bakr hielt noch einen zweiten Rat für mich bereit, und auch der war aus dem Verhalten des Gesandten Allahs abgeleitet: »Oh Mohammed, wähle die Getreuen immer gut aus, denen du erlaubst, mit dir in den Kampf zu ziehen. Es muß für jeden eine

Ehre sein, sich am Krieg beteiligen zu dürfen. Der Prophet Mohammed, dem Allah Heil in Fülle spenden möge, hat immer wieder ganze Sippen, die sich ihm anschließen wollten, zurückgewiesen. Dadurch fühlten sich diejenigen geschmeichelt, die auserwählt waren. Sie führten das Schwert noch entschlossener, weil sie zeigen wollten, daß sie des Vertrauens würdig waren. Die Abgewiesenen aber nahmen sich vor, beim nächsten Kampf ihren Mut und ihre Fertigkeit zu beweisen!«

Die Kunden des Hamam wußten an jenem Tag zu berichten, auf dem Meer vor der Küste des christlichen Königreichs habe sich Erstaunliches ereignet: Viele Schiffe seien gekapert oder gar versenkt worden. Seit Wochen schon sei es kaum einer der großen Galeeren gelungen, einen christlichen Hafen an der Ostküste des Mittelmeers anzulaufen. Diesen Erfolg der Moslems zur See, so wurde gesagt, habe ein Mann organisiert, der lange in Damaskus gelebt hatte – und viele Kunden konnten sich an ihn erinnern. Sein Name wurde laut im Hamam gepriesen: Leo der Seeräuber! Er habe den Herrscher des christlichen Reiches in schlimme Schwierigkeiten gebracht. Die Hoffnung, einen neuen Schub an Rittern empfangen zu können, habe sich aufgelöst. Der König denke in dieser fast auswegslosen Lage daran, die Entscheidungsschlacht mit dem Gegner Salah ed-Din zu suchen. Der aber halte sich noch immer zurück.

Den Menschen bei weitem wichtiger war ein anderer Gesprächsstoff: das nächtliche Unwesen im zerstörten Teil der Zitadelle. Die meisten fürchteten Unheil. Andere sahen darin ein Zeichen, daß Gewaltiges geschehen werde, das wohl nur dem Ruhm des Islam dienen könne. Daß die Geisterstimme gesagt habe »Wartet auf den Mantel des Propheten!« wurde von manchen als bedeutungsvoll angesehen: Der Mantel, so meinten sie, werde den Gläubigen tatsächlich sichtbar werden.

Er werde dann das Zeichen sein für den Anbruch des Friedens im Zeichen des Islam. Daß jedoch zunächst eine Zeit des Unfriedens aufziehen werde, davon ist an jenem Tag auch vielfach im Hamam gesprochen worden.

Sobald der letzte Kunde das Dampfbad verlassen hatte, begab ich mich ins neue Hamam zum Kaltwasserbecken. Dort warteten Malaika und Mujunkum bereits auf mich. Die Frau aus dem Lande

Asia hatte sich wiederum die künstliche Männlichkeit angelegt. Als ich meine Kleider abstreifte, nahm ich mir vor, diesmal auf der Hut zu sein. Den Schmerz, den ich bei der ersten Übung erlebt hatte, wollte ich nicht noch einmal spüren. Malaika sagte: »Oh Mohammed, es ist keineswegs unsere Absicht, dich leiden zu lassen oder dir eine Niederlage zu bescheren. Im Gegenteil! Wir wollen dich lehren, wie du über Sadam Maruf siegen kannst. Dein erstes Ziel muß es sein, die Kraft des Gegners zu schwächen. Umklammere ihn nicht nur mit den Armen, sondern auch mit den Beinen. Versuche, ihm die Füße unter dem Leib wegzudrücken. Du mußt mit den Füßen hakeln. Eine Möglichkeit, die Kraft zu rauben, ist ganz einfach, den Gegner hochzuheben. Er verbraucht mehr Kraft durch sein Bemühen, die Füße wieder auf den Boden zu bekommen, als du durch die Anstrengung, ihn hochzuhalten.«

Mujunkum versuchte mich wiederum zu überrumpeln. Doch was ihr bei der ersten Übung gelungen war, scheiterte diesmal: Ich konnte ihre Hände von meiner empfindlichen Körperstelle fernhalten. Geschickt wehrte auch sie mich ab. Ihr Kunstglied zu packen war mir unmöglich. Da wir beide kräftig waren, ermüdeten wir nicht. Wir umklammerten uns, hoben uns wechselseitig hoch, verrenkten uns Arme und Beine. Einen Vorteil zog keiner von uns daraus, und so entartete unser Ringen zur Balgerei. Malaika trennte uns schließlich und beendete die mißglückte Übung.

Am anderen Morgen überbrachte mir ein Bote die Aufforderung, mich ins Maristan zu Scheich Sinan zu begeben. Zu meiner Verwunderung traf ich beim Tor auf Sadam Maruf. Mit ihm zusammen trat ich ein. Beide begaben wir uns in die Kammer des Scheichs. Der Herr über alle Haschiyun forderte uns wortlos auf, neben ihm Platz zu nehmen. Lange Zeit schwieg er und sprach dann endlich: »Oh meine Freunde, die ich beide schätze! Nach ernster Überlegung erkannte ich, daß der Gedanke kümmerlich ist, im Wettkampf eure Kräfte und die Geschicklichkeit eurer Hände messen zu lassen. Was bedeutet Kraft der Arme und Beine? Ist derjenige der Beste, der schneller zupackt? Ich sage jetzt, daß ihr durch die Schärfe eures Verstandes entscheiden sollt, wer Meister ist und wer Knecht! Der soll dem anderen befehlen dürfen, der es fertigbringt, daß sich ein Gegenstand in die Luft erhebt, um dann – nach einiger Zeit –

herunterzufallen. Genauer gesagt: Ein Mantel soll vom Himmel flattern. Bei Nacht soll dies geschehen. Wer mir die Lösung sagen kann, der wird Meister sein und dem werde ich auch die Herrschaft über alle Haschiyun in die Hand legen!« Als diese Worte gesprochen waren, entließ uns Scheich Sinan.

Ich begab mich sofort ins Dar al-Hadith. Husain Ibn Bakr erwartete mich bereits, doch ich mußte meinen Lehrmeister in der Kunst des Kriegswesens enttäuschen. Ich sprach zu ihm: »Oh Herr, der du das Schlachtfeld in Gedanken beherrschst! Reicht der reiche Schatz deines Wissens auch in die Lüfte? Hat jemals jemand vom Himmel herunter gekämpft – außer den Engeln, die den wahren Gläubigen in jeder Schlacht helfen?«

Die Antwort blieb lange aus. Ich wartete geduldig, bis Husain Ibn Bakr sagte: »Oh Mohammed, der du nach dem Einmaligen oder Unmöglichen fragst! Im Buch Xin Siqiqi Lu, das heißt im *Tränenreichen Bericht über die Schlacht*, steht geschrieben, daß beim Kampf von Quezhou im Tal des Huanghe, in der Schlacht der chinesischen Kriegsherren gegen die Horden aus der Tiefe Asiens, fliegende Drachen den Sieg gebracht haben. Im Buch Xin Siqiqi Lu ist zu lesen, daß sich die Reiterhorde noch in der Nacht zum Gefecht sammelte. Da aber hätten die Kriegsherren Feuer aufsteigen lassen. Flammende Drachen seien über den Himmel dahingeflogen. Plötzlich aber hätten die Drachen Feuer gespien und seien schließlich von den eigenen Flammen aufgezehrt worden. Was übrig blieb vom Drachen, sei feurig auf die Reiter gestürzt. Dadurch, so wird berichtet, seien die Pferde scheu geworden. Sie ließen sich nicht mehr zügeln und rannten samt ihren Reitern davon. So gewannen die chinesischen Kriegsherren die Schlacht von Quezhou im Tal des Huanghe.«

Da fragte ich meinen Lehrmeister: »Kennst du auch, oh Wissender um die Kriegslist entfernter Welten, das Geheimnis, wie es geschehen konnte, daß die Drachen wirklich flogen?«

»Auch dies ist im Buch Xin Siqiqi Lu beschrieben. Ein solcher Drache besteht aus einem Kasten, gefertigt aus leichtem und dünnem Holzgestänge, das mit Papier derart bespannt ist, daß die Unterseite eine Öffnung bildet. Eine Fackel befindet sich im Kasten über der Öffnung. Wenn die Fackel brennt, erzeugt die Flamme heiße Luft, die nach oben strebt. Dabei trägt sie den Kasten hoch zum Himmel. Irgendwann aber fängt das Papier Feuer, und der Drache verzehrt sich selbst!«

Eines noch wollte ich wissen: »Oh Kenntnisreicher! Kann der Drache auch eine Last tragen – etwa vom Gewicht eines Mantels?«

Da wußte Husain Ibn Bakr keine Antwort. Meine Frage erstaunte ihn wohl. Ich sah es ihm an, daß er sie nicht verstehen konnte.

Mir war klar, welchen Mantel Scheich Sinan vom Himmel flattern lassen wollte. Die Worte der Malaika waren mir wohl im Gedächtnis: *Auf wunderbare Weise wird er vom Himmel herunterflattern!* Scheich Sinan suchte also nach einer Möglichkeit, den Mantel erst einmal zum Himmel hochheben zu können. Nach dem Gespräch mit Husain Ibn Bakr konnte ich mir vorstellen, Scheich Sinan helfen zu können.

Am Abend jenes Tages saß ich, als alle Kunden das Hamam verlassen hatten, im Raum des heißen Dampfes und schwitzte. Abd'Allah, der stumme Eunuch, bediente mich. Ich wußte, daß er jedem der beiden bisherigen Hamami gute Dienste geleistet hatte. Auf ihn durfte ich mich verlassen. Er konnte nicht sprechen – er konnte mich deshalb auch nicht verraten. So sprach ich ihn an und sagte: »Oh Abd'Allah, der du Fähigkeiten besitzt, die uns anderen fremd sind! Mein Schicksal hängt von deiner Hilfe ab. Du allein kannst dafür sorgen, daß der Mantel des Propheten in der Nacht vom Himmel flattern kann!«

Ich sah das Staunen in seinen Augen. Aufmerksam hörte er mir zu, als ich ihm erzählte, wie die chinesischen Kriegsherren durch ihre fliegenden Drachen die Schlacht von Quezhou im Tal des Huanghe gewonnen hatten. Durch Zeichen der Hand machte Abd'Allah mir deutlich, wenn er Fragen zu stellen hatte. Zweimal mußte ich ihm schildern, wie die Drachen gebaut waren.

Im *Raum der Kühle und Stille* rieb mir Abd'Allah Öl in die Haut meiner Beine ein. Durch seine Mimik gab er mir zu erkennen, er habe alles verstanden und er werde zu meiner Zufriedenheit handeln. Dann wandte er sich von mir ab, um drei der vier Fackeln auszulöschen, die an der Wand steckten. Nur noch schwacher Lichtschein erhellte den Raum. Eigenartig duftete das Öl, das Abd'Allah mir nun auf Brust und Bauch träufelte. Ich bemerkte noch, daß es eigentümlich rasch in meine Haut einzog, Wärme durchflutete mich. Ich schloß die Augen und spürte, daß ich auf wundersame Art gestreichelt wurde. Sanfte Hände berührten mich. Erregung stieg in mir auf, und dennoch waren meine Gedanken träge und wie in sanfte Wolken gehüllt. Doch allmählich wunderte ich mich, daß Abd'Allah darauf aus war, in mir Gefühle der Sinnlichkeit zu wecken.

Da zwang ich mich dazu, die Augen zu öffnen, und bemerkte sogleich, daß es nicht Abd'Allah war, der mich erregte. Ein weiblicher Körper beugte sich über mich. Ich sah Brüste, voll und rund, und ich sah ein lächelndes Gesicht. Es war Simeona, die mich beglückte. Sie stand auf, als die bemerkt hatte, daß ich die Augen geöffnet hatte, und legte sich auf die nächste Bank. Dann war ich es, der sich beugte: Ich küßte ihren Leib und ihre Glieder. Das Licht der Fackel wurde flackernder und schwächer. Schließlich erlosch es ganz. In der Dunkelheit vereinigten sich unsere Körper. Nach dem Höhepunkt der Erregung überfiel mich Müdigkeit.

Ehe ich einschlief, hörte ich Simeona sagen: »Vergiß nicht, oh Mohammed, daß ich das Heilige Schwert besitze! Wenn du es auf würdige Weise gebrauchen willst, übergebe ich es dir!«

Am nächsten Tag war das Hamam den Frauen vorbehalten. Ich durfte es also erst am Abend betreten. Schon in der Vorhalle traf ich Murdjana an, die unruhig auf und ab ging. Sie sprach: »Oh Mohammed, die Frauen wußten heute von nichts anderem zu reden als von den nächtlichen Erscheinungen in den Ruinen der Zitadelle. Erzählt worden ist auch, lauter als bisher seien Rufe zu hören gewesen, › Wartet auf den Mantel des Propheten!‹ Eine der Frauen sagte, ihr Mann habe es gewagt, sich ganz nahe heranzuschleichen, doch ein Hagel von Steinen, der wohl vom Himmel gekommen war, habe ihn vertrieben. Es ist gleichgültig, wer in der Zitadelle sein Unwesen treibt, aber daß dort in der Nacht Außergewöhnliches geschieht, kündigt ein Ereignis an, das unser Leben verändert.«

Für einen Augenblick zögerte Murdjana, dann aber sprach sie mit leiser Stimme: »Was auch immer geschieht, oh Mohammed, bedenke, daß ich einen dritten Sohn habe! Vergiß ihn nicht in deinen Überlegungen!«

Nie hatte Murdjana von jenem Jungen gesprochen, der außerhalb des Hamam aufwuchs. Antara war sein Name. Er war der Sohn des Andronikos Komnenos. Schon deshalb mußte ihn Murdjana besonders herzlich lieben. Ohne ein Wort zu sagen, blickte ich in ihre Augen und gab ihr die Hand.

Am Morgen suchte ich Husain Ibn Bakr im Dar al-Hadith auf. Ich entschuldigte mich für das Fernbleiben am Vortag und sagte: »Oh Meister der Feinheiten in der Kriegskunst, was weißt du darüber, wie des Nachts eine Menschenmenge von einem bestimmten Geschehen abgelenkt werden kann?«

Husain Ibn Bakr antwortete: »Keine deiner Fragen, oh Mohammed, setzt mich noch in Erstaunen. Ich frage nicht nach den Umständen, unter denen diese Ablenkung geschehen soll, denn du wirst mir wohl nicht antworten. Ich aber ahne, was du von mir wissen willst. Da war vor Jahren, deren Zahl für dich nicht wichtig ist, ein Befehlshaber in Persien, der Djelal al-Nasami hieß. Dem hatte ein kluger Mann, der aus Indien gekommen war, ein Rezept verraten, wie ein Pulver herzustellen ist, das laut fauchend in einer hellen und hohen Flamme verbrennt. Er ließ vorsichtig siebzig Teile Salpeter mit zwanzig Teilen zerriebener Holzkohle und zehn Teilen Schwefel mischen. Dieses Pulver wurde in der Größe eines Ameisenhaufens aufgeschüttet. Wenn nun aus sicherer Entfernung ein geübter Schütze einen Pfeil, dessen Spitze glüht, in den Haufen schoß, so brannte das Pulver in einer hoch aufschießenden Flamme ab. Sie richtet wenig Schaden an, doch sie erschreckt. Djelal al-Nasami hat eine Schlacht allein dadurch gewonnen, daß es ihm gelungen war, weit im Rücken des Feindes einen gewaltigen Haufen des Pulvers zu entzünden. Es war vor Sonnenaufgang, als die riesige Flamme wie ein feuriges Schwert zum Himmel emporstieß. Der Feind hatte gerade begonnen, sich in Schlachtordnung aufzustellen, um dann aus der Richtung der aufgehenden Sonne anzugreifen. Als die gleißende Flamme das Dunkel zerriß, packte Entsetzen die feindlichen Kämpfer. Besinnungslos vor Angst rannten sie ohne Ordnung auf das Heer des Djelal al-Nasami zu. Die Männer des persischen Befehlshabers standen mit gezücktem Schwert bereit, den Feind zu empfangen. Es wurde ein blutiges Fest für die Perser. Sie selbst verloren keinen einzigen Mann.«

Da unterbrach ich Husain Ibn Bakr. »Oh Meister, der du auch

das Wissen um die feurigen Elemente in dich aufgenommen hast, wiederhole mir, woraus sich das Pulver zusammensetzt!«

Bereitwillig erklärte er noch einmal, daß siebzig Teile Salpeter mit zwanzig Teilen zerriebener Holzkohle und mit zehn Teilen Schwefel in einem Pulver zu verbinden seien. Jetzt konnte ich die Mengen der Mischung im Gedächtnis bewahren.

Im Maristan wollte ich an jenem Morgen Scheich Sinan treffen, doch ich wurde dort von Malaika erwartet. Mit energischer Stimme sprach sie zu mir: »Mein Vater, oh Mohammed Ibn al-Gauzi, erwartet, daß du bald weißt, wie ein Wunder geschieht, das den Willen der Bewohner von Damaskus in die Richtung zwingt, die dem Glauben an Allah nützt. Bedenke bei allem, was du tust, daß du im Sinne der Familie des Propheten, dem Allah reichen Segen spende, handeln mußt. Der Erbe dieser Familie wird mein Sohn Abbas sein. Er ist dazu bestimmt, Beherrscher der Gläubigen zu werden. Du aber, oh Mohammed, wirst der Herold des Abbas sein! Noch eines laß dir sagen: Simeona mag sich hüten, dich noch einmal zu berühren! Du wirst dich daran erinnern, daß ich mit der Waffe umzugehen verstehe!« Nach diesen Worten gab mir Malaika ein Zeichen mit der Hand. Ich hatte den Raum zu verlassen.

In der Nacht, die auf jenen Tag folgte, wollte ich selbst sehen, welches geheimnisvolle Treiben die Bewohner von Damaskus in Schrecken versetzte. Als die Hälfte der Stunden der Dunkelheit verflossen war, machte ich mich auf den Weg zur Zitadelle. Ohne Fackel ging ich durch die nächtlichen Straßen. Als ich in die Gasse zur Festung einbiegen wollte, begegnete mir Sadam Maruf. Ohne ein Wort zu sagen, nahm er mich an der Hand und zog mich mit sich fort zur Mauer beim Stadttor. Wir stiegen hinauf zur Mauerkrone. Da sah ich, was Sadam Maruf zu diesem Platz gezogen hatte: Weit im Süden schwebte langsam ein feuriges Licht über den Himmel. Plötzlich aber wurde das Licht größer und löste sich dann in flammende Tropfen auf, die zur Erde fielen.

Als draußen über der Wüste wieder das Dunkel herrschte, sagte Sadam Maruf zu mir: »Oh Mohammed, der du es verstehst, Ratgeber und Helfer zu nutzen. Ich kann mir vorstellen, was jenes Licht am Himmel bedeutet. Du wirst in der Lage sein, dem Scheich mit einem himmlischen Wunder zu helfen. Ich gebe auf und unterwerfe mich dir! Du sollst der Meister der Haschiyun in Damaskus sein. Was ich deinem Bruder zufügen lassen sollte, das soll nun an mir selbst geschehen! Ich hatte den Befehl, die Aufsicht zu führen bei der Auspeitschung des Mahmud. Du wirst nun die Aufsicht führen, wenn Abd'Allah mich schlägt. Morgen nacht erwarte ich euch beide im Keller der Zitadelle.«

Ohne weitere Worte stiegen wir von der Mauerkrone herunter. Unsere Wege trennten sich. Ich ging zum Haus am Baradafluß – das Geschehen in der Zitadelle lockte mich nicht mehr.

Die Nacht des Wunders

Gegen Morgen klopfte Abd'Allah an das Tor. Er gab mir durch Gesten zu verstehen, daß er das Wunder erprobt habe. In der nächsten Nacht werde es über dem Platz vor der Zitadelle stattfinden können. Ich machte Abd'Allah in Worten deutlich, daß ich Vorsorge treffen würde für eine kurzzeitige Ablenkung der Aufmerksamkeit der Massen, die sich auf dem Platz vor der Zitadelle befinden würden. Zunächst aber hatte ich dafür zu sorgen, daß sich tatsächlich viele Menschen in der Nacht vor der Zitadelle befänden.

Das Hamam war der richtige Ort dafür! War einmal die Erwartung geweckt, in der folgenden Nacht ereigne sich Außergewöhnliches, dann verbreitete sich die Nachricht rasch unter allen Kunden und bald darauf auch in der Stadt. Also wurde einem der Diener befohlen, er möge zu einem Kunden im Vertrauen sagen, er habe gehört, Allah, der Allmächtige und Allerbarmer, werde in der nächsten Nacht ein Zeichen setzen. Kaum war dieses Gerücht ausgestreut, verließen die Kunden in auffälliger Eile das Hamam.

Am Nachmittag hatte niemand mehr Lust, im Dampfbad zu schwitzen. Die Bewohner der Hauptstadt Syriens befanden sich in Spannung. Die Stimmung in der Stadt war günstig dafür, daß von dem Wunder, das vorbereitet worden war, eine Entscheidung beeinflußt würde. Doch welche Entscheidung? Ich war Werkzeug – aber in wessen Hand? Da war eine Kluft aufgebrochen zwischen zwei Frauen: zwischen Leona und Malaika. Leona, die Frau des Salah ed-Din, kämpfte für ihren Sohn Jusuf Schams ed-Din. Malaika aber kämpfte für ihren Sohn Abbas, den Enkel des Scheichs Sinan. Eigentlich aber beanspruchten die zwei Frauen die Macht für sich selber. Salah ed-Din und Scheich Sinan waren ohne Einfluß. Da endlich begriff ich, daß ich mitentscheiden konnte, wer nach dieser Nacht Sieger in Damaskus war.

Den Nachmittag verbrachte ich im Haus am Baradafluß. Ich wollte nachdenken, fand dazu jedoch nur wenig Zeit. Pferdewiehern schreckte mich auf. Zwei Reiter standen vor der Tür. Sie trugen Gitterkäfige in mein Haus, in denen sich Brieftauben befanden. Der Beherrscher der Gläubigen schickte sie mir, damit ich ihm Nachricht zukommen lassen konnte über wichtige Geschehnisse in der Stadt. Gerade zur rechten Zeit waren die Tauben bei mir eingetroffen. In dieser Nacht hatte ich wohl noch eine Botschaft an Salah ed-Din zu senden.

Am Morgen hatte ich einen Diener auf den Markt geschickt, der mir drei Substanzen zu suchen und zu kaufen hatte. Am einfachsten war es, Holzkohle zu finden. Sie wurde auf dem Markt reichlich als Heizmaterial feilgeboten. Im Libanon wurde sie gebrannt und war entsprechend teuer. Schwefel war bei den Händlern zu bekommen, die schlichte Heilmittel anboten. Er wurde gebraucht gegen die Krätze. Schwierig war die Besorgung des Salpeters. Der Diener war vom Markt zurückgekommen, ohne diesen Stoff gefunden zu haben. Vom Dar al-Hadith aber bekam ich guten Rat. Einer der Gelehrten ließ mir mitteilen, man könne Salpeter dort finden, wo Stallmist und Jauche auf gemauerte Wände einwirkten. Der Salpeter könne dort vom Mauerwerk gekratzt werden. Sobald das Hamam von den Kunden verlassen war, schicke ich die Diener aus, damit sie in den Ställen der Stadt nach Salpeter suchten. Bis zum Abend hatten sie genügend beisammen. Ich konnte die Stoffe mischen. Für das Geschehen in der Nacht war ich vorbereitet.

Etwas war noch zu erledigen: die Unterwerfung des Sadam Maruf. Da Abd'Allah mit wichtigen Vorbereitungen beschäftigt war, konnte ich mit seiner Hilfe nicht rechnen. Ich begab mich also allein in die Zitadelle. Der Gang durch die Festung und die Treppenflure, die zum Keller führten, waren durch Fackeln beleuchtet, ebenso der Keller selbst. Dort lag der nackte Sadam Maruf auf der hölzernen Figur – so, wie zuvor mein Bruder Mahmud dort gelegen hatte.

Und auch Sadam Maruf war festgehalten durch den Beutel aus anschmiegsamem Stoff, der seine Männlichkeit nicht losließ. Mit Genugtuung sah ich die Selbstdemütigung des Sadam Maruf. Doch viel Zeit blieb mir nicht, um das Gefühl, Gewalt zu haben, auszukosten. Ich ergriff die Peitsche und tat, was zu tun war. Ehe ich den Keller verließ, befahl ich Sadam Maruf, ins Hamam zu kommen.

Im Hamam erwartete mich Abd'Allah. Ich zeigte ihm das Pulver, das ich gemischt hatte, und erklärte ihm, was ich damit beabsichtigte. Dann ging ich hinüber in die Räume, die dem Beherrscher der Gläubigen vorbehalten waren. Aus Gründen des Anstands begleitete mich Murdjana.

Als Leona uns empfing, sprach ich zu ihr: »Oh Herrin, die du für den größten Schatz verantwortlich bist, der dem Mächtigsten gehört! Du sollst wissen, daß ich dem Beherrscher der Gläubigen in ungebrochener Treue diene! Sein Sieg wird mein höchstes Glück sein. Du ahnst, oh Herrin, daß andere ihm den Sieg streitig machen wollen. Doch vertraue mir! Mein Plan steht fest. Dazu gehört, oh Herrin, daß dich Sadam Maruf heute nacht zum Platz vor der Zitadelle geleiten wird. Auch Jusuf Schams ed-Din, der Sohn des Beherrschers der Gläubigen, soll Zeuge sein dessen, was dort geschieht!«

Leona nickte. Sie vertraute mir offenbar.

Sadam Maruf befand sich bereits im Hamam, als ich dorthin zurückkehrte. Ich befahl ihm, in der Mitte der Nacht mit einem Dutzend Haschiyun Leona in feierlichem Zug zur Zitadelle zu führen. Sadam Maruf verbeugte sich zum Zeichen seines Gehorsams.

Spürbar wurde in jener Nacht, daß die Stadt in Angst und Schrekken versetzt war. Die Menschen, die sich einzeln oder in Gruppen auf die Zitadelle zubewegten, gingen eng an die Häuser gepreßt. Die Gesichter der Frauen waren mit schwarzen Tüchern verhüllt. Erst waren nur vereinzelt Rufe zu hören: *Allahu Akbar!* – Allah ist über allem! Doch dann wurde der Schrei immer lauter. Waren es erst die Frauen gewesen, die das Bekenntnis zu Allah gerufen hatten, so waren bald auch die Stimmen der Männer zu vernehmen. Viele waren im Dunkeln unterwegs. Kaum einer trug eine brennende Fackel oder ein anderes Licht bei sich. Ich aber hielt eine Kerze, deren Flamme ich mit der Hand abschirmte.

Hinter mir ging einer der Haschiyun. Ich kannte nicht einmal seinen Namen. In einem Sack trug er das Pulvergemenge, das ich nach dem Rezept des Husain Ibn Bakr gemischt hatte. Als wir uns der Zitadelle näherten, überholte mich der Haschiyun. Er kannte eine Gasse, die zur Seitenpforte der Festung führte. Dort traten wir ein und befanden uns bald in Räumen, die erst kürzlich wieder aufgebaut worden waren. In keinem der Gänge und Säle brannte Licht. Es waren Haschiyun, die uns führten und schoben, bis wir in einem großen Raum standen, durch dessen Fenster der Blick frei war auf den Platz vor der Zitadelle.

Mitten im Raum stand eine Gestalt, die ich erst erkannte, als sie sprach. »Oh Mohammed, der du dich darauf verstehst, Wunder zu ermöglichen! Die Zeit ist reif dafür!«

Es war Scheich Sinan, der zu mir sprach. Er fuhr fort: »Die Lichter huschen auch heute durch die Ruinen der Zitadelle. Und man vernimmt geheimnisvolles Geraune. Nur diese Worte sind zu verstehen: *Der Mantel des Propheten*. Die Bewohner dieser Stadt erwarten für diese Nacht, daß der Himmel aufbricht, daß ein Zeichen geschieht. Du, Mohammed, laß das Außergewöhnliche geschehen!«

Ich nickte und verließ zusammen mit dem Haschiyun, der den Pulversack trug, den Raum. Über den Hof erreichten wir den Eingang zum Turm. Auch er war beim großen Feuer ausgebrannt, doch die Steintreppe war erhalten geblieben. Mühsam war der Aufstieg dennoch, denn wir hatten über Steinbrocken zu klettern, die aus den Mauern gebrochen waren. Das einzige Licht, das uns vor Fehltritten bewahren konnte, ging von der Kerze aus, die ich in der Hand hielt. Ich war außer Atem, als wir das Dach des Turmes erreichten. Dem Haschiyun aber war keine Anstrengung anzumerken.

Undurchdringlich war die Dunkelheit. Nichts war zu sehen, was ein außergewöhnliches Ereignis angekündigt hätte. Ich hoffte sehnlichst darauf, daß es Abd'Allah gelingen werde, einen feurigen Drachen fliegen zu lassen – so wie es einst den chinesischen Kriegsherren in der Schlacht von Quezhou im Tal des Huanghe gelungen war. Ich begann, das Pulver aus dem Sack auf den Boden zu leeren. Die Kerze hielt ich in einigem Abstand vom Pulverhaufen.

Ich hatte Zeit, hinunterzuschauen in die Ruine auf die huschenden

Fackeln. Von oben war zu erkennen, daß schwarzgekleidete Gestalten die Fackeln trugen. Es waren Haschiyun. Vorsichtig trat ich an den Rand des Turmdaches. Nichts war zu erkennen von dem, was auf dem Platz vor der Zitadelle geschah. Nur die Rufe waren zu hören: »Allahu Akbar!«

Plötzlich stieß mich der Haschiyun an. Seine Hand wies nach Süden. Eine Flamme stieg dort empor und bewegte sich auf uns zu.

Die Menschen auf dem Platz unten hatten noch nichts bemerkt. Von meinem hohen Standpunkt aus konnte ich nun sehen, daß ein durchsichtiger Kasten durch die Luft glitt. In ihm brannte Feuer. Als der Kasten näherkam, war etwas zu bemerken, das aussah wie ein verschnürtes Paket. Kasten und Paket schwebten nahe am Turm vorüber. Jetzt erst fiel mir auf, daß ein dünnes Seil herunterhing. Damit wurde das fliegende Feuer offenbar gelenkt.

Der Augenblick war gekommen, daß die Leute auf dem Platz die Flamme in der Luft erkennen mußten. Die Rufe erstarben jäh. Auf diese Stille der Verblüffung hatte ich gewartet. Ich nahm die brennende Kerze und warf sie auf den Pulverhaufen. Ein greller Blitz blendete mich. Ich wurde zu Boden geschleudert. Obgleich ich wie betäubt war, hörte ich doch einen Schrei, der schnell leiser wurde und dann ganz verstummte. Als mir endlich meine Sinne wieder gehorchten, sah ich, daß sich der fliegende Kasten in brennende Teile auflöste. Das Paket verharrte kurz in der Luft, dann brach die Verschnürung auf – der Inhalt entfaltete sich und flatterte schließlich zu Boden. Ich blickte ihm nach, bis er unten angekommen war. Er lag zu Füßen der Haschiyun, die Leona, die Frau des Beherrschers der Gläubigen, eben auf den Platz vor der Zitadelle geleitet hatten. Den Sohn Jusuf Schams ed-Din führte Leona an der Hand. Da wußte ich, was ich zu tun hatte.

Ich duckte mich im Dunkeln auf dem Dach des Turmes. Mit den Händen formte ich einen Trichter, um den Schall zu verstärken. Dann rief ich: »Gläubige, die ihr zaghaft gewesen seid! Der Mantel des Propheten sei euch ein Zeichen, daß der Himmel auf eurer Seite ist! Seid treu dem Salah ed-Din, dem Beherrscher der Gläubigen. Huldigt seinem Sohn Schams ed-Din! Ihm haben wir den Mantel des Propheten gesandt!«

Unten brandeten von neuem die Schreie auf: »Allahu Akbar!«
Nun wollte ich den Haschiyun, der mich begleitet hatte, auffordern, mit mir den Turm zu verlassen, doch ich war alleine da oben. Mir fiel der laute Schrei ein, den ich gehört hatte, und mir wurde bewußt, daß der helle Blitz den Haschiyun vom Turm geworfen hatte. Er mußte in den Innenhof gestürzt sein.
Auch jetzt brannten keine Fackeln in den Gängen und Sälen der Zitadelle. Doch nun drang ein unruhiger Lichtschein von draußen herein. Die Menschen auf dem Platz hatten Öllämpchen und Fackeln entzündet. Ich eilte durch die Festung, darauf bedacht, hinaus zu Leona und ihrem Sohn Jusuf Schams ed-Din zu gelangen.
Da ließ mich eine Stimme erstarren. »Oh Mohammed, der du deshalb zu den schlimmsten Verrätern zählst, weil dir der Verrat nicht auf die Stirn geschrieben wurde! Du hast den hintergangen, der dich geschützt und geleitet hatte! Mein Fluch wird dir noch am Jüngsten Tag im Gewissen brennen!«
Es war Scheich Sinan, der mit eindringlicher Stimme sprach. »Feuer wird dich verzehren. An keinem Tag deines restlichen Lebens wirst du vor dem Feuer sicher sein!«
Da entfloh ich aus der Zitadelle.
Als ich mich durch die Menschenmengen drängte, bemerkte ich, daß die Haschiyun Leona und den Sohn des Beherrschers der Gläubigen allein gelassen hatten. Doch kräftige Männer hatten den Schutz der Frau und des Kindes übernommen – sie hatten einen Ring um die beiden gebildet. Hinter der Gruppe um Leona und Jusuf Schams ed-Din wollte ich mich hinaufschwingen zu einer Fensterhöhle im ausgebrannten Teil der Zitadelle, doch eine verhüllte Gestalt hielt mich zurück. Sie holte unter ihrem Umhang ein Schwert hervor und drückte es mir in die Hand. Das Schwert des Salah ed-Din!
Eine Stimme flüsterte: »Nimm das Schwert, oh Mohammed, du wirst es jetzt zum Nutzen des wahren Herrschers führen!« Rasch verschwand die verhüllte Gestalt zwischen den Menschen. Es war Simeona, die diese Worte gesprochen hatte.
Nun stieg ich hinauf in die Fensterhöhle. Die Frauen und Männer auf dem Platz, die darauf gewartet hatten, daß jemand zu ihnen sprach, verstummten sofort, als sie mich sahen.
Laut sprach ich zu ihnen: »Oh, ihr Gläubigen von Damaskus,

der Stadt, die von den Engeln im Himmel soeben besonders geehrt worden ist! Ihr habt die Stimme gehört, die euch aufgefordert hat, dem Beherrscher der Gläubigen treu zu dienen. Wer eine Waffe besitzt und ein Pferd, der folge mir ins Lager des Salah ed-Din! Aber hört genau, was ich sage: Nur solche Männer, die bewaffnet und zu Pferde sind, sollen sich bereitmachen. Am dritten Morgen von nun an reiten wir beim ersten Licht des Tages. Der Sammelpunkt wird hier bei der Zitadelle sein. Nehmt Brot und Wasser für drei Tage mit! Der Mantel des Propheten soll unser Banner sein!«

Mit Begeisterung wurden meine Worte aufgenommen. Stark ertönten wieder die Rufe *Allahu Akbar!* Ich erhob das Schwert und forderte die Männer auf, die Leona und das Kind umstanden, mir den Mantel des Propheten zu geben. Sie gehorchten. Noch einmal ließ ich meine Stimme ertönen. »Hört, ihr Waffenträger und Berittenen von Damaskus! Hinter diesem Banner wird mit mir auf dem Pferd der Sohn des Beherrschers der Gläubigen zur Schlacht reiten. Er wird Zeuge eures Sieges!«

Ich befahl den Männern, das heilige Tuch zu tragen, erhob wieder das Schwert und schritt mit Leona und Jusuf Schams ed-Din in Richtung des Hamam. Ein Zug von Männern und Frauen folgte uns.

Leona und das Kind begaben sich in die Gemächer, die dem Beherrscher der Gläubigen vorbehalten waren. Ich betrat die Vorhalle des alten Hamam. Dort sprach Sadam Maruf heftig auf Murdjana ein. Sofort erfuhr ich, was sein Anliegen war: Sadam Maruf hatte den Auftrag übernommen, mich zu Scheich Sinan ins Maristan zu bringen. Ich aber weigerte mich, das Hamam zu verlassen. Alle Drohungen des Sadam Maruf prallten an mir ab. Er verabschiedete sich mit dieser Warnung: »Vergiß nicht, was der erhabene Scheich über das Feuer gesagt hat!«

Ein Mörder irrt sich

In jener Nacht des Wunders erlebte ich eine Überraschung, die für mich wirklich ans Wunderbare grenzte. Im Morgengrauen wurde heftig an die Tür des Hamam geklopft. Ich dachte, die Haschiyun kämen, um mich mit Gewalt zu Scheich Sinan zu holen, und öffnete deshalb mit bangem Herzen. Da war es mein Bruder Mahmud, der vor mir stand! Hinter ihm erkannte ich Ezekiel Aduho, der Mahmud ins Reich des Priesters Johannes begleitet hatte. Sie waren offenbar zurückgekehrt aus dem Land Abesynia. Als ich die Tür dann weit für die Heimkehrer aufriß, da sah ich, daß die beiden nicht allein waren. Zwei jüngere Männer traten mit ihnen ein. Dies mußten die zwei Haschiyun sein, denen in jeder Woche am Sonntag jeweils Buchstaben in die Haut geätzt wurden, die dann Wörter und Sätze ergeben sollten. Der eine der Sätze hieß: *Ich glaube an König Johannes den Priester, der Gottes Sohn ist!* Der andere lautete: *Johannes, der Sohn Gottes, verlangt, daß sich Mahmud unterwerfe.*

Hinter den Haschiyun kam noch eine weitere Gruppe ins Haus: sechs dunkelhäutige Männer, die Kisten trugen. Als sich alle in der Vorhalle befanden, bat ich meinen Bruder und seine Begleiter, auf den Kissen Platz zu nehmen. Murdjana verschwand, um Tee zu bereiten.

Dann spach ich: »Oh Mahmud, mein Gefühl des Glücks ist gewaltig, daß du aus dem Reich des Priesters Johannes zurückgekehrt bist – so schnell, als seist du durch die Luft geflogen. Mich wundert eines: Du und die Männer, die mit dir gereist sind, ihr seht nicht aus, als ob ihr erschöpft seid vom langen Weg!«

Mein Bruder antwortete: »Oh Mohammed, dessen Worte des Willkommens mein Herz erfreuen! Wir haben uns bereits seit den Abendstunden im Haus am Baradafluß aufgehalten, haben uns dort erholt und im Wasser erfrischt. Niemand hat uns bemerkt, denn die Leute aus den Häusern ringsum befanden sich alle auf dem Platz vor der Zitadelle. So hatten wir zuvor auch unentdeckt den Fluß durchqueren können. Die Tür, die vom Wasser her ins Haus führt, haben wir einfach aufgebrochen. Was die Eile der Reise angeht, so hast du recht. Glückliche Winde haben uns innerhalb weniger Tage über das Rote Meer ins Land Abesynia und wieder zurück getragen. Niemand hat uns aufgehalten. Ich kann dir aber zeigen, oh Mohammed, wie lange es gedauert hatte, bis ich nach Abesynia gelangt war!«

Und mein Bruder befahl den beiden Haschiyun, sich zu entkleiden. Als sie nackt waren, las ich die Buchstaben, die auf den Bäuchen der beiden eingeätzt waren. Bei dem einen stand: *Johannes, der Sohn Gottes, verlangt, daß sich Mahmud* – der Bauch des anderen trug diese Schrift: *Ich glaube an König Johannes den Priester, der Gott.* Das war also das Werk von zweiundvierzig Wochen!

Ich fragte: »Oh Mahmud, der du dem gewalttätigen Priester Johannes begegnet bist! Wie ist es dir gelungen, die beiden Haschiyun aus ihrer Qual zu befreien?«

Diese Antwort erhielt ich: »Oh Mohammed, der du noch nicht die Nachbarschaft von Gewalttätigkeit und Güte in der Seele der Menschen entdeckt hast! Als der König Johannes von seinen Spähern erfahren hatte, daß ich mich seinem Land nähere, stieg er samt seinem Gefolge aus dem Bergland hinunter zur Küste. Die beiden Haschiyun führte er mit, um sie mir zu schenken. Und er brachte Kisten mit, gefüllt mit Goldstücken, die für die Kriegskasse des Salah ed-Din bestimmt sind. Es hat ihm gefallen, daß ich mich ins Land Abesynia gewagt hatte, daß ich wohl auch bereit war, mich zu unterwerfen, wie er es gefordert hatte. Ich muß annehmen, daß der König inzwischen doch den Brief gelesen hatte, den Ezekiel Aduho bei seinem ersten Besuch hinterlassen hatte. Auf jeden Fall wußte der Priester Johannes, daß dem Beherrscher der Gläubigen daran gelegen war, Gold für die Durchführung der Feldzüge zu erhalten, und der König war bereit zu helfen. Hier stehen nun die Kisten mit den Goldstücken – in der Vorhalle des Hamam!«

Niemand hatte meinen Bruder und seine Begleiter auf dem Weg zum Hamam gesehen. Darin ahnte ich einen Vorteil, ohne genau zu wissen, warum dies so war. Zunächst sorgte ich dafür, daß Mahmud, Ezekiel Aduho, die zwei Haschiyun und die Träger in den Räumen des neuen Hamam untergebracht wurden. Sie wohnten nun neben den Kammern der Frauen, die früher dem Beherrscher der Gläubigen zugehörig gewesen waren. Als Ruhe eingekehrt war im Hamam, hatte längst der Tag begonnen. Ich schrieb dem Beherrscher der Gläubigen einen Bericht über die Ereignisse der Nacht. Das Schreiben vertraute ich einer der Brieftauben an, die mir Salah ed-Din geschickt hatte.

Doch in den Morgenstunden geschah etwas, was ich nicht bedacht hatte: Malaika kam in das Hamam, um am Rande des großen Kaltwasserbeckens mit den Frauen wie Mujunkum aus der Gegend

Betpak Dala oder wie Marwana von der Insel Elephantine Ringkämpfe zu üben. Noch immer hatte sie die Absicht, die Frauen zur Belustigung wohlhabender Männer gegeneinander kämpfen zu lassen. Ihr Erscheinen im Hamam hatte niemand bemerkt an diesem Morgen, und so geschah es, daß sie in den Raum des großen Kaltwasserbeckens trat, als eben Mahmud, den sie im Lande Abesynia vermutete, im Becken schwamm. Was dann geschehen ist, habe ich erst später von einer Dienerin erfahren. Malaika hatte offenbar nicht gezögert, ihre Kleider abzulegen und zu Mahmud ins Wasser zu springen. Bald darauf seien die beiden irgendwo im Haus verschwunden.

Um die Mittagszeit begehrte Sadam Maruf Einlaß. Er forderte mich erneut auf, ihm zu Scheich Sinan ins Maristan zu folgen.

Ich entgegnete: »Oh Sadam Maruf, der du wie ich den Ehrgeiz kennst! Der erhabene Herr der Festung Masyaf weiß, daß die Stadt Damaskus nur für einen Ehrgeizigen Platz bietet, und deshalb hat er uns zum Wettstreit herausgefordert. Wir sollten erst mit unseren Körpern gegeneinander kämpfen, dann mit unserer geistigen Kraft. Meine Idee vom fliegenden Drachen hat heute nacht den Kampf gewonnen. Das Ergebnis hat dem Scheich nicht gefallen, und dafür will er mich bestrafen. Ich schlage vor, daß wir nun doch durch das Messen unserer Kräfte entscheiden, wer von uns beiden künftig seinem Ehrgeiz leben darf. Laß uns im Wasser kämpfen, wie es der Plan des Scheichs war, bis einer von uns sein Leben verloren hat!«

Sadam Maruf nahm meine Herausforderung an. Nach Anbruch der Nacht würde er ins Hamam kommen, damit der Kampf unserer Körper über unser Schicksal entscheide.

Da Malaika nicht zur Verfügung stand, um mir Lehren im Ringkampf zu erteilen, mußte ich mir auf andere Weise meine Kenntnisse auffrischen lassen. So bat ich Murdjana, dafür zu sorgen, daß die Frauen beim großen Kaltwasserbecken bereitstünden, die Geschick im Ringkampf besaßen.

Unwillig wandte sich Murdjana ab. Sie sagte: »Derartiges entspricht nicht unseren Bräuchen! Meine Hilfe kannst du dabei nicht erwarten. Wenn du aber darauf bestehst, wird Abd'Allah die Kämpferinnen zum großen Kaltwasserbecken bringen!«

So geschah es. Sobald die Pechfackeln entzündet waren, standen sechs Frauen am Rand des großen Kaltwasserbeckens. Sie hatten sich grobe Tücher um den Leib geschlungen. Abd'Allah war bei ihnen. Doch weder er noch die Frauen schienen zu wissen, was nun geschehen sollte.

Auf einmal betrat Simeona den Raum. Sie war durch ein weißes Tuch verhüllt, das mir jedoch leicht und luftig erschien. Sie sprach: »Du handelst recht, oh Mohammed, wenn du an Beispielen lernst, im Kampf zu überleben. Ich habe auch Murdjana überzeugt. Die Frauen werden also kämpfen. Ich aber will darauf achten, wer die Siegerin ist. Besiegt ist diejenige, die mit dem Rücken am Boden liegt und so festgehalten wird, daß sie sich nicht mehr rühren kann. Wer verloren hat, erhält zwölf Schläge mit der Peitsche, zum Zeichen, daß ihr Leib künftig niederen Standes ist und Sklavendienste zu verrichten hat. Die Frau aber, die gewonnen hat, darf heimkehren in ihre Heimat – in Ehren geleitet. Die Frauen wissen, daß es sich lohnt zu kämpfen!«

Dann stellte sich Simeona vor die Frauen, und sofort zog sie alle Blicke auf sich. Simeona wies, ohne ein Wort zu sagen, auf einen verdeckten Gegenstand, der so hoch war, daß er einem Mann bis zur Hüfte reichen mochte. Auf Simeonas Wink hin riß Abd'Allah das Tuch weg, das über den Gegenstand gebreitet war. Nun war er zu erkennen: Da stand ein rohes Holzgestell, über das sich ein Sklave legen mußte, der geschlagen wurde. Nun wies Simeona in eine andere Richtung. Auch dort stand ein verdeckter Gegenstand, der allerdings höher war als der erste. Als auch hier das Tuch fiel, da waren drei vornehm gewirkte Kleider zu sehen. Sie sollten von den Siegerinnen auf dem Weg in die Heimat getragen werden. So war den Frauen vor Augen geführt, was auf die Siegerinnen und was auf die Verliererinnen wartete.

Durch Zeichen wies Simeona zwei Frauen darauf hin, daß für sie der Augenblick gekommen war, ihre Tücher abzulegen. Abd'Allah rollte einen großen flauschigen Teppich neben dem Wasserbecken aus. Simeona verkündete: »Zuerst kämpfen Mujunkum aus der Gegend Betpak Dala und Alexaia aus Erzurum gegeneinander!«

Mujunkum war mir bereits vertraut, von ihr war ich schon besiegt worden. Alexaia war eine hochgewachsene junge Frau, sehr schlank, und doch gab die Form ihrer Arme und Beine zu erkennen, daß sie Kraft besaß. Ich zwang mich dazu, nicht auf die Weiblichkeit der beiden Frauen zu achten, sondern auf die Art, wie sie kämpften, wie sie den Sieg erreichen wollten.

Alexaia griff entschlossen an. Ihre Größe schien ihr Überlegenheit zu geben. Sie bog den Körper der Mujunkum nach hinten, um sie zum Sturz zu bringen, doch die kleinere wich geschickt zur Seite aus. Mujunkum drängte ihr linkes Bein zwischen die Beine der Gegnerin. Mit einer Hand griff sie der Frau aus Erzurum in die linke Kniekehle und rieß ihr das Bein vom Boden weg. Alexaia aber wußte sich gegen den Sturz zu wehren: Sie umklammerte den Oberkörper von Mujunkum. Nun stürzten sie gemeinsam auf den Teppich. Bauch an Bauch kämpften sie. Einmal war Mujunkum oben, dann Alexaia. Ich trat näher heran, um den Frauen zuzusehen. In Strömen floß bereits der Schweiß über Brüste und Rücken. Mit Geschmeidigkeit warf Alexaia die Gegnerin ab, doch es gelang ihr nicht, Mujunkum so auf den Boden zu drücken, daß sie hilflos dalag. Die Frau aus dem Lande Betpak Dala stemmte Alexaia mit beiden Händen von sich weg. Dafür benötigte Mujunkum allerdings viel Kraft, und sie erlahmte schließlich. Alexaia erkannte die Möglichkeit, einen Arm ihrer Widersacherin zu packen und derart zu verdrehen, daß Mujunkum dem Schmerz nur durch eine Wendung ihres ganzen Körpers entgehen konnte. Mujunkum lag nun auf dem Bauch. Alexaia aber klammerte ihren Arm noch immer in schmerzhaftem Griff. Da bäumte sich Mujunkum auf. Den Schmerz überwindend, warf sie sich gegen Alexaia, die über ihr kniete. Diese Anstrengung hatte nun allerdings die Kraft der Frau aus Betpak Dala völlig erschöpft. Alexaia drückte sie so nieder, daß sie sich auf den Rücken fallen lassen mußte. Mujunkum erkannte die Sinnlosigkeit der Gegenwehr: sie ließ sich besiegen.

Simeona hob den rechten Arm der Siegerin hoch. Mühsam stand Mujunkum auf. Abd'Allah packte sie sofort und führte sie zu dem hölzernen Gestell, über das sie sich legen mußte. Abd'Allah schlug mit der Peitsche auf Mujunkums scheißnassen Körper. Die Nässe bewirkte ein klatschendes Geräusch, das glauben machte, die Frau werde stark geschlagen. Doch dies war nicht der Fall. Die Peitschung sollte nur das Zeichen sein, daß die Geschlagene nun Sklavin war.

Inzwischen hatte Simeona die Siegerin ins kalte Wasser gestoßen. Alexaia konnte schwimmen. Sie begriff, daß Simeona ihr nach dem Kampf eine Erfrischung gönnte, und so ließ sie sich Zeit, ehe sie aus dem Wasser stieg. Sobald Alexaia abgetrocknet war, griff sie nach dem vornehm gewirkten Kleid, das Simeona ihr reichte. Alexaia streifte sich das Ehrenkleid der Siegerin über.

Nun forderte Simeona die nächsten beiden Frauen auf, die Tücher abzulegen. Der Gegensatz ihrer Körper war überraschend: Dunkel getönt war die Haut der einen Frau, leuchtend hell war die Farbe der anderen.

Simeona stellte die beiden vor: »Es kämpfen jetzt Marwana von der Nilinsel Elephantine und Irene von der Insel Patmos, die im großen Meer liegt.«

Die schwarze Marwana wollte eben ihre Gegnerin angreifen, da wurde die Luft durch ein heftiges Grollen erschüttert. Es war zwar laut, aber es schien dennoch so, als ob er aus der Ferne käme. Die beiden Frauen standen verwundert da, bis Simeona sie aufforderte, mit dem Kampf zu beginnen. Irene packte die linke Brust der Marwana und ließ mit ihrem Griff nicht locker, auch nicht, als sie vom Knie der schwarzen Frau in den Bauch getroffen wurde. Doch gerade in diesem Augenblick war donnerndes Getöse zu hören, begleitet von einer Erschütterung der Mauern und des Bodens. Ich sah, wie das Wasser im großen Becken Wellen bildete. Die Luft war von Staub erfüllt. Die Frauen kreischten. Die zwei nackt Kämpfenden griffen nach ihren Tüchern. In Eile band Abd'Allah Mujunkum vom Gestell los, über dem sie noch immer lag. Ich dachte, ein Erdbeben, von Allah ausgelöst, zerstöre die Stadt Damaskus. Alle, die im Raum waren, verharrten wie gelähmt.

Ich weiß nicht, wie lange wir so standen. Murdjana war es, die den Bann brach. Ihre Stimme war plötzlich von der Tür her zu vernehmen. »Die Diener haben es gesehen! Da war ein Feuerblitz! Drüben am Gebäude des Beherrschers der Gläubigen!«

Helle Aufregung klang aus dem Munde der Murdjana.

Ich begriff sofort: ein Feuerblitz am Gebäude des Beherrschers der Gläubigen bedeutete Gefahr für Leona und für Jusuf Schams ed-Din. Da rannte ich los – durch die Gänge des Hamam, durch die Haustür hinaus auf die Straße, um die Ecke zu dem Eingang, den Salah ed-Dins Haus von der Straße her hatte. Dichter Rauch raubte mir Atem und Sicht. Ich bemerkte Gestaltlen, die im Qualm schwankten, und sah dann, daß Dienerinnen der Leona vor dem Haus standen. Ich fragte sie, wo sich die Frau des Beherrschers der Gläubigen befinde, wo Jusuf Schams ed-Din sei. Doch eine Antwort erhielt ich nicht. Die Dienerinnen schienen den Verstand verloren zu haben. Sie nahmen mich überhaupt nicht wahr.

Ich hastete in das Haus. Für einen Augenblick dachte ich daran, daß dies nicht schicklich sei, daß mich Murdjana hätte anmelden und begleiten müssen. Ich wunderte mich dann selbst über diesen Gedanken. Offensichtlich war nichts wie sonst. Außergewöhnliches war vorgefallen.

Durch Dunkelheit mußte ich mich tasten. Da brannte nirgends eine Fackel, nicht einmal ein Öllicht gab Schein. Ich rief nach Leona, nach Jusuf Schams ed-Din. Mein Schrei erstarb. Meine Stimme versagte im Rauch. Ich mußte husten und fürchtete, ersticken zu müssen. Meine Augen aber gewöhnten sich an die Finsternis und den beißenden Rauch.

Plötzlich nahm ich eine sich bewegende Erscheinung und schließlich eine hellgekleidete Gestalt wahr. Sie erschien mir sehr klein. Ich stürzte darauf zu. Eine noch kindliche, aber dennoch starke Stimme befahl mir, stehenzubleiben. Es war die Stimme von Jusuf Schams ed-Din. Ich gab mich zu erkennen, da kam er auf mich zu und umschlang meine Hüften. Doch rasch wußte er sich zu beherrschen. Er zog mich mit sich in einen Raum, der ebenso dunkel war wie alle anderen. Dort fanden wir Leona.

Ich brachte die Frau des Beherrschers der Gläubigen hinüber ins Hamam. Was sie von dem Vorfall berichten konnten, war wenig: Die Fensterhöhlen seien auf einen Schlag grell erhellt gewesen. Gleißend weißes Licht habe sie geblendet. Jusuf Schams ed-Din erzählte von einem Knall, der Schmerzen in den Ohren erzeugt habe. Danach begriff ich langsam, was geschehen war: Pulver von der Art war entzündet worden, die ich auf dem Turm der Zitadelle benutzt hatte. Der Weg meiner Gedanken war kurz bis zum Verdacht, nur Scheich Sinan komme als Anstifter in Frage.

Unser Gespräch wurde durch starkes Pochen an der Haustüre unterbrochen. Ein Mann stand vor dem Hamam, der völlig außer sich war. Erst nach und nach wurde deutlich, was er berichten wollte. Es stellte sich heraus, daß er im Gebäude neben dem Haus am Baradafluß wohnte. Ein Unglück war geschehen: Jenes Haus war in sich zusammengefallen, und das Gebäude des Nachbarn war schwer beschädigt. Wie es zu dem Unglück kam, meinte der Nachbar, das könne nur Allah, der Allmächtige, wissen.

Seltsam erschien mir, daß mich jener Mann mehr und mehr mit ungläubigem Staunen betrachtete. Er schüttelte den Kopf und verließ das Hamam. Ich aber vergaß dieses merkwürdige Verhalten sofort. Es mußte etwas unternommen werden, und zwar rasch! Ich befahl Abd'Allah, alle Diener zusammenzuholen. Mit zehn Männern begab ich mich zum Haus am Baradafluß – besser gesagt: zu seiner Ruine.

Von ferne waren Fackeln zu sehen. Schreie aus Männerkehlen und Rufe der Verzweiflung, von Frauen ausgestoßen, hallten durch die Stadt. Als wir die Stelle erreichten, an der einst das Haus gestanden hatte, waren viele Männer dabei, Steinbrocken und Quader hochzuwuchten und beiseite zu schleppen. Dabei standen sich die Männer gegenseitig im Wege. Jeder wollte helfen und wußte doch nicht, wo er zupacken sollte. Seltsam gleichgültig ließ mich das, was ich da sah. Ich dachte bei mir, daß die Männer wohl nach Überlebenden suchten, und wunderte mich, denn das Haus wurde nur von mir bewohnt. Es war ein stolzes Gebäude gewesen, doch nun befand sich kaum mehr ein Stein auf dem anderen. Eine gewaltige Kraft mußte die starken Mauern zum Einsturz gebracht haben. Auf einmal starrten die Menschen mich alle an, als sei ich eine Erscheinung aus dem Geisterreich. Einer stammelte endlich: »Oh Mohammed! Nach dir suchen wir! Wir dachten, du hättest dich im Haus befunden. Jemand hat dich hineingehen sehen – zusammen mit einer Frau!«

Jetzt verstand ich, warum mich der Nachbar, der ins Hamam gekommen war, so seltsam angeblickt hatte. Entsetzen überkam mich. Jemand mußte sich also im Haus aufgehalten haben, als es zusammenfiel: ein Mann und eine Frau. Nur einer war berechtigt, die Tür zu öffnen: mein Bruder Mahmud, von dessen Heimkehr die Nachbarn noch nichts wissen konnten. Mahmud hatte also sein Leben gelassen im Haus am Baradafluß. Und wer war die Frau? Mahmud war mit Malaika verschwunden, nachdem sie zusammen im großen Kaltwasserbecken gebadet hatten. War Malaika mit

Mahmud ins Haus am Fluß gegangen? Ich riß mich von diesen Gedanken los und forderte die Männer auf, weiter nach Überlebenden zu suchen. Sie schüttelten die Köpfe, doch sie taten, was ich sagte.

Einer der Männer näherte sich mir. »Oh Mohammed, den der Erhabene auf wundersame Weise vor dem Tode bewahrt hat! Ehe das Haus zusammenstürzte, war auf der Seite des Flusses ein so helles Licht aufgeflammt, wie ich es in meinem ganzen Leben nicht gesehen hatte. Ich stand zufällig am Fenster und schaute zum Fluß hinunter. Gleich darauf war ein ungeheurer Donner zu hören. Mein Haus, das beiliebe nicht das nächste ist zu deinem Haus, bebte und zitterte, und die Balken ächzten. Als der Krach vorüber war, herrschte wieder das Dunkel. Ich eilte aus dem Haus und stolperte bald über einen Stein, der auf der Straße lag, dorthin geschleudert von der Gewalt des aufflammenden Lichts!«

Dieses Licht war also die Ursache gewesen für das erste heftige Grollen, das wir im Hamam gehört hatten. Pulver war entzündet worden – wie am Haus des Beherrschers der Gläubigen. Dieses Pulver war offenbar in großer Menge während der frühen Nachtstunden ins Haus gebracht worden. Nun erinnerte ich mich daran, daß mein Bruder Mahmud gesagt hatte, er habe die Tür, die vom Wasser her ins Haus führte, aufgebrochen. Durch diese aufgebrochene Tür war das Pulver ins Haus gekommen, wohl von einem Boot aus.

Doch wer hatte die Tat veranlaßt? Wer hatte befohlen, daß Pulver gezündet werde am Haus des Beherrschers der Gläubigen und im Haus am Baradafluß? Das Ziel war, den Sohn des Salah ed-Din zu töten und auch mich. Jusuf Schams ed-Din und mich zu beseitigen: das konnte nur im Sinne des Scheichs Sinan sein. Aber daß seine Tochter Malaika ihr Leben im Haus am Baradafluß verlieren würde, das gehörte gewiß nicht in den Plan des Scheich Sinan. Seine Späher hatten geglaubt, ich befände mich mit irgendeiner Frau im Haus. An Malaika hatte niemand gedacht.

Gegen Morgen wurden Mahmud und die Tochter des Scheichs Sinan gefunden. Herabstürzende Quader hatten die beiden erschlagen und unter sich begraben. Ich konnte die entstellten Leiber nur kurz ansehen, dann wandte ich mich ab und ging ins Hamam.

Murdjana saß auf Kissen in der Vorhalle. Sie wußte bereits, daß ihr Sohn Mahmud tot war, und dennoch weinte sie nicht. Murdjana hatte auf mich gewartet, um mir eine Neuigkeit mitzuteilen: Leona, die Frau des Beherrschers der Gläubigen, hatte in dieser schrecklichen Nacht einen Sohn geboren. Leona wollte, daß dieses Kind Afdal heiße.

Ich dachte darüber nach, wie nahe – nach dem Willen Allahs, des Allmächtigen und Allerbarmers – Tod und Geburt miteinander verbunden sind. Im Augenblick der Trauer schenkte er uns durch dieses Kind den Blick auf die Zukunft. Da kam mir ein Gedanke, der wohl Allah, der barmherzig ist, gefällig war: Ich beschloß, alle Frauen, die einst aus zwölf Gegenden der Welt entführt worden waren, freizulassen und in ihre Heimat zurückzubringen. Mitglieder des Bundes der Haschiyun hatten sie wieder dorthin zu geleiten, von wo sie entführt worden waren. Damit dies geschehen konnte, mußte ich den Bund der Haschiyun erst ganz meinem Willen unterwerfen. Dazu sollte die Abrechnung mit Sadam Maruf dienen.

Der Zweikampf

Sadam Maruf war während der Nacht, obgleich wir uns zum Zweikampf verabredet hatten, nicht ins Hamam gekommen. Dieses Verhalten konnte ich nur als Zeichen dafür ansehen, daß er im voraus gewußt hatte, was geschehen würde. Er zählte mich an jenem Morgen wohl nicht mehr zu den Lebenden. Sicher nahm er an, ihm sei nun der Griff nach der Macht möglich. Ich wollte ihm diesen Glauben auch nicht sofort rauben, sondern ihn um so tiefer stürzen lassen.

Ich überlegte eben, wie ich mein Ziel erreichen könnte, da trat Simeona in die Vorhalle des Hamam – und mit ihr Leo der Seeräuber. Meine Begrüßung schnitt sie mit barschen Worten ab. »Es bleibt uns keine Zeit zu erklären, was mein Vater während langer Monate unternommen hat. Eines nur mußt du wissen: Er steht im Dienst des Salah ed-Din. Leo wird deshalb auch dir helfen. Von Murdjana habe ich erfahren, daß ein Zweikampf unausweichlich ist zwischen dir und Sadam Maruf. Er muß sofort stattfinden. Leo wird sich deshalb zum Maristan begeben und Sadam Maruf bitten, nach dem

Mittagsgebet ins Hamam zu kommen. Leo wird keinen Grund für die Aufforderung nennen. Ich aber werde dich, oh Mohammed, für den Zweikampf gründlich vorbereiten!«

Daß das Hamam für die Kunden an jenem Tag geschlossen blieb, wunderte nach den Ereignissen der Nacht niemanden. Simeona zog mich hinter sich her in eine der Kammern, in denen Waschungen vorgenommen wurden. Dort hatte ich die Kleider abzulegen. Simeona fragte gar nicht erst, ob ich einverstanden sei. Sie erklärte mir auch nicht, was sie vorhatte. Mit einer schaumigen Creme bestrich sie alle Stellen meines Körpers, auf denen sich Haare befanden. Dann griff sie nach einem Messer und schabte mir sanft den Schaum vom Körper – und zugleich verschwanden auch alle Haare. Auch die Locken, die meine Männlichkeit geziert hatten, wurden entfernt. Simeona schäumte mein Kopfhaar ein und machte sich daran, meinen Schädel kahl zu schaben.

Sie bewunderte selbst ihre Arbeit und sagte dann: »Oh Mohammed, von dessen Sieg der Ruhm des Beherrschers der Gläubigen abhängt! Dein Vorteil im Zweikampf wird sein, daß dein Leib völlig glatt ist. Deshalb werde ich dich noch mit Öl einreiben.« Dies geschah dann auch. Als sie meine wachsende Erregung sah, meinte sie: »Jetzt ist nicht die Zeit dafür. Wenn du gesiegt hast, sollst du bereit sein, oh Mohammed! Und du wirst auch mich bereit finden. Achte darauf, dich an der für mich wichtigen Stelle deines Köpers nicht packen zu lassen!«

Als Simeona mit dieser Unterweisung zu Ende war, trat Leo in die Waschkammer, um uns zu sagen, daß Sadam Maruf im Hamam eingetroffen sei.

Simeona legte mir ein Tuch um, dann verschwand sie durch die Tür zur Vorhalle. Ich ging mit Leo hinaus zum Raum des großen Kaltwasserbeckens. Dort stand Sadam Maruf. Da mein Gesicht nicht vom Tuch verhüllt war, erkannte er mich sofort. Der Schrecken war ihm anzumerken. Er rief: »Wie kann es geschehen, daß du lebst!«

Ich antwortete: »Vielleicht bin ich tatsächlich tot. Du aber wirst bald schon ebenfalls tot sein! Wirf deine Kleider ab, und stelle dich zum Kampf!«

Langsam, als ob er betäubt wäre, folgte Sadam Maruf meiner

Aufforderung. Sobald er nackt war, riß ich mir das Tuch vom Leib. Ich sah, wie sich sein Entsetzen steigerte. Entgeistert starrte er auf meinen haarlosen Körper, der durch das Öl glänzend schimmerte. Er hatte wohl den Eindruck, ich sei eine Erscheinung aus der Totenwelt.

Da wartete ich nicht länger, sondern stürzte mich so auf ihn, daß ich ihn ins Wasser riß. Ich gab ihm keine Möglichkeit mehr, den Kopf aus dem Wasser zu heben, und spürte bald, wie Sadam Marufs Kräfte schwanden. Erst als ich sicher war, daß er nicht mehr lebte, ließ ich ihn los. Mit dem Gesicht nach unten trieb er im Wasser.

Wie im Rausch hatte ich gehandelt. Nur langsam kam ich wieder zur Besinnung. Mit trägen Bewegungen schwamm ich zu den Stufen. Ich nahm wahr, daß da jemand am Beckenrand stand. Als ich aufblickte, erkannte ich Scheich Sinan. Ruhig stieg ich aus dem Wasser und blickte ihm ins Gesicht.

Er sagte: »Oh Mohammed, der du Meister bis im Überleben! Achte darauf, daß die Haschiyun von nun an ebenso ohne Haare sind wie du jetzt. Ich kenne die Geschichte von Samson, der mit der Haarlocke auch die Kraft verloren hatte. Dich aber hat der Verlust des Haares stark gemacht. So sollen auch die Haschiyun künftig ohne Haare stärker sein als zuvor. Sie seien dir allein von nun an unterstellt.«

Scheich Sinan bückte sich, um das Tuch aufzuheben, das ich mir vor dem Zweikampf vom Leib gerissen hatte. Er legte es mir um die Schulter, als ob es ein Krönungsmantel sei, und sprach: »Oh Mohammed, auf den der Beherrscher der Gläubigen stolz sein kann! Ich nehme Abbas, den Sohn der Malaika, mit nach Masyaf.« Kein weiteres Wort sagte er über seine Tochter Malaika.

Scheich Sinan hatte kaum den Raum des großen Kaltwasserbeckens verlassen, da trat Simeona ein. Sie sagte: »Du weißt, oh Mohammed, daß dein Hamam Verstecke bietet, von denen aus alles gesehen und alles gehört werden kann. Du brauchst mir nichts zu erzählen.«

Sie nahm mich bei der Hand. Ohne auf den Toten zurückzublicken, gingen wir durch die Tür. Wir fanden einen Raum, in dem wir allein sein konnten. Was Simeona zuvor versprochen hatte, das hielt sie: Sie war bereit für mich.

Am anderen Morgen wurde die Heimreise der entführten Frauen vorbereitet. Die Haschiyun, die Begleiter und Beschützer zu sein hatten, mußten sorgfältig ausgesucht werden. Zu bemerken ist, daß nicht alle Sklavinnen in ihre Heimat zurückkehren wollten. Gulaba, die aus einem abgelegenen Seitental in Kaschmir stammte, bat Murjana, im Hamam bleiben zu dürfen, ebenso Marwana von der Nilinsel Elephantine. Mujunkum aus der Gegend Betpak Dala bei der Hungersteppe weinte, als sie das Hamam mit ihrem Begleiter verließ.

Nach der Mittagszeit jenes Tages wurde das Badehaus wieder geöffnet. Am Abend wollte ich erfahren, worüber die Kunden gesprochen hatten. Das zerstörte Haus am Baradafluß war bevorzugter Stoff der Gespräche gewesen. Immer schon sei dort Seltsames geschehen, insbesondere während der Zeitspanne zwischen Nacht und Tag. Immer habe Leben geherrscht zwischen Fluß und Haus zu jener Stunde, wenn sich die Geister verabschieden, um der Helligkeit zu entfliehen. Mit rechten Dingen könne es nicht zugegangen sein – auch nicht, daß Mahmud anstelle des Mohammed gestorben sei.

Mancher Kunde war an jenem Nachmittag ins Hamam gekommen, um sich dort von seinen Freunden zu verabschieden, weil er mit mir am anderen Morgen fortreiten mußte zum Heer des Salah ed-Din. Diese Getreuen gönnten sich noch einmal das Vergnügen, sich der Hitze und der Kälte hinzugeben. Gegen Abend waren alle Räume überfüllt.

Als ich Murdjana gegenüber mein Erstaunen ausdrückte, daß die Kämpfer des Islam diese letzten Stunden im Hamam verbrachten, da sagte sie: »Gut ist es, oh Mohammed, daß du dich darauf besinnst, was das Hamam den Menschen von Damaskus wert ist! Für Mahmud und für dich war es nichts anderes mehr als ein Spielzeug, das auch nützlich ist auf dem Weg der Befriedigung eurer eigenen Machtgelüste. Das Hamam ist auch ein Werkzeug für euch geworden, um andere zu vernichten. Bei uns befindet sich das Heilige Schwert des Islam, für das eigentlich das Hamam ein wenig geziemender Aufbewahrungsplatz ist. Es wird Zeit, daß du dieses Schwert in die Hand des Beherrschers der Gläubigen legst. Ich weiß jedoch, was dann geschehen wird! Du wirst bei Salah ed-Din bleiben, und mit ihm die Schlachten schlagen. Deine Sinne sind vom Krieg eingenommen. Was ich und Abd'Allah im Hamam arbeiten, das willst du doch gar nicht mehr wissen. Früher habe ich oft am Abend und in der Nacht gesungen, doch seit langem ist dazu mein Herz zu schwer. Was ihr beide, Mahmud und du, unternommen habt, hat dem Hamam nur Unglück gebracht!«

Ich wollte Murdjana widersprechen, sie aber ließ mich nicht zu Wort kommen und sagte: »Ich bin entschlossen, das Hamam wieder zu dem zu machen, was es einmal war: ein Ort, an dem Männer und Frauen Freude genießen können! Dazu aber, oh Mohammed, brauche ich Hilfe. Ich weiß schon, wer mir nützlich sein kann: dein Halbbruder Antara, der Sohn des Andronikos Komnenos. Antara besitzt nicht den unbegrenzten Geist seines Vaters. Antara braucht einen engumrissenen Lebensbereich. Er wird das Hamam übernehmen. Dazu gehört allerdings auch, daß er alles weiß, was geschehen ist. Du, oh Mohammed, wirst ihm dein Wissen um die Vergangenheit und die Gegenwart des Hamam mitteilen!«

Der Bericht des vierten Hamami

Das besiegte Christenheer

Wie meine Mutter Murdjana es gewollt hatte, trat ich ein, als sie meinen Halbbruder aufforderte, mir seine Kenntnisse vom bisherigen Leben im Hamam mitzuteilen. Er war keineswegs überrascht, sondern wußte sofort einen Vorschlag zu machen. Er sagte: »Ich grüße dich, oh Antara! Was ich weiß, das sollst auch du wissen. Doch diese letzte Nacht, die ich in Damaskus zubringe, ist nicht lang genug, um die Geschichte des Hamam zu erzählen. Reite morgen früh mit mir! Wenn wir beim Beherrscher der Gläubigen angekommen sind, wird mein Bericht abgeschlossen sein!«

So geschah es. Mit Mohammed verließ ich am Morgen die Stadt. Da ich nicht wußte, wie man reitet, wurde ich zu einem der Bewaffneten aufs Pferd gehoben. Alle, die Mohammed begleiteten, hatten den Mantel des Propheten zu küssen. Als der Mann, vor dem ich im Sattel saß, den heiligen Stoff küßte, machte ich es ihm nach. Wir ritten die Berge hinauf, die Antilibanon heißen. Im Schutz von Felsen schlugen wir in karger Gegend unser Lager auf. Dort erfuhr ich durch meinen Halbbruder alles, was der erste Hamami, Ibn al-Qasim al-Gauzi, erlebt hatte. Mein Gedächtnis war jung und bewahrte alles, was ihm anvertraut wurde. Ich nahm mir damals schon vor, alles aufzuschreiben.

Nur wenig Zeit blieb mir zum Schlafen, dann brach unsere Reitertruppe auf. Der Mann, der mich auf seinem Sattel geduldet hatte, drängte schon bald darauf, daß ich ein eigenes Pferd bestieg. Meine Versuche, allein zu reiten, waren schließlich erfolgreich. Der Weg führte uns bergab zum Litanifluß. Dort, wo er sich dem Meer zuwendet, lagerten wir zum zweiten Mal. Obgleich auch Mohammed müde war, teilte er mir mit, was er vom Leben der Murdjana und des Hamami Mahmud wußte. Wiederum schliefen wir nur kurz, doch ein Bad im Litani erfrischte uns.

Erneut mußten wir über Bergpfade reiten und erreichten am Nachmittag die Gegend, in der das Wasser des Flusses Jordan entspringt. Da lenkte Mohammed sein Pferd neben das meine und sprach: »Oh Antara, der du bald schon den Heimweg antreten sollst! Ich will heute nicht warten mit meiner Erzählung bis die Nacht hereinbricht! So höre, was ich dir über mich selbst zu berichten habe!«

Wir ritten den Jordan entlang, und als wir am Hulesee angelangt waren, wußte ich auch Bescheid über alles Geschehen der nur wenig zurückliegenden Tage.

Als wir uns zur Ruhe begaben, sagte Mohammed zu mir: »Oh Antara, du bist der Sohn des Christen Andronikos Komnenos. Bist du selbst auch Christ?«

»Wisse, oh Mohammed, daß Murdjana mich im Glauben an Allah, den Allmächtigen und Allerbarmer, hat erziehen lassen. Lange Zeit wuchs ich in einer Familie außerhalb des Hamam auf. Der Vater jener Familie stand den Gebeten in der Moschee vor.«

Da erwiderte Mohammed: »Das wollte ich hören! Du, oh Antara, wirst dich nach deiner Rückkehr um die Haschiyun kümmern, die ich führerlos zurückgelassen habe. Sie brauchen jemanden, der ihnen sagt, was sie zu machen haben!«

Meinen Einwand, Murdjana habe mich doch zum Aufseher im Hamam bestimmt, wehrte Mohammed mit einer Handbewegung ab, dann legte er sich zur Ruhe nieder.

Geräusche und Lichter weckten mich in der Nacht. Schlaftrunken richtete ich mich auf und sah, daß Bewaffnete auf Mohammed einredeten. Er erhob sich und ging fort. Ich folgte ihm. Am Lagerfeuer sah ich sechs gefesselte Männer in Rüstungen stehen, offenbar gefangene christliche Ritter. Absichtlich hielt ich mich abseits, doch ich hörte, was gesprochen wurde. Mein Halbbruder wollte wissen, wo sich das Heer des christlichen Königs befinde, doch keiner der sechs Ritter sprach ein Wort. Da gab Mohammed seinen Bewaffneten ein Zeichen. Sie packten einen der Ritter und hielten ihn waagrecht über das Feuer. Dazu waren vier Männer nötig. Langsam senkten sie ihn auf die Flammen hinunter. Plötzlich schrie der Ritter laut auf und begann stammelnd zu reden. Er sagte nach und nach aus, das christliche Heer sammle sich beim Brunnen von Saphori. Dort geschehe allerdings Seltsames: Die Pferde würden sich weigern, vom Wasser aus dem Brunnen der Saphori zu trinken. Solange jedoch die Pferde kein Wasser zu sich nähmen, könne das christliche Heer nicht weiterziehen. Das Ziel des Königs von Jerusalem sei der See Genesareth, denn dort befinde sich auch Salah ed-Din mit seinen Reitern.

Als Mohammed diese Neuigkeiten erfahren hatte, befahl er, daß in aller Frühe aufgebrochen werde. Daß er mich nach Damaskus hatte schicken wollen, vergaß er – und ich war darauf bedacht, von ihm nicht bemerkt werden. Da ich mit der Nachhut ritt, machte ich mich mit den Männern bekannt, die zu ihr gehörten. Da lernte ich einen ganz jungen Reiter kennen, der immer von einer Gruppe Bewaffneter umgeben war. Ich fragte nach seinem Namen und erfuhr, es handle sich um Jusuf Schams ed-Din, den Sohn des Beherrschers der Gläubigen. Es erstaunte mich zu sehen, daß der Sohn der Leona wie selbstverständlich auf einem Pferd saß. Ich fragte mich, wo er wohl reiten gelernt habe.

Als wir uns dem See Genesareth näherten, es war die Zeit des späten Vormittags, sahen wir Rauchwolken aus der Ebene aufsteigen. »Da brennen Strauchwerk und Gras!« sagte einer der Männer. Ein anderer meinte: »Da sind viele Reiter von Flammen eingeschlossen!« Ein dritter rief: »Ich sehe das Zelt des Beherrschers der Gläubigen! Es steht außerhalb des Feuers! Bringen wir Jusuf Schams ed-Din zu seinem Vater!«

Ich blieb bei der Reitergruppe, die den Sohn des Beherrschers der Gläubigen beschützte, und traf so noch vor Mohammed beim Zelt des Mächtigen an.

Dort stellte ich mich zu den Bewaffneten und sah, wie Salah ed-Din seinen Sohn umarmte. Dann war ich Zeuge der Begegnung zwischen dem Beherrscher der Gläubigen und meinem Halbbruder, die überaus herzlich war.

Ich hörte Mohammed sagen: »Erhabener, der du in der Gnade Allahs stehst! Wisse zunächst, daß Leona dir einen Sohn geboren hat, dem sie, wenn dies deinem Willen gemäß ist, den Namen Afdal gibt! Erfahre auch, oh Herrscher, daß ein Wunder geschehen ist vor der Zitadelle in Damaskus. Der Himmel hat zum Zeichen seiner Gnade den Gläubigen den Mantel des Propheten geschenkt. Dieser Mantel soll fortan das Banner des islamischen Heeres sein! Das Banner und das Heilige Schwert, das ich wieder in deine Hände lege, werden dir den Sieg bringen!«

Die Wachen des Beherrschers der Gläubigen, die gespannt Salah ed-Din und meinen Halbbruder angestarrt hatten, bemerkten nun, daß ich nicht zu ihnen gehörte. Doch ehe sie mich wegschicken konnten, hatte ich durch Winken die Aufmerksamkeit meines Halbbruders erregt. Er schien erstaunt, daß ich noch immer nicht nach Damaskus zurückgekehrt war, dann zeigte er auf den Platz neben sich. Ich folgte der Aufforderung und stellte mich Mohammed zur Seite.

Jetzt erst wurde mein Blick von dem angezogen, was weiter entfernt geschah, dort, wo die Rauchschwaden aufsteigen. Eigentümlich geformt war die Landschaft. Da ragten zwei Hügel empor wie die Hörner eines Ochsen. Ich erfuhr, daß diese Erhebungen *Hörner von Hattin* genannt wurden. Hattin hieß jene Gegend. Zu erkennen war am Abhang eines der Hügel das Zelt des Königs von Jerusalem, seine Fahne flatterte dort im rauchigen Wind. Rings um das Zelt waren Tausende von Kämpfern zu Pferde und zu Fuß ständig in Bewegung. Dabei mußte ihnen das Atmen schwerfallen, denn die Luft war voll Rauch. Dazu brannte die Sonne auf die Ebene hinunter. Wir litten auch unter der Hitze, doch der Rauch erreichte uns nicht. Da hörte ich meinen Halbbruder sagen: »Jetzt wirkt es sich für die Christen schlimm aus, daß sich ihre Pferde am Brunnen von Saphori geweigert hatten, das Wasser zu trinken!«

Der Beherrscher der Gläubigen war inzwischen auf sein Pferd gestiegen, damit er von allen seinen Kämpfern gesehen werden konnte. Neben ihm, ebenfalls zu Pferde, befand sich sein Sohn Jusuf Schams ed-Din. Über den beiden wehte der grüne Mantel des Propheten wie ein siegversprechendes Banner in Richtung des Feindes. Der Wind blies den Gegnern ins Gesicht und trieb ihnen somit auch den Rauch in die Augen.

Von meinem Platz aus konnte ich alles beobachten, und ich hörte, was der Beherrscher der Gläubigen zu seinem Sohn sagte. »Ich habe das trockene Gras und das Strauchwerk anzünden lassen. Die Christen waren dumm, als sie die *Hörner von Hattin* gestern abend zum Lagerplatz wählten. Der Boden dort drüben ist trocken. Nirgends ist auch nur ein Tropfen Wasser zu finden!«

Da blickte ich auf meinen Halbbruder, von dem ich wußte, daß er sich mit der Kunst des Krieges befaßt hatte, daß er die Regel kannte, sich nie vom Gegner einen Kampfplatz aufzwingen zu lassen.

Die Christen hatten sicher längst begriffen, daß ihnen der Untergang drohte, wenn es ihnen nicht gelang, an ein Gewässer zu kommen. Von unserer Sicht aus blinkte zwischen den *Hörnern von Hattin* die Fläche des Sees von Genesareth. Auch die christlichen Ritter sahen das lockende Wasser in gar nicht weiter Entfernung. Sie mußten sich zum See durchschlagen. Nur von seinem Wasser konnten sie sich Rettung erhoffen. Zu sehen war, daß eine starke Gruppe der christlichen Ritter unter der Führung eines Mannes durch das Feuer brechen wollte, um den See zu erreichen. Da hörte ich den Beherrscher der Gläubigen sagen: »Der Anführer ist Rainald von Châtillon! Er ist der schlimmste aller Teufel!«

Der Beherrscher der Gläubigen reckte das Heilige Schwert in die Höhe und rief mit lauter Stimme: »Die Teufel lieben sonst den Rauch – heute aber werden sie im Rauch ersticken!«

Für unsere Reiter war dies das Zeichen, sich dem Rainald von Châtillon und seinen Rittern entgegenzuwerfen. Den Gläubigen gelang es, die Christen zurückzutreiben in den Flammenring. Der schnürte das Feld der Ritter immer enger ein. Am Ungestüm ihres erneuten Angriffs war ihre Verzweiflung abzulesen. Doch sie scheiterten, solange der Beherrscher der Gläubigen das Heilige Schwert in die Höhe hielt. Erlahmte aber sein Arm, so konnten die Ritter vordringen. Da lenkte mein Halbbruder sein Pferd zwischen Jusuf Schams ed-Din und seinen Vater. Mit seiner linken Hand griff Mohammed nach dem rechten Arm des Salah ed-Din, um ihm die Last des Heiligen Schwertes leichter zu machen. Und so geschah es, daß die Gläubigen die christlichen Ritter zurückdrängten.

Jusuf Schams ed-Din rief aus: »Mein Vater, sieh! Die Teufel fliehen!«

Salah ed-Din aber entgegnete: »Schweig! Solange die Fahne des Königs der Ungläubigen noch über seinem Zelt flattert, solange ist der Sieg nicht sicher!«

Bis weit in den Nachmittag hinein hielt der Beherrscher der Gläubigen mit Hilfe meines Halbbruders das Heilige Schwert in die Höhe. Dann fiel das Banner des Königs von Jerusalem. Da endlich durfte Salah ed-Din das Schwert sinken lassen.

Er sprach: »Zu Beginn des Kampfes waren die Christen Löwen, doch nun sind sie nur noch ein versprengter Haufen von Schafen.«

Langsam verzog sich der Rauch über dem Kampffeld. Jetzt erst bemerkte ich, daß Tausende von Körpern am Boden lagen. Sterbende und Tote. Wer nicht von selbst wieder aufstehen konnte, um den kümmerte sich niemand.

Solange gekämpft worden war, war die Luft erfüllt gewesen von Schreien und vom Wiehern der Pferde. Doch plötzlich herrschte Stille, und alle vernahmen die Stimme des Beherrschers der Gläubigen. »Der Prophet, dem Allah Segen spenden möge für alle Zeit, hat Wahres vorausgesagt, als er verkündete: *Die Ungläubigen werden sagen: Warum sind wir nicht Staub?*«

Dann befahl Salah ed-Din, daß man alle Fürsten der Feinde zu ihm bringe, die den Kampf überlebt hatten. Bald sah ich, wie müde Kämpfer, von Blut und Schmutz bedeckt, zum Zelt des Salah ed-Din geführt wurden. Von den Wachen des Beherrschers der Gläubigen erfuhr ich manchen Namen. Gefangen waren der König von Jerusalem und dessen Bruder Godfroy, ebenso Onfroy von Toron und der Herr von Jebail. Das Getuschel unter den Wachen wurde lauter, als Rainald von Châtillon gebracht wurde, den der Beherrscher der Gläubigen als den schlimmsten aller Teufel bezeichnet hatte.

Auf dem Platz vor dem Zelt des Salah ed-Din waren sie schließlich versammelt, die gefangenen Fürsten der Christen. Keiner von ihnen, auch nicht König Guido, wagte es, ein Wort zu sprechen. Salah ed-Din nahm sich Zeit, die Verlierer der Schlacht zu betrachten. Plötzlich aber rief er nach einem Becher voll Fruchtsaft. Sobald er den Becher in der Hand hielt, reichte er ihn König Guido. Der nahm einen einzigen Schluck und gab den Becher dann weiter an Rainald von Châtillon, der gierig die ganze Flüssigkeit austrank.

Da wurde der Beherrscher der Gläubigen wütend. »Du, oh Guido, hast ihm zu trinken gegeben, nicht ich! Trinkt er aus meiner Hand, dann muß ich ihn am Leben lassen. Doch da ist niemand auf der ganzen Erde, der mich mehr erzürnt hätte als dieser Rainald von Châtillon. Nie mehr soll er einen Schluck trinken dürfen. Ich werde ihm selbst den Kopf abschlagen, und dies wird sofort geschehen!«

Die Wachen zwangen den Ritter Rainald von Châtillon, niederzuknien. Salah ed-Din hob das Heilige Schwert, holte schwungvoll aus und hieb dem verhaßten Rainald von Châtillon mit einem Schlag den Kopf ab. Ich mußte mich abwenden.

Ein gespenstisches Bild, das ich nie vergessen werde, sah ich in der Nacht. Über dem See Genesareth stand der Mond, der nahezu eine runde Scheibe war. In seinem Licht war zu erkennen, daß sich zwischen den Tausenden von Toten auf dem Schlachtfeld zahllose Wesen bewegten. Sie beugten sich über Tote und huschten gleich weiter. Sie benahmen sich wie Ratten – doch es waren Menschen, die Leichen ausplünderten.

Nachrichten aus Jerusalem

Am Morgen rief Salah ed-Din meinen Halbbruder und mich zu sich ins Zelt. Vor ihm, auf einem edlen Teppich, lag das Heilige Schwert. Als Mohammed und ich auf Kissen Platz genommen hatten, sprach Salah ed-Din: »Außer den Fürsten haben wir im Lager der Christen viele andere Gefangene gemacht. Mehr als die Hälfte sind Frauen, deren Männer im Kampf erschlagen wurden. Diese Gefangenen müssen nach Damaskus gebracht werden. Sie sollen zugunsten der Staatskasse als Sklaven verkauft werden!« Dann wandte sich der Beherrscher der Gläubigen an mich: »In dich, dessen Namen ich noch nicht kenne, setze ich Vertrauen! Du wirst den Zug der Sklaven nach Damaskus bringen. Vergiß nicht, daß du ein Sohn des Andronikos Komnenos bist, der viel Geschick bewies in derartigen Dingen. Suche in dir das Talent deines Vaters!«

Ich begriff, daß mir damit der Auftrag erteilt war, die Sklaven zu verkaufen.

Da der Beherrscher der Gläubigen schwieg, nahm sich mein Halbbruder den Mut zu sprechen. »Oh Mächtiger, dessen Willen uns gleich dem Willen des Allmächtigen und Allerbarmers gilt! Dieser junge Mann, der Antara heißt, soll auch, wenn dies deinen Absichten entspricht, Befehlshaber der Haschiyun in Damaskus sein!«

Salah ed-Din zögerte einen Augenblick, dann nickte er zustimmend. »Übergib alle deine Befehlsgewalt, oh Mohammed, an Antara! Du selbst sollst an meiner Seite nach Jerusalem ziehen. Mit dieser Stadt fällt das christliche Königreich endgültig. Was die Bewachung der Sklaven angeht, so wirst du noch, oh Mohammed, den Haschiyun von Damaskus Befehl geben, an den See Genesareth zu kommen, um von hier aus den Zug der Sklaven zu begleiten.« Nach diesen

Worten gab der Beherrscher der Gläubigen zu erkennen, daß er damit alles gesagt habe.

Als wir draußen auf dem Platz standen, fragte ich meinen Halbbruder: »Oh Mohammed, sage mir, hat Salah ed-Din ein Wort darüber verloren, daß du keine Haare mehr auf dem Kopf trägst?«

Mohammed stutzte, überlegte und meinte dann: »Es hat es wohl überhaupt nicht bemerkt! Du bringst mich jedoch auf einen Gedanken. Ich werde Simeona beauftragen, den vierzig Haschiyun, die hierher kommen müssen, sämtliche Haare zu entfernen. Scheich Sinan hat recht: Dies muß zum geheimnisvollen Zeichen der Haschiyun werden. Simeona wird auch dir die Haare wegschaben.«

Brieftauben wurden losgeschickt in den Taubenschlag des Hamam in Damaskus. Murdjana war mit dieser Art der Übermittlung von Botschaften vertraut. Sie konnte veranlassen, daß der Befehl des Beherrschers der Gläubigen und die Anweisung meines Halbbruders befolgt wurden. Es dauerte eine Woche, bis die vierzig Haschiyun aus Damaskus eintrafen. Ihre glatten Schädel flößten Respekt ein.

Schon am folgenden Tag bewegte sich der Zug der Sklaven unter Bewachung der Haschiyun den Jordanfluß hinauf. Einhundertundsieben Gefangene, dreiundachtzig davon waren Frauen, nur vierundzwanzig waren Männer. Allein die kräftigsten der Gefangenen waren zum Fußmarsch nach Damaskus ausgesucht worden. Wer krank war, verwundet oder ausgesprochen häßlich, der war getötet, dessen Leib war zu den Leichen der Schlacht geworfen worden. Zu den schönsten und wertvollsten Gefangenen gehörten die Tochter und die Nichte des Rainald von Châtillon.

Da die Sklaven wohlbehalten Damaskus erreichen sollten, wählte ich für jeden Tag nur kurze Wegstrecken. So dauerte es zehn Tage, bis die Sklaven das Hamam in Damaskus erreichten. Murdjana brachte die Frauen und Männer im neuen Hamam unter. Sie sorgte auch dafür, daß alle, Frauen und Männer, streng getrennt erst einmal gebadet wurden.

Mein erster Gang führte mich in Begleitung Murdjanas zu Leona, der Frau des Beherrschers der Gläubigen, der ich mitteilen wollte, daß ihr Sohn Jusuf Schams ed-Din Zeuge eines gewaltigen Sieges gewesen sei.

Als wir dann in der Vorhalle des alten Hamam saßen, sagte

Murdjana: »Oh Antara, es war mein Wunsch gewesen, daß mit dir Ruhe einziehen würde ins Hamam. Doch nun ist alles wie zuvor. Ich habe kein Recht, mich zu beklagen. Ich sage nur, wie es ist!«

Murdjana war verblüfft, als ich Simeona, die gerade hereinkam, bat, sie möge doch auch mir, wie meinem Halbbruder Mohammed, die Haare am ganzen Körper entfernen.

Das Hamam blieb geschlossen für die Kunden, denn es mußte für die Zwecke eines Sklavenmarkts vorbereitet werden, der schon in den nächsten Tagen stattfinden sollte. In dieser Zeit ging mir meine Mutter Murdjana aus dem Weg. Sie wollte wohl mich, den Sohn des Andronikos Komnenos, der immer gepflegtes Haar besessen hatte, nicht mit kahlem Schädel sehen.

Durch die Vollmacht meines Halbbruders war ich berechtigt, den Befehl über die Haschiyun in Damaskus zu übernehmen. Da ich die Erfahrungen des Mohammed kannte, sorgte ich dafür, daß kein Unterführer Gelegenheit bekam, eigene Gewalt zu entwickeln. Auch durfte künftig keine Verbindung bestehen zu Scheich Sinan in Masyaf. Ich wollte der alleinige Herr sein über die Haschiyun in Damaskus.

Was der Beherrscher der Gläubigen unternahm, das erfuhr ich duch meinen Halbbruder. An jedem zweiten Tag schickte er eine Brieftaube vom Heerlager vor Jerusalem los. So wußte ich, daß die führenden Köpfe in der Stadt bereit waren, sich zu ergeben.

Bald darauf ließ mich mein Halbbruder wissen, Salah ed-Din werde die Kapitulation annehmen, weil er fürchte, die entkräfteten Verteidiger würden in ihrer Verzweiflung den Felsendom, das Heiligtum der Moslems, zerstören. Dann wurde schließlich ein Lösegeld festgesetzt für jeden Christen, der lebendig die Stadt verlassen durfte. Achtzigtausend Männer und Frauen bezahlten jeweils zehn Goldstücke für ihre Freiheit.

Zwei Tage nach dieser Botschaft traf wieder eine Brieftaube im Hamam ein. Als ich der Hülle an ihrem Fuß den Brief entnahm, konnte ich dies lesen: *Oh Antara, der du nicht erleben kannst, was sich hier in Jerusalem zuträgt! Wisse, daß der Beherrscher der Gläubigen heute mit dem Schwert des Islam zur Spitze der Kirche der Christen gewiesen hat. Auf dieses Zeichen hin ist das schwere Kreuz, das aus Gold gefertigt war, heruntergestürzt worden. Es zersprang in tausend Stücken. So hat das Heilige Schwert das christliche Königreich für alle Zeiten besiegt. Doch er ist auch gnädig, unser Herr. Es geschah, daß er heute in Jerusalem zwei alte Männer fand. Der eine heißt Robert von Condre, der vor vielen Jahren mit Gottfried von Bouillon zusammen an der Eroberung der Stadt teilgenommen hatte, der andere ist der Ritter Fulko. Salah ed-Din hatte Mitleid mit den beiden, die in Jerusalem bleiben wollten, und er gestattete es ihnen, bis an ihr Lebensende dort zu weilen. Er befahl, daß man ihnen gebe, was sie nötig haben, solange sie es wollen.*

Wiederum zwei Tage später traf aus dem Lager des Beherrschers der Gläubigen bei Jerusalem der Bescheid ein, Leona und ihr Sohn Afdal hätten in die Zitadelle umzuziehen. Es dürfe nicht sein, daß der Nachkomme des Beherrschers der Gläubigen so nahe bei einem Haus lebe, das als Sklavenmarkt verwendet werde. Ich ließ daraufhin sofort die Räume herrichten, die in der Festung bereits wiederaufgebaut waren. Am selben Tag noch verließen Leona und der kleine Afdal samt der Dienerschaft das Gebäude des Hamam, das bisher Salah ed-Din und seinem Anhang vorbehalten gewesen war. Die Zeit der Bindung des Beherrschers der Gläubigen an das Hamam ging wohl zu Ende.

Die nächste Botschaft teilte mir mit, der nun freigewordene Bauteil des Hamam sei für eine hochgestellte Gefangene bestimmt, die schon bald mit ihren Zofen eintreffen werde. Der Christin von Rang müsse mit Achtung begegnet werden. Zu festgelegten Zeit sei dieser Frau auch der Zugang zum alten Hamam zu öffnen.

Nach diesen Anweisungen hielt ich es für klug, das Hamam den Kunden ganz zu verschließen. So störten sie weder die Vorbereitungen zum Verkauf der Sklaven noch die zum Einzug der christlichen Gefangenen. Ich hatte allerdings nicht mit der Anhänglichkeit der Kunden gerechnet. Kaum war das Schild *Geschlossen* am Tor angebracht, da versammelten sich Männer auf der Straße, die nicht abgewiesen werden wollten. Es blieb mir nichts anderes übrig, als die Haschiyun einzusetzen. Mit Schlägen vertrieben die schwarzgekleideten und glattrasierten Angehörigen des Bundes die aufgebrachten Kunden. Für Murdjana war das Vorgehen der Haschiyun ein weiterer Grund, mich nicht sehen zu wollen.

Ich nützte es aus, daß das Hamam nun völlig zu meiner Verfügung stand, und veranlaßte Leo, den Haschiyun, die bisher noch nicht schwimmen konnten, diese Kunst beizubringen. Vom ersten Augenblick, als die zwanzig nackten und völlig enthaarten jungen Männer am Rand des Kaltwasserbeckens im alten Hamam standen, empfand ich Vergnügen daran, ihnen zuzusehen. Sie hatten zunächst die Bewegungen der Arme und Beine außerhalb des Wasser zu üben. Ich spürte, wie mich der Anblick der glatten Körper erregte. Die Männer hatten keinen eigenen Willen mehr. Sie mußten auf Befehl einzeln ins tiefe Wasser springen, und niemand durfte ihnen helfen. Dann mußten sie sich selbst in den seichten Teil des Beckens retten. Jeder schaffte es.

Ich wunderte mich selbst über diese Lust, die ich beim Zusehen empfand. Mir wurde auch bewußt, daß ich mich in dieser Zeit der Vorbereitungen zum Sklavenmarkt lieber dort aufhielt, wo die vierundzwanzig Männer unbekleidet auf ihre körperlichen Eigenschaften untersucht wurden, als dort, wo sich die dreiundachtzig Frauen derselben Prüfung unterziehen mußten.

Murjana war über mein Verhalten wohl beunruhigt. Eines Abends, als wir auf den Kissen der Vorhalle des Hamam saßen, sagte sie zu mir: »Oh Antara, der du mir soviel wert bist wie meine anderen Söhne, von denen einer tot ist! Simeona hat mir Seltsames erzählt. Sie wundert sich darüber, daß von fünfundzwanzig Männern, denen sie das Haar an den empfindlichsten Körperstellen weggeschabt hat, vierundzwanzig erregt gewesen seien – einer jedoch überhaupt nicht. Dieser eine, oh Antara, seist du gewesen!«

Da stand ich auf, ohne ein Erklärung zu geben. Ich ging zum Haus am Baradafluß, das in Trümmern lag. Ich setzte mich auf einen Quader und blickte zum dunklen Wasser hinab. Mein Herz war von Unruhe erfüllt. Ich war also anders als die anderen. Daß ich dagegen ankämpfte, wurde von mir verlangt. Doch das Geschehen der nächsten Tage brachte mich auf andere Gedanken. Ich hatte Macht, und die anderen hatten sich nach mir zu richten.

Die Nachrichten, die mir mein Halbbruder sandte, ließen mich den Siegeszug des Beherrschers der Gläubigen begreifen. Die christlichen Städte Akkon, Nazareth, Sidon und Askalon befanden sich bald in seiner Hand. Gerade bei der Einnahme von Akkon hatte sich mein Halbbruder besonders nützlich gemacht, weil es ihm gelungen war, das leicht entzündliche Pulver, mit dessen Gewalt er vertraut war, noch gefährlicher zu machen: Er hatte es mit Pechbrocken aus dem Toten Meer gemischt. Das so entstandene Gemenge brannte nun nicht mehr blitzartig ab, sondern in einem langandauernden und nicht zu löschenden Feuer. Mohammed schrieb mir: *Ich schoß einen Topf, mit Pulver und Pech gefüllt, gegen einen Turm der Festung Akkon. Eine brennende Fackel ließ ich hinterherschleudern. Sie entzündete Pulver und Pech. Im nächsten Augenblick schon brannte der Turm lichterloh. Die Christen hatten nicht einmal Zeit, hinabzusteigen. Es war Allahs Wille, daß sie in dieser Welt schon vom Feuer verzehrt wurden und nicht erst in der Hölle.*

Neid auf meinen Bruder erfüllte mich. Die Stunde mußte kommen, zu der Salah ed-Din auch auf mich aufmerksam wurde. Immerhin hatte er mich beauftragt, die in Damskus eingetroffene christliche Gefangene und deren Hofstaat zu überwachen. Ihr Name war allerdings keinem von uns mitgeteilt worden.

Das Geheimnis der Irene Komnenos

Die Gefangene lebte in den Räumen, die bisher von Leona bewohnt worden waren. Das Gebäude war durch den Feuerblitz, den das Pulver erzeugt hatte, insgesamt nur unwesentlich beschädigt worden. Längst waren die Spuren jener Nacht beseitigt. Das Haus ließ sich gut abschließen und ohne Schwierigkeiten von den Haschiyun bewachen. Es sah nicht so aus wie ein Gefängnis, und es war doch geeignet, jemanden in Haft zu halten.

Alle drei Tage war es der Gefangenen erlaubt, das Dampfbad und das Kaltwasserbecken zu benutzen. Als die Frau eine Woche lang bei uns gelebt hatte, entschloß ich mich, sie im Bad zu beobachten. Aus meinem Versteck heraus sah ich eine schlanke Frau ins Wasser steigen, die etwas größer war, als Frauen gewöhnlich sind. Sie gefiel mir – sie reizte mich jedoch nicht.

Eine weitere Woche mochte vergangen sein, da teilte mir eine Dienerin der Gefangenen mit, ihre Herrin bitte um meinen Besuch. Die Dienerin fügte hinzu, ich möge allein kommen. Schon aus

Neugierde erfüllte ich die Bitte, in die Räume der Fremden einzutreten.

Sie saß, wie es sonst die Gewohnheit der Frauen der Gläubigen ist, auf niederen Kissen. Sie war auch verhüllt wie eine Frau, die an die Gebote des Islam glaubt. Nach einer langen Zeit des Schweigens sprach sie: »Was ich dir zu sagen habe, ist wichtig für dich. Ich weiß, du bist Antara, der Sohn des Andronikos Komnenos. Mein Name ist Irene Komnenos. Aus jener mächtigen Familie in Byzanz stamme ich, der auch dein Vater angehörte – und der du angehörst.«

Nach diesen Worten schwieg die Frau, wohl um sich an meiner Verblüffung zu freuen. Sie hatte leise gesprochen und doch mit eindringlicher Stimme. Der Klang der Sprache schien mir kaum zu der Frau zu passen, die ich im Bade beobachtet hatte. Doch ehe ich richtig darüber nachdenken konnte, hörte ich diese Worte: »Prüfe, ob es nicht klug ist, dein Leben mit der Sippe Komnenos zu verbinden! Du brauchst jetzt keine Antwort zu geben. Komme in einer Woche wieder! Bis dahin fällt eine Entscheidung!«

In jenen Tagen wurde in weitem Umkreis Syriens den Wohlhabenden vieler Länder kundgemacht, daß am Ende des Fastenmonats Ramadan im Hamam von Damaskus dreiundachtzig Frauen und vierundzwanzig Männer verkauft würden, die zwar Ungläubige seien, die sich jedoch entweder durch Schönheit oder durch Kraft auszeichneten. Alle Vorbereitungen für den Sklavenmarkt waren getroffen. Mir blieb die Zeit, die Gefangene, die zur Sippe Komnenos gehörte, noch zweimal im Bad zu beobachten. Ich stellte mir dabei ihre Stimme vor – und wunderte mich. Ich entschloß mich, sie häufig zu besuchen.

Wieder war die Gefangene verhüllt, als ich bei ihr eintrat. Diesmal redete sie sofort. »Was ich im voraus wußte, ist eingetreten: König Richard Löwenherz ist aus England angekommen. Bei Akkon ist er gelandet. Er wird die Stadt Salah ed-Din wieder entreißen. Richard Löwenherz ist mutiger als dieser Beherrscher der Gläubigen. Löwenherz wird Herrscher sein über Jerusalem – und ich werde neben ihm stehen. Auch dein Platz, Antara, ist neben König Richard Löwenherz. Besinne dich nicht lange. Sorge dafür, daß ich frei werde. Der Tag des Sklavenmarkts ist mehr als geeignet für unsere Flucht! Du gehörst in Wahrheit nicht zu denen, die an Allah glauben!

Du gehörst zu denen, die Christus verehren! Frevle nicht am allmächtigen Gott!«

Wie betäubt verließ ich diese Frau, die sich Irene Komnenos nannte. Nun bedauerte ich, das Hamam für die Kunden verschlossen zu haben, denn sie würden mir die Neuigkeiten verschaffen, die ich dringend brauchte, um mich entscheiden zu können. War jener Richard Löwenherz wirklich bei Akkon gelandet? Wer war eigentlich dieser König? Ins Dar al-Hadtih zu gehen, um dort die Kundigen zu fragen, war unmöglich. Meine Frage hätte Erstaunen ausgelöst, vielleicht sogar Verdacht. Ich mußte also abwarten.

Drei Tage später redeten die Menschen auf dem Markt davon: Löwenherz war tatsächlich mit einer Flotte und mit tausend Rittern bei Akkon angekommen. Er sei mutig, sagten die Leute, aber er sei auch ein Teufel, der seine Untertanen schröpfe. Das christliche Königreich sei ihm gleichgültig. Er sei übers Meer gereist, um Beute zu machen. Nichts sonst sei wichtig für ihn.

Ich machte mir Gedanken, die mich beunruhigten. Irene Komnenos hatte von irgend jemandem erfahren, daß die Flotte des Königs Löwenherz vor Akkon gesichtet worden war. Wer hatte ihr die Nachricht gebracht, die sonst niemand in Damaskus kannte? Ich wollte es wissen, durch wen die Gefangene mit der Welt außerhalb ihres Gefängnisses in Verbindung stand, und hoffte, daß mir Abd'Allah helfen könnte. So ließ ich ihn rufen.

Ich sagte zu ihm: »Oh Abd'Allah, von dem ich weiß, daß er Schmerzen ertragen hat, die menschliche Leidensfähigkeit übersteigen! Ich habe erfahren, daß du einst nicht geredet hast, doch kennst du die Mittel, jemandem zum Reden zu bringen. Eine der Frauen, die mit der Gefangenen leben, muß beobachtet haben, wie ihre Herrin erfahren hat, daß Richard Löwenherz von England nach Akkon gesegelt ist. Bring in Erfahrung, was die Dienerin weiß! Jedes Mittel sei dir recht!«

In Abd'Allahs Augen war ein Leuchten zu erkennen, wie ich es nie bei ihm gesehen hatte.

Es war am Abend jenes Tages, da holte mich Abd'Allah aus der Vorhalle des Hamam in eine entlegene Kammer, die kein Fenster besaß. Fackeln erleuchteten den kleinen Raum. Da war eine Leiter schräg an die Wand gelehnt, darauf lag eine nackte Frau, deren

Hände weit über dem Kopf an den Sprossen festgebunden waren. Auch die Beine waren, leicht gespreizt, an die Leiter geschnürt. Da erkannte ich die Frau: Ich hatte sie aus meinem Versteck im Raum des Kaltwasserbeckens gesehen – das war Irene Komnenos. Laut wies ich Abd'Allah zurecht, er könne sich nicht an der fürstlichen Gefangenen aus Byzanz vergreifen. Doch Abd'Allah schüttelte den Kopf.

Da wurde ich erst gewahr, daß auch Simeona anwesend war. Sie stand hinter der Leiter und der Frau. »Ich bin hier, oh Antara, um zu übersetzen, was sie sprechen wird. Eines haben wir schon erfahren: Sie wurde alle drei Tage ins Bad geschickt, um in die Irre zu führen. Sie sollte für Irene Komnenos gehalten werden. Doch sie ist eine Dienerin, die Johanna heißt. Das Geheimnis der Irene müssen wir ihr erst noch entlocken. Aber fragen wir sie zunächst etwas Leichteres!« Simeona wandte sich der Nackten zu. »Sage uns, Johanna, wer hat der Gefangenen die Neuigkeit überbracht, Richard Löwenherz sei vor Akkon angekommen?« Doch die Dienerin schwieg. Simeona war nicht ungeduldig. Sie wartete.

Als aber das Schweigen andauerte, gab Simeona Abd'Allah ein Zeichen. Der hielt eine Kerze in der Hand. Ganz langsam ging er zu einer der Fackeln und entzündete an ihr die Kerze. Dann stellte er sich neben die Frau, die auf der Leiter gefesselt war. Behutsam strich er mit der Flamme über den Körper der Nackten. Die Hitze berührte ganz leicht die Haut unterhalb der Achselhöhle, dort, wo die Brüste an der Seite ansetzen. Zu sehen war, wie sich die Haut zusammenzog, wie sie zuckte. Ein Seufzen kam aus dem Mund der Frau. Wieder strich Abd'Allah der Seite des Körpers entlang, diesmal näher an der Haut. Die Flamme züngelte am Brustansatz empor. Ein Schrei löste sich aus der Kehle der Frau. Die Flamme glitt weiter zur Achselhöhle und versengte dort die ersten Haare. Ein scharfer Geruch machte sich sofort in dem kleinen Raum breit.

Ehe sich Abd'Allah anschickte, zum dritten Mal der Frau Schmerzen zuzufügen, sagte Simeona: »Johanna, du bist gut beraten, wenn du jetzt gestehst, was du zu sagen hast!« Doch das Mädchen auf der Leiter schwieg.

Abd'Allah wartete einige Augenblicke, dann strich er mit dem Feuer der Kerze so dicht über die Haut, daß diese vom hellgelben

Kern der Flamme berührt wurde. Da schrie Johanna: »Der Haschiyun Batran hat ihm die Nachricht gebracht!« Simeona übersetzte mir, was Johanna in ihrer Not geschrien hatte.

Ich fragte zurück: »Sie sagt, Batran habe *ihm* die Nachricht gebracht. Wer ist dieser *Er*?«

Simeona gab die Frage in der Sprache der Christen weiter, doch eine Antwort erhielten wir nicht.

Ich sagte: »Befragt sie weiter!«

Und Simeona wies sofort Abd'Allah an: »Versenge ihr die Haare zwischen den Beinen, bis sie redet!«

Abd'Allah folgte dieser Anweisung. Die Nackte bäumte sich in ihren Fesseln auf und schrie qualvoll: »Brennt doch der Irene Komnenos die Haare weg, dann seht ihr gleich, was sie ist!«

Sofort begriff ich, was gemeint war. Ich befahl Abd'Allah, der Dienerin die Fesseln zu lösen. Johanna war zu angegriffen, um stehen zu können. Als sie auf einem Kissen saß, fragte ich sie: »Irene Komnenos ist also ein Mann! Wer ist er?«

Johanna antwortete: »Er ist Eustachios Komnenos. Er hat Anspruch auf den Thron von Byzanz!«

Ich behielt Johanna zunächst im alten Hamam. Der angeblichen Irene von Komnenos aber schickte ich durch eine Dienerin diese Nachricht: *Erhabene Herrin, die durch Zufall Gefangene ist in Damaskus! Die dir gewährte Badezeit ist auf den heutigen Abend festgesetzt. Ich kann verstehen, daß du bisher Scheu hattest, selbst das Hamam zu betreten. Glaube mir, die Scheu ist unberechtigt. Wenn du deine Freiheit erreichen willst, dann steige selbst in das Wasser des Beckens im alten Hamam.*

Zur Stunde, als das Bad bereitet war, stand ich in meinem Versteck. Eine Gestalt betrat den Raum des Kaltwasserbeckens. Sie warf ihren Umhang ab – und ich sah, daß Eustachios Komnenos ein schöner Mann war. Herzklopfen veranlaßte mich, rasch zu handeln. Noch im Versteck zog ich mich aus und eilte nackt in den Raum, in dem Eustachios eben ins Wasserbecken stieg. Dort, wo die Stufen ins Wasser führten, blieb ich stehen und sprach: »Ich glaube nicht, oh Eustachios, daß wir Scheu voreinander zu haben brauchen!«

Zu dieser Stunde begann unsere Liebe.

Eustachios hatte sich, als er der Gefangenschaft nicht mehr entkommen konnte, Frauenkleider angezogen – und war als Irene Komnenos in die Hand der Gläubigen gefallen.

Während der Nächte, die wir gemeinsam verbrachten, erzählte Eustachios mir von seiner Hoffnung, im christlichen Königreich Jerusalem mächtig zu werden. Richard Löwenherz, der König von England, so glaubte Eustachios, werde dem Kreuz wieder Geltung verschaffen in Jerusalem. Löwenherz werde sicher zunächst selbst der Mächtige sein wollen im Heiligen Land, doch dann würde dem Herrscher aus dem Haus Plantagenet die Belastung, England und die Ostküste des Mittelmeers regieren zu müssen, vielleicht zu groß. Richard Löwenherz müsse dann nach England zurückkehren. Allerdings, so meinte Eustachios, sei noch ein Mitbewerber bereit, um die Macht im christlichen Königreich zu streiten: Konrad von Montferrat, der Herr über Tyrus. Der müsse also auch zuvor besiegt werden.

Obgleich mir bewußt war, daß ich mich durch die Liebschaft mit dem gefangenen Eustachios gegenüber dem Beherrscher der Gläubigen schuldig gemacht hatte, mußte ich den Verräter Batran bestrafen. Zunächst aber wollte ich, daß Batran gestand. Ich ließ ihn deshalb ebenfalls nackt auf die Leiter binden. Er mußte härter angepackt werden als die junge Frau. Da er Haschiyun war, trug er auch keine Haare am Leib, die man ihm hätte absengen können. Abd'Allah aber kannte das Mittel, den Haschiyun zum Sprechen zu bringen: Er stieß ihm eine Nadel in die Hoden.

Sofort begann Batran zu reden, und er beherrschte sich dabei so weit, daß er nicht schrie. Ich erfuhr, Richard Löwenherz habe ihn beauftragt, dem Eustachios einzureden, die Möglichkeit zur Flucht aus der Gefangenschaft sei am Tag des Sklavenmarktes günstig. Die Haschiyun sollten jedoch vorgewarnt sein. Sie hatten Eustachios noch in seinem Gefängnis zu stellen und zu erschlagen. Im Plan des Richard Löwenherz aber war vorgesehen, daß Eustachios mich vor dieser scheinbaren Flucht bitten sollte, Konrad von Montferrat durch die Haschiyun umbringen zu lassen. Richard hätte dann keinen Mitbewerber um den Thron des Heiligen Landes mehr gehabt.

Außerhalb des Hamam wußte noch niemand, daß die Gefangene in Wirklichkeit ein Mann war. Und ich sorgte vor: Das Geheimnis durfte nicht verraten werden. Jedem Verräter drohte ich die fürchterlichsten Strafen an. Zwar sagte Batran keinem, was ihm zugestoßen war, doch man sah ihm an, daß er litt, und er wirkte deshalb als abschreckendes Beispiel auf die Diener, die Dienerinnen und die Haschiyun.

Murdjanas letztes Lied

Der Tag des Sklavenmarktes ging ohne Zwischenfälle vorüber. Die Kunden hatten sich vorher anmelden müssen, und sie hatten die Ware besichtigen können. Die Kaufentscheidungen waren also schon gefallen. Am Abend waren die einhundertundsieben Sklaven verkauft. Die beachtliche Einnahme befand sich im Hamam unter Verschluß. Am gleichen Ort wurden auch die Kisten mit dem Gold aufbewahrt, die mein Halbbruder Mahmud aus dem Reich des Königs Johannes, der Priester genannt wurde, mitgebracht hatte. Wir hatten sie dem Beherrscher der Gläubigen noch nicht übergeben können.

Da die Sklaven aus dem Hause waren, konnte das Hamam wieder geöffnet werden. Murdjana war glücklich darüber – und die Kunden waren es auch. Das Hamam wurde wieder zu dem Platz, an dem alles zu erfahren war. Da hörten wir, daß Salah ed-Din Akkon wieder an die christlichen Ritter verloren hatte. Konrad von Montferrat sei dort unter vier Fahnen, die von seinem Ruhm zeugten, eingezogen. Als ich Eustachios in der Nacht davon berichtete, weinte er vor Zorn. Er klagte mich an, ich hätte die Gelegenheit verstreichen lassen, ihm die Flucht zu ermöglichen. Der Tag des Sklavenmarktes sei vorüber, und noch immer befinde er sich im Gefängnis.

Mit Abd'Allah ging in diesen Wochen eine seltsame Veränderung vor: Er wurde selbstbewußter. In vielen Tätigkeiten im Hamam löste er Murdjana ab. Abd'Allah ließ zu meinem Erstaunen hinter dem Hamam einen riefen Brunnen graben und ein kunstvolles Gerät bauen, das Wasser in reichem Maße nach oben holte. An einer langen Kette hingen große Schöpfbecher, die unten im Brunnen Wasser aufnahmen, das sie oben in eine Leitung aus Metall entleerten.

Über diese Leitung floß das Wasser ins Hamam. Angetrieben wurde die Kette mit den Schöpfbechern durch verzahnte Räder, die mit der Achse eines mächtigen Speichenrades verbunden waren. Zwölf Speichen waren in die Achse eingefügt. An jede Speiche konnte ein Mensch gefesselt werden, der dann im Kreis zu gehen hatte, um das kunstvolle Gerät anzutreiben.

Von Murdjana erfuhr ich, Abd'Allah habe eine Botschaft an meinen Halbbruder Mohammed geschickt mit der Bitte, er möge ihm so bald wie möglich zwölf kräftige Sklaven niederer Herkunft schicken. Sie trafen auch schon nach etwas mehr als einer Woche ein. Die Männer wurden nackt an die Speichen des Rades gebunden. Tatsächlich setzten sie die Schöpfkette in Bewegung. Von nun an floß reichlich Wasser ins Hamam.

In Damaskus herrschte Ruhe, doch Syrien litt: Der Krieg zwischen Christen und Moslems schien kein Ende zu nehmen. Die Greueltaten steigerten sich. Eines Tages erzählten sich die Kunden, Richard Löwenherz habe dreitausend Moslems der Stadt Akkon, Frauen und Männer, vor die Stadt jagen und dort von verwilderten christlichen Haufen erschlagen lassen. Von Ferne habe der Beherrscher der Gläubigen aus sicherer Warte zugesehen, ohne den unglücklichen Glaubensbrüdern helfen zu können.

Auch diese Nachricht drückte Eustachios nieder. Nur langsam reifte in mir der Gedanke, meinem Geliebten zur Freiheit zu verhelfen, denn ich war von einer Leidenschaft ergriffen, die mich daran hinderte, klar zu denken.

Wenige Tage später brachte eine Brieftaube Nachricht von meinem Halbbruder. Er schrieb: *Das Heilige Schwert hat eine Niederlage nicht verhindern können. Richard Löwenherz, der König der Ungläubigen, den Allah für alle Zeiten verdamme, hat uns bei Ramallah besiegt. Daß er wie ein Löwe gekämpft hat, läßt sich nicht leugnen. Zehntausend Moslems sind tot. Unter den Toten befinden sich zweiunddreißig Emire. Das Glück hat uns verlassen. Die Bewaffneten wollen nicht mehr kämpfen. Nur noch Gold ist ihnen Antrieb zur Treue. Halte das Gold des Königs von Abesynia und den Erlös aus dem Sklavenverkauf für den Beherrscher der Gläubigen bereit!«*

Jetzt wußte ich, daß ich handeln mußte. Ich schickte zwei Haschiyun nach Akkon mit dem Auftrag, Konrad von Montferrat zu töten. Dann besorgte ich mir Gold aus dem Versteck im Hamam – gerade soviel, wie ein Mann tragen kann. Dieses Gold gab ich Eustachios. In der Nacht schloß ich die Türe seines Gefängnisraumes hinter mir nicht zu, als ich mich zu ihm schlich. Wir liebten uns noch einmal, dann ging er, ohne sich zu verabschieden.

Ein Ruf durchbrach die Stille. Ich schreckte auf und lauschte, hörte Schritte, dann einen Schrei, ein Stöhnen und schließlich einen Fall. Wenige Augenblicke später betrat Abd'Allah den Raum und sprach mit fester Stimme: »Nun, oh Antara, bist du der Gefangene!« Dann schloß er mich ein.

Abd'Allah hatte gesprochen! Zeit meines Lebens war er stumm gewesen! Ich konnte nicht verstehen, was vorgefallen war. Mit mir redete fortan niemand mehr.

Wer über mein Schicksal entschied – ich weiß es nicht. Meine Tage sahen so aus: Bei Sonnenaufgang wurde ich aus meinem Gefängnis geholt. Ich wurde nackt am Speicherrad des Gerätes, das Wasser schöpfte, angebunden. Elf Männer waren meine Leidensgenossen. Sie waren von meinem Halbbruder Mohammed unter gefangenen Christen ausgewählt worden. Zwölf war ihre ursprüngliche Zahl. Einer der zwölf, so hörte ich, hatte zu fliehen versucht und war deshalb getötet worden. Statt seiner wurde ich an das Rad gebunden. Doch da war ein Unterschied in der Fesselung: Sie trugen nur einen Strick um die Hüften, der sie mit der Radspeiche verband. Mir aber wurde um die Wurzel meiner Männlichkeit ein schmaler, enger Ring aus Kupfer gelegt, den ich nicht aufbiegen konnte und den ich fortan immer tragen mußte. An ihm war ein kleiner Ring befestigt, durch den das Seil gezogen wurde, das dann jeden Morgen an der Radspeiche angebunden wurde. Niemand sagte mir, warum ich anders behandelt wurde als die Sklaven. Doch ich nahm an, daß der Kupferring mich ständig daran erinnern sollte, daß ich mich durch die Liebe zu einem Mann schuldig gemacht atte.

Nahrung und Wasser erhielt ich ausreichend. Bei Sonnenuntergang wurde ich in mein Gefängnis zurückgebracht. Es waren Haschiyun, die mich bewachten. Von der eigenen Familie bekam ich nie jemanden zu sehen. Für meine Sippe war ich gestorben. Hohe Mauern umgaben das Rad, an dem ich zusammen mit den elf anderen

Männern die Tage verbrachte. Zwischen den Mauern verhallten auch unsere Schreie, wenn wir, um uns anzutreiben, gepeitscht wurden.

Wochen vergingen, Monate, Jahre. Ich glaubte, es sei mein Schicksal, immer für das Hamam Wasser schöpfen zu müssen. Und doch gab ich nicht der Stumpfheit nach. Ich beschäftigte meinen Geist, mein Gedächtnis. Ich wiederholte stumm für mich, was ich von meinem Halbbruder Mohammed über die Geschichte des Hamam gehört und was ich selbst erlebt hatte. Der Gedanke, eines Tages dies alles aufschreiben zu können, half mir zu überleben.

Dann kam ein Morgen, an dem die Haschiyun nicht in mein Gefängnis traten: Abd'Allah stand unter der Tür. Er sprach: »Der Beherrscher der Gläubigen hat dich begnadigt, oh Antara! Anlaß dazu ist der gewaltige Sieg, den er durch das Schwert des Islam errungen hat!«

Abd'Allah führte mich aus dem Raum, der mein Gefängnis gewesen war. Zum ersten Mal seit langer Zeit sah ich das Hamam wieder. Nichts hatte sich verändert am äußeren Bild. Ich wurde in den Dampfraum gebracht. Dort wuschen mich die Diener. Dann schwamm ich im Kaltwasserbecken. Nur langsam gewöhnte ich mich daran, über meinen Körper verfügen zu können. Als ich schließlich abgetrocknet war, wurden mir auf Befehl des Abd'Allah Kleider gebracht. Den Ring aus Kupfer mußte ich allerdings auch weiterhin tragen.

Abd'Allah war offenbar Herr im Hamam. Von ihm erfuhr ich, daß meine Mutter Murdjana tot war – gestorben aus Gram über mein Verbrechen, das darin bestanden hatte, einem Staatsgefangenen die Freiheit geben zu wollen. Abd'Allah deutete an, daß sich meine Mutter vor allem über meine Liebe zu einem Mann gegrämt hatte.

Mein Halbbruder Mohammed war nun der mächtige Befehlshaber in der Zitadelle und nach dem Beherrscher der Gläubigen der wichtigste Mann in Syrien. Er war auch der Besitzer des Hamam. Offenbar war es sein Wille, daß ich als Abd'Allahs Helfer im Hamam arbeitete. Meine Begnadigung hatte er erreichen können, weil Salah ed-Din endlich seinen Feldzug siegreich beendet hatte. Vier Jahre lang war der Beherrscher der Gläubigen im Krieg gewesen. Richard Löwenherz, lange Zeit der Sieger, hatte schließlich das Land, das ihm nicht gehörte, verlassen. Er mußte wohl gespürt haben, daß er das Heilige Schwert letztlich nicht überwinden konnte.

Am Abend des Tages, der mir meine Freiheit gebracht hatte, saß ich mit Abd'Allah in der Vorhalle des Hamam auf Kissen. Er erzählte mir, Salah ed-Din sei mit hocherhobenem Schwert in seine Hauptstadt eingezogen. Der Mantel des Propheten habe über ihm im Winde geflattert. Abd'Allah fügte lächelnd hinzu, das Grün des Mantels habe ganz verblaßt ausgesehen.

Da fragte ich Abd'Allah, wie es hatte geschehen können, daß er seine Stimme wiederfand.

Er antwortete: »Oh Antara, der du weißt, wie sich ein hartes Schicksal auf die Seele des Menschen auswirken kann! Ich habe mich nach und nach gezwungen, die Hemmung im Gehirn zu überwinden, die mir bei meiner Folterung die Fähigkeit zu reden genommen hatte. Teilweise war mir dies schon gelungen gewesen vor jenem schrecklichen Tag, der dich ins Unglück stürzte. Doch ich hielt verborgen, daß ich mich ausdrücken konnte. Als ich aber erkannte, was du getan hattest, da öffnete sich mir der Mund von selbst, da konnte ich reden!«

Während Abd'Allah sprach, dachte ich über all das nach, was ich über diesen Eunuchen wußte. Er war Zeuge gewesen bei jedem Geschehen, das sich im Hamam ereignet hatte. Ganz plötzlich drängte sich mir der Gedanke auf, er sei nicht Werkzeug der Hamami gewesen, sondern vielmehr derjenige, der die Geschicke des Hamam in seinem Sinne gesteuert hatte. Immer stärker bedrängte mich diese Überlegung. Aus dem Gedanken entwickelte sich die Überzeugung: Es war so! Hatte Abd'Allah das Pulver ins Haus am Baradafluß gebracht? War er der Mörder meines Bruders Mahmud? Ich zwang mich dazu, keine Antwort auf diese Fragen zu suchen. Fest stand nur, daß er sich durchgesetzt hatte. Er war der Sieger. Ich sagte zu ihm: »Oh Abd'Allah, der Allmächtige und Allerbarmer hat in dir einen Rechtgeleiteten erkannt, der es verdient hat, wieder sprechen zu können.«

Da übergab mir Abd'Allah ein Blatt Papier, das er beschrieben hatte. Dazu erklärte er: »Als Murdjana starb, war es Nacht. Am Abend aber hatte sie noch einmal gesungen. Lange war ihre Stimme nicht mehr im Hamam zu hören gewesen. Die Worte, die aus ihrem

Mund strömten, habe ich aufgeschrieben.« Abd'Allah stand auf und ließ mich allein. Ich aber las diese Worte:

Mein Sohn erleidet bittre Pein.
Allein trägt er die Schuld.
Befreiung wird ihm sicher sein,
Faßt er sich in Geduld.

Ich glaube, einen Schrei zu hören,
Wenn ihn die Peitsche trifft.
Er ließ sich von einem Mann betören.
Dies war der Seele Gift.

Der Seele werde Ruh' zuteil.
Sie muß sich nur bescheiden.
In Allah suche sie ihr Heil,
Dann schwinden alle Leiden.

Ich sterbe, ohne ihn zu sehn.
Und doch ist er nicht fern.
Mein Leben wird zu Ende gehn.
Ihm sei die Gnad' des Herrn.

Das Hamam wurde fortan meine Heimat. Dort arbeitete ich als Hamami und trug die Erinnerung an Murdjana im Herzen. Im Hamam schrieb ich auf, was ich wußte. Mit der Zeit geriet in Vergessenheit, daß ich Verrat am Beherrscher der Gläubigen verübt hatte. Mein Halbbruder Mohammed sprach wieder mit mir. Ich antwortete, wenn er mich anredete, zurückhaltend, demutsvoll. Er besaß Frau und Kinder. Einer der Söhne, da war ich sicher, würde eines Tages Hamami werden.

Es geschah nur wenige Monate, nachdem mir meine Freiheit wiedergegeben worden war, daß die Kunden des Hamam an einem Morgen aufgeregt von einer gewaltigen Stimme erzählten, die in der Nacht laut in der ganzen Stadt zu hören gewesen sei. Sie habe gerufen: »Jetzt hat der erhabene Salah ed-Din die Erde verlassen!«

Ich machte mir nur einen Augenblick lang Gedanken, wem wohl

die Stimme aus der Höhe gehört haben mochte. Nur kurz dachte ich, jemand sei dabei, den Kampf um die Macht in Damaskus auf kluge Art fortzusetzen. Ich verdrängte den Gedanken. Für mich war der Gang der Geschichte abgeschlossen.

Abd'Allah sagte mir am folgenden Abend: »Feierlich, oh Antara, war die Bestattung des Beherrschers der Gläubigen. Man hat ihm den Mantel des Propheten, dem Allah für ewig Heil spenden möge, ins Grab gelegt, damit er diesen Mantel dem zurückbringe, der ihn auf die Erde gesandt hatte. Das Heilige Schwert aber befindet sich in der Hand des Toten.« Jusuf Schams ed-Din, sein Sohn, habe, als sich das Grab schloß, ausgerufen: »Auf dieses Schwert wird sich mein Vater bei Allah im Paradies stützen!«